KATIE FFORDE

Ein Sommertraum in der Provence

Weitere Titel der Autorin

Zum Teufel mit David
Im Garten meiner Liebe
Wilde Rosen
Wellentänze
Eine ungewöhnliche Begegnung
Glücksboten
Eine Liebe in den Highlands
Geschenke aus dem Paradies
Sommernachtsgeflüster
Festtagsstimmung
Eine kostbare Affäre
Cottage mit Aussicht
Glücklich gestrandet
Sommerküsse voller Sehnsucht
Botschaften des Herzens
Das Glück über den Wolken
Sommer der Liebe
Fünf Sterne für die Liebe
Eine unerwartete Affäre
Eine perfekte Partie
Rendezvous zum Weihnachtsfest
Sommerhochzeit auf dem Land
Eine Liebe am Meer
Begegnung im Mondscheingarten
Weihnachtszauber im Cottage
Das Paradies hinter den Hügeln
Rosenblütensommer
Wo die Liebe Urlaub macht
Sommerfest der Liebe

Über die Autorin

Katie Fforde wurde in Wimbledon geboren, wo sie ihre Kindheit verbrachte. Heute lebt sie als freie Autorin mit ihrer Familie in einem idyllisch gelegenen Landhaus in Gloucestershire. Mit ihren heiteren, herzerwärmenden Romanen erobert sie regelmäßig die britischen Bestsellerlisten. Darüber hinaus ist Katie Fforde als Drehbuchautorin erfolgreich, und ihre romantischen Beziehungsgeschichten begeistern auch in der ZDF-Serie HERZKINO ein Millionenpublikum.

Katie Fforde

Ein Sommertraum in der Provence

Roman

Übersetzung aus dem Englischen
von Gabi Reichart-Schmitz

Lübbe

NACHHALTIG PRODUZIERT

Die Bastei Lübbe AG verfolgt eine nachhaltige Buchproduktion. Wir verwenden Papiere aus nachhaltiger Forstwirtschaft und verzichten darauf, Bücher einzeln in Folie zu verpacken. Wir stellen unsere Bücher in Deutschland und Europa (EU) her und arbeiten mit den Druckereien kontinuierlich an einer positiven Ökobilanz.

FSC www.fsc.org
MIX
Papier | Fördert gute Waldnutzung
FSC® C014496

Vollständige Taschenbuchausgabe

Deutsche Erstausgabe

Titel der englischen Originalausgabe: »A Wedding in Provence«
Originalverlag: Century/The Random House Group Limited, London

Umschlaggestaltung: Kirstin Osenau
Einband-/Umschlagmotiv: © Chiyacat/Shutterstock; majeczka/Shutterstock; Manzhula Alexander/Shutterstock; Irina Wilhauk/Shutterstock; simoly/Shutterstock; marebella/Shutterstock; Bermek/Shutterstock; Bermek/Shutterstock; Terezika/Shutterstock; RomanaMart/Shutterstock
Satz: GGP Media GmbH, Pößneck
Gesetzt aus der Goudy Old Style
Druck und Verarbeitung: GGP Media GmbH, Pößneck
Printed in Germany
ISBN 978-3-404-19313-4

2 4 5 3 1

Sie finden uns im Internet unter luebbe.de

Für meine liebe Freundin
Jane Wenham-Jones 1962–2021,
in Liebe

1. Kapitel

Paris, Herbst 1963

Alexandra konnte ihr Glück noch immer kaum fassen – sie war in Paris! Nun ja, es war nur für vierundzwanzig Stunden, doch der Oktobertag war strahlend und voller Verheißungen. Sie liebte diese Stadt, obwohl sie erst einmal dort gewesen war, vor vielen Jahren, als ihr Kindermädchen sie mitgenommen hatte, damit besagte Kinderfrau ihren Freund besuchen konnte. Paris hatte Alexandra tief beeindruckt. Deshalb genoss sie auch jetzt jeden einzelnen Augenblick.

Am folgenden Tag würde sie mit dem Zug in die Schweiz reisen, um dort ein Mädchenpensionat zu besuchen, oder was auch immer ihre wohlmeinenden und fantasielosen Vormunde für eine gute Idee hielten. Dort sollte ihr der letzte gesellschaftliche Schliff verpasst werden. Doch der heutige Tag gehörte ihr allein, und sie hatte schon so einiges ausgekundschaftet.

Als sie am Fuße von Montmartre von einer Windböe erfasst wurde, zog sie den Gürtel ihres Regenmantels ein wenig enger. Staunend sah sie zu Sacré-Cœur auf und bewunderte die Schönheit der Kirche.

Sie wollte gerade die zahlreichen Stufen hinaufsteigen, da hörte sie hinter sich einen leisen Aufschrei. Alexandra drehte sich um und sah eine hübsche junge Frau mit blondem Haar, die sich entsetzt die Hände vors Gesicht geschlagen hatte. Zu ihren Füßen kullerten Kartoffeln und Zwiebeln in alle Richtungen, und in der Hand hielt sie ein zerrissenes Einkaufsnetz. »Ich kann es nicht fassen!«, jammerte sie leise und begann zu weinen. »Da denkt man, der Tag hätte schon schlecht angefangen, und dann wird es noch schlimmer!«

Alexandra brachte es nicht übers Herz, sie einfach zu ignorieren. Die Frau war offensichtlich kaum älter als sie selbst mit ihren zwanzig Jahren, und sie war vollkommen aus der Fassung. Außerdem sprach sie ebenfalls Englisch, wenn auch mit einem amerikanischen Akzent.

»Hör mal, alles ist gut! Ich helfe dir.« Alexandra ging in die Hocke und begann, das Gemüse aufzusammeln. Sie schlug den unteren Teil ihres Mantels hoch und legte die Kartoffeln und Zwiebeln hinein.

»Es ist sehr nett von dir, dass du mir helfen willst«, sagte die junge Frau, die sich offenbar ein wenig gefasst hatte. »Aber falls du keine Tasche dabeihast, können wir das Zeug auch genauso gut liegen lassen!«

Alexandra betrachtete ihren Schoß. Die Frau hatte nicht ganz unrecht; sie würde nicht gehen können, wenn sie das ganze Gemüse an ihren Bauch presste.

»Sicher können wir unsere Taschen damit füllen. Oh, sieh dir mal diesen Knoblauch an!« Sie war an feste, kleine Knoblauchknollen gewöhnt, doch diese große, violette Knolle von der Größe eines Tennisballs erinnerte Alexandra an den Kochkurs, den sie vor Kurzem in London absolviert hatte. Gleich zu Beginn hatte Madame Wilson gesagt, wie jämmerlich doch der Knoblauch in England sei. Diese Knolle hier stammte eindeutig aus Frankreich.

»Du kannst ihn haben, wenn du möchtest«, erwiderte die junge Frau. »Ich habe keine Tasche, ich werde ihn nicht verwenden.«

»So schlimm ist es bestimmt gar nicht«, gab Alexandra beschwichtigend zurück. »Steck doch alles, was reinpasst, in deine Handtasche ...«

Die Frau schwenkte ihre winzige Tasche in Alexandras Richtung.

»Okay, dann müssen wohl meine Manteltaschen herhalten. Und ich kann auch ein paar Teile in meine Handtasche stopfen, allerdings vielleicht nicht den Kohlkopf.«

Alexandras Tasche war eine Posttasche und ziemlich geräumig, doch eindeutig nicht groß genug für etwas von der Größe eines menschlichen Schädels.

»Das ist so nett von dir, aber ich habe nichts, worin ich das Gemüse transportieren könnte. Ich weiß noch nicht mal, warum ich das ganze Zeug gekauft habe. Ich soll für heute Abend eine Dinnerparty organisieren und habe nicht einmal einen Menüplan! Ich kann nicht kochen, und ich bin nicht in der Lage, für eine Mahlzeit einzukaufen! Mein Mann wird so enttäuscht von mir sein.«

»Seid ihr frisch verheiratet?« Es musste so sein, wenn man bedachte, wie jung diese Frau war.

»*Sehr* frisch! Und wenn das so weitergeht, zweifele ich daran, ob wir das erste Jahr schaffen werden. Er hat mich zum ersten Mal gebeten, mich um eine große Dinnerparty heute Abend zu kümmern, und schon erleide ich Schiffbruch!« Die Frau wirkte immer noch verzweifelt, weinte jedoch nicht mehr. »Hör mal, können wir irgendwo was trinken gehen? Auch wenn es nur ein Kaffee ist? Ich habe mit niemandem mehr Englisch gesprochen, seit wir in Paris sind – abgesehen von meinem Mann, er ist auch Amerikaner. Das wäre ja normalerweise nicht so schlimm, doch ich spreche kein Französisch!«

Alexandra war von Natur aus gutherzig und konnte der jungen Frau, die schrecklich einsam sein musste, die Bitte nicht abschlagen. »Warum nicht? Hier ist ein hübsches Café – hast du schon zu Mittag gegessen? Ich nicht. Und ich spreche Französisch. Natürlich nicht perfekt, aber ganz passabel.« Alexandra hatte Hunger. Weil sie jede Minute ihrer Zeit in Paris auskosten wollte, war sie zu früh aufgestanden, um in ihrer Pension frühstücken zu können. Außerdem hatte sie schon weite Strecken zu Fuß zurückgelegt.

»Oh! Ich würde liebend gerne in ein Café gehen, vor allem weil ich in deiner Gesellschaft nicht mit den Kellnern kämpfen muss, um mich verständlich zu machen!«, erwiderte die Frau. »Ich heiße übrigens Donna.« Die Amerikanerin streckte die Hand aus.

»Alexandra.« Sie schüttelte Donna kurz die Hand. »So, nun lass uns etwas essen gehen.«

Als schließlich Teller mit *steak frites* und eine Flasche Wein vor ihnen standen und sie beide schweigend einige Bissen gegessen hatten, ließ Donna Messer und Gabel sinken.

»Ich werde dir jetzt kurz meine Geschichte erzählen«, sagte sie, »und danach möchte ich deine hören.«

Alexandra lächelte. »Dann schieß mal los.«

»Nun, ich bin in Connecticut aufgewachsen und habe sehr jung einen netten Mann geheiratet, den auch meine Eltern für gut befunden haben. Er heißt Bob. Dann wurde er ziemlich bald beruflich nach Paris entsendet. Das klingt erst mal sehr romantisch und ist es eigentlich auch, aber nicht, wenn man die Sprache nicht beherrscht, der Mann den ganzen Tag nicht da ist und man noch keine Freunde hat. Außer dem Hausmädchen habe ich niemanden, mit dem ich reden könnte, doch sie versteht kein Englisch – außerdem hasst sie mich! Meine Eltern sind nicht glücklich darüber, dass ich so weit weg bin, und fragen in ihren Briefen ständig, ob Bob nicht wieder in den USA arbeiten kann. Na ja, eigentlich ist es hauptsächlich meine Mutter, die das anspricht.«

Donna hielt inne, um Luft zu holen. »Das ist im Wesentlichen meine Geschichte. Paris ist eine wunderschöne Stadt, und ich würde sie sehr gerne besser kennenlernen«, fuhr sie seufzend fort. »Jetzt bist du an der Reihe.«

»Du hast mir noch nicht von der Dinnerparty erzählt«, erwiderte Alexandra, »aber ich gebe dir schnell eine Zusammenfassung meines Lebens. Ich bin in London aufgewachsen und habe keine Eltern mehr, doch es gibt Verwandte, die sich um mich kümmern. Eine Zeit lang habe ich mit Freunden in einem großen Haus gelebt, das sich im Besitz meiner Familie befindet, und jetzt muss ich in die Schweiz reisen.«

Alexandra zögerte kurz. »Meine Verwandten haben herausgefunden, dass ich mein Leben nicht so führe, wie sie es für angemessen halten. Deshalb haben sie mir mitgeteilt, dass ich mich ins Zeug legen und tun muss, was sie wollen.«

Wenn man es so ausdrückte, klang es nicht sonderlich dramatisch, doch zu dem Zeitpunkt war es für Alexandra schlimm gewesen. Sie hatte die Hochzeit ihrer guten Freundin Lizzie besucht. Als sie zusammen mit David, der fünfzehn Jahre älter als sie und ihr bester Freund war, zurückgekehrt war, hatten sie das Haus hell erleuchtet vorgefunden. Nachdem ihr ganz kurz der Gedanke durch den Kopf geschossen war, dass sich Einbrecher im Haus zu schaffen machten, wurde ihr klar, dass ihre Verwandten aus der Schweiz gekommen sein mussten.

Damit war für David und sie das lockere Leben vorbei. David kehrte nicht einmal ins Haus zurück; er kam bei einem Freund unter, bis die Luft wieder rein war. Zum Glück hassten die Verwandten London und blieben nicht lange, doch ihre Anweisungen für Alexandra waren eindeutig: Sie hatte sich im folgenden Monat in der Schweiz einzufinden.

»Wie schrecklich, dass du ohne Eltern aufgewachsen bist! Aber du hast doch Verwandte. Warum haben sie dich nicht aufgenommen, nachdem deine Eltern gestorben waren?«, wollte Donna wissen.

»Ich weiß es nicht, ich bin jedoch wirklich froh, dass sie es nicht getan haben. Ich hatte jede Menge Kindermädchen und Leute, die sich um mich gekümmert haben. Das hat mir nichts ausgemacht. Meine Verwandten wollen das Beste für mich, doch ich wäre nicht glücklich gewesen, wenn ich bei ihnen gelebt hätte.« Alexandra trank einen Schluck Wein, um sich von der Vorstellung zu erholen. »Sie sind sehr puritanisch und zugeknöpft. Ich bin eher ein Freigeist.«

»Meine Güte!«, entfuhr es Donna. »Das klingt so – verwegen!«

Alexandra lachte. »Es hat Spaß gemacht, vor allem, als ich in der Kochschule meine zwei ganz besonderen Freundinnen kennengelernt habe.«

»Du bist gelernte Köchin?«

»Nein! Ganz bestimmt nicht, aber ich kann jetzt einigermaßen gut kochen. Ich habe einer meiner Freundinnen bei ein paar Profi-Jobs geholfen. Meg ist eine hervorragende Köchin.«

»Wäre sie doch nur hier!«, seufzte Donna, der offensichtlich die Dinnerparty wieder eingefallen war, die sie eigentlich verdrängen wollte.

»Würde es dir etwas ausmachen, wenn ich dich etwas Persönliches frage?«

»Nur zu«, antwortete Donna. »Es tut so gut, jemanden zum Reden zu haben. Da ist es mir egal, ob du diskret bist oder nicht.«

»Das Gefühl kenne ich. Ich hatte in London einen ganz reizenden Freund, der mein Vertrauter war, doch Freundinnen sind etwas anderes, nicht wahr?«

Donna nickte. »Was willst du mich denn fragen?«

»Hat Bob einen gut bezahlten Job? Ich meine, falls Geld keine Rolle spielt, könnten wir jemanden suchen, der für die

Dinnerparty kocht – dann müsstest du dir keine Sorgen mehr machen. Ich habe schon selbst solche Aufträge ausgeführt.«

»Ich hatte ja jemanden! Ich hatte einen Koch gebucht, und dann bekam ich von ihm eine Absage. Bob hat nur gemeint: ›Oh, du kannst es ja selbst machen, Schatz, das wird schon.‹ Danach hat er seine Zeitung zur Seite gelegt und ist zur Arbeit gegangen. Seine Mutter hat immer gekocht, wenn sein Vater Geschäftspartner zum Essen eingeladen hat. Er glaubt, Frauen können diese Dinge automatisch, einfach nur, weil sie Frauen sind.« Donna sah plötzlich wieder aus, als würde sie gleich in Tränen ausbrechen.

»Und du hast nicht gesagt, dass du das nicht kannst?«

Donna senkte verschämt den Blick. »Nein. Ich wollte die Art von Ehefrau sein, die für eine Dinnerparty kochen kann. Ich wollte ihn nicht enttäuschen.«

Alexandra schwieg. Sie versuchte, nicht vorwurfsvoll zu schauen, ahnte jedoch, dass es ihr nicht gelungen war.

»Könntest du es für mich übernehmen, Alexandra?«, fragte Donna. Sie klang sehr jung und sehr hilflos. Als sie sich vorbeugte, fiel eine Strähne ihres langen blonden Haares in ihr Weinglas.

Alexandra dachte an die kurze Zeit, die ihr blieb, um Paris zu genießen. »Aber du brauchst einen richtigen französischen Koch! Davon muss es in dieser Stadt Hunderte geben.«

»Kennst du jemanden, den ich kontaktieren könnte? Dem Koch, der heute abgesagt hat, ist niemand eingefallen.«

»Das heißt nicht, dass es keinen gibt.«

»Nun, das verstehe ich. Doch wie sollen wir für heute Abend noch rechtzeitig jemanden finden?«

Donna hatte recht. »Ich stimme dir zu: Es ist sehr kurzfristig – aber es muss doch Agenturen geben, über die wir es versuchen können.« Alexandra, die sich eigentlich in fast jeder

Situation zu helfen wusste, sah ein, dass es fast unmöglich war, ohne entsprechende Kontakte so kurzfristig einen Koch aufzutreiben, der ein Essen in einer privaten Küche zubereitete.

»Kannst du es nicht übernehmen?«, bat Donna und setzte ihren ganzen Charme ein, etwas, was bei ihrem Vater und Bob sicherlich gut funktionierte. Alexandra stellte fest, dass auch sie nicht immun dagegen war. »Auch wenn du keine gelernte Köchin bist, hast du wenigstens schon mal Mahlzeiten für andere zubereitet«, schloss Donna.

»Die Sache ist die, ich habe nur den heutigen Tag, um mir Paris anzusehen ...« Alexandra hielt inne, überlegte kurz und traf die Entscheidung, dass die Schweiz und alles, was damit zusammenhing, warten konnten. Sie hatte ein bisschen Geld im Innenfach ihrer Handtasche, Travellerschecks, die sie mit ihrem in London verdienten Geld gekauft hatte. Ihre Verwandten wussten nichts davon. Sie würde das Geld dafür verwenden, ein wenig mehr Zeit in dieser herrlichen Stadt zu verbringen.

Die Pension, in der sie ein Zimmer gebucht hatte, war sehr günstig. Sie könnte ihren Verwandten ein Telegramm schicken und ihnen mitteilen, dass sie in Paris eine Freundin getroffen hatte und noch ein wenig bleiben wollte. Schließlich hatte es ihnen ja auch nichts ausgemacht, sie jahrelang nur sehr selten zu sehen. Ein paar Tage mehr oder weniger würden da keinen Unterschied machen. Und wo konnte man sein Französisch besser aufpolieren als in Paris?

Sie lächelte Donna an. »Okay, ich mache es. Allerdings mit dir, nicht für dich, und ich möchte auch keine Bezahlung. Die Lösung ist, dich aus deinen Schwierigkeiten herauszukaufen! Die Franzosen bieten hervorragende fertige Speisen an. Wir werden *pâté* besorgen, außerdem jede Menge Käse und ein traumhaftes Dessert, dann müssen wir uns nur noch über das Dazwischen Gedanken machen.«

»Das hört sich so einfach an«, meinte Donna. »Ich bin so froh, dass ich dich kennengelernt habe. Ich hätte gedacht, du wärst eine Französin, wenn ich es nicht inzwischen besser wüsste. Ist das ein Hermès-Schal?«

Alexandra nickte. »Ein Geschenk von meinem Onkel. Als er vergangenen Monat in London war, ist ihm klar geworden, dass ich kein Kind mehr bin, und er hat mir etwas geschenkt, was ich auch wirklich tragen möchte.«

»Mit deinem Mantel und dem Gürtel siehst du irgendwie ...«

Alexandra seufzte. »Ich weiß. Ich habe immer schon anders ausgesehen als andere Mädchen in meinem Alter. Ich gehe von jeher meinen eigenen Weg, was Mode angeht.«

»Ich wollte sagen, du bist wie Audrey Hepburn. So ... so cool. Und sehr stilvoll.«

»Ehrlich? So! Lass uns zu Ende essen, und dann kümmern wir uns um deine Dinnerparty. Wir werden ein oder zwei Einkaufstaschen kaufen müssen!«

Doch sie konnte sich nicht in den Einkauf und ins Kochen stürzen, bevor sie nicht das Telegramm an ihre Verwandten geschickt hatte, die sie eigentlich am folgenden Tag in der Schweiz am Bahnhof abholen wollten. Zuerst musste Alexandra eine perfekte Nachricht verfassen, die die Verwandtschaft davon überzeugte, dass es eine gute Idee war, wenn sie noch ein paar Tage in Paris bliebe. Dann musste sie ein *bureau de poste* finden, von dem aus sie das Telegramm verschicken konnte.

Sie blieben im *bistrot* sitzen, während Alexandra ein Notizbuch mit Eselsohren aus der Tasche zog, in dem sie zuvor immer Einzelheiten zu den Antiquitäten notiert hatte, die sie hobbymäßig in London erworben und wiederverkauft hatte. Es war eine gewinnbringende Freizeitbeschäftigung gewesen.

»Kann ich dir bei der Formulierung helfen?«, bot Donna an, als sie sah, wie Alexandra ein paar Entwürfe verwarf.

Normalerweise war Alexandra gut darin, ihren Verwandten genau das mitzuteilen, was sie hören wollten. Während sie in dem Haus der Familie in London gelebt hatte, war es ihr über einen sehr langen Zeitraum hinweg gelungen, ihnen die Tatsache zu verheimlichen, dass sie nicht mit einer bezahlten weiblichen Begleitperson zusammenwohnte. Doch dieses Telegramm musste den Eindruck vermitteln, dass das, was sie tat, genau den Wünschen ihrer Verwandten entsprach.

Da ihre Hauptsorge momentan darin bestand, dass Alexandras Französisch nicht gut genug sei (sie fanden es zu umgangssprachlich und zu derb), konzentrierte sie sich auf dieses Thema. Außerdem betonte sie, dass sich ihre Ankunft in der Schweiz nur um kurze Zeit verzögern würde. Zunächst wollte sie von »ein paar Tagen« sprechen, doch dann beschloss sie, nicht zu konkret zu werden.

»Nein, danke, ich glaube, ich habe es jetzt. Was hältst du davon?« Sie las das Ergebnis ihrer Bemühungen laut vor.

»Großartig! Und während du damit beschäftigt warst, hatte ich eine wunderbare Idee. Wir geben den Text Bobs Sekretärin telefonisch durch und bitten sie, das Telegramm zu verschicken. Dann können wir sofort mit den Dinner-Vorbereitungen beginnen.«

Sie brauchte nicht viel Überzeugungskraft.

»Schließlich«, sagte Donna, »ist das nur eine Kleinigkeit verglichen damit, dass du mich aus einer Notlage retten wirst. Wir haben uns eben erst auf der Straße kennengelernt und sind noch nicht mal Freundinnen!« Sie runzelte die Stirn. »Na ja, ich hoffe, dass wir das jetzt schon sind, aber du weißt, was ich meine.«

Donna hatte im *bistrot* ein Telefon entdeckt. Sobald sie Bobs Sekretärin, die sie als »beängstigend tüchtig und nicht im Geringsten attraktiv« beschrieb, das Telegramm diktiert hatten, konnten Alexandra und Donna sich den Einkäufen widmen. Der Nachmittag versprach sehr unterhaltsam zu werden.

2. Kapitel

»Es ist toll, wie du dich mit dem Taxifahrer unterhalten kannst«, sagte Donna einige Stunden später, als sie ihre prall gefüllten Einkaufstaschen im Kofferraum eines Taxis verstauten.

»Das kannst du auch bald. Du musst nur ein wenig üben«, erwiderte Alexandra. »Wie ist die Adresse?«

Donna wohnte in einem sehr guten *arrondissement* in der Nähe des Eiffelturms. Alexandra beschloss, ihren Verwandten unter Verwendung von Donnas Adresse eine Postkarte zu schicken. Das würde sie auf jeden Fall beruhigen. Die Gegend, in der die kleine Pension lag, war bei Weitem nicht so eindrucksvoll.

Donnas Wohnung war prachtvoll. Sie verfügte über hohe Decken, große Räume mit Fischgrätparkettböden, Marmorkamine und bodentiefe Fenster, die auf Balkone führten, von denen aus man einen Ausblick über Paris und darüber hinaus hatte.

»Das ist ganz entzückend!«, bemerkte Alexandra und sah sich im Salon um. Bob musste wirklich sehr gut verdienen, um sich so eine wunderschöne Wohnung leisten zu können.

»Stimmt. Aber warte erst mal, bis du siehst, wo ich kochen muss.«

Alexandra folgte Donna in die Küche. »Ich verstehe, was du meinst!«, rief sie entsetzt aus. »Das ist ja wie ein enger Flur mit einer Spüle darin!«

»Wie soll ich hier eine Dinnerparty vorbereiten?«, fragte Donna. »Es gibt kaum genug Platz, um Kaffee zu kochen und Toast zu rösten.«

Der Raum erinnerte eher an eine Spülküche, lang gezogen, aber sehr schmal. Es gab eine flache Spüle mit einem Abtropfständer, dem einzigen Gegenstand, der Alexandra an ihre geliebte Küche in London erinnerte.

»Ich gehe nicht davon aus, dass man hier ein Dinner vorbereiten kann«, erwiderte sie. »Wahrscheinlich hätte dein Koch dasselbe getan, was wir jetzt machen – er hätte das fertige Essen von außerhalb mitgebracht.«

»Oder vielleicht lädt man seine Gäste in ein Restaurant ein. Das hätte Bob vorschlagen sollen, aber schließlich sind wir Amerikaner!«

»Alles wird gut«, meinte Alexandra beruhigend, weil Donna ein bisschen beschämt wirkte. »Wir haben *pâté*, frisches Brot und Butter als Vorspeise gekauft, und zum Nachtisch gibt es einen wundervollen *Gâteau Saint-Honoré*. Wir müssen uns nur noch um das Hühnchengericht kümmern.«

»Das ist eine ganz wunderbare Nachspeise«, meinte Donna und betrachtete die Torte, die sie während der Taxifahrt in einem weißen Karton auf dem Schoß balanciert hatte. Goldene Kugeln aus Brandteig saßen kreisförmig angeordnet auf einer mit leichter Vanillecreme gefüllten Blätterteigtorte. Eine Verzierung aus Sahne und Zuckerwatte verlieh der Torte den letzten Schliff. »Niemand wird glauben, dass ich sie gebacken habe.«

»Das müssen die Gäste auch nicht glauben«, entgegnete Alexandra. »Mein Kindermädchen hat mir während eines Paris-Besuchs erzählt, dass keine französische Frau auch nur im Traum daran denken würde, einen Kuchen oder eine Torte für ein formelles Abendessen *selbst* zu backen.« Sie hielt kurz inne. »So, was machen wir nun mit dem Huhn?«

Donna schnappte entsetzt nach Luft. »Du weißt es nicht? Du hast dieses ganze Gemüse und die Kräuter gekauft – ich dachte, du hättest ein bestimmtes Rezept im Sinn!«

»Ich werde bald eins haben«, antwortete Alexandra zuversichtlich. »Sieh mal, hier ist ein *Larousse Gastronomique*.« Sie zog ein großes und ziemlich zerfleddertes Buch aus dem Regal. »Zum Glück gibt es hier eine Ausgabe davon.«

»Wir haben die Wohnung möbliert gemietet«, sagte Donna. »Wahrscheinlich betrachten sie dieses Kochbuch als wesentlich.«

»Hoffentlich ist mein Französisch den Fachbegriffen gewachsen.« Alexandra merkte, dass Donna sie unsicher ansah. »Warum deckst du nicht schon mal den Tisch? Das kann eine Ewigkeit dauern!«

»Ja, stimmt. Ich könnte Teller auswählen. Es gibt Hunderte von Tellern und Gläsern in allen Formen und Größen.«

»Dann sieh doch mal nach, ob du etwas Schönes findest, auf dem wir die *pâté* servieren können«, schlug Alexandra vor. »Und auch Teller für den Käse. Ich glaube, wir sollten ihn schon mal auspacken.«

Sie war froh, als Donna im Esszimmer verschwand, denn sie war nicht ganz so zuversichtlich, wie sie behauptet hatte. Sie wollte weder beobachtet noch angesprochen werden, während sie das Kochbuch durchforstete. Doch sie hatte einen Kochkurs besucht und bisweilen ihrer Freundin Meg aus demselben Kochkurs geholfen. Meg bot inzwischen Catering für Geschäftsleute an – also verfügte sie selbst zumindest über ein gewisses Maß an Erfahrung.

Es dauerte nicht lange, bis sie die sogenannte »Bibel der französischen Küche« zur Seite legte und beschloss, einfach anzufangen. Sie hatte nicht genug Zeit, schwierige Fachbegriffe zu übersetzen. Der Kochkurs in London war auf junge Frauen und nicht auf ausgebildete Köche zugeschnitten gewesen.

Sie begann damit, ein paar Zwiebeln und jede Menge violetten Knoblauch klein zu schneiden, der ihr so gefallen hatte, als er über den Boden gerollt war.

Zum Glück war Alexandra so vorausschauend gewesen, den Metzger zu bitten, die beiden Hühner bereits zu zerteilen. Sie mussten noch fertig ausgenommen werden, jedoch musste sie sich nicht damit plagen, so etwas Großes in Stücke zu schneiden. Sie warf alle Überreste zusammen mit den Zwiebelschalen, ein paar ganzen Zwiebeln, Karotten und einem Bund Thymian in einem Topf. Alexandra plante zwar keine Brühe, aber vielleicht würde sie sich noch als nützlich für die Zubereitung einer Soße erweisen.

Einige Stunden vergingen, und schließlich duftete die winzige Küche köstlich nach Hühnchen, Wein und Pilzen. Es gab eine Soße, mit der die Portionen angerichtet werden konnten, und gehackte Petersilie zum Bestreuen.

Alexandra war erschöpft. Sie wollte nur noch in ihre Pension zurückkehren, sich aufs Bett legen und gar nichts mehr tun. Die Zubereitung eines einfachen Geflügelgerichts war nicht annähernd so leicht, wie alle taten. Zumindest nicht für sie. Doch es hatte Spaß gemacht, Donna aus der Patsche zu helfen. Nun war sie traurig, weil sie sich wahrscheinlich nicht wiedersehen würden. Während sie gemeinsam passende Gläser ausgewählt und Spekulationen darüber angestellt hatten, wie die Gäste wohl sein würden, hatten sie Freundschaft geschlossen.

»Und du bist sicher, dass jemand da sein wird, der das Servieren übernimmt?«, fragte Alexandra. Sie zögerte zu gehen, obwohl sie müde war.

»Ja, auf jeden Fall. Bobs Sekretärin hat das organisiert, zusammen mit der Dinnerparty. Sie hat auch den Koch gebucht. Ich muss ihr noch sagen, dass er abgesagt hat.«

»Das solltest du auf jeden Fall tun!«, stimmte Alexandra ihr zu, die gleich zu Beginn Groll aufgebaut hatte, weil der professionelle Koch nicht wie angekündigt gekommen war.

»Aber wenigstens kann ich dir das hier geben.« Donna drückte Alexandra einen Umschlag mit Geldscheinen in die

Hand. »Keine Diskussion. Steig einfach in ein Taxi und lass dich zu deiner Unterkunft bringen. Aber versprich mir, dass du morgen Vormittag wiederkommst, damit ich dir erzählen kann, wie es gelaufen ist, ja?«

»Versprochen«, antwortete Alexandra, obwohl sie befürchtete, trotz der gebuchten Servierkraft beim Aufräumen helfen zu müssen.

»Ich weiß nicht, was ich ohne dich getan hätte, Alexandra!«, sagte Donna. »Du warst einfach wunderbar.«

»Ich hatte richtig Spaß! Ich wünschte bloß ...«

»Was denn?«

»Dass ich mehr als nur ein paar Tage in Paris verbringen könnte.«

»Oh, das fände ich wunderbar!«, erwiderte Donna. »Wir könnten die Stadt gemeinsam erkunden, und ich könnte lernen, mich nicht mehr so vor den Kellnern zu fürchten.«

Alexandra lachte und seufzte dann. »Ich bräuchte einen richtigen Grund, um zu bleiben, wie zum Beispiel einen Job. Wenn ich für jemanden aus der gehobenen Gesellschaft arbeiten könnte, würden meine Verwandten bestimmt ihre Zustimmung geben. Bei der Arbeit mit Leuten mit dem richtigen Umgangston und der richtigen Aussprache könnte ich mein Französisch verbessern.«

»Welche Qualifikationen hast du denn? Steno, Maschinenschreiben?«, erkundigte Donna sich.

Alexandra zuckte mit den Schultern und seufzte erneut. »Ich habe keine Qualifikationen. Ich kann nichts.«

»Das stimmt auf keinen Fall! Sieh doch nur, was du gerade für mich getan hast.«

»Das habe ich sehr gerne gemacht.« Die beiden umarmten sich herzlich zum Abschied, bevor Alexandra in den winzigen, quietschenden Aufzug stieg.

Als Alexandra am folgenden Vormittag um elf Uhr in der eleganten Wohnung eintraf, war Donna sehr aufgeregt.

»Es ist fantastisch gelaufen!«, rief sie und fiel gleich mit der Tür ins Haus, ohne sich mit einer Begrüßung aufzuhalten. »Ich kann dir gar nicht sagen, wie dankbar ich dir bin!« Donna nahm Alexandra am Arm und führte sie in den Salon. Die Balkontür stand offen, und draußen entdeckte Alexandra einen kleinen gedeckten Tisch. »Setz dich doch. Ich hole Kaffee und Nachtisch, und dann berichte ich dir von den wunderbaren Neuigkeiten.«

Alexandra nahm gerne Platz und freute sich, das sonnige Paris von hier oben betrachten zu können. Donna erschien mit Kaffee und einem Teller voller kleiner Windbeutel und Sahne: *Gâteau Saint-Honoré* in Einzelteilen.

»Ich habe einen umwerfenden Mann kennengelernt!«, berichtete Donna. »Keine Bange, nicht auf diese Weise. Ich bin mit Bob verheiratet, und das wird sich auch niemals ändern. Aber dieser Mann hat eine Stelle für dich! Was sagst du dazu? Er war in Begleitung einer sehr hübschen Frau, doch darum geht es nicht. Kannst du dir das vorstellen? Als ich ihm von dir erzählt habe, war er sehr interessiert, vor allem, als ich euren Familiensitz in Belgravia erwähnt habe.«

Alexandras Herz machte einen Satz. Sie wollte nicht auf dieses Pensionat in der Schweiz gehen, vor allem nicht, wenn sich die Möglichkeit bot, in Paris zu bleiben und eine gute Zeit mit Donna zu verbringen.

»Um was für eine Arbeit handelt es sich? Weißt du das?« Inzwischen wollte Alexandra unbedingt in Paris bleiben und würde alles dafür geben. Allerdings suchte dieser attraktive Mann wahrscheinlich eine zweisprachige Sekretärin, die nicht nur Englisch und Französisch sprach, sondern auch noch Steno beherrschte – in beiden Sprachen.

Donna zog eine Grimasse. »Ich weiß es nicht, aber das Gute daran ist, dass es nur um einen Monat geht. Deine Verwandten haben vielleicht nichts dagegen, wenn du einen Monat länger bleibst. Ich habe festgestellt, dass Eltern gerne feste Daten hören möchten. Meine Familie wollte nicht, dass wir nach Paris ziehen, doch als ich ihnen gesagt habe, dass wir nur ein Jahr bleiben, ging es ihnen schon viel besser.«

Alexandra nickte. »Ich glaube, das wäre bei mir genauso, aber ich muss wissen, um was für eine Stelle es sich handelt. Vielleicht kann ich die Arbeit nicht ausüben. Ich habe dir ja erzählt, dass ich zum Beispiel kein Steno beherrsche.«

»Er hat nichts in der Richtung gesagt. Er meinte, du musst kochen können, was du tust, Englisch und Französisch sprechen, was offensichtlich der Fall ist, und einen Führerschein besitzen. Hast du einen Führerschein?«

»Ja«, antwortete Alexandra, »allerdings bin ich nicht sicher, ob ich die französischen Straßenverkehrsregeln beherrsche.« Sie versuchte, sich vorzustellen, wie sie durch Paris fuhr, und fühlte sich ein bisschen eingeschüchtert.

»Oh, du meinst die in Paris? Die Menschen hier stellen ihre eigenen Regeln auf.«

Doch dann überwand Alexandra ihre pessimistische Anwandlung. »Ich habe in London Autofahren gelernt, und ich bin schon in Hyde Park Corner gefahren, da kann ich mich sicher auch an Paris gewöhnen. Für einen Monat, hast du gesagt?«

Donna nickte. »Deine Familie fände das gut, oder? Du könntest deine Französischkenntnisse richtig aufpolieren, auch wenn ich sie jetzt schon völlig in Ordnung finde, und danach kannst du das Pensionat besuchen.« Donna schwieg, etwas, was nicht oft vorkam, wie Alexandra bereits festgestellt hatte. »Was werden sie dir da beibringen, was meinst du?«

»Ach, ich weiß nicht. Wie man Schecks ausstellt, wie man Adelige anspricht und wie man in Sportwagen ein- und aussteigt, ohne dass man die Unterhose sieht.«

Donna lachte entzückt auf. »In Amerika werden Unterhosen von Männern getragen. Frauen tragen Schlüpfer. Aber egal. Hier ist seine Visitenkarte. Heute Mittag um zwei Uhr hast du einen Termin für ein Vorstellungsgespräch. Die Adresse steht hier drauf. Falls du eine Referenz brauchst, kann Bob dir eine geben.«

Als Alexandra die Karte inspizierte, hob sich ihre Stimmung. »Er ist ein Graf! Meine Verwandten werden es lieben. Wenn ich diesen Job bekomme, muss ich sie sofort darüber informieren.«

»Natürlich! Nun, was wirst du anziehen?«

Die Frage gab Alexandra zu denken. Sie hatte nur sehr wenig Kleidung dabei. »Ich habe keine große Auswahl. Die meisten meiner Sachen sind wahrscheinlich schon in der Schweiz eingetroffen. Sie sind vorausgeschickt worden, damit ich mich im Zug nicht mit schwerem Gepäck herumschlagen muss. Ich habe einen Schlafanzug, Wechselunterwäsche, dieses Kleid, eine lange Hose und eine Strickjacke. Das ist mehr oder weniger alles.«

»Und deinen Hermès-Schal.«

»Ja, aber auch wenn er nützlich ist, so ist er doch kein ganzes Outfit.« Alexandra sah an ihrem schmal geschnittenen, ärmellosen, knielangen Kleid hinunter. Es war das passende Outfit, um seine Verwandten zu treffen, und es musste jetzt eben auch für ein Bewerbungsgespräch herhalten.

»Ich finde das Kleid in Ordnung. Es könnte ein bisschen nach Küche riechen, doch vielleicht ist das einem Franzosen ja egal. Dieser Graf beurteilt mich schließlich nicht nach meiner Kleidung; er möchte wissen, ob ich für die Stelle geeignet bin.« Alexandra zögerte. »Bist du wirklich sicher, dass er nicht erwähnt hat, um welche Art von Arbeit es geht?«

»Mach dir keine Sorgen. Er hat jedenfalls nicht von Fähigkeiten in Büroorganisation oder Buchhaltung gesprochen, und das hätte er doch sicher, wenn das gewünscht wäre, oder?«

»Ich würde viel lieber in die Schweiz gehen, wenn sie mir da solche Dinge beibringen würden. Auch wenn es bestimmt schrecklich langweilig wäre, könnten Fähigkeiten im Sekretariat und in Mathematik nützlich sein.«

Donna tätschelte Alexandra das Knie.

»Du wirst dich bestimmt wacker schlagen. Und es wäre so wunderbar, dich noch länger in Paris zu haben. Ich hätte endlich eine Freundin!«

»Ja, stimmt, das wäre toll.«

»Bist du sicher wegen des Kleides? Wir könnten auch einen Blick in meinen Schrank werfen – ich würde dir etwas leihen. Du bist ein bisschen größer als ich, sodass meine Sachen bei dir etwas kürzer wären. Aber das muss ja nicht unbedingt schlecht sein.«

Alexandra lächelte. »Ich glaube, das Kleid ist vollkommen in Ordnung. Ich habe gestern eine Schürze getragen, als ich gekocht habe. Ich wäre allerdings sehr froh, wenn du einen angenehmen Duft hättest, den ich auflegen könnte. Damit könnte ich den schwachen Geruch nach *eau d'oignon* überdecken.«

»Parfüm!«, rief Donna aus. »Ich habe so viel davon, dass ich darin baden könnte. Nun, ich dachte, wir könnten ein frühes Mittagessen einnehmen, ohne Wein, und nach deinem Gespräch feiern wir.«

»Vielleicht bekomme ich die Stelle ja gar nicht«, sagte Alexandra. »Ich hatte noch nie ein Bewerbungsgespräch. Hast du irgendwelche Tipps für mich?«

Donna schüttelte den Kopf. »Ich war noch nie berufstätig.«

»Ich habe schon oft im Catering-Bereich gejobbt, und ich habe mit Antiquitäten gehandelt. Aber ich hatte noch keine Stelle mit geregelter Arbeitszeit.«

»Antiquitäten? Wie aufregend!«

»Ein guter Freund hat einen Stand auf dem Portobello Road Market. Ich darf meine Sachen bei ihm anbieten. Er hat mir alles beigebracht, was ich darüber weiß.«

Alexandra verlor sich kurz in ihren Erinnerungen. Sie hatte in London ein schönes Leben geführt, hatte sich mit ihren Freunden ein großes Haus geteilt, Geld mit Kochen oder Kellnern zusammen mit einer ihrer Freundinnen verdient und mit einer anderen jungen Frau an Wochenenden am Antiquitätenstand gearbeitet. Sie war ein Mensch, der immer das Beste aus der jeweiligen Situation machte, doch in der Schweiz würde sie sich wahrscheinlich einsam und eingeschränkt fühlen.

Zu Hause müsste sie mit ihren langweiligen und steifen Verwandten herumsitzen, und in der Schule würde sie von Mädchen umgeben sein, mit denen sie vermutlich nicht viel gemeinsam hatte.

»Darf ich mich dann wenigstens um dein Make-up kümmern?«, fragte Donna. »Ich habe meine ganze Freizeit damit verbracht zu üben, wie man Eyeliner aufträgt, ohne dass er verschmiert. Du hast wunderschöne Augen; es wird mir Riesenspaß machen, ihre Schönheit noch zu betonen. Der Herr Graf muss dir den Job einfach geben!«

3. Kapitel

Als Alexandra am Nachmittag das große elegante Gebäude betrat, in dem das Vorstellungsgespräch stattfinden sollte, war sie nervöser als erwartet. Normalerweise war sie ausgesprochen selbstbewusst, außerdem spielte es keine Rolle, wenn sie die Stelle nicht bekam. Schließlich war sie nicht auf der Suche nach Arbeit. Sie konnte einfach ein paar Tage in Paris bleiben und nach einem schönen Kurzurlaub in den Zug in die Schweiz steigen.

Doch als sie nun am Empfang nach dem Weg fragte, stellte sie fest, dass ihr Mund trocken war. Bevor sie an die Tür des Büros klopfte, zögerte sie kurz und atmete ein paar Mal tief durch, bis sie bereit war.

Nachdem man sie hereingebeten hatte, fand sie sich in einem Arbeitsraum mit zwei großen Schreibtischen wieder. An dem Tisch am Fenster saß ein Mann und schrieb, hinter dem anderen direkt vor Alexandra sah sie sich der Sorte Frau gegenüber, die man wohl als »Drachen« bezeichnen konnte.

Sie trug ein elegantes schwarzes Kostüm, das gut und gerne von Chanel sein konnte, hatte eine ausgesprochen gepflegte Frisur, ein zu blasses Gesicht und dünne Lippen. Alexandra gewann den Eindruck, dass sie es vermied zu lächeln, um keine Falten zu bekommen. Damit hatte sie nur teilweise Erfolg.

Alexandra wünschte sich jetzt, sie hätte sich doch etwas von Donnas umfangreicher Garderobe ausgeliehen. Ihre eigene Kleidung war von London nach Paris gereist und hatte schon einiges mitgemacht, einschließlich einer Kochaktion mit Zwiebeln,

Knoblauch und Sahne – vielleicht hatte die Schürze doch nicht ausgereicht, sie zu schützen.

Da es keinen Sinn hatte, ihre Kleiderwahl zu bereuen, begrüßte Alexandra die Frau in ihrem besten Französisch so höflich und förmlich wie möglich und nannte ihren Namen.

Die Frau bedachte sie mit einem Nicken, erwiderte die Begrüßung und bat Alexandra, auf dem Stuhl vor dem Schreibtisch Platz zu nehmen. »Ich bin Madame Dubois; ich werde dieses Vorstellungsgespräch führen.« Sie reichte Alexandra ein Formular. »Bitte füllen Sie das aus, Mademoiselle. Hier ist ein Stift.«

Einer plötzlichen Eingebung folgend machte Alexandra sich spontan fünf Jahre älter, als sie tatsächlich war, und füllte den Rest des Bewerbungsformulars in ihrer schönsten Handschrift aus. Sie beschrieb ihre letzte Tätigkeit als »Firmenchef«, obwohl sie nicht ganz sicher war, ob *chef d'entreprise* tatsächlich das Zubereiten von Mahlzeiten für die Vorstandmitglieder von Banken in Londons Bankenviertel beschrieb. Doch etwas Besseres fiel ihr nicht ein.

Als sie das ausgefüllte Formular zurückgab, tröstete sie sich damit, dass ihr erstes Vorstellungsgespräch nicht ganz ohne war. Das bedeutete, dass künftige Bewerbungsgespräche, bei denen das Ergebnis wichtiger war, ihr wahrscheinlich leichter fallen würden. Von einer Furcht einflößenden Pariserin durch die Mangel gedreht zu werden, die sie abschätzig musterte, war sicherlich eine Feuertaufe, die sie abhärten würde.

Während Madame Dubois das Formular studierte, zog sie einige Male die Augenbrauen hoch. »Sie sind also Engländerin?«

Alexandra nickte.

»Aber Sie sprechen Französisch?«

Obwohl Alexandra fand, dass sie das schon ziemlich gut unter Beweis gestellt hatte, nickte sie erneut.

»Sie sind eine passable Köchin?«

Alexandra bejahte. »Das habe ich in dem Formular beschrieben.«

»Mademoiselle, Sie haben angegeben, dass Sie die Geschäftsführerin einer Firma sind, was vermutlich nicht der Fall ist.« Sie kniff die Augen ein wenig zusammen, was einem Lächeln schon fast nahekam. »Möglicherweise ist Ihr Französisch nicht ganz so gut, wie Sie glauben.«

Verlegen murmelte Alexandra eine Entschuldigung.

Ihre Gesprächspartnerin fuhr fort: »Und Sie können Auto fahren?«

Als Nachweis suchte Alexandra ihren britischen Führerschein heraus und hoffte, dass Madame Dubois nicht weiterblättern und ihr tatsächliches Alter entdecken würde.

Weit gefehlt. Sie warf nur einen flüchtigen Blick darauf, bevor sie Alexandra das Dokument mit spitzen Fingern zurückgab. »Das scheint mir zufriedenstellend zu sein«, sagte sie. »Die Stelle ist nur für einen Monat zu besetzen. Ist Ihnen das bewusst?«

»Ja, Madame.«

»Nun gut, Mademoiselle. Es geht um eine Stellung als Kindermädchen – die jetzige Kinderfrau besucht ihre kranke Mutter. Verfügen Sie über entsprechende Erfahrung?«

Alexandra atmete innerlich tief durch. Die Vorstellung, als Kindermädchen zu arbeiten, schockierte sie. Sie hatte bislang kaum etwas mit Kindern zu tun gehabt, geschweige denn die Verantwortung für eines übernommen. Allerdings hatte sie selbst jede Menge Kindermädchen gehabt und konnte eine gute Kinderfrau von einer schlechten unterscheiden. »Gewiss doch, Madame«, antwortete sie.

Sie wollte gerade erklären, dass sie dies nicht im Formular erwähnt hatte, weil sie nicht gewusst hatte, dass die Stellung

Erfahrung in diesem Bereich voraussetzte, doch es schien Madame Dubois nicht zu interessieren.

»Die Familie hat drei Kinder, sie sind nicht mehr ganz klein. Werden Sie damit zurechtkommen?«

Alexandra nickte. Sie war ausgesprochen erleichtert, dass unter ihren Schützlingen kein neugeborenes Baby war. »Oh ja.«

»Drei Kinder? Sie kriegen das wirklich hin?«

»Auf jeden Fall.« Die Aussage war wahrscheinlich ein bisschen zu optimistisch, doch es sollte ja nur für einen Monat sein. Das konnte eigentlich nicht zu schwierig sein. Sie würde zusammen mit den Kindern Ausflüge zu den touristischen Attraktionen von Paris unternehmen. Donna konnte sie unterstützen – das würde lustig werden.

Madame musterte sie einige zermürbende Sekunden lang. »Wir müssen die Stelle dringend besetzen, ansonsten würden wir jemanden wie Sie nicht in Erwägung ziehen. Der Graf wurde über Ihren Hintergrund informiert, und da es um eine zeitlich eng begrenzte Übereinkunft geht, sind Sie vielleicht geeignet.«

»Danke«, antwortete Alexandra angemessen demütig.

»Wir werden Ihre Referenzen überprüfen, und wenn sie nicht zufriedenstellend sind, werden Sie umgehend entlassen.«

Alexandra hatte Donnas Ehemann Bob und die Cousine mit dem eindrucksvollsten Namen, die zudem einen Titel trug, als Referenzen genannt. Sie hoffte sehr, dass ihre Cousine sie nicht bloßstellen würde. »Natürlich«, erwiderte Alexandra etwas kleinlaut.

»Sie sehen sehr jung aus für Ihr Alter, Mademoiselle.«

Madame Dubois' scharfer Blick durchbohrte sie mit derartigem Hochmut, dass Alexandra ihr Selbstvertrauen wiederfand. Da sie das falsche Geburtsdatum in das Formular eingetragen hatte, war mit dieser Frage zu rechnen gewesen. Obwohl sie wusste, dass sie älter als zwanzig Jahre wirkte, kam sie vielleicht als Fünfundzwanzigjährige nicht durch. Sie schenkte der Frau ein strahlendes, Falten hervorrufendes Lächeln. »Ich weiß. Ich darf mich außerordentlich glücklich schätzen.«

Das hatte wiederum ein Hochziehen einer perfekt gezupften Augenbraue zur Folge. »Gut.« Madame Dubois öffnete eine Schublade und nahm einen dicken Umschlag heraus. »Das ist die Hälfte Ihres Gehaltes; die zweite Hälfte bekommen Sie am Ende des Monates. Und Ihre Zugfahrkarte.«

Alexandra hatte bereits die Hand ausgestreckt, um dem Umschlag entgegenzunehmen. »Zugfahrkarte?«

»Ja. Die Arbeitsstelle ist in der Provence, Sie reisen nach Marseille. Kann es sein, dass Sie überrascht sind?«

»Ja! Ich wusste nicht ... Niemand hat es erwähnt ... Ich dachte, der Arbeitsplatz sei in Paris.«

Madame Dubois sah sie an, als wäre diese Annahme vollkommen abwegig. »Aber nein, ich bin davon ausgegangen, das wäre geklärt worden, als man Ihnen vorschlug, zu diesem Gespräch zu kommen.«

Alexandra war verwirrt. Nie wäre sie auf die Idee gekommen, der Arbeitsplatz könnte nicht in Paris sein. Jetzt hatte sie keine Ahnung, ob sie die Stelle antreten wollte oder nicht.

In dem Moment stand der Mann auf, der in der Ecke arbeitete, und durchquerte den Raum, um mit ihr zu sprechen. »Mademoiselle, Sie würden sich um meine Kinder kümmern, die mir natürlich lieb und teuer sind. Kann ich Ihnen meine Kinder anvertrauen?«

Mehrere Gedanken schossen Alexandra gleichzeitig durch den Kopf. Der erste war, dass dieser Mann außerordentlich attraktiv war, der zweite, dass er derjenige sein musste, den Donna bei der Dinnerparty kennengelernt hatte, und der letzte Gedanke war, dass sie ihn nicht im Stich lassen konnte. »Natürlich,

Monsieur.« Zu spät fiel ihr ein, dass er ein Graf war, und korrigierte sich. »Monsieur le Comte.«

Er war groß, hatte nahezu schwarzes Haar und dunkle Augen mit langen Wimpern. Seine Nase war lang und leicht gekrümmt, und seine Mundwinkel hoben sich nun leicht.

Mit einem bangen Gefühl stellte Alexandra fest, dass es fast unmöglich war, sich nicht in ihn zu verlieben. In dem Moment wäre sie für ihn bis ans Ende der Welt gegangen, ganz zu schweigen von der Provence.

Monsieur le Comte verbeugte sich leicht. »Danke, Mademoiselle, ich bin Ihnen sehr dankbar.« Damit verließ er den Raum.

»Gut!«, sagte Madame Dubois, die sich ein wenig entspannt hatte, nachdem ihr Arbeitsgeber Alexandra offensichtlich als geeignet betrachtete. »Ich notiere Ihnen noch eine kurze Wegbeschreibung. Sie reisen vom Gare de Lyon. Ich schlage vor, dass Sie einige leichte Sommerkleider mitnehmen, da es in der Provence auch im Herbst noch sehr warm sein kann. Im Château gibt es eine Haushälterin. Ihre Arbeit wird daher nicht besonders schwer sein.« Sie informierte Alexandra noch über einige Dinge, die von ihr erwartet wurden.

Alexandra lächelte etwas mühsam. Je mehr Madame Dubois sich entspannte, desto angespannter wurde sie selbst. »Ich werde mein Bestes geben, um alle zufriedenzustellen.«

Madame Dubois verneigte sich leicht und erlaubte sich beinahe ein richtiges Lächeln. »Aber selbstverständlich!«

Donna wartete am vereinbarten Treffpunkt in einem Café in der Nähe des Gebäudes, in dem Alexandra sich vorgestellt hatte. Donna hüpfte beinahe vor Ungeduld auf und ab, weil sie unbedingt wissen wollte, wie es ihr ergangen war. Alexandra hingegen wollte sich einfach nur hinsetzen und ein Glas kaltes Wasser trinken. Und danach ein Glas Cognac, um ihre Nerven zu beruhigen.

»Und?«, fragte Donna. »Hast du die Stelle bekommen? Oder geben sie dir erst später Bescheid? Soll ich Champagner bestellen?«

Alexandra nickte. »Das wäre toll. Obwohl ich nicht sicher bin, ob es etwas zu feiern gibt.«

Donna gab die Bestellung auf und musterte Alexandra aufmerksam. »Warum nicht? Hast du den Job nicht bekommen? Antoine – der Mann, mit dem du dich getroffen hast – wirkte gestern Abend regelreicht verzweifelt.«

»Ich habe die Stelle.« Alexandra sah zu, wie der Kellner ihr einschenkte. »Aber es ist nicht ganz die Arbeit, von der ich ausgegangen bin.«

»Was musst du denn tun?«

»Ich soll Kindermädchen sein, doch das ist es nicht, was mir Sorgen bereitet. Der Arbeitsplatz ist nicht in Paris, sondern in der Provence!«

Donna machte ein langes Gesicht. »Oh. Ich hatte gehofft ...«

»Ich weiß, ich auch! Ich dachte, wir könnten eine unvergessliche Zeit in dieser wunderbaren Stadt hier verbringen.«

Donna sah immer noch sehr enttäuscht aus. »Ich habe mich so darauf gefreut, eine Freundin in Paris zu haben. Jetzt werde ich dich nie wiedersehen!«

»Du wirst mich sehen, wenn ich zurückkomme. In einem Monat. Ich muss über Paris reisen, um mit dem Zug in die Schweiz zu fahren.« Alexandra sagte das nicht zuletzt um ihrer selbst willen. Obwohl sie die Aufgabe aus freien Stücken übernommen hatte, regten sich nun Zweifel in ihr. Die Provence war so abgelegen und weit entfernt von der Zivilisation; Alexandra hatte keine Ahnung, wie ihre Verwandten auf die Nachricht reagieren würden.

Als sie ihren Champagner getrunken hatte, sagte sie – auch um Donna aufzuheitern, die niedergeschlagen wirkte: »Lass uns einkaufen gehen. Ich brauche noch Kleidung und Unterwäsche.«

»Dann solltest du bei Monoprix schauen. Ich kann es dir zeigen.« Donna lächelte ein bisschen traurig. »Es ist nicht gerade die Champs-Élysées, aber genau da müssen wir hin.«

4. Kapitel

Als der Zug am folgenden Morgen Paris verließ, war Alexandra sehr gespannt. Sie wusste, dass die Fahrt lange dauern würde, und hatte sich darauf eingestellt.

Donna hatte darauf bestanden, Alexandra zum Bahnhof zu begleiten, und ihr zwei belegte Baguettes, Obst und eine Flasche Perrier gekauft. Am Vortag hatte Alexandra zusammen mit Donna das *Rive Gauche*, das linke Ufer der Seine, besucht und in dem bekannten englischen Buchladen *Shakespeare and Company* ein Französisch-Englisch-Wörterbuch und zwei Romane für die Reise erstanden. Donna hatte ihr den *Larousse Gastronomique* schenken wollen, doch Alexandra hatte erwidert, er sei zu schwer für den Transport und außerdem Teil des Inventars von Donnas Wohnung. Der Abschied war überraschend emotional ausgefallen, wenn man bedachte, dass sie sich erst seit sehr kurzer Zeit kannten.

Einige Stunden später hatte Alexandra ihren Proviant vertilgt. Die Äpfel hatte sie mit ihrem Schweizer Taschenmesser geschält und zerteilt, ohne das sie nie auf Reisen ging. Auf der anderen Seite des Gangs saß ein Paar; der Mann hatte ebenfalls ein Messer dabei. Es handelte sich um ein Opinel-Klappmesser, mit dem er einen Schinken am Knochen attackierte. Alexandras Taschenmesser wirkte im Vergleich dazu regelrecht zierlich.

Sie hatte eines der Bücher fast ausgelesen (sie hatte es sich eingeteilt, damit sie für den vor ihr liegenden Monat noch genug Lesestoff hatte) und das Wörterbuch mehrere Mal sorgfältig studiert. Außerdem hatte sie lange Zeit aus dem Fenster gesehen, bevor der Zug endlich in den Zielbahnhof einrollte.

Die Landschaft, insbesondere auf dem letzten Stück, war grandios gewesen. Die Sonne hatte zum Übergang in den Herbst alles in goldenes Licht getaucht. Sie hatten gelb-braune Sonnenblumenfelder und abgeerntete Lavendelfelder passiert. Die grauen Sträucher schienen wie dicke Raupen über die Hügel zu kriechen. Weinleser mit großen Strohhüten ernteten im Sonnenlicht scharlachrot leuchtende Weintrauben von den Reben und warfen sie in die Körbe auf ihrem Rücken. Dörfer aus goldenem Stein schmiegten sich an die Hügel. Und trotz der Jahreszeit war das Licht immer noch besonders.

Alexandra wusste, dass Künstler eigens wegen dieses Lichtes in die Provence reisten. Während sie aus dem Fenster blickte, gab sie sich große Mühe, nicht an den Mann im Büro zu denken, den Comte de Belleville, den Vater der Kinder, die sie betreuen würde.

Sie glaubte nicht an Liebe auf den ersten Blick. Auch wenn sie erst zwanzig war, verfügte sie schon über jede Menge Erfahrung aus erster Hand. Die zahlreichen Kindermädchen und Gouvernanten, die sich im Laufe der Jahre um sie gekümmert hatten, waren größtenteils jung gewesen und hatten nicht damit hinter dem Berg gehalten, wenn ein Mann ihnen das Herz gebrochen hatte. Schon sehr früh (sie war zehn gewesen) hatte Alexandra beschlossen, sich nicht zu verlieben, wenn sie es irgendwie verhindern konnte.

Seitdem hatte sie entdeckt, dass Verliebtsein nicht unbedingt schlecht war, doch an jemanden sein Herz zu verlieren, den man überhaupt nicht kannte, war pure Torheit. Das würde ihr nicht passieren, egal, wie gut der Mann auch aussehen mochte.

Sie war ganz steif von der langen Reise und taumelte ein bisschen, als sie aus dem Zug stieg. Ein Mann in einem blauen

Arbeitsoverall, der das englische Kindermädchen irgendwie identifiziert hatte, begrüßte sie in einem starken französischen Dialekt, den sie gerade noch verstehen konnte.

»Mademoiselle! Sie kommen spät! Wir müssen uns beeilen. Jetzt bin ich auch spät dran! Ich heiße Bruno.«

»*Bonjour*, Bruno. Ich bin Alexandra«, sagte sie, doch er hörte ihr nicht zu. Stattdessen nahm er ihren kleinen neuen Koffer mit der neuen Kleidung, während sie ihr Handgepäck und ihre Handtasche umklammerte. In diesen beiden Taschen waren alle lebenswichtigen Dinge, ohne die sie verloren wäre.

Bruno wirkte nett, war allerdings in großer Eile. »Nun«, erklärte er, »es ist eine kleine Katastrophe passiert.«

Wie kann eine Katastrophe klein sein?, fragte Alexandra sich.

»Die Haushälterin, Madame Carrier, musste weg. Ihre Mutter ist krank.«

»Ach! Wie die Mutter des Kindermädchens?«

Davon wusste Bruno nichts, und es interessierte ihn auch nicht. »Sie müssen für die Kinder kochen. Aber verzweifeln Sie nicht.« Alexandra neigte nicht zum Verzweifeln und hatte auch nicht vor, jetzt damit anzufangen. »Der Gärtner wird Ihnen Gemüse und Hühner bringen. Lebensmittel vom Hof des Anwesens, wie immer.«

Obwohl sie damit kämpfte, Brunos Dialekt trotz seiner schnellen Sprechweise zu verstehen, hörte sie das Wort »Hühner« und hoffte, dass es sich um recht junge Tiere und keine müden alten Suppenhühner handelte. Sie zuckte innerlich mit den Schultern (allmählich zeigte das französische Umfeld Wirkung) und dachte, dass es im Château vielleicht auch einen *Larousse Gastronomique* gab. Sie würde genug Zeit haben, um alles in den Griff zu bekommen.

Bruno führte sie zu einem alten blauen Lieferwagen und stellte ihren Koffer hinten hinein. Dem Geruch nach zu urteilen, hatte er zuletzt Tiere darin transportiert. Alexandra kletterte in die Fahrerkabine. Während Bruno um den Wagen herumging, um auf der Fahrerseite einzusteigen, fragte sie sich, wie Madame Dubois in Paris dieses landwirtschaftliche Fahrzeug wohl beschrieben hätte.

Ihr Fahrer redete und gestikulierte und rief ab und zu etwas, während sie über kleinere Straßen ratterten, bis schließlich das Château am Ende einer von Bäumen gesäumten Allee auftauchte.

Im Vergleich zu anderen Châteaus war es nicht besonders groß, dennoch handelte es sich um ein beachtliches Anwesen. Der Grundriss war quadratisch, und an beiden Seiten befanden sich große, breite Türme, die aus dem Boden zu wachsen schienen.

Das Schloss war aus riesigen Steinquadern erbaut worden und sah aus, als wäre es darauf ausgelegt, allen Widrigkeiten zu trotzen. Ein großer Teil der Mauern war von Kletterpflanzen überrankt, die im Nachmittagslicht feuerrot leuchteten. Die Zinnen auf den Türmen könnten entweder reine Dekoration sein oder darauf hinweisen, dass das Château sehr alt war. Die dahinter liegenden Hügel boten dem Gebäude Schutz. Alexandra hatte plötzlich das merkwürdige Gefühl, dass es wie ein Zuhause aussah.

Doch als Bruno die Allee entlangfuhr, rief Alexandra sich in Erinnerung, dass es für sie kein Zuhause werden konnte, weil ihre Tätigkeit auf einen Monat begrenzt war. Trotzdem stellte sie fest, dass ihr Herz schneller schlug – sie wollte gute Arbeit leisten. Schließlich hatte sie dem Vater der Kinder versprochen, dass er ihr vertrauen konnte, und sie wollte ihn und auch seine Familie nicht enttäuschen.

Bruno hämmerte mit dem Türklopfer, der der Ring in der Nase eines aus Bronze gefertigten Stierkopfs war, gegen die

Eingangstür des Châteaus. Sofort ertönte tiefes Bellen, offenbar von einem großen Hund. Alexandra zuckte zusammen, doch Bruno wirkte unbeeindruckt. Er schnaubte ungeduldig, als die Tür nicht sofort geöffnet wurde. Es dauerte jedoch nicht lange, bis die schwere Tür aufging.

»Ah, *bonjour!*«, sagte Bruno, als die Haustür sich weiter öffnete. »Ich bringe euch euer neues Kindermädchen!«

Der Hund, in der Tat ein großes Tier mit schwarz-weißem Fell, Schlappohren und einem dünnen Schwanz, trottete heraus. Er schnüffelte kurz an Alexandra und leckte ihr flüchtig die Hand.

Sobald ihr klar war, dass der Hund sie nicht fressen würde, betrachtete Alexandra die drei Kinder, die die Tür deutlich wirksamer bewachten als das Tier. Das älteste Kind war ein ungefähr fünfzehn Jahre altes Mädchen in langer Hose und Rollkragenpullover – sie konnte kaum noch als »Kind« bezeichnet werden. Dann gab es einen Jungen, der fast genauso groß, doch offensichtlich jünger war, und ein kleineres Mädchen in einem ausgebleichten Kleid mit einem Faltenrock und Puffärmeln. Das jüngere Mädchen war offensichtlich das einzige Kind, das im richtigen Alter für eine Kinderfrau war.

Alexandra empfand unvermittelt Mitleid mit den Kindern. Sie selbst hatte noch Kindermädchen gehabt, als sie eigentlich aus dem Alter herausgewachsen war – das war kein Vergnügen gewesen. Daher verstand sie gut, warum das ältere Mädchen und ihr Bruder sie mit einer Mischung aus Feindseligkeit, Verärgerung und Trotz musterten. Die Kleine klammerte sich ängstlich an den Bruder.

Die beiden älteren Kinder hatten große Ähnlichkeit mit ihrem Vater. Sie hatten seine fast schwarzen Haare und die gleichen dunklen, von dichten Wimpern bekränzten Augen und einen Mund, der zum Lächeln gemacht war. Jetzt allerdings lächelten sie nicht. Das jüngere Kind mit seinen blonden Locken sah ganz anders aus. Der große Bruder hatte beschützend den Arm um das kleine Mädchen gelegt. Sie muss nach ihrer Mutter kommen, dachte Alexandra.

»Wir brauchen kein Kindermädchen«, sagte die Älteste mit erhobenem Kinn auf Französisch.

»Das glaube ich dir«, erwiderte Bruno. »Aber euer Papa ist der Meinung, dass ihr eins brauchst. Und hier ist sie. Ich muss jetzt gehen.« Er kehrte im Laufschritt zu seinem Wagen zurück, hob Alexandras Koffer heraus und schubste sie beinahe durch die Haustür. Dann brauste er davon und ließ Alexandra mit dem Gefühl zurück, dass ihr einziger Freund sie gerade verlassen hatte.

Ihre drei Schützlinge musterten sie, und Alexandra erwiderte ihre Blicke. Sie erkannte sich selbst in ihren Mienen wieder und erinnerte sich an die Kindermädchen, mit denen sie gut ausgekommen war – es hatte eine ganze Reihe davon gegeben. Sie hatte sie gemocht, weil sie sie respektiert und ohne Herablassung mit ihr gesprochen hatten.

»Hallo«, sagte sie auf Englisch. »Sprecht ihr Englisch?« Man hatte sie informiert, dass das der Fall war, da die Mutter der Kinder Engländerin war. Das war der Grund, warum eine englische Muttersprachlerin als Kindermädchen gewünscht war.

Das ältere Mädchen hob herausfordernd das Kinn.

Alexandra wiederholte ihren Satz in langsamem Schulfranzösisch.

»*Non!*«, antwortete das Mädchen.

Auf die gleiche Art und Weise fragte Alexandra die drei nach ihren Namen, in sehr langsamem Französisch mit einem ausgeprägten englischen Akzent.

Das ältere Mädchen reagierte nicht, doch ihr Bruder erwiderte: »Félicité«, und deutete auf seine ältere Schwester. »Ich bin

Henri. Und das ist die kleine Stéphanie. Der Hund heißt Milou.«

Alexandra nickte. So hieß auch der Hund von Tintin in der französischen Version von *Tim und Struppi*. Wenn die Kinder diese Bücher kannten, konnte sie sich mit ihnen darüber unterhalten, auch wenn sie entschlossen war, Englisch mit ihnen zu reden. Vielleicht wollten sie sie nicht wissen lassen, dass sie die englische Sprache beherrschten. Also beschloss sie, ihnen auch nicht zu verraten, dass sie mehr oder weniger fließend Französisch sprach. Menschen sollten ihre Geheimnisse haben, fand sie.

»Ich bin Alexandra«, sagte sie auf Französisch, bevor sie wieder ins Englische wechselte. »Ich bin sehr hungrig. Könnt ihr mir bitte erklären, wo ich die Küche finde?«

»Non!«, antwortete Félicité, die ihre trotzige Haltung noch nicht aufgegeben hatte.

»Auch gut«, meinte Alexandra, »ich werde sie schon finden. Vielleicht hilft Milou mir ja.«

Der Hund tat ihr den Gefallen. Gemeinsam gingen sie den langen Flur zur Rückseite des Gebäudes entlang; wahrscheinlich war Milou ebenfalls hungrig.

In der großen Küche stand ein riesiger schwarzer Herd an der Wand, und in der Mitte gab es einen großen, sauber geschrubbten Tisch. Neben dem Herd entdeckte Alexandra einen kleinen Sessel mit vielen platt gedrückten Kissen. In der Ecke tickte eine Standuhr vor sich hin. Außerdem waren da eine Spüle und mehrere große Geschirrschränke, deren Wände fast bis zur Decke reichten. Vor dem Herd lag ein Teppichläufer, auf dem Milou sich nun niederließ.

Über dem Herd war ein Holzregal angebracht, wahrscheinlich ursprünglich zum Trocknen von Kleidung bestimmt. Stattdessen hing heute alles daran, was man in einer Küche so brauchte. Es gab Kochtöpfe aus Kupfer, Bratpfannen jeglicher Größe, Suppenkellen, Kochsiebe und etwas, was wie eine mittelalterliche Kriegswaffe aussah. Außerdem entdeckte Alexandra Kräuterbüschel, Küchenhandtücher und einen Teddybär, der offenbar gewaschen und zum Trocknen aufgehängt worden war.

Zu Alexandras Erleichterung fand sich in einer Ecke auch ein ziemlich moderner Gasherd, daneben eine große Gasflasche. In einem offen stehenden Schrank entdeckte sie Schüsseln und Auflaufformen, Platten, Teller – alles, was man brauchte, um zu essen oder Essen zu servieren. Doch im Raum war es eiskalt, obwohl erst Oktober war.

Eins nach dem anderen, nahm Alexandra sich vor. Es war lange her, seit sie ihren Proviant im Zug gegessen hatte. »Ich habe großen Hunger«, sagte sie auf Englisch und wiederholte den Satz langsam und gewollt mühevoll auf Französisch.

Félicité zuckte mit den Schultern, doch Stéphanie, die offensichtlich vergessen hatte, dass sie nicht Englisch sprechen sollte, erwiderte in perfektem Englisch: »Ich habe auch Hunger!«

»Stéphie!«, sagte Henri eher betrübt als sauer, »wir sollen doch nur Französisch reden!«

»Es ist in Ordnung«, warf Alexandra ein. »Es ist lustig, jemandem einen Streich zu spielen, aber wenn es zu lange dauert, ist der Spaß irgendwann vorbei. Was willst du essen?«

Sie hatte ihre Frage an Stéphie gerichtet, die jedoch den Kopf schüttelte. Offensichtlich war ihr der kleine Ausrutscher peinlich.

»Okay«, murmelte Alexandra vor sich hin. »Gibt es einen Kühlschrank?«

Sie rechnete nicht mehr mit Unterstützung und begann, Schränke und Türen zu öffnen, bis sie in einem Durchgang auf einen großen Kühlschrank stieß. Hier fand sie ein Stück Butter auf einem Teller, eine Auswahl an Käse und eines der Hühner, von denen Bruno gesprochen hatte. Sie würde ein anderes Mal darüber nachdenken, wie sie es zubereiten konnte; jetzt wollte sie Brot.

Mit der Butter und etwas Käse, den sie für Comté hielt – von dem, was es in Frankreich an Käse gab, kam er Cheddar am nächsten –, kehrte sie in die Küche zurück. Erfreut stellte sie fest, dass die Kinder noch da waren.

»Wo verwahrt ihr das Brot?«, fragte sie in ihrem lauten, langsamen Französisch. Sie war sicher, dass das älteste Mädchen mitspielen würde. Alle wussten, dass die Kinder Englisch sprachen, doch weil Alexandra sie auf Französisch ansprach, mussten sie eigentlich antworten.

Félicité deutete mit dem Kopf in die Richtung, in der Alexandra nachsehen sollte. »In der Speisekammer«, gab sie auf Englisch zurück. »Aber es ist wahrscheinlich alt.«

»Wann habt ihr zuletzt etwas gegessen?« Alexandra war besorgt. Es war sechs Uhr. Hatten sie an dem Tag überhaupt schon etwas zu sich genommen?

»Wir hatten Croissants zum Frühstück«, antwortete Stéphie. »Und Äpfel zum Mittagessen.«

»Okay«, erwiderte Alexandra. »Dann suchen wir mal was Essbares.«

Die Speisekammer lag hinter dem Durchgang, wo der Kühlschrank stand. Alexandra fand einen hölzernen Brotkasten, in dem sich zwei harte Baguettes und ein *pain de campagne* befanden.

In der Hoffnung, dass es ein Sägemesser gab, mit dem sie das runde braune Brot schneiden konnte, nahm sie den Laib mit in die Küche. Falls die Haushälterin länger ausfallen sollte, würde sie ein paar Änderungen vornehmen; die Abläufe mussten deutlich praktischer werden.

Alexandra fand ein Brotmesser an einer magnetischen Halterung an der Wand. Sie schaffte es, vier anständige Scheiben von dem Brot abzuschneiden. Dann machte sie sich daran, überbackene Käsebrote zuzubereiten.

Der Geruch des schmelzenden Käses und der Anblick der appetitlichen Brotscheiben, die Alexandra auf ein rundes Holzbrett gelegt hatte, zogen ihre Schützlinge an den Tisch wie Motten zum Licht. Als sie sah, wie eifrig die drei sich auf die Brote stürzten, schnitt sie den Rest des Brotlaibs auf und verteilte den gesamten restlichen Käse auf den Scheiben. Sie hoffte, die vollen Bäuche würden dafür sorgen, dass die Kinder ein bisschen auftauten.

In der Küche zu sitzen, auch wenn es nur eine kalte französische Küche war, erinnerte Alexandra an ihr Leben in London, wo ihre Freunde und sie häufig rund um den Küchentisch gesessen hatten, um zu essen, zu lachen und zu plaudern. Sie hatten monatelang gemeinsam in dem großen Londoner Haus gewohnt und es zu einem glücklichen Ort gemacht. Würde ihr das auch mit diesem Haus gelingen? Sie alleine mit drei offenbar unglücklichen Kindern? Auch wenn Félicité eigentlich kein Kind mehr war. Es würde ein schwieriges Unterfangen werden.

Sie erhob sich vom Tisch, um den Ofen zu untersuchen. Sie öffnete die Feuerklappe. »Funktioniert der normalerweise?«

Henri nickte. »Er braucht jede Menge Holz, aber ja, er funktioniert. Es gibt einen Holzschuppen.«

Alexandra lächelte ihm zu. Wenn sie wenigstens einen ihrer Schützlinge auf ihre Seite bringen konnte, würde alles viel einfacher werden. »Kannst du Holz und Anmachholz holen? Du weißt schon, Kleinholz, um das Feuer in Gang zu bringen. Und ein bisschen Zeitungspapier.«

Henri nahm sich noch ein Stück von dem überbackenen Käsebrot und verschwand damit. Alexandra beschloss, dass jetzt nicht der richtige Augenblick war, um ihm Tischmanieren beizubringen; schließlich hatte sie ihn gebeten, Holz zu holen. Sie hatte nicht gesagt: »Wenn du fertig gegessen hast.«

Der Junge war bald zurück. Alexandra brauchte eine Weile, um ein Feuer anzuzünden. Als sie es geschafft hatte, stellte sie fest, dass es auch eine Herausforderung sein würde, den Ofen in Gang zu halten. Doch es munterte sie auf, das Knistern und Prasseln des Holzes zu hören, und sie freute sich auf die Wärme. Obwohl es ein goldener Oktobertag gewesen war, wurde es nun kühl.

»Henri, du musst mir zeigen, wo das Holz gelagert wird. Ich will nicht darauf angewiesen sein, dass du es immer holst.«

»Madame Carrier hat immer auf den Ofen geschimpft. Sie hatte Mühe, ihn über Nacht anzubehalten«, vertraute Henri ihr an.

»Okay, dann gebe ich mich damit zufrieden, den Ofen morgens anzuzünden und den Tag über in Gang zu halten.« Sie legte weitere Holzscheite nach. »Hat jemand Lust auf heiße Schokolade?«, fragte sie. Eigentlich stand ihr der Sinn eher nach einem Glas Wein, doch bevor sie sich etwas eingewöhnt und herausgefunden hatte, wo die Dinge aufbewahrt wurden, würde sie mit heißer Schokolade vorliebnehmen. Heiße Schokolade, nach französischer Art in Schalen serviert, war immer eine gute Sache.

In dem großen Krug im Kühlschrank war nicht mehr besonders viel Milch, aber bei einer gründlichen Durchsuchung der verschiedenen Packungen in den Schränken stieß Alexandra auf eine Mischung, der nur heißes Wasser hinzugefügt werden musste, um einen Milchkakao zu erhalten. Sie schüttete Milch in einen Topf, gab den Inhalt der Packung, ein Stück Schokolade und etwas Wasser hinzu und erwärmte die Mixtur auf dem Herd. Schließlich verteilte sie das dampfende Getränk auf Schalen, aus denen normalerweise Kaffee getrunken wurde.

Bald saßen sie um den Tisch herum und tranken ihre heiße Schokolade. Allmählich wurde es wärmer in der Küche, und auch die Stimmungslage verbesserte sich. In beiden Fällen war nach Alexandras Vorstellungen noch Luft nach oben, doch immerhin war ein Aufwärtstrend zu erkennen.

Alexandra verfügte über wenig Erfahrung, aber sie schätzte Stéphie auf ungefähr acht oder neun Jahre. Sie sah, wie das kleine Mädchen ein paar Mal gähnte. Vielleicht brauchte sie mehr Schlaf als ihre älteren Geschwister und hatte Nachholbedarf.

Alexandra sammelte die leeren Schalen ein und stellte sie in die Spüle. Um den Abwasch würde sie sich am nächsten Morgen kümmern. Auch wenn sich ein Kindermädchen möglicherweise nicht so verhalten sollte, zog sie es vor, morgens abzuspülen, wenn es hell war.

Sie streckte die Hand nach dem Teddy aus. »Dieser kleine Bursche muss ziemlich müde sein. Ich frage mich, wo er wohl schläft?«

»Er schläft bei mir!«, antwortete Stéphie sofort und warf ihren Geschwistern rasch einen Blick zu, um zu ergründen, ob sie dem ungeliebten Kindermädchen zu viel verraten hatte.

»Okay. Weiß jemand, wo ich schlafe?«, erkundigte sich Alexandra. »Ich würde ja den Teddy fragen, doch ich bin nicht sicher, ob er Englisch spricht.«

»Er heißt Clive«, warf Stéphie ein.

»Ach? Das ist ein schöner Name. Warum heißt er so?«

Stéphie zuckte mit den Schultern. »Er heißt eben so.«

Mit einem lauten Kratzen schob Félicité ihren Stuhl auf dem Steinboden zurück. »Das Zimmer für das Kindermädchen ist fertig. Madame Carrier hat sich darum gekümmert, bevor sie gegangen ist. Wir zeigen es dir.« Sie zögerte kurz. »Es gibt auch ein Sofa und Sessel. Du kannst dich dort aufhalten.«

Es war klar, was sie sagen wollte: »Bleib in deinem Zimmer, Kindermädchen, und komm nicht raus!«

Alexandra war innerlich zusammengezuckt. Hatte sie selbst sich je so feindselig gegenüber ihren Kinderfrauen oder Gouvernanten verhalten? Beschämt stellte sie fest, dass das wahrscheinlich der Fall gewesen war.

»Ich kümmere mich um den Ofen und sehe zu, dass wir ein bisschen warmes Wasser bekommen. Wenigstens wissen wir, dass Clive kein Bad braucht«, sagte sie. Als sie Holz nachgelegt und ein wenig an den Lüftungsklappen herumgefummelt hatte, die sie nicht verstand, richtete sie sich auf.

»Dann mal los!« Sie klang positiv und fröhlich, doch innerlich fühlte sie sich unglaublich müde und ein wenig entmutigt. Wenigstens ist das Château schön, dachte sie, als sie hinter ihren Schützlingen die elegante Treppe hinaufstieg.

Ihr Zimmer gehörte zu einer Flucht von Räumen, die für Kinder und ihre Betreuer bestimmt waren. Es war nicht luxuriös, aber offensichtlich erwartete man nicht, dass die Kinderfrau in einer engen Dachkammer schlief. Es gab ein bodentiefes Fenster und einen schmalen Balkon mit einer hübschen Aussicht über das Gelände vor dem Château.

Der Raum war groß genug, um einem Sofa und zwei Sesseln Platz zu bieten, die um einen kleinen Tisch gruppiert waren. An der Wand standen eine Schubladenkommode und ein Schreibtisch. Das Doppelbett hatte einen Baldachin, der mit hübschen Vorhängen versehen war. Alles in allem war das Zimmer nicht übel, man konnte sich gut darin aufhalten. Alles war sauber, wenn auch einfach, das Bett war alt, doch das würde sie sicher nicht stören.

»Gibt es heißes Wasser, wenn jemand baden möchte?«, erkundigte sie sich.

»Nein«, antwortete Félicité. »Es wird erwartet, dass das Kindermädchen sich mithilfe einer Schüssel und einem Krug Wasser in ihrem Zimmer wäscht.«

Alexandra war daran gelegen, Félicité für sich zu gewinnen, doch nun war das Mädchen einen Schritt zu weit gegangen.

»Jetzt mach aber mal einen Punkt! Was für Romane hast du denn gelesen? Wo wir gerade von ›Lesen‹ reden, würde es Clive gefallen, wenn jemand ihm vorliest?«

Stéphie nickte eifrig. »Oh ja!«

»Dann lass uns ein Buch heraussuchen, das er gern mag, ich lese ihm gern vor.« Sie erinnerte sich, wie sehr sie es genossen hatte, im kuscheligen Bett zu liegen, während jemand ihr eine Geschichte vorgelesen hatte.

Sie gingen alle zusammen in Stéphies hübsches Zimmer, in dem zwei Betten standen. Es gab ein Bücherregal voller Bücher, an das Alexandra nun trat und die Titel laut vorlas.

»Oh! *Milly-Molly-Mandy!*«, rief sie entzückt aus. Es war ihr eigenes Lieblingsbuch aus Kindertagen. Doch dann ging ihr auf, dass Stéphie wohl ein bisschen zu alt dafür war.

»Okay, das können wir nehmen, wenn du möchtest.« Stéphie klang ein bisschen resigniert und herablassend, aber Alexandra fragte sich, ob sie sich nicht vielleicht insgeheim auf das für kleinere Kinder bestimmte Buch freute.

Sie nahm es in die Hand. »Zieh deinen Schlafanzug an, putz dir die Zähne, und dann lese ich vor.« Alexandra stellte fest, dass sie sich an ihre Rolle gewöhnte, obwohl sie nie gedacht hätte, der Typ Mensch zu sein, der anderen auftrug, sich die Zähne zu putzen.

Stéphie nahm ihren Schlafanzug und verschwand in dem kleinen Badezimmer. Félicité und Henri setzten sich auf das zweite Bett.

»Habt ihr auch Lust auf *Milly-Molly-Mandy?*« fragte Alexandra.

»Natürlich nicht!«, antwortete Henri.

»Wir müssen bei ihr bleiben, bis sie eingeschlafen ist«, fügte Félicité hinzu, »und wir müssen sichergehen, dass du nicht gemein zu ihr bist.«

»In Ordnung.« Alexandra überlegte, ob sie das Zähneputzen kontrollieren sollte. Für den heutigen Abend entschied sie sich dagegen.

Sie wanderte durch den Raum, betrachtete alles und stieß auf ein Porzellanpferd, das in mehrere Teile zerbrochen war. Sie untersuchte gerade den Kopf des Pferdes, als Stéphie zurückkehrte.

»Es ist runtergefallen, es war keine Absicht!«, murmelte sie verstimmt.

»Das wissen wir«, entgegnete Félicité sanft. »Es ist in Ordnung.«

Alexandra legte den Pferdekopf wieder hin. »Vielleicht kann ich das für dich reparieren.«

»Unser letztes Kindermädchen hat uns nicht viel vorgelesen«, meinte Stéphie. »Sie hat gesagt, wir wären alt genug, um selbst zu lesen.«

»Das seid ihr natürlich auch«, erwiderte Alexandra. »Das verstehe ich. Aber ich habe es immer geliebt, wenn man mir vorgelesen hat.«

Henri und Félicité machten es sich auf dem zweiten Bett gemütlich, während Alexandra sich neben Stéphie legte und das Buch aufschlug.

Nachdem sie eine Geschichte vorgelesen hatte, sah sie, dass Stéphie tief und fest schlief. Die anderen beiden schienen das Vorlesen zu genießen, dennoch fragte Alexandra leise: »Soll ich weiterlesen? Stéphie schläft.«

»Nein«, erwiderte Félicité rasch. »Wir sind ein bisschen zu alt für *Milly-Molly-Mandy*.«

Alexandra stand vorsichtig auf, um das kleine Mädchen nicht zu stören, zog die Bettdecke hoch und stopfte sie fest.

Dann ging sie zu dem zerbrochenen Pferd. »Wollt ihr, dass ich das repariere? Würde das Stéphie gefallen?«

Félicité zuckte auf typisch französische Art die Schultern. »Stéphie ja. Mir ist es egal. Auch wenn es mal mir gehört hat.«

»Ich muss mein Gepäck noch rauftragen«, sagte Alexandra. Sie versuchte, Henri keinen bedeutsamen Blick zuzuwerfen, doch er verstand den Hinweis auch so.

»Ich hole es.«

»Du sollst Henri nicht ausnutzen. Das wäre nicht fair. Er ist sehr nett und hilfsbereit«, meinte Félicité, als er den Raum verlassen hatte.

»In Ordnung«, erwiderte Alexandra, ging ebenfalls hinaus und zu ihrem eigenen Zimmer. Félicité folgte ihr.

Alexandra hatte ihre Handtasche schon dorthin gebracht. Sie wusste, dass sich Porzellankleber darin befand, denn sie war darauf gestoßen, als sie vor ihrem Vorstellungsgespräch nach Make-up gesucht hatte. Sie erinnerte sich, den Kleber kurz vor der Hochzeit ihrer Freundin gekauft zu haben, und seitdem lag er in ihrer Handtasche. Alexandra brachte die Tasche zum Tisch.

»Wenn du das kaputte Pferd holst, werde ich sehen, was ich tun kann.«

Da Félicité sich ohne Widerworte auf den Weg machte, begriff Alexandra, dass ihr das kleine Pferd trotz ihres gleichgültigen Gehabes eine Menge bedeutete.

Zwanzig Minuten später saßen Henri und Félicité auf dem Bett, während Alexandra am Tisch in ihrem Zimmer mit ihrem Taschenmesser Kleber von den Bruchkanten des geklebten Porzellanpferdes kratzte.

»Seltsam, dass eine Frau ein Taschenmesser in der Handtasche hat«, meinte Henri, der offenbar nicht länger schweigen konnte.

»Das ist ein Schweizer Messer«, erklärte Alexandra. »Ein Freund aus London hat es mir gegeben. Er sagte, jeder sollte eins besitzen.«

»War er dein Freund?«, wollte Félicité wissen.

Alexandra hob den Kopf und lächelte. »Nein. Er ist wahrscheinlich mein bester Freund, aber wir haben keine Liebesbeziehung.« Sie dachte an David, der in London ein wachsames Auge auf sie und später auch auf ihre Freundinnen gehabt hatte. Er war eher wie ein älterer Bruder für sie und außerdem homosexuell, worüber sie jedoch nie wirklich gesprochen hatten. Daher würde sich ihre Beziehung auch nie ändern.

»Warum kratzt du den Kleber wieder runter?«, fragte Henri. »Was hat das für einen Sinn?«

»Ich stelle sicher, dass kein überschüssiges Klebzeug rausquellen kann, wenn ich die Stücke aneinanderpresse.« Sie hielt inne. »Habt ihr zufällig Klebeband? Heftpflaster wäre auch gut.«

Henri, der die Reparatur offensichtlich faszinierend fand, holte bereitwillig eine Rolle Heftpflaster. Es war ziemlich alt, und Alexandra brauchte eine Weile, um etwas davon abzurollen, doch schließlich stand das kleine Pferd in einem Stück auf dem Tisch. Die Einzelteile wurden von Heftpflasterstreifen zusammengehalten.

»Das ist toll!«, kommentierte Henri. »Das Pferd sieht aus, als wäre es in einem Krankenhaus zusammengeflickt worden.«

»Wenn wir morgen das Pflaster abziehen, wird es viel besser ausschauen«, erklärte Alexandra. Hoffentlich hatten ihre Porzellanklebefähigkeiten sie nicht im Stich gelassen. »Ich zeige dir gerne, wie es geht, wenn noch mal etwas repariert werden muss«, sagte sie zu Henri.

Als Alexandra aufgeräumt und die Deckel auf die zwei Klebertuben gedreht hatte, fragte sie: »Um welche Uhrzeit geht ihr beiden normalerweise ins Bett?«

»Wann wir wollen«, antwortete Félicité herausfordernd.

»Oh, gut«, meinte Alexandra. »Wenn ich mich also jetzt schlafen lege, dann geht ihr noch mal eine Runde mit Milou Gassi und schließt hinterher alles ab? Ihr kümmert euch darum?«

»Nein!«, erwiderte Félicité entsetzt. »Du musst das machen. Du bist erwachsen.«

»In Ordnung«, antwortete Alexandra. »Aber dann müsst ihr mir zeigen, was zu tun ist.«

Milou hatte einen Hundekorb in der Küche, doch er hatte offensichtlich keine große Lust, sich hineinzulegen. Er war zuvor gehorsam nach draußen gegangen, hatte zweimal kurz gebellt und dann erledigt, was zu erledigen war, bevor er wieder ins Haus gekommen war.

»Schläft er für gewöhnlich bei einem von euch beiden?«, fragte Alexandra.

»Soll er eigentlich nicht«, antwortete Henri, »aber er fühlt sich hier unten einsam und fängt an zu jaulen. Das klingt ganz schrecklich.«

»Nun, wenn er bei einem von euch schlafen will, ist das in Ordnung für mich. Ich brauche kein Gejaule, ich bin sehr müde.«

»Macht es dich nervös, in so einem großen Gebäude zu schlafen?«, erkundigte Félicité sich und hoffte offensichtlich, dass sie die Frage bejahen würde.

Alexandra schüttelte den Kopf. »Ich habe in London manchmal allein im Haus geschlafen, und da war es viel unheimlicher als hier.« Sie zuckte mit den Schultern, obwohl sie sich tatsächlich manchmal, als sie noch jünger gewesen war, gefürchtet hatte, wenn beim Wechsel zwischen Kindermädchen oder Gouvernanten eine Lücke entstanden war. Sie sah Félicité direkt an. »Ich hatte jede Menge Kindermädchen im Laufe der Zeit, teilweise auch noch, als ich schon zu alt dafür war – genau wie ihr beiden.«

Félicité wandte den Blick ab, weil sie offensichtlich nicht zugeben wollte, dass es Gemeinsamkeiten zwischen ihr und dieser Engländerin gab, die man ihnen aufs Auge gedrückt hatte.

»War dein Vater auch viel unterwegs?«, wollte Henri wissen.

Alexandra schüttelte den Kopf. »Nein, ich bin Waise. Aber es ist in Ordnung für mich, ich habe meine Eltern nie gekannt.«

»Wir haben einen Vater«, sagte Henri, »doch unsere Mutter lebt in Argentinien. Wir sehen sie nie.«

»Oh, wie traurig«, gab Alexandra vorsichtig zurück, da es sich vermutlich um einen wunden Punkt handelte. Sie war darauf vorbereitet, das Thema sofort wieder fallen zu lassen.

»Das macht nichts!«, verkündete Félicité. »Was ist das für eine Mutter, die ihre Kinder verlässt? Wir wollen sie gar nicht sehen.«

»Dann ist es ja praktisch, dass sie in Argentinien lebt, nicht wahr?«

Henri runzelte die Stirn. Er würde sie gerne sehen, dachte Alexandra. Aber was war mit Stéphie? Wann war ihre Mutter gegangen? Erinnerte die Kleine sich überhaupt noch an sie?

Plötzlich wurde Alexandra von Müdigkeit übermannt und musste herzhaft gähnen. »Ich muss ins Bett«, sagte sie. »Ich verlasse mich darauf, dass ihr euch die Zähne putzt und euch um Milou kümmert. Die Türen haben wir ja schon abgeschlossen. Zeit zu schlafen!«

»Wir haben die Hühner nicht eingesperrt«, warf Félicité ein. »Der Fuchs wird sie holen, wenn wir das nicht tun.«

Alexandra atmete tief durch und verzichtete darauf, Félicité zu fragen, warum sie das nicht früher erwähnt hatte. »Gut, dann machen wir das besser mal. Ihr müsst mir zeigen, was zu tun ist.«

Als sie Félicité und Henri durch die Hintertür folgte und den Hof überquerte, beschloss Alexandra, die Hühner künftig viel früher am Abend in ihren Stall zu sperren. Sie würde eine Aufgabenliste erstellen.

Auf dem kleinen Sekretär in ihrem Zimmer fand sie leicht vergilbtes Briefpapier mit einer Zeichnung des Châteaus sowie Adresse und Telefonnummer im Briefkopf. Alexandra zauderte ein wenig und beschloss dann, ihren Verwandten auf diesem Briefpapier eine Nachricht zukommen zu lassen. Sie war fest entschlossen, erwachsener mit ihrer persönlichen Situation umzugehen, und würde gleich damit beginnen, indem sie ihnen mitteilte, dass die Dinge sich anders entwickelt hatten als erwartet. Allerdings gestand sie sich selbst ein, dass sie diese Information nicht so gerne mit ihnen geteilt hätte, wenn sie in einer für eine junge Frau mit ihrem Hintergrund weniger geeigneten Position arbeiten würde. Doch da sie sich in einem großen Château befand und sich um die Kinder des Comte de Belleville kümmerte, musste sie sich keine Sorgen machen.

5. Kapitel

Am Morgen wurde Alexandra von Stéphie geweckt, die mit ihrem Teddy Clive im Arm im Türrahmen auftauchte.

»Ist schon Aufstehzeit?« Alexandra, die eine ruhelose Nacht verbracht hatte und gefühlt gerade erst in den Tiefschlaf gefallen war, streckte die Hand nach ihrem kleinen Reisewecker aus. Im Dämmerlicht konnte sie nur wenig sehen und brauchte eine Weile, bis sie erkannte, dass es erst halb sechs war. »Eigentlich noch nicht«, beantwortete sie ihre Frage selbst. »Aber wenn du dir dein Kopfkissen holst, kannst du zu mir ins Bett krabbeln, während ich noch ein bisschen weiterschlafe.«

Stéphie trottete davon und war im Handumdrehen wieder zurück. Sie hatte *Milly-Molly-Mandy* mitgebracht. »Liest du mir vor?«

Alexandra überlegte mit geschlossenen Augen. »Ich finde, du könntest selbst ein bisschen lesen. Es ist noch sehr früh.«

»Ich kann nicht lesen«, erwiderte Stéphie.

Alexandra wurde schlagartig wach. »Nicht? Überhaupt nicht? Wie alt bist du?«

»Neun. Und ich kann ein bisschen lesen.«

Hatte Stéphie nur behauptet, nicht lesen zu können, um ihre Aufmerksamkeit zu bekommen, oder konnte sie tatsächlich nicht gut lesen? »Warum liest du mir nicht etwas vor? Ich mag es, wenn jemand mir vorliest«, schlug Alexandra vor.

Stockend begann Stéphie zu lesen. Es war offensichtlich, dass sie zu kämpfen hatte. Alexandra runzelte die Stirn.

»Gehst du zur Schule?«

Stéphie schüttelte den Kopf. »Die Schule ist zu weit weg. Unser letztes Kindermädchen konnte nicht Auto fahren.«

»Ich kann es«, sagte Alexandra. Es war eine der Bedingungen für ihre Einstellung gewesen. »War euer letztes Kindermädchen lange bei euch?«

»Jahrelang. Sie hat mit mir gerechnet.«

»Und was ist mit Félicité und Henri?«

Stéphie rutschte hin und her; das Thema interessierte sie offensichtlich nicht. »Wir hatten eine Zeit lang eine Gouvernante für den Hausunterricht, und nachdem sie weg war, sind Félicité und Henri zu den Nachbarn gegangen, die einen Tutor hatten. Aber die sind dann weggezogen.«

»Wie sind sie denn zu den Nachbarn gekommen?« Wenn die älteren Kinder zu Nachbarn gebracht werden konnten, konnten sie bestimmt auch zur Schule gelangen.

»Bruno hat sie quer über die Felder hingebracht.«

»Wie lange ist das her?« Wie lange besuchten diese Kinder schon keinen richtigen Schulunterricht mehr?

»Ich weiß nicht«, antwortete Stéphie, der es offenbar gleichgültig war.

Alexandra kam zu dem Schluss, dass sie die Kinder nicht ohne das Einverständnis ihres Vaters in einer Schule anmelden und sie dorthin bringen konnte, falls sie es nicht unbedingt wollten. Schließlich war sie nur einen Monat hier. Allerdings konnte sie Stéphie helfen, besser lesen zu lernen. Mit neun Jahren sollte sie es eigentlich besser beherrschen. Alexandra selbst hatte sehr früh lesen gelernt; es war Teil ihres Verteidigungssystems gewesen.

»Möchtest du, dass ich dir beim Lesen helfe, Stéphie?«, fragte Alexandra und setzte sich im Bett auf.

»Wir haben nicht die richtigen Bücher dafür.«

»Alle Bücher, in denen Wörter stehen, sind die richtigen Bücher«, erwiderte Alexandra. »Lass mal sehen.«

Es klappte gut, und Stéphie wurde allmählich selbstbewusster. Da öffnete sich die Tür zu Alexandras Zimmer, und eine wütende Félicité stand im Türrahmen. »Du sollst Stéphie nicht unterrichten! Das gehört nicht zu den Aufgaben eines Kindermädchens!«

Alexandra sah auf und erwiderte ruhig: »Danke, Félicité. Ich wäre dir sehr dankbar, wenn du eine Liste meiner Verantwortlichkeiten und eine weitere mit den Dingen erstellen könntest, die ich nicht tun soll. Ich bin noch nie ein Kindermädchen gewesen.«

»Ich lese gerne mit Alexandra«, warf Stéphie ein. »Mit ihr macht es Spaß.«

Félicité warf den Kopf zurück. »Okay, na ja, wenn es dir gefällt, dann mach weiter. Jetzt ist es Zeit, die Hühner rauszulassen.«

»Ooh!«, rief Stéphie, legte *Milly-Molly-Mandy* zur Seite und kletterte aus dem Bett. »Das mache ich gerne. Ich sammle auch die Eier ein, wenn die Hennen nicht brüten.«

»Dann ab mit dir!«, sagte Alexandra. »Hoffentlich gibt es Eier. Dann können wir sie zum Frühstück essen.«

»Ich mag sie nur weich gekocht mit Soldaten«, erwiderte Stéphie. »Aber das geht mit französischem Brot nicht so gut.«

»Holt ihr die Eier; ich kümmere mich um die Brot-Soldaten.« Alexandra runzelte die Stirn. Auch sie aß gern das in Streifen geschnittene Toastbrot, das in das weiche Eigelb getunkt wurde. »Haben wir überhaupt Brot?«

Félicité nickte. Sie teilte Stéphies Begeisterung für das Einsammeln der Eier augenscheinlich nicht. »Vermutlich wird einer der Leute, die auf dem Hof arbeiten, welches vorbeibringen. In dem Dorf in der Nähe gibt es eine *boulangerie*.« Sie lächelte kühl. »Sie wissen, dass wir momentan keine Haushälterin haben, sondern nur noch ein neues Kindermädchen.«

»Das ist gut«, erwiderte Alexandra und ignorierte Félicités hochnäsige Einstellung gegenüber ihrem derzeitigen Beruf. »Weißt du, wann im Ort Markttag ist? Ich brauche noch ein paar Anziehsachen. Die meisten meiner Kleidungsstücke sind wahrscheinlich inzwischen schon in der Schweiz gelandet.«

»Warum in der Schweiz?«, fragte Félicité, deren Interesse geweckt war.

»Ich war gerade auf dem Weg dorthin und habe einen Zwischenstopp in Paris eingelegt. Dann habe ich beschlossen, mir einen Job zu suchen, und es ist dieser hier geworden!« Alexandra überlegte kurz, ob sie erwähnen sollte, dass sie ursprünglich davon ausgegangen war, ihr Arbeitsplatz wäre in Paris. Doch dann verzichtete sie darauf. »Wie du ja weißt, geht es nur um einen Monat, solange euer Kindermädchen sich um seine Mutter kümmert.«

»Was wolltest du in der Schweiz?«, wollte Félicité wissen.

»Bei meinen Verwandten wohnen und ein Mädchenpensionat besuchen und so.«

»Aber warum solltest du auf ein Pensionat gehen?«, hakte Félicité nach, die offensichtlich wusste, was das war.

»Genau das habe ich mich auch gefragt«, antwortete Alexandra. »Warum? Deshalb habe ich mir stattdessen Arbeit gesucht.«

»Obwohl du noch nie als Kindermädchen gearbeitet hast.«

»Um ehrlich zu sein, ich wusste gar nicht, um welche Tätigkeit es sich handelt. Ich wusste nur, dass ich kochen, Auto fahren, Französisch sprechen ...« Zu spät fiel ihr wieder ein, dass sie ihre Französischkenntnisse bis jetzt für sich behalten hatte. »Ein bisschen, ich spreche ein bisschen Französisch. Und ich dachte mir, was gibt es Besseres als eine Arbeit, um meine französischen Sprachkenntnisse zu verbessern?«

»Warum glaubst du, du könntest als Kindermädchen arbeiten, wenn du das noch nie gemacht hast?«

Das war eine durchaus berechtigte Frage. »Ich denke, ich hatte selbst so viele Kinderfrauen, dass ich einfach mehr oder weniger das tun kann, was sie getan haben. Auch wenn keine von ihnen Auto fahren, kochen oder Französisch sprechen konnte. Außer einer, die mir«, sie fing sich gerade noch so, »ein bisschen Französisch beigebracht hat, denn sie war Französin. Sie hat mich nach Paris mitgenommen. Ich habe es geliebt.«

Es hatte ihr zwar nicht gefallen, dass das Kindermädchen sie die meiste Zeit ignoriert und stattdessen mit ihrem Freund geschlafen hatte, doch Alexandra war damals alt genug gewesen, um Paris auf eigene Faust zu erkunden. »Nun, gibt es im Dorf einen Markt?«

»Heute«, antwortete Félicité.

»Ich stehe jetzt auf«, erklärte Alexandra.

Félicité nickte. »Wir sehen uns unten.«

Während Alexandra zusah, wie die Schwestern den Raum verließen, dachte sie bei sich, dass sie in Bezug auf Félicité allmählich Fortschritte machte. Das Mädchen war intelligent und kannte das Haus und die Umgebung – es wäre gut, sie auf ihrer Seite zu haben.

In der Küche zündete Alexandra als Allererstes das Feuer im Ofen an. Obwohl es ein wunderschöner, goldener Tag zu werden versprach, lagen noch Nebel und Kühle in der Luft. In der Küche war es ebenfalls kalt. Auf dem Tisch stand ein Körbchen voller Eier, und daneben entdeckte Alexandra ein paar lange dünne Baguettes und ein rundes, braunes Landbrot. Außerdem gab es ein großes, in Papier eingeschlagenes Stück Butter und etwas Käse. Eine hilfsbereite Person hatte ihnen tatsächlich etwas aus der *boulangerie* mitgebracht.

Henri hatte Holz und Anmachholz ins Haus geholt und warf einen hungrigen Blick auf das Essen.

»Kann ich ein bisschen Brot mit Butter haben?«, fragte er. »Normalerweise bringt Bruno kein Brot. Es muss daran liegen, dass du neu bist, Alexandra.«

»Wie bekommt ihr es denn gewöhnlich?«

»Man kann über die Felder ins Dorf laufen. Ich mache das manchmal. Oder jemand fährt mit dem Auto.«

»Natürlich kannst du was davon essen!«, sagte Alexandra.

Der Blickwechsel zwischen den Kindern verriet Alexandra, dass sie mit einem Nein gerechnet hatten.

»Ich koche ein paar Eier. Wie wäre es mit French Toast? Man nennt ihn auch ›Arme Ritter‹. Das esse ich am liebsten.«

»Was ist French Toast?«, fragte Stéphie. »Ich möchte gekochte Eier.«

»Die kannst du haben, wenn du magst, aber French Toast schmeckt auch richtig gut. Gibt es Marmelade?«

»Reneklodenmarmelade vom letzten Jahr«, antwortete Félicité.

»Ich hole sie«, bot Henri an.

»Ich muss lernen, wo sich alles befindet«, meinte Alexandra. Sie freute sich, dass der Ofen jetzt brannte und zumindest eine Weile an bleiben würde.

Das Frühstück wurde eine fröhliche Angelegenheit, auch wenn Alexandra ihren gewohnten Tee vermisste. Damit musste sie sich abfinden. Sie hatte eine Packung Tee zusammen mit ihrer Kleidung in die Schweiz geschickt. Nun musste sie einen Monat lang Kaffee, heiße Schokolade oder Kräutertees trinken, die sie so gar nicht mochte.

»Ich finde, wir sollten jetzt zum Markt gehen. Hoffentlich finde ich da noch etwas zum Anziehen«, sagte Alexandra.

»Wie kommen wir hin?«, wollte Stéphie wissen.

»Wir fahren mit dem Auto«, antwortete Alexandra. »Wo steht es denn?« Sie baute auf Henris Hilfsbereitschaft und sah ihn fragend an. Es funktionierte.

»In der Scheune«, antwortete er. »Soll ich es schon mal rausfahren?«

»Wie alt bist du, Henri?«, fragte Alexandra. »Ab welchem Alter darf man laut Gesetz in Frankreich Auto fahren?«

»Ich kurve schon auf dem Grundstück herum, seit ich klein war«, erwiderte Henri grinsend.

»Dann setz doch bitte das Auto für mich aus der Scheune.«

Während Henri das tat, überprüfte Alexandra in der Küche, ob sie alles hatte, was sie brauchte, einschließlich Handtasche und Geldbeutel.

Da wollte Stéphie wissen: »Was ist mit Milou?«

»Was soll denn mit ihm sein? Braucht er mehr Futter? Was habe ich vergessen?« In dem Haus in London hatten sie ebenfalls einen Hund gehabt, aber Alexandra hatte nicht die alleinige Verantwortung für das Tier getragen.

»Wir müssen ihn mitnehmen!«, verlangte Stéphie. »Allein wäre er sonst einsam.«

»Kann Clive sich nicht um ihn kümmern?«, fragte Alexandra in der Hoffnung, dass der Teddy Stéphies fürsorgliche Art teilte und sie den Hund zu Hause lassen konnten.

Stéphie warf Alexandra einen empörten Blick zu. »Er ist ein Teddybär! Wie kann er sich um Milou kümmern?«

Alexandra unterdrückte ein Seufzen. »Okay, aber du musst nach ihm sehen. Kannst du seine Leine holen?« Wenigstens hatte der Hund ein Halsband.

Jedoch keine richtige Leine, wie sie bald feststellen musste. »Er läuft immer hinter uns her, wenn wir draußen sind«, erklärte Félicité, als wäre es unvorstellbar, einen Hund an der Leine zu führen.

Henri hupte kurz und verstärkte damit die plötzliche Panik, die in Alexandra aufstieg.

»Nun, dann lassen wir ihn eben hier!«, sagte sie. Sie hatte genug damit zu tun, einen Wagen zu fahren, den sie nicht kannte, an einem Ort, den sie nicht kannte, zusammen mit drei jungen Menschen, die sie ebenfalls kaum kannte. Es würde das Schicksal herausfordern, wenn sie zusätzlich noch einen Hund mitnahmen.

»Das geht nicht«, erwiderte Stéphie störrisch. »Hier, wir nehmen meinen Schal als Leine.«

Alexandra seufzte. »In Ordnung. Jetzt ab ins Auto mit euch. Henri, kannst du hinter dem Steuer Platz machen? So gut mir das auch gefallen würde, ich kann dich nicht in den Ort fahren lassen.«

Es entstand eine Diskussion darüber – sogar ein Streit –, wer wo sitzen sollte. Schließlich nahm Félicité vorne neben Alexandra Platz, und die anderen machten es sich auf der Rückbank bequem. Milou hockte in der Mitte. Er wollte auf keinen Fall in den hinteren Bereich, der eigentlich für Gepäck oder Hunde bestimmt war. Offensichtlich war ihm das zu weit weg vom Geschehen.

Zu Alexandras Erleichterung war der Wagen dem Auto ziemlich ähnlich, mit dem sie in London gefahren war und das ihrem Freund David, dem Antiquitätenhändler, gehörte. Daher fuhr sie voller Selbstvertrauen los.

Inzwischen war der Tag wunderschön und sonnig geworden. Die morgendlichen Herbstnebel hatten sich aufgelöst, und es wurde allmählich wärmer. Alexandra zog noch einmal das etwas steife, inzwischen leicht schmuddelige Kleid an, das sie schon in Paris ständig getragen hatte. Für das Vorstellungsgespräch war es in Ordnung gewesen, doch hier auf dem Land war es unpassend. Obwohl sie noch eine Strickjacke übergestreift hatte, passte das Outfit eher in die Stadt. Zudem fühlte es sich falsch an. Auch die wenigen neuen Kleider, die sie gemeinsam mit Donna gekauft hatte, wollten ihr hier nicht so recht gefallen. Doch sie war zuversichtlich, dass sie auf dem Markt das finden würde, was sie brauchte. Allmählich begann Alexandra den Ausflug zu genießen.

Henri gab ihr begeistert Tipps, wie sie das Auto bedienen sollte. Er beugte sich über ihre Schulter und sagte ihr, was sie zu tun hatte. Anscheinend empfand er den typischen Frust von Männern, wenn sie einer Frau bei einer Tätigkeit zusehen mussten, die sie eigentlich als ihren Job betrachteten.

Sie erreichten das Ende der Zufahrt. »Wohin jetzt?«

»Nach links«, antwortete Henri.

»Wir hatten noch nie ein Kindermädchen, das Auto fahren konnte. Normalerweise hat Madame Carrier uns mitgenommen, wenn wir mal auf dem Markt waren«, sagte Stéphie. Sie schien sich über die Neuerung zu freuen.

»Bitte gebt mir Bescheid, falls ich aus Versehen wie in England auf der linken Straßenseite fahre«, bat Alexandra und beschleunigte, nachdem sie auf die Straße abgebogen war.

Der kleine Ort Saint-Jean-du-Roc war nicht weit entfernt, und schon bald rollte Alexandra auf der Suche nach einem Parkplatz langsam durch die Gassen. Nachdem sie den Wagen geparkt hatte, stiegen alle aus. Stéphie hielt Milou fest. Der Hund war daran gewöhnt, über weite Felder zu streifen. Daher gefiel es ihm nicht besonders, durch einen Schal in seiner Bewegung eingeschränkt zu werden. Zum Glück war er sehr gutmütig und liebte Stéphie ganz offensichtlich.

Alexandra hatte zwei Einkaufskörbe mitgenommen; einen gab sie Félicité, den anderen trug sie selbst.

»Wenn wir alle Lebensmittel erstanden haben, die wir brauchen, muss ich was zum Anziehen für mich kaufen. Währenddessen könnt ihr euch alleine umschauen. Wenn ihr brav seid, dürft ihr vielleicht auch etwas für euch kaufen.«

Wahrscheinlich wäre es besser gewesen, die Bestechungskarte erst auszuspielen, wenn sie sie tatsächlich brauchte, doch sie erinnerte sich, wie frustrierend und langweilig Einkaufen war, wenn man selbst nichts kaufen konnte. Allerdings bezweifelte sie, dass sich hier jemand langweilte – überall gab es wundervolle Dinge und interessante Menschen zu sehen.

»Ich habe aber nicht besonders viel Geld dabei«, fügte sie mit etwas Verspätung hinzu. »Ich muss noch herausfinden, wie ich an das Haushaltsgeld komme.« Sie war so übereilt eingestellt worden, dass solche Dinge noch nicht organisiert worden waren. Es machte das Leben etwas kompliziert. Zum Glück war Alexandra erfinderisch. Madame Dubois hätte sie nach diesen Fähigkeiten fragen sollen, anstatt sich Gedanken über ihre Referenzen zu machen.

»Da kann ich leider nicht helfen«, sagte Félicité, deren Bedauern sich anscheinend in Grenzen hielt.

»Da drüben ist eine Bank«, rief Henri. »Da kann man doch Geld abheben, oder nicht?«

»Stimmt«, antwortete Alexandra, »aber man kann nicht einfach reingehen und danach fragen. Na ja, ich habe ja noch Reiseschecks; ich könnte einen einlösen, damit wir zurechtkommen, bis das geklärt ist.« Sie sagte mit Absicht »wir«, damit alle sich als Teil eines Teams fühlten.

Die Lebensmittelstände mit ihren Farben und ihrer Vielfalt waren eine Augenweide. Sie sehnte sich danach, David oder ihre Freundin Meg hierzuhaben. Die beiden liebten es, zu kochen und zu essen; sie fänden es himmlisch. Ihre derzeitigen Begleiter waren eher gleichgültig und wandten sich ab, sobald Alexandra ihre Einkaufstour begann.

Es gab Stände mit Trauben, Melonen, Äpfeln und Birnen. Die Farben leuchteten so intensiv, dass sie sich einbildete, sie würden Wärme ausstrahlen. Paprikaschoten, die in England meist grün waren und als exotisch betrachtet wurden, waren rot und gelb und so groß wie eine Hand. Die Knoblauchknollen hatten die Größe von Kricketbällen; die Auberginen sahen aus wie dunkelviolette Luftballons. Sogar Gemüsesorten, die Alexandra vertrauter waren, wie Karotten, Kohl und Kartoffeln, wirkten größer und schöner und wurden wunderbar präsentiert.

Ihr Korb war mit Zwiebeln, Kartoffeln und Knoblauch gefüllt, und sie kaufte gerade Paprikaschoten und Auberginen, als Stéphie angerannt kam. »Milou ist abgehauen!«

»Oh, Liebes!« Alexandra wusste, dass Schimpfen nichts half. »Kannst du versuchen, ihn wieder einzufangen? Dann können wir ihn ins Auto bringen, bis wir fertig sind. Wahrscheinlich fühlt er sich in dem Gedränge nicht wohl.«

Stéphie verschwand, und Alexandra steuerte auf einen Käsestand zu. Wenn man in Frankreich war, musste man unbedingt Käse kaufen, fand sie. Auch die Stände mit Marmelade, Honig, Seife und Lavendelprodukten waren verlockend. Es gab auch Räucherfleisch und bereits fertige Gerichte wie gekochtes Huhn, Kessel voller Bœuf Bourguignon, Eintopfgerichte und Bouillabaisse, eine reichhaltige Fischsuppe.

Ein zuvorkommender Standinhaber bot ihr gerade eine Olive zum Kosten an, als Milou mit hohem Tempo auf sie zustürmte. Der Hund prallte gegen den Mann neben Alexandra, dem ein Becher mit Oliven aus der Hand flog, die sich nun über Alexandra ergossen.

Alexandra und der Fremde (jung und sehr gut aussehend, wie sie feststellte) entschuldigten sich beide ausgiebig und überboten sich förmlich darin, die Schuld auf sich zu nehmen.

Stéphie und Henri tauchten in Milous Kielwasser auf. Félicité folgte ihnen etwas langsamer.

»Tut mir leid! Er hat dich gesehen und ist einfach losgestürmt!«, erklärte Stéphie. »Er mag dich!«

»Er kennt mich doch kaum«, erwiderte Alexandra auf Französisch, ohne groß nachzudenken.

»Es waren meine Oliven, die Ihr Kleid mit Olivenöl beschmutzt haben«, sagte der junge Mann. »Oh, ich kenne euch!«, fuhr er an Félicité und ihre Geschwister gewandt fort. Er drehte sich wieder zu Alexandra um. »Ich bin ein Freund von Antoine. Und sein Anwalt.«

Sein schlechtes Gewissen nahm sichtlich zu. »Jetzt habe ich noch mehr Grund, mich zu entschuldigen! Ich habe das Kleid einer Freundin meines guten Freundes ruiniert.« Er griff nach ihrer Hand und hauchte einen Kuss darauf. »Maxime de Marais, zu Ihren Diensten. Was kann ich tun, um es wiedergutzumachen?«

»Ach!«, erwiderte Alexandra. »Ich freue mich so sehr, Sie kennenzulernen. Ich bin Alexandra, das neue Kindermädchen. Man hat mir Ihren Namen genannt und gemeint, ich könne mich an Sie wenden, falls ich Hilfe benötige. In meinem Informationsschreiben heißt es, dass ich keinen Kontakt mit dem Comte aufnehmen kann, aber dass Sie es können.«

Maxime verbeugte sich leicht. »Und jetzt habe ich Sie von oben bis unten mit Olivenöl vollgespritzt. Ich muss es sofort wiedergutmachen.«

Alexandra lachte. »Milou war schuld, aber wenn Sie mir einen Gefallen tun könnten – würden Sie mit den Kindern in ein Café gehen? Ich brauche ein bisschen Zeit für mich, um Kleidung zu kaufen.«

»Kleidung? Hier? Mademoiselle, das ist kaum der richtige Ort ...« Maxime klang schockiert.

»Ich brauche sofort etwas zum Anziehen, nicht erst, wenn ich das passende Geschäft finde«, erklärte Alexandra. »Und machen Sie sich keine Gedanken, ich wollte schon Kleidung kaufen, bevor Milou uns umgerannt hat.«

»Dann gehe ich jetzt mit den Kindern in ein Café«, erwiderte Maxime. »Mit dem größten Vergnügen.«

Als er sich nicht sofort in Bewegung setzte, griff Alexandra in ihre Tasche, weil ihr der Brief an ihre Verwandten einfiel. »Und wenn Sie eine Briefmarke organisieren und den Brief in einen Briefkasten werfen könnten, verzeihe ich Ihnen alles.«

Maxime nahm den Umschlag und gab ihr noch einen Handkuss. »Wir sind in dem Café auf der anderen Straßenseite. Ich werde ein Glas Champagner für Sie bestellen.«

»Was feiern wir denn?«, fragte Alexandra lächelnd.

»Wir feiern unsere Begegnung«, antwortete Maxime. »Kommt, Kinder. Und haltet Milou gut fest. Bis jetzt ist es einigermaßen gut gegangen, doch wir sollten unser Glück nicht überstrapazieren.«

Bestens gelaunt steuerte Alexandra einen Stand an, der ihr schon zuvor aufgefallen war. Er verkaufte leuchtend bunte Baumwolldruckkleider, die die Schultern frei ließen. Der ländliche Stil hätte in London fehl am Platz gewirkt. Dort war die Mode derzeit sehr geradlinig, die Röcke waren kurz, und geometrische Formen waren vorherrschend. Doch hier unter der Herbstsonne Südfrankreichs waren Kleider mit Raffungen, Volants und Rüschen absolut passend.

Sie kaufte gleich zwei davon und freute sich über den günstigen Preis und die Zugabe in Form eines leichten Schals, der mit in die Papiertüte wanderte. Sie stellte fest, dass Flirten Teil der französischen Lebensart war, und musste unwillkürlich lächeln. Es war respektvoll, aber auch amüsant.

Ein paar Meter weiter stieß sie auf einen schlichteren Stand. Hier gab es traditionelle Arbeitskleidung für Männer, Arbeitsjacken in verschiedenen Blautönen, Hosen und Jeans, lange Baumwolljacken und Arbeitsoveralls.

Die Overalls erregten Alexandras Interesse. Es gab berühmte Fotos von Frauen, die diese während des Kriegs getragen hatten. Alexandra fand, dass vieles dafür sprach, sie in einem französischen Schloss zu tragen. Sie brauchte eine Weile, den Standbesitzer davon zu überzeugen, dass sie einen für sich erstehen wollte. Doch unter Lachen hielt sie schließlich einen Arbeitsoverall vor sich. Ärmel und Beine waren zu lang, aber die konnte sie hochkrempeln.

Sie überlegte gerade, ob der Arbeitsanzug im Körperbereich zu lang war, als der Standbesitzer fragte: »Wollen Sie den Overall anprobieren? Hier in meinem Lieferwagen? Es gibt auch einen Spiegel.«

»*Superbe*«, antwortete sie. Im Nu war sie in den Wagen geklettert, aus dem ölbeschmierten Kleid geschlüpft und in den Arbeitsoverall gestiegen. Er war perfekt! Jetzt brauchte sie noch einen Gürtel, um dem Ganzen Form zu verleihen – da kam ihr ein Gedanke. Sie griff in die Papiertüte, fand den Schal und band ihn sich um die Taille. Dann stellte sie den Kragen des Overalls auf und zog sich die Lippen nach. Großartig! Sie war entzückt.

Alexandra stieg aus dem Lieferwagen und bezahlte gleich zwei Overalls. Wer weiß, ob sie noch einmal Gelegenheit bekommen würde, einen zu erstehen? Sie waren nützlich und bequem und – mit einem Gürtel getragen – durchaus sexy, wie sie fand.

Da sie ihre Schützlinge nicht zu lange alleine lassen wollte, beschloss sie, keinen Stand zu suchen, der Gürtel verkaufte. Der wunderschöne dunkelrote Schal erfüllte seinen Zweck perfekt. Sie fühlte sich wie eine Revolutionärin und eilte mit beschwingtem Schritt zum Café. Alexandra hatte festgestellt, dass sie gerne flirtete, und die Aussicht, es mit Maxime zu tun, war sehr angenehm.

Die kleine Gruppe hatte einen guten Tisch im Außenbereich ergattert, mit einem hervorragenden Blick auf den Platz und den Markt.

Maxime sah auf, als Alexandra sich zu ihnen gesellte. »*Mon Dieu!* Sie haben sich umgezogen, und irgendwie haben Sie es geschafft, die Uniform eines französischen Arbeiters in ein modisches Outfit zu verwandeln!« Seine Miene sagte ihr, dass er nicht nur höflich sein wollte, und sie erwiderte sein Lächeln.

»*Merci du compliment!* Trinken wir tatsächlich Champagner?«, fragte sie Maxime, als er ihr ein Glas reichte. »Wie wunderbar! Was trinkt ihr?«, wandte sie sich an ihre Schützlinge.

»Ich trinke auch Champagner«, erwiderte Félicité herausfordernd und wartete sichtlich darauf, getadelt zu werden.

»Prima«, meinte Alexandra, während sie bei sich dachte, dass für eine Fünfzehnjährige ein Glas sicherlich in Ordnung war, vor allem, wenn sie etwas dazu aßen.

Die anderen beiden hatten sich für Erfrischungsgetränke entschieden. Alexandra stieß mit Maxime an. »Das ist so nett von Ihnen. Darf ich Sie einladen, mit uns zu Mittag zu essen? Da wir schon mal hier sind, würde es gut passen.« Wenn er die Einladung annahm, musste sie rasch in die Bank gegenüber springen, um einen Reisescheck einzulösen. Hoffentlich hatte die Bank geöffnet! Alexandra stieß auch mit den Kindern an.

»Ich bin Ihnen voraus.« Maxime verneigte sich leicht. »Ich habe schon nach der Speisekarte gefragt. Und ihr werdet natürlich meine Gäste sein.«

»Das ist wunderbar«, antwortete Alexandra und trank einen Schluck von ihrem Champagner. »Ich hätte erst Bargeld besorgen müssen, und ich bin nicht sicher, ob die Bank geöffnet hat.« Sie überlegte kurz. »Obwohl sie an einem Markttag bestimmt offen ist.« Sie hatte zwar schon die Hälfte ihres Gehalts erhalten, doch die Einkaufstouren in Paris und eben auf dem Markt hatten ihre Spuren hinterlassen.

Maxime, der ihr nachgeschenkt hatte, bevor sie die Hand über ihr Glas legen konnte, versicherte: »Sie müssen sich keine

Sorgen machen, wie Sie die Kinder verköstigen können. Antoine ist zwar kein Millionär, aber er kann es sich leisten, seine Familie zu ernähren – mitsamt Kindermädchen.«

Alexandra zuckte mit den Schultern. »Anscheinend sind keine Vorkehrungen getroffen worden, wie ich an Haushaltsgeld komme. Oder an Lebensmittel. Félicité hat nur gesagt, dass zurzeit jemand Brot ins Schloss bringt.«

»Und wir haben die Lebensmittel vom Hof«, stellte das Mädchen klar. »Aber das ist natürlich nicht besonders abwechslungsreich.«

Sie klingt ein bisschen frustriert, dachte Alexandra. Für einen Teenager war das Leben in einem abgelegenen Château, kilometerweit entfernt von jungen Menschen im gleichen Alter, nicht sonderlich spannend.

»Stéphie hat mir erzählt, dass ihr nicht zur Schule geht«, sagte sie.

»Papa wird sich um eine neue richtige Hauslehrerin kümmern, wenn er nach Hause kommt«, erklärte Félicité.

»Habt ihr keine Lust, in die Schule zu gehen?«, hakte Alexandra nach. »Ich hatte die meiste Zeit Gouvernanten und Hauslehrerinnen, aber ich war auch zwei Jahre lang auf einem Internat. Ich fand es richtig gut, mit Mädchen meines Alters zusammen zu sein.« Das war natürlich leicht übertrieben, doch zuvor hatte sie sich oft einsam gefühlt.

Félicité zuckte mit den Schultern, als machte sie sich über so etwas keine Gedanken.

»Ich würde gerne in die Schule gehen«, warf Henri ein. »Natürlich mag ich meine Schwestern, aber ich vermisse es, Spiele zu spielen und so.«

»Ich habe die Schule gehasst«, brummte Stéphie.

»Sie wurde schikaniert«, erklärte Félicité, »und ich bin in eine Prügelei geraten und habe beschlossen, die Schule zu verlassen.

Und dann hat Papa eine Gouvernante eingestellt. Aber sie ist nicht so lange geblieben.«

Alexandra war ebenfalls in Schwierigkeiten geraten, weil sie ein Mädchen verteidigt hatte, das von allen schikaniert worden war. Und auch sie hatte damals beschlossen, die Schule zu verlassen, bevor man es ihr nahegelegt hatte. Danach hatten ihre Vormunde eine sehr strenge Gouvernante engagiert. Zum Glück war sie nicht lange geblieben.

»Was möchten Sie essen?«, erkundigte sich Maxime. »Ich kann den *salade niçoise* empfehlen. Er ist hier sehr gut.«

Alexandra steckte gerade eine Gabel mit Sardellen, Oliven und hart gekochtem Ei in den Mund, als sie bemerkte, dass zwei elegante Französinnen sie überraschend intensiv anstarrten.

»Oh, seht mal«, sagte da Stéphie. »Da ist *Grand-mère*.«

Zu ihrem Entsetzen musste Alexandra hilflos zusehen, wie zwei Respekt einflößende Damen in den Fünfzigern über den Platz auf ihren Tisch zumarschierten. Sie überschlug kurz ihre Erfolgsaussichten, sich zwischen den Tischen und Stühlen durchzuschlängeln und auf der Toilette zu verschwinden, bevor die Damen sie erreichten. Doch es waren sehr entschlossene Frauen – sie hatte keine Chance.

Félicité, Henri und Stéphie standen auf und begrüßten ihre Großmutter höflich. Sie nickten auch ihrer Begleiterin zu, die sie offensichtlich kannten. Maxime erhob sich ebenfalls und verbeugte sich; auch er kannte die Damen.

Nach kurzer, harmloser Konversation richtete die Großmutter der Kinder ihre Aufmerksamkeit auf Alexandra. »Und wer sind Sie?«, fragte sie in perfektem, akzentfreiem Englisch.

»Ich bin das Kindermädchen«, antwortete Alexandra, die nicht glaubte, dass ihr Name von Bedeutung war – schließlich blieb sie nur einen Monat lang.

»Tatsächlich?«, bemerkte die Frau überrascht. »Was für eine eigenartige Wahl, wenn ich das so sagen darf. Darüber muss ich mit meinem Schwiegersohn reden!«

Damit drehten die beiden Damen sich um und gingen.

»Das war interessant.« Alexandra strahlte und versuchte, so zu tun, als fühlte sie sich nicht im Geringsten beleidigt.

»Mach dir keine Gedanken, sie ist sehr hochnäsig«, meinte Stéphie freundlich.

»Und du bist ja auch nur einen Monat lang bei uns«, fügte Félicité hinzu. Auch wenn sie damit wahrscheinlich kein Mitgefühl ausdrücken wollte, hatte Alexandra das Gefühl, dass ihre Haltung gegenüber dem Aushilfs-Kindermädchen sich etwas entspannt hatte.

Nach diesem Zwischenspiel wurde es ein vergnügliches Mittagessen. Maxime versprach, einige Themen zu klären, die Alexandra noch Sorge bereiteten – das Wichtigste war das dringend benötigte Haushaltsgeld. Maxime gab den Kindern ein paar Francs, die sie auf dem Markt ausgeben konnten, während Alexandra und er noch eine Tasse Kaffee genossen. Er bot ihr einen Cognac an, doch Alexandra schüttelte den Kopf.

»Das ist eine reizende Idee, vielen Dank, aber ich bin für drei junge Menschen und einen Hund verantwortlich und muss ein Auto fahren, mit dem ich noch nicht richtig vertraut bin.«

Er verbeugte sich. »Sehr vernünftig.«

Kameradschaftliches Schweigen breitete sich aus. Alexandra genoss die wärmenden Sonnenstrahlen auf ihrem Gesicht. In den vergangenen Tagen war viel passiert, und sie hatte kaum einen Moment Zeit gehabt, um alles zu verarbeiten. Jetzt schien eine gute Gelegenheit zu sein – mit einem sehr gut aussehenden, umgänglichen jungen Mann in der Sonne sitzend –, um darüber nachzudenken, wie perfekt sich alles gefügt hatte.

Kurz darauf machten sie sich auf den Heimweg. Stéphie, Milou und Henri saßen wieder auf der Rückbank, Félicité vorne neben Alexandra. Die Fahrt aus der Stadt heraus war einfacher als die Hinfahrt, da inzwischen die meisten Stände verschwunden waren, und mit ihnen die Menschen und die Autos.

»Wir müssen das Klebeband von dem kleinen Pferd abziehen, wenn wir zurück sind«, sagte Alexandra auf Englisch. »Um zu sehen, ob die Reparatur erfolgreich war.«

»Es ist ein Pferdemädchen!«, erklärte Félicité barsch.

»Tatsächlich? Das sieht man bei Pferden nicht immer auf den ersten Blick. Wie heißt sie denn?«

»Alice!«, antwortete Félicité. Offensichtlich hatte sie sich für den ersten Namen entschieden, der ihr in den Sinn gekommen war. »Und beim Mittagessen ist mir aufgefallen, dass du plötzlich sehr gut Französisch sprichst – für ein englisches Kindermädchen!« Es klang anklagend.

»Stimmt! Man lernt eine Sprache schnell, wenn man in dem entsprechenden Land lebt«, konterte Alexandra.

Félicité interessierte sich plötzlich auffallend für eine Hecke, an der sie gerade entlangfuhren, doch Alexandra sah trotzdem, dass sie grinste.

Als sie zu Hause ankamen, stürmten Félicité und Stéphie sofort los, um das Pferd Alice zu holen. Sie versammelten sich in der Küche. Während Henri das Feuer im Ofen anzündete, zog Alexandra vorsichtig das Heftpflaster herunter.

»Na also!«, kommentierte sie zufrieden. »Das hat gut funktioniert, wenn ich das so sagen darf.«

»Es ist ganz okay«, meinte Félicité, doch Alexandra bemerkte, dass sie sich freute.

»Es ist wunderbar!«, rief Stéphie aus, schlang Alexandra die Arme um den Hals und umarmte sie stürmisch. »Danke!«

Auf einmal war Alexandra den Tränen nahe.

6. Kapitel

Die folgenden Tage verliefen ohne Zwischenfälle. Alexandra gewann allmählich den Eindruck, dass auch die nächsten drei Wochen gut über die Bühne gehen könnten. Ihre Verwandten hatten sich nicht gemeldet, um sie unverzüglich in die Schweiz zu zitieren, und Alexandra hatte festgestellt, dass ihr die gemütliche Gangart des französischen Landlebens gefiel.

Die einzige Sache, die ihr ein bisschen Sorge bereitete, war ein Anruf von Maxime, mit dem er sie informierte, dass die Kinderfrau, die sich um ihre kranke Mutter kümmerte, nicht zurückkehren würde. Allerdings war das eher Antoines Problem; sie konnte hier nicht weiterhelfen.

Sie war in der Küche und schrieb Etiketten für die Birnenmarmelade, die sie gekocht hatte, um die gemeinsam mit den Kindern am Vortag geernteten Birnen zu verarbeiten. Alexandra fand, dass sie als Kinderfrau mit ihren Schützlingen auch praktische Tätigkeiten im Freien verrichten sollte, wenn sie nicht gerade mit Stéphie Lesen übte oder in der Bibliothek nach Büchern suchte, die Félicité und Henri gefallen könnten.

Alexandra war fast fertig und fühlte sich angenehm häuslich, als die Stille von einem lauten Läuten der Türklingel unterbrochen wurde. Milou reagierte mit tiefem, Furcht einflößendem Gebell.

Alexandra sah Félicité an, um zu ergründen, ob sie wusste, wer das sein könnte. Sie zuckte mit den Schultern.

»Normalerweise besucht uns nie jemand«, meinte Henri. »Wir wohnen zu abgelegen.«

»Offensichtlich nicht abgelegen genug«, erwiderte Alexandra und ließ den Stift sinken. Sie trug eines der beiden schulterfreien, bunten Baumwolldruckkleider vom Markt und hatte ihr Haar mit der Schärpe hochgebunden, die zum Kleid gehörte.

Ein Blick in einen Spiegel, an dem sie auf dem Weg zur Tür vorbeikam, zeigte ihr ein Bauernmädchen in Festivalkleidung – das Gegenteil der kultivierten jungen Frau, die sie in London gewesen war. Ihre Haut war leicht gebräunt, weil sie sich viel draußen aufgehalten hatten, während Henri und Stéphie auf Bäume geklettert waren.

Daher war sie verärgert, als sie sich den beiden ausgesprochen eleganten und vornehmen Damen gegenübersah, die sich auf dem Markt erkundigt hatten, wer Alexandra sei. Obwohl sie ihre Perlen trug – die echten, nicht den Modeschmuck mit den dicken künstlichen Perlen, der sich zusammen mit ihrem übrigen Gepäck in der Schweiz befand –, fühlte sie sich eher wie eine Landarbeiterin und nicht wie eine richtige Kinderfrau.

»Was kann ich für Sie tun?«, fragte sie nun höflich auf Französisch.

»Dürfen wir eintreten?«, erkundigte sich die Großmutter der Kinder auf Englisch.

Alexandra konnte natürlich nicht ablehnen. Deshalb öffnete sie die Tür weiter. Sie führte die Besucherinnen in den Salon – ein Raum, der entzückend wäre, wenn er öfter benutzt würde –, als Henri auftauchte, gefolgt von Stéphie und Félicité.

»Kinder«, sagte *Grand-mère*. »Ich freue mich, euch zu sehen.«

Alexandra ging voraus und öffnete die bodentiefen Fenster, damit Luft und Licht hereinströmen konnten. »Nehmen Sie doch bitte Platz.« Sie deutete auf das Sofa und die Sessel. »Darf ich Ihnen eine Erfrischung anbieten?« Sie fuhr auf Englisch fort: »Einen Kaffee? Oder Tee? Vielleicht einen Likör?« Was bot man Frauen mittleren Alters um diese Tageszeit in Frankreich an? Es musste später Vormittag sein, schätzte sie. Die bezaubernde französische Uhr auf dem Kaminsims war stehen geblieben.

»Ein Glas Wein wäre schön«, erwiderte *Grand-mère*.

Alexandra eilte in die Küche und war dankbar, dass sie zuvor in der Speisekammer ein paar große Korbflaschen mit Rosé entdeckt hatte. Henri hatte ihr erklärt, dass der Wein auf dem Hof hergestellt wurde und nur für die Bewohner des Schlosses bestimmt war. Alexandra schnappte sich einen Krug und füllte ihn mit Wein. In einem Schrank im Salon befanden sich gute Gläser, die hoffentlich nicht zu staubig waren.

Sie stellte den Wein zusammen mit einem Krug Wasser auf ein Tablett; sie war sich ziemlich sicher, dass Félicité auch Wein haben wollte, den Alexandra dann gerne verdünnen würde. Henri würde sich wahrscheinlich anschließen. Sie hatte den beiden schon einmal stark verdünnten Wein gegeben und vermutete, dass Félicité sie vielleicht als schlechte Kinderfrau bloßstellen wollte.

Als sie in den Salon zurückkehrte, saßen die Kinder den beiden Frauen gegenüber. Alexandra stellte fest, dass sie die Namen der Damen nicht kannte, und hoffte, es würde keine Rolle spielen. Einer der Vorteile der englischen Sprache bestand darin, dass man sich lange unterhalten konnte, ohne den Namen der Gesprächspartner zu nennen. Vermutlich wussten die beiden auch nicht mehr, wie Alexandra hieß.

Das Einschenken des Weins dauerte eine gefühlte Ewigkeit. Alle schwiegen, bis Félicité fragte: »Bekomme ich auch Wein?«

Alexandra goss einen Fingerbreit Wein in ein Glas und füllte es mit Wasser auf. »Bitte schön.«

»Mademoiselle«, sagte *Grand-mère* gebieterisch. »Setzen Sie sich doch. Wir müssen über Ihre Stellung hier reden.«

Alexandra öffnete den Mund, um zu erklären, dass sie nur wenige Wochen bleiben würden, doch dann überlegte sie es sich anders. Vielleicht hatte die Dame etwas Nützliches beizutragen.

»Ich weiß, dass Sie nicht lange bleiben werden, doch die Erziehung und die Bildung meiner Enkelkinder sind schon zu lange vernachlässigt worden.« Sie schwieg kurz. »Ich habe beschlossen, hier einzuziehen und diese Aufgabe zu übernehmen.«

Die Kinder schnappten entsetzt nach Luft. Alexandra warf ihnen einen Blick zu und sah pure Angst in ihren Gesichtern.

»Aber, *Grand-mère*«, sagte Stéphie, »du hasst es doch, wenn wir dich besuchen! Es würde dir nicht gefallen, bei uns zu wohnen!«

Die beiden Damen wechselten einen Blick. *Grand-mères* Freundin zog die Augenbrauen hoch und deutete damit an, dass Stéphie vermutlich recht hatte.

»Das ist richtig«, bestätigte *Grand-mère* dann auch, »aber in meinem Haus befinden sich viele schöne und zerbrechliche Dinge. Dagegen lebt ihr hier …«, sie zögerte und wählte ihre Worte mit Bedacht, »… sehr zwanglos.«

»Wir leben tatsächlich zwanglos«, gab Alexandra zu. »Wie es in einem Haushalt mit jungen Menschen normal ist. Ich denke, Sie würden sich hier möglicherweise nicht wohlfühlen.«

»Wir würden uns auch nicht wohlfühlen«, warf Henri ein.

»Henri«, rügte seine Großmutter, »du fällst aus der Rolle! Ich bin bereit, für die Erziehung meiner Enkel gewisse Opfer zu bringen. Ich möchte persönlich sicherstellen, dass sie nicht als Wilde aufwachsen.« Sie lächelte Alexandra steif an; es handelte sich weniger um einen Ausdruck von Freundlichkeit als vielmehr um tiefe Missbilligung. »Daher, meine Liebe, werden Sie hier nicht mehr gebraucht. Ich werde den Haushalt übernehmen. Sie können nach Hause fahren.«

Stéphie schnappte wieder entsetzt nach Luft. Félicité und Henri warfen sich angsterfüllte Blicke zu.

»Nein!«, rief Félicité aus. »Ich meine, *Grand-mère*, das ist sehr nett von dir, aber uns geht's gut. Es ist nicht nötig, dass du dich opferst.«

»Das lass mal meine Sorge sein, *ma petite*«, antwortete die Großmutter der Kinder etwas freundlicher.

»Aber du magst Milou nicht!«, erinnerte Henri sie.

Grand-mère nickte. »Er wird draußen in seiner Hundehütte bleiben.«

»Aber er hasst es, dort allein zu sein!«, protestierte Henri.

»Er wird jaulen und winseln!«, fügte Stéphie hinzu.

»Dann wird er irgendwo hingebracht, wo wir ihn nicht jaulen hören«, fuhr *Grand-mère* unerbittlich fort.

»Aber warum denn?«, jammerte Stéphie völlig aufgelöst.

»Weil ihr, *ma petite*, ohne Erziehung und Bildung aufwachst!«

Zum ersten Mal nickte *Grand-mères* Freundin zustimmend, sagte aber immer noch nichts.

»Das ist doch gar nicht wahr!«, fuhr das kleine Mädchen fort. »Alexandra bringt mir Lesen bei!«

Interessiert betrachteten die beiden Frauen Alexandra.

»Ach!« Die Großmutter wandte sich wieder Stéphie zu. »Kannst du es uns vorführen?«

»Ich glaube nicht, dass Stéphie gerne ...«, mischte Alexandra sich ein, die den Gedanken nicht ertragen konnte, dass das kleine Mädchen auf diese Weise getestet werden sollte. Doch bevor sie ihren Einwand anbringen konnte, stand Stéphie eifrig auf.

»Natürlich!«, sagte sie. »Ich hole rasch *Milly-Molly-Mandy*!«

Man konnte hören, wie Stéphies Sandalen auf den Steinstufen klatschten, als sie die Treppe hinaufeilte, um das Buch zu holen.

»Es ist sehr freundlich von Ihnen, der Kleinen beim Lesenlernen zu helfen«, bemerkte *Grand-mère* überraschend herzlich. »Aber was können Sie für Félicité und Henri tun? Irgendwann werden sie Prüfungen ablegen müssen. Vielleicht haben sie den Wunsch, eine Universität zu besuchen. Ohne meine Hilfe werden sie keine klassische Literatur kennenlernen.«

Nachdem sie ihre Überraschung darüber heruntergeschluckt hatte, dass diese konservativ wirkende Frau über ein Studium für ihre Enkelkinder nachdachte, erwiderte Alexandra: »Ich könnte vielleicht organisieren, dass ein Shakespeare-Schauspieler herkommt und die Kinder unterrichtet. Er ist ein hervorragender Lehrer.« Davon war sie überzeugt; David hatte sie alles über Antiquitäten gelehrt, außerdem hatte er ihr Autofahren beigebracht. »Ich finde, es ist besser, von jemandem zu lernen, der die Sprache wirklich zum Leben erwecken kann.«

»Das wäre gut!«, rief Félicité rasch und schaffte es beinahe, mit ihrer Begeisterung die Furcht zu verschleiern.

Die beiden Frauen unterhielten sich kurz auf Französisch. Sie sprachen jedoch so schnell und leise, dass Alexandra, die auf der anderen Seite des Salons saß, nichts verstehen konnte.

Schließlich trat Schweigen ein. Alexandra merkte Félicité nicht an, ob sie gehört hatte, was gesprochen worden war. Doch ihre Knie wippten unruhig auf und ab, und sie zog sich besorgt an den Fingern. Henri starrte auf den Boden.

Schließlich erschien Stéphie mit *Milly-Molly-Mandy* und Alice, dem reparierten Porzellanpferd.

»Hier, das Buch lesen wir gerade!«, verkündete sie. »Und das ist ein Pferd, das zerbrochen war. Alexandra hat es repariert. Ich möchte, dass sie bleibt!«

Alexandra war gerührt.

»Ich auch!«, sagte Henri.

Félicité war natürlich nicht so sehr darauf erpicht, ihre Begeisterung für Alexandra kundzutun. »Sie kann passabel kochen. Und sie kann Auto fahren«, fügte sie hinzu.

Grand-mère sah auf einmal nachdenklich aus. »Zeig mir mal

das Pferd, bitte. Hmm«, murmelte sie gedankenverloren, nachdem sie die Porzellanfigur sorgfältig untersucht hatte. Sie hielt sie ins Licht und kniff die Augen zusammen. »Das ist gute Arbeit. Ich habe ein Stück – eine Suppenschale von rein ideellem Wert –, das ich gerne reparieren lassen würde.«

»Alexandra kann das für dich machen, *Grand-mère*«, sagte Stéphie eifrig. »Aber nur, wenn du sie nicht wegschickst.«

»Lass mal hören, wie du liest, *chérie*«, forderte die Großmutter die Kleine auf.

Stéphie schlug sich wacker, fand Alexandra. Sie freute sich, dass die frühmorgendlichen Lesesitzungen schon so viel gebracht hatten.

»Das ist sehr gut, Stéphanie«, lobte *Grand-mère* ein wenig überrascht.

»Heißt das, du wirst nicht bei uns wohnen?«, fragte Stéphie.

Ihre Großmutter stand auf, und ihre Freundin tat es ihr nach. Alexandra hatte den seltsamen Eindruck, dass *Grand-mère* belustigt und wahrscheinlich auch ein bisschen erleichtert war, obwohl ihre Miene nicht viel verriet. »Sie sagen, Sie kennen jemanden, der Shakespeare und andere klassische Werke unterrichten kann?«, fragte sie.

Alexandra nickte. »Ja, er ist ein hervorragender Lehrer und kann sicherlich auch Referenzen vorlegen.«

»Und dieser Lehrer wäre bereit, ins Château zu kommen und meine Enkel zu unterrichten?«

Alexandra nickte wieder. »Es wäre eine vorübergehende Maßnahme, bis eine längerfristige Lösung für die schulische Bildung der Kinder arrangiert werden kann.«

Grand-mère zuckte mit den Schultern. »Es wäre vermutlich besser als gar nichts.«

»Glauben Sie«, fragte Alexandra hastig, »dass der Comte mit der Lösung zufrieden wäre?«

»Wenn Sie für diese Person bürgen können, dann wäre es – wie bereits gesagt – besser als nichts. Ich werde die Sache natürlich sehr genau im Auge behalten. Hortense? *On y va?*«

»Das war nervenaufreibend«, sagte Alexandra, nachdem sie die Tür höflich hinter den beiden *grandes dames* geschlossen hatte.

»Du willst doch nicht früher gehen, oder?«, fragte Henri.

»Natürlich nicht«, antwortete Alexandra. »Ich bin sehr gerne hier.« Es hatte sie berührt, wie ihre Schützlinge sich für ihr Bleiben eingesetzt hatten. Außerdem hatte sie an das Leben gedacht, das in der Schweiz auf sie wartete – bei den steifen Verwandten wohnen zu müssen, die ihr vorschrieben, was sie zu tun oder zu lassen hatte, und ein Pensionat zu besuchen, in dem man ihr Dinge beibringen wollte, die sie entweder schon wusste oder die sie nicht interessierten.

Dagegen war es ein Abenteuer herauszufinden, wie man drei Kinder versorgte, deren Eltern abwesend waren – und das Ganze auch noch in Frankreich. Und sie hatte die Geschwister rasch lieb gewonnen, die kratzbürstige Félicité, den hilfsbereiten und stoischen Henri und die kleine Stéphie, kindlich für ihr Alter, jedoch warmherzig und liebevoll. Sie stellte fest, dass ihr am meisten die Tatsache gefiel, gebraucht zu werden.

»Wirklich?«, fragte Félicité ungläubig. Sie war überrascht und wahrscheinlich auch enttäuscht, denn sie hatte sich so große Mühe gegeben, ihr das Leben schwer zu machen.

Alexandra nickte. »Jetzt werde ich meinen Freund anrufen, um herauszufinden, ob er herkommen und euch unterrichten kann. Vielleicht könnten wir ein kleines Theaterstück für eure Großmutter einstudieren?« Ein Gedanke schoss ihr durch den Kopf. »Eure Großmutter wirkt sehr französisch, aber sie spricht perfekt Englisch. Hat sie mal in England gelebt?«

»Sie ist Engländerin«, antwortete Henri zu Alexandras Überraschung, »doch sie zieht den französischen Lebensstil vor. Und vielleicht auch das Wetter.«

Das ergab Sinn. Und jetzt fiel Alexandra auch wieder ein, dass die Mutter der Kinder eine Landsmännin von ihr war. »Und wer ist ihre Freundin?«

Henri zuckte mit den Schultern. »Madame Sologne. Sie machen alles gemeinsam.«

»Okay«, meinte Alexandra. »Dann rufe ich jetzt mal David an, und danach nehmen wir ein bisschen Brot, Käse und Obst mit nach draußen in den Garten und essen dort zu Mittag.«

7. Kapitel

Es hatte sich rasch eine gewisse Routine eingestellt. Stéphie kam früh am Morgen zu Alexandra ins Bett, wo sie dann gemeinsam lasen. Danach standen sie auf, sahen nach Milou, ließen die Hühner aus dem Stall, zündeten den Ofen an und kümmerten sich ums Frühstück.

Félicité und Henri tauchten auf, wenn sie Hunger bekamen. Da das in der Regel ungefähr um acht Uhr der Fall war, hielt Alexandra es nicht für notwendig, sie jeden Morgen zu wecken. Stéphie machte Fortschritte beim Lesen, und anscheinend schätzte sie es, Alexandra morgens erst einmal für sich zu haben.

Alexandra hatte die Hühner lieben gelernt und war von sich selbst überrascht, weil sie es schaffte, ein Huhn hochzuheben, um das Ei einzusammeln, auf dem es saß.

»Das ist sehr mutig«, kommentierte Stéphie beeindruckt. »Ich mag es nicht, wenn sie so flattern.«

»Ich mag keine Vögel im Haus haben«, sagte Alexandra, »aber Hühner sind etwas anderes. Und es ist wunderbar, jeden Morgen frische Eier zu haben.« Sie trug einen Korb mit einem Dutzend Eiern in der Hand. »Möchtest du wieder Ei und Soldaten haben?«

»Ja, bitte.« Stéphie griff nach Alexandras freier Hand. »Können wir später einen Kuchen backen?«

»Natürlich. Wir sind inzwischen schon besser geworden, stimmt's?«

»Und wir sind alle sehr gut darin, die Kuchen zu essen«, erwiderte Stéphie, ohne eine Miene zu verziehen. Dann grinste sie und freute sich über ihren kleinen Scherz.

Alexandra lachte und drückte das kleine Mädchen an sich. »Übung macht den Meister!«

Einige Tage später tauchte Maxime auf, um sie zu besuchen.

»Seid ihr offen für einen Morgenbesuch?«, fragte er, nachdem er Alexandra die Hand geküsst hatte.

»Sieht so aus«, erwiderte Alexandra. »Wir haben gerade nichts Spannendes vor.«

»Es ist ziemlich langweilig, mitten auf dem Land zu wohnen«, fügte Félicité hinzu.

»Ich hoffe, eure *gouvernante* teilt deine Meinung nicht«, antwortete Maxime dem Mädchen. »Ich habe mit eurem Papa telefoniert. Er hat mir unter anderem gesagt, dass er darauf angewiesen ist, dass diese junge Dame«, er sah Alexandra an, »zwei Wochen länger bleibt, also insgesamt sechs Wochen. Wäre das möglich?«

Alexandra überlegte. »Möglicherweise, aber ich müsste meinen Verwandten in der Schweiz Bescheid geben. Könnten Sie ihnen in meinem Namen ein Telegramm schicken? Ich bin nicht ganz sicher …«

»Ich werde das Telegramm aufgeben. Können Sie schon mal den Text aufsetzen? Félicité? Kannst du mir zeigen, wo der Rosé ist? Ein Telegramm zu entwerfen ist sehr anstrengend. Alexandra wird eine Stärkung brauchen, wenn sie die Aufgabe erledigt hat.«

Alexandra lachte und lief die Treppe hinauf in ihr Zimmer, wo sie in Ruhe nachdenken konnte. Sie versuchte nicht, das Telegramm kurz zu halten, um Geld zu sparen. Das Anwesen konnte es sich sicherlich leisten, für so viele Worte zu zahlen, wie sie benötigte. Schließlich war sie zufrieden mit ihrem Text:

Tut mir leid, aber ich bin gebeten worden, zwei Wochen länger auf dem Schloss zu bleiben, da der Comte im Ausland aufgehalten wurde. Ich empfinde es als meine Pflicht, mich weiterhin um seine Kinder zu kümmern, für die ich verantwortlich bin. Ich melde mich, sobald ich weiß, wann ich zu euch kommen kann. Ich freue mich auf euch.

Da der Text sehr lang war für ein Telegramm, fragte Alexandra sich, ob sie tatsächlich schreiben sollte, dass sie sich auf ein Wiedersehen freute. Eigentlich stimmte das nicht, doch sie wollte gerne den Eindruck erwecken, dass sie sich größte Mühe gab, den Wünschen ihrer Verwandten zu entsprechen. Sie hatte sie daran erinnert, dass sie für einen Grafen auf einem Schloss arbeitete und Verantwortung trug. Alles gute Gründe, fand sie.

Da sie schon dabei war, das Geld des Grafen auszugeben, schrieb sie noch schnell einen Text für ein Telegramm an David.

Ich bleibe zwei Wochen länger. Bitte versuche zu kommen!

Alexandra fügte die Telefonnummer hinzu, die im Kopf des Briefpapiers stand. David hatte noch nicht zugesagt, und sie wollte ihn weiter ermuntern.

Sie fand Maxime und die Kinder mit einem Tablett mit Gläsern und einem Krug Wein im Salon.

»Hier ist mein Telegramm an meine Verwandten in der Schweiz und eins an meinen Freund in London, der hoffentlich kommen und Félicité und Henri die Werke Shakespeares näherbringen wird. Ihre Großmutter macht sich Sorgen um ihre Bildung. Ich auch ein bisschen, obwohl Stéphie und ich gerne miteinander lesen.«

Maxime nickte. »Möchtet ihr in die Schule gehen?«, fragte er die zwei älteren Kinder.

Beide schüttelten mit Nachdruck den Kopf, doch Alexandra glaubte, dass sie das aus Gewohnheit taten und sich nicht wirklich Gedanken darüber gemacht hatten, welche Vorteile ein Schulbesuch ihnen bringen könnte.

»Ich könnte euch zur Schule fahren«, bot Alexandra an. »Wenn ihr hingehen wollt.«

»Ich gehe, wenn Papa sagt, ich muss«, antwortete Félicité und schob die Unterlippe ein kleines bisschen vor.

»Dann überlassen wir ihm die Entscheidung«, sagte Alexandra. Wie lange war ihr Vater schon weg? Wahrscheinlich zu lange.

Als an diesem Abend das Telefon läutete, nahm Henri das Gespräch an und sagte dann, der Anruf sei für Alexandra.

»David!«, rief sie erfreut, als er sich meldete. »Es ist so schön, deine Stimme zu hören! Kannst du kommen? Ich vermisse dich so sehr. Ich bin sehr gerne hier« – das hatte sie ursprünglich wegen der Kinder gesagt, doch sie merkte, dass es stimmte – »aber ich vermisse jemanden, mit dem ich reden und plaudern kann!«

»Ich komme sehr gerne«, antwortete David. »Momentan steht im Theater nichts an, und ein paar Besuche auf französischen Flohmärkten und *brocantes* würde meinen Antiquitätenstand aufpeppen. Ich habe ein paar sehr gute Tipps von wichtig klingenden Leuten bekommen.«

»Das ist ja wunderbar!«, sagte Alexandra.

Sie plauderten noch eine Weile, und sie setzte David darüber ins Bild, was bei ihr alles so passiert war, seit er sie vor zwei Wochen an einem kühlen Morgen am Bahnhof in London abgesetzt hatte.

»Ist das Château groß?«, wollte David wissen. »Ich habe gerade im Pub einen alten Freund getroffen, der sagte, er hätte bereits davon gehört und wollte es auch schon mal besuchen. Er kennt Saint-Jean-du-Roc.«

»Nun, es ist ein Château! Es kommt mir sehr groß vor. Ich habe noch nicht alle Bereiche erkundet. Ein Teil ist in gutem Zustand, und andere müssten renoviert und restauriert werden.«

»Die Sache ist nämlich die: Jack würde gerne mitkommen. Er könnte die Kinder in Musik und Mathematik unterrichten. Er ist eigentlich Musiker, hat aber an der Universität Mathematik studiert. Damit ist er qualifiziert – anders als ich.«

»Oh, ich bin sicher, wir können ihn irgendwo unterbringen. Ich muss es wahrscheinlich mit der Großmutter der Kinder abstimmen, doch sie wäre sicher begeistert, dass er zwei so wichtige Fächer unterrichten kann.«

»Er ist nicht ... na ja ...«, sagte David. »Wir sind nur gute Freunde.«

»David, du weißt, dass es mich nicht stören würde ...«

»Aber dein Arbeitgeber hätte vielleicht etwas dagegen, wenn ein schwuler Mann seine Kinder unterrichtet, vor allem wenn er glaubt, er hätte seinen Freund mitgebracht.«

Alexandra seufzte. Sie konnte nicht leugnen, dass David recht hatte. »Nun, ich kann es kaum erwarten, euch beide zu sehen. Wann kann ich mit euch rechnen?«

»Ich rufe dich an. Wir müssen erst noch ein paar Dinge regeln, wie du dir sicher vorstellen kannst.«

»Ihr werdet vielleicht nicht lange gebraucht, und ich kann euch nicht mal versprechen, dass ihr richtig bezahlt werdet.«

»Oh, das ist schon in Ordnung. Wir können ein paar Wochen bei dir bleiben und dann in der Gegend herumfahren. Oder wir reisen einfach wieder nach Hause. Bis bald, mein liebes Mädchen!«

Als Alexandra aufgelegt hatte, stellte sie fest, dass es einen entscheidenden Unterschied machen würde, David hier zu haben. Auch wenn es ihr meistens kaum auffiel, war sie trotz allem ein kleines bisschen einsam.

Am folgenden Nachmittag lag Alexandra auf dem Rücken auf der Wiese und genoss die Strahlen der Herbstsonne auf ihrem Gesicht. Maxime war zum Mittagessen gekommen und hatte einen Aprikosenmandelkuchen – eine regionale Spezialität – sowie Käse und Wein und außerdem Schokolade für die Kinder mitgebracht. Jetzt war er nach Hause gefahren, und alle anderen ruhten sich im Garten aus.

Alexandra war kurz eingenickt. Es war seltsam, doch sie fühlte sich im ländlichen Frankreich wohler als in dem großen Londoner Haus, in dem sie aufgewachsen war. Sie war fest entschlossen, jede Sekunde ihrer Anwesenheit hier zu genießen.

Als plötzlich ein Schatten auf ihr Gesicht fiel, schlug sie die Augen auf. Vor ihr stand eine Frau, die aus diesem Blickwinkel unglaublich groß wirkte. Alexandra setzte sich auf und erhob sich dann. Sie fühlte sich etwas überrumpelt und irgendwie ertappt.

Sie sah sich nach den Kindern um, die neben ihr im Gras gelegen und gelesen hatten, während sie die Augen geschlossen hatte. Nur Milou war noch da. Er hatte sich ebenfalls erhoben; er knurrte zwar nicht direkt, grollte jedoch warnend.

»Ich bin gekommen, um meine Kinder zu holen«, sagte die Frau ruhig und entschlossen.

Alexandra blinzelte und machte einen Schritt zur Seite, um nicht mehr von der Sonne geblendet zu werden. Die Frau trug ein elegantes Kostüm in einem weichen Karamellton, das besser in ein schickes Restaurant als in einen Garten auf dem Land gepasst hätte.

»Ich muss mich entschuldigen«, sagte Alexandra. »Ich glaube, ich bin für ein paar Minuten eingenickt. Jetzt bin ich ganz durcheinander. Was haben Sie gesagt?« Letzteres war eine Schutzbehauptung. Alexandra wollte nur ein wenig Zeit gewinnen, um sich zu sammeln.

»Ich bin gekommen, um meine Kinder abzuholen. Mein Name ist Lucinda de Belleville. Können Sie sie rufen?« Sie war sehr selbstbewusst und sprach auf eine Art und Weise, die zeigte, dass sie für gewöhnlich ihren Willen bekam.

Alexandra setzte ein hilfsbereites Lächeln auf, als sie begriff, dass sie mit der Mutter der Kinder sprach. »Sicher, aber ich habe keine Ahnung, wo sie gerade stecken. Das Grundstück ist riesengroß, oder sie könnten auch im Haus sein. Sie wissen ja bestimmt, wie viele Räume das Château hat. Warum gehen wir nicht hinein, und ich hole Ihnen etwas Kaltes zu trinken? Vielleicht tauchen die Kinder von selbst auf.«

»Ich habe gehofft, dass ich sie einfach ins Auto verfrachten und zu meiner Mutter fahren könnte. Sie weiß nicht, dass ich hier bin.« Lucinda stöhnte gereizt, während sie Alexandra durch das hohe Gras auf den Hof und von dort in die Küche folgte. Alexandra spürte, wie sich der Missmut und die Verdrießlichkeit der Frau förmlich in ihren Rücken brannten.

»Ich bringe Sie in den Salon«, bot Alexandra höflich an. »Möchten Sie ein Glas Wein oder ein Erfrischungsgetränk?«

»Ich finde den Weg dorthin, danke!«, konterte Lucinda. »Das war einmal mein Haus!«

»Und es waren einmal Ihre Kinder. Vielleicht wissen Sie dann auch am besten, wo sie stecken könnten?«

Lucinda warf Alexandra einen vernichtenden Blick zu. »Es sind *immer noch* meine Kinder!«

Mit energischen Schritten verließ sie den Raum und ging in Richtung Salon. Ihre Strümpfe verursachten beim Gehen ein wischendes Geräusch. Alexandra wurde bewusst, dass ihre letzte Bemerkung etwas unverschämt gewesen war. Mit schlechtem

Gewissen stellte sie Gläser und eine Karaffe für den Wein auf ein Tablett.

»Félicité, Henri, Stéphanie! Ihr habt Besuch – ihr werdet euch freuen!«, rief sie die Treppe hinauf. Sie war sich nicht ganz sicher, ob die Kinder tatsächlich erfreut sein würden, ihre Mutter zu sehen, doch davon war auszugehen. Außerdem würde es ihre unhöfliche Bemerkung von eben kompensieren.

Zufrieden hörte sie Schritte auf der Treppe. Die drei Geschwister erschienen etwas außer Atem in der Küche.

»Es ist eure Mutter«, erklärte Alexandra. »Sie ist im Salon.«

»Unsere Mutter!« Félicité runzelte die Stirn. »Was zum Teufel will sie hier?«

Ein kleiner Teil von Alexandra hatte das Gefühl, Félicité für diese Bemerkung tadeln zu müssen, doch der Rest von ihr dachte, dass es wahrscheinlich einen Grund für die Reaktion des Mädchens gab.

»Wir werden es herausfinden. Stéphie? Bist du so lieb und trägst das Wasser in den Salon? Es macht das Tablett so schwer.« In Wirklichkeit spürte sie, dass es der Kleinen guttun würde, eine Beschäftigung zu haben. In einer vermutlich beunruhigenden Situation konnte das hilfreich sein.

»Ich habe die drei gefunden!«, verkündete Alexandra, als sie alle gemeinsam den Salon betraten. »Was hätten Sie gerne? Rosé? Wasser? Eine Schorle?«

Lucinda beachtete sie nicht. Sie starrte ihre Kinder an, als hätte sie sie noch nie gesehen. »Ihr seid so groß geworden«, bemerkte sie mit zitternder Stimme. »Ich erkenne euch kaum wieder.«

»Papa hat dir jede Menge Fotografien geschickt«, erwiderte Félicité mit einem Hauch von Sarkasmus. »Das hätte helfen sollen.«

Alexandra spürte viel Verbitterung hinter der Fassade und fragte sich, wie alt Félicité wohl gewesen war, als ihre Mutter fortgegangen war.

»Das spielt jetzt keine Rolle mehr«, erwiderte Lucinda. »Ich bin zurück, und ich möchte, dass ihr jetzt bei mir lebt.« Sie lächelte und breitete die Arme aus. Alexandra sah nun, wie hübsch sie war.

Doch niemand rührte sich. Alexandra ging davon aus, dass Félicité noch klein gewesen war, als Lucinda die Familie verlassen hatte – also musste Stéphie noch ein Baby gewesen sein. Das würde nicht einfach werden.

»Kommt schon, meine Lieblinge. Wollt ihr eure Mutter nicht umarmen?«

»Papa wird nicht wollen, dass wir bei dir leben«, gab Henri zurück. »Wir haben Alexandra, sie kümmert sich um uns.«

»Ich bin sicher, dass Alexandra sich alle Mühe gibt, aber was ihr braucht, ist die Liebe eurer Mutter und nicht die einer bezahlten Angestellten.«

»Warum ist dir das nicht schon früher eingefallen?«, fragte Félicité mit unverhüllter Feindseligkeit.

»Liebling, wenn du älter bist, wirst du diese Dinge verstehen. Ich werde euch dann alles erklären.«

»Ich bin fünfzehn«, konterte Félicité, »falls du es vergessen haben solltest. Erklär es mir jetzt!«

»Wie ungezogen du geworden bist!«, sagte Lucinda verärgert. Sie warf Alexandra einen Blick zu. »Es ist typisch für meinen Mann, jemanden einzustellen, der viel zu jung und zu unerfahren für die Aufgabe ist. Sind Sie ein Norland-Kindermädchen?«

Ein Bild von Frauen in braunen Uniformen, die mit großen Kinderwagen voller Kinder in den Kensington Gardens spazieren gingen, schoss Alexandra durch den Kopf. »Ich glaube, für diese Art von Kindermädchen ist Félicité zu alt«, erwiderte sie.

»Jetzt vielleicht schon, aber am Anfang, als sie noch geformt werden konnte, hätte sie eine angemessen qualifizierte Kinderfrau haben sollen, vom Norland College oder einer ähnlich bedeutenden Einrichtung.« Lucinda seufzte. Sie hatte eindeutig eine starke Meinung zu dem Thema. »Inzwischen ist es zu spät. Sie hat schreckliche Manieren.«

Alexandra fand, dass sie ihre Kinder nicht hätte verlassen sollen, wenn ihr deren Erziehung so wichtig war.

»Ich habe keine schrecklichen Manieren!«, widersprach Stéphie, die sich wahrscheinlich mitschuldig fühlte.

Lucinda richtete ihre Aufmerksamkeit auf das kleine Mädchen. »Wer bist du denn?«

Übelkeit stieg in Alexandra auf. Was war das für eine Mutter, die eine derartige Frage stellte?

Stéphanie sah nacheinander Félicité, Henri und Alexandra an.

»Sie ist unsere Schwester!«, antwortete Félicité wütend.

»Nein, ist sie nicht!«, erwiderte Lucinda aufgebracht. »Nur, falls euer Vater eine *affaire* hatte, von der ich nichts weiß!«

Alexandra räusperte sich. »Entschuldigen Sie bitte, aber ich finde, dass diese Unterhaltung für Kinderohren nicht geeignet ist. Henri? Würdest du zusammen mit Stéphie ein paar Kekse holen? Sie weiß, wo sie sind.«

»Madame«, fuhr sie fort, nachdem Henri und Stéphie den Salon verlassen hatten. »Ich kann nicht glauben, dass Sie vergessen haben, wie viele Kinder Sie haben!«

»Natürlich nicht! Und diese Kleine ist nicht mein Kind!«

Alexandra warf Félicité einen fragenden Blick zu.

»Stéphies Eltern sind gestorben. Ihr Vater war Papas bester Freund. Papa hat sie mitgebracht, und nun lebt sie bei uns«, erklärte Félicité.

Alexandra stand auf, schenkte Wein ein und reichte Lucinda ein Glas. Stéphie und sie selbst hatten das gleiche traurige

Schicksal erlitten, doch niemand hatte Alexandra in seine Familie aufgenommen, wie Antoine es mit Stéphie getan hatte. Er muss ein sehr guter Mensch sein, dachte sie.

Sie hielt Félicité das Tablett mit den Gläsern hin, ohne wirklich nachzudenken. Es war Félicités Sache, ob sie eines nahm oder nicht. Alexandra schnappte sich ein Glas und trank einen Schluck. Sie hatte keine Ahnung, wie sie mit dieser Situation umgehen sollte; sie musste improvisieren und hoffte, die richtigen Entscheidungen zu treffen.

»Verstehe.« Lucinda hatte ebenfalls einen Schluck Wein genommen. »Nun, ich will sie nicht, auch wenn sie ein süßes Mädchen ist. Ich will nur meine eigenen Kinder.«

»Stéphie ist wie eine Schwester für uns. Wir sind ein Team«, erklärte Félicité.

Die anderen Mitglieder des Teams kehrten in diesem Moment ins Zimmer zurück. Stéphie trug einen Teller mit Keksen.

Lucinda nahm einen davon, musterte ihn und wünschte sich offensichtlich, ihn auf einem Teller ablegen zu können. Als Alexandra das sah, überlegte sie kurz, ob sie einen Kuchenteller holen sollte, doch dann gewann ihr Beschützerinstinkt über die Anstandsregeln. Sie musste bei ihren Schützlingen bleiben.

Milou nutzte die Gelegenheit, ging zu Lucinda und ließ sich neben ihr nieder. Dabei schwebte sein großer Kopf nur eine Handbreit über ihrem Knie. Lucina nahm einen winzigen Bissen und gab den Rest ihres Kekses dem Hund.

»Man sollte dem Tier beibringen, nicht zu betteln«, sagte sie zu niemand Bestimmtes. Sie bekam keine Antwort. Lucinda räusperte sich. »Ich weiß, Kinder, ihr habt mich eine Weile nicht gesehen. Aber jetzt bin ich aus Argentinien zurück, und ich möchte, dass ihr bei mir lebt. Nun bin ich an der Reihe, mich um euch zu kümmern.« Sie lächelte und hoffte offensichtlich, dass die Kinder das Prinzip der Abwechslung verstanden.

»Nun, wir wollen nicht«, entgegnete Félicité. »Wir leben gerne mit Papa.«

»Aber ihr lebt ja gar nicht mit ihm! Ihr lebt mit – Alexandra. Wollt ihr wirklich bei jemandem bleiben, der dafür bezahlt wird, sich um euch zu kümmern, anstatt bei eurer liebevollen Mutter?«

»Ja«, antwortete Félicité freiheraus. Alexandra fühlte sich geschmeichelt.

Alexandra räusperte sich, um Lucindas Aufmerksamkeit auf sich zu lenken.

»Um ehrlich zu sein, ohne explizite Anweisungen von Monsieur le Comte und ohne seine Wünsche zu kennen, könnte ich wohl nicht zulassen, dass die Kinder das Haus verlassen.« Alexandra schickte ein Lächeln hinterher. Sie hoffte, so die Diskussion zu beenden, obwohl sie ahnte, dass es nicht funktionieren würde.

»Ich bin genauso ein Elternteil, wie er es ist«, lautete Lucindas plausible Antwort. »Meine Anweisung sollte dasselbe Gewicht haben.«

»Ich bin von Monsieur le Comte eingestellt worden.« Alexandras Argumente waren ebenfalls plausibel. »Ich habe ihm das Versprechen gegeben, mich um seine Kinder zu kümmern. *Alle* seine Kinder.«

»Das spielt keine Rolle, ich bin jetzt hier. Es sind meine Kinder, und ich möchte sie mitnehmen. Sie brauchen eine vernünftige Schulbildung. Wahrscheinlich wäre ein englisches Internat am besten. Sie können mit der Kleinen hierbleiben.« Lucindas Lächeln war wesentlich überzeugender als Alexandras.

»Nein!«, sagten Alexandra und Félicité gleichzeitig, beide gleichermaßen entsetzt von der Vorstellung, dass die Kinder nach England geschickt werden könnten. »Ich kann nicht zulassen, dass die drei getrennt werden«, fuhr Alexandra mit Nachdruck fort. »Und ich kann ebenfalls nicht zulassen, dass sie zusammen mit Ihnen das Haus verlassen.«

»Das ist lächerlich!«, rief Lucinda aus, sprang auf, ging zum Fenster und drehte sich um. »Ich werde sie zum Haus meiner Mutter bringen. Sie haben sie kennengelernt! Sie hat es mir geschrieben! Sie können kein Problem damit haben.«

Alexandra biss sich auf die Lippe. »Die Sache ist die«, gab sie entschuldigend zurück, »ich habe keinen Beweis dafür, dass Sie sind, wer Sie zu sein behaupten, und ich habe keine Garantie dafür, dass Sie die Kinder tatsächlich zum Haus ihrer Großmutter bringen. Und ich weiß nicht, ob sie mitgehen wollen.«

»Wir wollen nicht mit«, warf Félicité rasch ein.

»Du kannst nicht für deinen Bruder sprechen«, meinte Lucinda.

»Doch, kann ich«, entgegnete Félicité. »Stimmt doch, Henri, oder?«

Der Junge nickte. »Und ohne Stéphie gehen wir ohnehin nirgendwohin.«

Lucinda seufzte gereizt. »Das ist einfach lächerlich! Man sollte doch meinen, dass euer Vater mich hätte fragen müssen, bevor er ein weiteres Kind annimmt!«

»Warum?«, wollte Stéphie wissen.

»Weil ... weil ... Nun ja, er hätte es tun sollen!« Lucinda schäumte vor Wut. »Ich gehe jetzt, doch ich komme wieder! Und zwar zusammen mit meiner Mutter!« Es klang wie die ultimative Drohung.

»Das wäre reizend«, sagte Alexandra. »Ich glaube, sie hat ein zerbrochenes Porzellanteil, das ich für sie reparieren soll. Sie könnte es mitbringen.«

»Sie sind also gut darin, Porzellan zu reparieren?«, fragte Lucinda.

»Sie ist sehr gut«, bestätigte Stéphie.

Lucinda stolzierte zum Kaminsims und nahm die Porzellanfigur einer Schäferin in die Hand. »Dann reparieren Sie das!« Sie ließ die Figur auf den Boden fallen, wo sie in tausend Teile zersprang. Die Kinder keuchten schockiert auf, und sogar Milou knurrte angesichts dieses Aktes der Zerstörung. Lucinda warf den Kopf zurück und verließ den Raum.

Alexandra ließ sich erschöpft auf das Sofa sinken. »Ach du meine Güte! Sie ist ein harter Brocken!« Sie wollte die Mutter der Kinder nicht offen kritisieren, aber den Kommentar konnte sie sich nicht verkneifen.

»Kannst du die Figur reparieren?«, wollte Félicité wissen.

Alexandra schüttelte den Kopf. »Tut mir leid, doch das sind zu viele Einzelteile. War die Schäferin wertvoll?«

Félicité zuckte mit den Schultern. »Ich weiß es nicht. Ich glaube, *Grand-mère* hat sie Papa mal zu Weihnachten geschenkt.«

Stéphie kicherte.

Henri nahm die Karaffe und goss Alexandra Wein ein. »Bitte schön«, meinte er und reichte es seiner Betreuerin und Beschützerin. »Das heitert dich vielleicht auf.«

Alexandra musste lachen. »Danke, Henri! Ich bin sicher, dass ich das in meiner Funktion als Kindermädchen ablehnen sollte, aber die Situation war ein bisschen anstrengend, nicht wahr?«

Félicité sah blass und besorgt aus. Henri saß neben ihr, und Stéphie, die regelrecht verängstigt wirkte, umklammerte den Arm ihrer großen Schwester.

»Ich glaube, wir sollten Maxime anrufen«, schlug Alexandra vor, nachdem sie einen Schluck Rosé getrunken hatte. »Er wird wissen, was zu tun ist.«

»Warum müssen wir denn überhaupt etwas tun?«, fragte Henri. »Wir wollen nicht zu ihr. Was gibt es da sonst noch zu tun?«

»Die Sache ist die …«, setzte Alexandra an.

»Vielleicht kann sie uns zwingen, mit ihr zu gehen«, überlegte Félicité. »Ich weiß es nicht. Sie ist unsere Mutter.«

»Es wäre viel besser, wenn euer Vater uns sagen würde, was wir tun sollen«, bemerkte Alexandra.

»Ich wünschte, er käme nach Hause!«, jammerte Stéphie. »Wir brauchen ihn, er muss sich um uns kümmern!«

»Wir haben Alexandra«, warf Henri ein.

»Und Milou«, ergänzte Alexandra. »Weißt du was? Als eure Mutter mich im Garten gefunden hat, ist er bei mir geblieben und hat geknurrt! Was sagst du dazu?«

»Er knurrt sonst höchstens, wenn er anderen Hunden begegnet«, erwiderte Stéphie beeindruckt.

»Ich weiß!« Alexandra hatte das Gefühl, dass ihre kleine Lüge legitim war. Eigentlich hatte er ja nur ein bisschen gebrummelt.

»Ich will, dass Alexandra und Papa hier sind!«, sagte Stéphie mit zitternder Stimme.

»Nun, lasst uns Maxime anrufen – vielleicht kann er euren Vater dazu bewegen, nach Hause zu kommen.« Alexandra fügte nicht hinzu, dass sie wahrscheinlich gehen musste, wenn der Vater der Kinder eintraf. Stéphie wollte beide bei sich haben, Alexandra und ihren Papa, doch das war nicht nötig.

»Papa ist immer schwer zu erreichen, wenn er arbeitet. Er ist viel unterwegs«, erklärte Félicité.

»Maxime kriegt das hin«, sagte Alexandra mit mehr Zuversicht, als sie tatsächlich empfand.

8. Kapitel

Maxime war in seinem Büro, als Alexandra anrief. Sie hatte Henri und Stéphie zu den Hühnern geschickt, um nachzusehen, ob es noch mehr Eier gab. In dem Fall hatte sie ihnen versprochen, *mousse au chocolat* zuzubereiten. Félicité saß blass und unglücklich auf dem Sofa.

»Die Mutter der Kinder war hier!«, sagte Alexandra zu Maxime. Sie war nicht so gelassen, wie sie sich gab. »Sie möchte sie mitnehmen, damit sie bei ihr leben. Nur Stéphanie nicht. Ich habe nicht gewusst, dass sie nicht mit den beiden anderen verwandt ist.«

»Lucinda? Lucinda ist hier?«

»Sie ist gerade zurückgekehrt. Offensichtlich wohnt sie bei ihrer Mutter. Wo ist der Graf? Könnten Sie ihn fragen, ob er nach Hause kommen kann? Und ob ich Lucinda rechtlich gesehen davon abhalten kann, Félicité und Henri mitzunehmen?«

»Sie kann uns nicht gegen unseren Willen mitschleppen«, warf Félicité ein.

»Félicité sagt, sie wollen nicht mit ihr gehen, aber wie ist die rechtliche Lage?«, hakte Alexandra nach.

»Ich weiß es nicht, doch ich kann es herausfinden. Und ich werde Antoine ein Telegramm schicken und ihm sagen, er soll so schnell wie möglich nach Hause kommen.«

»Wissen Sie, wann er hier sein könnte?«, insistierte Alexandra. Hoffentlich klang sie nicht zu pathetisch. Normalerweise löste sie ihre Probleme alleine; es war ihr unangenehm, auf Hilfe angewiesen zu sein.

»Das kann ich nicht sagen, tut mir leid, *chérie*, aber machen Sie sich keine Sorgen. Er kommt, so schnell es geht. Ich schicke das Telegramm sofort ab.«

Alexandra teilte Félicité mit, was sie von Maxime erfahren hatte.

»Wahrscheinlich dauert es mindestens vier Tage, bis er hier ist.« Das Mädchen seufzte. »Er reist durch die ganze Welt. Er könnte überall sein. Vielleicht sogar in China. Falls er wirklich dort sein sollte, wird es sogar noch länger dauern.«

»Nun, dann hoffen wir mal, dass er nicht in China ist«, erwiderte Alexandra. »Komm, lass uns nachsehen, ob die anderen ein paar Eier gefunden haben. Und falls nicht, sollten wir trotzdem *mousse au chocolat* machen, finde ich.«

Es vergingen einige Tage, bis sie von Maxime hörten, dass der Graf sich auf dem Heimweg befand. Alexandra schlug vor, die Zimmer für David und Jack vorzubereiten, deren Ankunft für den folgenden Abend geplant war. Zu ihrem Erstaunen stimmten die Kinder zu. Sie begaben sich in den etwas entfernteren Trakt des Châteaus, wo die neuen Tutoren schlafen würden.

Félicité fand in einem Wäscheschrank wunderschöne alte Bettwäsche mit Spitzenbordüren. Henri reparierte den wackelnden Fuß eines Bettes, und Stéphie suchte Blumenvasen für die beiden Schlafzimmer und das Badezimmer aus. Henri war der Meinung, dass Männer keine Blumen mochten, doch Alexandra widersprach ihm. Manche Männer hatten durchaus Freude daran.

»Was werden David und Jack von mir erwarten? Soll ich Aufsätze schreiben oder was?«, fragte Félicité, die angesichts der bevorstehenden Ankunft ihrer Tutoren etwas nervös wurde.

»Ich bin Jack noch nie begegnet, doch ich denke, dass er bestimmt nett ist. Schließlich ist er mit David befreundet. Ich weiß nicht, wie David als Lehrer ist, aber in meiner Zeit in London war er mir ein sehr guter Freund. Er hatte eine Wohnung im oberen Stockwerk des Hauses, in dem ich gelebt habe. Er hat immer für mich gekocht, hat mir das Autofahren beigebracht und mich außerdem alles gelehrt, was er über Antiquitäten weiß …«

»Aber er war nicht dein Freund?«

Alexandra lachte. »Nein. Er war eher wie ein älterer Bruder oder ein Onkel. Immer hat er mir gute Ratschläge gegeben. Er war es auch, der mir beigebracht hat, wie man Porzellan klebt. Ich war schnell besser darin als er.« Sie hielt es nicht für angemessen, den Kindern zu erklären, dass es noch einen anderen Grund gab, warum David nie ihr Freund werden konnte. »Er ist ein gutes Stück älter als ich.«

»Wie alt?«

»Ich glaube, ungefähr Mitte dreißig. Zu alt für mich.«

»Papa ist fünfunddreißig«, erklärte Félicité.

Alexandras Gedanken wanderten zu Antoine. Sie war ihm nur dieses eine Mal in Paris begegnet, doch er hatte einen tiefen Eindruck bei ihr hinterlassen. Und obwohl sie fünf Jahre jünger war, als sie auf dem Bewerbungsformular angegeben hatte, fand sie nicht, dass er zu alt für sie wäre. Allerdings würde er sie sicher für zu jung halten. Maxime war ihr altersmäßig näher, warum konnte sie nicht an ihn denken anstatt an Monsieur le Comte?

»Magst du Musik? Und Mathematik?«, erkundigte sie sich.

»Henri ist supergut in Musik«, antwortete Félicité. »Hast du mitbekommen, wie er Cello gespielt hat?«

»Das war Henri? Ich habe Musik gehört, doch ich dachte, es wäre eine Schallplatte.«

»Er ist sehr schüchtern, wenn er vor Publikum spielt, aber er ist hervorragend. Eigentlich sollte er richtige Unterrichtsstunden bekommen.«

»Ich werde mit eurem Vater darüber reden«, versprach Alexandra und fand sich sehr nachlässig, weil sie von Henris Talent nichts mitbekommen hatte.

»Was Mathematik angeht«, sagte Félicité, »ist das wichtig?«

»Ich habe keine Prüfungen in dem Fach abgelegt, doch ich kann rechnen und haushalten. Jack wird wahrscheinlich ein bisschen mehr von dir erwarten. Aber sowohl David als auch Jack werden gute Lehrer sein.« Alexandra lächelte ein wenig kläglich. »Hoffentlich werden deine Großmutter und natürlich auch deine Mutter ebenfalls zufrieden sein.«

»Meine Mutter!« Félicité warf den Kopf zurück. »Sie hat nicht das Recht, einfach herzukommen und zu verlangen, dass wir mit ihr zusammenleben!«

»Dein Vater kommt und wird das klären, du musst dir also keine Sorgen machen. Also, fällt dir noch was ein, was David und Jack brauchen könnten?«

Alexandra und Félicité betrachteten gemeinsam das Zimmer. Es war spärlich dekoriert, doch das Bett, das Alexandra als *»lit à demi-ciel«* bezeichnen würde, verlieh dem Ganzen eine gewisse Pracht. Ein Baldachin ragte etwa dreißig Zentimeter aus der Wand über das Bett, und daran hingen (etwas fadenscheinige) Vorhänge. In England würde man das Bett als »halbes Himmelbett« bezeichnen. Als sie einmal eines an einem Stand auf dem Portobello-Road-Markt gesehen hatte, wo sie regelmäßig mit David Antiquitäten verkauft hatte, hatte man ihr die korrekte französische Bezeichnung genannt.

»*Grand-mère* trocknet sich gerne das Gesicht mit einem Leinenhandtuch ab«, sagte Félicité, »aber ich konnte keine finden.«

Alexandra lachte. »Es sind Männer. Sie kommen auch mit normalen Handtüchern zurecht.«

Während sie zusammen mit Félicité in die Küche zurückkehrte, fragte Alexandra: »Warum gibt es hier nicht mehr Möbel?

Ich meine, es sind genug, doch das Schloss ist nicht wirklich vollgestellt. Hat das einen Grund?«

Félicité zuckte mit den Schultern. »Ich weiß, dass Papa das Château und den Titel von seinem Onkel geerbt hat. Das war vor meiner Geburt, aber vielleicht haben er und meine Mutter nur die allernötigsten Möbel gekauft. Ich glaube, meiner Mutter gefiel die Vorstellung, in einem Château zu wohnen, doch sie mochte das Landleben nicht.«

»Das würde es vermutlich erklären. Nun, gibt es noch etwas anderes zu essen außer Huhn?«

»Hühner gehören zu dem, was auf dem Hof produziert wird«, erklärte Félicité. »Außerdem haben wir hier noch ein paar Schweine und Schafe.«

»David ist ein hervorragender Koch«, erklärte Alexandra. »Ihr werdet sein Essen mögen, das verspreche ich euch. Und er wird die frischen Produkte lieben. Ihr habt mich schon ausgelacht, weil mich der Knoblauch auf dem Markt so begeistert hat – David wird regelrecht in Verzückung geraten.« Sie zögerte kurz. »Er ist manchmal ein bisschen … extravagant.«

Félicité lachte. »Dann wird *Grand-mère* ihn vielleicht hassen.«

Alexandra schüttelte den Kopf. »Nein, sie wird ihn lieben. Dafür wird er sorgen. Ich hoffe nur, dass sein Freund sich auch Mühe gibt.«

Am folgenden Nachmittag saßen Alexandra und die Kinder am Tisch unter den Bäumen auf der Terrasse neben dem Château und spielten Rommé, als zwei Männer das schmiedeeiserne Tor zum Garten öffneten. Einer von ihnen rief: »Hallo, jemand zu Hause?«

Alexandra legte ihre Karten auf den Tisch und eilte zu ihnen. »David! Ihr seid früh dran! Ich habe erst heute Abend mit euch gerechnet!«, rief sie und warf sich in seine Arme.

Nachdem sie sich ausgiebig umarmt und begrüßt hatten, sagte David: »Lexi, du siehst ganz anders aus! Als ich dich zuletzt gesehen habe, warst du so elegant wie Audrey Hepburn. Jetzt, in diesem Kleid mit den bloßen Schultern und dazu barfuß, bist du ein heißblütiges Bauernmädchen. Eher wie Brigitte Bardot.«

Alexandra lachte. Sie hatte seine Neckereien vermisst. »So sehe ich tagsüber aus; wenn es abends kühler wird, ziehe ich eine Strickjacke drüber.«

»Darf ich vorstellen – Jack, das ist Alexandra, von der ich dir schon so viel erzählt habe. Lexi – das ist Jack, der Mathematik und Musik unterrichten kann und sich sehr für diese Gegend interessiert.«

Jack trat vor, um Alexandra die Hand zu geben. Sie bemerkte, dass er leicht humpelte und einen Gehstock benutzte. Er war älter als David – irgendwo in den Fünfzigern –, und besaß kräftiges, ergrauendes Haar und dunkle Augenbrauen über freundlichen, blitzenden Augen. Jegliche Sorgen, ob er geeignet sein würde, verflüchtigten sich. Er schien so nett zu sein, wie sie es den Kindern versprochen hatte.

»Hallo«, sagte er. »Es freut mich sehr, dass wir uns endlich kennenlernen. Vielen Dank für die Einladung.«

»Wir freuen uns ebenfalls sehr. Félicité? Henri? Stéphie? Kommt her, begrüßt eure Tutoren.« Alexandra wollte nicht zu viel Aufhebens um die beiden Männer machen. Wahrscheinlich waren die Kinder aufgeschlossener, wenn sie sie erst eine Weile beobachten konnten.

»Möchtet ihr etwas trinken?«, fragte sie. »Oder essen?«

»Das wäre wunderbar«, antwortete David, nachdem er allen die Hand geschüttelt hatte. »Wir haben zwar auf dem Weg hierher eine Kleinigkeit zu uns genommen, aber wir würden nicht Nein zu einem kleinen Imbiss sagen. Vielleicht ein bisschen Käse?«

»Wir haben immer Käse«, erklärte Stéphie, die sich gerne nützlich machte. »Ich hole welchen.«

David lächelte sie an. »Vielen Dank, das wäre sehr nett.«

»Ich bringe Wein«, warf Henri ein, der offensichtlich ein wenig schüchtern war und sich über eine Ausrede freute, flüchten zu können.

Als Stéphie und Henri gegangen waren, drehte David sich zu dem Hund um. »Und wer ist dieser hübsche Bursche?«

»Das ist Milou«, antwortete Alexandra. »Er passt auf uns auf. Er ist sehr gut darin.«

»Schläft er draußen, um Eindringlinge zu vertreiben?«, erkundigte sich Jack.

Da Alexandra ja wusste, dass Milou entweder bei Stéphie oder bei Félicité schlief, sie jedoch niemanden in Verlegenheit bringen wollte, wechselte sie lieber das Thema. »Ich hoffe, ihr mögt Ziegenkäse«, bemerkte sie. »In der Gegend gibt es hauptsächlich Ziegenkäse.«

Jack lachte. »Das bietet die Gelegenheit, einen Witz über alte Ziegen zu erzählen. Aber ich glaube, ich verzichte darauf.«

»Wie seid ihr hergekommen?«, wollte Alexandra ein wenig später wissen, nachdem sie dafür gesorgt hatte, dass die Neuankömmlinge alles hatten, was sie sich wünschten.

»Mit dem Auto«, antwortete David. »Wir haben es vor dem Château geparkt. Als wir festgestellt haben, dass niemand im Haus ist, sind wir um das Haus herumgelaufen und haben euch hier gefunden.«

»Gut, dass ihr mit dem Wagen da seid«, meinte Alexandra. »Damit seid ihr unabhängiger.«

»Ja«, sagte David. »Ich möchte auch ein paar Antiquitäten kaufen.«

»Und ich will die Gegend erkunden«, fügte Jack hinzu.

»Warum?«, wollte Stéphie wissen.

Jack lächelte ihr zu. »Ich war mal vor dem Krieg hier im Urlaub. Als ich gehört habe, dass David in die Provence reist, dachte ich: Das ist meine Chance. Es ist praktisch, dass ich Mathematik unterrichte. So hatte ich einen Vorwand mitzukommen.«

Stéphie war anscheinend zufrieden mit dieser Erklärung.

»Und falls ich zu viele Antiquitäten kaufe, muss ich einen Lieferwagen mieten«, sagte David. »In dem Fall kann Jack das Auto nach Hause fahren.«

»Soll ich dir einen Kartentrick beibringen?«, fragte Jack Henri, der Kartenhäuser gebaut hatte, während die Männer sich mit etwas Käse und *pâté* gestärkt hatten.

Der Junge stimmte strahlend zu.

Schon bald mischte Jack die Spielkarten und forderte Stéphie auf, sich eine Karte zu nehmen. Es dauerte nicht lange, bis Henri den vorgeführten Trick ebenfalls beherrschte.

»Rechnen ist sehr nützlich bei Kartentricks«, sagte Jack schließlich. »Ein bisschen Magie auch.« Er zog eine Spielkarte hinter Stéphies Ohr hervor und erntete begeistertes Kichern.

Alexandra fiel auf, dass Félicité sich zurückhielt, obwohl Henri und Stéphie sich im Umgang mit Jack und David rasch entspannt hatten. Alexandra konnte das ältere Mädchen voll und ganz verstehen. Sie interessierte sich nicht für Kartentricks, und sie wollte sich nicht dazu zwingen lassen, etwas gegen ihren Willen zu lernen. Allerdings war Alexandra klar, dass Félicité wahrscheinlich in ein Internat gesteckt werden würde, wenn sie sich nicht zu Hause unterrichten lassen wollte.

»Ich hoffe sehr, dass ihr zwei Männer gute Lehrer sein werdet«, bemerkte Alexandra. »Eigentlich hatte die Großmutter der Kinder vor, hier einzuziehen, um sich um die drei zu kümmern und ihnen wahrscheinlich gute Umgangsformen beizubringen; und die Mutter möchte die Kinder mitnehmen, vermutlich, um sie auf ein Internat in England zu schicken. Aber wenn ihr sie gut unterrichtet, können sie vielleicht hierbleiben.«

Sie lächelte in die Gruppe. Sie hatte das nicht zuletzt deshalb ausgesprochen, um Félicité ins Gedächtnis zu rufen, welche Optionen es gab. »Ich gehe dann besser mal rein und kümmere mich ums Abendessen«, fügte sie abschließend hinzu.

»Ich komme mit und helfe dir«, entschied Félicité.

Alexandra schenkte ihr lediglich ein dankbares Lächeln, doch insgeheim war sie überrascht. Es war das erste Mal, dass Félicité ihr von sich aus Hilfe angeboten hatte, auch wenn sie vielleicht nur einen Grund suchte, Abstand zu ihren neuen Tutoren zu gewinnen.

»Und der Markt findet morgen statt?«, fragte Jack ein paar Stunden später beim Abendessen.

»Ja«, sagte Alexandra mindestens zum dritten Mal, »wir fahren in meinem Wagen – dem Wagen, der zum Hof gehört –, wie immer. Ihr werdet ihn bestimmt lieben.«

»Was, den Wagen? Oder den Markt?«, scherzte Jack.

»Ich bin sehr gespannt auf die Marktstände«, meinte David und gähnte. »Nun, falls ich mich an den Weg dorthin erinnern kann, werde ich mich jetzt in meine Luxusgemächer begeben.«

»Ich auch«, sagte Jack. »So reizend auch die charmante Gesellschaft und so köstlich das Essen gewesen sein mögen, es war ein langer Tag.«

Sobald die Männer sich zurückgezogen hatten, meinte Alexandra: »So, Stéphie, Zeit fürs Bett. Du musst mir versprechen, dass du deiner Großmutter nicht verrätst, wie lange du heute aufbleiben durftest.«

»Es ist sogar noch später, als ich normalerweise schlafen gehe!« Félicité half ihrer Schwester, den schweren Stuhl zurückzuschieben.

»Erzählt das bloß nicht eurer *Grand-mère!*«, wiederholte Alexandra. »Das würde sie mir nie verzeihen!«

Als schließlich die Hühner eingeschlossen waren, Milou eine letzte Runde gedreht hatte und alle außer ihr selbst im Bett verschwunden waren, warf Alexandra einen Blick in die Küche. Dort hatten sie in sehr fröhlicher Runde zusammen gegessen, doch jetzt sah es chaotisch aus.

David und Jack hatten auf der Fähre Wein erstanden, und nun standen leere Flaschen und zahlreiche Gläser herum, außerdem jede Menge schmutzige Teller. Alexandra war durch die Unterhaltung abgelenkt gewesen und hatte den Ofen ausgehen lassen, sodass es auf die Schnelle kein heißes Wasser geben würde.

Sie seufzte und beschloss, es dabei zu belassen. Sie würde das Chaos am folgenden Morgen beseitigen und sich jetzt keine Gedanken darum machen. Sie war einfach zu müde und wollte nur noch schlafen. Als sie die Treppe hinaufstieg, dachte sie zufrieden an David und Jack. Es würde wunderbar funktionieren.

9. Kapitel

Alexandra befand sich im Tiefschlaf, als Milous Gebell sie aufschrecken ließ. Es handelte sich nicht um das tiefe, kehlige Gebell, mit dem der Hund Fremde ankündigte, aber es war trotzdem laut. Er musste etwas gehört haben und war nach unten gelaufen.

Mühsam quälte Alexandra sich aus dem Bett, um nachzusehen. Wahrscheinlich waren es David oder Jack, die aus ihrem Gebäudetrakt gekommen waren und noch etwas brauchten.

Es gab ihr Mut, dass Milou bereits unten war, doch obwohl sie nicht ängstlich und zudem daran gewöhnt war, sich allein in einem großen Haus aufzuhalten, war sie angespannt und nervös. Sie zog einen leichten Morgenmantel über, verzichtete jedoch auf Hausschuhe, weil diese Geräusche auf den Stufen verursachen würden. Sie wollte ganz leise sein.

Alexandra stellte fest, dass Milous Bellen sich in ein merkwürdiges Winseln verwandelt hatte, das sie noch nicht kannte. Als sie die Eingangshalle erreichte, entdeckte sie, dass Milou auf den Hinterbeinen stand und einem Mann die Vorderpfoten auf die Schultern gelegt hatte. Obwohl sie den Neuankömmling kaum sehen konnte, weil der Hund ihn fast verdeckte, wusste sie sofort, dass es Antoine war.

Er redete leise auf Französisch auf Milou ein; Alexandra konnte nicht alles verstehen, doch es klang sehr liebevoll.

Schließlich ließ Milou sich auf alle vier Pfoten fallen und entdeckte Alexandra am Fuß der Treppe. Er drückte sich mit der Schulter an ihr Bein, damit sie sich nicht ausgeschlossen fühlte.

Der Comte de Belleville blickte auf. »Ach – Alexandra, nicht wahr?«, sagte er auf Englisch.

Sie fand, dass ihr Name sich noch nie so wundervoll angehört hatte, und räusperte sich.

»Ich habe Milou gehört und dachte mir, ich sollte besser nachsehen.« Sie sprach ebenfalls Englisch. Ihr Französisch war gut, aber nicht perfekt, und sie wollte keine Fehler machen.

»Sehr mutig von Ihnen.« Schweigend betrachtete er sie.

Alexandra war sich ihres langen Baumwollnachthemdes sehr bewusst – sie hatte es zusammen mit dem schlichten Morgenmantel an einem Secondhandstand auf dem Markt in Saint-Jean-du-Roc erstanden. Das Haar hing ihr über die Schultern; es müsste dringend geschnitten werden. Sie wünschte, sie wäre vorgewarnt gewesen; dann hätte sie sich zumindest angezogen.

»Ich wusste, dass Milou mich notfalls beschützt hätte. Darf ich Ihnen etwas anbieten? Sie haben sicher eine lange Reise hinter sich.«

»Ja und ja. Was gibt es denn zu essen?«

Alexandra fiel ein, dass die Küche nicht aufgeräumt war, doch sie dachte auch an die Zwiebelsuppe, die sie am Vortag gekocht hatte. »Es ist etwas Suppe da. Warum gehen Sie nicht in den Salon? Ich bringe Ihnen die Suppe.«

»Unsinn«, erwiderte Antoine. »Wir gehen in die Küche. Ist der Ofen an? Mir ist kalt.«

Er ging den Flug entlang, bevor sie ihn aufhalten konnte. Nachdem er den Lichtschalter betätigt hatte, blieb er an der Tür stehen. Das Licht der einzelnen nackten Glühbirne, die von der Decke hing, ließ die Küche wie den Schauplatz eines wüsten Trinkgelages wirken. Das Ganze sah gespenstisch aus, fast wie ein Tatort in einem Krimi. Alexandra schämte sich in Grund und Boden.

Antoine musterte den Tisch, auf dem sich leere Flaschen und benutzte Gläser drängten, das Abtropfbrett, auf dem sich schmutzige Teller stapelten, und den Boden, auf dem Bratpfannen abgestellt waren. »Was um Himmels willen ist denn hier passiert?«, fragte er. »Falls es nicht das ist, wonach es aussieht?«

»Das«, antwortete Alexandra würdevoll, »sind die Überreste unseres Abendessens. Ich habe zwei Tutoren aufgetan, die die Kinder unterrichten werden. Ihre Schwiegermutter hält es ebenfalls für eine gute Idee. Die beiden sind gestern angekommen, und ich war zu müde, um mich noch spät abends um den Abwasch zu kümmern.«

»Warum gehört der Abwasch zu Ihren Aufgaben? Sie sind doch als Kinderfrau angestellt, oder etwa nicht? Madame Carrier kümmert sich um die Küche, dachte ich.«

Sie lächelte schwach und hoffte, es wirkte nicht so, als wollte sie sich beschweren. »Ich bin momentan allein. Möchten Sie etwas Suppe haben?«

»Allein?« Er musterte sie aufmerksam. »Was ist mit Madame Carrier?«

Alexandra konnte sich nicht mehr genau erinnern. »Sie ist momentan nicht da. Ich glaube, ihre Mutter ist krank.«

»Sie wirken viel zu jung, um sich um das alles zu kümmern.«

Alexandra bereute es inzwischen sehr, dass sie hinsichtlich ihres Alters gelogen hatte, doch wahrscheinlich hätte sie die Stelle nicht bekommen, wenn sie angegeben hätte, dass sie erst zwanzig war. »Möchten Sie Suppe?«, wiederholte sie.

»Ja, bitte«, antwortete er. Alexandra verschwand in der Speisekammer, um sie zu holen.

Als sie mit dem Topf in den Händen zurückkehrte, zündete Antoine gerade den Ofen an.

»Ich habe den Dreh leider noch nicht raus, wie man es schafft, dass das Ding über Nacht an bleibt.« Sie schöpfte ein wenig Suppe in einen kleinen Topf und stellte ihn auf die Kochplatte. Es war eine französische Zwiebelsuppe; das Rezept stammte von Madame Wilson aus der Kochschule in London. Doch obwohl Madame Wilson Französin war, glaubte Alexandra nicht, dass die Suppe mit einer echten französischen Zwiebelsuppe, wie ihr Boss sie vermutlich kannte, mithalten konnte.

Sie räumte einen Bereich auf dem Tisch frei, während Antoine Anmachholz in kleine Stücke brach. Als er mit ein paar Holzscheiten von draußen zurückkehrte, hatte sie Flaschen und Gläser an einer Seite des Tisches zusammengeschoben. Sie toastete Brot, streute geriebenen Käse darauf und legte es erneut unter den Grill.

Als Antoine sich schließlich seinem Essen zuwandte, brannte das Feuer im Ofen gut, und der Tisch war mehr oder weniger aufgeräumt. Alexandra stellte eine Schale mit dampfender Suppe und einen Teller mit überbackenem Brot vor den Grafen hin.

»Bitte denken Sie daran, dass ich Engländerin bin, wenn Sie das essen. Vergleichen Sie die Mahlzeit nicht mit dem, was Sie normalerweise bekommen.« Sofort wünschte sie, sie hätte geschwiegen. Sie entschuldigte sich schon, bevor er überhaupt probiert hatte.

»Es schmeckt gut!«, erwiderte er ein bisschen überrascht.

Die Suppe hatte sehr lange auf dem Herd vor sich hin geköchelt, und die Zwiebeln waren dunkelbraun. Alexandra hatte eigentlich David damit beeindrucken wollen, doch letztendlich hatten sie gar nichts davon gegessen; David und Jack hatten sich begeistert auf die *pâté* und den Käse gestürzt, und danach hatten sie sich dem obligatorischen Hühnchengericht gewidmet. Alexandra freute sich über das Lob.

»Möchten Sie etwas trinken?«, erkundigte sie sich. »Ich könnte Ihnen ein bisschen Wein bringen ...«

»Cognac, bitte. Wissen Sie, wo er steht?«

Während sie die Flasche holte, fragte sie sich, ob sie besser daran getan hätte, die Frage zu verneinen. Sie hatte selbst ein bisschen von dem Cognac getrunken. Alexandra wünschte immer noch, sie hätte hinsichtlich ihres Alters nicht gelogen. Sie durfte nicht vergessen, David zu sagen, dass sie sich für fünfundzwanzig ausgegeben hatte.

»Bringen Sie doch auch ein Glas für sich mit«, forderte Antoine sie auf, »und dann erzählen Sie mir, wie es den Kindern geht. Mögen Sie sie?«

»Sehr«, antwortete Alexandra, ohne nachzudenken. Dann dachte sie, sie hätte sich etwas zurückhaltender äußern sollen. »Sie sind entzückend. Stéphie und Henri sind natürlich umgänglicher.«

»Und Félicité ist eher eine Herausforderung? Ich bin daran gewöhnt, dass die Gouvernanten mir sagen, sie sei eigensinnig und wenig kooperativ.«

Alexandra fühlte sich angegriffen. »Sie ist tatsächlich eine Herausforderung, aber ich habe Verständnis für sie. Sie ist eigentlich zu alt für ein Kindermädchen. Sie braucht eine Gefährtin.« Sie erinnerte sich an den Zeitpunkt, als man ihr zugebilligt hatte, kein Kindermädchen, sondern eine Gesellschafterin zu bekommen. Zu der Zeit war ihr das als große Sache erschienen, als Vorteil, doch in Wahrheit hatte sich nicht viel verändert. Genau wie bei den Kindermädchen gab es auch unter den Gesellschafterinnen gute und schlechte.

»Sie macht Ihnen keinen Ärger?«

»Nein. Und warum sollte sie einer jungen Frau gehorchen, die kaum älter ist als sie selbst? Nicht sehr viel älter jedenfalls, meine ich«, fügte sie hastig hinzu. »Deshalb hielt ich es für richtig, dass die Kinder Tutoren bekommen. Das war, nachdem ihre Großmutter hier war und sich besorgt gezeigt hat, dass die

Kinder keine ausreichende Bildung erhalten. Und ihre Mutter …«

»Ja?«

»Sie hat davon gesprochen, Félicité und Henri auf ein Internat in England zu schicken.«

»Sie wissen, dass die kleine Stéphie nicht …«

»Ja. Ich war ein wenig schockiert, dass Ihre Frau …«

»Ex-Frau.«

»… sie nicht zu kennen schien. Bei der Gelegenheit habe ich erfahren, dass Stéphie adoptiert ist.« Alexandra zögerte. »Stéphie und ich verstehen uns sehr gut.« Sie erzählte ihm nicht, dass die Kleine morgens immer zu ihr ins Bett kletterte, damit sie zusammen lesen konnten, weil niemand sich die Mühe gemacht hatte, es ihr richtig beizubringen. Sie hatte sich bisher in ihrem Job als Kindermädchen recht wacker geschlagen, indem sie das tat, was am besten zu funktionieren schien. Nun, da ihr Chef anwesend war, wünschte sie sich, sie wäre richtig qualifiziert. »Die älteren Kinder sind natürlich vernarrt in sie.«

»Ja. Sie haben ihre Mutter nach ihrem Weggehen sehr vermisst, und als Stéphie vor ungefähr zwei Jahren zu uns kam, haben sie ihr ihre gesamte Zuneigung geschenkt. Das war einerseits bezaubernd, jedoch andererseits auch ein bisschen besorgniserregend. Vielleicht tut es ihnen gut, wenn Lucinda wieder in ihr Leben tritt.«

Alexandra fragte sich, ob die Kinder wirklich davon profitieren könnten, da ihre Mutter doch so darauf erpicht war, sie ins Internat zu schicken, doch sie schwieg. Es stand ihr nicht zu, sich dazu zu äußern, und es entsprach der allgemeinen Auffassung, dass Mütter ihren Kindern guttaten. Da sie selbst nie mütterliche Fürsorge erfahren hatte, konnte sie es nicht beurteilen.

»Noch einen Schluck Cognac?« Antoine hielt die Flasche hoch.

»Nein, danke. Wahrscheinlich sollte ich jetzt Ihr Bett beziehen oder so.« Alexandra war noch nicht in seinem Schlafzimmer gewesen – es hatte kein Anlass dazu bestanden –, aber immerhin wusste sie, wo die Bettwäsche aufbewahrt wurde.

Als Antoine ihr plötzlich ein Lächeln schenkte, schmolz Alexandra dahin.

»Ich glaube, Sie sollten wieder ins Bett gehen. Mit der Bettwäsche komme ich auch allein zurecht.«

»Die Matratze könnte klamm sein …«

»Das wird mich nicht umbringen. Machen Sie sich keine Gedanken um mich, Alexandra – wenn ich Sie so nennen darf?«

Sie nickte. Sie konnte gar nicht genug davon bekommen, ihren Namen aus seinem Mund zu hören.

»Sie sind hier, um sich um meine Kinder zu kümmern, und nicht, um die Arbeit einer Haushälterin zu verrichten.« Er sprach es zwar nicht aus, doch seine Miene besagte: »Jetzt geh schon!«

»Nun, wenn Sie mich nicht mehr brauchen, sehen wir uns morgen früh.« Alexandra lächelte höflich und verließ die Küche.

Sobald sie ihr Zimmer erreicht hatte, führte sie ein sehr strenges Selbstgespräch: »Du bist nicht in ihn verliebt; das ist unmöglich, das kann nicht sein. Du kennst ihn doch gar nicht! Und so gut sieht er auch wieder nicht aus! Er ist zwar dunkelhaarig und hat tolle Augen mit langen Wimpern, aber seit wann bist du so oberflächlich, dass du jemanden schon allein wegen seines Aussehens magst?«

In diesem Stil führte sie weiter stumme Zwiesprache, während sie sich noch einmal die Zähne putzte, die Haare bürstete und schließlich wieder ins Bett ging. Es dauerte eine Ewigkeit, bis sie endlich einschlafen konnte.

Sie wachte auf, als Stéphie sie schüttelte. Sie fühlte sich, als hätte sie nur eine Stunde lang geschlafen.

»Alexandra, wach auf! Papa ist da. Komm runter, er ist unten.« Stéphie flitzte aus dem Zimmer. Alexandra war versucht, noch ein bisschen weiterzuschlafen.

Doch dann begriff sie, dass sie Stéphies Einladung, ihren Papa kennenzulernen, nicht ausschlagen konnte. Doch anders als Stéphie, die ihren Morgenmantel trug und barfuß war, musste Alexandra sich erst anziehen.

Allerdings schenkte sie ihrem Aussehen genug Aufmerksamkeit, auch wenn sie sich beeilen wollte. Sie bürstete sich die Haare (schon wieder) und legte sie sich über eine Schulter. Obwohl sie sie offen trug, sahen sie so frisiert ordentlich aus. Dann zog sie ein sauberes Kleid und ihre Strickjacke an und schlüpfte in die Espadrilles, die sie bei ihrem letzten Besuch auf dem Markt erstanden hatte.

Alexandra war sich nicht sicher, ob sie sich schminken sollte oder nicht. Sie war die Kinderfrau, es war früh am Morgen. Es würde seltsam wirken, so, als versuchte sie, ihren Chef zu umgarnen, wenn sie in voller Kriegsbemalung in der Küche auftauchte. Allerdings konnte sie die Tatsache nicht ignorieren, dass sie einen sehr attraktiven Mann treffen würde, in den sie sich (möglicherweise) verlieben könnte. Es musste einen Kompromiss geben!

Sie gab ein wenig Lippenstift auf ihren Zeigefinger und tupfte sich die Farbe ganz leicht auf die Lippen, sodass es ganz natürlich wirkte. Dann umrandete sie ihre Augen vorsichtig mit Eyeliner und rieb so viel wieder weg, bis nur eine winzige Spur davon übrig blieb. Schließlich inspizierte sie ihr Gesicht und fügte noch einen Hauch Puder hinzu. Sie hatte getan, was sie konnte, und beschloss, nun in die Küche zu gehen.

»Oh, du bist ja angezogen!«, kommentierte Félicité, die noch im Schlafanzug war.

»Ich versuche, mich jeden Tag anzuziehen«, erwiderte Alexandra trocken. Sie klang wesentlich ruhiger, als sie tatsächlich war. »Ich habe es mir irgendwie angewöhnt. Guten Morgen, Monsieur le Comte«, grüßte sie förmlich.

Es gab viele Gründe, warum sie nicht zu vertraut mit ihrem Chef wirken sollte – einer davon war, dass Félicité mit Sicherheit stinksauer wäre, wenn sie den Eindruck bekäme, Alexandra wolle sich bei ihrem geliebten Papa einschmeicheln.

»Papa ist mitten in der Nacht nach Hause gekommen!«, sagte Stéphie, die immer noch vor Freude ganz aus dem Häuschen war.

Die Erwachsenen tauschten einen Blick.

»Ich habe ihn gehört«, erklärte Alexandra dann. »Milou hat gebellt, und ich bin runtergegangen, um zu sehen, was los ist.«

»Das war aber mutig von dir«, meinte Félicité. »Hattest du keine Angst, dass es Einbrecher sein könnten?«

»Ich wusste, Milou würde mich beschützen, falls es nötig gewesen wäre«, antwortete Alexandra. »Soll ich Frühstück machen? Wie ich sehe, brennt der Ofen gut.«

»Papa weiß, wie man dafür sorgt, dass er an bleibt«, sagte Henri.

»Guten Morgen, Alexandra«, grüßte Antoine. »Es war mutig, dass sie nachgesehen hat, was los ist, als ich angekommen bin. Aber sie hat recht, Milou hätte sie beschützt. Wisst ihr, Kinder, dass es in England ein Buch gibt, in dem das Kindermädchen ein Hund ist?«

»*Peter Pan*«, bestätigte Alexandra. »Ich fand das immer ein bisschen seltsam, als ich noch ein Kind war. Und ich finde es immer noch seltsam! Was haltet ihr von Frühstück?«

»Ich habe einen Riesenhunger«, erwiderte Henri.

»Ich auch«, meinte Antoine.

Alexandra lächelte den beiden zu und holte ihre Schürze. Sie war froh, etwas Hübscheres zum Überziehen gekauft zu haben als die hässliche Küchenschürze, die Madame Carrier zu tragen pflegte.

»Komm mit, Papa, ich zeige dir die Hühner«, sagte Stéphie. »Alexandra kann sie hochheben!«

Antoine und seine jüngste Tochter gingen durch den Flur in den Hof, während Alexandra in der Küche blieb.

Sie drehte den Wasserhahn auf, um mit dem Abwasch zu beginnen. Dann wollte sie sich um das Frühstück kümmern. Wie immer gab es jede Menge Eier, aber es war auch noch ein wenig Ratatouille und ein bisschen Wurst aus dem Ort übrig. Alexandra ließ etwas Entenschmalz in einer Pfanne zergehen und schnitt die Wurst in Stücke. Schon bald brutzelten verschiedene Speisen vor sich hin.

»Du meine Güte!«, sagte da eine Männerstimme. »Das duftet, als käme es geradewegs aus dem Himmel!«

»Oder aus der Provence«, murmelte David, »die zufällig etwas näher ist. Guten Morgen!«

Sowohl David als auch Jack waren angekleidet, sorgfältig frisiert und bereit, sich unter Menschen zu begeben.

Unweigerlich wählten Antoine und Stéphie genau diesen Moment, um in die Küche zurückzukehren.

Normalerweise mochte Alexandra es, von vielen Leuten umgeben zu sein, und eine bevölkerte Küche brachte sie nicht aus der Fassung, doch jetzt musste sie den Wunsch unterdrücken, laut zu schreien. In dem Moment wollte sie einfach nur, dass alle weggingen und sie allein ließen, damit sie in Ruhe das Frühstück zubereiten und abspülen konnte. Sie war eine Kinderfrau, die kochte, nichts weiter. Doch da sonst niemand anwesend war, der in die Rolle der Gastgeberin schlüpfen konnte, musste sie es übernehmen, die Anwesenden einander vorzustellen.

»Ach, Jack, David, guten Morgen! Ich hoffe, ihr habt gut geschlafen. Darf ich euch …« Sie zögerte. Sie kannte zwar seinen Namen, doch momentan dachte sie an ihn nur als Antoine oder Papa – beides ging nicht.

Antoine trat einen Schritt vor. »Ich bin Antoine, Comte de Belleville – der Vater dieser Kinder. Gehe ich recht in der Annahme, dass Sie in Ihrer Eigenschaft als Tutoren hier sind?«

»Das ist der Plan«, erwiderte Jack. »Ich bin Jack Andrews, Mathematik und Musik. Ich verfüge über die entsprechenden Qualifikationen, um Mathe zu unterrichten, aber ich bin auch professioneller Musiker.«

»Und ich bin David Campbell: Schauspieler, Antiquitätenhändler, Gourmand und Gourmet und vor allem ein Freund von Alexandra. Shakespeare ist meine Spezialität, oder zumindest ist es der Grund, warum ich hier bin. Wir sind erst gestern angekommen, daher hat bis jetzt noch niemand etwas gelernt.«

»Außer einem Kartentrick«, warf Henri ein.

»Das war nur zum Warmwerden«, erklärte Jack. »Ich habe vor, euch Algebra beizubringen.«

»Was ist Algebra?«, wollte Stéphie wissen, die von dem Wort sichtlich fasziniert war.

»Etwas Schwieriges«, antwortete David. »Shakespeare macht viel mehr Spaß.«

»Hey! Algebra kann auch Spaß machen!«, widersprach Jack. »Aber du musst es noch nicht lernen, Stéphie.«

»Wie beabsichtigen Sie, den Shakespeare-Unterricht zu gestalten?«, erkundigte sich Antoine.

Alexandra zog sich an den Herd zurück. Die anderen unterhielten sich und brauchten sie nicht mehr, daher konnte sie sich auf die Zubereitung des Essens konzentrieren.

»Das war ein fantastisches Frühstück«, lobte David kurz darauf. »Ich habe mit einem Stück Baguette und Butter und vielleicht einem Croissant gerechnet.«

»Wir müssten zum Bäcker fahren, um morgens Brot zu kaufen«, erklärte Alexandra, »und ich dachte, dass bestimmt alle hungrig sind und gern gleich etwas essen möchten.« Eigentlich hatte ihr vor allem Antoines Wohlergehen am Herzen gelegen. Überhaupt war ihr sehr wichtig, wie es ihm ging. »Habt ihr vor, sofort mit dem Unterricht zu beginnen?«, wollte sie wissen.

»Müssen wir?«, fragte Stéphie. »Papa ist doch gerade erst zurückgekommen! Er muss uns von seinen Abenteuern erzählen.«

»Vielleicht sollten wir uns einen Tag Zeit zum Kennenlernen nehmen, bevor wir mit dem Lernen anfangen«, schlug Jack vor. »David und ich könnten in den Ort gehen, wie heißt er noch mal – Saint-Jean-du-Roc?«

Antoine nickte.

»Und vielleicht ein paar Besorgungen erledigen, um Alexandra die Arbeit abzunehmen ...«, fuhr Jack fort.

»Heute ist Markt«, meinte sie. »Ich könnte euch eine Liste mitgeben.«

»Möchte niemand mitkommen?« David blickte in die Runde. »Ich sehe schon, niemand hat Lust.« Er lächelte. »Nun, wenn wir den Abwasch erledigt haben ...«

»Nicht nötig!«, unterbrach Alexandra. »Wirklich nicht! Ich kümmer mich allein darum.«

David und sie kannten sich sehr gut, und als ihre Blicke sich trafen, teilte sie ihm wortlos mit, wie sehr sie sich wünschte, alle loszuwerden.

»Kinder, wir sollten Alexandra helfen ...«, setzte Antoine an.

»Nein! Ihr müsst etwas unternehmen, nachdem ihr so lange getrennt wart.« Sie zögerte kurz. »Und ehrlich gesagt, ich möchte, dass alle aus meiner Küche verschwinden!«

»Es ist nicht deine Küche«, widersprach Félicité.

»Solange ich darin koche, ist es meine!«, konterte Alexandra schärfer als beabsichtigt. Sofort mäßigte sie ihren Ton. »Ich meine, wenn ich für die Mahlzeiten zuständig bin, ist die Küche mein Arbeitsplatz. Los jetzt, zieht euch an, und dann könnt ihr

Zeit mit eurem Vater verbringen. Er hat euch bestimmt schrecklich vermisst.«

»Geschickt gemacht, Lexi«, bemerkte David, als alle verschwunden waren. »Du schlägst dich wacker.«

»Danke. Ich musste in sehr kurzer Zeit sehr viel lernen, und das ist bisweilen ein bisschen anstrengend.«

»Ich kann es kaum erwarten, den Markt zu besuchen, ein paar wunderbare provenzalische Spezialitäten zu kaufen und zu kochen. Dann musst du es nicht mehr machen«, sagte er. »Und ich mag die Kinder. Sie sind sehr aufgeweckt, und ich glaube, wir werden viel Spaß haben.«

»Da bin ich aber froh. Die Großmutter und die Mutter haben mir mehr oder weniger deutlich zu verstehen gegeben, dass sie mir nicht zutrauen, mich angemessen um die drei zu kümmern. Wenn sie ein bisschen mehr über das Herkunftsland ihrer Großmutter und Mutter lernen, würde ich mich weniger inkompetent fühlen.«

David runzelte die Stirn. Offensichtlich wollte er mit ihr diskutieren, doch Alexandra verscheuchte ihn mit einer eindeutigen Handbewegung. »Fahr zum Markt. Man hat die beste Auswahl, wenn man früh dort ankommt.« Auch wenn es eigentlich schon nicht mehr früh ist, dachte sie bei sich.

Sie hatte gerade eine Schüssel mit heißem Wasser gefüllt und erhitzte einen zusätzlichen Topf voll auf dem Herd, falls das Spülwasser nicht reichen sollte, als Antoine in der Küche erschien.

»Sie müssen mich abtrocknen lassen …«, setzte er an und nahm ein Küchenhandtuch von der Reling am Ofen.

»Nein, Monsieur le Comte!«, widersprach Alexandra entschlossen. »Bitte! Ich tue das gerne. Gehen Sie zu Ihren Kindern. Sie haben Sie schmerzlich vermisst.«

Alexandra bemerkte, dass sie die Hände in die Hüften gestemmt hatte und sehr streitlustig wirkte, als sie ihren Chef aus der Küche schickte. Sie lächelte, um ihr dominantes Auftreten abzumildern.

Er lachte. »In dem Fall werde ich nachgeben – ich habe Geschenke für die Kinder. Aber wir brauchen wirklich mehr Personal.«

»Das wäre gut.«

Antoine schenkte ihr ein reumütiges Lächeln. »Ich kümmere mich darum. Und nennen Sie mich doch bitte beim Vornamen. Ich nutze meinen Titel nicht gern, wenn es nicht sein muss.«

Nachdem sie zustimmend genickt hatte, verließ er den Raum.

Später am Tag pflückte Alexandra gerade Trauben von den Reben, die im Hof an der Wand rankten, als Stéphie sich zu ihr gesellte.

»Ist es nicht toll, dass Papa zu Hause ist?«, fragte das kleine Mädchen.

»Auf jeden Fall«, antwortete Alexandra. »Du freust dich sicher riesig.«

»Ja, weil Félicité und Henri auch noch ihre Mutter haben – ich mag sie überhaupt nicht –, und ich habe nur Papa. Deshalb ist es so schön für mich, wenn er zu Hause ist. Natürlich haben die anderen ihn auch lieb.«

»Ich bin mir nicht sicher, ob sie ihre Mutter besonders mögen«, erwiderte Alexandra. »Aber wenn sie sich erst daran gewöhnt haben, dass sie wieder da ist, wird es vielleicht besser.«

»Meinst du? Ich finde sie sehr unhöflich, obwohl sie hübsch ist und gut riecht.«

Alexandra fragte sich unwillkürlich, was Antoine wohl für Lucinda empfinden mochte, nachdem er sie jahrelang nicht gesehen hatte. »Ist es genug, hübsch zu sein und gut zu riechen?«, wollte sie wissen, obwohl sie nicht damit rechnete, dass Stéphie ihre Frage wirklich verstand.

»Ich denke nicht. Félicité sagt, es ist nicht wichtig, hübsch zu sein«, antwortete Stéphie und verstummte dann nachdenklich. Schließlich fuhr sie fort: »Ich finde dich sehr hübsch. Vielleicht ist es nicht wichtig, doch es ist schön.«

Alexandra lachte und schlang ihren freien Arm um die Kleine. »Komm, lass uns die Trauben ins Haus bringen. Mein Freund David kocht heute Abend für uns. Da haben wir schon was Leckeres zum Nachtisch.«

»Oh«, murmelte Stéphie enttäuscht. »Ich hätte lieber die Nachspeise, die du sonst machst. Mit Früchten und den Kuchenkrümeln obendrauf.«

»Fragen wir David mal. Er kann bestimmt auch einen Crumble zubereiten.«

10. Kapitel

David stand in der Küche, umgeben von den Lebensmitteln vom Markt und jedem Kochutensil, das er hatte finden können. Er zerlegte gerade zwei Hühner fürs Mittagessen und verursachte mit dem Hackebeil jede Menge Lärm.

»Nicht schimpfen«, sagte er sofort, als Stéphie und Alexandra die Küche betraten. »Ich weiß, ich habe immer über deine Unordnung geschimpft, wenn du gekocht hast, Lexi, doch ich muss mich hier erst zurechtfinden. Solange ich nicht weiß, wo alles aufbewahrt wird, kann ich keine Ordnung halten. Ich räume gleich auf.«

»Wir haben Trauben für den Nachtisch mitgebracht«, berichtete Stéphie. »Aber ich möchte lieber Crumble haben.«

David hielt beim Zerteilen der Hühner inne. »Gut. Ich biete dir einen Handel an. Wenn du eine Traubenschere findest, damit die Leute nicht einzelne Beeren nehmen und nur das Gerippe übrig bleibt, bereite ich einen Crumble zu. Oder du fragst deine Kinderfrau, ob sie sich darum kümmert.«

»Sie heißt Alexandra«, erwiderte Stéphie streng. »Und sie macht sehr gute Crumbles.«

»Es ist der einzige Nachtisch, den ich zurzeit zubereite«, erklärte Alexandra. »Soll ich deine Küchenhilfe sein, David? Und Stéphie, hast du eine Idee, wo du eine Traubenschere finden könntest? Vielleicht im Speisezimmer?«

»Traubenscheren sind doch albern«, kommentierte Jack, der gerade vorbeiging, als Stéphie aus der Tür hüpfte. »Eine normale Schere tut's auch.«

»Zur Not ja, mein lieber Junge, doch wir befinden uns in einem Château«, konterte David. »Wir haben höhere Ansprüche.«

»Alexandra«, sagte Jack. »Kann ich das für dich übernehmen? Oder soll ich vielleicht Holz reinholen? Du musst mir nur zeigen, wo ich es finde.«

Alexandra zögerte, weil sie sich fragte, wie Davids Freund das mit seinem Gehstock bewerkstelligen wollte.

»Ich komme klar«, sagte Jack, der offensichtlich ihre Gedanken gelesen hatte. »Führ mich nur hin.«

Alexandra nahm den Holzkorb und brachte Jack durch den Flur, der zu den Lagerräumen führte, in den Hof und zeigte ihm das Holzlager; erfreulicherweise war noch jede Menge Brennholz vorhanden.

»Bitte schön, da sind wir. Die Scheite sind zum Glück wunderbar trocken. Ich glaube nicht, dass wir sonst mit diesem Ofen eine Chance hätten.«

Gemeinsam begannen sie, den Korb mit Holz zu füllen. Als er voll war, sagte Alexandra: »Wenn du lernen könntest, wie man den Ofen über Nacht am Brennen hält, wäre ich dir sehr dankbar. Der Graf bekommt es hin, aber ich finde, ich sollte es ebenfalls können.«

»Warum bitten Sie den Grafen dann nicht, es Ihnen zu zeigen?«, erklang eine Stimme hinter ihnen.

Alexandra zuckte zusammen. »Oh! Ich dachte nur, Sie sind bestimmt zu beschäftigt.«

»Und wird Jack nicht auch beschäftigt sein, wenn er meinen Kindern Algebra und Kartentricks beibringt?«

Jack lachte. »Ich werde beschäftigt sein, genau wie die drei, doch wir brauchen auch alle Zeit, um die Umgebung zu genießen. David überlegt, ob er ein Theaterstück einstudieren soll.«

»Wirklich?«, sagte Antoine. »Warum?«

»Er meint, der beste Weg, um Shakespeare zu verstehen, ist, wenn man ein Stück von ihm spielt«, erklärte Jack. »Aber vielleicht sind wir gar nicht lange genug hier.«

»Ich finde die Idee ganz hervorragend, wenn genug Zeit ist«, meinte Antoine. »Mir gefällt der Gedanke, dass meine Kinder auf eine weniger konventionelle Art und Weise unterrichtet werden als in einer Schule.«

»Schulen haben auch ihre Vorteile«, warf Alexandra ruhig ein.

»Sie haben bislang für meine Kinder nicht so gut funktioniert«, erwiderte Antoine, »doch ich bin gerne bereit, mit Profis darüber zu diskutieren.«

»In Ordnung«, sagte sie. »Ich gehe in die Küche, um einen Crumble zu machen. Das ist Stéphies Lieblingsnachspeise.«

»Können wir uns irgendwann mal über Stéphie unterhalten?«, fragte Antoine.

»Gerne, jederzeit«, antwortete Alexandra lächelnd. »Gerade sucht sie eine Traubenschere. Wir können Trauben und Crumble essen. Ich dachte, sie findet vielleicht eine Schere im Speisezimmer.«

Antoine zuckte mit den Schultern. »Ich habe keine Ahnung, wo eine sein könnte. Vielleicht helfen Sie ihr beim Suchen? Sie mag Sie sehr.«

»Das beruht auf Gegenseitigkeit. Ich sehe mal nach ihr.« Sie zögerte kurz. »Vergessen Sie das Brennholz nicht.«

Als sie ins Haus zurückkehrte, ging ihr auf, dass sie einem Mitglied des französischen Adels Aufträge erteilte. Wahrscheinlich war das nicht gerade der beste Weg, um ihre Karriere als Kinderfrau zu fördern.

Sie fand Stéphie im Speisezimmer vor einer großen, reich verzierten Anrichte. Sie musterte die Messer und Gabeln, vermutlich auf der Suche nach einer Traubenschere.

»Ich wünschte, Félicité wäre hier. Ich brauche ihre Hilfe!« Sie nahm eine Gabel in die Hand. »Oh, die sind so hübsch. Wir haben sie seit einer Ewigkeit nicht mehr benutzt«, rief Stéphie.

Alexandra nahm ebenfalls eine Gabel und bewunderte das kunstvolle, filigrane Muster. »Die sind richtig schön, nicht wahr? David werden sie auch gefallen. Er ist ja nicht nur Lehrer, sondern auch Antiquitätenhändler.« Sie legte die Gabel zurück. »Sollen wir heute Abend hier essen? Was meinst du?«

Stéphie hüpfte vor Begeisterung auf und ab. »Das ist eine tolle Idee! Wir können feiern, dass Papa nach Hause gekommen ist. Normalerweise essen wir nur im Speisezimmer, wenn *Grandmère* zu Besuch ist. Das ist immer total steif, und wir dürfen nicht viel reden. Doch ich mag die Teller und die Gabeln.«

»Gibt es auch besondere Gläser?«, wollte Alexandra wissen.

»Im Schrank da drüben.«

»Hätte dein Vater was dagegen, wenn wir sie benutzen? Hast du Lust, ihn zu fragen?« Alexandra hatte das Gefühl, dass Antoine zustimmen würde, wenn Stéphie ihn darum bat. Sie fand, sie selbst sollte sich erst einmal von ihrem Chef fernhalten, bis er vergessen hatte, dass sie ihm aufgetragen hatte, das Brennholz ins Haus zu tragen. »Es würde bestimmt Spaß machen, mal nicht in der Küche zu essen.«

»Ich suche Papa.« Stéphie war schon aus der Tür, bevor Alexandra wegen der Traubenschere nachhaken konnte.

Sie beschloss, nach Félicité zu schauen. Sie hatte sie eine Weile nicht mehr gesehen, und Stéphie würde es bestimmt gefallen, wenn ihre große Schwester mit ihr zusammen das Besteck durchforstete und den Tisch deckte.

Sie fand Félicité in ihrem Zimmer. Sie saß auf dem Bett und starrte mit tränenverhangenem Blick aus dem Fenster.

»Oh, Süße, was ist denn los?«, wollte Alexandra spontan wissen, bevor ihr wieder einfiel, wie empfindlich Félicité war. Sie würde wahrscheinlich positiver auf eine weniger emotionale Annäherung reagieren. »Geht es dir gut?«

Das Mädchen schluckte und nickte. »Ich glaube schon.«

Alexandra setzte sich neben sie aufs Bett. »Aber du bist dir nicht sicher?«

Félicité schniefte laut. »Ich weiß alles darüber. Ich fühle mich nur seltsam, nachdem es nun passiert ist. Und es tut weh, und ich würde am liebsten weinen.«

Alexandra ging ein Licht auf, und sie wurde von Mitgefühl übermannt. »Du hast deine Periode bekommen?«

Félicité nickte.

»Ich erinnere mich noch genau, wie es bei mir angefangen hat. Zu Beginn war es schrecklich. Ich konnte nicht fassen, dass es nun jeden Monat passieren würde. Hast du alles, was du brauchst?« Alexandra wusste nicht mehr, wer sie über diese Entwicklung im Leben einer Frau informiert und wer sie mit Monatsbinden und einem Bindengürtel versorgt hatte.

»Nein. *Grand-mère* hat mir von der Periode erzählt, aber sie hat gesagt, sie hat sie erst mit sechzehn bekommen. Sie glaubt anscheinend, dass man verdorben ist und mit Jungen flirtet, wenn man sie früher bekommt.«

»Nun ja, das stimmt natürlich nicht. Und ich kann dir mit allem aushelfen, was du jetzt brauchst. Hast du Schmerzen im unteren Rückenbereich?«

»Ja! Woher weißt du das?«

Alexandra lachte. »Das ist normal. Du brauchst eine Wärmflasche und vielleicht ein Aspirin.«

»In Frankreich …«

Alexandra fiel ihr ins Wort: »Ich habe welche zum Schlucken dabei.« Sie wollte jetzt keine Details darüber hören, wie die Franzosen Schmerzmittel anwendeten. »Und ein warmes Getränk könnte dir helfen. Wie wär's mit heißer Schokolade? Mein Kindermädchen hat in solchen Fällen immer einen Schluck Brandy hineingegeben.« Alexandra zögerte. »Soll ich versuchen, deine Mutter zu erreichen?«

»Auf gar keinen Fall!« Félicité ließ keinen Zweifel aufkommen.

»Ich hole dir alles, was du brauchst.«

Gerade als sie die Tür erreicht hatte, sagte Félicité: »Warum hattest du noch ein Kindermädchen, als du deine Periode bekommen hast?«

Alexandra zuckte mit den Schultern. »Na ja, es war eigentlich eine Gouvernante, doch sie hat mich nicht unterrichtet – zu der Zeit bin ich zur Schule gegangen –, aber sie war auch keine Gesellschafterin. Ich glaube nicht, dass meine Verwandten, die Leute, die sich um mich kümmern, wirklich wussten, was ich brauchte.« Sie wartete, falls Félicité noch weitere Fragen haben sollte, dann verließ sie den Raum.

Als sie die Treppe hinunterging, traf sie Antoine und Maxime in der Diele an. Sie redeten und lachten und klopften sich gegenseitig auf die Schultern. Offensichtlich freuten sie sich, einander zu sehen.

»Können wir Maxime zum Abendessen einladen?«, wollte Antoine wissen. »Haben wir genug zu essen?«

»Wenn David kocht, gibt es immer mehr als genug.«

Maxime ergriff Alexandras Hand und gab ihr einen Handkuss. »Sie sind noch hübscher als bei unserer letzten Begegnung.«

Alexandra lachte, um ihre Verlegenheit zu verbergen. »Hallo, Maxime.«

»Ihr zwei scheint euch besser zu kennen, als mir klar war«, kommentierte Antoine lächelnd, doch er wirkte nicht belustigt.

»Maxime war uns eine große Hilfe«, erklärte Alexandra. »Vor allem, als es darum ging, Sie nach Hause zu holen.« Sie überlegte kurz. »Warum trinken Sie beide nicht ein Glas Wein auf der Terrasse? Es ist ein wunderbarer Abend.«

»Gesellen Sie sich zu uns?«, fragte Maxime.

Sie schüttelte den Kopf. »Sie haben sich bestimmt einiges zu erzählen, und ich habe noch zu tun.«

Stéphie kam aus dem Speisezimmer geschossen.

»Wo bist du gewesen? Und wo ist Félicité? Wir sind nicht fertig!«

»David ist bestimmt auch noch nicht so weit, also mach dir keine Gedanken. Félicité fühlt sich nicht ganz wohl und wird vielleicht eine Weile oben bleiben. Ich sehe mal, wie es bei David läuft. Maxime ist hier. Dein Papa und er werden ein Glas Wein auf der Terrasse trinken – du könntest für mich gleich den Wein rausbringen. Vielleicht bringst du ihnen auch ein paar Oliven?«

»Ich würde lieber den Tisch fertig decken. Ich habe jede Menge wunderschöne Dinge gefunden! Niemand hat mich zuvor in diesen Schrank schauen lassen.« Stéphie kehrte ins Speisezimmer zurück, um ihre Aufgabe zu beenden.

Alexandra verschwand in der Küche, wo sie feststellte, dass der in London immer so ruhige David nun alles andere als gelassen war.

»David!« Alexandra betrachtete die Ansammlung von Schüsseln und Töpfen auf allen Flächen. In jedem Behältnis war etwas. »Das passt gar nicht zu dir. In London warst du immer so gut organisiert!«

»Ich weiß!« Mit einer theatralischen Geste schlug er die Hände über dem Kopf zusammen. »Ich glaube, Frankreich sorgt in meinem Kopf für Verwirrung.« Er lächelte Antoine zu, der gerade hereinkam, vermutlich, um den Wein zu holen. »Als ich diese vielen wundervollen Produkte auf dem Markt gesehen habe, musste ich alles kaufen, und jetzt will ich natürlich auch alles kochen.«

Alexandra drehte sich zu Antoine um. »Als wir in London zusammengewohnt haben, hat er uns häufig bekocht …«

»Sie haben in London zusammengewohnt?« Auf einmal wirkte Antoine kühl und ziemlich arrogant.

David und sie versuchten, die Situation zu erklären. Schließlich hob Alexandra die Hand und brachte ihren Freund zum Schweigen.

»Ich übernehme das. Meine Familie besitzt ein großes Haus in London. Als ich in London einen Kochkurs besucht habe, habe ich mir das Haus mit David, der eine Wohnung im obersten Stockwerk hatte, und zwei Freundinnen geteilt. Und mit Megs Hund«, fügte sie hinzu, als könnte diese Information Antoines Missbilligung vertreiben. »David hat ein Auge auf uns Mädchen gehabt. Ich kannte ihn vorher schon einige Jahre.«

Antoine lächelte ein wenig herablassend. »Und Ihre Eltern? Waren sie mit diesem Arrangement einverstanden?«

Alexandra hatte Schwierigkeiten, seinem Blick standzuhalten, dennoch zwang sie sich dazu. »Meine Eltern sind gestorben, als ich noch ganz klein war.«

Antoine runzelte die Stirn. »Aber wer hat sich dann um Sie gekümmert?«

»Eine Reihe von Kinderfrauen und Gesellschafterinnen. Deshalb fühle ich mich ja auch so qualifiziert, als Kindermädchen zu arbeiten – ich hatte selbst so viele davon. Meine Verwandten haben mich von der Schweiz aus beaufsichtigt.«

»Haben sie gewusst, dass Sie mit einem alleinstehenden Mann unter einem Dach gelebt haben?«

»Nicht wirklich …« Alexandra wurde rot, denn sie hatten nichts geahnt.

»Ich glaube, wir müssen Antoine alles erzählen«, schaltete David sich ein.

Alexandra schluckte. Es war gut möglich, dass er David bitten würde, sofort sein Haus zu verlassen. Sie hoffte sehr, dass es nicht so war.

»Ich bin homosexuell«, sagte David. »Was bedeutet, dass ich Alexandra praktisch wie eine Tochter liebe. Ich werde nie in die Versuchung geraten, irgendetwas anderes in ihr zu sehen. Es ist bittere Ironie, dass ein Mensch, der in England als Krimineller betrachtet wird, ihr die größte Sicherheit als Mitbewohner bieten kann.«

Antoines Augenbrauen zogen sich zusammen, während er darüber nachdachte.

»Meine Verwandten hätten es nicht verstanden und wären auch nicht glücklich darüber gewesen, dass ich mit jemandem wie David zusammengewohnt habe«, warf Alexandra ein. »Obwohl diese Lösung ideal war.«

»Nun, ich bemühe mich, toleranter zu sein. Ich glaube, in England ist es illegal, nicht wahr? Nicht hier in Frankreich«, antwortete Antoine. Er lächelte, und seine Miene entspannte sich. »Sie sind willkommen in meinem Haus. Und jetzt hole ich endlich den Wein.«

Eine Welle der Erleichterung erfasste Alexandra. »Maxime bleibt zum Essen, David«, berichtete sie. »Und Stéphie bereitet alles für ein Bankett im Speisezimmer vor.«

»Das Gleiche versuche ich in der Küche«, sagte David mit einer leichten Verneigung.

Alexandra sah Antoine lächeln, als er in den Keller ging. Alles wird gut, dachte sie.

Alexandra freute sich, als Félicité im Speisezimmer auftauchte, während der Tisch noch gedeckt wurde. Sie ging auf sie zu. »Du hättest oben bleiben können. Ich hätte allen gesagt, dass du Kopfschmerzen hast.«

Félicité lächelte ein bisschen kläglich. »Es ist in Ordnung. Sie hätten Fragen gestellt. Ich kann den Gedanken nicht ertragen, dass über mich geredet wird.« Sie zögerte. »Obwohl das hauptsächlich *Grand-mère* macht. Ich bin eine Enttäuschung für sie.«

»Das ist bestimmt nicht wahr, aber es ist trotzdem gut, dass du runtergekommen bist. Stéphie hat sich eine Sitzordnung überlegt. Du musst herausfinden, wo dein Platz ist.«

Auf Alexandras Vorschlag hin hatte Stéphie die Namen der Anwesenden auf ein paar entzückend altmodisch aussehende Platzkarten geschrieben, die sie in der Anrichte gefunden hatte. Als David ins Speisezimmer gekommen war, um zu sehen, wie weit sie waren, hatte er sie informiert, dass die Anrichte eigentlich »Kredenz« genannt wurde.

Ebenfalls auf Alexandras Vorschlag hin hatte Stéphie ihren Vater am Kopfende des Tisches platziert und Félicité und sich selbst zu seinen beiden Seiten. Henri saß neben Stéphie. Danach hatte sie das Interesse verloren und sich nur noch auf das Schreiben der Namen auf die Platzkarten und das Stöbern durch die teilweise seltsamen Besteckteile in den Schubladen der Kredenz konzentriert. Dazu gehörten Schneckenzangen mit passenden Gabeln und ein sehr dekoratives Besteckset für Vorspeisen.

»Du meine Güte!«, meinte Antoine, als er mit mehreren Flaschen Wein in der Hand das Speisezimmer betrat. »Das wird ja wirklich ein Festessen!«

Alexandra und Stéphie blickten auf.

»So ist es«, antwortete Alexandra, »auch wenn wir vielleicht nicht jedes Messer, jede Gabel und jeden Löffel brauchen werden, die eingedeckt sind.«

»Alexandra hat gesagt, dass es hübsch ist, manchmal alles aus den Schubladen zu nehmen«, erklärte Stéphie ein bisschen defensiv. »Und die Sachen sind so hübsch! Wir können sie gar nicht sehen, wenn sie immer in dieser Kre- in der Anrichte sind.«

»Das ist wahr. Und jetzt, da ich das alles sehe, fällt mir ein, dass wir meine Schwiegermutter zum Essen einladen sollten.« Antoine wirkte nicht gerade erfreut von der Aussicht. »Zum Glück haben wir Alexandra, die uns helfen kann.«

Alexandra war sich nicht ganz sicher, ob das ironisch gemeint war, kam jedoch zu dem Schluss, dass es wahrscheinlich sein Ernst war.

Félicité trat zu ihnen. »Und was ist mit meiner Mutter? Musst du sie auch einladen?« Der Gedanke schien ihr nicht zu gefallen.

»Ich glaube schon, *chérie*«, antwortete Antoine. »Aber darüber müssen wir uns jetzt noch keine Gedanken machen.«

Alexandra erkannte, dass der Gedanke an Lucinda Félicité aus der Fassung brachte. Sie wusste, dass das teilweise auf ihre Periode zurückzuführen war, doch sicherlich gab es tatsächlich auch berechtigte Gründe, warum sie ihre Mutter nicht besonders mochte.

»Der Trick«, sagte Alexandra, »wenn man jemanden eigentlich nicht einladen will, besteht darin, dass man zusätzlich noch viele andere Gäste hinzubittet. Dann fällt die eine Person nicht so ins Gewicht. Ach, da ist ja Maxime. Könnten wir ihn nicht zusammen mit *Grand-mère* einladen?«

»Haben Sie Erfahrung als Gastgeberin?«, fragte Antoine.

»Ein bisschen, ja«, erwiderte Alexandra mit Nachdruck. Ihr wurde klar, dass sie ihm Rätsel aufgab, und hoffte, er verstand, dass sie für die Kinder in ihrer Obhut alles tun würde, was notwendig war.

Er nickte.

»Ich sehe mal nach, wie David in der Küche vorankommt, und dann bereite ich den Crumble zu«, sagte sie entschlossen und verließ den Raum. »Danach müssen wir Jack suchen.«

»Ich bin mehr oder weniger fertig«, verkündete David kurz darauf und wischte sich mit dem Handrücken über die Stirn. »Du nimmst die Sardellen-Tarte und ich die gefüllten Tomaten.« Er hielt inne. »Die habe ich zubereitet, weil die Tomaten so fantastisch aussahen. Wie kleine Kürbisse! Und weil nicht jeder Sardellen mag.«

Alexandra lachte vor sich hin, als sie die Tarte nahm. Sie hatte gewusst, dass die Produkte auf dem Markt David begeistern würden. Ihr ging es genauso, aber sie kochte nicht mit der gleichen Liebe wie David oder ihre Freundin Meg, eines der beiden Mädchen, mit denen sie in London zusammengewohnt hatte. Kochen war Megs Leidenschaft, und ihre andere Freundin, Lizzie, begeisterte sich für Mode und die Schneiderei – eigentlich für jede Art von Näharbeiten.

Und was war ihre Leidenschaft? Alexandra mochte viele Dinge, Antiquitäten, das Leben in Frankreich, und sie hatte ihre Schützlinge in sehr kurzer Zeit lieben gelernt. Aber ihre Leidenschaft schien ihrem Chef zu gehören – ein Zustand, der nicht andauern durfte.

Sie stellte die Tarte auf einem Untersetzer ab und ließ Platz für die gefüllten Tomaten.

»Meine Güte! Ein richtiges Festmahl!«, rief Jack aus, der aus seinem Zimmer aufgetaucht war.

»Oh mein Gott!«, murmelte David. »Ich wusste gar nicht, dass wir auch Schnecken essen werden! Wie furchterregend!«

»Wir essen keine Schnecken!«, erwiderte Stéphie. »Wir wollten nur die Zangen mit eindecken.«

»Oh, dann ist es ja gut.« David zog eine übertriebene Grimasse der Erleichterung, um Stéphie zum Lachen zu bringen. Es funktionierte.

»Maxime, könntest du mir helfen, den Wein einzuschenken?«, bat Antoine. »Bitte setzt euch doch alle. Ich finde, wir sollten dieses köstliche Mahl sofort zu uns nehmen. Stéphie, nimm dir doch eine Tomate.«

Alle folgten seinem Beispiel, und bald hatte jeder die Vorspeise auf dem Teller.

»*Bon appétit*«, wünschte Antoine.

Er hatte Alexandra bei diesen Worten angesehen, sie fand jedoch nicht, dass sie die Rolle der Gastgeberin übernehmen sollte. Es war eine andere Sache, wenn sie in der Küche aßen, doch dieses Essen war eine förmlichere Angelegenheit.

»Nun, das schmeckt ja einfach köstlich!«, stellte Jack fest, nachdem alle zu essen begonnen hatten.

»Und ich dachte, Engländer könnten nicht kochen!«, frotzelte Maxime.

»Und ich wusste nicht, dass Männer kochen können«, warf Stéphie ein.

»Doch, können sie«, erwiderte Alexandra. »Und David ist sogar ein sehr guter Koch.«

»*Chérie!*« Antoine wandte sich an sein jüngstes Kind. »Dein Papa kann auch kochen. Ich habe nur nicht oft die Gelegenheit dazu.«

»Weil du nicht sehr oft hier bist«, ergänzte Félicité.

»Ja, wann kommst du nach Hause und bleibst für immer bei uns?«, fragte Henri.

Antoine antwortete nicht sofort. »Sobald ich kann«, sagte er schließlich ein wenig niedergeschlagen.

»Darf ich einen Toast aussprechen?«, meldete sich Maxime zu Wort. »Auf die Rückkehr des siegreichen Helden!«

»Was ist ein siegreicher Held?«, flüsterte Stéphie Alexandra zu.

»Das ist jemand, der sehr erfolgreich und sehr kriegerisch ist«, erwiderte ihr Papa. »Aber ich fürchte, das bin ich nicht.«

»Gut so«, meinte Jack. »Die jungen Menschen wollen heutzutage Frieden. Es hat genug Krieg gegeben.«

Alle murmelten zustimmend.

»Steht in diesem Hause ein Klavier?«, wollte Jack wissen.

»Oh ja«, antwortete David, der sich wegen des erfolgreichen Verlaufs der Mahlzeit und des guten Weines, den Antoine bereitgestellt hatte, sichtlich entspannt hatte. »Wir würden gerne rund um den alten Klimperkasten singen.«

»Er meint das Klavier«, erklärte Alexandra den Kindern, die sie ratlos anblickten. Auch Félicité wirkte fröhlicher; sie hatte sogar einige Male gelacht.

»Im Musikzimmer gibt es ein Klavier«, erklärte Antoine. »Aber ich weiß nicht, ob man darauf spielen kann. Es hat meiner Frau gehört. Es war zu teuer, um es nach Buenos Aires zu verschiffen.«

»Sie hat versucht, mir Klavierspielen beizubringen, doch ich habe ihr Talent nicht geerbt«, meinte Félicité.

»*Chérie*, du warst erst fünf! Nicht jeder ist ein Musikgenie.« Antoine tätschelte seiner Tochter die Hand.

»Deine Mutter ist also musikalisch?«, wollte Jack wissen. »Das ist interessant.«

»Aber ich kann nicht Klavier spielen«, sagte Félicité ein wenig trotzig. Alexandra konnte nicht erkennen, ob es ihr wirklich etwas ausmachte oder nicht.

»Du meinst, du konntest es nicht, als du fünf warst«, entgegnete Jack. »Ich bin hergekommen, um euch in Mathematik und Musik zu unterrichten; ein Instrument wäre dabei hilfreich. Doch wir müssen nicht alle lernen, die *Mondscheinsonate* zu spielen …«

»Wie schade«, murmelte Maxime. »Das ist das einzige Stück, das ich spielen kann.«

»Ich spiele gerne Klavier«, warf Henri ein. »Aber noch lieber spiele ich Cello. Ein Freund von Papa hat mir seins gegeben, weil er es nicht mehr wollte.« Der Junge errötete heftig und beugte den Kopf tief über sein Essen.

Jack warf ihm einen Blick zu. »Ein Cello ist ein wunderbares Instrument. Kannst du Noten lesen?«

»Ein bisschen«, antwortete Henri in seinen Teller hinein. Seine Wangen waren immer noch hochrot. »Bei dem Cello war ein Notenheft.«

Félicité griff ein, um ihren verlegenen Bruder zu retten, der es offensichtlich hasste, im Zentrum der allgemeinen Aufmerksamkeit zu stehen.

»Ich kann ein paar Melodien auf dem Klavier spielen.«

»Das nennt man ›nach dem Gehör‹ spielen«, erklärte Jack. »Das ist sehr nützlich. Aber ich kann euch beibringen, Noten zu lesen; das bedeutet, man kann Stücke spielen, die man noch nie zuvor gehört hat.«

»Allerdings muss das Klavier sicher gestimmt werden. Ich weiß nicht, ob ...«, begann Antoine.

»Vielleicht bekomme ich es selbst hin«, erwiderte Jack. »Wenn nicht, finden wir jemanden, der es stimmen kann, nicht wahr, Alexandra?«

Sie lächelte und zuckte mit den Schultern. »Ich bin nur das Kindermädchen. Ich weiß nicht, ob ich qualifiziert bin, einen Klavierstimmer zu suchen.«

»Schätzchen, du bist nicht qualifiziert, ein Kindermädchen zu sein«, erwiderte David fröhlich und brach dann ab. »Verzeihen Sie mir«, sagte er zu Antoine. »Ich kenne Lexi schon sehr lange, und ich habe sie immer schon geneckt. Ich bin überzeugt, dass sie eine hervorragende Kinderfrau ist.«

»Das ist sie wirklich«, versicherte Stéphie strahlend.

»Danke, Liebes«, flüsterte Alexandra ihr zu. Laut sagte sie: »Soll ich dir beim Servieren des nächsten Gangs helfen, David?«

»Ich brauche Hilfe bei der Entscheidung, was der nächste Gang sein soll«, gab David zurück und sah Antoine an. »Käse oder Nachspeise? Sind wir heute englisch oder französisch?«

»Käse, bitte«, antwortete Antoine. »Ich werde noch eine Flasche Wein öffnen. Aber vielleicht möchten die Kinder jetzt lieber etwas Süßes haben.«

»David macht wundervolle Desserts«, warf Alexandra ein.

»Ich helfe«, sagte Félicité völlig unerwartet.

»Ich habe die Traubenschere gefunden«, berichtete Stéphie zufrieden. »Zum Käse gibt es Trauben. Normalerweise sind sie ja Nachtisch.« Sie runzelte die Stirn. »*Grand-mère* findet Nachspeisen nicht gut. Sie sagt, sie machen dick.«

»Meine Großmutter mag es nicht, wenn Leute dick sind«, erklärte Félicité, während sie schmutzige Teller in die Küche trug.

»Geht's dir gut?«, erkundigte sich Alexandra, als sie alleine waren. »Brauchst du noch eine Schmerztablette?«

»Nein, danke. Ich fühle mich besser.« Sie lächelte leicht. »Stéphie hat recht, du bist ein ziemlich gutes Kindermädchen.«

Alexandra freute sich sehr über das unerwartete Lob.

Sie stellten den Käse gleichzeitig mit den beiden Nachspeisen auf den Tisch. Es gab einen Apfel-Crumble und Schokoladen-Mousse. Stéphie fühlte sich wie im Himmel. Die Erwachsenen tranken Cognac und wurden immer gesprächiger. Stéphie aß, ohne dass jemand es mitbekam, jede Menge Mousse, bis sie schließlich pappsatt war und zu gähnen begann.

»Ich glaube, es ist Zeit fürs Bett«, meinte Alexandra und warf Antoine einen Blick zu. Gehörte es immer noch zu ihren Aufgaben, die Kinder ins Bett zu schicken, wenn deren Vater anwesend war?

»Oh ja. Stéphie?«, meinte Antoine, der gerade mit David und Maxime eine Diskussion über Trüffeln führte.

»Alexandra wird mich in mein Zimmer bringen und bei mir bleiben, bis ich eingeschlafen bin«, erklärte Stéphie.

»Ich komme mit nach oben«, verkündete Félicité.

Als Henri klar wurde, dass er das einzige Kind sein würde, wenn er bliebe, stand er ebenfalls auf.

»Ich komme gleich und sage euch Gute Nacht.« Stolz lächelte Antoine seine Familie an.

Alexandra hörte ihn zu den Kindern gehen, kurz nachdem sie sich in ihr Zimmer zurückgezogen hatte. Sie musste unwillkürlich lächeln. Stéphie würde seine Anwesenheit spüren, obwohl sie wahrscheinlich inzwischen schon tief und fest schlief.

11. Kapitel

Einige Tage später stand Alexandra zur Mittageszeit in der Küche und rührte in der Suppe, die David am Morgen vorbereitet und zum Köcheln auf den Holzofen gestellt hatte. Zuvor war Alexandra in der Bibliothek gewesen, die zum Unterrichtsraum umfunktioniert worden war. Sie hatte David bei seinem Shakespeare-Unterricht unterstützt. Dabei hatten sie sehr viel gelacht. Sie hatten verschiedene Rollen übernommen und ihre Textpassagen laut vorgelesen. Alle hatten sich prächtig amüsiert.

Jack war kurz zu ihnen gestoßen, um Henri zum Musikunterricht abzuholen. Das Leben im Château hatte sich seit Alexandras Ankunft sehr verändert.

Antoine betrat die Küche, als Alexandra gerade Baguette-Stücke in einen Korb legte und Käse auf einem Teller arrangierte.

»Nun, das ist erledigt!«, sagte Antoine. »Ich habe meine Schwiegermutter zum Mittagessen eingeladen.« Er zögerte kurz. »Und ich musste auch meine Ex-Frau dazubitten – sie waren gerade zusammen. Die Freundin meiner Schwiegermutter, Hortense, habe ich ebenfalls dazugebeten.« Er überlegte. »Wird David kochen, was meinen Sie?«

Alexandra nickte. »Oder ich.« Die unausgesprochene Annahme, dass nur David ein passendes Essen zubereiten konnte, verletzte sie ein wenig. Auch wenn sie die Vorstellung, allein für diese speziellen Gäste ein Menü zu zaubern, etwas beängstigend fand. Sie würde unter genauer Beobachtung stehen, und man würde vielleicht darauf hoffen, dass sie scheiterte. Doch tatsächlich war sie zum Teil auch wegen ihrer Kochkenntnisse eingestellt worden. »Sollten Sie nicht Maxime ebenfalls einladen?«

»Wenn Sie das möchten.« Er hob auf typisch französische Weise eine Augenbraue.

Sie ignorierte die Geste, mit der er andeuten wollte, dass ihr Interesse an Maxime möglicherweise über bloße Freundschaft hinausgehen könnte. Aber vielleicht sollte sie sich tatsächlich für Maxime interessieren – schließlich sah er sehr gut aus. »Er ist ausgesprochen hilfsbereit und charmant.«

»Sie haben recht. Maxime ist ein guter Freund, und vielleicht schafft er es, Lucinda so zu schmeicheln, dass sie das Schmollen aufgibt.« Gedankenverloren sah er Alexandra bei ihren Vorbereitungen zu. »Ihr Stolz ist verletzt, und das macht sie leicht reizbar.«

»Für wann haben Sie die Gäste eingeladen? Hoffentlich nicht für heute.«

»Natürlich nicht!«, erwiderte Antoine – offenbar empört, dass sie ihm so etwas zutraute. »Für morgen.«

Alexandra gab ein Geräusch von sich, das deutlich machte, dass sie den folgenden Tag kaum besser fand und etwas pikiert war.

»Es tut mir leid«, sagte Antoine betreten. »Als wir darüber gesprochen haben, welche Tage infrage kommen, blieb nur noch morgen übrig.«

»Es steht mir nicht zu, Ihre gesellschaftlichen Termine zu kommentieren«, erwiderte Alexandra und hob das Kinn.

Antoine amüsierte sich offensichtlich über ihre Empörung. »Ich habe grenzenloses Vertrauen in Ihre Fähigkeiten, mit jeglichem Notfall zurechtzukommen. Außerdem sind Sie Engländerin: Niemand wird eine wundervolle Mahlzeit von Ihnen erwarten.«

Alexandra zog einen Schmollmund und versuchte, sich nicht von seiner Erheiterung anstecken zu lassen. Ein Teil von ihr war geschmeichelt, ein anderer beleidigt; doch am liebsten hätte sie einfach mit ihm zusammen gelacht. »Sollen wir im Garten essen?«, schlug sie vor.

»Oh ja. Warum nicht? Wir haben gerade eine richtige Schönwetterperiode. Es ist immer besser, die Zusammenkunft etwas weniger förmlich zu gestalten, wenn die Großmutter der Kinder dabei ist.« Er beobachtete, wie Alexandra die Trauben inspizierte. »Wie ist der Unterricht heute Vormittag gelaufen?«

»Gut! Wenn Sie in die Bibliothek gehen, können Sie eine Rolle übernehmen. David möchte, dass jeder sich beteiligt.«

»Ist das ein taktvoller Hinweis, dass ich Sie in Ruhe Ihrer Arbeit nachgehen lassen soll?« Wieder hob er eine Augenbraue, und das Zucken in seinen Mundwinkeln war unwiderstehlich.

Alexandra nickte und gab sich Mühe, ernst zu bleiben, doch sie konnte nicht anders – sie musste sein Lächeln erwidern.

»Stéphie!«, sagte David am folgenden Tag, nachdem er ausgiebig eingekauft und vierundzwanzig Stunden lang gekocht hatte. »Der Tisch sieht atemberaubend aus! Wie ein impressionistisches Gemälde. Du hast hervorragend Arbeit geleistet.«

Sie befanden sich auf der Terrasse unter einem Dach aus Weinreben, durch das Sonnensprenkel fielen. Der Tisch sah tatsächlich wie ein Gemälde aus, fand Alexandra. Sie wünschte, das Ganze wäre für eine Feier mit vergnügten Gästen bestimmt, alte Freunde, Menschen, die sie mochte. Stattdessen waren die Gäste größtenteils Leute, die gerne kritisierten und die Kinder nervös machten. Aus eigener Erfahrung wusste Alexandra, dass angespannte Menschen nie in Hochform waren.

Stéphie strahlte. Sie ließ sich von der Anspannung, die den

Rest des Haushalts erfasst hatte, nicht anstecken. »Alexandra hat mir geholfen.«

»Du hast aber all die schwierigen Sachen gemacht, Liebes«, erwiderte Alexandra.

»*Grand-mère* werden die geblümten Baumwollservietten vom Markt nicht gefallen«, meinte Félicité. »Sie mag nur Leinenservietten.«

Der Meinung war Alexandra auch gewesen, bis sie festgestellt hatte, dass sie sie waschen müsste. Sie musste mit Antoine über den Kauf einer Waschmaschine sprechen. Wahrscheinlich war man im Château bislang sehr gut ohne zurechtgekommen, als es noch mehr Personal gegeben hatte. Doch nun war sie allein mit einer jungen Frau aus dem Dorf, die Antoine zum Glück zu ihrer Entlastung engagiert hatte. Es wurden mehr moderne technische Errungenschaften benötigt.

»Ich fand einfach, ein Farbtupfer wäre nett«, erklärte Alexandra. »Und diese Stoffe sind schließlich sehr provenzalisch.«

Félicité und Stéphie sahen sie ein paar Sekunden lang verwirrt an, bevor sie sich wieder dem Tisch zuwandten. »Wir dürfen das Wasser nicht vergessen«, sagte Félicité.

»Die Blumen sind so hübsch«, kommentierte Alexandra.

»In der Tat, und sie nehmen auch nicht zu viel Platz ein«, meinte David. »Es werden so viele Schüsseln auf dem Tisch stehen, dass kaum Raum für Blumen bleibt. Aber diese kleinen Blumensträuße sind einfach perfekt.«

»*Grand-mère* wird sagen, das ist Unkraut«, murmelte Félicité.

»Und wir werden ihr erklären, dass es kein Unkraut gibt, nur Blumen am falschen Ort«, erwiderte David in affektiertem Ton.

Félicité lachte lauthals, etwas, was Alexandra bisher kaum erlebt hatte.

»Oh, bitte sagen Sie das, David! Ich kann gar nicht erwarten, wie *Grand-mère* reagieren wird!«

»Ich finde, sie sehen wie richtige Blumen aus«, warf Alexandra ein, als sie bemerkte, dass Stéphie ein bisschen verletzt war. Sie versuchte, sich einige der Blumennamen ins Gedächtnis zu rufen. »Das ist eine Fuchsie … Und heißt diese rosafarbene Blume, die einem Gänseblümchen ähnlich sieht, nicht Schmuckkörbchen? Und das da sind eindeutig Ringelblumen. Sie sind ganz entzückend!«

»Vermutlich ist deine Großmutter eher förmlich, oder?«, fragte Jack, der gerade mit zwei großen Wasserkrügen in den Händen auftauchte. »Nun, Henri hat sein Stück auf dem Cello stundenlang geübt. Er ist wirklich talentiert. Das wird sie auf jeden Fall beeindrucken, wenn sonst schon nichts. Er könnte fast als ›Ausnahmetalent‹ bezeichnet werden.«

»Unsere Mutter wird wollen, dass ich auch vorspiele.« Félicité seufzte. »Sie war enttäuscht von mir, als ich fünf war. Jetzt bin ich fünfzehn, da wird sie noch enttäuschter sein.«

Alexandra öffnete den Mund, um eine scharfe Bemerkung dazu zu machen: dass man dableiben und seine Tochter unterrichten sollte, wenn man wollte, dass sie Klavier spielen lernte. Doch dann schloss sie den Mund wieder. David und sie hatten schon mehrfach über das Thema diskutiert. Er hatte gesagt: »Ich weiß, dass du ohne Eltern aufgewachsen bist, Lexi, Liebes, aber sie haben es sich nicht ausgesucht. Lucinda hatte natürlich eine Wahl, doch niemand kann wissen, was in Beziehungen vor sich geht. Wir sollten sie nicht verurteilen.«

»Ich gebe dir sehr gerne Klavierunterricht, Félicité«, sagte Jack. »Jederzeit. Es ist nur so, dass Henri sein Cello so liebt. Aber wenn du möchtest …«

»Nein, danke«, antwortete Félicité. »Ich spiele nicht gerne Klavier. Ich möchte nur meine Mutter nicht enttäuschen.«

»Du hast eine schöne Singstimme«, fuhr Jack fort. »Es gibt mehrere Möglichkeiten, seine musikalischen Fähigkeiten einzusetzen. David hier spielt gut Klavier, aber er ist nicht im Geringsten musikalisch.«

»Wie bitte?«, sagte David. »Das ist eine Unverschämtheit! Jetzt muss ich in die Küche, um nach dem Essen zu sehen. Wir können schon einige Sachen auf den Tisch stellen und sie abdecken. Wissen wir, ob unsere Gäste pünktlich sein werden?«

Félicité schnaubte. »Ich gehe davon aus, dass meine Mutter zu spät kommen wird. Und da sie zusammen mit *Grand-mère* kommt, werden sie sich beide verspäten.«

»Das ist in Ordnung«, sagte David. »Ich bereite kein Soufflé zu, aber es ist trotzdem gut zu wissen, dass ich das provenzalische Ragout einfach noch vor sich hin blubbern lassen kann. Es ist ohnehin zu warm, um es jetzt zu essen. Daher gibt es erst mal kalten Braten und Salat.«

Alexandra folgte David in die Küche. »Du hast dir so viel Mühe gegeben«, setzte sie an. Sie hatte ein schlechtes Gewissen, weil David, der eigentlich in seiner Funktion als Lehrer hier war, sich so sehr in der Essenszubereitung engagierte. Sie hatte eigentlich das Gefühl, dass es zu ihren Aufgaben gehörte.

»Du weißt doch, wie gerne ich das tue, Lexi«, erwiderte David. »Ich liebe das fantastische Obst und das Gemüse, und inzwischen habe ich auch die Küche im Griff, sodass es mir Freude bereitet! Und ich glaube, dieses Essen wird sehr schwierig für alle, vor allem für die Kinder.«

»Das stimmt.« Alexandra seufzte. »Ich weiß nicht, um wen ich mir mehr Sorgen mache, um Félicité oder um Stéphie. Obwohl Stéphie vielleicht gar nicht alles mitbekommen wird.«

»Vermutlich wird es auch für dich kein Zuckerschlecken werden«, meinte er.

»Aber ich bin doch nicht wichtig!« Sie lachte. »Dieses Essen wird vor allem für die Kinder schwierig werden. Ihre Eltern werden zum ersten Mal seit ewiger Zeit mal wieder zusammen an einem Tisch sitzen. Und ihre Großmutter ist … Nun ja, du wirst es selbst erleben.«

»Ich freue mich darauf. In meinem Metier sind extreme Menschen immer eine Gelegenheit, Charakterstudien anzustellen. Was meinst du, wollen wir einen kleinen Mutmacher zu uns nehmen? Nur wir beide?«

Alexandra musste lachen. »Dann mal los. Ich nehme ein kleines Glas Rosé, und dafür trinke ich später keinen Alkohol mehr. Ich will einfach nur, dass alles gut läuft! Für – na ja, für die Kinder.«

»Und es ist dir nicht wichtig, wie es für den Vater der Kinder läuft?«

Alexandra konnte nicht verhindern, dass sie errötete. Sie beschäftigte sich angelegentlich damit, die Trauben auf dem großen Teller zu arrangieren. Stéphies Traubenschere war Gold wert. »Ich wünsche mir natürlich, dass es auch für ihn gut läuft, aber er kommt allein klar. Die Kinder dagegen brauchen mich.«

»Obwohl Antoine es sicher gut machen wird …« David brach plötzlich ab.

»Was werde ich gut machen?«, erkundigte sich Antoine, der in diesem Moment mit den Armen voller Flaschen in der Küche auftauchte.

»Ich habe Lexi gerade versichert, dass sie sich wegen dieses Essens nicht sorgen muss. Und dass niemand die Kinder schlecht behandeln wird, wenn Sie dabei sind.« David trat sehr bestimmt auf.

Alexandra errötete schon wieder und schob die Trauben hin und her, obwohl sie bereits perfekt arrangiert waren.

»David hat recht, Alexandra«, sagte Antoine. »Ich bin sehr gut imstande, meine Kinder zu beschützen. Aber ich weiß es zu schätzen, dass ihr Wohlergehen Ihnen so am Herzen liegt.«

Mutig hob sie den Kopf und sah ihn an. »Sie wissen, dass ich meine Pflichten sehr ernst nehme.« Sie nahm den Teller und verließ fluchtartig den Raum.

Unter einem Feigenbaum hatten sie einen Serviertisch aufgestellt, auf dem sie die Platte mit den Trauben nun abstellte. Sie deckte sie mit einer Serviette zu, um die Fliegen fernzuhalten. Auf dem Tisch stand bereits eine Schüssel mit Feigen und ein paar letzten, beinahe schon überreifen Pfirsichen.

Während sie die Früchte zurechtrückte, wünschte sie, sie wäre in Antoines Gegenwart nicht immer so verlegen. Das sah ihr gar nicht ähnlich! Die Tatsache, dass er ihr Chef war, spielte dabei keine große Rolle. Sie wussten beide, dass sie gute Arbeit leistete. Warum also fühlte sie sich so unwohl in ihrer Haut?

»Ich hoffe sehr, dass Maxime früh kommt«, sagte sie zu Félicité, die gerade an ihrer Seite erschienen war. »Alle wirken immer viel entspannter, wenn er da ist.«

»Sorge ich nicht dafür, dass du dich entspannst?«, fragte Jack, der mit Henri zusammen auf die Terrasse getreten war.

»Doch, aber Henris Großmutter ist wirklich Furcht einflößend. Und seine Mutter ebenfalls. Ich brauche jede Menge Beschützer.« Sie lächelte und tat so, als wäre alles nur ein Scherz. »Wann wirst du dein Stück vorspielen, Henri? Ich würde vorschlagen, du spielst vor dem Essen. Ansonsten vergessen alle über den Köstlichkeiten die Zeit und wollen irgendwann schlagartig aufbrechen.«

»Ich weiß nicht, ob das in Frankreich so abläuft«, meinte Jack. »Aber ich fände es auch gut, wenn du gleich am Anfang vorspielst. Das versetzt deine Furcht einflößende *Grand-mère* in gute Stimmung. Du bist so ein großes Talent.«

Alexandra schenkte Jack ein herzliches Lächeln. Sie schätzte es sehr, wie er mit den Kindern umging. »Ich bin froh, dass du dich entschlossen hast, Frankreich einen Besuch abzustatten, Jack.«

»Nun, ich habe mich immer schon danach gesehnt, nach Saint-Jean-du-Roc zurückzukehren. Als David mir dann erzählt hat, dass er hinfährt, beziehungsweise ganz in die Nähe, konnte ich nicht widerstehen.«

»Und warum nach Saint-Jean-du-Roc?«, wollte Henri wissen. »Es ist keine berühmte provenzalische Stadt, so wie Aix-en-Provence oder diese anderen Orte, wo viele bekannte Maler gemalt haben.«

Jack zuckte mit den Schultern. »Ich war einmal kurz im Urlaub hier. Ich wollte sehen, ob sich durch den Krieg etwas verändert hat.«

»Oh, schaut mal! Da kommt Maxime«, sagte Alexandra. »Die Terrasse hat eine gute Lage, nicht wahr? Man kann die Besucher schon von Weitem sehen.«

»Schade, dass wir kein Fallgitter runterlassen können, um Plünderer fernzuhalten, was, Félicité?«, fragte Jack.

Das Mädchen kicherte.

Da man die Ankömmlinge schon aus der Ferne sehen konnte, standen alle an der Haustür, um *Grand-mère*, ihre Freundin Hortense und natürlich Lucinda willkommen zu heißen. Nur Jack fehlte. Er bereitete gerade das Musikzimmer vor, wo er unter anderem das Klavier abstaubte – daran hatte niemand gedacht, bis Stéphie ihren Namen mit dem Finger in den Staub geschrieben hatte.

Alexandra müsste eigentlich nicht Teil des Willkommenskomitees sein, und sie hätte auch noch genügend Dinge zu erledigen, doch sie wollte den Augenblick nicht verpassen und zudem in der Lage sein, Stéphie aufzufangen, falls sie sich ausgeschlossen fühlen sollte.

»Ah! Penelope!«, rief Antoine. Er gab seiner Schwiegermutter drei Küsschen auf die Wangen. »Hortense ...« Auch sie wurde mit kleinen Küssen begrüßt. »Und Lucinda.« Er küsste seine Ex-Frau je einmal auf jede Wange.

»Nun«, sagte er dann auf Englisch, »darf ich euch Mr. David Campbell vorstellen – er gibt den Kindern Englischunterricht und legt dabei den Fokus besonders auf Shakespeare.«

David verhielt sich genau so, wie jede Großmutter oder Mutter es sich wünschen würde. Er gab sich höflich und charmant, jedoch nicht zu ungezwungen. Als *Grand-mère* und er sich bekannt gemacht hatten, fragte er: »Wo ist denn Jack?«

»Im Musikzimmer«, antwortete Henri. »Ich habe ein Musikstück einstudiert, das ich vorspielen möchte.«

Alexandra bemerkte, dass er dabei niemanden ansah, als wüsste er nicht, wen er beeindrucken musste.

»Möchtest du vielleicht jetzt gleich vorspielen, Henri?«, schlug Alexandra aufmunternd vor. Er wirkte sehr nervös, und sie fand, je früher er den Auftritt hinter sich hatte, desto besser.

»Ja«, griff Antoine ihren Vorschlag auf. »Lasst uns ins Musikzimmer gehen. Lucinda, ich glaube, du wirst sehr beeindruckt von deinem Sohn sein.«

David entschuldigte sich und machte sich auf den Weg in die Küche, doch Alexandra steuerte auf das Musikzimmer zu. Sie hatte Henri schon üben hören, aber jetzt bot sich die Gelegenheit, ihn richtig spielen zu hören. Sie beschloss, an der Tür stehen zu bleiben, damit das Publikum nicht zu groß wurde.

Jack saß am Klavier. Als die Zuhörer Platz genommen hatten, griff Henri nach seinem Bogen. Jack drehte sich um, um zu sehen, ob er startbereit war, als *Grand-mère* plötzlich aufkeuchte. Daraus entwickelte sich ein kleiner Hustenanfall. Penelope nahm ein Taschentuch aus der Tasche, während Lucinda sich besorgt erkundigte, ob es ihr gut gehe.

Alexandra überlegte, ob sie ein Glas Wasser holen sollte,

aber *Grand-mère* beharrte darauf, dass alles in Ordnung sei, und ignorierte die Besorgnis ihrer Tochter.

Zufällig warf Alexandra einen Blick auf Jack und entdeckte, dass er erst blass und dann rot wurde. Schließlich drehte er sich wieder zum Klavier und beschäftigte sich angelegentlich mit seinen Noten.

»Wirst du jetzt spielen oder nicht, Henri?«, fragte *Grand-mère* scharf.

»Wir brennen darauf, dich am Cello zu hören, Henri«, bemerkte Antoine mit einem liebevollen Lächeln.

»Ja«, stimmte Penelope ihm zu. »Ich wollte nicht ungeduldig klingen.«

Félicité wirkte überrascht. Wahrscheinlich kam es nur selten vor, dass ihre Großmutter sich entschuldigte.

Jack begann mit einer Einleitung auf dem Klavier und stolperte dabei über die ersten Noten. Alexandra bemerkte, dass er offensichtlich ebenfalls nervös war.

Dann fing Henri an zu spielen. Die melancholischen Klänge von Saint-Saëns erfüllten den Raum. Alexandra hielt den Atem an. Es war so wunderschön, so bewegend, dass sie das Gefühl hatte, die Zeit stünde still. Der Junge war vollkommen vertieft in die Musik, eins mit seinem Instrument. Seine Mutter starrte ihn an, als hätte sie ihn noch nie gesehen.

Dann fiel Alexandras Blick auf *Grand-mère*. Tränen strömten ihr übers Gesicht. War sie vielleicht krank? Alexandra wartete, bis der letzte Ton verklungen war, dann flüchtete sie in die Küche. Ob *Grand-mère* vielleicht einen Arzt brauchte? Oder ob sie sich wenigstens in einem kühlen Raum ein wenig hinlegen sollte?

Alexandra und David waren draußen, stellten Verschiedenes noch auf den Tisch und waren mit letzten Vorbereitungen beschäftigt, als Stéphie zu ihnen stieß.

»Henri hat sehr gut gespielt, aber *Grand-mère* benimmt sich ganz sonderbar«, verkündete sie.

»Oh, nein! Ist sie krank?«, fragte Alexandra. Sie hatte ein Sofa im Salon vorbereitet, damit Penelope ruhen konnte, während sie auf den Arzt warteten, falls er gerufen werden musste.

Maxime, der Stéphie gefolgt war, sagte: »Nein, nicht richtig krank, glaube ich. Doch sie ist ganz blass geworden und musste sich hinsetzen. Lucinda kümmert sich um sie.«

»Ich hoffe, Henris Spiel hat ihr gefallen«, meinte Alexandra. »Es war so ... bewegend.«

»Sie hat geweint. Diese Saint-Saëns-Sonate ist ein sehr ergreifendes Stück. Erst danach, als Antoine den Musiklehrer vorstellte, fühlte Penelope sich etwas schwach.« Maxime schenkte Alexandra ein aufmunterndes Lächeln.

»Nun, ich hoffe, es geht ihr bald besser«, fuhr Alexandra fort. »Alle haben sich sehr viel Mühe mit diesem Essen gegeben. Ich möchte nicht, dass es durch einen Ohnmachtsanfall verdorben wird.«

»Was bedeutet das?«, wollte Stéphie wissen.

Alexandra war versucht, das Mädchen auf später zu vertrösten, doch sie hielt an ihren Grundsätzen fest: Gute Kinderfrauen wichen keinen Fragen aus. »Es bedeutet, dass jemand sich ohne ersichtlichen Grund unwohl und schwach fühlt. Nun, haben wir alles?«

»Hoffentlich«, antwortete Félicité. »Es passt nämlich nichts mehr auf den Tisch!«

Schließlich kam der Rest der Gesellschaft aus dem Musikzimmer und nahm am Tisch Platz; Getränke wurden ausgeschenkt und Toasts ausgesprochen. Alexandra kam es so vor, als dauerte es ewig. Alle sprachen davon, wie wunderbar Henri gespielt hatte – der Junge selbst kauerte sich auf seinem Stuhl zusammen und hätte sich wohl am liebsten unsichtbar gemacht.

Alexandra saß am anderen Ende des Tisches, weit entfernt von den Ehrengästen, aber in Davids Nähe, damit sie ihm dabei helfen konnte, Gläser aufzufüllen und Schüsseln auszutauschen.

Am anderen Ende des Tisches schien es gut zu laufen. Penelope war ein wenig still, ebenso Jack. Lucinda dagegen war voller Energie.

»Er muss natürlich in Paris studieren. Dieses Talent würde in dieser verschlafenen Gegend von Frankreich nie ausreichend gewürdigt werden«, sagte sie. Ihre klare Stimme war am ganzen Tisch zu hören.

Félicité wirkte nachdenklich, und Henri war, nachdem er seine anfängliche Schüchternheit erst überwunden hatte, offensichtlich sehr hungrig und ignorierte die Pläne seiner Mutter für seine Zukunft. Stéphie war aufgekratzt und erzählte allen begeistert, dass sie ein paar wunderschöne Gläser im Schrank gefunden und beim Spülen und Abtrocknen der Fundstücke geholfen hatte. Nun trank sie Wasser aus einem dieser schönen Gläser.

»Dann hoffen wir mal, dass am Ende der Mahlzeit noch alle ganz sind«, entgegnete Lucinda und nahm Stéphie das Glas aus der Hand.

Alexandra tat das kleine Mädchen leid. Sie war so vorsichtig mit den gläsernen Schätzen gewesen, hatte ein Tuch in die Spüle und auf das Abtropfgestell gelegt und ein Glas nach dem anderen gespült. Wäre Alexandra näher gewesen, hätte sie etwas gesagt. Flüsternd teilte sie David mit, was sie gehört hatte, und er meinte: »Besser, dass du nicht in der Nähe bist. Das Kindermädchen sollte die Hausherrin, auch wenn es sich um die Ex-Hausherrin handelt, nicht zurechtweisen! Gibt es überhaupt eine Ex-Hausherrin?«

Alexandra lachte und fing Maximes Blick auf. Er hob sein Glas und prostete ihr zu. Sie lächelte und nickte.

Als sie gerade anfing, sich langsam zu entspannen – die Gäste aßen inzwischen Trauben und Käse und wurden etwas lockerer –, runzelte David plötzlich die Stirn.

»Hallo! Wer kommt denn da in so einem wunderschönen Auto?«

Als Alexandra sich umdrehte, sah sie einen cremefarbenen Rolls-Royce mit geöffnetem Verdeck die Zufahrt hinauffahren. Ihr wurde erst heiß und dann kalt. »Oh mein Gott!«, stieß sie hervor. »Das sind meine Verwandten!«

12. Kapitel

Alexandra hatte Zeit, ihre Verwandten ausgiebig zu mustern, während sie aus dem Oldtimer ausstiegen, der ihnen nun schon rund fünfzehn Jahre als Transportmittel diente.

Ihr Cousin Hubert saß am Steuer. Er war Anfang dreißig, hatte schütteres Haar, hängende Schultern und ein fliehendes Kinn. Er war, wie Alexandra wusste, derjenige, den sie nach dem Willen ihrer Verwandten heiraten sollte. Auf diesem Wege wollten sie sicherstellen, dass Alexandras Vermögen in der Familie blieb.

Seine Mitfahrerinnen waren älter, ungefähr Anfang sechzig, doch ausgesprochen energiegeladen. Cousine Clothilde und Cousine Aimée, beide elegant gekleidet und mit Hut, stiegen aus, schauten sich um und hießen offensichtlich gut, was sie sahen.

»Alexandra!«, rief Aimée, als sie sie auf der Türschwelle entdeckte. »Wie … ländlich du aussiehst.«

Alexandra trat vor und küsste sie auf die Wange. »Cousine Aimée. Hattet ihr mir mitgeteilt, dass ihr kommt?«

»Nein«, antwortete Clothilde knapp, »wir dachten, es wäre amüsant, dich zu überraschen.«

Alexandra erinnerte sich noch gut an jenen Abend in London vor wenigen Monaten, als Clothilde und Aimée sie in Begleitung eines älteren, männlichen Verwandten »überrascht« hatten. Sie waren ohne Vorankündigung in das Haus der Familie geschneit, in dem Alexandra gelebt hatte. Die Situation war für keinen von ihnen amüsant gewesen.

Antoine erschien an ihrer Seite und gab Alexandra plötzlich das Gefühl, unterstützt zu werden. Gleichzeitig war sie angespannt. Es war sein Haus; sie hatte nun die Aufgabe, ihm zu erklären, warum der Rolls-Royce mit ihren Verwandten vor seiner Haustür aufgetaucht war. Sie schluckte. Es würde nicht einfach werden.

»Antoine, darf ich vorstellen …« Dann fiel ihr ein, dass man zuerst den Herrn der Dame vorstellte. »Clothilde, darf ich dir den Comte de Belleville vorstellen?«

Sie sah, dass die von Natur aus hochmütige Miene ihrer Cousine sich entspannte, als sie das Wort »Comte« hörte. Der Rest der Vorstellungsrunde lief reibungslos.

Antoine zeigte sich ausgesprochen höflich angesichts dieser plötzlichen Invasion. »Bitte, kommen Sie doch herein. Möchten Sie sich etwas frisch machen …?« Er drehte sich zu Alexandra um.

»Folgt mir doch bitte«, sagte sie, »ich zeige euch … das Bad für die Damen.« Sie wusste nicht, wie sie den Raum sonst bezeichnen sollte, zu dem sie ihre Cousinen nun führte. »Toilette im Erdgeschoss« klang jedenfalls nicht passend.

Wahrscheinlich war der Raum für einen anderen Zweck erbaut worden. Er war ziemlich groß, und es stand ein kleines Sofa darin. Stéphie hatte Blumen und Bündel mit getrocknetem Lavendel im ganzen Zimmer verteilt. Wie gut, dass sie *Grand-mère* zum Essen eingeladen hatten! Aus diesem Grund gab es kunstvoll bestickte Leinenhandtücher, und auf dem Frisiertisch stand Eau de Cologne.

Während ihre Cousinen sich frisch machten, betrachtete Alexandra sich im Spiegel in der Halle. »Ländlich« bedeutete mit hoher Wahrscheinlichkeit »bäuerlich«. Sie trug ihr Lieblingskleid vom Markt und hatte ihr Haar mit dem Gürtel des Kleides zurückgebunden; ihre nackten Füße steckten in Espadrilles. Da sie sich nicht geschminkt hatte, sah sie aus, als wäre sie ungefähr zwölf.

Sie hatte sich an diesem Morgen nicht für ihre förmlichen Verwandten gekleidet – sie hatte diese Kleidung für Lucinda ausgewählt, die, wie sie begriffen hatte, die Art Frau war, die auf jede Geschlechtsgenossin eifersüchtig war, nur weil sie auch eine Frau war. Daher hatte Alexandra versucht, so jung zu wirken wie möglich und wie ein Kindermädchen auszusehen. David hatte gemeint, dass es ihr perfekt gelungen war. Jetzt konnte sie wohl kaum die Treppe hinauflaufen und ihre eleganten Schuhe mit den Pfennigabsätzen anziehen!

»Ich glaube, Antoine ist mit Hubert nach draußen zu den anderen gegangen«, erklärte Alexandra, als ihre Cousinen wieder auftauchten. »Wir sollten uns auch dazugesellen.« Stell sie nicht vor die Wahl, wohin sie gehen wollen, dachte sie. Bugsiere sie dahin, wo du sie haben willst.

»Du nennst deinen Arbeitgeber beim Vornamen?«, fragte Aimée. »Ist das so üblich?«

»Darüber habe ich nie nachgedacht.« Alexandra weigerte sich, sich zu rechtfertigen, obwohl es ihr jetzt, da ihre Cousine es erwähnte, auch ein wenig seltsam vorkam. »Er hat mich darum gebeten. Natürlich sieze ich ihn.«

»Nun gut. Dann wollen wir mal die Familie kennenlernen. Ich muss schon sagen, Alexandra, es ist eine Erleichterung für uns, dass du in einem Adelshaushalt arbeitest. Ich hoffe doch sehr, dass dein Französisch sich dadurch verbessert.«

»Monsieur«, sagte Clothilde, nachdem sie und ihre Begleitung etwas Brot, Käse und Apfel-Crumble zu sich genommen hatten – serviert von David, der fasziniert war, Alexandras Verwandtschaft kennenzulernen, von der sie ihm so viel erzählt hatte. »Ich glaube, wir sollten uns unterhalten. Wir müssen darüber reden, wie lange Alexandra hierbleiben wird.«

»Das sollten wir«, meinte Antoine zustimmend. »Möchten

Sie mit mir kommen? Bitte, nehmen Sie doch Ihren Wein mit«, sagte er zu Hubert.

»Ich bleibe hier, wenn Sie nichts dagegen haben«, erwiderte Hubert.

Obwohl man sie nicht dazu aufgefordert hatte, begleitete Alexandra Antoine und ihre Cousinen. Sie hatte das Gefühl, dabei sein zu müssen, wenn über sie geredet wurde. Allerdings konnte sie es Hubert nicht verdenken, dass er sich eine kurze Pause von seinen anstrengenden weiblichen Verwandten wünschte.

Sie gingen in den Salon, der, wie Alexandra plötzlich fand, etwas verblichen und trotz seiner Eleganz ein wenig heruntergekommen wirkte. An der Wand neben dem Fenster befand sich ein lang gezogener feuchter Fleck, teilweise verdeckt von Vorhängen, die offensichtlich schon seit sehr langer Zeit dort hingen.

»Monsieur«, wiederholte Clothilde, als alle Platz genommen hatten. »Wie lange werden Sie Alexandra brauchen?«

Alexandra hüstelte vernehmbar. Sie war kein Möbelstück, das ausgeliehen wurde. »Ich möchte bleiben, bis eine Lösung für die Kinder gefunden wurde.«

Clothilde schenkte ihr die Art von herablassendem, »Sprich-nicht-wenn-sich-ältere-Menschen-unterhalten«-Lächeln, das sie so hervorragend beherrschte.

»Ich könnte mir vorstellen, dass der Graf eine Kinderfrau suchen will, die über eine entsprechende Fachqualifikation verfügt und vielleicht nicht ganz so jung ist.«

»Alexandra hat bislang hervorragende Arbeit mit den Kindern geleistet«, erwiderte Antoine. »Die Kinder mögen sie sehr, und meine ältere Tochter, die mit fünfzehn in einem schwierigen Alter ist, würde lange brauchen, um sich auf jemand Neues einzustellen.«

Clothilde wirkte überrascht, dass Alexandra, die in ihrer Familie immer ein wenig als Problemfall betrachtet worden war, so sehr geschätzt wurde. »Wie erfreulich. Wie Sie sicher wissen, mussten wir Alexandra aus der Ferne großziehen. Es war nicht einfach.«

Alexandra musterte den feuchten Fleck an der Wand, während sie sich ungefähr zum millionsten Mal fragte, warum nicht einer aus der Familie sie zu sich genommen hatte, als sie zur Vollwaise geworden war. Donna in Paris hatte ihr genau diese Frage gestellt, und Alexandra hatte sie von sich abprallen lassen. Doch es war etwas, worüber sie häufig nachgedacht hatte, immer wieder mal im Laufe der Jahre.

Schließlich war sie zu dem Schluss gelangt, dass keiner ihrer Verwandten Kinder wirklich mochte und sich daher auch nicht mit einem Baby hatte belasten wollen. Jetzt fand sie, dass sie Glück gehabt hatte; ansonsten wäre sie vielleicht genau so wie ihre Verwandten geworden.

Antoine lächelte. »Dann würde es Ihnen also nicht ungelegen kommen, wenn sie bis zum Frühling bei uns bliebe?« Er lächelte. »Schließlich brauchen Sie ja keine Kinderfrau.« Seine Miene deutete an, dass er scherzte und die Anwesenden zum Lachen bringen wollte, doch unter der Oberfläche blieb er ernst.

Alexandra schnappte nach Luft. Sie hatte keine Ahnung gehabt, dass Antoine sie so lange benötigen könnte. Ihr Herz machte einen Satz.

»Bis zum Frühling?« Es war Cousine Aimée, die antwortete. »Vermutlich könnten wir sie danach für das Sommersemester an der Schule anmelden, die ihr den letzten Schliff verleihen soll. Uns ist aufgefallen, dass sich ihr Französisch hier bei Ihnen schon verbessert hat.« Sie beugte sich vor. »Sie verstehen sicherlich, dass wir für Alexandra nur das Allerbeste wollen. Diese Schule ist die beste in der Schweiz, und sie wird Alexandra garantiert die ... Kultiviertheit verleihen, die ihr momentan noch fehlt.«

Alexandras Fuß zuckte vor Ungeduld und Verärgerung, und sie stand auf. »Nun, ich bin so froh, dass alles geregelt ist. Cousine Clothilde, Cousine Aimée, ich glaube, wir sollten den Grafen wieder zu seinen Gästen zurückkehren lassen. Möchtet ihr gerne den Garten sehen?«

Da Antoine gleichzeitig mit Alexandra aufstand, erhoben sich auch die beiden Cousinen.

»Oh, nein«, antwortete Cousine Aimée, »das ist nett, doch wir müssen weiter. Wir sind nur vorbeigekommen, um uns zu vergewissern, dass du gut untergebracht bist. Wir fahren nach Aix. Könntest du Hubert holen gehen und ihm vielleicht den Weg beschreiben, Alexandra? Sag ihm bitte, dass wir fahren möchten.«

Sie protestierte nicht, doch sie wusste, dass man sie weggeschickt hatte, um über sie zu reden. Sie war fest entschlossen zu erfahren, was gesagt wurde.

Überrascht stellte sie fest, dass Stéphie vor der Tür zum Salon wartete. Wahrscheinlich hatte Lucinda ihre Kinder Félicité und Henri mit Beschlag belegt und Stéphie dabei ausgeschlossen. Sie legte den Zeigefinger an die Lippen. »Ich möchte kurz lauschen.«

Gemeinsam beugten sie sich zur Tür und spitzten die Ohren, damit sie besser hören konnten.

»Monsieur«, sagte Aimée zu Antoine; sie besaß eine ausgesprochen tragende Stimme. »Ich glaube, ich muss Ihnen mitteilen, dass Alexandra erst mit fünfundzwanzig Jahren über ihr Vermögen verfügen kann.«

Stéphie und Alexandra sahen sich verblüfft an. Dann waren ein scharfer Ausruf und das Kratzen eines Stuhls auf dem Fußboden zu hören.

»Alexandras Vermögen interessiert mich nicht«, erwiderte Antoine hochmütig und würdevoll.

Alexandra wurde der Mund trocken, und sie griff nach Stéphies Hand. »Schnell, Liebes, lauf und richte Hubert aus, dass die anderen aufbrechen wollen. Ich muss noch hierbleiben!«

»Gut, aber versprich mir, dass du mir später alles erzählst!«, flüsterte Stéphie zurück.

»Natürlich! Jetzt lauf!«

Sie sah zu, wie ihre Verbündete losstürmte. Stéphie fand es offenbar sehr aufregend, Teil einer Verschwörung zu sein. Alexandra gab sich große Mühe, der weiteren Unterhaltung zu folgen, doch Antoine und ihre Verwandten waren anscheinend ans Fenster getreten, wo sich ihnen ein Blick auf die fernen Berge bot. Sie konnte nichts mehr verstehen, sondern nur noch schwaches Gemurmel hören.

Sie trat zurück, als Aimée und Antoine aus dem Salon kamen. Sie waren überrascht, sie zu sehen.

»Oh! Du bist hier!«, bemerkte Cousine Aimée.

»Ich werde Hubert den Weg erklären«, sagte Antoine und verschwand.

Aimée stand an der Tür zum Salon und betrachtete Alexandra verwirrt. »Ähm – könntest du uns vielleicht ein wenig Tee bringen?«, fragte sie dann. »Clothilde hustet ein bisschen, und ich glaube, ein heißes Getränk würde lindernd wirken.« Sie rührte sich nicht vom Fleck und wartete offensichtlich darauf, dass Alexandra sich entfernte.

Alexandra begriff, dass ihre Cousinen sich unter vier Augen austauschen wollten. Sie hatten Antoine aus dem Raum geschickt, und jetzt wollte Aimée auch Alexandra loswerden.

Sie ging den Flur entlang und huschte sofort zurück, als Aimée die Tür schloss. Sie würde die Bitte nach Tee einfach ignorieren. Clothilde wusste ohnehin nichts davon. Alexandra kniete sich hin und legte das Ohr ans Schlüssellock. Zum Glück konnte sie die beiden im Salon nun ziemlich gut verstehen.

Aimée klang etwas zaghaft. »Habe ich einen Fehler gemacht, als ich ihm von ihrem Vermögen erzählt habe? Offensichtlich wusste er nichts davon. Ich hätte es nicht erwähnen sollen.«

Wieder kratzte ein Stuhl über den Fußboden. »Wir kennen Alexandras Einstellung zu ihrem Vermögen nicht. Vielleicht erzählt sie es jedem, dem sie begegnet. Du konntest nicht wissen, dass sie nicht davon gesprochen hat«, gab Clothilde beruhigend zurück. »Und du hast auch nichts davon gesagt, dass sie früher darauf zugreifen kann, wenn sie heiratet.«

Aimée lachte leise. »So dumm bin nicht mal ich! Dieser jämmerliche Hubert! Warum macht er ihr nicht endlich den Hof? Wir wissen alle, wie eigensinnig sie ist, aber sie ist trotzdem ein ganz reizendes Mädchen. Wenn er sie nicht heiratet, bevor sie fünfundzwanzig wird, tut es vielleicht ein anderer. Ich kann den Gedanken nicht ertragen, dass das ganze Geld nicht in der Familie bleiben könnte! Ich mag nicht einmal daran denken.«

Es kam Alexandra in den Sinn, dass Aimée offensichtlich ziemlich viel darüber nachdachte.

Aimée sprach immer noch. »Ich muss schon sagen, diese Arbeit als Kindermädchen scheint das Beste aus ihr herauszuholen. Es macht sie zu einer noch besseren Heiratskandidatin!«

»Sorg dich nicht. Ich glaube, Alexandra hat keine Ahnung, dass sie Zugriff auf ihr Erbe bekommt, wenn sie heiratet, bevor sie fünfundzwanzig wird.«

»Sie weiß es nicht? Oh, dann ist ja nichts passiert. Aber ich werde mit Hubert darüber reden. Er interessiert sich doch momentan nicht für ein anderes Mädchen, oder?«

Alexandra stellte fest, dass sie zitterte. Sie ging den Flur entlang und nahm sich etwas Zeit, um sich von dem eben Gehörten zu erholen. Es war empörend, dass man sie nicht informiert hatte. Und bevor sie Hubert heiratete, würde sie es eindeutig vorziehen, unverheiratet zu bleiben!

Das Auto, ein sehr gut erhaltener Rolls-Royce Silver Wraith aus den 1940er-Jahren, verzögerte die Weiterfahrt der Reisenden aus der Schweiz. Maxime, David und Antoine wollten den wunderschönen Wagen unbedingt genau inspizieren. Hubert war entzückt, eine Weile über dieses kostbare Auto reden zu können; normalerweise schenkten andere Menschen Hubert kaum Beachtung. Nur Jack und Penelope fehlten. Offensichtlich waren sie ins Musikzimmer zurückgekehrt.

Dann tauchte Lucinda auf und wollte etwas. Maxime und David eilten davon, um ihren Wunsch zu erfüllen. So blieben schließlich nur noch Antoine, Alexandra und Stéphie übrig, um zum x-ten Mal zu fragen, ob Alexandras Verwandte auch wirklich nichts mehr benötigten (das war Alexandra, die nicht wollte, dass sie noch einmal zurückkamen), und die Türen des Wagens zu schließen. Hubert ließ den Motor an, der brav vor sich hin schnurrte. Dann legte Clothilde, die auf dem Beifahrersitz saß, die Hand auf Huberts Unterarm und hielt ihn nochmals auf.

»Auf Wiedersehen, Monsieur«, sagte sie laut, als verursachte der Motor großen Lärm. »Ich sollte Sie noch einmal darauf hinweisen, wie lieb und teuer Alexandra uns ist.«

»Ich bin selbst Vater«, erwiderte Antoine mit einem gewissen Hochmut. »Ich verstehe vollkommen.«

Antoine rührte sich nicht vom Fleck, bis das Auto das Tor am Ende der Zufahrt erreicht hatte. »Stéphie?«, sagte er dann. »Such mal bitte Félicité. Alexandra, wir müssen reden.«

»Wirklich?« Sie sah entsetzt, wie Stéphie davonlief. »Sie wissen alles, was Sie wissen müssen, und Sie haben Gäste. Lucinda ist bereits verärgert, weil sie sich vernachlässigt fühlt. Sie sollten umgehend zu Ihrem Besuch zurückkehren. Ich werde Kaffee kochen …«

»Es dauert nicht lange«, fiel er ihr ins Wort.

Alexandras Mund wurde erneut trocken, während sie ihm ins Haus folgte, wo er den Salon ansteuerte. Warum hatte sie bloß das Gefühl, dass nach diesen Vorfällen nichts mehr so sein würde wie zuvor? Würde er sie anders behandeln, weil sie ein Vermögen erben würde? Bestimmt nicht! Und was war damit, dass sie noch nicht fünfundzwanzig war? Er wusste immer noch nicht, wie alt sie in Wahrheit war. Sie könnte dreiundzwanzig sein.

Zwei oder drei Jahre dazuzumogeln war keine schwerwiegende Täuschung. Jeder wusste, dass es durchaus üblich war, in einem Lebenslauf ein bisschen zu schummeln. Außerdem hatte er selbst gesagt, wie gut sie ihre Aufgaben meisterte. Sie beschloss, das Heft in die Hand zu nehmen. Sie würde das Vermögen nicht erwähnen und hoffen, dass er es vergaß.

Doch sobald sie sich im Salon befanden und er die Tür hinter ihnen geschlossen hatte, stellte sie fest, dass ihr Herz heftig klopfte und sie kaum imstande war zu atmen, geschweige denn etwas zu sagen, was ihr aus der Bredouille half.

Antoine schwieg für eine gefühlte Ewigkeit. »Ich glaube, Sie haben mich getäuscht, Alexandra.«

Sie schüttelte den Kopf.

»Sie sind nicht diejenige, die Sie zu sein scheinen.«

Sie schluckte, hustete und räusperte sich, bis sie endlich ihre Stimme wiederfand. Das war absolut unfair. Sie würde dafür kämpfen, den Job zu behalten, den sie liebte. »Wer scheine ich denn zu sein?«

Sie bemerkte, dass er nicht mit dieser Gegenfrage gerechnet hatte.

»Ich dachte, Sie wären eine tüchtige junge Frau aus einer guten Familie, die weiß, wie man mit aufgewühlten Jugendlichen und Kindern umgeht.«

»Und das bin ich auch!«, konterte sie. Allmählich fand sie ihr inneres Gleichgewicht wieder. »Ich kann mich übrigens nicht daran erinnern, dass diese Anforderungen in dem Formular genannt wurden, das ich ausgefüllt habe.«

»Stimmt«, räumte er ein. »Aber es gab eine Stelle im Formular für Ihr Alter, das Sie anscheinend nicht korrekt angegeben haben.«

Sie hob das Kinn. »Es tut mir leid, dass ich hinsichtlich meines Alters geschwindelt habe. Ich dachte, diese Frau – die, die das Vorstellungsgespräch geführt hat – würde mir die Stelle nicht geben, wenn ich ... na ja, ein bisschen jünger wäre. Und ich wollte diesen Job unbedingt haben! Ich dachte, es wäre in Paris. Dort wollte ich so gerne noch ein wenig länger bleiben«, fügte sie hinzu, ohne nachzudenken.

»Warum haben Sie nicht abgesagt, als Sie herausgefunden haben, dass der Arbeitsplatz nicht in Paris ist?«

Sie konnte unmöglich zugeben, dass er der Grund war. Also zuckte sie nonchalant mit den Schultern. »Sie haben meine Familie kennengelernt. Ich hatte es nicht eilig, in die Schweiz zu reisen, wo man mir den ›letzten Schliff‹ verpassen möchte.«

»Sie dachten, in der ländlichen Provence wäre es amüsanter?«

Sie lachte. »Ja, genau. Und so ist es auch!«

»Wie alt sind Sie denn nun wirklich, Alexandra?«, fragte Antoine mit gerunzelter Stirn. Und bevor sie abwägen konnte, mit welcher Altersangabe sie durchkommen würde, fügte er hinzu: »Die Wahrheit, wenn ich bitten darf.«

»Ich bin zwanzig.«

Leise murmelte er einen umgangssprachlichen Ausdruck der Verblüffung vor sich hin. »Hätte ich das gewusst ...«

»Sie können sich zugutehalten«, unterbrach Alexandra ihn rasch, »dass Sie bei meiner Einstellung noch dachten, es gäbe eine Haushälterin. Zwanzig ist nicht zu jung für ein Kindermädchen. Ich sollte nur kochen können, Auto fahren und Englisch sprechen. Das kann ich alles. Ich habe alles hinbekommen, auch ohne Haushälterin. Bei meiner Ankunft hatte ich keine Unterstützung, es gab nur die Kinder und mich.«

Antoine schwieg eine ganze Weile, dann zuckte er mit den Schultern. »Ich dachte, ich lasse meine Kinder in der Obhut einer verantwortungsbewussten Erwachsenen.«

»Das haben Sie auch. Ich bin verantwortungsbewusst – das habe ich hinreichend bewiesen; und ich bin erwachsen – jedenfalls alt genug, um zu heiraten.« Sofort wünschte sie, sie hätte Letzteres nicht gesagt. Sie hätte es auch nicht getan, wenn ihr etwas anderes eingefallen wäre, wofür sie alt genug war.

»Nichts davon macht Sie älter«, betonte Antoine immer noch mit gerunzelter Stirn.

»Gewiss sollten Sie mich nach meinen Handlungen und nicht nach meinem Alter beurteilen, oder?« Alexandra neigte nicht zu Selbstmitleid, doch wieder hatte sie das Gefühl, sehr ungerecht behandelt zu werden. »Als ich kam, hatten die Kinder nichts gegessen, im Château war es eiskalt, und es war nur noch ein bisschen altbackenes Brot und Käse da. Es gab keine Haushälterin, keine Hilfe im Haus und kein Geld, um Lebensmittel für die Kinder zu besorgen. Ich musste auf dem Markt mit meinem eigenen Geld etwas zu essen kaufen. Aber ich bin trotzdem zurechtgekommen.«

Erschrocken stellte sie fest, dass ihre Stimme zitterte. Ich muss müde sein, dachte sie. Es war ein langer, schwieriger Tag gewesen.

Er antwortete nicht sofort, doch als er es tat, war seine Miene weicher. »Es tut mir so leid, Alexandra. Sie hätten nie in diese Lage gebracht werden dürfen. Sie haben sich hervorragend geschlagen. Angenommen ich hätte eine Frau in den Dreißigern engagiert, die nicht über Ihren Einfallsreichtum und Ihren Mut verfügt: Sie hätte die Situation nicht annähernd so gut meistern können.« Er zögerte. »Ich habe nur nicht damit gerechnet, dass Sie die Erbin eines Vermögens sein werden.«

Alexandra atmete ein paar Mal tief durch, um sich zu beruhigen. Sie hatte ihr künftiges Vermögen immer als selbstverständlich betrachtet und das Gefühl gehabt, es sei so sehr außer Reichweite, dass es sich nicht lohnte, darüber nachzudenken. Doch dieser Nachmittag hatte alles verändert. Ihr Geld könnte viel näher sein, als sie bis zum heutigen Tag angenommen hatte.

»Ändert das etwas?«

Antoine blickte lange Zeit zu Boden. »Nein. Es ändert nichts. Es ist in Ordnung. Und ich habe Ihnen verziehen, dass Sie hinsichtlich Ihres Alters geschummelt haben. Ich werde also meinen Kindern ihre geliebte und verantwortungsvolle Gefährtin nicht wegnehmen.«

Alexandra musste sich setzen. Sie fühlte sich ganz schwach vor Erleichterung.

»Was auch gut ist, denn ich muss ziemlich bald wieder abreisen.«

Die kleine Welle der Freude, die in ihr aufgestiegen war, fiel in sich zusammen. »Oh.«

»Ich bin zurückgekommen, bevor ich meine Arbeit abgeschlossen hatte, weil Maxime mir die Lage hier geschildert hat. Er hat mir berichtet, dass Lucinda davon gesprochen hat, die älteren Kinder mitzunehmen. Wenn ich alles geklärt habe, muss ich wieder zurück nach Paris.«

»Müssen Sie immer von zu Hause fort, um zu arbeiten?« Normalerweise hätte sie nicht den Mut aufgebracht, diese Frage zu stellen, obwohl sie schon eine ganze Weile darüber nachgedacht hatte.

»Ja. Jedenfalls so lange, bis ich eine Möglichkeit gefunden habe, das Château und den Hof ohne ein regelmäßiges Gehalt zu unterhalten.« Er schenkte ihr ein väterliches »Sie-müssen-sich-keine-Sorgen-machen«-Lächeln. »Jetzt sollten wir aber nachsehen, wie es unseren Gästen geht.«

Als sie gemeinsam auf die Terrasse zurückkehrten, seufzte Alexandra innerlich erleichtert auf. Ihr künftiges Vermögen hatte sie nicht ihre Stelle gekostet, und ihre Verwandten hatten ihr die Erlaubnis erteilt, bis zum Frühling hierzubleiben. Dieser Gedanke ließ ihr Herz höher schlagen.

13. Kapitel

Als Alexandra die Küche betrat, stellte sie erfreut fest, dass jemand einen sehr großen Kessel und noch einen zusätzlichen Topf auf den Herd gestellt hatte, um Wasser zu erhitzen. Die Menge an heißem Wasser, die normalerweise zur Verfügung stand, würde niemals zum Spülen der Geschirrberge ausreichen, die die Lunch-Gesellschaft produziert hatte. Ein Blick auf die Terrasse zeigte ihr, dass David mit Stéphies Hilfe den Tisch abräumte. Ansonsten war niemand zu sehen.

Das Abspülen kann Tage dauern, dachte Alexandra, und ihre Stimmung sank schlagartig. Sie sollte besser schon mal damit anfangen.

Doch statt Teller sauber zu kratzen und zu stapeln und andere nützliche Dinge zu tun, setzte sie sich an den Küchentisch. Milou kam herein. Der Hund spürte, dass Alexandra unglücklich war, und stupste ihr mit der Schnauze ins Gesicht. Sie ignorierte seinen Hundeatem und legte den Arm um ihn. Er war so groß, dass es sich beinahe anfühlte, als umarmte sie einen Menschen.

»Was ist los, du Küken?«, fragte David, der mit einem Korb voll schmutzigem Geschirr in die Küche trat. »Hast du Heimweh nach der Schweiz, weil du deine vornehme Verwandtschaft gesehen hast?«

Sofort fühlte Alexandra sich besser. Sie musste lachen. »Ganz bestimmt nicht! Allerdings waren sie sehr anstrengend. Findest du nicht auch, dass es ausgesprochen unhöflich war, ohne Vorankündigung einfach so aufzutauchen? Und dann so mir nichts, dir nichts nach Aix zu verschwinden? Ich fand es unverschämt.«

David zuckte mit den Schultern. »Es war ein bisschen rücksichtslos. Obwohl sie sehr amüsant waren, fast so gut wie die Tanten in dem Roman von P. G. Wodehouse.«

Das brachte Alexandra zum Grinsen. Sie so zu betrachten rückte sie in eine andere Perspektive. »Sie wollen, dass ich Hubert heirate, weißt du?«

Jetzt musste David grinsen. »Ich glaube nicht, dass das passieren wird.«

»Warum nicht? Ich bin zwar eigensinnig, aber trotzdem ein ganz reizendes Mädchen. Das weiß ich aus sehr zuverlässiger Quelle!«

David schüttelte amüsiert den Kopf. »Dein Cousin Hubert ist vom anderen Ufer; dafür lege ich meine Hand ins Feuer.«

»Du meinst ...?«

»Er mag keine Mädchen, weder reizende noch eigensinnige.« Er lächelte ein wenig wehmütig. »Wenn sonst nichts dazugehören würde, würde ich dir selbst den Hof machen.«

Alexandra stand auf und goss einen Kessel heißes Wasser in die zerbeulte Emailschüssel, in der sie das Geschirr abspülten.

»Du meinst eine Zweckehe? Ich mag Hubert, er ist nett und sehr freundlich – aber heiraten? *Je crois que non.*«

»Nein? Nun, jetzt sind sie fort.«

»Und sie wollten nicht über Nacht bleiben! Stell dir mal vor, wir schrecklich das gewesen wäre!«

»Gibt es ausreichend bewohnbare Schlafzimmer?«, wollte David wissen. »Bettwäsche wäre jedenfalls kein Problem gewesen.«

Er leerte seinen Korb, vermutlich, um die nächste Ladung vom Tisch draußen zu holen.

»Wer weiß? Ich habe keine Ahnung, wie viele anständige Schlafzimmer es gibt. Ich habe nur die gesehen, die ich sehen muss.« Plötzlich kam ihr ein Gedanke. »Wir müssen das Château auskundschaften«, sagte sie dann. »Es wäre wirklich nützlich, so etwas zu wissen. Glaubst du, hier würden gerne Leute Urlaub machen wollen? Kannst du mir bitte mal die Teller reichen?«

»Natürlich würden Urlauber kommen!« David gab ihr den Stapel Teller. »Engländer lieben Frankreich! Man kann hier so viel unternehmen. Die Region ist zum Beispiel ein Paradies für Antiquitätensammler. Schon der kleine Stand auf dem Markt ist eine regelrechte Fundgrube!«

»Stimmt«, meinte Alexandra. »Ich habe selbst ein paar Kleinigkeiten gekauft, als ich dort war. Nur damit ich nicht aus der Übung komme. Schließlich werde ich nicht bis in alle Ewigkeit als Kindermädchen arbeiten.« Bei dem Gedanken wurde sie traurig und wischte gedankenversunken mit dem Lappen über einen Teller. Sie wollte diese Menschen nicht verlassen; das Wohlergehen dieser Familie lag ihr sehr am Herzen.

Alexandra und David hatten einen großen Teil des Abwaschs erledigt, als Félicité und Henri mit in elegantes Papier eingeschlagenen und mit Goldband verzierten Geschenken in die Küche kamen. Stéphie folgte ihnen mit leeren Händen. Sie reckte das Kinn und biss sich fest auf die Unterlippe. Offensichtlich gab sie sich große Mühe, sich ihre Enttäuschung nicht anmerken zu lassen.

»Mummy ist nach Hause gefahren«, erklärte Félicité, »und sie hat uns Geschenke gegeben. Aber Stéphie hat nichts bekommen.« Sie klang nicht sonderlich begeistert und warf Stéphie einen nervösen Blick zu.

»Macht sie auf!«, sagte die Jüngere. »Es ist schon in Ordnung. Sie ist nicht meine Mutter. Ich weiß das.«

Lucindas Geschenk an Félicité war eine wunderschöne, blassblaue Schreibmappe. Sie war aus Leder und hatte jede Menge kleine Fächer und Einschübe für Briefumschläge, Briefpapier, Stifte und Briefmarken – alles, was man brauchen konnte, um jemandem einen Brief zu schreiben. Es gab auch einen hübschen Schreibblock und passende Umschläge mit Seidenfutter. Henri hatte die gleiche Mappe bekommen, mit dem Unterschied, dass seine dunkelrot war.

»In meiner Schreibmappe ist eine Notiz«, sagte Henri. Er las den Text. »Oh. Es ist, damit wir Mummy schreiben können, wenn wir im Internat sind.«

Stéphie holte zitternd Luft. Alexandra erkannte, dass sie jeden Augenblick in Tränen ausbrechen konnte.

»Ach!«, sagte sie. »Mir ist etwas eingefallen! Niemand rührt sich vom Fleck. Vor allem du nicht, Stéphie!«

Sie eilte die Treppe hinauf in ihr Schlafzimmer und trat an den Schrank, in dem sie den Krimskrams verstaut hatte, den sie an dem Trödelstand auf dem Markt erworben hatte. Sie wählte einen Gegenstand aus, wickelte ihn in ein Papiertaschentuch und lief wieder hinunter. Sie schickte ein Stoßgebet zum Himmel: Lass meinen Plan aufgehen!

»Ich habe das hier für dich gekauft, Stéphie«, sagte sie. »Aber ich wollte es dir nicht geben, bis ich nicht auch etwas für Félicité und Henri gefunden hatte. Doch da sie jetzt ihre Schreibmappen bekommen haben ...« Alexandra betete erneut, diesmal zu dem Heiligen, der Enttäuschung heilte. Sie wünschte sich so sehr, dass sie ein Lächeln auf Stéphies Gesicht zurückzaubern konnte.

»Oh! Es ist ein kleiner Herd!«, rief das Mädchen, nachdem es den Gegenstand ausgepackt hatte. »So wie unserer hier, nur winzig!«

»Ja«, sagte Alexandra. »Und ich glaube, du kannst ihn auch anzünden, mit Brennspiritus. Er ist aber leider nicht neu.«

»Und auch nicht antik«, warf David ein, der das Ganze von der anderen Seite des Tischs aus beobachtete. »Aber eindeutig ein Stück, das es wert ist, gesammelt zu werden. Ich sollte wirklich einen Lieferwagen mieten, ihn mit Waren vollladen und alles auf dem Portobello Road Market verkaufen.«

»Ich liebe den Herd!«, rief Stéphie. »Und da sind auch kleine Pfannen und so was. Ich finde ihn wunderwunderschön! Danke, vielen Dank!« Sie umarmte Alexandra stürmisch und freute sich offensichtlich sehr über das Geschenk.

Antoine kam herein. »Was ist denn los?«

»Mummy hat uns Geschenke gegeben«, antwortete Félicité, »aber Stéphie hat nichts bekommen. Alexandra hat ihr einen Spielzeugherd geschenkt.«

Alexandra sah ihn unwillkürlich an und stellte fest, dass sein Blick auf ihr ruhte. Sie fühlte sich auf einmal furchtbar unwohl in ihrer Haut.

»Das ist sehr nett von Alexandra«, erwiderte Antoine und schien sich genauso unbehaglich zu fühlen wie Alexandra.

»Es war so gedankenlos von Mummy, nicht an Stéphie zu denken!« Félicité sprach damit aus, was alle dachten. »Und wenn sie glaubt, dass ich auf ein Internat in England gehe und ihr Briefe in solchen Umschlägen schicke, hat sie sich geschnitten!«

Alexandra öffnete den Mund, erwiderte jedoch nichts. Obwohl sie voll und ganz Félicités Meinung war, gab es sicher eine Regel, die besagte, dass man als Außenstehender ein Elternteil nicht auf diese Weise kritisieren durfte. Alle schwiegen.

»Du siehst müde aus, Lexi. Warum gehst du nicht in dein Zimmer?«, meinte David plötzlich. »Du musst erschöpft sein. Das Kochen und die Vorbereitungen ...«

»Ich habe nicht gekocht«, setzte Alexandra an.

»Aber es waren nicht meine Furcht einflößenden Verwandten aus der Schweiz, die ohne Vorankündigung hereingeschneit sind«, fuhr David fort.

»Du musst mir heute auch keine Geschichte vorlesen«, sagte Stéphie liebevoll. »Papa macht das.«

Antoine nickte. »Gern sogar. Gehen Sie nur, Alexandra.«

Als sie die Küche verließ, wusste sie nicht so recht, ob sie sich umsorgt oder weggeschickt fühlen sollte. Bis sie in ihrem Zimmer angekommen war, war es ihr gleichgültig; sie stellte fest, wie müde sie tatsächlich war. Doch bevor sie sich ins Bett fallen ließ, schrieb sie einen Brief an ihren Cousin Hubert in der Schweiz und bat ihn um Zusendung einer Kopie eines Schriftstücks mit Einzelheiten zu ihrem Erbe. Er würde den Brief erhalten, wenn er und die Cousinen von ihrer großen Reise zurückkehrten. Danach putzte sie sich die Zähne und war innerhalb von Sekunden eingeschlafen.

Am folgenden Morgen lief Stéphie fertig angezogen in Alexandras Schlafzimmer. »Heute Morgen lese ich nicht, Lexi«, sagte sie aufgeregt. »Ich mache einen Ausflug mit Papa!« Sie rannte schon wieder aus dem Raum, während Alexandra noch darüber nachdachte, wie sie es fand, von Stéphie Lexi genannt zu werden. Sie kam zu dem Schluss, dass es ihr gefiel.

Sie stand auf, zog sich ein sauberes Kleid und ihre Strickjacke an und stieg die Treppe hinunter.

David war in der Küche und briet Würstchen. »Ich sterbe vor Hunger«, verkündete er. »Nachdem du ins Bett gegangen warst, wollte niemand Abendessen haben. Jack wirkt irgendwie krank, und Antoine macht einen Ausflug mit den Kindern. Und ich bereite gerade Frühstück für die vor, die noch übrig sind. Das sind nur wir zwei, glaube ich.«

Es gab frisches Baguette und ein Körbchen mit Croissants. »Ich bin auch hungrig.« Sie nahm sich ein Croissant und legte es auf ihren Teller. »Warst du beim Bäcker? Du musst schon früh aufgestanden sein.«

»Wie du weißt, bin ich Frühaufsteher, aber heute ist Jack ins Dorf gefahren. Er wollte mit meinem Auto irgendwo hinfahren und hat vorher Brot und feine Backwaren gekauft. Also in diesem Fall Croissants.«

Alexandra streckte die Hand nach der Butter aus. »Stéphie hat mich heute Morgen Lexi genannt. Es gefällt mir. Haben die Kinder gefrühstückt?«

Er nickte. »Croissants und heiße Schokolade. Da sie und Antoine unterwegs sind, könnten wir heute das Château erkunden.«

»Oh, das wird großen Spaß machen! Nach all den Dramen des gestrigen Tages ist es so schön, einfach nur mit dir zusammen zu sein und nicht ständig jedes Wort auf die Goldwaage legen zu müssen.« Sie zögerte. »Aber irgendwie habe ich doch ein ungutes Gefühl dabei, einfach so herumzustöbern, ohne Erlaubnis.«

»Hätte ich auch«, erwiderte David triumphierend. »Und deshalb habe ich Antoine gefragt, ob wir dürfen. Er hat geantwortet: ›Bitte, nur zu, und vergessen Sie den Keller nicht; suchen Sie sich eine gute Flasche zum Mittagessen aus. Wir werden den ganzen Tag unterwegs sein.‹«

»Oh, das ist so nett!« Sie aß ihr Croissant auf und griff nach dem Brot.

»Lass noch Platz für die Würstchen, sie sind hier aus der Region.« David stand auf, um sie zu holen. Als er Alexandra eines auf den Teller gelegt hatte, bemerkte er: »Weißt du, es ist noch nicht lange her, da hättest du nicht um Erlaubnis gefragt, ob du ein leeres Haus erkunden darfst. Du hättest es einfach getan und darauf vertraut, dass niemand es bemerkt. Woher rührt die Veränderung?«

»Oh. Na ja, wahrscheinlich bin ich einfach ein bisschen reifer geworden«, antwortete sie. »Und vielleicht hat meine Aufgabe als Kindermädchen mich verantwortungsbewusster gemacht.«

»Vielleicht«, meinte David nach einer kurzen Pause. Offensichtlich war er nicht ganz überzeugt.

Das Château war größer, als Alexandra erwartet hatte. Im hinteren Bereich des Gebäudes entdeckte sie Räume, die sie bisher noch nicht betreten hatte. Und draußen gab es eine Reihe nicht mehr genutzter Nebengebäude: ein Waschhaus, eine Art Milchkammer sowie ein Haus neben den Ställen, in dem vermutlich vormals die Stallburschen gewohnt hatten. Sie entdeckten auch ein *pigeonnier*, ein zweistöckiges Taubenhaus, ein Stück entfernt von den übrigen Gebäuden. Der Vogeldreck war ein eindeutiges Indiz für die Vergangenheit des Hauses und hatte sich offenbar über viele Jahre hinweg angesammelt. Doch David meinte, das Haus würde sich perfekt zum Vermieten eignen.

»Es ist wie ein Dorf, dessen kleinere Häuser sich rund um das große Haus gruppieren«, meinte Alexandra. »Nur dass die kleinen Häuser nicht einfach nur zum großen Haus gehören. Ursprünglich wohnten darin Bedienstete, die für die Bewohner des Schlosses gearbeitet haben.«

»Ein ziemlich verstörender Gedanke, oder?«, entgegnete David.

Ein Stück entfernt vom Haupthaus jenseits einer Rasenfläche stand ein weiteres Gebäude, wahrscheinlich, wie David meinte, eine *orangerie*. »Stell dir mal vor, da drin kann man seine eigenen Zitrusfrüchte ziehen«, sagte er. »Eigene Zitronen für deinen Gin Tonic.« Er rüttelte an der Tür. »Abgeschlossen. Hast du was dagegen, wenn wir uns die Ställe noch mal ansehen?«

»Sie sind ganz schön groß, nicht? Ich könnte mir durchaus vorstellen, darin zu wohnen!«

Als sie später zum Haus zurückspazierten, meinte David: »Hier gibt es jede Menge Potenzial. Wenn Antoine wollte, könnte er diese Gebäude renovieren lassen und im Sommer an

Feriengäste vermieten. Oder sogar das ganze Jahr über. Künstler könnten kommen, um zu malen, Schriftsteller, um zu schreiben, und *les Anglais*, um während ihres Urlaubs unangenehm aufzufallen und laut zu sein.«

Alexandra lachte. »Du hast kein gutes Bild von deinen Landsleuten.«

»Sie behandeln mich auch nicht gut«, konterte David.

Alexandra antwortete nicht gleich. Sie war sich bewusst, dass es in Davids Leben Dinge gab, über die er nie mit ihr sprechen würde. »Aber ich würde ihnen verzeihen, wenn sie genug Geld mitbrächten, sodass Antoine nicht mehr ständig wegmüsste, um zu arbeiten.«

»Da stimme ich dir zu, es ist nicht gut für die Kinder, ganz ohne Eltern aufzuwachsen«, sagte David. »Und nachdem Lucinda jetzt gekommen ist, um die Kontrolle über Félicités und Henris Leben zu übernehmen, steht die kleine Stéphie ganz allein und zudem ohne Eltern da. Gut, dass sie dich hat, Lexi!«

»Ich muss sagen, dass ich tatsächlich mütterliche Gefühle für sie hege.«

»Sie liebt diesen kleinen Herd. Hast du ihn für sie erstanden?«

»Ja. Ich wusste, sie würde fasziniert davon sein. Ich wünschte, Lucinda wäre ein bisschen aufmerksamer. Diese Kinder betrachten sich als echte Geschwister. Es ist nicht fair von Lucinda, sie so ungleich zu behandeln.«

»Ich glaube, Stéphie kommt klar; sie hat ja dich an ihrer Seite, Lexi.« Er schwieg kurz. »Möchtest du mir erzählen, wie das Gespräch zwischen Antoine und dir gestern verlaufen ist?«

Alexandra hatte damit gerechnet, dass David danach fragen würde. Daher überraschte sie der Themenwechsel nicht sonderlich.

»Nun, er kennt jetzt mein richtiges Alter und weiß, dass ich ein Vermögen erbe, auf das ich aber erst mit fünfundzwanzig Jahren Zugriff haben werde.« Sie erzählte David nicht, dass sie schon früher Anspruch darauf hätte, wenn sie heiratete – sie musste sich selbst erst an den Gedanken gewöhnen. »Und obwohl er ursprünglich der Meinung war, dass er mich wegschicken sollte, hat er begriffen, dass das keine gute Idee wäre.«

»Richtig! Du bist der Dreh- und Angelpunkt dieser Familie«, erwiderte David. »Jetzt komm, lass uns in den Keller gehen und eine hübsche kleine Flasche aussuchen.«

»Und nach dem Mittagessen backe ich einen Kuchen«, sagte Alexandra. »Ich glaube, ich vermisse Meggie und Lizzie und unsere Zeit in London. Meg hat so oft gebacken.«

»Ein Kuchen kommt sicher bei den Kindern gut an.« David tätschelte ihr die Schulter. Er verstand ihre Gefühle, ohne dass sie zu sehr ins Detail gehen musste. »Warum schickst du Meg und Lizzie nicht eine Postkarte? Du könntest ihnen erzählen, wie es bei dir so läuft.«

Alexandra hatte den Kuchen gerade mit Puderzucker bestäubt, als Lucinda in die Küche trat.

»Hallo«, sagte sie. »Ich hoffe, es macht Ihnen nichts aus, dass ich mich selbst reingelassen habe. Ich bin über die Terrasse gekommen. Ich habe ein paar Prospekte mitgebracht, die Antoine sich ansehen soll. Schulen für Félicité und Henri«, erklärte sie.

Es dauerte ein paar Sekunden, bis Alexandra und David ihren Schock überwunden hatten und reagieren konnten.

»Möchten Sie Tee?«, fragte Alexandra in der Hoffnung, dass Lucinda ablehnen würde. David hatte welchen aus England mitgebracht, aber er würde nicht ewig reichen.

»Oh – nein, danke«, sagte Lucinda. »Aber ein bisschen heißes Wasser mit einer Zitronenscheibe wäre wunderbar.«

»Wie wäre es mit einem Stück Kuchen?«, schlug David vor und ließ das Messer über der Kuchenplatte schweben.

»Ich esse niemals Kuchen«, erwiderte Lucinda. Sie wirkte überrascht, dass man ihr davon angeboten hatte. »Haben Sie ihn gebacken, David? Warum?«

»Ich habe ihn gebacken«, warf Alexandra ein und versuchte, unbekümmert zu klingen. »Ich hatte Lust dazu, und ich dachte, die Kinder freuen sich bestimmt.«

»Oh, bitte geben Sie Félicité nichts davon! Ihre Figur ist in Ordnung, aber wenn sie dick werden würde, wäre ihr Leben eine Katastrophe.« Lucinda schickte rasch ein Lächeln hinterher. »Nun ja, vielleicht keine Katastrophe, wenn sie hier auf dem Land festsitzt, wo niemand sie sieht, doch die Mädchen im Internat können grausam sein.«

»Warum wollen Sie sie dann ins Internat schicken?« Alexandra dachte zu spät daran, dass sie nur das Kindermädchen war und nicht dafür bezahlt wurde, eine eigene Meinung zu haben.

»Sie braucht eine vernünftige Schulbildung! Und nicht alle Mädchen, die sie kennenlernen wird, sind Zicken.«

Alexandra machte sich auf die Suche nach einer Zitrone für Lucindas Heißgetränk. Sie mochte diese Frau zwar nicht, doch in einem Punkt musste sie ihr recht geben: Es war wichtig, dass Félicité eine anständige Schulbildung erhielt.

Alexandras Kuchen wurde von Antoine und den Kindern wesentlich begeisterter begrüßt als Lucinda.

»Kuchen!«, rief Henri. »Ich liebe Kuchen!«

»Du lebst in einem Land, in dem die allerschönsten *gâteaux* überhaupt hergestellt werden«, meinte Antoine. »Warum die Begeisterung für etwas, was in meinen Augen wie ein schlichtes Gebäck aussieht?«

»In Frankreich gibt es *gâteaux*; das hier ist ein Kuchen. Das ist nicht das Gleiche«, erklärte Henri. »*Grand-mère* backt manchmal einen englischen Kuchen für uns.«

»Ts!«, machte Lucinda. »Ich muss ihr sagen, dass sie das lassen soll. Davon werdet ihr dick.«

»Kann ich ein Stück haben, Lexi?«, fragte Stéphie.

»Klar.« Alexandra nahm das Messer in die Hand, das schon bereitlag. »Wie sieht es mit den anderen aus? Antoine? Es ist eine englische Spezialität. Ein Victoria Sponge Cake mit Marmelade, wie er in den allerbesten englischen Häusern zu bekommen ist.« Sie hatte beschlossen, seine Bemerkung über das schlichte Gebäck nicht zu beachten.

Er lachte. »In dem Fall fühle ich mich geehrt, ihn probieren zu dürfen.«

»Nennst du Alexandra jetzt Lexi, Stéphie?«, wollte Félicité wissen und nahm das angebotene Kuchenstück entgegen, trotz der finsteren Blicke ihrer Mutter.

»Ja. Es ist in Ordnung für sie«, antwortete die Kleine.

»Können wir dich dann jetzt alle Lexi nennen?«, bat Henri. »Alexandra ist ein ziemlich langer Name.«

Alexandra zuckte mit den Schultern. »*Comme vous voulez, mes enfants.*« Dann lächelte sie.

»Du wirst von Tag zu Tag französischer«, kommentierte David amüsiert. »Was habt ihr Kinder heute unternommen? Stellt euch darauf ein, morgen einen Aufsatz über eure Erlebnisse zu schreiben.«

»Wir haben einen Freund von Papa besucht«, erzählte Henri. »Er hat einen Sohn. Wir sind mit ihrem speziell ausgebildeten Hund auf Trüffelsuche gegangen.«

»Ist der Sohn in deinem Alter?«, wollte Alexandra wissen. »Habt ihr miteinander gespielt?« Henri tat ihr leid, weil er nie Zeit mit anderen Jungen verbrachte.

Er schnaubte und warf seiner älteren Schwester einen Blick zu. »Er ist achtzehn. Er war mehr daran interessiert, mit Félicité zu spielen!«

Alexandra bemerkte, wie seine ältere Schwester errötete.

»Sie haben auch Mädchen«, sagte Félicité schnell, »aber sie waren nicht da. Das war blöd.«

»Was viel wichtiger ist«, schaltete David sich ein, der ihre Reaktion auf die Erwähnung des Jungen anscheinend nicht bemerkt hatte, »habt ihr Trüffeln gefunden?«

»Nein«, antwortete Antoine. »Sie hatten einen speziell ausgebildeten Trüffelsuchhund und einen perfekt geeigneten Wald, aber wir haben keinen einzigen Trüffel entdeckt.«

»Das war so schade«, murmelte Stéphie enttäuscht. »Darf ich noch ein Stück Kuchen haben?«

»Ist Jack schon zurück?«, fragte Henri. »Er hat gesagt, vielleicht sieht er sich nach einer Gitarre für mich um.«

»Du lernst nicht Gitarre spielen«, erklärte Lucinda, die eindeutig keinen Augenblick über ihre Antwort nachdenken musste. »Du spielst hervorragend Cello. Ich werde nicht zulassen, dass du deine Zeit und dein Talent mit einer Gitarre verschwendest.« Sie holte tief Luft. »Und ich habe vergessen zu erwähnen, dass Jack meine Mutter besucht.«

»Wirklich?« Antoine war sichtlich überrascht.

»Ja. Und Gérard, ein alter Freund meiner Mutter, kommt ebenfalls zum Abendessen zu ihr«, fuhr Lucinda fort. »Ich habe mich hier selbst zum Essen eingeladen, um sie allein zu lassen. Die Unterhaltung wird sehr langweilig werden.«

»Und Jack ist auch da?«, wiederholte David. »Um Ihre Mutter zu besuchen? Wie merkwürdig!«

Lucinda zuckte mit den Schultern. »Ich wäre eifersüchtig, wenn ich glaubte, dass einer der beiden Männer ein romantisches Interesse an ihr haben könnte. Aber das kann natürlich nicht sein.«

»Warum nicht?«, fragte David, der Lucinda – wie Alexandra erkennen konnte – höchst unterhaltsam fand.

»Sie ist Großmutter!«, erwiderte Lucinda empört. »Sie ist viel zu alt, um Bewunderer zu haben.«

14. Kapitel

Jack kam nach dem Abendessen zurück und blieb nur ganz kurz in der Küche, bevor er zu Bett ging. Er war so höflich und charmant wie immer, doch Alexandra konnte nicht feststellen, ob er einen guten Tag gehabt hatte oder nicht. Er wirkte zerstreut und war offensichtlich nicht bereit zu erzählen, wie sein Essen mit der Großmutter der Kinder gelaufen war. Es war äußerst seltsam.

Später, während Alexandra fertig aufräumte, teilte Antoine ihr mit, dass Lucinda für den folgenden Tag mit Félicité und Henri einen Ausflug geplant hatte. Alexandra war sich nicht schlüssig, ob sie verärgert oder erleichtert sein sollte, dass Stéphie ausgeschlossen wurde. Vielleicht war es auch besser, dass sie nicht dabei war, weil Lucinda die drei Kinder ohnehin nicht gleich behandeln würde.

»Wissen Sie, was Lucinda mit den beiden unternehmen will?«, fragte Alexandra.

»Vermutlich wird sie ihnen neue Kleidung kaufen und irgendetwas Kulturelles machen«, antwortete Antoine. »Sie hat mich gebeten, die Prospekte anzusehen, die sie mitgebracht hat. Vielleicht sollten Félicité und Henri wirklich aufs Internat gehen. Es ist möglicherweise die einzig vernünftige Lösung.«

»Stéphie würde sie schrecklich vermissen.«

David erschien in der Tür. »Ich gehe schlafen. Es war ein wunderschöner Tag, aber jetzt bin ich müde.«

»Herzlichen Dank, dass Sie so wunderbar für uns gekocht haben«, sagte Antoine.

»Es war mir ein absolutes Vergnügen, Monsieur«, erwiderte David und verschwand die Treppe hinauf. Alexandra fragte sich, ob er beim Spielen der Rolle des englischen Gentlemans nicht ein bisschen dick auftrug.

Sie wollte David gerade folgen, als Antoine bat: »Gehen Sie nicht sofort. Kommen Sie zurück in die warme Küche und trinken Sie ein Glas Brandy mit mir. Ich brauche Ihren Rat zum Thema Schulbildung für meine Kinder.« Er warf ihr einen kurzen Blick zu. »Selbst wenn Sie erst zwanzig sind.«

Alexandra fühlte sich außerordentlich geschmeichelt und ließ sich zu einem bequemen Stuhl führen, der noch ein bisschen komfortabler geworden war, seit sie bessere Sitzkissen gefunden hatte. Antoine reichte ihr ein Glas Brandy.

»Was meinen Sie? Soll ich Lucinda erlauben, die beiden auf ein Internat zu schicken?«

»Schwer zu sagen. Ich habe selbst ein Internat besucht, aber mir hat es da nicht gefallen. Es war sehr altmodisch. Nein, ich war dort nicht glücklich – ich durfte nur samstags zusammen mit einer Freundin in das nächstgelegene Städtchen gehen, das alles andere als groß war, und auch nur, wenn wir vorher um Erlaubnis gefragt haben. Zwar hat es mir gefallen, mit Mädchen in meinem Alter zusammen zu sein, aber das war nicht genug, um dort bleiben zu wollen.«

»Und haben Sie viel gelernt?«

»Ich habe tatsächlich einige Wissenslücken gefüllt. Man hielt mich für intelligent, und in einigen Fächern war ich voraus, doch in Mathematik war ich miserabel. David hat mir später Rechnen beigebracht.«

»Ach?« Antoine ließ sich in seinen Korbstuhl zurücksinken.

»Ich habe ihn kennengelernt, als ich auf dem Portobello Road Market Antiquitäten verkauft habe – zumindest habe ich es versucht. Haben Sie schon mal von dem Markt gehört?«

Er zuckte mit den Schultern. »Es ist ein Markt; es werden Antiquitäten verkauft.«

Das beschrieb nicht im Ansatz die lebhafte, farbenfrohe, weltoffene Gemeinschaft, die sie lieben gelernt hatte. Doch jetzt war nicht der richtige Augenblick, um näher darauf einzugehen. »Nun, es ist mir gelungen, mir ein bisschen Platz am Stand eines anderen Verkäufers zu organisieren. Ich musste mich um den ganzen Stand kümmern, während der eigentliche Standbesitzer einkaufen ging. David hatte den Nachbarstand und bekam mit, dass ich mit der Abwicklung der Verkäufe nicht richtig klarkam. Und ich kannte die grundlegenden Handelsbedingungen nicht. Er ist mit mir in einen Pub gegangen und hat mir das Einmaleins und Prozentrechnen beigebracht. Er hat mich auch noch eine Menge anderer Dinge gelehrt.«

»Sie sind zur Schule gegangen und konnten das Einmaleins nicht? Das lernt man doch eigentlich schon, wenn man noch ziemlich klein ist.«

Sie nickte. »Ich habe es irgendwie geschafft, es nicht zu lernen.«

Er schauderte bei dem Gedanken sichtlich. »Ich muss mit Jack reden«, sagte er. »Meine Kinder müssen zumindest das Einmaleins beherrschen.«

»Vielleicht sollten Sie mal mit Félicité und Henri über einen Internatsbesuch sprechen«, schlug Alexandra vor. »Die beiden sind zu alt, um bei einer so wichtigen Entscheidung übergangen zu werden. Sie sollten nicht einfach irgendwo hingeschickt werden, vor allem nicht Félicité. Sie sollte ein Mitspracherecht haben.«

»Meine Ex-Frau scheint nicht an freie Wahl für Kinder zu glauben.«

»Wenn Félicité unglücklich ist, wird sie weglaufen. Ich glaube, für Henri ist es vielleicht in Ordnung. Er sehnt sich nach der

Gesellschaft anderer Jungen. Und er muss seine Cello-Studien vertiefen.«

»Woher wissen Sie so viel über Kinder und ihre Bedürfnisse?«

Alexandra verstand, dass Antoine sie auf den Arm nahm, doch er hatte sie um ihren Rat gebeten, und sie hatte ihm einen gegeben. »Ich bin auch mal ein Kind gewesen, und ich habe selbst eine unkonventionelle Erziehung durchlaufen. Ich hatte jede Menge Kindermädchen, Gesellschafterinnen und Gouvernanten. Sie haben meine Cousinen Clothilde und Aimée ja kennengelernt. Sie waren die Verwandten, die sich am meisten um meine Erziehung und mein Wohlergehen gekümmert haben, allerdings waren sie nicht interessiert genug, um Gespräche mit den Bewerberinnen zu führen, wenn ein Personalwechsel anstand.«

»Trotzdem wirken Sie selbstsicher.«

»Bis zu einem gewissen Grad habe ich gelernt, mich um mich selbst zu kümmern. Mein Leben hat sich zum Besseren gewendet, als David erwähnt hat, dass er eine Unterkunft suchte. Mir war klar, dass in dem Anwesen der Familie in Belgravia mehr als genug Platz war. Zuerst zog David ein, später dann noch zwei Mitschülerinnen, die mit mir zusammen die Kochschule besuchten.« Sie seufzte. »Wir hatten jede Menge Spaß zusammen.«

Antoine schwieg lange. Schließlich meinte er: »Und dann ist da noch Stéphanie ...«

Der Gedanke, dass Stéphie in ein Internat geschickt werden könnte, zerriss Alexandra das Herz. Aber es stand ihr nicht zu, ihre Emotionen offen zu zeigen. »Nun ja, sie wäre sehr einsam ohne die anderen. Und natürlich sind Sie selbst meistens nicht da.«

»Ich weiß. Die Situation ist alles andere als ideal, doch wir müssen ja schließlich essen, und ich muss dafür sorgen, dass wir ein Dach über dem Kopf haben.«

Alexandra zögerte. Sollte sie Antoine erzählen, dass David und sie sich auf dem Anwesen gründlich umgesehen hatten und der Meinung waren, dass es jede Menge Potenzial gab, einige der Nebengebäude als Ferienunterkünfte an Urlauber zu vermieten? Sie entschied sich dagegen und unterdrückte ein Gähnen.

»Ich lasse Sie in einer Minute schlafen gehen, aber Sie sollten noch wissen, dass ich morgen den ganzen Tag nicht da sein werde. Sie müssten sich um Stéphie kümmern.«

»Sie wissen ja, sie und ich verstehen uns immer gut.«

»Danke, Alexandra.« Als er lächelte, machte ihr Herz einen Satz und schlug schneller. »Ich bin froh, dass Sie beim Ausfüllen des Formulars gelogen haben. Wenn nicht, hätte ich Sie vielleicht nicht eingestellt.«

»Ich dachte, es wäre diese Furcht einflößende Frau gewesen, die mir die Stelle gegeben hat.«

Er schüttelte den Kopf. »Sie hat meine Befehle ausgeführt. Jetzt ab ins Bett mit Ihnen! Gute Nacht!«

15. Kapitel

Am folgenden Morgen verkürzten Alexandra und Stéphie ihre gemeinsame Lesezeit, um als Erste unten zu sein. Alexandra fand, dass Stéphie das Gefühl bekommen würde, alles unter Kontrolle zu haben, wenn sie vor den anderen wach war und früh aufstand. Dann war sie diejenige, die etwas bewegte. Und es machte ihnen Spaß, die Hühner gemeinsam rauszulassen. Gackernd liefen sie nach draußen und pickten, während sie auf das Futter warteten, das Stéphie und Alexandra ihnen mitgebracht hatten.

Heute wollten sie *pain perdu* zum Frühstück zubereiten. Alexandra kannte das Gericht unter dem Namen »Arme Ritter«. Sie hatten darüber diskutiert, warum sie verschiedene Bezeichnungen dafür hatten, und führten es schließlich darauf zurück, dass sie in verschiedenen Ländern lebten.

»Ich glaube, die Amerikaner nennen es ›French Toast‹«, sagte Alexandra, während sie die dünnen Baguette-Scheiben in verquirlter Eiermilch einweichte. »Es gibt viele verschiedene Namen dafür.«

»Warum?«, wollte Stéphie wissen, die interessiert beobachtete, wie Alexandra die erste Scheibe in die Pfanne gleiten ließ; die heiße Butter zischte.

»Ich glaube, überall auf der Welt müssen die Leute manchmal altes Brot verwerten, doch niemand schlägt vor, zum Frühstück altes Brot zu essen, als wäre das ein Leckerbissen. Also hat man sich nettere Bezeichnungen ausgedacht.«

»Das kann man ja verstehen«, meinte Stéphie zustimmend.

»Magst du mal die Marmelade holen? Ich habe vor einigen Tagen ein kleines Glas mit Feigenmarmelade entdeckt. Es steht in der Speisekammer.«

Bald gesellten sich David und Jack zu ihnen. Jack wirkte nicht besonders fröhlich, und David gab sich Mühe, es durch seine gute Laune wettzumachen. Alexandra fragte sich, ob Jack Schmerzen in seinem Bein hatte. Sie wusste nicht, wo sein Hinken herrührte, und wollte auch nicht fragen, doch er wirkte angespannt und nicht mehr so gut gelaunt wie zu Beginn seines Aufenthaltes hier.

»Guten Morgen, die Damen!«, sagte David. »Das wird wieder ein wunderschöner Tag!«

Alexandra warf ihm einen Blick zu. »Stimmt. Möchtet ihr Tee oder Kaffee? Jack? Was hättest du gerne?«

»Kaffee bitte. Schwarz und mit Zucker.«

Alexandra reichte ihm eine Tasse. Sie kannte die Gewohnheit der Franzosen, Kaffee in Schalen zu servieren, aber da eine Kanne Kaffee in dem Fall nur für zwei Personen ausreichend war, verwendete sie lieber Tassen.

»Alexandra«, sagte Jack. »Kann ich mal kurz mit dir sprechen?«

»Komm doch mit in die Speisekammer«, antwortete sie. »Ich glaube, wir brauchen noch mehr Marmelade.«

Sobald sie dort waren, gestand Jack: »Ich war nicht ganz ehrlich zu dir, als es um die Stelle als Lehrer ging. Ich habe David einen Teil erzählt, doch ich muss dir alles sagen.«

»Jack! Ich habe gespürt, dass du momentan nicht du selbst bist, aber was ist denn los?« Alexandras Herzschlag beschleunigte sich, während sie inständig hoffte, dass er kein schlimmes Vergehen beichten würde, aufgrund dessen er sofort abreisen müsste. Jack war ein guter Hauslehrer und ein netter Mensch; die Familie brauchte ihn.

Offensichtlich erkannte er ihre Sorge und lächelte ihr aufmunternd zu. »Es ist nichts Schlimmes – zumindest nicht in den Augen der Welt. Ich bin schon mal hier gewesen.«

»Was? Im Château?«

»In Saint-Jean-du-Roc. Und auch auf dem Gelände des Schlosses, um ehrlich zu sein.«

»Bis jetzt war dein Geständnis nicht besonders schockierend. Sprich weiter.«

»Damals habe ich Penelope kennengelernt – *Grand-mère*. Das war noch vor dem Krieg. Sie war eine Witwe mit einer kleinen Tochter, Lucinda. Wir haben uns ineinander verliebt ... nun ja, es war im Jahr 1939, und ich musste nach England zurückkehren, um in die Armee einzurücken. Wir haben uns zwangsläufig aus den Augen verloren.«

Alexandra kaschierte ihre Überraschung mit einem Hustenanfall. Dann fragte sie: »Hast du nach dem Krieg nicht versucht, sie wiederzufinden?«

Er schüttelte den Kopf. »Ich habe mir bei einem Fallschirmsprung das Bein zertrümmert, und danach habe ich als Lehrer nicht viel verdient. Als ich Penelope kennenlernte, war ich ein vielversprechender Musiker, aber nach dem Krieg konnte ich wegen meines kaputten Beins nicht an Tourneen teilnehmen. Als Mitglied eines Orchesters hätte ich reisen müssen. Ich hätte ihr nichts bieten können.« Er zögerte. »Und dann hat der Freund eines Freundes mir erzählt, sie hätte wieder geheiratet.«

»Oh. Das muss ein Schlag gewesen sein.« Alexandra fand die Geschichte herzzerreißend. »Und was hat dich dazu gebracht, deine Meinung zu ändern? Warum bist du jetzt zurückgekehrt?«

»Als David mir gesagt hat, dass er hierherkommt und dass ein Hauslehrer gesucht wird, konnte ich um der alten Zeiten willen nicht widerstehen. Allerdings hätte ich nie gedacht, dass ich Penelope wiedersehen würde. Und dann ist sie auch noch zum zweiten Mal verwitwet.«

»Aber ihr habt einander tatsächlich hier wiedergesehen, und sie ist Witwe. Das ist doch gut, oder?« Alexandra wünschte sich einen positiven Ausgang der Geschichte, doch eigentlich glaubte sie nicht an märchenhafte Romanzen.

Jack seufzte. »Sie hat erwartungsgemäß noch andere Verehrer.«

Alexandra schimpfte innerlich mit sich selbst. Sie wäre nie auf die Idee gekommen, dass *Grand-mère* Verehrer haben könnte. Aber warum eigentlich nicht? Sie hatte sich äußerst gut gehalten und war wahrscheinlich in jungen Jahren eine sehr hübsche Frau gewesen. Jack und *Grand-mère* erschienen ihr nur ein bisschen zu alt für eine Liebesgeschichte.

»Na ja ...« Jack wirkte immer noch niedergeschlagen, obwohl er sein Geheimnis gebeichtet hatte.

»Wollt ihr nicht einen Ausflug machen, David und du?«, schlug Alexandra vor. »Ihr könntet die Gegend erkunden. Die älteren Kinder sind ohnehin mit ihrer Mutter unterwegs. Stéphie und ich kommen sehr gut allein zurecht. Nehmt euch den Tag frei! Antoine muss auch weg.«

»Es wäre gut, mit David ausführlich zu reden und ein bisschen Abstand zu gewinnen. Bist du sicher, dass du uns nicht brauchst?«

»Wir werden eine gute Zeit haben und mit Puppen spielen oder so was. Mach dir keine Gedanken unseretwegen. Kannst du mir bitte die Marmelade von dem Regal da oben geben?«

Antoine aß gerade den letzten Rest French Toast auf, als Jack und Alexandra mit der Marmelade zurückkehrten. Er lächelte, und Alexandra erwiderte sein Lächeln. »Ich muss jetzt nach Marseille aufbrechen«, erklärte Antoine. »Ich weiß noch nicht, wann ich komme zurück.« Sein Englisch war ziemlich perfekt, doch manchmal war die Wortstellung etwas verdreht. »In Ordnung. Wissen Sie, wann Lucinda Félicité und Henri abholen will?«, fragte sie.

»Das wird Félicité wissen.«

»Ich habe David und Jack gesagt, dass sie den Tag freinehmen könnte«, berichtete sie tapfer, »wenn das für Sie auch in Ordnung ist.«

Antoine nickte. »Werdet ihr zurechtkommen, Sie und Stéphie?« Er drehte sich zu seiner Jüngsten um, die eifrig nickte. »Ich muss in die Stadt fahren, um zu arbeiten.«

»Wir werden ein Abenteuer erleben«, sagte das kleine Mädchen sachlich.

»Natürlich«, stimmte Alexandra ihr zu. »Ach, da sind ja auch die anderen. Wartet kurz, ich mache noch mehr French Toast.«

»Wir werden neue Marmelade kochen müssen«, meinte David, der die Neuigkeit, dass er heute freihatte, nicht kommentierte. »Sonst reicht sie nicht bis zum nächsten Jahr.«

Alexandra lächelte wehmütig. »Das spielt für uns vielleicht keine Rolle mehr.«

»Oh, ich glaube schon«, erwiderte David.

Die Küche fühlte sich sehr leer an, nachdem alle außer Alexandra und Stéphie verschwunden waren. Überall standen schmutzige Teller herum, und alles schien mit einer dünnen Marmeladenschicht überzogen zu sein.

»Hast du Lust, einen Backtag einzulegen?«, fragte Alexandra. Sie hatte festgestellt, dass Backen eine schöne Aktivität für Kinder war.

»Nein, danke. Ich möchte ein Abenteuer! Alle anderen erleben ein Abenteuer.«

»In Ordnung, wir werden uns was einfallen lassen ...«

»Ich möchte auf Trüffelsuche gehen, wie gestern.«

»Aber ihr seid doch ...«

»Wir haben einen Wald, der genauso aussieht wie der Trüffelwald gestern«, fuhr Stéphie fort. »Papa hat das auch gesagt. Wir können Milou mitnehmen. Er wird unser Trüffelsuchhund.«

»Ich finde, das klingt lustig!«, erwiderte Alexandra, die eher dachte, es hörte sich nach einem guten Rezept für einen Reinfall an. »Warum bist so scharf darauf, Trüffeln zu suchen? Habt ihr gestern nicht schon genug gesucht?«

»Ich möchte gern Trüffeln auf *unserem* Land finden. Dann muss Papa nicht mehr wegfahren, um zu arbeiten. Ich will, dass er hierbleibt.«

Da David und sie ebenfalls schon Zeit damit verbracht hatten, nach Lösungen zu suchen, damit Antoine nicht mehr fortmusste, nickte Alexandra. »Nun, es wäre wunderbar, wenn wir hier Trüffeln finden würden, aber ich muss dich warnen – es ist ziemlich unwahrscheinlich. Und es gibt bestimmt andere Wege, wie wir mit dem Château Geld verdienen können. Mach dir keine Sorgen!«

»Ich mache mir keine Sorgen. Und wir werden Trüffeln finden. Sie sind sehr wertvoll.«

Da Stéphie sich so sicher war, stellte Alexandra ein Picknick zusammen. »Müssen wir mit dem Auto fahren?«, fragte sie.

»Nein, nein. Wir gehen zu Fuß. Wir sind mal mit Papa unterwegs gewesen, und er hat gesagt, an der Stelle könnte es Trüffeln geben. Wir finden welche, ich weiß es einfach.«

Schließlich brachen sie auf. Alexandra trug einen Rucksack, in dem sie das Picknick, ein Messer und eine kleine Schaufel verstaut hatte. Letztere hatte sie in einem Schuppen gefunden, zu dem Stéphie sie geführt hatte. Darin fanden sich jede Menge nützliche Dinge, die sich zum großen Teil gut auf dem Portobello Road Market verkaufen lassen würden. Alte landwirtschaftliche Gerätschaften hängte man in England gerne in Pubs an die Wände.

Alexandra sprach den Gedanken nicht aus, doch sie machte sich im Geiste eine Notiz. Hinsichtlich der Trüffeln war sie wenig optimistisch; vielleicht sollte das Château eher auf ausgediente landwirtschaftliche Geräte zurückgreifen, um sie zu Geld zu machen.

Stéphie und Milou liefen voraus. Der Weg führte aufwärts über ein Feld in einen Wald, in dem Eichen und andere große Bäume wuchsen. Wälder überzogen die Hügel hinter dem Château. Allmählich wurde der Rucksack mit dem Picknick darin immer schwerer. Die große Flasche Orangenlimonade wog viel. Wenn sie gleich zu Mittag essen würden – es war schon fast halb eins –, würde der Rucksack deutlich leichter sein. Alexandra seufzte. Vielleicht konnte sie Stéphie danach davon überzeugen, nach Hause zu gehen.

Alexandras Espadrilles waren nicht zum Klettern geeignet, außerdem war der Boden teilweise ein wenig matschig. Wenigstens konnte sie am nächsten Markttag ein Paar neue Schuhe kaufen, falls sie sie ruinierte.

»Wir müssen einen Kiefernzweig finden, alle kleine Seitenäste abbrechen und nur an der Spitze ein paar Nadeln dranlassen, wie an einem kleinen Besen«, erklärte Stéphie, als sie spürte, dass Alexandras Motivation nachließ. »Dann müssen wir Bäume suchen, unter denen kein Gras wächst«, fuhr sie fort.

»Woher weißt du das alles?«, fragte Alexandra. Sie wünschte, Stéphie würde sich nicht so sehr für die Suche begeistern.

»Ich habe aufmerksam zugehört, als der Mann uns alles erklärt hat. Die anderen haben sich nicht dafür interessiert, ich schon.«

»Können wir nicht zuerst etwas essen?«

Stéphie schüttelte den Kopf. »Erst die Arbeit, dann das Vergnügen.«

Alexandra seufzte. Stéphie war in einer besonderen Mission unterwegs, und das war ihr ganz eigenes Abenteuer. Alexandra rückte den Rucksack auf ihren Schultern zurecht und ging weiter.

»Sieh mal, das ist ein guter Baum«, meinte Stéphie. Sie stand unter einer Eiche, unter der nichts wuchs. »Jetzt müssen wir schauen, ob es hier Fliegen gibt. Die Fliegen mögen den Trüffelduft und legen deshalb gerne ihre Eier ab. Hilf mir, einen Zweig zu finden, damit wir die Blätter wegfegen können, bis wir nur noch bloße Erde haben.«

Erleichtert setzte Alexandra den Rucksack ab und machte sich gehorsam auf die Suche nach geeigneten Zweigen. Zum Glück gab es jede Menge davon.

Stéphie lehnte Alexandras Funde ab und brach die kleineren Zweige von ihrem selbst ausgewählten Fliegenwedel ab.

Milou, normalerweise der Inbegriff des geduldigen Gefährten, ließ sich stöhnend in den Baumschatten sinken. Damit drückte er exakt Alexandras Gefühle aus.

»Nimm dir einen Zweig, Lexi! Es ist nicht einfach, Trüffeln zu finden, weißt du?«

»Ich weiß, du Küken, aber meine Zweige gefallen dir alle nicht, und ich finde, wir sollten vorher was essen.«

»Nein!« Stéphie blieb hart. »Ich suche allein, wenn du nicht mitmachen willst.«

»Ich schaue dir erst einmal zu, um zu sehen, wie du es anstellst«, erwiderte Alexandra und hockte sich auf einen Felsblock, um zu überprüfen, ob sie sich eine Blase gelaufen hatte. Hier war der Grund ziemlich steinig, und sie hatte nur wenig Halt in ihren Schuhen, wenn sie die Unebenheiten ausgleichen musste.

Stéphie kehrte den Boden blank, dann legte sie sich plötzlich auf den Bauch und begann zu schnüffeln. »Die wichtigste Ausstattung des Trüffeljägers ist seine Nase«, erklärte sie und zitierte offensichtlich den Experten, den sie am Vortag getroffen hatten. »Hier gibt es Fliegen.«

Milou stand auf und streckte sich, bevor er zu Stéphie ging, um herauszufinden, warum sein Frauchen auf dem Boden lag. Dann begann er ebenfalls zu schnüffeln. Ganz kurz glaubte Alexandra, er täte es aus Solidarität, doch dann sah sie, dass er die Schnauze senkte und mit den Pfoten zu graben begann.

»Schau dir nur Milou an!«, rief Stéphie aus und erhob sich. »Er ist ein Trüffelsuchhund!«

»Hat er das schon mal gemacht?« Alexandra stand auf und ging zu den Trüffeljägern.

»Keine Ahnung«, erwiderte Stéphie, »aber sieh nur!«

Milou grub inzwischen richtig und bewarf Alexandra und Stéphie mit Erde.

Das Mädchen kniete sich neben den Hund und rief enttäuscht: »Oh, es ist nur ein Stein.«

»Vielleicht ist der Trüffel unter dem Stein«, meinte Alexandra. »Hunde haben eine extrem gute Nase. Komm, wir helfen ihm.« Sie nahm die Schaufel, schob Milou zur Seite und begann, den großen Stein aus dem Boden zu stemmen. Sie musste noch ein Stück tiefer graben und fragte sich schon, ob sie Milou ein bisschen länger hätte arbeiten lassen sollen. Schließlich legte sie eine Pause ein. »Stéphie? Riechst du etwas?«

Sie legten sich beide der Länge nach auf den Boden und kümmerten sich nicht darum, dass sie schmutzig wurden. Ein seltsamer, moschusartiger Geruch war neben dem Geruch nach Erde wahrnehmbar. Sie sahen sich an.

»Ich glaube, das könnte tatsächlich ein Trüffel sein«, sagte Alexandra.

Plötzlich wollten sie diesen Stein so schnell wie möglich aus dem Weg bekommen. Sie gruben, hievten und wackelten, als handelte es sich um einen hartnäckigen Zahn. Endlich bewegte sich der Stein, und sie konnten ihn vollständig herausheben. Milou war völlig außer sich und grub wie wild.

»Wird er den Trüffel fressen?«, fragte Stéphie.

»Ich weiß es nicht!«, antwortete Alexandra. »Vielleicht ist es auch gar kein Trüffel, sondern ein toter Körper oder so.«

Stéphie hielt inne und schnappte nach Luft. »Das wäre ja schrecklich!«

»Falls es so ist, dann ist es sicher ein totes Tier, kein Mensch«, erwiderte Alexandra beschwichtigend und zog sich etwas zurück. »Sorg dich nicht. Gib mir mal die Schaufel. Milou, du kannst jetzt Pause machen. Stéphie, halte ihn bitte am Halsband fest.«

Inzwischen war die Erde lockerer, das Graben ging ihr leichter von der Hand. Milou zog immer heftiger an seinem Halsband, bis Stéphie ihn loslassen musste. Er grub heftig weiter. Schließlich hörte er auf und hob mit dem Maul etwas auf. Er ließ den Gegenstand vor Stéphies Füße fallen.

»Ein Trüffel!«, rief sie aus. »Er ist riesig!«

16. *Kapitel*

»Jetzt können wir essen«, sagte Stéphie, nachdem Alexandra und sie sich begeistert umarmt und dem Hund gratuliert hatten. »Und ich finde, wir sollten Milou auch etwas geben, weil er so ein guter Trüffelsuchhund ist, obwohl er gar nicht trainiert wurde.«

»Ich habe etwas für ihn mitgebracht«, erwiderte Alexandra und durchwühlte den Rucksack. »Hier. Ein paar Baguette-Endstücke, die steinhart sind. Wir können ein wenig *pâté* für ihn draufstreichen.«

Als sie ein paar Bissen gegessen hatte, sagte Alexandra: »Stéphie, du bist die Heldin der Stunde.«

»Was ist das?«

»Das bedeutet, dass du diejenige bist, die uns gerettet hat, indem du einen Trüffel gefunden hast. Einen riesigen Trüffel.«

»Milou hat ihn gefunden.«

»Nein! Milou wusste nicht, wo er suchen musste. Er hat ihn nur gerochen, nachdem du die richtige Stelle gefunden hattest. Das Schwierige hast du erledigt.«

»Wirklich?«

»Ja. Und du musst sehr aufmerksam zugehört haben, als ihr gestern auf Trüffelsuche wart. Gut gemacht! Dein Vater wird sehr zufrieden mit dir sein. Und alle anderen auch.«

»Bedeutet das, dass Papa nicht mehr wegmuss?«

Alexandra zuckte mit den Schultern. »Ich weiß es nicht, aber es könnte auf jeden Fall dazu beitragen.«

Stéphie trank noch etwas Orangenlimonade. »Wir müssen den Trüffel verkaufen. Wir dürfen ihn nicht selbst essen«, sagte sie.

Alexandra überlegte. »Ich glaube nicht, dass ein Trüffel, selbst wenn er so groß ist wie dieser, ausreichen wird, um deinen Papa zu Hause zu halten. Aber zu wissen, dass es hier auf diesem Grund und Boden Trüffeln gibt, könnte einen Unterschied machen. Als du gestern zusammen mit Félicité und Henri gelernt hast, wie man diese Art von Pilzen sucht, haben David und ich das Château erkundet. Wir haben einige kleine Nebengebäude entdeckt, die man in Unterkünfte für Feriengäste verwandeln könnte. Engländer lieben Frankreich. Damit ließe sich Geld verdienen.«

Stéphie dachte über diese Möglichkeit nach. »Vielleicht will Papa nicht, dass Fremde bei uns übernachten. Aber falls Félicité und Henri auf ein Internat gehen, gäbe es hier dann vielleicht Kinder, mit denen ich spielen könnte?«

»Du könntest eine Schule in der Nähe besuchen, dann hättest du jede Menge Spielkameraden.«

»Kann sein, dass sie nicht mit dem Mädchen vom Château spielen wollen.«

Alexandra nahm den Rucksack auf den Schoß und suchte nach etwas. »Sie werden feststellen, dass du nett bist und gar nicht versnobt.«

»Versnobt? Was ist das?«

»Ein Snob ist jemand, der andere Menschen nicht mag, weil er sich für etwas Besseres hält. Hier, ich habe Schokolade mitgebracht!«

»Darf ich Milou was davon geben?«

»Nein«, antwortete Alexandra. »Schokolade ist schädlich für Hunde. Dunkle Schokolade kann sogar tödlich für sie sein. Geben wir ihm lieber den Rest Brot und ein bisschen *pâté*.«

»Er hat es sich verdient«, sagte Stéphie zwei Sekunden später, nachdem der Hund den Leckerbissen verschlungen hatte.

»Auf jeden Fall.«

Eine Weile lang schwiegen sie beide, dann wischte Alexandra sich die Krümel aus den Mundwinkeln. »Stéphie, du weißt, dass Lucinda heute mit Félicité und Henri Kleidung einkauft?«

Stéphie nickte.

»Na ja, vielleicht kauft sie nichts für dich. Falls das so sein sollte, wirst du möglicherweise ein bisschen traurig sein, wenn du deine Schwester und deinen Bruder mit den neuen Sachen siehst. Ich möchte dir sagen, dass ich mit dir auch mal einkaufen gehen werde. Vielleicht schaffen wir es ja, dass dein Papa mitkommt, damit du auch einen ganz besonderen Tag hast.«

»Aber ich habe doch schon einen ganz besonderen Tag, Lexi. Wir haben einen Trüffel gefunden.«

Alexandra nahm Stéphie in den Arm und drückte sie an sich.

Alexandra hoffte sehr, dass Antoine bei ihrer Rückkehr schon zu Hause sein würde. Stéphie lief über den Hof direkt in die Küche. Sie war so glücklich und optimistisch, dass Alexandra sich ein bisschen Sorgen machte. Sie konnte den Gedanken nicht ertragen, dass das kleine Mädchen enttäuscht werden könnte.

David war in der Küche und kochte. Er war sehr zufrieden, nachdem er seinen Arbeitsplatz nach seinen Vorstellungen eingerichtet hatte. Jack saß am Küchentisch und schälte Knoblauchzehen. Offensichtlich war er wieder ganz der Alte.

»Hallo, Stéphie! Schön, dich zu sehen!«, sagte David. »Hattest du einen schönen Tag mit Lexi?«

»Ja«, antwortete Stéphie. »Wir haben einen Trüffel gefunden!« Stolz zeigte sie ihn vor.

»Gute Güte!«, rief David aus. »Der ist ja riesig! Wo habt ihr ihn gefunden?«

»Oben im Wald hinter dem Château«, erklärte Alexandra. »Stéphie hat sich alles über die Trüffelsuche gemerkt, was sie gestern gelernt hat. Wir haben alles so gemacht, wie sie es gesagt hat, und *voilà!*«

»Ist Papa schon zurück?«, wollte Stéphie wissen. »Ich möchte ihm den Trüffel zeigen.«

»Ähm – Antoine hat angerufen. Er kommt heute Abend zurück, aber es wird ein bisschen später werden. Er bringt einen Kollegen mit, der vielleicht hier übernachten wird.« David sah Alexandra an.

»Er möchte, dass ich ein Bett vorbereite?«, riet sie.

»So hat er es nicht ausgedrückt, doch er meinte, es wäre sehr hilfreich, wenn es ein bezogenes Bett gäbe.«

»Hilfreich ist mein zweiter Vorname«, erwiderte Alexandra.

»Wirklich?« David tat erstaunt. »Ich dachte, du hättest einen verrückten, aristokratischen Zweitnamen wie zum Beispiel Euphemia.«

Alexandra warf ihm einen spöttischen Blick zu und seufzte. »Ich sehe, ihr beide habt euch bereits ein Glas Rosé gegönnt. Sind Félicité und Henri schon zu Hause?«

»Ja«, antwortete David.

»Und sie möchten dich unbedingt sehen, Stéphie«, fügte Jack hinzu.

»Ich würde den Trüffel hierlassen ...«, rief David, doch es war schon zu spät. »Na ja, vermutlich wird er keinen Schaden nehmen. Wir müssen uns überlegen, wie wir ihn zubereiten.«

»Ich glaube, Stéphie möchte ihn verkaufen. Sie versucht, einen Weg zu finden, damit ihr Papa zum Arbeiten nicht mehr wegfahren muss.« Alexandra unterdrückte ein Seufzen. »Habt ihr beide eine Menge wertvoller Antiquitäten gekauft?«

»Ich weiß erst, ob sie wertvoll sind, wenn ich sie verkauft habe«, entgegnete David, »doch wir haben einiges gefunden. Es kann sein, dass ich einen Lieferwagen mieten muss, wenn ich nach England zurückfahre.«

Alexandra fragte sich, ob er mit Absicht »ich« statt »wir« gesagt hatte, und hoffte inbrünstig, dass er nicht schon bald aufbrechen wollte.

»Wir haben auch eine Menge sehr guten Wein gekauft«, berichtete Jack. »Wir trinken hier Antoines Rosé und andere gute Sachen weg, die er aus seinem Keller holt – daher dachten wir, wir sollten auch etwas beisteuern.«

»Félicité hat ein ganz entzückendes Kleid für Stéphie erstanden«, erzählte David. »Sie hat ihrer Mutter gesagt, Antoine würde ihr den Kaufpreis dafür erstatten. Was für ein nettes Mädchen Félicité doch ist, so fürsorglich! Sie ist richtig vernarrt in Stéphie.«

»Oh, wie schön!« Alexandra war gerührt.

»Weil wir nicht wussten, dass Félicité etwas für Stéphie kaufen würde, haben wir auch etwas für die Kleine besorgt. Es ist ein altes Puppenhaus, das restauriert werden muss. Aber das bekommen wir hin«, meinte David. »Ich dachte mir, dass Jack das vielleicht tun möchte. Aber als wir gehört haben, dass Félicité ein Kleid für Stéphie gekauft hat, haben wir beschlossen, das Puppenhaus zurückzuhalten – wir können es Stéphie aber jederzeit geben.«

»Vielleicht könnt ihr es auf Vordermann bringen, wenn ihr Zeit habt, und es dann als Geschenk in der Hinterhand halten?«, schlug Alexandra vor. »Ich weiß zum Beispiel noch gar nicht, wann sie Geburtstag hat.«

»Das klingt nach einem guten Vorschlag«, erwiderte Jack, »solange ihr Geburtstag nicht schon nächste Woche ist.«

»Dann beziehe ich besser mal ein Bett für Antoines Kollegen. Hoffentlich ist er nett!«

»Antoine würde ihn nicht zum Essen einladen, wenn er es nicht wäre«, sagte David. »Soll ich dir helfen?«

»Auf keinen Fall! Ich erledige es gleich. Weißt du schon, wann es Abendessen gibt?«

»Heute habe ich einen schönen Schweinebraten zubereitet, der noch ungefähr eine Stunde braucht. Ich kann warten, falls Antoine spät kommt.« Er warf einen Blick auf die alte Standuhr in der Ecke, die immer zweimal schlug. »Wie wäre es mit sieben Uhr?«

»Ich finde raus, ob die Kinder schon sehr hungrig sind«, erwiderte Alexandra. »Wäre es schlimm, wenn sie früher äßen? Wir wissen ja nicht, wann Antoine mit seinem Kollegen eintreffen wird.«

»Wir können es so machen, wie es am besten passt.« Er dachte kurz nach. »Wir können den Braten auch früh essen, und dann könnte ich später ein schönes Omelett für den Chef zubereiten und ein bisschen Trüffel darüberreiben.«

»Nein, kannst du nicht!«, widersprach Jack. »Wenn es den Trüffel gibt, möchte ich auch was davon haben!«

»Es ist Stéphies Fund«, sagte Alexandra mit Nachdruck. »Sie entscheidet. Jetzt muss ich ein Schlafzimmer für den Kollegen wählen. Ob er in der Nähe des Bads sein muss?«

»Ich habe leider nicht gefragt, wie alt er ist«, entgegnete David. »Daher weiß ich auch nicht, ob er nachts aufstehen muss.«

»Du bist nicht gerade eine große Hilfe!«, konterte Alexandra lachend und verließ die Küche.

Alexandra suchte gerade in dem großen Schrank, in dem die Bettwäsche aufbewahrt wurde, nach einem Laken, als Félicité hinter ihr auftauchte.

»Hast du noch mehr Binden? Ich möchte für den nächsten Monat vorbereitet sein.«

»Oh! Ja, habe ich. In meinem Zimmer. Ich hole welche.«

Félicité folgte Alexandra. »Wir waren in einer Apotheke, und ich wollte meine Mutter fragen, ob wir welche kaufen können. Aber sie hat mich falsch verstanden und gesagt: ›Du bist noch viel zu jung, um dir über solche Dinge Gedanken zu machen.‹ Da war ich lieber still. Außerdem war Henri dabei.«

»Ja, peinlich.« Alexandra gab Félicité ein in Papier eingewickeltes Päckchen. »Obwohl auch Männer über die Periode Bescheid wissen müssen, weißt du? Als ich in London mit David zusammengelebt habe, hat er mir immer eine Wärmflasche und heißen Tee gebracht, während ich vor dem Gasherd auf dem Sofa lag. Und er hat mir was Gutes zu essen gekocht.«

»Ich werde meinem Bruder nichts davon erzählen!« Félicité hielt das Päckchen in die Höhe. »Ich habe mich selbst noch nicht an den Gedanken gewöhnt.«

»Verständlich.«

»Und David ist ein bisschen anders als andere Männer, oder?«

Ganz kurz war Alexandra besorgt, dann holte sie tief Luft. »Ja, das ist er. Er hat mir erzählt, dass die Schauspieler und Leute, die im Theater arbeiten, sich oft Unterkünfte teilen, und deshalb sind sie nicht so zurückhaltend, wenn es um solche Dinge geht. Ich finde das gut! Aber du musst niemandem davon erzählen, wenn du nicht willst. Auch wenn ich froh bin, dass du mich eingeweiht hast.«

»Mit irgendjemandem musste ich ja darüber reden, und du bist meine Kinderfrau!« Dann lachte Félicité, weil sie das Ganze so lächerlich fand, und wandte sich zum Gehen.

Bevor sie verschwinden konnte, legte Alexandra ihr eine Hand auf den Arm. »Vielen, vielen Dank, dass du dieses Kleid für Stéphie gekauft hast. Das war sehr aufmerksam von dir.«

Félicité zuckte mit den Schultern. »Na ja, meine Mutter wäre von selbst nicht auf die Idee gekommen.«

»Gut, dass du daran gedacht hast.«

Félicité ging rasch davon, um ihre Geschwister zu suchen, bevor sie noch verlegener wurde.

Als Alexandra einen Armvoll Bettwäsche ausgewählt hatte, die hoffentlich nicht zu alt war, beschloss sie, vor der Auswahl eines Schlafzimmers nach ihren Schützlingen zu sehen. Sie spielten alle zusammen auf dem Fußboden in Félicités Zimmer Karten und wirkten glücklich und zufrieden. Alexandra winkte ihnen von der Tür aus zu und erhielt unterschiedlich begeisterte Reaktionen. Félicité wollte zwar wie ein zynischer Teenager wirken, doch sie hatte inzwischen zu erkennen gegeben, dass sie ein sehr gutes Herz hatte.

Neben Antoines großem Schlafzimmer gab es einen kleinen Raum, den Alexandra für seinen Kollegen für geeignet hielt. Sie hatte eine alte Wärmflasche aus Steinzeug entdeckt und beschloss, sie in das Bett zu legen, damit die Matratze nicht kalt und klamm war. Wenn man den verdächtigen feuchten Fleck an der Wand betrachtete, war die Matratze mit Sicherheit nicht ganz so, wie sie sein sollte.

Nachdem sie das Bett bezogen und eine zusätzliche Decke aufgetrieben hatte, falls der Kollege leicht fror, wollte sie sich gerade mit der Wärmflasche auf den Weg zum Wasserkessel in der Küche machen, als sie ihr eigenes Spiegelbild entdeckte. Meine Güte, war sie schmutzig!

Als sie sich gewaschen und ein frisches Kleid angezogen hatte, legte sie ein wenig Make-up auf. Ihre Haare mussten dringend geschnitten werden, daher steckte sie sie zu einer Art Knoten auf. Nachdem sie schon so weit gegangen war, kramte sie auch noch ihre Perlenohrstecker hervor, die sich in einem kleinen Samtsäckchen in ihrer Handtasche befanden.

Sie war mit dem Ergebnis zufrieden. Zum Glück hatte sie in den Spiegel geschaut und nicht aus Versehen den Abend in dem Kleid verbracht, auf dem sich Erdflecken von der Trüffelsuche befanden. Sie hatte ausgesehen wie eine Bauersfrau nach einem langen, arbeitsreichen Tag auf den Feldern.

Lachend trat sie mit dem großen Bettwärmer aus Steingut in den Händen in die Küche.

»Du siehst sehr glamourös aus, Liebes«, sagte David.

»In der Tat, das tust du!« Jack betrachtete sie wohlwollend.

»Danke. Ich muss lachen, weil ich noch vor einem Jahr niemals auf die Idee gekommen wäre, dass ich jetzt Betten für andere Leute beziehen würde. Es hat allerdings auf jeden Fall zum Plan gehört, glamourös auszusehen. Nun, hierfür werde ich jede Menge kochend heißes Wasser brauchen, aber es wird sich lohnen.« Sie stellte die steinerne Wärmflasche auf den Tisch.

»Wir können jederzeit mehr Wasser erhitzen«, meinte David. »Die Kinder waren hier, und Stéphie trägt ihr neues Kleid. Es ist ihr noch ein bisschen zu groß, doch es sieht sehr süß aus.«

»Und es ist sauber!«, warf Alexandra ein. »Wenn ich mich nicht zufällig in einem Spiegel gesehen hätte, wäre ich in meinem schlammbedeckten Kleid runtergekommen. Trüffelsuche ist ein schmutziges Geschäft. Gibt es Neuigkeiten von den Geschäftsreisenden?«

»Antoine hat gerade eben angerufen. Sie werden in zwanzig Minuten hier sein.«

Bei dem Gedanken an Antoine spürte Alexandra Schmetterlinge im Bauch. Entschlossen verdrängte sie das Gefühl. »Ist der Tisch schon gedeckt?«

»Jep«, antwortete Jack. »Und ich habe zwei der Weinflaschen geöffnet, die wir erstanden haben. Außerdem habe ich das Feuer im Salon angezündet, eigentlich eher wegen der Gemütlichkeit als wegen der Wärme. Es sieht sehr einladend aus. Ich habe auch Kerzen in die Leuchter gesteckt.«

»Man könnte fast glauben, wir lebten in einem Château«, kommentierte David.

Alexandra hatte den Bettwärmer in das Bett gelegt und Handtücher organisiert und richtete gerade in ihrem Zimmer ihren Haarknoten, als sie Milous tiefes, lautes Bellen hörte. Antoine und sein Gast mussten eingetroffen sein.

Um nicht noch nervöser zu werden, verließ sie rasch ihr Zimmer, schloss die Tür hinter sich und lief die Stufen hinunter. Als sie den Fuß der Treppe fast erreicht hatte, hielt sie inne. Antoine wurde von Milou begrüßt, als wäre er jahrelang fort gewesen, nicht bloß einige Stunden, und neben Antoine stand eine Frau.

Alexandras Mund wurde trocken. Warum war sie nicht auf die Idee gekommen, dass sein Kollege auch eine Kollegin sein könnte? Selbst wenn, sie hätte sie sich nie im Leben so pariserisch und so glamourös vorgestellt.

Er sah auf und entdeckte sie auf der Treppe. »Alexandra! Darf ich Ihnen Véronique vorstellen«, sagte er auf Englisch. »Véronique, das ist …« Als er einen Sekundenbruchteil lang zögerte, ergriff sie rasch das Wort.

»Ich bin Alexandra, das Kindermädchen.«

Véronique, die auf dem Weg einen Zwischenstopp eingelegt haben musste, denn sie sah aus wie aus dem Ei gepellt, wirkte überrascht. »Das Kindermädchen?« Sie sprach Antoine auf Französisch an.

»Eher eine Gefährtin beziehungsweise Gesellschafterin für die Kinder«, antwortete er ruhig. »Sie hat in letzter Zeit den Haushalt geführt und Hauslehrer engagiert. Natürlich hast du recht, Félicité und Henri sind viel zu alt für ein Kindermädchen …«

Alexandra glaubte nicht, dass das der Grund für Véroniques Nachhaken war. Sie straffte die Schultern und hob das Kinn.

In dem Augenblick polterten Alexandras Schützlinge die Treppe hinunter und erschienen in der Eingangshalle. Stéphie stürzte sich in die Arme ihres Vaters. »Papa! Wir haben einen Trüffel gefunden! Na ja, eigentlich war es Milou!«

»Milou?« Antoine umarmte auch seine anderen Kinder. »Ich wusste gar nicht, dass er ein Trüffelsuchhund ist. Werden wir den Trüffel gleich essen?« Die Frage war an David gerichtet, der sich zu ihnen gesellt hatte.

»Nein, Papa!«, antwortete Stéphie. »Wir werden ihn verkaufen, damit du nicht mehr wegmusst, um zu arbeiten.«

Véronique lächelte charmant und ging in die Hocke, um mit Stéphie auf Augenhöhe zu sein. »Ich bin sicher, dass dir das gefallen würde, Schätzchen, doch man würde mehr als einen Trüffel brauchen, um genug Geld zu machen. Und die Arbeit deines Vaters ist sehr wichtig. Aber es ist toll, dass dein Hund den Trüffel nicht aufgefressen hat, also gut gemacht.«

»Er ist wirklich riesengroß«, sagte Félicité. »Sieh mal!« Sie hielt ihrem Vater den Trüffel hin.

Antoines Augen weiteten sich. »O Gott! Der ist in der Tat riesig! Ich habe noch nie so einen großen Trüffel gesehen.«

»Er war unter einem Stein«, erzählte Stéphie. »Milou hat es gleich gewusst, und er hat gegraben und gegraben, dann haben Lexi und ich ihm geholfen und den Stein rausgehoben.«

»Hinterher waren wir von oben bis unten mit Erde bedeckt«, erzählte Alexandra, »aber wir waren so aufgeregt, dass es uns egal war. Véronique? Möchten Sie sich gerne die Hände waschen? Und ich glaube, ich habe Ihnen vielleicht das falsche Schlafzimmer zurechtgemacht.« Sie war froh, dass sie Véroniques Nachnamen nicht kannte – also konnte sie ihn auch nicht benutzen und sich dementsprechend auch nicht unterlegen fühlen.

»Das falsche Zimmer? Warum?«

»Wir haben erwartet, dass Antoines Kollege ein Mann ist.« Alexandra lachte. »Warum kommen Sie nicht mit, und ich zeige Ihnen das Zimmer? Dann können wir gegebenenfalls noch Veränderungen vornehmen.«

Als Alexandra vorausging und die Treppe hinaufstieg, wurde ihr klar, dass sie keine Ahnung hatte, welche Veränderung sie vornehmen könnte, falls Véronique das kleine Zimmer mit dem feuchten Fleck an der Wand ablehnte.

»Es ist nicht groß«, sagte Alexandra, als sie die Tür öffnete, »aber dieser Buckel unter der Bettdecke ist eine Wärmflasche aus Steingut. Sie macht das Bett sehr gemütlich.«

Véronique blieb entsetzt stehen. »Hier kann ich nicht schlafen. Es sieht aus wie ein Ankleidezimmer, nicht wie ein richtiges Schlafzimmer.«

Zu spät erkannte Alexandra, dass es sich tatsächlich um ein Ankleidezimmer handelte. Es gehörte zu Antoines Schlafzimmer.

»Nun gut.« Rasch traf sie eine Entscheidung. »Ich werde Ihnen mein Schlafzimmer überlassen. Wenn Sie das Badezimmer benutzen wollen«, sie zeigte ihr, wo es sich befand, »wechsle ich schnell die Bettwäsche.«

Das Opfer fiel ihr leichter, weil sie wusste, dass sie sich in der moralisch überlegenen Position befand. Ihr war auch klar, dass Véronique vollkommen verwirrt war, weil sie nicht wusste, wie sie Alexandra einordnen sollte.

Antoines Kollegin ging wieder nach unten, ohne auf Alexandra zu warten. Schließlich kam Stéphie die Treppe hinauf. »Das Essen ist fertig! Was machst du da?«

»Ich vergewissere mich, dass mein Schlafzimmer makellos und ordentlich ist, damit Véronique darin schlafen kann«, erklärte sie. »Findest du, es sieht okay aus?«

»Es ist absolut perfekt«, antwortete Stéphie. »Es gibt nichts, was sie daran aussetzen könnte.« Sie zögerte. »Sie ist sehr hübsch, aber sie ist ein bisschen wie Félicités und Henris Mutter.« Plötzlich kicherte sie los. »Stell dir vor, ich würde vergessen, dass nicht du hier schläfst, und aus Versehen morgen früh zu Véronique ins Bett huschen! Wäre das nicht schrecklich?« Angesichts der Tatsache, wie schlimm sie die Vorstellung fand, musste sie lachen. »Du könntest auch bei mir in meinem Zimmer schlafen, wenn du möchtest, Lexi. Ich habe nichts dagegen.«

»Das ist sehr nett von dir, Stéphie, doch ich habe eine Wärmflasche in das Bett gesteckt, das ich für Véronique gerichtet habe. Ich möchte die Wärme nicht verschwenden, deshalb schlafe ich da. Wenn wir lesen wollen, können wir das auch in deinem Bett machen.«

»Oh, gut.« Sie drehte sich plötzlich schnell im Kreis und hob ihr Kleid an. »Gefällt dir mein neues Kleid? Félicité hat es für mich ausgesucht.«

»Ich liebe es! Und wie gut, dass du es jetzt angezogen hast! Wir sind bei unserer Trüffelsuche so schmutzig geworden.«

»Stimmt!« Stéphie hielt inne. »Ich finde, du solltest ein bisschen Parfüm benutzen, Lexi. Véronique trägt sehr viel Parfüm.«

»Okay …«, sagte Alexandra. »Ich habe es in das kleine Zimmer gebracht, in dem ich schlafen werde.«

Nachdem Alexandra etwas von dem Eau de Cologne *Bien-Être*, das sie in der Drogerie im Ort erstanden hatte, aufgetragen hatte, gesellten Stéphie und sie sich zu den anderen.

Sie standen mit Weingläsern in der Hand im Salon. David drückte sich in der Nähe der Tür herum und wirkte angespannt. Alexandra trat näher, bis sie in Hörweite war.

»Ich möchte gerne das Essen servieren«, flüsterte er ihr zu. »Kann ich einfach verkünden, dass das Dinner fertig ist, was meinst du? Véronique ist eine richtige Dame von Welt!«

Alexandra warf den Kopf zurück. »Natürlich kannst du verkünden, dass das Essen fertig ist. So sehr Dame ist sie nun auch wieder nicht!« Nachdem sie ihr schon ihr Zimmer angeboten hatte, würde Alexandra ihr hier nicht kampflos das Feld überlassen.

David klatschte in die Hände. »Meine Damen und Herren, gleich wird das Dinner aufgetragen!«

Alexandra ließ sich etwas zurückfallen und sammelte noch benutzte Gläser ein, die sie auf einem Tablett abstellte. Daher betrat sie als Letzte das Esszimmer. Antoine saß am Kopfende des Tisches, Véronique auf seiner einen Seite und Stéphie auf der anderen. Sie sah, dass der Trüffel auf einem Unterteller lag und als Dekoration diente. Wie schön! Alexandra setzte sich ans andere Tischende neben Jack.

»Wie war dein Tag?«, fragte sie ihn. »Was habt ihr unternommen?« Sie wollte unbedingt wissen, ob sie Penelope besucht hatten und – falls ja – ob der Besuch gut gelaufen war. Doch sie wagte nicht, sich direkt danach zu erkundigen.

»Wir hatten einen schönen Tag, danke. Wir haben einen Markt gefunden, du kannst unsere Ausbeute auf dem Tisch sehen. Und dann haben wir mit Penelope zu Mittag gegessen.«

»War es – nett?«

Jack lachte. »Du möchtest wissen, wie Penelope und ich uns verstanden haben, stimmt's?«

Alexandra musste ebenfalls lachen und nickte.

»Das Essen war köstlich!« Jack machte sich einen Spaß daraus, sie auf den Arm zu nehmen. »Im Ernst, wir waren beide viel entspannter, nachdem wir uns an den Gedanken gewöhnt hatten, uns nach all den Jahren wiederzusehen.«

»Oh, das ist gut.« Sie wünschte, sie könnte ihm mehr Einzelheiten entlocken. Doch er wirkte wesentlich glücklicher, das musste etwas zu bedeuten haben.

Als alle Teller gefüllt waren, fragte Véronique: »Sie kommen also aus London, Alexandra?«

Sie lächelte und nickte.

»Wie gefällt Ihnen denn dieses verschlafene Nest im letzten Winkel der Provence, nachdem Sie die hellen Lichter der großen Stadt gewöhnt sind?«, fuhr Véronique fort.

»Nun ja, es ist ländlich, aber wunderschön. Ich bin sehr gern hier.« Alexandra lächelte wieder in der Hoffnung, das Gespräch damit beenden zu können.

Es funktionierte nicht. Véronique schien es amüsant zu finden. »Ein hübsches Mädchen wie Sie muss doch mit jungen Leuten zusammen sein, ausgehen und sich amüsieren.«

Alexandra zuckte mit den Schultern. »Félicité, Henri und Stéphie sind noch nicht so alt, und wir sind immer sehr beschäftigt.«

»Aber Sie sind so jung ...«, fing Véronique erneut an.

»Alexandra ist eine Erbin ...«, unterbrach Stéphie, bis sie offensichtlich Alexandras entsetzten Gesichtsausdruck registrierte.

Alexandra schüttelte kaum wahrnehmbar den Kopf, was glücklicherweise ausreichte, um Stéphie zum Schweigen zu bringen und das Thema nicht weiter zu vertiefen. Das Letzte, was Alexandra wollte, war eine Diskussion über ihr künftiges Vermögen. Sie wollte nicht darüber reden.

»Was ist sie, Stéphie?«, fragte Véronique freundlich nach.

»Sie ist – sehr hübsch!«, sagte das Mädchen.

»Véronique«, schaltete David sich ein, um Alexandra zu retten. »Darf ich Sie zu einem weiteren Ei verführen? In England heißen sie ›Russische Eier‹. Ich weiß nicht, ob man sie in Frankreich auch kennt.«

»Ich interessiere mich nicht für Essen«, erwiderte Véronique herablassend.

David war überrascht. »Oh. Ich dachte, alle Franzosen essen gerne.«

»Das ist nur ein Klischee«, antwortete Véronique. »Genauso wie alle denken, ich hätte eigentlich ein Mann werden müssen. Ich bin keiner, obwohl ich genauso leistungsfähig und erfolgreich bin wie jeder Mann.«

David verneigte sich. »Madame, ich hätte niemals etwas anderes gedacht.«

»Hat Antoine Sie deshalb als ›Kollegen‹ bezeichnet, als er Ihre Ankunft am Telefon angekündigt hat?«, fragte Alexandra.

»Natürlich«, erwiderte Véronique. »Wir arbeiten oft zusammen. Er wird sich hüten, auf mein Geschlecht hinzuweisen.«

»Es wäre viel einfacher für mich gewesen, wenn ich es gewusst hätte«, sagte Alexandra ruhig. »Dann hätte ich jetzt nicht die Schlafzimmer tauschen müssen.«

Véronique tat den Einwand mit einem Schulterzucken ab. »Es ist wichtig, dass Frauen die nötige Achtung entgegengebracht wird; sie sind nicht nur Ehefrauen und Kinderbetreuerinnen.«

»Ich finde, dass es Achtung und Respekt verdient, sich um Kinder zu kümmern«, warf Jack ein. »Es ist keine einfache Aufgabe, und außerdem eine sehr wichtige.«

»Ja.« Véronique nickte. »Aber ich habe ein Gehirn! Ich will es nicht für etwas verschwenden, was jede Frau ohnehin tun kann!«

Betretenes Schweigen breitete sich aus. Dann sagte Antoine: »Trink noch einen Schluck Wein, *chérie*.«

»Ich hole den Hauptgang«, erklärte David.

»Ich helfe dir«, bot Alexandra an.

Als sie die Küche erreichte, flüsterte sie: »Oh, David! Du weißt, ich habe immer an Gleichberechtigung für Frauen geglaubt, doch Antoines Kollegin bringt mich dazu, meine Meinung zu ändern.«

David lachte, legte ihr den Arm um die Schulter und zog sie an sich. »Mach dir keine Gedanken über sie. Sie interessiert sich nicht für Essen, also ist sie es nicht wert.«

Obwohl David wahrscheinlich recht hatte und sie sich nicht damit aufhalten sollte, über Véronique zu grübeln, spielte ihr Kopf nicht mit. Als Alexandra später am Abend zu Bett ging, ertappte sie sich dabei, wie sie alles, was Véronique gesagt hatte, analysierte. Als ihr bewusst wurde, dass der Grund für ihre Abneigung wahrscheinlich Eifersucht war, schämte sie sich.

17. Kapitel

Am folgenden Morgen war Alexandra schon früh auf den Beinen. Sie hatte sich um die Hühner gekümmert, und nun wollte sie Kaffee mahlen und sicherstellen, dass das Frühstück richtig organisiert war. Es war eine Mahlzeit, die häufig ungezwungen ablief. Daher war sie nicht für Leute wie Véronique geeignet.

Möglicherweise hatte Antoine den gleichen Gedanken, denn er tauchte kurz nach Alexandra auf, frisch geduscht und rasiert. Er trug einen wunderbar geschnittenen Anzug und sah so attraktiv aus, dass Alexandra ein paar Sekunden lang kaum atmen konnte.

»Guten Morgen!«, sagte sie ruhig, als sie ihre Atmung wieder unter Kontrolle hatte. »Haben Sie schon darüber nachgedacht, was Sie mit Stéphies Trüffel anfangen wollen? Sie möchte ihn auf jeden Fall verkaufen, sehr zu Davids Enttäuschung.«

»Ich werde meinen Freund, den Trüffelexperten, anrufen, bevor wir heute nach Marseille aufbrechen. Vielleicht kann er sich um den Verkauf kümmern. Wir könnten ihn auf dem Weg bei ihm vorbeibringen.«

»Haben Sie eine Ahnung, wie viel er einbringen könnte?«

Er schüttelte den Kopf. »Nein, leider nicht. Ich gehe nicht davon aus, dass es genug sein wird, um mich zur Ruhe zu setzen. Vielleicht sollte ich das Geld für Stéphies Zukunft zur Seite legen.«

»Bitte tun Sie das nicht! Kein Geld der Welt für die Zukunft ist wichtiger für Stéphie, als ihren Vater zu Hause zu haben –

wenn schon nicht ständig, so doch wenigstens häufiger als im Augenblick.«

Als er an seiner langen, leicht gebogenen Nase vorbei auf sie hinuntersah, fragte Alexandra sich, ob sie zu offen gewesen war, doch dann stellte sie fest, dass er nachdachte. »Ich werde das Geld zur Seite legen, um ein paar Reparaturen am Château durchzuführen. Stéphie wird sehr stolz sein, dass das wegen ihrer Bemühungen möglich sein wird. Und natürlich Ihretwegen.«

»Stéphie wird sagen, dass Milou am meisten dazu beigetragen hat.«

»Er ist der Star unter den Hunden«, erwiderte Antoine mit einem ganz kleinen Lächeln.

Alexandra erwiderte es unwillkürlich. Sie zuckte zusammen, als Véronique plötzlich sagte: »Störe ich?«

»Nein! Nein, natürlich nicht«, antwortete Alexandra. »Ich habe auf Sie gewartet, bevor ich den Kaffee koche. Was möchten Sie frühstücken? Toast mit Marmelade?« Zu spät fiel ihr ein, dass sie gar keinen Toast im Haus hatten.

Véronique verzog das Gesicht. »Nein, danke. Ich nehme nur Kaffee.«

Nachdem Antoine und Véronique sich auf den Weg nach Marseille gemacht hatten, nahm Alexandra sich die Zeit, Donna in Paris anzurufen. Im Laufe des amüsanten Plauschs fand Alexandra heraus, dass Véronique die hübsche Frau gewesen war, die Antoine an jenem Abend zu der Dinnerparty bei Donna und Bob begleitet hatte.

Als sie später die Küche betrat, um das Mittagessen zuzubereiten (Reste vom Vortag waren immer ausgesprochen nützlich), sagte sie sich, dass sie das Château am besten verlassen sollte. Wie sollte sie ihre Schwärmerei für Antoine überwinden, wenn sie weiterhin in seinem Haus wohnte? Allerdings hatte sie ihren

Verwandten mitgeteilt, dass sie bis zum Frühling bleiben würde, und außerdem konnte sie die Kinder nicht im Stich lassen, bevor ihr Vater eine Lösung gefunden hatte, um häufiger zu Hause zu sein. Auch wenn Donna gesagt hatte, wie sehr sie sich freuen würde, wenn sie zu ihr nach Paris käme. Sie könnte die herrliche Stadt richtig kennenlernen. Das wäre wundervoll!

Doch in ihrem Herzen wusste Alexandra, dass dieses leicht heruntergekommene Château in der Provence der Ort war, an dem sie wirklich sein wollte. Sie würde nie mehr sein als das Kindermädchen oder vielleicht die Haushälterin, aber dennoch war es der Ort, an dem sie sich am meisten zu Hause fühlte.

Alexandra kam es so vor, als würde das Château mitsamt seinen Bewohnern erleichtert aufseufzen, als Véronique zwei Tage später mit dem Zug nach Paris zurückfuhr. Antoine sollte ihr demnächst folgen. Dennoch stieg die Stimmung am Esstisch nach Véroniques Abreise. Für eine Frau, die nicht an Essen interessiert war, war sie überraschend mäkelig.

Obwohl bereits der November Einzug gehalten hatte, war es ein wunderschöner Herbsttag. Die Farben der Provence leuchteten wie ein Malkasten vor einem tiefblauen Himmel. Alexandra wollte spazieren gehen und den Hund mitnehmen, falls er Lust hatte. Nachdem sie sich keine Gedanken mehr um Véronique und deren Bedürfnisse machen musste, hatte sie mehr Zeit und wollte über ihr Leben und ihre Pläne nachdenken. Ein Spaziergang würde ihr dabei helfen. Sie stand bereits in der Diele, als es an der Tür klingelte.

Es war Penelope. Sie wirkte ungewöhnlich zurückhaltend. »Guten Morgen, Alexandra.«

»Guten Morgen!«, erwiderte sie. »Möchten Sie hereinkommen?«

»Sie tragen eine Jacke, Sie wollten sicher gerade das Haus verlassen.«

Sie hatte sich eine alte Gartenjacke von Antoine ausgeborgt, die in einem Gang an einem Haken hing und offensichtlich schon lange in Vergessenheit geraten war. Es war ihr peinlich, in diesem Aufzug von der einschüchternden Eleganz in Person angetroffen zu werden. »Nein, nein. Ich wollte nur eine Runde mit Milou spazieren gehen. Es ist so ein wunderschöner Tag.«

»Das stimmt. Ich werde Sie nicht lange aufhalten. Ich wollte Ihnen nur das hier vorbeibringen. Es ist die kleine Suppentasse von Sèvres, die ich zuvor erwähnt hatte. Sie hat Henkel, und einer davon ist abgebrochen.« Sie zog einen in Seidenpapier gewickelten Gegenstand aus der Handtasche.

Alexandra nahm die Suppentasse. Sie war himmelblau und mit Goldapplikationen verziert. »Ach du meine Güte, die ist unglaublich wertvoll! Ich glaube nicht …«

»*Chérie*, ohne Henkel ist sie nichts wert. Tun Sie einfach Ihr Bestes.«

Alexandra zuckte leicht zusammen, denn Penelope hatte sie noch nie zuvor *chérie* genannt. »Das werde ich.«

Doch auch nachdem Alexandra die Suppentasse vorsichtig an einer sicheren Stelle auf dem Kaminsims im Salon abgestellt hatte, machte Penelope keine Anstalten, sich zu verabschieden. »Möchten Sie vielleicht einen Kaffee oder ein anderes Getränk?«

»Nein, danke«, antwortete Penelope entschlossen. »Sie haben Ihre Jacke an und ich meine. Lassen Sie uns zusammen spazieren gehen. Ich hatte in letzter Zeit ein bisschen Heimweh. Eine Unterhaltung mit einer Landsmännin wird mir guttun.«

Alexandra war so überrascht, dass es ihr für einen kurzen Moment die Sprache verschlug. Penelope spielte ihre Rolle als französische *grande dame* normalerweise so überzeugend, dass sie kaum zugeben wollte, keine Französin zu sein. Jetzt sprach sie von Heimweh und wollte mit einem Kindermädchen einen Spaziergang unternehmen. Es muss mit dem Teufel zugehen, dachte Alexandra. Oder vielleicht wollte sie über ihr Liebesleben reden? Dieser Gedanke erschien ihr sehr unwahrscheinlich.

Milou zeigte sich von seiner besten Seite und folgte den beiden Engländerinnen sanftmütig. Penelope schwieg, während sie einen vernachlässigten, aber immer noch hübschen Gartenbereich durchquerten, der von einer Mauer umgeben war. Wahrscheinlich war hier in früheren Zeiten Gemüse für das Château angebaut worden, doch nun gab es nur ein paar Kletterrosen, die die Gartenmauern überzogen, und einige Salbei-, Rosmarin- und Lavendelbeete.

»Sie müssen entzückt sein, dass Lucinda aus Argentinien zurückgekehrt ist«, sagte Alexandra schließlich, als sie das Schweigen nicht länger ertragen konnte. Inzwischen hatten sie den Garten verlassen und einen Pfad eingeschlagen, der in den Wald führte.

Penelope nickte. »Ja und nein. Ich freue mich sehr, dass sie wieder da ist, doch ich glaube nicht, dass sie die Kinder versteht, nachdem sie so lange fort war.«

»Ach?« Alexandra gab sich Mühe, unverbindlich zu klingen.

»Sie liebt natürlich ihre eigenen Kinder, aber sie beachtet *la petite* nicht.«

»Stéphie?«

Penelope nickte. »Lucinda ist ein Einzelkind und kennt keine Eifersucht. Nicht, dass Stéphie je eifersüchtig wäre. Trotzdem ist es schwierig für sie, wenn die beiden anderen viel Aufmerksamkeit erfahren und Geschenke bekommen, während sie selbst außen vor bleibt.«

»Ich habe mir Mühe gegeben, damit sie sich nicht ausgeschlossen fühlt«, erwiderte Alexandra. Obgleich ich auch ein Einzelkind bin, dachte sie, sprach den Gedanken jedoch nicht aus.

»Ja! Und ich bin Ihnen sehr dankbar dafür. Sie kümmern sich mit großem Einsatz um die Kinder, das schätze ich sehr.« Schweigend gingen sie weiter. »Wissen Sie, ich hatte eine Schwester, deren Taufpatin ihr immer großzügige Geschenke machte. Ich verstand, dass diese Patin meiner Schwester viel bedeutete, doch für mich war es nicht einfach. Die hübschen Kleider von Harrods, das besondere Osterei, wundervolle Malstifte – ich erinnere mich, dass ich es einmal nicht mehr aushalten konnte und in Tränen ausgebrochen bin. Ich habe mich so geschämt!«

»Das ist ja schrecklich!« Alexandra empfand Mitleid.

»Meine Mutter konnte nichts daran ändern. Es war eine Tatsache in meinem Leben, die ich akzeptieren musste. Aber es würde mir überhaupt nicht behagen, wenn die kleine Stéphie sich so fühlen müsste.«

»Nun, ich habe ihr einen antiken Puppenherd geschenkt, der auch richtig funktioniert. Man kann winzige Töpfe und Pfannen draufstellen. Sie liebt diesen Herd. David und Jack haben sich auch schon Gedanken darüber gemacht, dass sie sich übergangen fühlen könnte.«

Alexandra holte tief Luft und fuhr fort: »Aber ich glaube, am meisten leidet Félicité darunter. Sie liebt ihre kleine Schwester, und sie weiß, dass sie sich übergangen fühlen muss. Als Lucinda vor ein paar Tagen mit ihren Kindern einkaufen war, hat Félicité ein Kleid für Stéphie ausgesucht. Lucinda muss ihr das Geld vorgestreckt haben. Ich fand das wunderbar von Félicité, so fürsorglich.«

»Das freut mich auch sehr«, meinte Penelope. »Lucinda hat mir gar nichts davon erzählt. Unsere Kommunikation funktioniert nicht besonders gut.«

Wieder entstand ein längeres Schweigen, während sie ihren Weg durch den Wald fortsetzten. Alexandra war ganz verzückt von den wechselnden Farben, aber sie wartete darauf, dass Penelope weitersprach. Es war offensichtlich, dass sie noch etwas loswerden wollte.

»Ich lebe schon sehr lange in Frankreich. In vielerlei Hinsicht bin ich inzwischen französisch«, fuhr die Ältere schließlich fort.

»Darf ich fragen, warum Sie nach Frankreich gezogen sind?«

»Ich war vor dem Krieg einmal mit der Familie einer Freundin hier. Wir haben einen wunderschönen Urlaub verbracht. Ich wusste, dass sich nach Kriegsende viel verändert haben würde, aber meine Eltern waren in die Nähe meines Bruders gezogen. Ich wollte einen kompletten Neuanfang wagen. Und ich dachte, es wäre gut für Lucinda, zweisprachig aufzuwachsen und ihre Flügel ein wenig auszubreiten, nachdem sie den Krieg über in England im Internat war.«

Penelope lachte. »Sie hatte so viele Bücher gelesen, die in englischen Internaten spielten – wahrscheinlich zu viele –, dass sie unbedingt auch ein Internat besuchen wollte.«

»Es war bestimmt nicht einfach, in ein Land zu ziehen, in dem man niemanden kennt. Ich hatte wenigstens die Kinder, als ich herkam.«

»Es war schwierig, obwohl Lucinda es in gewisser Weise einfacher gemacht hat. Eine Nachbarin, eine Freundin von Hortense, hat mich unter ihre Fittiche genommen. Sie hatten eine Tochter, die genauso alt war wie Lucinda, und sie hat mich mit ihren Freunden bekannt gemacht. Durch die Nachbarin habe ich auch meinen zweiten Mann kennengelernt – Sie wissen wahrscheinlich, dass ich ihn ebenfalls verloren habe …«

Als sie kurz schwieg, konnte Alexandra den Nachhall ihrer Trauer spüren. »Und so hat Lucinda auch Antoine kennengelernt. Rosemarie mochte England sehr, was zum Teil der Grund war, warum sie so nett zu mir war. Sie hat dafür gesorgt, dass ich so rasch wie möglich Französisch lerne. Ich habe sie sehr vermisst, als sie nach Paris gezogen ist.«

Obwohl die Geschichte überzeugend klang, war Alexandra sich sicher, dass noch mehr dahintersteckte. Sie war angespannt, weil sie nicht wusste, ob Penelope ihr noch mehr anvertrauen oder sich wieder in die steife *grande dame* verwandeln würde, als die sie sich zu Beginn präsentiert hatte.

Inzwischen hatten sie den Waldrand wieder erreicht und trafen auf einen Weg, der zurück zum Château führte.

»Sie fragen sich wahrscheinlich, warum ich mit Ihnen rede statt mit Hortense, die ich schon seit fast zwanzig Jahren kenne. Ich weiß es selbst nicht so genau.« Sie lächelte. »Aber Hortense kennt mich als aufrechte Stütze der Gesellschaft. Ich könnte ihr niemals gestehen, dass ich nicht immer aufrecht und auch nicht immer eine Stütze war.«

Alexandra lachte über Penelopes kleinen Scherz, doch innerlich wappnete sie sich für das, was nun kommen würde. Es ging um Jack, dessen war sie sich sicher. Konnte sie Penelope sagen, dass sie einen Teil der Geschichte bereits kannte? Dann wurde ihr klar, dass das unmöglich war.

»Sie sind zu jung, um zu wissen, was Liebe ist, doch wenn Sie sich in jemanden verlieben werden, werden Sie feststellen, dass Ihre Liebe das Einzige ist, was zählt. Nichts anderes wird dann noch wichtig sein. Sie werden damit falschliegen – genau wie ich auch –, aber trotzdem werden Sie so empfinden.«

Alexandra fand, dass sie bereits wusste, was Liebe war, doch sie würde Penelope auf keinen Fall ihre Gefühle für Antoine anvertrauen. Sie würde diese Empfindungen einfach unterdrücken. Niemand sollte davon erfahren – am allerwenigsten Antoine.

»Wahrscheinlich werden Sie irgendwann in Ihrem Leben an einen Punkt gelangen, an dem Sie sich entscheiden müssen. Sie können den einfachen, bequemen Weg wählen, der Ihnen Sicherheit und wahrscheinlich Glück bescheren wird. Oder Sie entscheiden sich für die Leidenschaft und laufen Gefahr, alles zu verlieren, was Sie sich über Jahre aufgebaut haben.« Penelope hielt für eine gefühlte Ewigkeit die Luft an, bevor sie sie langsam entweichen ließ.

Alexandra wartete so lange, wie sie konnte. Dann fragte sie: »Welches ist die richtige Wahl?«

»Ich wünschte, ich wüsste es, *chérie*. Ich bin eine Frau mittleren Alters, aber ich weiß nicht, ob ich je weise genug sein werde, um mich zwischen Verstand und Herz zu entscheiden.«

Alexandra räusperte sich. Sie steckte in einem ganz ähnlichen Dilemma: Ihr Verstand sagte, verlass das Château und vergiss Antoine. Ihr Herz sagte, bleib hier, so lange es geht. Sie war überaus erstaunt, dass sie in einer ähnlichen Lage steckte wie Penelope.

»Sollen wir zur Orangerie gehen?«, schlug die Großmutter der Kinder kurz darauf vor. »Als Lucinda noch hier lebte, haben Antoine und sie dort oft Partys veranstaltet.«

Alexandra war sehr flexibel, doch mit diesem plötzlichen Kurswechsel hatte sie kurz zu kämpfen. »Natürlich. Aber als David und ich vor ein paar Tagen einen Erkundungsrundgang gemacht haben, war die Orangerie abgeschlossen.«

»Ich glaube, ich weiß, wo der Schlüssel ist.«

Sie gingen auf das Gebäude mit den bodentiefen Fenstern zu, das von Kletterpflanzen überwuchert war. Einige Ranken waren bis zum Dach geklettert und leuchteten wie Flammen. Penelope fuhr mit der Hand über den oberen Teil des Türrahmens und fand den Schlüssel. Das Schloss streikte zunächst, aber es gelang ihnen schließlich, die Tür zu öffnen. Sie traten ein.

»Ach.« Penelope seufzte. »Ich erinnere mich daran.«

Alexandra wartete. Sie glaubte nicht, dass Penelope an Partys dachte, die ihre Tochter an diesem Ort mit ihrem Mann gegeben hatte.

»Ich war vor einer Ewigkeit mal hier. Das Château stand leer; es war noch, bevor Antoine es übernommen hat. Ich bin zusammen mit einem Freund auf dem Areal spazieren gegangen. Wahrscheinlich war es widerrechtlich, dass wir den Grund betreten haben. Plötzlich gab es ein Sommergewitter, und wir haben in der Orangerie Schutz gesucht. Sie sah aus wie jetzt – zugewuchert, aber sehr romantisch. Später wurde sie gesäubert und frei geschnitten, damit Lucinda ihre Gesellschaften geben konnte.«

Alexandra klopfte das Herz bis zum Hals. Würde Penelope gleich über Jack sprechen?

»Danach war nichts mehr wie zuvor«, fuhr Penelope fort.

Erneut entstand eine lange, quälende Pause. »Wie aufwendig es wohl wäre, die Orangerie wieder herzurichten?«, sagte sie nachdenklich. »Sie wäre ein perfekter Ort für eine Feier.«

Alexandra entspannte sich ein wenig. Offensichtlich würde es keine weiteren Geständnisse geben, aber da sie sich ein bisschen als Expertin darin betrachtete, große, schmutzige Räume in geeignete Räumlichkeiten für Gäste und Feierlichkeiten zu verwandeln, konzentrierte sie sich einfach auf die Orangerie.

»Eine gründliche Reinigung, viele Blumen – die Orangerie wäre ganz entzückend.«

»Ja. Ganz bestimmt«, erwiderte Penelope und fügte dann hinzu: »Wollen wir zurückgehen? Ich glaube, ich brauche jetzt eine Tasse Tee. So französisch ich jetzt auch sein mag, am Nachmittag trinke ich doch gerne meinen Tee.«

Ermutigt durch die vorhergehende Unterhaltung sagte Alexandra: »Vielleicht könnten Sie mir ein paar Tipps geben, wie ich hier in Frankreich richtigen Tee zubereiten kann. Ich schaffe es nie, ihn stark genug zu bekommen.«

»Das Geheimnis besteht darin, jemanden in England zu überreden, Ihnen richtigen Tee zu schicken – dann ist es ganz einfach.«

Einige Tage später lieferte der Postbote einen dicken Umschlag für Alexandra ab.

»Oh, hat jemand dir ein Geschenk geschickt?«, wollte Stéphie ganz aufgeregt wissen.

»Nein, das ist nur ein Stapel Papiere, die ich lesen muss – es ist ein bisschen so, als schickte jemand mir Hausaufgaben zu.« Sie lächelte. »Und wie ihr die Aufgaben, die ihr von David und Jack bekommt, muss auch ich meine erledigen. Willst du mal nachsehen, ob David was Gutes zum Mittagessen gekocht hat?«

Antoine trat in die Halle. »Wir werden ihn vermissen, wenn er zurück nach England muss.«

»Und Jack«, fügte Alexandra hinzu.

»Ich glaube, er bleibt vielleicht ein bisschen länger«, sagte Antoine mit einem geheimnisvollen Blick.

Alexandra zog die Klammer heraus, die den dicken Umschlag verschloss, und spähte hinein. Dann nahm sie die Papiere heraus und sah, dass die Dokumente auf Französisch verfasst waren, außerdem handschriftlich. Sie konnte die Worte kaum entziffern, geschweige denn verstehen.

»Melden Sie sich, wenn Sie Hilfe bei Ihren Hausaufgaben brauchen«, meinte Antoine.

Sie schob die Unterlagen zurück in den Umschlag. »Dazu benötige ich vielleicht Maxime.«

»Maxime? Warum?«

»Es geht um rechtliche Dinge. Aus der Schweiz. Sehr langweilig.« Sie lächelte. Obwohl sie nicht wirklich log, fühlte es sich so an. Sie hasste es, nicht offen zu sein, doch sie wollte nicht, dass Antoine die Einzelheiten über ihr Erbe erfuhr. Es war schlimm genug, dass er bereits davon wusste – er musste nicht auch noch herausfinden, dass sie direkt Zugriff auf das Vermögen hatte, sobald sie heiratete. Sie wollte von ihm als Kindermädchen gesehen werden, nicht als reiche Erbin.

Erst am Abend bekam Alexandra die Gelegenheit, sich die Papiere genauer anzusehen. Französische Rechtssprache war so unverständlich, wie sie befürchtet hatte, und sie brauchte definitiv Unterstützung. Sie würde Maxime anrufen und um Rat bitten. Schließlich war er Anwalt.

18. Kapitel

Es war früh am folgenden Morgen. Stéphie, die nachts zu Alexandra ins Bett gekrochen war, schlief noch tief und fest. Alexandra konnte nicht mehr in den Schlaf finden und war nach unten gegangen. Nachdem sie sich um Milou und die Hühner gekümmert hatte, stellte sie einen kleinen, fleckigen Spiegel auf den Küchentisch und schnitt sich mit der Küchenschere die Ponyhaare. In dem Moment tauchte Antoine in der Hintertür auf, bepackt mit Papiertüten, aus denen die oberen Enden mehrerer Baguettes herauslugten.

»Gibt es keinen besseren Ort dafür?«, fragte er. »Und brauchen Sie keinen richtigen Friseur?«

»Ich bin daran gewöhnt, das selbst zu machen. Ist es gerade?«

Antoine legte die Tüte ab und inspizierte Alexandras Werk. »Machen Sie mal die Augen zu.«

Sie gehorchte. Er pustete die abgeschnittenen Haare aus ihrem Gesicht, dann streifte er die verbliebenen mit der Hand weg. »So. Jetzt ist es perfekt.«

Alexandra öffnete die Augen und hätte sie am liebsten sofort wieder geschlossen. Er war zu nah. Offensichtlich empfand er genauso, denn er trat rasch einen Schritt zurück.

»Es ist lustig – weil ich meine Haare zu Hause immer in der Küche schneide, habe ich es hier auch so gemacht. Aber Sie haben recht, in meinem Zimmer wäre das Licht viel besser.« Als sie merkte, dass sie anfing zu plappern, unterbrach sie sich und atmete tief durch. »Aber jetzt bin ich schon fertig. Und ich habe den Wasserkessel auf den Gasherd gestellt.«

Antoine wirkte amüsiert. »Ich setze den Holzofen in Gang.«

Alexandra mahlte den Kaffee mit der Handmühle und verteilte Teller und Tassen fürs Frühstück, während er Zweige klein brach und Holzscheite arrangierte. Er summte dabei vor sich hin und wirkte glücklich.

»Sie sind so gut gelaunt«, stellte Alexandra fest.

»Ich mache gute Miene zum bösen Spiel. Ich kann meine Abreise nicht länger aufschieben. Ich muss sehr bald wieder nach Paris.«

Alexandras Herz zog sich schmerzhaft zusammen. »Oh. Die Kinder werden Sie vermissen.«

»Und Sie werden mich nicht vermissen?«, fragte er.

Sie wandte sich ab, weil sie ihn nicht sehen lassen wollte, wie sehr er ihr fehlen würde. »Vielleicht ein bisschen. Sie können sehr gut mit dem Holzofen umgehen.« Sie war sehr zufrieden damit, wie sachlich sie klang.

»Ist das der einzige Grund?«

Alexandra zuckte auf eine Art und Weise mit den Schultern, die David wieder als »sehr französisch« bezeichnen würde. »Was soll ich sonst noch sagen? Milou wird auch sehr traurig sein ohne Sie.«

Antoine antwortete nicht sofort. Er betrachtete sie so gründlich, dass sie überlegte, ob sie ihren Pony vielleicht nicht gerade geschnitten hatte. »Sie sind sehr ungewöhnlich für ein Kindermädchen.«

»Kindermädchen sollen ungewöhnlich sein. Haben Sie *Mary Poppins* nicht gelesen? Nun, vermutlich nicht.«

»Ich werde Sie vermissen, Alexandra«, sagte er.

»Warum?« Sie wusste, dass er ihr auf keinen Fall seine Liebe gestehen würde, also war die Frage sicher.

»Sie sind sehr gut darin, mich in meine Schranken zu weisen. Bei meiner Arbeit bin ich daran gewöhnt, wie ein Chef behandelt zu werden.«

»Sogar von Véronique?«

»Ja. Als meine Stellvertreterin möchte sie, dass ich mich an der Spitze behaupte – ergibt das einen Sinn für Sie? –, damit ihre Rolle als Nummer zwei auch einen hohen Stellenwert besitzt.«

»Antoine, darf ich Ihnen eine Frage stellen?«

»Nur zu – fragen Sie, was Sie wollen!«

»Was tun Sie eigentlich, was mit sich bringt, dass Sie ständig von zu Hause wegmüssen, weg von Ihren Kindern?«

Antoine wurde ernst. »Ich bin Unternehmensberater.«

»Was machen Sie da?«

»Firmen geraten in Schieflage. Vielleicht werden sie von ihren Konkurrenten unter Druck gesetzt und wissen nicht, wie sie damit umgehen sollen, oder sie brauchen neue Mitarbeiter, oder sie haben im finanziellen Bereich Fehlentscheidungen getroffen. Kurz gesagt, sie brauchen Unterstützung, und meine Firma bietet ihnen diese Unterstützung. Wenn ich auf Reisen bin, besuche ich diese Firmen, die in Schwierigkeiten geraten sind.« Er zögerte. »Wir sind nicht immer willkommen bei den Angestellten, und manchmal sorgen wir auch dafür, dass Leute entlassen werden müssen, doch wir helfen. Wir sind unser Geld wert.«

Alexandra nahm sich Zeit, über seine Worte nachzudenken. »Darf ich fragen ... Nein. Ich lasse es lieber. Es könnte unhöflich sein.«

»Warum sind Sie auf einmal so taktvoll, Alexandra? Sie sind doch sonst sehr gut darin, offen auszusprechen, was Sie denken – obwohl Sie erst zwanzig sind.«

Sie begriff, dass er sie auf den Arm nahm, aber dennoch hatte sie das Gefühl, nichts zu verlieren zu haben. »Wenn Sie Leuten erklären können, wie sie ihre Unternehmen führen sollen, damit sie Gewinne einfahren, warum betrachten Sie dann das Château nicht als Geschäft und arbeiten eine Möglichkeit aus, wie man genug Geld damit verdienen könnte, damit Sie nicht mehr reisen müssen?«

Er schwieg so lange, dass Alexandra den Wasserkessel nachfüllte und auf den Holzofen stellte, der mittlerweile gut brannte.

»Ich bin nicht auf den Gedanken gekommen, das Château und den Hof als richtiges Unternehmen zu betrachten. Es war immer meine Leidenschaft; ich habe nie daran gedacht, dass man damit Geld verdienen könnte.«

»Es gibt mehrere Nebengebäude. Sie könnten sie in Unterkünfte für Gäste umwandeln. David hat sich auch schon viele Gedanken darüber gemacht.«

»Ich muss darüber nachdenken.«

»Sie würden jemanden brauchen, der sich um die Buchungen kümmerte. Und jemanden, der alles organsiert, das Reinigungspersonal koordiniert, sich um die Wäsche kümmert. Eine Haushälterin.«

»Wir brauchen auch für das Haus hier eine Haushälterin. Ich habe gerade erfahren, dass Madame Carrier nicht zurückkommt.«

»Wenn sich mit der Vermietung der Nebengebäude Geld verdienen ließe, könnten Sie dann in Zukunft mehr zu Hause bleiben – was meinen Sie?«

Er nickte. »Wahrscheinlich schon. Ich bin noch nicht auf die Idee gekommen, an Urlauber zu vermieten. Ich plane, die Kinder auf ein Internat zu schicken, aber nicht auf so eins wie in den Prospekten, die Lucinda mitgebracht hat. Zunächst einmal sollte es ein Internat sein, in dem es einen Cello-Lehrer für Henri gibt.«

»Ich stimme Ihnen zu, eine passende Schule wäre sehr gut für alle Kinder. Hoffentlich finden Sie eine.«

Stéphie kam als Erste herunter, rieb sich die Augen und hielt ihr Buch fest umklammert, *Unser liebes Pony* von Enid Blyton. »Du warst nicht da, Lexi. Ich wollte das Buch zu Ende lesen.«

»Ich weiß, tut mir leid. Ich bin früh aufgestanden. Ich musste mir die Haare schneiden. Sieh mal!«

Stéphie runzelte die Stirn. »Ich finde, es sieht genauso aus wie vorher. Guten Morgen, Papa.«

»Guten Morgen, *ma petite*. Hättest du gerne ein Croissant? Ich habe eben welche aus der *boulangerie* mitgebracht.« Antoine hielt ihr die Papiertüte hin. Stéphie griff hinein und nahm ein Croissant heraus.

»Hier«, meinte Alexandra zu Stéphie. »Nimm einen Teller für dein Croissant. Möchtest du Butter oder sonst was dazu?«

»Nein, danke.«

»Ich mache heiße Schokolade«, erklärte Alexandra. »Ach, da ist ja auch Henri.«

»Félicité schläft noch«, sagte der Junge und nahm sich ein Croissant aus der Tüte.

»Ich möchte, dass sie aufsteht«, erwiderte Antoine. »Wir machen heute einen Ausflug.«

»Super«, antwortete Henri. »Oder ist es was Kulturelles? Ich mag keine Kulturveranstaltungen.«

»Mein lieber Junge, wie kannst du das sagen?«, fragte David, der gerade zusammen mit Jack die Küche betrat. »Kultur ist alles, was im Leben zählt.«

»Das denkst du nur, wenn es bei den Veranstaltungen auch was zu essen gibt«, kommentierte Jack. »Guten Morgen zusammen. Wie sind die Pläne für heute?«

»Ich besuche mit meiner Familie einen alten Freund. Er hat Kinder in ungefähr dem gleichen Alter wie meine, und er hat uns eingeladen, den Tag mit ihnen zu verbringen.« Er zögerte kurz. »Übermorgen muss ich wieder zurück nach Paris, und ich dachte, es wäre nett, heute einen Ausflug zu unternehmen.«

Stéphie holte ganz tief Luft. »Übermorgen?«, murmelte sie. »Wirklich übermorgen? Dann fährst du wieder?«

»Ja«, antwortete Antoine sanft, der es seiner Jüngsten offensichtlich leichter machen wollte.

Stéphie warf ihr Croissant auf den Teller. »Übermorgen habe ich Geburtstag!«, verkündete sie und brach in Tränen der Wut aus.

Henri, der direkt neben ihr saß, umarmte sie ungeschickt und tätschelte ihr die Schulter.

Ein paar schreckliche Momente vergingen.

»Okay, ich habe eine Idee«, sagte Alexandra dann ruhiger, als sie sich fühlte. »Die Königin von England hat zwei Geburtstage. Sie hat ihren eigenen normalen Geburtstag und einen offiziellen. Warum feiern wir nicht morgen deinen offiziellen Geburtstag? Und dann kannst du an dem tatsächlichen Tag noch mal feiern.«

»Oh!«, rief Henri. »Zwei Kuchen! Was sagst du dazu, Stéphie? Es wird doch zwei Kuchen geben, oder?«

»Natürlich!«, versicherte David.

»Bekommt die Königin auch zwei Kuchen?«, fragte Stéphie. Sie weinte nicht mehr, sondern schniefte nur noch vor sich hin.

»Natürlich!«, antwortete David wieder.

»Woher weißt du das?«, hakte Stéphie nach.

»Ich weiß das ein oder andere darüber, wie es ist, eine Königin zu sein.« David zwinkerte Alexandra kaum wahrnehmbar zu.

»Ich finde, zwei Geburtstage sind etwas ganz Besonderes«, meinte Alexandra. »Und du kannst aussuchen, was für einen Kuchen du haben möchtest. Hast du schon eine Idee?«

»Ich hätte gerne einen in der Form eines Ponys«, antwortete Stéphie. Sie war immer noch empört und traurig und schniefte leise.

»Oh, Liebes«, seufzte Alexandra. »Das wäre ziemlich schwierig. Ich habe eigentlich gemeint, welchen Geschmack der Kuchen haben soll.«

»Ich glaube, es ist möglich, einen Kuchen in der Form eines Ponys zu gestalten«, überlegte David laut. »Die Geburtstagswünsche von Königinnen müssen erfüllt werden, sowohl an echten Geburtstagen als auch an den offiziellen.«

»*Chérie*, es tut mir so leid«, sagte Antoine kleinlaut. »Ich wollte deinen Geburtstag nicht vergessen. Wir können morgen feiern. Wir werden einen wunderbaren Tag haben.«

»Es ist schrecklich, wenn am Geburtstag etwas Trauriges passiert«, meinte Jack, »aber vielleicht ist dein Papa ja nicht so lange weg?«

»Ich bin vor Weihnachten zurück, versprochen«, erklärte Antoine.

»Und morgen fängt der Dezember an«, fügte Henri hinzu. »Wir können einen Adventskalender aufhängen.«

»Ich weiß, dass morgen der Dezember anfängt«, sagte Stéphie. »Schließlich habe ich am zweiten Dezember Geburtstag!«

»Es tut mir so leid, *chérie*«, wiederholte Antoine, dem man sein schlechtes Gewissen ansah. »Wie konnte ich das nur vergessen?«

»Was ist los?«, fragte Félicité. »Warum habt ihr mich nicht geweckt?« Ihre Haare waren am Hinterkopf verwuschelt, und sie sah sehr jung aus.

»Papa hat meinen Geburtstag vergessen!«, antwortete Stéphie.

»Das kann nicht sein!«, konterte Félicité. »Du hast erst übermorgen Geburtstag.«

Stéphies Kummer und die Kränkung hielten so lange an, bis sogar das Mitgefühl ihrer Geschwister nachließ. Alexandra machte Antoine ein Zeichen, dass sie ihn unter vier Augen sprechen wollte. Sie gingen in den Hof, um den Brennholzkorb aufzufüllen.

»Könnten Sie Ihre Abreise vielleicht um einen Tag verschieben?«, fragte Alexandra.

Er schüttelte den Kopf. »Ich muss gleich am Dienstagmorgen im Büro sein. Ich habe es ohnehin schon länger aufgeschoben, als ich sollte.«

»Haben Sie ihren Geburtstag wirklich vergessen?« Alexandra war immer noch gekränkt in Stéphies Namen.

»Nein! Ja! Ich habe mich irgendwie vertan. Ich könnte mir selbst in den Hintern beißen. Ich habe ein Geschenk für sie.«

»Was sie wirklich möchte, ist ein Pony«, sagte Alexandra.

»Sie kann eines haben, wenn ich nicht mehr auf Geschäftsreisen gehen muss.«

»Wann wird das sein?«

»Bald, versprochen. Ich werde mit David über seine Ideen sprechen und einen Bauunternehmer kommen lassen. Vielleicht kann David ihm erklären, was erforderlich ist …«

»In dem Fall sollten Sie ihr ein Pony versprechen«, erwiderte Alexandra entschlossen. »Aber vielleicht müssen Sie dann drei Ponys kaufen … oder ein Pony und zwei Pferde.«

»Wenn es jemanden gibt, der sich um sie kümmert, können sie so viele Ponys oder Pferde haben, wie sie wollen«, erwiderte Antoine.

»Sehen Sie mich nicht so an! Ich bin ein Stadtkind.« Sie drehte sich um, um ins Haus zurückzukehren. Dabei fragte sie sich, ob sie ärgerlich auf ihn war, weil sie auch nicht wollte, dass er nach Paris fuhr.

»Was kann ich tun, damit niemand mehr böse auf mich ist?«

Alexandra schüttelte den Kopf. »Ich weiß es wirklich nicht. Vielleicht sagen Sie den Leuten, die Sie heute besuchen, dass Sie Stéphies Geburtstag vergessen haben. Wenn sie heute richtig Spaß hat, wird sie es Ihnen vielleicht verzeihen.«

»Können Sie mitkommen, Alexandra?«

Ganz kurz gestand sie sich ein, wie gerne sie das wollte, doch dann gab sie zurück: »Ich muss eine Geburtstagsfeier organisieren. Und zwei Kuchen backen, einen davon in der Form eines Ponys.« Nachdem sie es ausgesprochen hatte, fühlte sie sich irgendwie mutlos.

»Ich bin sicher, David wird etwas Kreatives auf die Beine stellen. Ich brauche Sie, Sie müssen mitkommen.«

Ihr stockte der Atem. Um ihre Reaktion zu verbergen, konterte sie scharf: »Dann hoffe ich mal, dass David es auch wirklich schafft, beide Kuchen zu backen, Monsieur le Comte!«

Er legte ihr die Hand auf den Arm. »Alexandra, bitte seien Sie nicht mehr böse auf mich. Es ist schon schlimm genug, dass Stéphie und die anderen mich hassen, weil ich mich mit dem Datum von Stéphies Geburtstag vertan habe.« Seine Mundwinkel zuckten.

Sie stellte fest, dass sie ihm keine Sekunde länger böse sein konnte, und holte tief Luft. »Rufen Sie Ihre Freunde an, erzählen Sie Ihnen das von dem Geburtstag und sagen Sie Ihnen, dass ich mitkomme. Wenn sie etwas kochen, müssen sie das wissen.«

»Sie sind von Anfang an davon ausgegangen, dass Sie uns begleiten, *chérie*.«

Alexandra fühlte sich wie im Urlaub, als sie zwei Stunden später in Antoines Auto stiegen und losfuhren. Sie war immer noch gerührt, dass er sie dabeihaben wollte, und hatte fest vor, sich gut zu amüsieren, obwohl er ihr den Hintergrund seiner Bitte gestanden hatte. Sein Freund, der ziemlich weit entfernt wohnte, hatte erwähnt, dass seine Kinder eine Schule besuchten, die auch für Antoines Kinder geeignet sein könnte. »Ich brauche Ihre Meinung in dieser Angelegenheit«, hatte Antoine hinzugefügt.

Alexandra fühlte sich geschmeichelt, auch wenn er nicht gesagt hatte: »Ich möchte so viel Zeit wie möglich mit Ihnen verbringen.«

Sie drehte sich um, um nach den Kindern zu sehen. Félicité hatte sie fast in den Wahnsinn getrieben, bis sie endlich die richtige Kleidung ausgewählt hatte. Doch Alexandra verstand sie. Obwohl sie selbst in der Hinsicht immer ziemlich entspannt gewesen war, hatte es ein paar ungute Erlebnisse gegeben, als sie mit ihrer Kinderfrau losgeschickt worden war, um Zeit mit »geeigneten« Mädchen zu verbringen. Beispielsweise war sie einmal in einem Rüschenkleid aufgetaucht, während die anderen Mädchen Hosen getragen hatten.

Félicité sah chic aus, fand Alexandra. Sie trug eine gut sitzende Jeans, eine weiße Bluse und darüber einen Pulli. Es wirkte pfiffig, aber dennoch lässig. Stéphie war beinahe genauso angezogen, doch sie wirkte darin wie ein kleines Mädchen und nicht wie ein anmutiger Teenager.

Alexandra lächelte den Kindern zu. »Ich muss schon sagen, ihr seht alle sehr hübsch aus.«

Sie selbst hatte sich für eine Jeans vom Markt und einen dicken Pulli entschieden, der eingelaufen war, weil David ihn zu heiß gewaschen hatte. Daher hatte er ihn Alexandra vermacht. Darunter hatte sie ein weißes Hemd an – der Pullover kratzte ein bisschen –, und sie trug ihre Perlenohrstecker. Ihren Hermès-Schal hatte sie in ihrer Handtasche verstaut, falls Antoines Freunde eleganter sein sollten, als sie erwartete.

Vor Kurzem hatte sie ein Paar Stiefel erstanden, die für junge Arbeiter mit kleinen Füßen entworfen worden waren – sie fand, dass die Arbeitsstiefel ihrem Outfit das gewisse Etwas verliehen. Auf keinen Fall wollte sie wie ein normales Kindermädchen wirken.

»Mummy würde wollen, dass ich ein Kleid trage«, sagte Félicité von der Rückbank, als sie auf die Hauptstraße abbogen.

Offensichtlich war sie sich nicht ganz sicher, ob sie Alexandras Einschätzung, dass Jeans in Ordnung waren, trauen konnte.

»Du wolltest kein Kleid anziehen«, erinnerte Alexandra sie.

»Stimmt! Aber hätte ich mich nicht doch für das Kleid entscheiden sollen, das sie mir neulich gekauft hat?«

»Ich muss sagen, Henri und ich sind sehr stolz, so modisch gekleidete junge Damen begleiten zu dürfen – nicht wahr, Henri?«, fragte Antoine und warf seinem Sohn im Rückspiegel einen Blick zu.

»Was? Oh. Ja, natürlich.« Gutmütig verdrehte er die Augen.

Stéphie kicherte vergnügt. Sie hatte die Enttäuschung über ihren vergessenen Geburtstag überwunden, zumindest für den Moment. Alexandra war nicht die Einzige, die Urlaubsgefühle hegte.

»Wir fahren in die Haute Provence«, erklärte Antoine. »Da oben abseits der Touristenattraktionen ist es anders. Wunderschön, aber auch schroff und felsig.«

»Wenn dieser Mann ein Freund von dir ist, Papa, warum haben wir ihn dann nicht schon früher besucht?«, wollte Félicité wissen.

»Weil er eine gute Fahrstunde entfernt wohnt«, antwortete Antoine. »Außerdem haben wir uns für ein paar Jahre aus den Augen verloren. Er ist verheiratet und hat Kinder. Sie sind ungefähr so alt wir ihr.«

»Haben sie auch kleinere Kinder?«, fragte Stéphie. »Ich habe nie Freunde und Freundinnen, mit denen ich spielen kann.«

Alexandra sah Antoines schuldbewussten Blick; er wusste nicht genau, wie alt die Kinder seines Freundes waren, und fühlte sich nun ertappt.

Sie fuhren durch Hügel und Kalkfelsen, die mit struppigen Sträuchern bewachsen waren, und durchquerten Eichen- und

Pinienwälder. Schließlich erreichten sie ihr Ziel. Das Haus war groß und lag auf einem Plateau, weshalb man es schon aus der Ferne erkennen konnte.

Als sie an einem Tor anhielten, stieg Alexandra aus, um es zu öffnen. Sie war ein bisschen steif und stellte sofort fest, dass die Luft hier oben kühler war. Obwohl der Dezember vor der Tür stand, war es beim Château immer noch wärmer.

Ein Paar, das ein bisschen älter war als Antoine, erwartete sie schon, als der Wagen vor dem Haus stoppte. Und dann tauchten aus verschiedenen Richtungen mehrere Kinder auf. Offensichtlich freuten sie sich alle sehr, Antoine und die anderen Besucher zu sehen.

Nachdem ausgiebig Küsse ausgetauscht worden waren, sah Philippe, Antoines Freund, Alexandra an. »Antoine, du alter Fuchs, wo hast so eine hübsche junge Frau gefunden, und wie hast du sie dazu überredet, mit dir auszugehen?«

Obwohl Philippe Französisch gesprochen hatte, antwortete Alexandra auf Englisch. »Ich bin das Kindermädchen, Monsieur. Alexandra.«

»Ah, Sie sind Engländerin. Aber Sie sprechen Französisch, Mademoiselle?«, fragte Philippe.

»Ja.«

Philippe zuckte mit den Schultern und erwiderte auf Englisch: »Wenn Sie mir sagen, dass Sie das Kindermädchen sind, dann muss ich Ihnen wohl glauben!« Er vermittelte den Eindruck, dass er es ganz und gar nicht tat, doch auf eine Art und Weise, die eher amüsant war als beleidigend.

»Verzeihen Sie meinem Mann«, bat Nicolette, Philippes Frau. »Er macht Ihnen ein Kompliment, allerdings sehr plump.«

Die Kinder, alle im Teenageralter, gingen auf Félicité, Henri und Stéphie zu, die nebeneinanderstanden und nicht recht wussten, wie sie sich verhalten sollten. Ein Mädchen in ähnlichem Alter wie Félicité wandte sich an Stéphie: »Möchtest du mitkommen und ein paar kleine Katzen sehen? Sie sind in der Scheune. Wir könnten auch Tischtennis spielen.«

»Sie haben ganz reizende Kinder, Nicolette«, bemerkte Alexandra, als sie das Haus betraten.

»Sie mögen andere Kinder, und Sandrine ist sehr mütterlich. Sie freut sich sehr darauf, mit der kleinen Stéphie zu spielen.« Sie reichte Alexandra ein Glas Champagner von einem Tablett und nahm sich selbst auch eins. Dann trat Nicolette ans Fenster, und Alexandra folgte ihr.

»Was für eine wunderbare Aussicht!«, entfuhr es ihr, und sie hörte sofort, wie britisch sie klang.

»Aber das Château ist auch ein sehr schöner Ort, nicht wahr?«

»Oh ja. Ich werde es sehr bedauern, wenn ich gehe.« Alexandra hatte nicht vorgehabt, so etwas Persönliches zu sagen, doch wahrscheinlich hatten die paar Schlucke Champagner ihr die Zunge gelöst.

»Mir wird es auch leidtun. Ich finde, Antoines Kinder sind schon zu lange ohne Mutter gewesen.«

»Oh, aber Lucinda ist doch zurückgekommen! Sie ist nicht mehr in Argentinien. Sie lebt bei ihrer Mutter in der Stadt.«

»Vielleicht habe ich das nicht mehr ganz im Kopf, doch sie ist nicht die Mutter der Kleinen, oder?«

»Nein«, antwortete Alexandra. »Leider nicht.«

»Und Sie können nicht bleiben, als Kinderfrau?«

Alexandra schüttelte den Kopf und wurde beinahe von ihren Gefühlen übermannt. »Nein. Ich habe Verwandte in der Schweiz. Im Frühling ziehe ich zu ihnen, wenn die Kinder in der Schule sind oder eine neue Kinderfrau oder sonst jemanden haben, der sich während Antoines Abwesenheit um sie kümmert.«

»Sie werden Sie vermissen!«

»Woher wollen Sie das wissen?« Alexandra lächelte, um zu verbergen, dass sie den Tränen nahe war. »Vielleicht hassen sie mich ja.«

Nicolette schüttelte den Kopf. »Sie hassen Sie nicht. Antoine hat Philippe viel von Ihnen erzählt. Kommen Sie, sehen wir mal nach, wo die Kinder stecken. Es ist Zeit fürs Mittagessen.«

Sie waren alle in der Scheune. Félicité spielte mit einem Jungen, der ein bisschen älter als sie wirkte, Tischtennis. Henri sah sich mit einem anderen Jungen einen alten Traktor an, und Stéphie hockte mit Sandrine auf dem Boden, umgeben von Katzenbabys. Die Kinder wirkten allesamt glücklich und zufrieden.

Alexandra genoss das Mittagessen sehr, wahrscheinlich, weil sie nicht die geringste Verantwortung trug. Eine reizende junge Frau servierte das Essen, ein Mann füllte die Gläser auf, und Alexandra musste nicht ein einziges Mal aufstehen.

»Das ist so schön«, wandte sie sich an Nicolette, als sich die Gelegenheit ergab. »So gutes Essen und so wohlerzogene Kinder. Ihre drei sind so nett zu unseren.« Alexandra fiel nicht auf, was sie sagte, bis es zu spät war. Sie hatte tatsächlich das Gefühl, es wären ihre Kinder, obwohl der Gedanke lächerlich war.

»Ihre Schule konzentriert sich sehr darauf, den Kinder beizubringen, nett miteinander umzugehen. Und was sind gute Manieren anderes als Freundlichkeit?«

Alexandra kannte Leute, die das, was sie als gute Manieren betrachteten, als Waffen einsetzen, um anderen ein Gefühl der Unterlegenheit zu vermitteln. »In der Tat! Sind Ihre Kinder glücklich in der Schule?«

»Sehr. Es ist wie eine große Familie. Schulleistungen sind wichtig, doch sie sind nicht alles. Sie musizieren auch viel und spielen Theater.«

»Das würde Henri gefallen«, meinte Alexandra. »Er ist sehr musikalisch. Aber er braucht einen Cello-Lehrer. Er ist äußerst begabt.«

»Die Schule hat spezialisierte Lehrer, die für solche Fälle ins Haus kommen. Man würde Henri ermutigen und unterstützen.«

Alexandra verstummte, als sie realisierte, dass Lucinda dem Besuch dieser Schule zustimmen musste. Wahrscheinlich wäre sie nicht einverstanden. Und die Schule war vielleicht auch sehr teuer. Wenn sie klein war, war das bestimmt der Fall.

»Darf ich Ihnen etwas reichen?«, fragte Nicolette und deutete auf die *tartes* und Kuchen, die es zum Dessert gab. Wahrscheinlich war Nicolette von Alexandras plötzlichem Schweigen beunruhigt. »Oder vielleicht möchten Sie noch etwas Kaffee?«

»Nein, danke. Ich bin gesättigt – in einer meiner Schulen wurde mir das so beigebracht. Engländer betrachten zu viel gezeigte Begeisterung für Essen nicht als höflich.«

Nicolette lachte. »Wir müssen Ihnen die Gelegenheit geben, mit unseren Kindern über ihre Schule zu reden, wenn wir nicht dabei sind. Sie werden Ihnen wahrscheinlich die Wahrheit sagen, weil Sie so viel jünger sind als ihre Eltern.« Sie lächelte. »Was nicht heißen soll, dass Sie zu jung für Antoine sind. In vielerlei Hinsicht sind Frauen viel reifer als Männer, nicht wahr?«

»Antoine und ich sind kein Paar«, erklärte Alexandra mit Nachdruck. »Alle lachen über das Klischee – würde ich wahrscheinlich auch machen –, aber ich bin tatsächlich nur das Kindermädchen.«

Nicolette wirkte enttäuscht. »Oh. Ich dachte, dass zwischen euch die Funken sprühen.«

Alexandra vermisste weibliche Gesellschaft, und sie sehnte sich danach, ihre Gefühle für Antoine mit jemandem zu teilen. David war ein enger Freund, doch obwohl sie ihm alles erzählen konnte, brauchte sie in diesem Fall eine andere Frau. Wahrscheinlich würden ihre Gefühle wie Schnee in der Sonne schmelzen, wenn sie erst einmal offen darüber sprach.

»Wollen wir einen Spaziergang durch den Garten machen?«, schlug Nicolette kurz darauf vor, als alle sich vom Tisch erhoben hatten. »Wir können zu den Kindern in die Scheune gehen.«

»Ich vermisse meine Freundinnen«, gestand Nicolette, als sie am Ende des Gartens stehen blieben und die Hügel in der Ferne betrachteten, die mit Pinien- und Eichenwäldern überzogen waren. Dahinter waren die Berge zu erkennen. »Bevor ich geheiratet und Kinder bekommen habe, hatte ich eine Arbeit, die ich liebte. Ich habe immer mit Frauen zusammengearbeitet. Ich bedauere es nicht, es gegen das hier«, ihre Geste umfasste die fantastische Aussicht, »und gegen meinen Mann eingetauscht zu haben. Aber ich vermisse weibliche Gesellschaft.«

»Ich auch. Ich war den größten Teil meines Lebens ziemlich alleine, doch in letzter Zeit habe ich mit Mädchen meines Alters zusammengewohnt. Und jetzt vermisse ich sie.«

»Und Sie hätten es ihnen erzählt, wenn Sie in Ihren Chef verliebt wären?«

Alexandra schmunzelte. »Ja. Und ich hoffe, sie hätten mir gesagt, wie albern ich mich aufführe.«

»Das glaube ich nicht. Sich in jemanden zu verlieben kann einen sehr aus dem Gleichgewicht bringen. Die Gefühle lassen sich nicht immer vom Verstand leiten. Antoine ist ein guter Mensch – und außerdem sieht er blendend aus. Es ist nur natürlich, wenn Sie ihn attraktiv finden.«

»Ich finde, ich bin zu jung für ihn.«

»Was nicht heißen muss, dass er zu alt für Sie ist.«

Alexandra nickte. »Nein. Und wenn eine Lösung für die Kinder gefunden worden ist, wie auch immer sie aussehen mag, muss ich ohnehin den Anweisungen meiner Verwandten Folge leisten und zu ihnen in die Schweiz ziehen. Ich glaube, sie möchten, dass ich meinen Cousin Hubert heirate.«

Nicolette war sehr belustigt. »Gefällt Hubert Ihnen nicht?«

»Nein, und was noch wichtiger ist, es würde nicht funktionieren. David, der die Kinder derzeit unterrichtet, ist der festen Überzeugung, dass Hubert ... vom anderen Ufer ist.«

Nicolette brauchte ein paar Sekunden, bis sie die Bedeutung verstanden hatte, und lachte. »Geben Sie Antoine nicht auf«, riet sie. »Letztendlich findet die Liebe immer einen Weg, das zu bekommen, was sie will. Sollen wir jetzt mal zu den Kindern gehen?«

Die Kinder zum Aufbruch zu bewegen dauerte eine Weile. Erst als Antoine sich überreden ließ, zwei Kätzchen mitzunehmen, die Sandrine ihnen unbedingt schenken wollte, stiegen Félicité und Stéphie ins Auto. Félicité hatte außerdem ein Buch in der Hand, das Leo, der älteste Junge, ihr geliehen hatte. Sie war errötet, hatte das Buch jedoch bereitwillig genommen.

Alexandra beschloss, dass es nicht ihre Aufgabe war zu überprüfen, ob das Buch geeignet für Félicité war. Sie hatte vor Kurzem ein paar *Angélique*-Romane in einem Regal in einem der Schlafzimmer entdeckt, die sie Félicité empfohlen hatte. Lucinda wäre zweifellos entsetzt. Alexandra hatte jedoch kein schlechtes Gewissen; die Romane enthielten jede Menge französischen Geschichtshintergrund und trugen damit durchaus zur Allgemeinbildung bei.

Der erste Teil der Rückfahrt wurde von den kleinen Katzen bestimmt, die sich weigerten, in einer Kiste zu reisen. Erst als sie müde wurden und unter sanftem Streicheln auf einem warmen Schoß eingeschlafen waren (jedes Mädchen kümmerte sich um eine Katze), konnte Antoine sich entspannen.

»Es ist sehr schade, dass jemand Sie überredet hat, jedem ein Pony zu versprechen, wo Sie doch auch mit Katzenbabys hätten davonkommen können«, sagte Alexandra leise zu Antoine.

Er nahm den Blick kurz von der Straße und warf ihr einen Blick zu, der ihren Magen vor Sehnsucht einen Salto schlagen ließ. »Ich mache Sie voll und ganz verantwortlich für die Ponys.«

Alexandra verkniff sich ein Grinsen und sah aus dem Fenster. Vielleicht hatte Nicolette recht, und es funkte tatsächlich zwischen ihnen. Schon die bloße Möglichkeit machte sie sehr glücklich.

»Ich hoffe, Milou wird nett zu den Kätzchen sein«, meinte Antoine, als sie sich dem Eingang des Châteaus näherten. »Ihr müsst am Anfang sehr vorsichtig sein. Er ist ein großer Hund.«

»Es ist in Ordnung«, erwiderte Stéphie zuversichtlich. »Sandrine hat mir erzählt, dass die Katzen an Hunde gewöhnt sind.«

»Sie haben auch einen Hund«, fügte Henri hinzu. »Das klappt bestimmt.«

Antoine und Alexandra wechselten einen besorgten Blick. Die Katzen waren winzig im Vergleich zu Milou. Falls er etwas gegen ihre Anwesenheit haben sollte, hätten sie keine Chance.

Als sie die Haustür öffneten, wurden sie von angenehmer Wärme empfangen. Obwohl es tagsüber, wenn die Sonne schien, noch schön warm war, wurden die Abende schon deutlich kühler. Daher hatte Antoine angefangen, das Feuer in der Halle anzuzünden. Es brannte auch jetzt, und Milou lag davor und schlief.

Bevor jemand etwas sagen oder tun konnte, setzte Stéphie das Kätzchen, das sie auf dem Arm trug, zu Boden. »Sieh mal, Schneeball, das ist Milou. Er wohnt auch hier.«

Antoine legte Alexandra einen Arm um die Schulter und

umklammerte sie, weil er sich offensichtlich vor einer potenziellen Katastrophe fürchtete.

Als das Katzenkind den Hund entdeckte, sprang es auf allen vier Beinen gleichzeitig mit gesträubtem Fell auf ihn zu. Es sah aus wie ein wütender Staubwedel aus Schwanendaunen. Milou hob den Kopf und hatte noch nicht begriffen, was ihn da angriff, als die kleine Katze ihm schon mit ihrer winzigen Pfote einen Hieb auf die Nase versetzte. Dann lief der flaumige Ball an dem Hund herum und machte es sich in seiner Leistenbeuge bequem, als wäre das schon lange sein Lieblingsplatz. Völlig verblüfft betrachtete Milou das kleine Wesen.

Als Félicité sah, dass der Hund der weißen Katze nichts tat, setzte sie das schildpattfarbene Kätzchen, das bislang noch keinen Namen bekommen hatte, ebenfalls auf den Boden. Es lief deutlich weniger angriffslustig auf den Hund zu, und Milou und das Kätzchen beschnüffelten sich gegenseitig, bevor das zurückhaltendere Tierchen sich an den Hals des Hundes kuschelte. Milou sah zu Antoine auf und fragte sich offensichtlich, was um alles in der Welt da gerade passiert war.

»Es wird gut gehen«, sagte Stéphie, als hätte es niemals Zweifel daran gegeben. »Hallo, David. Ich sterbe vor Hunger. Gibt es gleich Abendessen?«

»Es ist Suppe da«, antwortete er und beobachtete amüsiert die Kätzchen und den Hund.

»Was für eine Suppe?«, wollte Félicité wissen.

»Ich kann es nicht genau sagen. Lasst sie uns einfach ›Suppe‹ nennen. Ich hatte einen sehr arbeitsreichen Tag, weil ich einen offiziellen Geburtstag vorzubereiten hatte.«

»Oh, das hatte ich ganz vergessen!«, rief Stéphie. »Hast du einen Kuchen für mich gebacken?«

»Kinder!«, meinte Antoine. »Ihr seid sehr fordernd. David ist nicht hier, um für euch zu kochen.«

David lächelte. »Fairerweise muss ich zugeben, dass ich tatsächlich ziemlich häufig koche. Ich liebe es. So, jetzt kommt in die Küche.«

»Ich laufe schnell nach oben und wasche mir die Hände«, erklärte Alexandra. Sie hörte nicht mehr, wie Stéphie fragte, warum sie dafür extra nach oben gehen musste.

Alexandra brauchte einen Augenblick für sich, um über Antoines Arm auf ihren Schultern nachzudenken. Ihr war klar, dass es nichts zu bedeuten hatte, doch sie wollte das Gefühl der Verbundenheit noch ein bisschen auskosten. Ganz kurz hatte sie sich gefühlt, als wäre sie die Mutter der Kinder. Vielleicht wollte sie ein Teil dieser Familie sein, weil sie selbst ohne Eltern und Geschwister aufgewachsen war. Sie betrachtete sich eine Weile im Spiegel, wusch sich die Hände und kämmte sich. Dann lief sie die Treppe hinunter.

19. Kapitel

Als Alexandra in die Küche trat, saßen die anderen um den Tisch herum, tunkten Brot in ihre Suppe und aßen – alle außer Stéphie, die gerade etwas erzählte.

»Ihre Schule ist nicht so streng wie die, die Félicité und Henri vielleicht besuchen müssen. Man muss keine Schuluniform tragen, und alle sind nett.«

Sie blickte auf, als Alexandra hereinkam. »Ich wünschte, Papa würde Alexandra heiraten. Dann könnten wir in der Schule sagen, wir haben eine Mummy und einen Daddy – wie alle anderen Kinder.«

»Ich weiß nicht, ob das Grund genug für die beiden wäre, um zu heiraten, du Küken«, meinte David.

Doch Stéphie hatte beschlossen, dass genau das passieren sollte. »Ja, aber wenn sie ein kleines Baby bekommen, kann ich helfen, mich darum zu kümmern, und ich wäre nicht mehr die Kleinste in der Familie.«

»Es hat jede Menge Vorteile, die Kleinste zu sein«, behauptete David, der wahrscheinlich bemerkt hatte, dass Alexandra, die sonst immer so selbstbewusst war, vor Verlegenheit fast starb, vor allem, da Antoine mit am Tisch saß. »Jack und ich haben zusammen mit eurer Großmutter den ganzen Tag damit verbracht, die Party für deinen offiziellen Geburtstag vorzubereiten.«

»Ooh! Und der Kuchen?«, fragte Stéphie.

»Hör mir auf mit dem Kuchen!«, sagte David. »Aber mach dir keine Sorgen, es wird welchen geben. Jede Menge sogar. Penelope hat uns alle zu sich eingeladen. Es wird großartig.«

»Oh! Ich würde lieber hier feiern ...«, murmelte Stéphie enttäuscht.

»Wir feiern da, wo die Party für dich arrangiert worden ist, meine kleine Prinzessin«, sagte Antoine liebevoll, jedoch auch energisch.

»Penelope freut sich darauf«, erklärte David. »Sie hat sich viel Mühe gegeben, um es möglich zu machen.«

»Ich glaube, Stéphie sorgt sich, weil *Grand-mère* immer so steif und korrekt ist«, warf Félicité ein. Offensichtlich gefiel es ihr nicht, dass ihre Schwester getadelt wurde.

»Ich verstehe, was du meinst«, erwiderte David. »Aber Penelope ist in Feierstimmung! Es wird sehr lustig. Jack ist noch bei ihr und unterstützt sie bei den Vorbereitungen.«

»Wie nett.« Félicité warf Stéphie einen eindringlichen Blick zu, damit ihre Schwester ihre Worte aufgriff. Stéphie ignorierte sie.

»Das Essen bei *Grand-mère* ist immer toll«, meldete Henri sich hilfsbereit zu Wort. »Nicht, dass es hier nicht gut wäre«, fügte er hinzu und sah David zweifelnd an.

»Wir sollten mal nach den Katzenbabys sehen«, schlug Antoine vor. »Und ein Katzenklo für sie vorbereiten. Wo werden sie schlafen?«

»Bei mir«, antwortete Stéphie. »Zusammen mit Milou. Sie können sich gemeinsam zusammenrollen.«

»Nun, dann lasst uns mal nachsehen, ob sie sich noch so gut verstehen«, meinte Antoine, »und falls die Katzen die Vorhänge raufgeklettert sind, müssen wir uns einen anderen Plan zurechtlegen.«

Félicité kam herein, um mit Alexandra zu sprechen, als sie gerade in Stéphies Zimmer nach einem Platz für das Katzenklo suchte. Sie hatte darauf bestanden, dass es täglich zweimal geleert werden musste, um Geruchsbildung zu vermeiden.

»Stéphie hat es nicht so gemeint, als sie gesagt hat, du solltest Papa heiraten. Sie ist noch klein, sie versteht das noch nicht.«

Alexandra lachte: »Ach, das weiß ich doch! Und dieser Wunsch, wie alle anderen sein zu wollen – sie wird irgendwann herauswachsen. Ich wollte das anfangs auch, als ich aufs Internat kam, und dann habe ich begriffen, dass die Leute, denen ich ähnlich sein wollte, richtig langweilig waren.«

Als Félicité das Zimmer verließ, war Alexandra zufrieden, dass sie ihr etwas mit auf den Weg gegeben hatte. Félicité hatte ihr durch die Blume zu verstehen gegeben, dass sie nicht scharf auf eine erneute Heirat ihres Vaters war.

Alexandra nahm es ihr nicht übel. Sie war sehr erleichtert, dass Stéphie keine Ahnung hatte, dass sie, Alexandra, nach dem Ablegen eines Ehegelübdes sofort Zugriff auf ihr Vermögen haben würde.

Stéphie platzte früh am folgenden Morgen in Alexandras Zimmer. Sie trug schon Jeans und Pullover und hielt in jeder Hand ein Kätzchen. »Ich gehe jetzt runter«, verkündete sie und verschwand wieder.

Alexandra blieb noch ein paar Minuten im Bett liegen und überlegte, ob sie ihr hinterherlaufen und sagen sollte, dass sie die Katzen nicht aus dem Haus lassen durfte. Außerdem fragte sie sich, was sie ihnen zu fressen geben sollten. Am Vorabend hatten sie ein bisschen übrig gebliebenes Huhn bekommen. Sie wusste, dass sie aufstehen musste, aber sie hatte nicht die Kraft, sich sofort anzuziehen. Ihr Morgenmantel musste reichen.

»David!«, sagte sie, als sie in die Küche trat. »Egal, wie früh ich aufstehe, du bist fast immer schon vor mir da!«

»Heute ist ein großer Tag, Lexi«, erwiderte er und ignorierte ihre leichte frühmorgendliche Verdrießlichkeit. »Ich werde dir den Plan erläutern.«

»Ich schaue besser erst mal nach den Kätzchen«, erwiderte sie. »Ich habe keine Ahnung, wie man mit Katzen umgeht, aber ich bin sicher, dass man sie nicht direkt nach ihrer Ankunft draußen rumlaufen lässt.«

»Ich stimme dir zu, doch wenn du in den Hof schaust, wirst du sehen, dass sie wie wild hinter Milou herlaufen. Ich glaube, wenn du ihn ins Haus rufst, werden die Kätzchen ihm auf dem Fuße folgen. Stéphie auch, wenn du Glück hast.«

Das Mädchen kam zuerst herein – mit geröteten Wangen und sehr glücklich. »Die kleinen Katzen haben unter den Feigenbaum gemacht, und Milou hat die Hühnchenreste aufgegessen, sodass nichts verschwendet wird. Ich gehe wieder raus.«

»Nun, da haben wir aber am offiziellen Geburtstag ein glückliches Geburtstagskind!«, bemerkte David. Er drehte sich zu Alexandra um. »Möchtest du eine Tasse Kaffee und ein Croissant? Ja, ich war schon in der *boulangerie*.«

»Erzähl mir alles, David!«, bat Alexandra kurz darauf.

»Na ja, wir sind gestern zu Penelope gefahren, und man muss ihr hoch anrechnen, wie schnell sie begriffen hat, dass es ein absoluter Notfall ist, wenn Antoine an Stéphies Geburtstag abreisen muss. Sie organisiert eine Torte in der Form eines Ponys – obwohl Stéphie sich jetzt wahrscheinlich eher ein Kätzchen wünschen würde oder auch zwei –, und Penelope backt selbst einen richtigen Victoria Sponge Cake.«

»Ich mache mir Gedanken wegen der Geschenke …«, setzte Alexandra an.

»Nicht nötig! Wir haben von einem Antiquitätenmarkt gehört, der ein ganzes Stück weit stattfand, aber es hat sich so gelohnt! Es war der letzte Markttag der Saison, und anscheinend wollten alle ihre Bestände vor dem Winter loswerden.«

»Oh! Das hat bestimmt Spaß gemacht.« Ganz kurz sehnte Alexandra sich nach den alten Zeiten zurück, als David und sie glückliche Tage damit verbracht hatten, auf Schnäppchenjagd zu gehen.

»Ja, das hat es. Ich habe sogar jede Menge Waren gekauft. Die Sachen werden jetzt bei jemandem in einem Lagerraum gelagert, aber irgendwann will ich sie über den Ärmelkanal transportieren und verkaufen.«

»Ich weiß es sehr zu schätzen, wie viel Zeit du für mich und die Kinder opferst – also eigentlich ja hauptsächlich für mich.«

»Oh, Liebes! Du musst dich nicht entschuldigen – ich liebe es! Und ich habe schon darüber nachgedacht, ob ich mir hier nicht ein kleines Haus kaufen soll, um mich auf französische Sachen zu spezialisieren. Abgesehen von allem anderen könnte ich auch ein Auge auf dich haben.«

»Ich gehe bald in die Schweiz, David.«

»Nicht vor nächstem Jahr. Wie auch immer, lass uns wieder zu unserem aktuellen Thema zurückkehren: Geschenke.«

»Oh, David, ich habe mir so viele Gedanken gemacht! Auch wenn Stéphie es logisch gesehen sicher verstehen wird ...«

»Alles geregelt«, fiel er ihr ins Wort. Er wirkte durchaus selbstzufrieden. »Jack und ich schenken ihr ein fast fertig restauriertes Puppenhaus. Wir haben ziemlich viel daran gearbeitet, seit du es zum ersten Mal gesehen hast.«

»Was für ein großzügiges Geschenk!«

»Und du schenkst ihr die schönste Spielzeugbäckerei, die ich je gesehen habe. Sie ist bei Penelope. Jack richtet sie so gut wie möglich her – in Anbetracht der Tatsache, dass sie in den 1900er-Jahren hergestellt wurde.«

»Jack hat bei Penelope übernachtet?« Alexandra war ein wenig erstaunt.

»Ja. Ich muss sagen, die beiden verstehen sich sehr gut. Lucinda ist da, und sie gibt die perfekte Anstandsdame ab.« Alexandra fand, er klang ein bisschen bissig.

»Na ja, angenommen, es wäre deine Mutter ...«, setzte sie an.

»Den Teil verstehe ich«, sagte er, »doch Lucinda hat das Wort ›Kindermädchen‹ gestern ziemlich oft verwendet – in Bezug auf dich. Ich weiß, dass du tatsächlich das Kindermädchen bist, aber du hast auch einen Namen, und sie kennt ihn.«

»Oh, David ...«

»Ich habe also eine Spielzeugbäckerei und ein entzückendes kleines Pferd mit einem Wagen gekauft – für den Fall, dass Stéphies ältere Geschwister keine Geschenke für sie haben sollten. Außerdem für dich eine Jacke und eine neue Hose. Ich meine, die Hose ist wirklich neu, und die Jacke ist von Chanel.«

»Chanel? David!«

»Und – jetzt kommt das Beste – ich habe ein paar große Perlen gefunden, genau wie die, die du immer in London getragen hast.«

Alexandra stand auf und umarmte ihn. »Meine künstlichen Perlen! Ich liebe sie, und sie sind in meiner Truhe in der Schweiz.«

»Die hier sind sehr ähnlich. Ich finde, es ist wichtig, dass du bei Stéphies Geburtstagsparty glamourös aussiehst. Das wird ihr gefallen.« Er wirkte sehr entschlossen.

»Spielt das eine Rolle für Stéphie? Sie möchte eine Party und Geschenke. Es ist ihr sicher egal, wie ich aussehe.«

»Nun, mir ist es nicht egal. Mir hat die Art und Weise nicht gefallen, wie Lucinda von dir gesprochen hat.«

Alexandra lächelte ihm zu und dachte zum wiederholten Male, wie dankbar sie war, ihn in ihrem Leben zu haben. Er passte auf sie auf, brachte sie zum Lachen, er tat alles für sie. Doch plötzlich schoss ihr der nächste Gedanke durch den Kopf. »Was, wenn Antoine kein Geschenk hat?« Sie zuckte zusammen und wurde rot, als er just in diesem Moment hereinkam.

»Es ist in Ordnung. Ich habe mich zwar im Tag vertan, als ich meine Reisepläne gemacht habe, aber ich habe ein Geschenk für meine Tochter besorgt. Das habe ich Ihnen auch gesagt.« Er klang gleichzeitig beleidigt und überheblich.

»Stimmt, haben Sie«, antwortete Alexandra. »Melden Sie sich, falls ich es für Sie in Geschenkpapier einpacken soll.«

»Das ist nicht nötig. Es wurde in Paris im Geschäft eingepackt, als ich es dort gekauft habe. Véronique hat mir beim Aussuchen geholfen. Sie ist sehr einfühlsam, wenn es um meine Kinder geht.«

»Prima!«, sagte Alexandra auf Englisch und sah aus dem Augenwinkel, wie David die Augen verdrehte. »Dann gehe ich mich mal anziehen.«

Die Party sollte um vier Uhr beginnen, zur üblichen Zeit der Teestunde in England. Alle hatten sich chic gemacht, alle außer Félicité, die um jeden Preis ihre Jeans tragen wollte. Sie kam als Letzte die Treppe herunter, während die anderen schon in der Halle warteten.

»Félicité!«, sagte Antoine. »Bitte! Zieh ein Kleid an. Du weißt, dass deine Großmutter nicht erfreut sein würde, dich in Jeans zu sehen.«

»Es wird sie nicht stören!« Das Mädchen warf trotzig den Kopf zurück. Doch Alexandra sah, dass es ihr etwas ausmachte. Sie war fünfzehn und wollte der Welt zeigen, dass es ihre Sache war, wie sie sich kleidete – trotzdem wollte sie die Zustimmung ihres Vaters.

»Hol doch diesen hübschen Kettenanhänger, den *Grand-mère* dir geschenkt hat«, schlug Alexandra vor. »Sie wird sich freuen, wenn du ihn trägst.«

Félicité ging die Treppe hinauf und legte die Kette mit dem kleinen goldenen Anhänger an. Alexandra drehte sich zu Antoine um. »Lassen Sie sie einfach. Es spielt wirklich keine Rolle, was sie anhat; es ist Stéphies großer Tag.« Sie sprach schnell und hoffte, dass er sie nicht für anmaßend hielt. Schließlich war sie nur eine bezahlte Angestellte. Antoine sah sie ernst an.

»Kann ich vorne neben dir sitzen?«, fragte Stéphie. »Ich habe Geburtstag!«

»Das ist eine tolle Idee«, erwiderte Alexandra. »Da ist ja Félicité! Kommt, lasst uns einsteigen. Zum Glück ist David schon früher gefahren, wir hätten sonst nie alle ins Auto gepasst.«

»Gut, dass die Katzenbabys schlafen«, meinte Stéphie, »Sonst hätten sie vielleicht auch mitgewollt.«

»Milou kümmert sich um sie«, erwiderte Alexandra und rutschte in die Mitte der Rückbank.

»Du siehst sehr chic aus, Lexi«, bemerkte Félicité. Wahrscheinlich war sie ihr dankbar, weil sie sich für sie eingesetzt hatte. »Ich habe diese Sachen noch gar nicht an dir gesehen. Und die Aufsteckfrisur sieht sehr elegant aus.«

Alexandra betastete ihren Hinterkopf, um festzustellen, ob sich vorwitzige Strähnen aus dem Knoten gelöst hatten. »Nun, meine schicke Kleidung ist in der Schweiz, und daher hat David diese Jacke in einem Trödelladen gekauft. Sie ist von Chanel! Und ich habe meine Haare ausnahmsweise hochgesteckt, weil das zu der Jacke passt. Aber riecht sie nicht irgendwie noch komisch? Wird deine Mutter schnüffeln und dann sagen: ›Igitt! Wie unangenehm! Das mag zwar Haute Couture sein, doch es ist immer noch Secondhand!‹«

Félicité lachte. »Genau das wird sie sagen.« Sie schnupperte an der Jacke. »Und dann wird sie hinzufügen: ›Und es mit billigem Eau de Cologne zu tränken, macht die Sache auch nicht besser!‹«

Alexandra kicherte. »Ich habe in der Tat einiges draufgesprüht. Und wahrscheinlich wird sie mich darauf aufmerksam machen, dass meine Perlen nicht echt sind!«

Antoine drehte sich um und sah die beiden mit einem Ausdruck völliger Verblüffung an. »In Frankreich machen Frauen keine Witze über Kleidung; sie ist zu wichtig«, erklärte er. »Und es wird als ungehörig betrachtete, respektlos über seine Mutter zu sprechen.«

Alexandra und Félicité wechselten einen reumütigen Blick und versuchten, ihr Lachen zu unterdrücken.

»Also bitte bestes Benehmen«, fuhr er fort. »Okay?«

»Entschuldigung«, sagte Alexandra ohne das geringste Bedauern. »Wir werden ganz brav sein, versprochen.«

Sie konnte von seinem Hinterkopf ablesen, dass er ebenfalls lachen musste.

Alle waren sehr guter Laune, als sie *Grand-mères* elegantes Stadthaus erreichten. Jack öffnete ihnen mit einem breiten Lächeln die Tür. Das Haus war mit Blumen und Kerzen festlich dekoriert.

»Oh, so habe ich *Grand-mères* Wohnhaus noch nie gesehen!«, flüsterte Stéphie und sah sich voller Ehrfurcht um.

»Alles für deinen Geburtstag«, erklärte Alexandra.

Félicité sah sie an. »Wir haben hier schon öfter Geburtstag gefeiert, weißt du, und *Grand-mère* hat noch nie Kerzen und Schüsseln voller Süßigkeiten aufgestellt.«

»Das liegt wahrscheinlich an meinem schlechten Einfluss«, meinte Jack; er wirkte sehr zufrieden.

»Wir haben nicht oft Feiern von offiziellen Geburtstagen«, sagte Penelope, die gerade aus dem Salon trat. Sie gab sich förmlich, war jedoch auch sichtlich stolz auf das Ergebnis ihrer Bemühungen.

Alle wurden in den Salon gebeten. Jack öffnete eine Flasche Champagner und fühlte sich offenbar sehr zu Hause. Alexandra fing einen Blick auf, den Penelope Jack zuwarf, als er gerade nicht hinsah. Sie war augenscheinlich sehr verliebt. Alexandra freute sich bei dem Gedanken, dass Jack und Penelope nach so langer Trennung die Liebe wiederfinden könnten.

Sie fragte sich, ob noch jemand aufmerksam geworden war, und schaute sich gerade um, als Lucinda den Salon betrat – Arm in Arm mit Véronique.

Ganz kurz war Alexandra zu geschockt, um sich zu bewegen. Sie hatte nicht mit Antoines Kollegin gerechnet, und ihr war auch nicht bewusst gewesen, dass die beiden sich kannten. Sie zusammen zu sehen raubte ihr beinahe den Atem. Sie war sehr dankbar, als David an ihrer Seite auftauchte.

»Ich weiß, sie wirkten wie Busenfreundinnen«, bemerkte er leise und las ihre Gedanken auf eine Art und Weise, wie nur er es konnte. »Aber sie haben sich gerade erst kennengelernt. Ich habe es eben herausgefunden. Véronique übernachtet bei einer alten Freundin, die hier in der Gegend wohnt.«

Alexandra schoss der Gedanke durch den Kopf, warum sie dann neulich praktisch ohne Vorankündigung im Château hatte übernachten müssen. Sie hätte bei ihrer alten Freundin unterkommen können, anstatt allen im Château das Leben unnötig schwer zu machen. Und jetzt freundete sie sich mit Lucinda an. Plötzlich war Alexandra deprimiert.

»Antoine, mein Lieber.« Véronique ließ Lucinda stehen. »Überraschung! Ich besuche gerade meine Freundin in der Stadt und habe zufällig Lucinda und ihre Mutter in der *pâtisserie* kennengelernt, wo sie eine Torte bestellt haben. So habe ich entdeckt, dass die kleine Stéphanie eine Party feiert. Ich dachte, wenn ich auch komme, kann ich mit dir zusammen nach Paris zurückreisen. Wäre das nicht wunderbar?« Sie schloss Stéphie in die Arme. Das kleine Mädchen wurde an Véroniques Ohr gedrückt und erstickte beinahe in einer Wolke aus Seidenjersey.

Alexandra wollte Stéphie gerade vor dem Erstickungstod retten und an ihre Seite eilen, als Penelope die Hand nach dem Mädchen ausstreckte und sie aus Véroniques Umklammerung befreite.

»So, es ist deine Party, Stéphie!«, bemerkte sie. »Möchtest du die Geschenke auspacken? Oder wollen wir zuerst Tee trinken und Kuchen essen?«

»Kuchen! Wie kann man nur so besessen von Kuchen sein?«, sagte Lucinda so laut, dass alle es hören konnten.

Stéphie betrachtete die Mutter ihrer Geschwister. »Lasst uns zuerst Kuchen essen!«, entschied sie und klang sehr englisch. »Ich haben einen Riesenhunger!«

Alexandra stupste David an. »Das ist mein Mädchen!«

20. *Kapitel*

Im Esszimmer stand eine lange Tafel, auf der jede Menge Leckereien zu finden waren, und in der Mitte thronte ein Pony aus Brandteig. Es lag in einem Nest aus Zuckerwatte und hatte große Ähnlichkeit mit dem Pferd, das Alexandra kurz nach ihrer Ankunft in Frankreich repariert hatte. Zwei große Ovale, die von einer Creme zusammengehalten wurden, bildeten den Rumpf, und zwei kleinere Ovale stellten Hals und Kopf dar. An den Seiten des Ponys quoll Creme hervor, und alle Details waren mit gespritzter Schokoladenglasur ausgeführt.

»Das ist Penelopes Werk«, sagte Jack stolz zu Alexandra, während die Gäste ihre Sitzplätze wählten. »Obwohl das Pony eine leichte Ähnlichkeit mit einem sehr großen Schwan hat, finde ich das Ergebnis einfach famos, vor allem angesichts der Tatsache, wie kurzfristig es war.«

»Es ist großartig! Ich liebe es!«, erwiderte Alexandra.

»Penelope hat auch den Victoria Sponge Cake gebacken, und ich habe David bei dem Schokoladenkuchen geholfen. Außerdem wollten wir längliche Brötchen oder kleine Sandwiches servieren, doch das ist in Frankreich ein bisschen schwierig. Daher haben wir uns stattdessen für *tartines* entschieden. Siehst du? Kleine Baguette-Scheiben mit Butter und *pâté!* Wir haben uns alle nach Fischpaste gesehnt, aber ehrlich gesagt schmeckt *pâté* viel besser.«

»Ganz bestimmt!«

»Dann gibt es noch eine Auswahl an *gâteaux* aus der Bäckerei.« Als er Alexandra zulächelte, kräuselten Lachfältchen seine

Augenwinkel. »Ich habe jetzt die Aufgabe, den Tee zuzubereiten. Dafür braucht man einen Engländer.«

»Kann ich dir helfen?« Alexandra stürzte sich auf die Ausrede, um den Raum zu verlassen.

»Selbstverständlich«, antwortete Jack.

Doch es sollte nicht sein. Véronique steuerte auf sie zu. »Alexandra!« Sie lächelte. »Ich möchte wieder um ein Zimmer für eine Nacht bitten. Antoine und ich fahren morgen nach Paris, und natürlich werden wir früh starten. Es ist praktischer, vom Château aus direkt auf die Hauptstraße zu fahren. Andernfalls müsste Antoine in die Stadt kommen, um mich abzuholen. Daher werde ich Sie später begleiten.«

Véronique rümpfte die Nase. »Zu viel Parfüm, Schätzchen. Damit sollte man sparsamer umgehen. Aber Sie sind ja noch sehr jung, Sie werden es noch lernen.« Damit drehte sie sich um und ging mit laut klackernden Absätzen über den Parkettboden davon.

Alexandra blieb stehen wie erstarrt.

»Was denkst du gerade?«, wollte David wissen, der hinter ihr auftauchte.

»Ich überlege, ob es in ganz Frankreich wohl eine arrogantere Person als sie gibt oder ob sie den ersten Preis gewinnen würde.«

»Hm, na ja, sie ist auf jeden Fall die herablassendste Person in diesem Raum. Aber was das Parfüm angeht, verstehe ich, was sie meint.«

Alexandra betrachtete ihren alten Freund. »Ich weiß, doch Eau de Cologne ist immer noch besser als Eau de Flohmarkt«, konterte sie. »Trotzdem bin ich dir sehr dankbar, dass du mir diese wunderbare Jacke gekauft hast.«

Sein Lachanfall war so heftig, dass alle Anwesenden sich nach ihm umdrehten. Alexandra trat zu Félicité, die ein Auge auf Stéphie hatte. Und das ganz sicher nicht, weil Stéphie sich schlecht benahm, sondern weil eine »liebevolle« Frau sie umarmen könnte, die eigentlich damit nur die Aufmerksamkeit ihres Vaters erregen wollte.

»Nehmt doch bitte alle Platz«, bat Penelope. »Stéphie muss ihre Kerzen auspusten und sich etwas wünschen. Und den Kuchen anschneiden«, fügte sie hinzu und warf ihrer Enkeltochter einen liebevollen Blick zu.

»Das ist eine sehr schöne Jacke«, sagte Lucinda zu Alexandra. Wie Véronique zuvor rümpfte auch sie die Nase, kommentierte den Duft jedoch nicht.

Nachdem sie Tee getrunken und Kuchen gegessen hatten, arrangierten Penelope und Véronique Stéphies Geschenke im Salon. Véronique engagierte sich sehr. Alle anderen standen herum und unterhielten sich. Als Stéphie allmählich ungeduldig wurde, sorgte Alexandra dafür, dass sie beschäftigt war.

»Ja!«, antwortete sie nun. »Die Jacke ist von Chanel. David hat sie für mich in einem Trödelladen erstanden.«

»Secondhand? Ich könnte niemals gebrauchte Kleidung tragen. Aber jeder muss sich nach seiner Decke strecken, nicht wahr?« Sie lachte, doch Alexandra stimmte nicht ein.

Stéphie, die die Unterhaltung mitgehört, allerdings nur zum Teil verstanden hatte, spürte offensichtlich, dass ihr geliebtes Kindermädchen beleidigt worden war. »Lexi erbt ein Vermögen, wenn sie fünfundzwanzig wird!«

»*Chérie*!«, mahnte Antoine, der seine Tochter gehört hatte und sich nun rasch zu der kleinen Gruppe gesellte. »So etwas sagt man nicht!«

»Aber es stimmt! Lexi und ich haben gehört …«

Alexandra war zu peinlich berührt, um sofort reagieren zu können. So legte sie Stéphie bloß die Hand auf die Schulter.

»Jemand sollte diesem Kind beibringen, dass es ordinär ist, über Geld zu reden«, bemerkte Lucinda spitz.

»Du hast angefangen!«, konterte Stéphie.

Antoine und Alexandra atmeten zeitgleich scharf ein.

»Also wirklich«, fuhr Lucinda empört fort. »Sie sind das Kindermädchen«, sagte sie zu Alexandra, »und du betrachtest dich als Vater dieses Kindes ...«, das war an Antoine gerichtet, »ihr solltet diesem Mädchen endlich bessere Manieren beibringen!«

Alexandra zögerte nicht länger. »Komm, Stéphie, wir sehen mal nach deinen Geschenken.«

Während sie die Kleine aus dem Esszimmer bugsierte, entdeckte sie Maxime in der Diele.

»Bitte, gehen Sie zu Lucinda«, bat sie und ließ ihm kaum Zeit, sie auf beide Wangen zu küssen. »Sie können sie bestimmt aufheitern. Und später würde ich mich gerne kurz mit Ihnen unterhalten.«

»Alexandra!« Maxime hob resigniert die Hände. »Ich hatte gehofft, dass wir uns später sehr lange unterhalten können.«

Stéphie kicherte, und die beiden verschwanden im Salon.

Véronique legte gerade letzte Hand an ihr Arrangement. Sie hatte die Geschenke auf Kisten gelegt, über die sie eine Tischdecke drapiert hatte, sodass das Ganze wie die Auslage eines Schaufensters wirkte – mit dem Unterschied, dass die Geschenke in Geschenkpapier eingeschlagen waren.

»Donnerwetter!«, rief Henri aus, der Alexandra nach ihrem raschen Abgang aus dem Esszimmer gefolgt war. »Sieh dir das an, Stéphie! Sieht das nicht toll aus?«

Véronique neigte den Kopf und blickte an ihm vorbei zu Lucinda, die direkt nach Henri in den Salon trat. »Es ist so wichtig, die Dinge für *la petite* besonders zu machen. Das arme mutterlose Kind.« Sie sagte den letzten Satz leicht überschwänglich zu ihrer neuen Freundin, um darauf hinweisen, was für ein großer Nachteil es doch war, Lucinda nicht als Mutter zu haben.

Alexandra ertappte Félicité dabei, wie sie die Augen verdrehte, und überlegte, wie das Mädchen sich wohl dabei fühlte, dass die Kollegin ihres Vaters sich mit ihrer Mutter verbrüderte. Bestimmt war sie alles andere als begeistert.

»Sie haben die Geschenke sehr hübsch arrangiert«, sagte Penelope in einem Ton, in dem ein Lehrer einem begabten Schüler gratulieren würde. »Jack? Antoine? Maxime? Kommt herein. Könnt ihr dafür sorgen, dass jeder etwas zu trinken hat? Vielleicht kann Stéphie jetzt ihre Geschenke auspacken.«

Alexandra kam der Gedanke, dass Stéphie das vielleicht lieber ohne so viele Zuschauer tun würde, und warf Antoine einen Blick zu, um seine Meinung dazu zu ergründen. Doch das kleine Mädchen schien sich nicht daran zu stören.

»Pack das hier als Erstes aus.« Véronique deutete auf das größte Paket. »Es ist von deinem sehr großzügigen Papa. Ich habe ihm beim Aussuchen geholfen, als wir neulich zusammen in Paris waren.«

»Ja, *chérie*«, bestätigte Antoine, als Stéphie das Geschenkpapier entfernte. »Ich hoffe, es gefällt dir.«

Es war ein Spielzeugpostamt. Als Stéphie den Karton öffnete, konnte man es in seiner ganzen Pracht bewundern. Es war alles vorhanden, und offensichtlich war das Geschenk sehr teuer gewesen. Es gab Spielzeugwaagen, Gummistempel, Briefumschläge, Briefmarken, alle möglichen Formulare – alles, was in einem anständigen Postamt gebraucht wurde.

Stéphie sprang auf und lief zu ihrem Vater. »Papa! Es ist wunderschön! Danke, danke, danke!«

»Gut«, sagte Véronique freundlich. »Ich bin so froh, dass es dir gefällt, Kleines. Wir haben uns große Mühe gegeben, das beste Postamt zu finden.«

Stéphie schenkte Véronique ein eher ängstliches Lächeln. Dann schnappte sie sich das nächste Geschenk.

»Das ist von Jack und mir, Kleines«, erklärte David. »Eigentlich haben wir den größten Teil davon zu Hause gelassen. Das da ist nur etwas, was man hineinstellen kann.«

In dem Päckchen befand sich eine Garnitur Wohnzimmermöbel für ein Puppenhaus in elegantem Louis-quinze-Stil mit goldenen Bordüren und Samtbezügen.

»Mein Freund will sagen«, warf Jack ein, »dass im Château ein Puppenhaus auf dich wartet, das wir für dich renoviert haben. Es ist ein bisschen antik, so ähnlich wie die beiden Schenker.«

Das Mädchen strahlte über das ganze Gesicht vor Freude.

Stéphie bekam richtig hübsche Geschenke, und so langsam wurde Alexandra nervös, weil sie ihr eigenes Präsent vorher nicht gesehen hatte.

Es war eine Spielzeugbäckerei, zu der neben der Backstube ein Laden mit Regalen gehörte. Als Backwaren gab es eine Fülle an Kuchen, Baguettes, Broten, Gâteaux, Croissants, allesamt aus Gips. Es war alles vorhanden, was man in einer guten *boulangerie* kaufen konnte.

»Lexi! Danke!« Stéphie stürmte auf Alexandra zu und umarmte sie stürmisch.

»Ich bin so froh, dass das Geschenk dir gefällt«, sagte Alexandra und erwiderte die Umarmung. »David hat es ausgesucht. Ich habe zu spät von deinem Geburtstag erfahren, und dann haben wir ja gemeinsam den Ausflug unternommen, aber es ist sehr hübsch, nicht wahr? Wir werden jede Menge Spaß haben, wenn wir damit spielen.«

»Es tut mir so leid, dass ich nicht mit dir zusammen mit dem Postamt spielen kann«, rief Véronique, der offenbar plötzlich aufging, dass man mit einem Kind auch spielen sollte. »Ich muss mit deinem Papa zusammen wichtige Geschäfte abschließen.«

Antoine hockte sich neben Stéphie, um die Bäckerei zu inspizieren, in deren Regalen jetzt bereits winzige Backwaren lagen. »Wenn ich zurückkomme, werden wir mehr miteinander spielen, Stéphie. Versprochen.«

Die Kleine betrachtete die Erwachsenen, die sie alle ansahen, als wäre sie die Hauptattraktion in einem Zirkus, und flüsterte ihrem Vater etwas ins Ohr. Dabei warf sie Alexandra immer wieder Blicke zu. Als sie schließlich fertig war, antwortete Antoine: »Das ist einfach nicht möglich. Es tut mir sehr leid, meine Kleine.«

Alexandra war überzeugt, dass sie Gegenstand des Gesprächs gewesen war.

Lucinda langweilte sich augenscheinlich, weil sie nicht im Mittelpunkt der Aufmerksamkeit stand. »Maxime? Lass uns irgendwo essen gehen, bitte. Ich finde Kinderpartys so anstrengend.«

»Es ist zu früh fürs Abendessen«, erklärte Penelope ihrer Tochter. »Und ich bin überrascht, dass du das Ereignis so ermüdend findest. Du hast dich nicht mal an den Vorbereitungen beteiligt.«

»Kinder sind heutzutage zu verwöhnt. Ich bin sicher, ich habe in dem Alter nicht so extravagante Geschenke bekommen.« Sie warf Stéphie, die Jack in ihrer Bäckerei gerade Croissants verkaufte, einen kritischen Blick zu. »Natürlich verstehe ich, dass ihr das Kind dafür entschädigen wollt, dass es keine Eltern hat – aber ihr schießt übers Ziel hinaus.«

Alexandra war plötzlich unsagbar wütend auf diese Frau, doch bevor sie eine schneidende Bemerkung machen konnte, richtete Lucinda ihre Verachtung gegen Alexandra. »Was Sie angeht, das Kindermädchen – Sie denken hoffentlich nicht, dass irgendjemand glaubt, diese Riesenperlen wären echt. Das sind Sie eindeutig nicht!«

Alexandra freute sich insgeheim, dass sie auf diese Beleidigung reagieren konnte, und griff nach der Kette. »David, wie viel hast du dafür bezahlt?«

Er zuckte die Schultern. »Sie waren Teil eines gemischten Warenpostens, den ich erstanden habe. Vielleicht ein paar Francs?«

Alexandra nahm eine Perle in den Mund, führt sie leicht an Zähnen entlang und tat so, als suchte sie das raue Gefühl, das auf die Echtheit der Perle hinwies. Natürlich wusste sie, dass die Perle zu glatt sein würde. »David, du bist betrogen worden! Diese Perlen sind nicht echt!«

Alle lachten und freuten sich, dass Alexandra den Spieß umgedreht hatte. Dann nahm Maxime sie am Arm und führte sie ein Stück von der Gruppe weg. »Lucinda wird Ihnen die Augen auskratzen, wenn Sie nicht aufpassen. Sie mag keine anderen Frauen, vor allem jene nicht, die Scherze auf ihre Kosten machen. Nun, worüber wollten Sie mit mir reden?«

»Es geht um eine Rechtsangelegenheit. Ich habe einige Unterlagen von meiner Familie in der Schweiz zugeschickt bekommen, und ich verstehe kein Wort.«

»Da kann ich Ihnen bestimmt helfen. Wollen Sie mir die Papiere bringen? Oder soll ich sie abholen?«

»Ich bringe sie«, antwortete Alexandra. »Ich habe ohnehin noch einiges in der Stadt zu erledigen. Maxime?«

»Ja?«

»Sie werden das doch vertraulich behandeln, nicht wahr?«

Er wirkte beleidigt. »Selbstverständlich! Absolut vertraulich!«

Alexandra schenkte ihm ein besonders herzliches Lächeln, um seine verletzten Gefühle zu besänftigen. »Vielen Dank.«

Als sich die Feier schließlich dem Ende zuneigte, überlegte Alexandra, in welchem Zimmer sie Véronique unterbringen sollte.

Sie verließ den Raum, um besser nachdenken zu können, und stellte überrascht fest, dass Antoine ihr folgte.

Da es sie verlegen machte, mit ihm alleine zu sein, sprach sie sehr schnell. »Glauben Sie, Véronique wäre diesmal bereit, in dem kleinen Raum neben Ihrem Schlafzimmer zu schlafen? Das Ganze kommt doch sehr kurzfristig«, fragte sie. »Das Bett ist bereits frisch bezogen, und ...«

»Nein«, erwiderte er energisch. »Véronique kann nicht bei uns übernachten. Sie soll noch eine Nacht bei ihrer Freundin bleiben. Es ist absolut kein Problem für mich, sie morgen dort abzuholen.« Er drehte sich um und kehrte zur Gruppe zurück.

Alexandra sah ihm nach, als wäre er ein Held.

»Was für ein Geheimnis hast du Papa bei der Party ins Ohr geflüstert, Stéphie?«, wollte Félicité wissen, als sie im Auto saßen und sich auf den Heimweg machten. Diesmal hatten alle Kinder auf der Rückbank Platz genommen.

Stéphie wollte antworten, doch Alexandra unterbrach sie, weil sie Angst vor der Antwort der Kleinen hatte. »Sie will es dir sicher nicht im Auto erzählen, wo alle zuhören«, sagte sie rasch, bevor Stéphie zu Wort kam. Die Kleine hätte ihr Geheimnis wahrscheinlich nur zu gerne verraten. Alexandra konnte sich natürlich nicht sicher sein, doch sie befürchtete, dass es um ihr zukünftiges Vermögen gegangen sein könnte, das inzwischen eher Fluch statt Segen war. »Wenn es zuvor ein Geheimnis war, dann ist es das jetzt immer noch.«

Auf der Rückbank wurde getuschelt und gestöhnt, doch Stéphie schwieg tatsächlich. Alexandra atmete auf.

»Véronique und meine Mutter sind nicht mit dir als Kindermädchen einverstanden, Lexi«, bemerkte Félicité, die offensichtlich Unruhe stiften wollte.

Alexandra sah, wie Antoine die Stirn runzelte und tief Luft holte – wahrscheinlich, um seiner ältesten Tochter die Meinung zu sagen.

»Wie kommst du darauf?«, fragte sie rasch und drehte sich um, damit sie Félicité zulächeln konnte.

»Ich habe gehört, wie sie über dich geredet haben. Du kleidest dich nicht angemessen für ein Kindermädchen, und du bist viel zu gebildet, meinen sie.«

»Sie haben das Recht auf ihre eigene Meinung«, erwiderte Alexandra ruhig.

»Sie finden, du solltest dich nicht unter die Leute mischen, als stündest du auf der gleichen Stufe. Jedenfalls hat Véronique das gesagt, und dann hat meine Mutter ...«

»Es reicht jetzt, *chérie*«, unterbrach Antoine sie mit Nachdruck.

Alexandra formte die Worte »Erzähl es mir später« lautlos mit den Lippen – einerseits, weil sie hören wollte, was Véronique und Lucinda von ihr hielten, andererseits, damit Félicité sich nicht gekränkt fühlte, weil Antoine ihr den Mund verboten hatte. Antoine konnte nicht gerade als strenger Vater bezeichnet werden, fand Alexandra, doch durchsetzungsschwach war er auch nicht.

21. Kapitel

Trotz der frühen Morgenstunde standen alle drei Kinder und Alexandra auf, um sich von Antoine zu verabschieden. Er hatte daran gedacht, dass an diesem Tag Stéphies richtiger Geburtstag war, und ihr eine Schachtel Pralinen für Erwachsene überreicht – die Art von Schachtel, die man auch gerne aufhob, nachdem man die Pralinen gegessen hatte, um etwas darin aufzubewahren. Stéphie freute sich sehr.

Der Abschied war herzzerreißend, doch die Kinder waren tapfer und weinten nicht. Alexandra hingegen, die das Gefühl hatte, sie sollte eigentlich nicht dabei sein, war den Tränen nahe. Die Kätzchen und Milou gaben sich alle Mühe, die Situation zu entspannen. Der Hund spürte offensichtlich, dass sein geliebtes Herrchen wieder wegfuhr, doch die Katzenbabys glaubten, alle wären aufgestanden, um sie zu unterhalten.

»Herzlichen Glückwunsch, Stéphie!«, sagte Alexandra, nachdem Antoine die Zufahrt hinuntergebraust war und sie ins Haus zurückgekehrt waren. »Lasst uns ein Geburtstagsfrühstück vorbereiten. Wie wäre es mit Pfannkuchen und Schokoladencreme?«

Obwohl sechs Uhr morgens eigentlich zu früh für so viel Schokolade war, halfen die Köstlichkeiten über den Trennungsschmerz hinweg. Doch während Alexandra einen Pfannkuchen nach dem anderen auf einen Teller legte, von wo sie mit atemberaubender Geschwindigkeit verschwanden, beschloss Alexandra, dass diese Trennungen aufhören mussten. Es war einfach zu traurig, sich ständig verabschieden zu müssen.

Als David später auftauchte, waren alle mit Schokolade verschmiert, und ihnen war leicht übel.

»Herzlichen Glückwunsch zum Geburtstag, Stéphie!«, sagte er. »Und guten Morgen euch allen. Pfannkuchen zum Frühstück? Eine ausgezeichnete Wahl. Ich dachte, dass du später, wenn du Lust hast«, er nickte Stéphie zu, die gerade gähnte, »vielleicht nach einem kleinen Schläfchen, unser richtiges Geschenk sehen willst. Doch ich warne dich, es ist ein bisschen wie dieses Château ...«

»Wie das?«, wollte Henri wissen.

»Es ist wunderschön, muss aber in Teilen restauriert und renoviert werden«, fuhr David fort. »Seht mal, die Kätzchen schlafen wieder.« Er deutete auf Milou, der auf seinem Vorleger lag. Die kleinen Katzen hatten es sich auf dem Hund bequem gemacht. Eine hatte sich an seinen Bauch gekuschelt, weil es dort wegen des weniger dichten Fells wahrscheinlich wärmer war. Die andere lag auf seinem Hals. Alle drei schienen mit der Situation sehr zufrieden zu sein.

Nachdem die Kinder verschwunden waren, entweder um noch ein wenig zu schlafen oder zu lesen, räumten David und Alexandra die Küche auf.

Er sagte: »Ich finde es ziemlich beängstigend, dass der Hund nur den Kopf drehen und zuschnappen müsste, und schon gäbe es keine Kätzchen mehr. Milou erinnert mich irgendwie an Antoine.«

Alexandra wusch sich die klebrigen Hände. »Tatsächlich?«

David nickte. »Er besitzt jede Menge Macht, hat sich jedoch dafür entschieden, sie nicht zu nutzen.«

Eine Woche später machte Alexandra sich allein auf den Weg in die Stadt. Die Kinder halfen David und Jack, das Puppenhaus weiter zu renovieren. Henri lernte dabei Mathematik, indem er die Maße nahm. Stéphies bewegliche Finger erwiesen sich als sehr geschickt bei der Arbeit mit Holz. Sie stellte ordentliche Eckverbindungen für eine *orangerie* her, die der auf dem Grund und Boden des Schlosses glich. Félicité bemalte ein winziges Tapetenstück, das für den Salon im Puppenhaus bestimmt war, mit Vögeln und exotischen Blumen.

»Wer hätte gedacht, dass ein Haus für Puppen so viel Bildungspotenzial bieten könnte?«, bemerkte Alexandra, als sie sich verabschiedete.

»Die Universität des Lebens«, erwiderte Jack. »Sie unterrichtet uns in allen Belangen, wenn wir nur offen dafür sind.« Er verbeugte sich, um anzudeuten, dass ihm bewusst war, wie pompös sich das anhörte und er nicht damit rechnete, ernst genommen zu werden. »Da wir gerade davon sprechen, ich habe von einer Gruppe junger Musiker gehört, denen Henri sich anschließen könnte. Das wäre sowohl gut für seine Musik als auch für sein Gesellschaftsleben. Glaubst du, Antoine würde zustimmen?«

»Ganz bestimmt. Könntest du ihn hinbringen? Und wieder abholen?«

»Natürlich«, antwortete Jack lächelnd.

Als Alexandra kurz darauf die Treppe hinaufstieg, hatte sie das Gefühl, dass nicht nur Henri von den Proben mit anderen jungen Musikern profitieren würde; Jack könnte die Stunde oder zwei nutzen, um Penelope zu besuchen.

Alexandra hatte ein großes Paket dabei, das zum größten Teil aus Zeitungen bestand. Sie waren um eine Schachtel gewickelt, in der die reparierte Suppentasse ruhte. David hatte die Tasse mit der ganzen Sorgfalt eines Antiquitätenhändlers verpackt. Die Papiere aus der Schweiz, die Alexandra mit Maxime durchgehen wollte, steckten in einem Umschlag, der wiederum in der alten Posttasche verstaut war, die Alexandra als Handtasche diente.

Alexandra freute sich darauf, ein bisschen Zeit für sich zu haben. Zwar liebte sie ihre Schützlinge und fand es sehr befriedigend, sich um sie zu kümmern, dennoch war es manchmal auch nett, nur an sich selbst zu denken, statt die Bedürfnisse und Wünsche von drei Kindern, einem Hund und zwei Katzenbabys unter einen Hut zu bringen.

Als Erstes stand der Besuch bei Maxime auf ihrer Liste.

Er begrüßte sie mit dem freundlichen Charme, der immer dafür sorgte, dass Alexandra sich besser fühlte. Jetzt saß sie auf dem bequemen Sofa, das in einem Bereich seines Büros stand. Er hatte ihr Kaffee und Wein angeboten, doch sie hatte um ein Glas Wasser gebeten.

»So, wie kann ich Ihnen denn helfen?«, fragte er mit seinem üblichen anziehenden Lächeln.

Alexandra lächelte zurück und fragte sich einmal mehr, warum sie nicht auf Maxime stand. Er war wesentlich geeigneter als Objekt der Begierde als der Mann, der so viel Raum in ihren Gedanken einnahm.

Sie reichte Maxime den Umschlag. »Können Sie das hier für mich interpretieren? Ich habe meinen Cousin Hubert gebeten, mir Unterlagen über mein mögliches Erbe zuzusenden. Ich wusste immer schon, dass ich erst erben werde, wenn ich fünfundzwanzig bin. Deshalb habe ich mir nie viele Gedanken darüber gemacht – es war immer so weit weg. Aber als vor Kurzem meine Verwandten auf dem Château aufgetaucht sind …«

»Die beindruckenden Cousinen, der nicht ganz so beeindruckende Hubert, außerdem das wunderschöne Auto …«

»Stimmt, Sie waren ja dabei! Nun, ich habe zufällig gehört, wie meine Cousinen über mein Vermögen geredet haben.« Sie grinste, als sie seinen leicht schockierten Gesichtsausdruck sah. »Ich bin von meinen Verwandten aus der Ferne großgezogen worden; dabei habe ich gelernt, durch List und Heimlichkeiten zu überleben. Leider war es ab und an nötig, an Türen zu lauschen. Sei's drum!«

Sie lachte. »Jedenfalls habe ich gehört, dass ich früher Zugriff auf mein Vermögen bekomme, wenn ich vor meinem fünfundzwanzigsten Geburtstag heirate. Ich muss zugeben, dass das ein kleiner Schock für mich war. Ich hatte das Gefühl, ich sollte die Erbschaftsgeschichte richtig verstehen, und habe daher Hubert gebeten, mir die Unterlagen zu schicken. Das hat er freundlicherweise getan, doch ich verstehe immer noch nichts. Könnten Sie die Papiere für mich durchsehen und prüfen, ob es sonst noch etwas gibt, was ich wissen sollte? Ich spreche besser Französisch, als ich es lesen oder schreiben kann; diese Dokumente sind gespickt mit Fachbegriffen, die ich nicht verstehe.«

»Ach!« Maxime hob die Hände auf eine Art und Weise, die ihr sagte, dass es keine Schande war, wenn man die Juristensprache nicht verstand. »Das ist eine andere Sprache, selbst für einen Franzosen. Wir lernen sie während des Jurastudiums. Wäre es in Ordnung, wenn ich jetzt gleich einen Blick darauf werfe? Oder würden Sie es vorziehen zu gehen, und ich berichte Ihnen ein andermal, was ich von den Dokumenten halte? Sie könnten in den Zeitschriften blättern, die wir für unsere Mandanten ausgelegt haben. Nicht dass Sie Zeitschriften brauchen, um chic auszusehen. Sie sind immer so elegant.«

Die Bemerkung fand Alexandra äußerst amüsant, wenn sie an die Kleider und die Arbeitsoveralls dachte, die sie auf dem Markt erstanden hatte. »Ich bleibe gerne hier sitzen und lese ein bisschen. Das ist gut für mein Französisch.«

Nach einer Weile ließ Maxime die Papiere sinken. »Es steht nichts Besorgniserregendes drin. Wenn Sie heiraten, haben Sie Zugriff auf Ihr Vermögen – eine ganze Menge Geld, Alexandra, jetzt verstehe ich das wunderschöne Auto! Ansonsten müssten

Sie warten, bis Sie fünfundzwanzig sind. Also nichts, was Sie nicht bereits wüssten.«

»Vermutlich hatten meine Verwandten Angst, ich könnte in Versuchung geraten, den erstbesten Jungen zu heiraten, der mir über den Weg läuft und mir einen Antrag macht – nur um an das Vermögen zu kommen.«

»Sind Sie schon von vielen Jungen gefragt worden?«

»Von ein paar, aber keiner von ihnen hat es wirklich ernst gemeint.«

»Wenn Antoine Sie also fragen würde ...?«

»Das wird er nicht!«, antwortete Alexandra – zu scharf, wie sie zu spät realisierte. Sie lachte, um ihre Reaktion abzumildern. »Warum sollte er? Ich bin das Kindermädchen in seinem Haushalt!«

»Ich hasse es, derjenige zu sein, der Ihnen das sagt, Alexandra, doch in Frankreich ist es nicht unüblich, dass der Hausherr ...«

Rasch fiel sie ihm ins Wort. »Antoine ist anders. Und ich bin anders! Er würde niemals ...« Sie schluckte, als ihr aufging, wie wahr ihre Worte waren. »Er würde die Situation niemals ausnutzen.« Auch wenn das stimmte, wusste sie, dass er nicht einmal in Versuchung geraten würde. Sie war zu jung. Er betrachtete sie beinahe als ein weiteres Kind, davon war sie überzeugt. »Wie auch immer«, fuhr sie lächelnd fort, »ich würde mein Erbe nicht bekommen, wenn ich nur eine Affäre hätte, nicht wahr?«

»Sie haben recht, so ist Antoine nicht. Er würde nichts Unehrenhaftes tun, aber es wäre doch möglich, dass er Sie heiraten will. Sie sind hübsch, seine Kinder sind vernarrt in Sie, Sie sind vernarrt in die Kinder – Sie würden die perfekte Schlossherrin abgeben.«

»Maxime! Nur in Liebesromanen heiratet der Held die Gouvernante, das Kindermädchen oder die Dienstmagd. Nicht im wahren Leben!«

Maxime war nicht überzeugt. »Sie sind nicht wie andere Kindermädchen. Ihre Anwesenheit im Château beunruhigt Lucinda und Véronique.«

Alexandra zuckte die Schultern. »Ich bin nur vorübergehend da, bis sich jemand Geeigneteres für die Betreuung der Kinder findet.«

»Sucht Antoine denn nach Ersatz? Ich glaube, er hätte mich um Unterstützung gebeten, wenn es so wäre. Er hat mich weder gefragt, ob ich ihm beim Aufgeben einer Anzeige für die Stelle helfen kann, noch hat er wissen wollen, ob ich mir mit ihm zusammen Kandidatinnen ansehen kann, die eine Agentur schickt. Ich glaube, er ist sehr zufrieden mit Ihnen.«

Alexandra spürte, wie sie rot wurde. Normalerweise neigte sie nicht dazu zu erröten, doch sie war sich plötzlich sicher, dass Maxime ihre Schwärmerei für Antoine erraten hatte. Sie straffte die Schultern. Selbst wenn er einen Verdacht hatte, konnte er es nicht mit Sicherheit wissen.

»In der Tat liebe ich die Kinder, und ich glaube, Antoine weiß das zu schätzen.« Sie zögerte. »Soll ich diese Dokumente hierlassen, was meinen Sie? Damit Sie sie in Ruhe studieren können? Oder wissen wir alles Wichtige?«

»Ich glaube, wir wissen alles, was wir momentan wissen müssen, Alexandra. Wenn Sie es in Erwägung ziehen sollten, einen anderen Mann als mich zu heiraten, kommen Sie wieder, und wir sprechen die Dinge durch.«

Sie lächelte und stand auf. »Das mache ich auf jeden Fall.« Dann steckte sie die Unterlagen, die er ihr reichte, wieder in die Posttasche. »Jetzt werde ich mit Penelope zu Mittag essen. Hoffentlich ist Lucinda nicht da!«

Penelope war allein und begrüßte Alexandra herzlich. Dann führte sie sie in den Salon und bot ihr ein Glas Wein an. Nachdem sie sich zugeprostet und den Wein probiert hatten, nahm Alexandra ihr Paket aus der Tasche.

»Bitte schön. Ich hoffe, es ist in Ordnung so. David hat die Suppentasse für mich eingepackt, er hat mir nicht vertraut.«

»Ich freue mich so! Dieser Henkel war schon so lange abgebrochen.«

Sie bewunderten die schalenförmige Tasse. Sie war außergewöhnlich hübsch, und als sie wieder bei den anderen Tassen im Schrank stand, konnte niemand mehr erkennen, dass sie repariert worden war. Penelope bedankte sich herzlich und gratulierte Alexandra zu ihrem Geschick.

Später ließen sie sich an einem kleinen Tisch im Esszimmer nieder, um zu Mittag zu essen. Penelope hatte eine köstliche, kleine Mahlzeit für sie vorbereitet. Während Alexandra sich umsah, brachte Penelope Teller mit Salat, hart gekochten Eiern, Schinken und Oliven herein. Der größte Teil des Raumes wurde offenbar zum Musizieren und Musikhören genutzt.

Kurz darauf meinte Penelope: »Wahrscheinlich fühlen Sie sich manchmal ein bisschen einsam, oder?«

Alexandra schätzte es, dass Penelope sich über die Regeln der höflichen Konversation hinwegsetzte, auch wenn es eher unerwartet kam. Schließlich stand Penelope in der Familie in dem Ruf, sehr formell zu sein, doch in letzter Zeit schien sie deutlich entspannter geworden zu sein. Sie wirkte jünger – so als leuchtete sie von innen heraus.

»David und ich sind alte Freunde, und wir verstehen uns sehr gut, aber manchmal vermisse ich meine Freundinnen.«

»Warum rufen Sie sie nicht an? Wäre das nicht möglich? Ein langes Telefongespräch kann sehr aufbauend sein.« Sie reichte Alexandra eine antike Sauciere mit Mayonnaise. »Für die Eier«, erklärte sie und schien noch auf ihre Antwort zu warten.

»Um ehrlich zu sein, daran habe ich noch gar nicht gedacht. Und natürlich möchte ich Antoines Telefonrechnung nicht belasten.«

»Ich würde gelegentliche Anrufe nach England als eine Vergünstigung betrachten, die zum Job gehört.« Penelope lächelte. »Ich bin froh, manchmal Englisch sprechen zu können. Ich bin sicher, Antoine würde Ihnen ein Telefonat gönnen.«

»Und ich könnte mir eine Notiz machen und ihm die Kosten erstatten.«

Penelope lachte. »Wenn Sie darauf bestehen, aber ich bezweifle, dass er das annehmen würde. Wie läuft es mit dem Unterricht der Kinder?«

»Sehr gut! Ich bewundere es, wie David und Jack es schaffen, alles in eine Lektion umzuwandeln. Gerade helfen die Kinder, Stéphies Puppenhaus zu renovieren. Es ist verblüffend, wie viel Mathematik dabei im Spiel ist.«

»Ich glaube, nach diesem Prinzip arbeitet auch die Schule, auf die Antoine die Kinder schicken möchte. Lucinda ist allerdings dagegen. Sie möchte, dass die Kinder ein Internat in England besuchen, einflussreiche Freunde finden ... und wahrscheinlich unglücklich werden. Die Anfänge ihrer Schulbildung waren eher unkonventionell; daher glaube ich nicht, dass das die richtige Antwort ist.«

»Ich habe ein Internat besucht, obwohl ich ganz anders als meine Klassenkameradinnen groß geworden bin. Irgendwann habe ich aufgehört, mich anpassen zu wollen, und war nur noch ich selbst – ab dem Zeitpunkt war es in Ordnung. Es hat mir einiges an Nervenstärke abverlangt.«

Alexandra fühlte sich ein bisschen unwohl dabei, mit Penelope über Schulen zu diskutieren. Das Thema fiel nicht in ihren Kompetenzbereich, fand sie. Sie wechselte es rasch. »Diese Mayonnaise schmeckt köstlich. Madame Wilson, die Lehrerin des

Kochkurses in London, den ich mit meinen Freundinnen besucht habe, wäre beeindruckt.«

Penelope ließ sich jedoch nicht ablenken. »Mir gefällt der Gedanke nicht, dass meine Enkel so weit weg sein werden. Und Stéphie wäre ohnehin viel zu jung, um weggeschickt zu werden.«

»Wollen Sie nicht selbst wieder in England leben?«

Penelope seufzte. »Na ja, manchmal vielleicht schon. Aber eigentlich möchte ich lieber hierbleiben. Hier habe ich meine Freunde, mein Haus. Ich habe mich an das Leben in Frankreich gewöhnt.« Als sie kurz zögerte, fand Alexandra, dass sie ein bisschen verlegen aussah. »Was ist mit Ihren Freunden? Könnten sie sich vorstellen, in Frankreich zu bleiben?«

»Ich kann nicht für Jack antworten, weil ich ihn nicht besonders gut kenne, doch bei David kann ich es mir durchaus vorstellen. Er könnte zwischen England und Frankreich pendeln, weiterhin seinen Antiquitätenstand in London betreiben und sich dabei auf französische Antiquitäten spezialisieren. Ich werde ihn vermissen, wenn ich selbst nach England zurückkehre.«

»Sie würden dorthin zurückgehen? Warum?« Penelope hielt das offensichtlich für eine sehr verschrobene Idee.

»Ich bin Engländerin! Ich lebe in London! Ich bin nur vorübergehend hier.«

Penelope beugte sich vor und legte ihre Hand auf Alexandras. »Es liegt ganz an Ihnen. Wenn Sie hier die Liebe finden, dann laufen Sie nicht weg, weil Sie Angst haben, Ihre Liebe könnte nicht erwidert werden. Machen Sie nicht die gleichen Fehler wie ich.«

Aber bei mir ist es anders, dachte Alexandra. Sie war in Antoine verliebt, er jedoch nicht in sie. Sie könnte noch monatelang bleiben, wenn sie wollte, doch das würde nicht zwingend etwas ändern.

Als Penelope sich in ihren Gedanken verlor, wollte Alexandra sie nicht stören. Schließlich meinte Penelope: »Es ist irgendwie komisch, aber man gibt anderen anscheinend Ratschläge, die man besser selbst beherzigen sollte.« Sie seufzte mit einem Lächeln und schlug ein anderes Thema an. »Zum Nachtisch gibt es Baisers. Seit Lucinda hier ist, die gegen alles ist, was dick machen könnte, habe ich noch mehr Lust auf süße Sachen.«

»Sie hat eine tolle Figur«, sagte Alexandra.

»Sie ebenfalls, aber Sie tragen kein Korsett und weigern sich auch nicht, etwas Süßes zu essen. Ich gieße mal Tee auf. Niemand hier weiß Tee richtig zu schätzen. Es ist schön, ihn mit jemandem zu teilen, der ihn genauso liebt wie man selbst.«

Als Alexandra später auf dem Weg zur Apotheke den Stadtplatz überquerte, dachte sie über Penelopes Worte nach, die sie beim Abschied noch einmal wiederholt hatte. Zusammengefasst lauteten sie: Dreh der Liebe nicht den Rücken zu; es ist hilfreich, mit einem alten Freund oder einer Freundin darüber zu reden. Und schließlich: Hab keine Angst, das Telefon zu benutzen, selbst wenn der Anruf nach England geht.

Das Puppenhaus stand immer noch im Mittelpunkt der allgemeinen Aufmerksamkeit, als Alexandra ins Château zurückkehrte. Daher fand sie Zeit, ihre Freundin Lizzie anzurufen. Hoffentlich konnte sie ein bisschen mit ihr plaudern.

Offenbar hatte sie den perfekten Augenblick erwischt, denn Lizzie, die im siebten Monat schwanger war, ließ nur zu gerne die Hausarbeit liegen, um sich mit ihrer Freundin auszutauschen. Alexandra machte es sich am Schreibtisch in Antoines Arbeitszimmer bequem und schüttete ihrer Freundin das Herz aus.

Als sie schließlich in die Küche ging, um das Abendessen vorzubereiten, traf sie dort auf Stéphie. Alexandra hatte die Tür zum Arbeitszimmer offen gelassen, doch sie hatte das Mädchen nicht vorbeigehen hören. Stéphie wirkte durchaus zufrieden, obwohl sie ihr einen etwas seltsamen Blick zuwarf.

»Ich vermisse Papa«, sagte die Kleine ein wenig später, als sie das Hühnchenschmorgericht aßen, das Alexandra und David zubereitet hatten. »Ich möchte, dass er nach Hause kommt!«

»Er kehrt an Weihnachten zurück«, erwiderte Félicité.

»Ich will, dass er *jetzt* kommt!«, beharrte Stéphie.

»Ach, Stéphie!«, sagte Henri. »Er kann im Augenblick nicht nach Hause kommen. Er arbeitet! Du weißt doch, wie es ist.«

»Weihnachten steht fast schon vor der Tür«, warf Alexandra ein. »Wir sollten mit den Vorbereitungen beginnen. Wir haben nur noch zwei Wochen.«

»Wir müssen uns nicht wirklich vorbereiten«, meinte Félicité. »Am Heiligabend fahren wir zu *Grand-mère*. Ihre Freunde kommen auch. Das ist immer ziemlich langweilig. Am ersten Weihnachtsfeiertag schreiben wir Dankesbriefe für unsere Geschenke. Das Dreikönigsfest ist viel schöner.«

»Müssen wir zu eurer Großmutter?«, fragte David. »Warum feiern wir Weihnachten nicht stattdessen hier im Schloss?«

»Das haben wir noch nie getan«, antwortete Henri.

»Was nicht heißt, dass es nicht möglich wäre«, meinte Jack.

»Wir könnten ein englisches Weihnachtsfest feiern!«, schlug Alexandra vor. »Erzählt uns doch mal, wie ihr gewöhnlich feiert. Danach erzählen wir euch, was wir normalerweise tun, und dann können wir uns die Einzelheiten rauspicken, die uns allen von beiden Varianten am besten gefallen! Wie klingt das?«

»Die Planung ist am wichtigsten, finde ich«, sagte David. »Das viele Essen, das Vorbereiten von Pudding, Mince Pie, Weihnachtskuchen.«

»Ich glaube nicht, dass es das normalerweise bei uns gibt.«

»Wirst du Weihnachten denn hier verbringen, David?«, erkundigte sich Alexandra, die plötzlich realisierte, dass er und Jack über die Feiertage durchaus Anspruch auf Urlaub hatten.

»Schätzchen«, gab David zurück und verdrehte entsetzt die Augen. »Ich habe dir doch letztes Jahr erzählt, wie absolut grässlich meine Weihnachtsfeste bisher meistens waren.«

»Was ist ›absolut grässlich‹?«, fragte Stéphie abgelenkt – genauso, wie David es beabsichtigt hatte.

»Das ist für mich Weihnachten, wenn ich es nicht mit euch verbringen kann!«

»Erzähl uns davon. Wie wäre es ohne uns?«, forderte Alexandra ihn auf, die wusste, dass er die Kinder zum Lachen bringen und somit alle aufheitern würde.

»Dann müsste ich Weihnachten mit meinen beiden ledigen Tanten verbringen, die in einem trostlosen Vorort außerhalb von London leben. Es ist nicht das richtige London mit seinen hellen Lichtern, in dem viel gefeiert wird, und es ist nicht auf dem Land, wo es Pubs und Sternsinger gibt. Es ist irgendwo im Nirgendwo dazwischen.«

»Und wie sind deine Tanten so?«

»Nun ja, sie halten generell nichts von Alkohol«, antwortete David, »aber an Weihnachten darf jeder ein sehr kleines Glas Sherry trinken. Sie benutzen schon seit Jahren dieselbe Flasche. Danach wird das Essen aufgetragen. Alles wurde sehr lange gekocht, was heißt, dass wir nicht wirklich kauen müssen. Es gibt gekochte Kartoffeln statt Bratkartoffeln, weil die bekömmlicher sind, und der Nachtisch wird mit klumpiger Vanillesauce aus der Packung gereicht.«

David grinste. »Stéphie, diese Sauce aus der Packung ist nicht mit richtiger Vanillesauce vergleichbar. Nach dem Essen hören wir uns die Weihnachtsansprache der Queen im Radio an.

Danach öffnen wir unsere Geschenke, was nicht lange dauert. Die Tanten schenken mir Socken, ich schenke ihnen Taschentücher und eine Schachtel New Berry Fruits. Das sind Geleefrüchte. Die mögen sie am liebsten. Dann gehe ich nach Hause und suche mir einen alten Freund, mit dem ich mich betrinken kann.«

»Unser Weihnachtsfest wird kein bisschen so sein!«, sagte Alexandra. »Jack, bleibst du an Weihnachten auch hier?«

»Auf jeden Fall!«, antwortete er begeistert. »Normalerweise verbringe ich das Fest mit meinem Bruder und seiner Frau – sie sind viel jünger als ich und haben Kinder, wodurch es lustiger ist als Davids Weihnachtsfeste. Aber dieses Jahr würde ich Weihnachten gerne mit euch feiern.«

Und mit deiner wiedergefundenen Geliebten, fügte Alexandra im Stillen hinzu.

»Das wird eine tolle Zeit«, sagte Alexandra. »Wir machen nur das, was uns am besten gefällt, und wir verzichten auf die New Berry Fruits, die einfach widerlich sind, wenn ihr mich fragt. Stattdessen wird es Schokoladentrüffel geben. Wir können sie selbst herstellen. Stéphie, mit den Vorbereitungen und der Organisation wird die Zeit wie im Flug vergehen – und schon wird dein Papa wieder da sein!«

22. *Kapitel*

Antoine wurde in einer Woche zu Hause erwartet. Maxime, der inzwischen zu einem häufigen Besucher geworden war, kam vorbei, um eine Nachricht von seinem Freund zu übermitteln.

»Er bringt Véronique über die Weihnachtstage mit«, verkündete er.

Alexandras gute Laune schmolz dahin wie Schnee in der Sonne. »Oh«, murmelte sie und reichte Maxime ein Glas Wein. Sie hatte ihn bereits zum Abendessen eingeladen.

»Ja. Er wollte euch nicht mit einem unerwarteten Gast überraschen.«

»Wie rücksichtsvoll von ihm«, kommentierte David und sah Alexandra an, die prompt errötete.

»Warum hat er uns das nicht selbst erzählt?«, fragte sie. »Und würde sie sich nicht bei ihrer Freundin in der Stadt wohler fühlen?«

»Vielleicht hat die Freundin sie nicht eingeladen«, vermutete Stéphie ungewohnt bissig.

Maxime, dem es wahrscheinlich unangenehm war, der Überbringer der schlechten Neuigkeit zu sein, trank einen Schluck Wein. »Offensichtlich hat er mehrmals versucht, euch telefonisch zu erreichen, aber es ist nie jemand ans Telefon gegangen.«

Es entstand eine Pause. »Wir hatten jede Menge zu tun!«, sagte Alexandra, die immer noch verstimmt war. »Weihnachten steht vor der Tür.«

Sie hatten viele Einkäufe erledigt, und Henris Musikgruppe traf sich momentan zweimal pro Woche, um Weihnachtslieder einzustudieren. Jack und Stéphie hatten damit begonnen, Figuren herzustellen, um die *santons* zu ergänzen, die traditionellen Krippenfiguren aus Ton, die sie auf dem Speicher gefunden hatten. Stéphies Meinung nach gab es viel zu wenige Tiere.

Sie hatten in einem der alten Ställe eine Werkstatt eingerichtet, außerhalb der Hörweite des Telefons, und daher wohl Antoines Anrufe verpasst. Félicité malte mit richtiger Goldfarbe eine Hintergrundszene mit Palmen, Hirten und Schafen in den Hügeln sowie den himmlischen Heerscharen.

»Muss Véronique unbedingt kommen?«, fragte Stéphie. »Ich hasse es, wie sie mich ständig anfasst und umarmt.«

Alexandra und David wechselten Blicke. »Ich weiß!« David, der die Lebensmittelplanung für Weihnachten übernommen hatte, seufzte. »Warum laden wir nicht jede Menge Leute ein? Könnten Sie kommen, Maxime?«

»Am ersten Weihnachtsfeiertag? Ja! Der Heiligabend ist ein wichtiger Tag in Frankreich«, erwiderte er – vermutlich als Hinweis für Alexandra, die das jedoch bereits wusste.

»Großartig!«, meinte David. »Wir feiern auf englische Art Weihnachten.«

»Penelope freut sich schon sehr darauf«, warf Jack ein. »Wir alle freuen uns«, fügte er etwas verlegen hinzu. »Aber können wir einfach so alle hierher einladen, statt in Penelopes Haus zu feiern? Wir sind ja nur angestellt, das Château gehört uns nicht.«

»Ich glaube, es ist absolut zulässig, wenn ihr an Weihnachten Gäste einladen wollt«, antwortete Maxime. »Ihr werdet die Arbeit haben, und Antoine hat sicher nichts dagegen, wenn für diesen Anlass mehr Geld für Essen und Wein ausgegeben wird. In meiner Funktion als Antoines Anwalt erteile ich euch in Antoines Namen die Erlaubnis!«

»Oh, danke, Maxime!«, rief Alexandra, legte ihm den Arm um die Taille und umarmte ihn kurz. »Wenn wir aussuchen können, wen wir einladen, wird es sich nicht wie eine feindliche Übernahme durch Véronique anfühlen. Ich glaube nicht, dass es besonders lustig wäre, wenn sie das Sagen hätte.«

»Sie würde bestimmt wollen, dass wir schreckliche Rüschenkleider tragen«, brummte Félicité. »Wie *Grand-mère*, nur noch schlimmer.«

»Habt ihr denn solche Kleider?«, wollte Alexandra wissen. Plötzlich hatte sie das Gefühl, sie sollte die Antwort eigentlich kennen. Es war ihr noch nicht in den Sinn gekommen, die Garderobe ihrer Schützlinge durchzusehen. Sie wusch die Kleidung, die sie trugen, und legte sie ihnen frisch gewaschen und gebügelt auf die Betten.

Félicité nickte. »Ich mag die Farbe von meinem, aber es ist sehr kindlich.«

»Wenn du noch reinpasst, könnten wir es ändern. Wenn nicht, geben wir es weg«, erwiderte Alexandra. Sie legte sich die Haare über die Schulter und begann, sie zu einem Zopf zu flechten. »Wir sorgen dafür, dass dieses Weihnachtsfest ganz besonders wird!«

»Bravo!« Maxime hob sein Glas, um den anderen zuzuprosten.

»Kommt, lasst uns essen«, sagte David. »Félicité? Sei so lieb und hole noch ein Messer und eine Gabel für Maxime.«

Alexandra kümmerte sich um den Abwasch, und Félicité, die in letzter Zeit deutlich zugänglicher geworden war, trocknete ab, als Alexandra fragte: »Wo soll ich sie unterbringen?«

David, der am Tisch saß und Walnüsse für einen Kuchen knackte, antwortete: »Nun, du willst ihr sicher nicht schon wieder dein eigenes Zimmer zur Verfügung stellen.«

»Gibt es nicht noch einen freien Raum in der Nähe von Davids und Jacks Zimmern?«, überlegte Félicité laut.

»Schon, aber er ist ein bisschen ... na ja, lass es mich so formulieren: Man muss noch was dran machen«, antwortete David.

»Wäre es viel Arbeit?«, hakte Alexandra nach.

»Ich weiß nicht genau.«

Das klang nicht sonderlich vielversprechend, fand Alexandra. »Wir sehen es uns morgen an«, beschloss sie und griff nach einer schmutzigen Pfanne. »Dann entscheiden wir, was zu tun ist.«

Félicité begleitete Alexandra, als sie am folgenden Morgen die Wände in Véroniques potenziellem Schlafzimmer inspizierte.

»Es ist ein hübscher Raum mit einer wunderschönen Aussicht«, sagte Alexandra. »Außerdem liegt er neben einem Badezimmer. Wir könnten David bitten, sich das Bad am Ende des Flurs mit Jack zu teilen.«

»Aber da an der Wand ist ein großer feuchter Fleck«, erwiderte Félicité.

Das stimmte. Alexandra überlegte gerade, was weniger Arbeit verursachen würde: die Wand neu zu streichen oder ihr Zimmer Véronique zu überlassen, als Félicité meinte:

»Ich könnte ein Wandbild malen.« Trotz ihres beiläufigen Tons erkannte Alexandra, dass sie Angst hatte, dass ihre Idee abgelehnt werden könnte. »Ich habe schon überlegt, ob ich eins für mein eigenes Zimmer malen soll. Es hat mir Spaß gemacht, kleine Wandgemälde für das Puppenhaus und die Weihnachtskrippe zu malen. Ich würde gerne mal ein richtig großes ausprobieren.«

»Wie sieht es mit Farbe aus? Woher würdest du die bekommen?«

»Ich glaube, ich würde Wandfarbe benutzen«, antwortete Félicité. »Für die Details bräuchte ich ein paar kleinere Pinsel. Findest du, es ist eine gute Idee?«

»Eine prima Idee sogar!«, erwiderte Alexandra. »Abgesehen davon, dass die Wand richtig gut aussähe, würde der Farbgeruch auch den muffigen Geruch nach Feuchtigkeit überdecken.«

Félicité musste lachen. »Du magst Véronique wirklich nicht, was?«

»Du denn?«

»Nein. Es ist sehr schade, dass Papa sie anscheinend mag.«

Alexandra wich bewusst Félicités Blick aus. Sie wollte kein Mitleid oder Ähnliches in ihren Augen lesen. »Mach eine Liste der Farben, die du brauchst. Hast du schon eine Vorstellung, was du gerne malen möchtest?«

Félicité zuckte mit den Schultern. »Ich muss noch drüber nachdenken. Dann kann ich mit David oder Jack einkaufen gehen, was ich brauche.«

»Gute Idee. Wir werden die Mengenermittlung als Mathematikübung betrachten.«

Félicité lachte und war offensichtlich entzückt, dass ihre Idee so positiv aufgenommen wurde.

Während die beiden in den Haupttrakt des Châteaus zurückkehrten, dachte Alexandra darüber nach, wie verrückt es war, Félicité ein derartiges Projekt in Angriff nehmen zu lassen, wo sie doch selbst so beschäftigt war und nicht mithelfen konnte. Doch sie freute sich sehr über die Begeisterung des Mädchens und ihre neu entdeckte Liebe für Kunst und Design.

Vier Tage, bevor Antoine und Véronique zurückerwartet wurden, nahmen David, Alexandra, Henri und Stéphie die Dekoration der Eingangshalle in Angriff.

Den Erzählungen der Kinder nach zu urteilen, wurde das Haus zu Weihnachten für gewöhnlich kaum dekoriert – abgesehen vom Aufstellen der Krippe. Antoine war stets bis zum letzten Moment unterwegs, und wer auch immer sich gerade um die

Kinder kümmerte, hatte genug mit der Dekoration seines eigenen Zuhauses zu tun. Daher waren alle begeistert und aufgeregt, als Alexandra und David verkündeten, dass sie die Eingangshalle aufwendig schmücken wollten. Sie erklärten ihnen, was sie im Detail vorhatten.

Milou stand ihnen bei der Arbeit nur im Weg herum, die kleinen Katzen schienen jedoch zu glauben, das ganze Projekt werde eigens für sie initiiert. Sie klettern jede Leiter hinauf, jagten jedem Efeuzweig hinterher und funktionierten die Vorhänge zum Spielgerüst um, indem sie in Höchstgeschwindigkeit hinauf- und hinunterkletterten.

Henri und David tummelten sich mit Sägen und Äxten und Eimern auf dem Gelände des Schlosses, um grüne Zweige zu organisieren, während Alexandra und Stéphie die Krippenfiguren arrangierten. Die Krippe stand auf einem wunderschönen Tisch in der Halle, und die alten Tonfiguren und die neuen, aus Holz geschnitzten Figuren rangelten im Stall um die besten Plätze. Das Jesuskind wurde hinter der Krippe versteckt, damit es am Heiligabend um Mitternacht hervorgeholt werden konnte. Die Heiligen Drei Könige (auf Kamelen, begleitet von mehreren Eseln, von denen manche die Größe von Elefanten hatten) befanden sich auf einem weiteren Tisch. Sie würden die Stallszene erst am Dreikönigstag vervollständigen.

Nachdem sie jede Vase, jeden Topf und jedes andere Gefäß hervorgesucht hatten – alles, was wasserdicht war und nützlich für die Dekoration mit Tannengrün sein könnte –, zündete Alexandra das Feuer im Kamin an. Im Laufe der vergangenen Woche war es kalt geworden, und Alexandra musste sich einen alten Pullover von David borgen, den sie über ihrem Arbeitsoverall trug, um nicht zu frieren.

Schließlich war das Grünzeug im Haus, sämtliche Gefäße waren gefüllt, und alle Geländer, Bilderrahmen und Spiegel in der Halle waren mit Zweigen geschmückt worden. Die Gefäße wurden im ganzen Château verteilt, bis in jedem Raum mindestens eine Vase mit Tannengrün, Lorbeer, Rosmarin oder winterblühendem Duftschneeball stand, die ihren würzigen Duft verbreiteten.

Im Salon wurden alle Kerzenständer und Leuchter verteilt, die zu finden waren, und mit Kerzen bestückt. Kissen wurden aufgeschüttelt, Möbel wurden zurechtgerückt. Stéphie verkündete, dass von jetzt an niemand mehr den Salon betreten und sich hinsetzen durfte. Die schönsten Vasen wurden arrangiert; sie sorgten für festliche Stimmung und wunderbaren Duft.

In der Halle ging es weniger förmlich zu. Tannenzweige und anderes Grün steckten in Eimern und Blumentöpfen und verbreiteten ein eher rustikales Ambiente.

David, Alexandra, Henri und Stéphie bewunderten gerade ihr Werk, als Jack nach Hause kam.

»Du meine Güte!«, rief er aus, nachdem er sich kurz umgesehen und die Szene auf sich hatte wirken lassen. »Ist bald Weihnachten, oder führt David ein schottisches Theaterstück auf, und das hier ist der Wald von Birnam?«

»Es ist Weihnachten«, entgegnete Stéphie empört. »Das sieht doch jeder!«

»Tut mir leid!«, antwortete Jack. »Ich war nur gerade ein bisschen durcheinander.«

Als Nächste erschien Félicité; sie hatte an ihrem Wandgemälde gearbeitet. »Es wirkt sehr ... üppig«, sagte sie schließlich zweifelnd. »Ganz anders als sonst.«

David und Alexandra blickten sich an. »Wahrscheinlich sollten wir noch Lametta auftreiben«, meinte er.

»Oder zumindest Weihnachtskugeln«, fügte Alexandra hinzu.

»Nein, nein! Es ist perfekt!«, antwortete Jack rasch. »Fügt nichts mehr hinzu. Und der Duft ist wundervoll! Ach, Henri, ich habe Jules aus der Musikgruppe in der Stadt getroffen.« Er zog einen Umschlag aus der Tasche. »Ich soll dir das hier geben.«

»Was ist das?«, wollte Stéphie wissen.

Henri öffnete das Kuvert. »Es ist eine Einladung zu einer Party, für übermorgen. Hier steht: *Bitte bring deine hübsche ältere Schwester mit.*«

Alexandras Stimmung sank. Sie hoffte, Félicité und Henri würden beide verkünden, dass sie nicht zu der Party gehen wollten. Andernfalls würde sie Antoine um Erlaubnis bitten müssen. Hoffentlich würde nicht Véronique das Gespräch annehme! Doch ohne Erlaubnis durften die Kinder die Party natürlich nicht besuchen.

»Eine Party?« Félicités Augen leuchteten auf.

»Ja.« Henri las die Einladung erneut. »Von einem Jungen, der die Schule besucht, auf die wir vielleicht auch gehen werden.«

Alexandras Besorgnis wuchs, vor allem, da Félicité aussah, als wollte sie definitiv hingehen. Konnte sie es verbieten? Aber vielleicht wäre es auch in Ordnung. Es könnte sich um eine formelle Veranstaltung handeln, unter Beaufsichtigung von strengen Eltern. Das könnte sie auf jeden Fall erlauben. Doch wenn der Junge die Schule besuchte, auf die auch Antoine seine Kinder möglicherweise schicken wollte, war die Party vermutlich nicht formell, sondern eher zwanglos.

»Dürfen wir hin, Lexi?«, fragte Félicité. Erst jetzt fiel Alexandra auf, dass das Mädchen leuchtend pinkfarbene Klekse in den Haaren hatte.

»Wann ist es denn?«

»Wie gesagt, übermorgen«, antwortete Henri.

»Ich muss darüber nachdenken«, meinte Alexandra. »Ob euer Vater wohl erreichbar ist? Dann könnten wir ihn fragen.«

Félicité verdrehte die Augen. Offenbar fand sie das unnötig. »Papa musste Maxime anrufen, um uns mitzuteilen, dass er seine ›Kollegin‹ mitbringt.« Die Anführungsstriche, in die sie das Wort setzte, waren hörbar. »Wir erreichen ihn niemals!«

»Trotzdem ist …«, fing Alexandra an und brach ab. Félicités Körpersprache sagte ihr, dass sie nicht auf die Zustimmung ihres Vaters hoffte. Das machte ihr die Entscheidung deutlich leichter. Andererseits – Félicité und Henri waren Teenager! Sie hatten nur sehr wenige soziale Kontakte. War es fair, ihnen zu verbieten, eine Party zu besuchen, zu der man sie eingeladen hatte?

Sie missachtete Stéphies Anweisungen, ging in den Salon und zündete auch hier das Feuer im Kamin an, das schon vorbereitet war. Sie brauchte ein bisschen Zeit für sich, um ungestört nachzudenken.

Jack kam mit einem Glas Muscat für sie herein.

»Das hilft garantiert beim Nachdenken«, meinte er. »Es tut mir leid. Ich hätte Henri die Einladung nicht geben sollen. Ich nehme an, du fragst dich gerade, ob du ihnen erlauben sollst, die Party zu besuchen?«

Alexandra nickte und nahm das Glas dankend an. Nach einem Schluck von dem fruchtigen, würzigen Wein erwiderte sie: »Wäre es verrückt, wenn ich sie dorthin begleiten würde? Ich finde einfach, sie sollten ausgehen und sich amüsieren. Sie sind meistens hier im Château, wo sie ja auch generell zufrieden sind, aber Félicité … sie muss Jungen kennenlernen! Sie wird allmählich erwachsen! Und Henri sollte auch einmal Mädchen treffen, die nicht seine Schwestern sind.«

Jack setzte sich ihr gegenüber und legte ein neues Stück Holz ins Feuer. »Ich finde, das ist die perfekte Lösung.«

»Das Kindermädchen, das mit den Kindern auf eine Party geht? Um sicherzustellen, dass sie sich benehmen und sich später auch brav bedanken?«

Jack lachte. »Du siehst nicht wie ein Kindermädchen aus, und du bist kaum älter als die Kinder!«

»Also hör mal, ich bin zwanzig!«

»Das ist nicht besonders alt. Du könntest dir die Haare wie neulich zu einem Zopf flechten, eine Jeans anziehen, und schon fällst du unter Teenagern nicht mehr auf.«

»Danke, Jack. Es ist ein Kompromiss. Ich werde die Kinder vor die Wahl stellen: Entweder komme ich mit, oder sie dürfen nicht gehen. Aber ich habe das Gefühl, ich sollte ihnen die Chance bieten.«

Der Tag der Party war gekommen – zwei Tage, bevor Antoine und Véronique eintreffen sollten –, und das Château war geschmückt. Jeder Raum im Erdgeschoss war festlich dekoriert. Sie hatten Geschenke besorgt, in Geschenkpapier eingeschlagen und in einem großen Fass aus einem der Ställe verstaut. Die Katzenbabys hatten eine Leidenschaft dafür entwickelt, alles auszupacken, was in Papier eingeschlagen war.

In einem weiteren Fass stand der Christbaum, der auf dem Grund und Boden des Châteaus geschlagen und verschwenderisch geschmückt worden war. David hatte auf dem Markt ein gutes Geschäft für Weihnachtsschmuck abgeschlossen. Seine Fähigkeit, Preise herunterzuhandeln, wurde offenbar nicht durch seine eingeschränkten französischen Sprachkenntnisse beeinträchtigt.

Stéphie (die ausgiebig hatte bestochen werden müssen) war an dem Abend bei ihrer Großmutter und formte Tiere aus Salzteig, eine Tradition, die Penelope von einer deutschen Freundin übernommen hatte. David und Jack überprüften die Outfits von Alexandra, Henri und Félicité. Die beiden fragten nach der Adresse, an der die Party stattfand.

Alexandras Kleidungsstil war immer schon ein wenig extravagant gewesen, doch an diesem Abend wollte sie wie ein durchschnittlicher Teenager wirken. Unter ihrer Lederjacke (auf einem Flohmarkt erstanden) trug sie Jeans und ein schwarzes Polohemd. Die Haare hatte sie zu einem Zopf geflochten. Henri und Félicité trugen ebenfalls Jeans, Henri einen dunkelblauen Pullover und Félicité ein gestreiftes Oberteil. Alexandra und Félicité hatten schwarzen Eyeliner und Mascara aufgetragen.

»Ich wirke nicht wie eine Kinderfrau, die ihre Schützlinge zu einer Party begleitet, oder?«, wollte Alexandra wissen.

»Nein. Du siehst gut aus!«, antwortete Henri, und die anderen stimmten ihm zu. »Können wir jetzt fahren?«

»Man meint, du wärst nur wenig älter als wir«, fügte Félicité hinzu. »Ich könnte den Leuten sagen, du wolltest nicht alleine im Château bleiben; allerdings erzähle ich normalerweise niemandem, dass ich in einem Château lebe, außer, es geht nicht anders.«

Alexandra nickte. »Ich war auch immer sehr vorsichtig, wem ich anvertraut habe, dass ich in Belgravia wohne – das ist eine ziemlich gehobene Wohngegend in London. So, ich habe die Autoschlüssel, und wir kennen die Adresse. Ich habe Geld für Notfälle – wir sind also startklar!«

Alexandra war nicht ganz so motiviert, in der Dunkelheit zu einem unbekannten Ziel aufzubrechen, wie sie vorgab. Doch ihr logischer Verstand sagte ihr, dass es gut gehen würde – sie musste sich keine Sorgen machen. Es war nicht ganz einfach gewesen, Félicité und Henri dazu zu bringen, sie als Begleitung zu akzeptieren, doch nachdem die beiden begriffen hatten, dass die Alternative war, zu Hause zu bleiben, hatten sie eingelenkt.

Schließlich fanden sie das Haus in einem Randbezirk von Saint-Jean-du-Roc, wo Alexandra Ausschau nach einem Parkplatz hielt. Die meisten Leute hatten einfach irgendwo angehalten, statt ihre Autos ordentlich zu parken.

Doch der Anblick all der Fahrzeuge munterte Alexandra auf; sie war nicht die Einzige, die ein bisschen älter war. In der Hand hielt sie eine Tasche mit einer Flasche Wein darin. Laut Henri wurde das erwartet. Sie wusste nicht genau, wie Eltern in Frankreich das sahen, daher hatte sie einfach beschlossen, auf Alkohol zu verzichten und nach Möglichkeit darauf zu achten, dass ihre Schützlinge nur wenig tranken. Sie freute sich nicht im Geringsten auf den Abend.

»Wir lassen unsere Jacken im Auto«, meinte sie. »Dann müssen wir später nicht Stunden damit verbringen, sie wiederzufinden.« Alexandra wollte nicht, dass die Kinder miterleben mussten, welcher Schabernack manchmal in Schlafzimmern mit den Bergen von Jacken und Mänteln getrieben wurde. »Alle bereit? Dann *on y va*!«

23. Kapitel

Let's Twist Again von Johnny Hallyday schallte ihnen entgegen, als ein schwarz gekleideter, blasser Junge mit langen Haaren ihnen die Haustür öffnete. Er musterte sie kurz, dann nickte er. Sie traten ein.

Es war eine ziemlich wilde Party – die Jungen und Mädchen waren deutlich erwachsener und deutlich weniger schüchtern, als Alexandra gehofft hatte. Félicité und Henri waren teils entzückt und teils eingeschüchtert. Sie selbst fühlte sich ähnlich. Es war laut, heiß und voll. Viele tanzten. Der Geruch nach Aftershave und Schweiß war eine schwindelerregende Kombination. Doch es war zu spät, um kehrtzumachen und nach Hause zu fahren; die beiden würden nie wieder mit ihr sprechen, sollte sie darauf bestehen.

Henri entdeckte seinen Freund und bahnte sich einen Weg zu ihm. Sie wechselten ein paar Worte auf Französisch, die Alexandra weder hören noch verstehen konnte.

Henri rief Félicité und ihr zu, dass sie etwas trinken sollten. Alexandra beschloss, ein Auge darauf zu haben, was und wie viel Alkohol sie tranken. Da die beiden Kinder Henris Freund folgten, blieb ihr nichts anderes übrig, als sich an ihre Fersen zu heften.

Auf einem langen Tisch standen zahlreiche Flaschen sowie Pappbecher. Es gab verschiedene Weine, Limonade, Orangina, ein Getränk namens Pschitt! sowie Bier.

Alexandra trat gerade zu ihnen, als der junge Mann, der ihnen die Tür geöffnet hatte, Félicité ein Getränk reichte.

»Das ist bloß Limonade mit Wein«, erklärte das Mädchen. »Mach dir keine Sorgen! Ich betrinke mich nicht.«

Alexandra nahm einen Becher mit der gleichen Mischung entgegen und stellte fest, dass sie durchaus einiges an Alkohol enthielt.

»Trink allenfalls zwei davon«, riet sie Félicité. Henri nahm sich ein Bier, was Alexandra besser fand.

»Mach nicht so einen Wirbel!«, erwiderte Félicité, leerte ihren Becher in einem Zug und hielt ihn dem Jungen zum Nachfüllen hin.

Noch nie hatte Alexandra sich weniger kompetent in ihrem Job gefühlt. Wie sollte sie nur dafür sorgen, dass es ihren Schützlingen weiterhin gut ging? Sie hätte ihnen den Partybesuch niemals erlauben dürfen.

In dem Moment tippte ein Junge Félicité auf die Schulter. Sie stellte den Becher ab und folgte ihm auf die Tanzfläche. Alexandra atmete etwas leichter. Sie war erfreut, dass Félicité zum Tanzen aufgefordert worden war und damit Teil der Party wurde. Und wenn sie tanzte, trank sie nicht und konnte auch sonst nichts Unvernünftiges tun.

Henri unterhielt sich mit einigen Jungen und schien noch bei seinem ersten Bier zu sein. Das bedeutete, dass Alexandra sich ein bisschen entspannen konnte. Sie hatte angekündigt, dass sie um elf Uhr wieder fahren würden – das bedeutete, sie musste die beiden nur noch drei Stunden lang beschützen.

Bevor sie weiter grübeln konnte, zog jemand sie auf die Tanzfläche.

Da sie Félicité sehen konnte, widersetzte Alexandra sich dem Wunsch des Jungen nicht. Sie ahmte ihn nach und tanzte Twist mit ihm. Da der Tanz sehr schnell war, fühlte sie sich sicher. Es machte ihr sogar Spaß. Als ein anderer Junge sie zu einem Jive aufforderte, rief sie sich die Schritte in Erinnerung, die sie auf einer Party in England gelernt hatte.

Bald stellte sie fest, dass sie als Tanzpartnerin ziemlich begehrt war. Keinem fiel auf, dass sie ein bisschen älter war. Genau genommen war die Alterspanne der Gäste recht breit. Wie die vielen Autos vor dem Haus hatten vermuten lassen, war sie keineswegs die Älteste, und Henri und Félicité gehörten nicht zu den Jüngsten. Alexandra fand das beruhigend.

Als Alexandra jedoch wenig später ihren Durst mit einer kleinen Flasche Orangina stillte, wurde das Licht gedimmt. Offensichtlich war die Zeit für *le slow* gekommen. Einige junge Männer wollten Alexandra auf die Tanzfläche führen, doch sie lehnte ab. Dabei musste sie manchmal recht deutlich werden. Irgendwann dachte sie sich, sie hätte vielleicht besser doch tanzen sollen, um Félicité im Auge behalten zu können. Als der nächste langsame Song begann, versuchte wieder ein junger Mann sein Glück bei Alexandra, und diesmal nahm sie an. Sie erlaubte ihm, dass er seine Hand auf ihren Rücken legte, war jedoch nicht bereit, Wange an Wange mit ihm zu tanzen. Sie war hier, um auf ihre Schützlinge aufzupassen.

Henri entdeckte sie ziemlich bald. Er unterhielt sich immer noch mit Jungen seines Alters. Als der Song endete, servierte Alexandra ihren Tanzpartner ab, um mit Henri zu sprechen.

»Wo ist Félicité?«, fragte sie auf Englisch.

Er zuckte mit den Schultern und schüttelte den Kopf. »Keine Ahnung.«

»Ich muss unbedingt wissen, wo sie steckt!«

»Suchst du Henris Schwester?«, wollte einer der Freunde wissen, der offensichtlich gut Englisch konnte. »Sie ist nach draußen gegangen.«

»Wirklich?« Alexandra machte sich auf die Suche nach dem Mädchen.

Im Außenbereich waren jede Menge Paare, die die Dunkelheit ausnutzten; lediglich eine Leuchte an der Hauswand spendete ein wenig Licht. Alexandra brauchte mehrere Minuten, um ihren Schützling zu finden.

Félicité wurde gerade heftig von einem Jungen geküsst. Alexandras erste Reaktion war, ihn auf der Stelle fortzuschicken, doch sie unterdrückte diese Anwandlung, weil Félicité den Kuss mit Begeisterung erwiderte. Sie wurde ganz offensichtlich nicht zu etwas gezwungen, was sie nicht wollte. Alexandra wandte sich ab. Was sollte sie tun? Von der Ferne zusehen wie eine etwas verklemmte Anstandsdame?

Sie ging näher zu der Leuchte, um die Uhrzeit zu kontrollieren. Es war erst zehn Uhr, sie konnte ihre Schützlinge noch nicht nach Hause fahren. Sie hatte ihnen versprochen, dass sie mindestens bis elf bleiben durften.

Alexandra kehrte in Haus zurück. Die Tänzer genossen immer noch voller Begeisterung *le slow*. Sie war ein bisschen überrascht, dass keine Erwachsenen zu sehen waren. Bisher hatte sie immer den Eindruck gehabt, dass französische Kinder behüteter aufwuchsen als englische Teenager. Doch dann fiel ihr ein, dass Henris Freunde die fortschrittliche Schule besuchten, die auch eine Option für Antoines Kinder war. Vielleicht gewährten die Eltern ihren Sprösslingen mehr Freiheiten.

In diesem Augenblick wünschte Alexandra sich beinahe ein strenges Elternpaar herbei, das das Licht einschaltete und die Musik abstellte.

Die Luft war blau vor Zigarettenqualm – ein weiterer Punkt, der sie störte. Alexandra hatte nie geraucht. Alle Partygäste würden ihre Kleidung komplett waschen müssen; der Rauchgeruch war schrecklich penetrant.

Sie entdeckte Henri, der von einem sehr attraktiven blonden Mädchen in Beschlag genommen worden war. Das Mädchen wusste genau, was man mit einem Jungen zu tun hatte, der wahrscheinlich noch nie geküsst worden war. In dem Moment kam ein junger Mann auf Alexandra zu.

Er trug Jeans und eine ähnliche Lederjacke wie die, die Alexandra im Auto zurückgelassen hatte. Seine Haare waren zurückgegelt, und um seinen Hals baumelte ein Medaillon. Sein Auftreten war etwas großspurig, was wahrscheinlich den bewundernden Blicken der jungen Leute geschuldet war, an denen er vorüberkam.

»'ello«, sagte er auf Englisch. »Warum bist du allein? Hat dein Freund dich im Stich gelassen? Komm, ich springe für ihn ein.« Er zog sie auf die Tanzfläche.

Alexandra fragte sich, ob es überhaupt noch Männer gab, die Frauen auf altmodische, galante Weise zum Tanzen aufforderten, oder ob sie jetzt immer geschubst und gezogen wurden. Doch da sie irgendwie die Zeit totschlagen musste, ließ sie sich mitziehen. Sie drehte den Kopf zur Seite, sodass der junge Mann beim Tanzen keine Chance hatte, sie zu küssen. Sie registrierte die neidischen Blicke der anderen Mädchen.

Schließlich war er es satt, nicht das zu bekommen, was er sich von einem langsamen Tanz erhofft hatte. »Komm mit«, sagte er und führte sie ins Freie. Alexandra folgte ihm, weil sie nach Félicité sehen wollte. Sie wollte sie überreden, die Party früher zu verlassen. Die Kombination aus Langeweile und Besorgnis, die sie gerade empfand, war tödlich. Außerdem wurden ihr die Aufmerksamkeiten des jungen Mannes immer lästiger.

Sie erlaubte ihm einen Kuss und legte ihm die Arme um den Hals, damit sie unauffällig einen Blick auf ihre Armbanduhr werfen konnte. Die Zeit verging quälend langsam.

Dieser Mann gab sich jedoch nicht mit einem Kuss zufrieden – er schien zu glauben, dass er jede Frau haben konnte, die er wollte. Er schob die Hand unter ihr Polohemd und versuchte, den Verschluss ihres Büstenhalters zu öffnen. Das ließ Alexandra sich nicht gefallen. Sie trat ihm heftig auf den Fuß, doch das schien seine Entschlossenheit nur noch zu verstärken. Daher hob sie ein Knie und rammte es ihm zwischen die Beine.

»*Putain*!«, stieß er hervor und taumelte rückwärts. Alexandra machte sich auf eine weitere Attacke gefasst, doch der Mann spuckte nur auf den Boden. »Englische Hure!«, rief er und drängte sich durch die kleine Menschenmenge, die sich inzwischen angesammelt hatte.

»Ich glaube, wir gehen jetzt lieber«, sagte Alexandra zu Félicité, die ihren Begleiter stehen gelassen hatte, als sie den Tumult gehört hatte.

»Auf jeden Fall«, stimmte das Mädchen zu.

»Das ist Tito«, meinte der Junge, der Félicité gefolgt war. »Niemand legt sich mit ihm an.«

Alexandra war schockiert. Wahrscheinlich hatte sie sich in größerer Gefahr befunden, als sie geahnt hatte. »Wir müssen Henri finden.«

»Ich hole ihn«, bot der Junge an. »Ihr solltet nicht mehr reingehen. Geht zu eurem Wagen und wartet da.«

Félicité begleitete Alexandra. Sobald sie sich ein Stück vom Haus und von der Menge entfernt hatten, blieben sie stehen und warteten auf Henri. Plötzlich musste Alexandra unkontrolliert lachen.

Félicité stimmte ein.

Nach einer Weile sah Alexandra sich um. »Wo bleibt Henri nur?«

»Er kommt gleich«, antwortete das Mädchen beruhigend. »Jules findet ihn sicher bald.«

Bei dem Gedanken, dass Jules sich als nett und verantwortungsbewusst erwies, bekam Alexandra ein schlechtes Gewissen. Sie selbst war diejenige, die sich um ein Haar in ernsthafte

Schwierigkeiten gebracht hätte, nicht ihre fünfzehnjährige Begleiterin. »Hast du dich gut amüsiert, Félicité? Habe ich dich von einem richtig netten Jungen weggeholt?«

»Schon in Ordnung«, erwiderte Félicité. »Wir haben unsere Telefonnummern ausgetauscht. Auf einer Zigarettenschachtel. Und«, fuhr sie aufgeregt fort, »er geht auf die Schule, auf die Papa uns gerne schicken möchte, doch er kommt jedes Wochenende nach Hause.«

»Das ist super!«, antwortete Alexandra. »Ach, da ist Henri ja. Hoffentlich geht's ihm gut. Er hat Lippenstiftspuren im Gesicht, wenn mich nicht alles täuscht.«

Alexandra genoss die Heimfahrt. Seitdem sie die Party verlassen hatten und sie sich nicht mehr sorgen musste, fand sie die Sache sogar recht lustig. Sie musste Félicité auf jeden Fall erklären, wie sie allzu aufdringliche Männer loswurde; Alexandra war sicher, dass sonst niemand es ihr zeigen würde.

»Hat euch die Party gefallen?«, fragte sie und schlüpfte unwillkürlich wieder in die Rolle des Kindermädchens. »Habt ihr euch gut amüsiert?«

»Es war irgendwie ein Schock«, gab Henri zu. »Ich meine – Mädchen! Aber ja, es war gut. Und ich kenne jetzt ein paar mehr Leute, wenn wir auf diese Schule gehen.«

»Mhm«, murmelte Félicité. »Es war ein bisschen beängstigend, doch es war auch lustig.«

»Für mich war es auch ein wenig beängstigend, so viel ist sicher«, murmelte Alexandra. »Aber ich habe schon Schlimmeres erlebt.«

»Was? Wegen Tito?«, fragte Félicité. »Du warst so mutig!«

»Nein. Er ist nur ein Widerling, der glaubt, er könne mit Frauen machen, was er will. Solche Typen kenne ich. Nein, ich habe mir Sorgen gemacht, weil ich die Verantwortung für euch beide trage. Einerseits wollte ich euch nicht den Spaß verderben, andererseits wollte ich vermeiden, dass ihr in eine gefährliche Situation geratet. Aber halb so wild! Bald sind wir zu Hause, trinken heiße Schokolade und reden über Jungs.« Sie hielt kurz inne. »Nicht du, Henri. Du musst nicht über Jungs reden.«

»Mir ist das egal«, erwiderte er.

Als Alexandra in die Einfahrt einbog und ein Auto vor dem Château stehen sah, das vorher nicht da gewesen war, hatte sie erneut ein Déjà-vu-Erlebnis – es war wie damals in London, als das Haus bei ihrer Rückkehr hell erleuchtet gewesen war.

Bitte lass es Freunde von David oder Jack sein!, betete sie, bevor klar wurde, um wessen Auto es sich handelt.

»Es ist Papa!«, rief Félicité aufgeregt.

»Sagt es mir ganz schnell«, bat Alexandra. »Dürft ihr normalerweise auf Partys gehen?«

»Keine Ahnung«, antwortete Henri. »Wir sind noch nie zu einer eingeladen worden.«

Alexandra wollte den Wagen um das Haus herum in den Hof vor den Ställen fahren, wo er immer parkte, als die Haustür geöffnet wurde und Véronique heraustrat. Alexandra wollte nicht unhöflich sein und sie ignorieren, also hielt sie hinter Antoines Auto an.

»Wo seid ihr gewesen!?«, fragte Véronique sofort. »Und was haben Sie mit Stéphie gemacht?«

Alexandra beschloss, kein Gespräch zu beginnen, bevor nicht alle ausgestiegen und ins Haus gegangen waren.

Als es so weit war, stand Antoine neben Véronique auf der Türschwelle.

»Papa!«, rief Félicité und stürzte sich in seine Arme. »Du bist früher gekommen!«

»Und du kommst spät nach Hause, *chérie*«, bemerkte Antoine und erwiderte die Umarmung. »Wo seid ihr gewesen? Und wo ist deine kleine Schwester?«

»Wir waren auf einer Party«, antwortete Henri und umarmte Antoine ebenfalls. »Stéphie ist bei *Grand-mère*.«

»Gott sei Dank ist sie in Sicherheit!« Véronique seufzte und drückte sich die Hände gegen die Brust.

Alexandra schwieg. Sie hatte das Gefühl, es wäre viel besser, wenn die Erklärungen von den Kindern kamen.

Antoine suchte ihren Blick. Seine Miene war unergründlich. Ihr fiel nichts ein, was sie sagen könnte. Seinen Kindern ging es gut, niemand war verletzt. Als sie sie mit ihrem Vater reden hörte, wurde ihr jedoch klar, dass sie ein bisschen zu viel getrunken haben könnten. Alexandra bekam ein schlechtes Gewissen. Mit einem Mal hatte sie das Gefühl, nachlässig gewesen zu und nicht richtig auf die Geschwister aufgepasst zu haben.

»Ich kann nicht fassen, dass Sie den Kindern erlaubt haben, ohne Erlaubnis ihres Vaters auf eine Party zu gehen!«, sagte Véronique scharf.

»Entschuldigen Sie«, meinte Alexandra. »Könnte ich bitte vorbei, ich möchte gerne ins Haus gehen.«

Sie hatte ganz vergessen, wie wunderschön die Halle mit dem Weihnachtsschmuck aussah und wie gut es nach Tannenzweigen, Rosmarin und Duftschneeball roch. Sie fand den Duft sehr beruhigend. Milou kam herbei und bellte leise zur Begrüßung. Die beiden Kätzchen umkreisten ihn wie Trabanten. Alexandra kraulte Milou am Hals und unter dem Kinn. Die Katzenbabys kletterten an ihr hoch und landeten auf ihrer Schulter. »Hallo, ihr alle! Seid ihr brav gewesen?«

Sie war plötzlich sehr müde und hätte sich am liebsten ohne weitere Unterhaltungen davongeschlichen und ins Bett gelegt. Doch das war unmöglich. »Véronique, Sie sind früher gekommen als erwartet. Daher ist Ihr Zimmer noch nicht fertig«, erklärte Alexandra.

»Ich habe meine Sachen in das Zimmer gebracht, in dem ich neulich geschlafen habe«, entgegnete Véronique. »Ich habe die Kleidung, die auf dem Bett lag, auf die Chaiselongue geworfen. Sie müssen sie heute nicht mehr wegräumen, denn ich bin sehr müde und möchte gleich schlafen gehen, aber bitte beziehen Sie das Bett noch frisch.«

Nein, beschloss Alexandra, dazu war sie jetzt nicht mehr in der Lage. Aber sie hatte auch keine Energie für lange Diskussionen übrig. »Ich hole Ihnen saubere Bettwäsche«, erklärte sie und lächelte herzlich, als wäre das eine großzügige Geste. »Wir sind dabei, ein sehr schönes Zimmer für Sie vorzubereiten. Es befindet sich auf der anderen Seite des Châteaus, wo auch David und Jack schlafen.«

Bevor Alexandra zum Wäscheschrank gehen konnte, tauchte David in der Halle auf. Er trug einen sehr extravaganten Morgenmantel.

»Was um alles in der Welt ist denn hier los?«, fragte er. »Oh! Der Herr des Hauses ist eingetroffen! Herzlich willkommen! Soll ich eine Kleinigkeit zu essen für alle vorbereiten?«

Selbst Véronique fand es anscheinend schwierig, sich weiterhin frostig zu geben. Davids Ausstrahlung war so freundlich und herzlich, dass sich dem keiner entziehen konnte.

»Ich sterbe vor Hunger!«, antworteten Félicité und Henri wie aus einem Mund.

»Ich auch«, meinte Antoine. »Wir sollten nicht länger in der Halle rumstehen – die übrigens sehr schön aussieht –, sondern lieber in die Küche gehen.«

Alexandra huschte die Treppe hinauf und suchte frische Bettwäsche und ein Plumeau sowie ein Kopfkissen heraus. Sie legte alles auf das Bett, sodass Véronique es nicht übersehen konnte, und nahm ihr eigenes Bettzeug mit in Stéphies Zimmer. Außerdem raffte sie rasch noch alle Sachen zusammen, die Véronique nichts angingen. Erst dann ging sie wieder hinunter und gesellte sich zu den anderen.

David war ein Meister darin, im Handumdrehen Mahlzeiten und heiße Getränke auf den Tisch zu zaubern. Antoine hatte den Ofen so rasch angezündet, wie nur er es konnte, und zudem eine Flasche Brandy und Gläser organisiert.

Véronique hatte offensichtlich erkannt, dass es klug war, sich der allgemeinen Stimmungslage anzupassen. Sie akzeptierte ein Glas Brandy und ein kleines Stück Toast mit *pâté*. David hatte auf die Schnelle einen Teller davon als Vorspeise vorbereitet, damit alle schon mal etwas zu knabbern hatten, während er die reichhaltige Käsecreme für Waliser Käsetoast zubereitete.

Félicité und Henri aßen zu zweit fast ein ganzes Baguette mit *pâté*.

»So«, sagte Antoine schließlich, als alle ihren ersten Hunger gestillt hatten. »Dann erzählt mal von dieser Party.«

»Sie hätten die Kinder niemals dorthin gehen lassen dürfen!«, wiederholte Véronique und sah Alexandra vorwurfsvoll an. »Was haben Sie sich bloß dabei gedacht?«

»Ich dachte mir, dass es nett für Félicité und Henri wäre, die Weihnachtsparty zu besuchen, zu der sie eingeladen wurden«, antwortete Alexandra. »Aber da ich die Gastgeber nicht kannte, beschloss ich, die beiden besser zu begleiten und mich als Partygast zu verkleiden.« Der letzte Teil sollte ein Scherz sein, doch nur David lachte amüsiert.

»Und wir sind gesund und munter zurückgekommen«, schaltete sich Félicité ein. Sie warf ihrem Kindermädchen einen kurzen Blick zu. »Alexandra hat uns keinen Moment aus den Augen gelassen.«

Antoine lachte. »Wie … überaus lästig.«

Nachdem Alexandra ihr schlechtes Gewissen abgeschüttelt hatte, konnte sie ihm offen ins Gesicht blicken. »Ich bin ihnen bestimmt auf die Nerven gegangen, aber ich wusste nicht, wie ich sie sonst hätte beaufsichtigen sollen.«

»Sie hätten ihnen einfach verbieten können, die Party zu besuchen!«, sagte Véronique zum wiederholten Male. Dann betrachtete sie den Teller, den David vor sie auf den Tisch gestellt hatte: goldener Käse auf getoastetem Baguette, leicht angegrillt und vor sich hin brutzelnd. Ihre Empörung flaute ab.

»Ich glaube, wir können festhalten, dass die Kinder nicht in Gefahr waren«, bemerkte Antoine ruhig. »Wir reden morgen weiter, Alexandra.«

24. *Kapitel*

Am nächsten Morgen stand Alexandra auf, sobald sie aufgewacht war. Sie wollte als Erste auf sein, um das Heft in der Hand zu haben; außerdem wollte sie Antoine sehen, bevor Véronique sich dazugesellte und die Dinge schwieriger machte.

Alexandra hatte sich um die Tiere gekümmert, den Kaffee gemahlen, den Ofen angezündet und die restlichen Gläser vom Vorabend abgespült. Außerdem hatte sie den Tisch gedeckt und alle geeigneten Lebensmittel für das Frühstück zurechtgestellt. Trotzdem fuhr sie zusammen, als Antoine in der Küche auftauchte. Sie atmete tief durch. Normalerweise war sie durchaus selbstbewusst und fürchtete sich vor niemanden, doch in Antoines Gegenwart fühlte sie sich wie ein kleines Kind, das etwas angestellt hatte.

»Guten Morgen! Möchten Sie Kaffee? Ich könnte Rührei zubereiten.« Zu spät fiel ihr ein, dass sie sich ja in Frankreich befanden und er wahrscheinlich ein Croissant oder Brot und Butter frühstücken wollte. »Ich war noch nicht in der *boulangerie*.«

Er betrachtete sie auf diese leicht amüsierte, leicht verwirrte Art und Weise, die typisch für ihn war, die Art und Weise, die Schmetterlinge in ihrem Bauch flattern ließ – wie jedes Mal seit ihrer ersten Begegnung. Sie atmete erneut tief durch und überlegte, ob sie das Gespräch auf die Party lenken oder ihm den ersten Schritt überlassen sollte.

Und dann betrat Véronique die Küche. »Guten Morgen! Wie geht's dir, *chéri?*«, fragte sie Antoine. »Alexandra.« Sie nickte ihr höflich zu und setzte sich an den Tisch. »Oh, keine Croissants?« Fragend blickte sie Alexandra an und lachte dann. »*Ah non*! Ich nehme an, Sie leiden unter *la gueule de bois*.«

Alexandra lachte höflich über diesen Scherz, der mitnichten ein Scherz sein sollte. »*Pas du tout*! Ich habe keinen Kater. Denn ich habe gestern Abend nur sehr wenig Alkohol getrunken, und auf der Party keinen Tropfen.«

»Soll ich frisches Brot und Croissants holen?«, wollte Antoine wissen.

Véronique schüttelte den Kopf. »Nein, nein. Du musst dir meinetwegen keine Mühe machen. Milou!« Sie fuhr zurück, weil der Hund sich von seinem Platz vor dem Herd erhoben hatte, um zu sehen, ob beim Frühstück etwas für ihn abfallen könnte. »Du wirst anscheinend immer größer! Bestimmt würde es dir draußen in einem Zwinger besser gefallen. Und was die Katzen angeht …«

»Sie gehören Stéphie«, erklärte Antoine. »Sie sind ziemlich gewachsen, seit wir sie zuletzt gesehen haben, aber sie sind immer noch – Babys.«

»Natürlich liebe ich Tiere!«, erwiderte Véronique. »Doch sie sollten außerhalb des Hauses gehalten werden.«

»Ich könnte zum Bäcker fahren und auch gleich Stéphie abholen«, schlug Alexandra vor, die sich ganz plötzlich nach einer Ausrede sehnte, um das Haus zu verlassen. »Ihr würdet allerdings ein bisschen auf das Frühstück warten müssen.«

»Sie haben bestimmt schon genug zu tun«, sagte Antoine mit einem Lächeln. »Ich hole Stéphie sehr gerne ab.«

»Ich möchte unbedingt mitkommen! Die kleine Stéphie ist so süß!«, meinte Véronique. »Und, Alexandra«, – sie betonte den Namen, als wäre es eine Ehre, dass sie sich daran erinnerte –, »ich habe in diesem Zimmer sehr gut geschlafen. Wenn Sie Ihre Sachen herausholen, könnte ich dort bleiben.«

»Das ist leider nicht möglich«, entgegnete Alexandra. Ihr Lächeln war genauso höflich und kühl wie Véroniques. »Ich habe sämtliche Weihnachtsgeschenke dort verstaut, außerdem meine Kleidung. Ich kann nicht auf Dauer dort ausziehen. Auch nicht bis zum Ende der Weihnachtsferien.«

»Gewiss gehört es zum guten Ton, für seine Gäste eine kleine Unannehmlichkeit in Kauf zu nehmen?«

»Natürlich, aber wir haben ein sehr charmantes Zimmer für Sie vorgesehen – im anderen Flügel des Châteaus, wo wir normalerweise Gäste unterbringen.« Alexandra erkannte, dass sie damit vielleicht übers Ziel hinausgeschossen war, doch sie ruderte nicht zurück. »Félicité hat den Raum extra ausgestaltet. Ach, da ist sie ja! Und Henri auch.«

Noch nie hatte Alexandra sich mehr gefreut, die Geschwister zu sehen, die sie mittlerweile als gute Freunde betrachtete. »Du hast viel Arbeit in Véroniques Zimmer gesteckt, nicht wahr, Félicité?«

Das Mädchen nickte und setzte sich. Henri ließ sich neben ihr nieder. Niemand sprach. Alexandra hoffte, dass sie nicht unter *gueule de bois* litten. Es könnte gut sein, dass sie auf der Party mehr getrunken hatten, als Alexandra mitbekommen hatte.

Antoine ließ den Blick über den Tisch schweifen. »Ich glaube, ich könnte eine Portion Rührei vertragen, Alexandra. Gibt es noch welches?«

»Selbstverständlich.« Sie fand die Pfanne, die sie am liebsten für Eierspeisen benutzte, und warf ein großes Stück Butter hinein.

»Natürlich gibt es Rührei, wenn du welches möchtest!«, mischte sich Véronique ein. Sie fand offensichtlich, dass Antoine seine Wünsche viel zu zurückhaltend äußerte. »Falls Engländer überhaupt Rührei zubereiten können«, fügte sie mit einem Lächeln hinzu, das durchblicken ließ, dass sie es ihrer Meinung nach eindeutig nicht konnten.

»Kann ich auch was davon haben?« Félicité streckte die Hand nach dem Brot aus. »Oh, das ist von gestern.«

»In Frankreich essen wir kein Brot vom Vortag, wissen Sie?«, erklärte Véronique zuvorkommend, als wäre es möglich, dass Alexandra das noch nicht wusste.

»Ja«, erwiderte sie und biss die Zähne zusammen. »Aber ich kann nicht gleichzeitig einkaufen gehen und Rührei machen.«

Sie versuchte, David per Telepathie zu erreichen und ihm mitzuteilen, er solle kommen und sich um die Eier kümmern, damit sie sich in die *boulangerie* flüchten konnte. Sie mussten sich auch Gedanken wegen der anderen Mahlzeiten machen. Ohne Véronique und Antoine hatten sie sehr einfache Gerichte geplant, um sich voll und ganz auf das Weihnachtsfestessen konzentrieren zu können. Jetzt hatten sie deutlich mehr Arbeit und viel weniger Spaß. Natürlich hätte sie das nicht so empfunden, wenn Antoine ohne Véronique früher nach Hause gekommen wäre.

David und Jack betraten die Küche, als alle Rührei aßen – alle außer Véronique, die lieber an altbackenem Brot knabberte, als etwas zu akzeptieren, was Alexandra zubereitet hatte.

»Tut mir leid, ich habe verschlafen«, meinte er. »Aber Alexandras Rührei ist besser als meins, also kein Grund zur Klage. Wir müssen uns auch Gedanken wegen der anderen Mahlzeiten machen.«, fiel ihm ein.

»Ich bin sicher, dass Antoine Ihnen sagen wird, was er essen möchte, David«, erwiderte Véronique. »Könnte ich noch ein bisschen Kaffee haben?«, fuhr sie an Alexandra gewandt fort.

»Ich bin zwar sehr glücklich, wenn ich helfen kann«, meinte David, der plötzlich sehr würdevoll wirkte, »doch ich bin als

Hauslehrer für die Kinder hier. Und Alexandra ist ihr Kindermädchen. Es scheint da ein Missverständnis hinsichtlich unserer Stellung und unserer Aufgaben in diesem Hause zu geben.« Er schenkte Véronique sein charmantestes Lächeln. Für jemanden, der für gewöhnlich so umgänglich und entspannt war, konnte er andere mehr als deutlich in ihre Schranken verweisen.

»Mir ist klar, dass wir durch unsere frühe Rückkehr Ihre Pläne durcheinandergebracht haben«, warf Antoine ein. »Wenn Sie uns eine Liste zusammenstellen, könnten wir dann die Einkäufe erledigen?«

»Kann ich mit dir fahren, wenn du Stéphie abholst?«, bat Félicité. »Ich will noch etwas in der Stadt erledigen.«

»Wir haben zu tun, wenn wir dorthin fahren«, entgegnete Véronique. »Du wirst keine Zeit haben, dich mit deinen Freunden zu treffen.«

»Oh, Sie begleiten Antoine?«, erkundigte sich Alexandra, die ganz genau wusste, was Véronique plante. »Ich habe gehofft, Sie könnten in Ihr neues Schlafzimmer umziehen.«

»Genug!« Antoine erhob sich entschlossen von seinem Stuhl. »Ich fahre in die Stadt, um meine Tochter abzuholen. Ihre Geschwister begleiten mich. Bevor ich starte, muss ich wissen, was an Lebensmitteln eingekauft werden muss. Kinder? Bitte seid in fünf Minuten startklar.«

Damit verließ er die Küche – mit Milou und den Kätzchen im Schlepptau, worüber Alexandra am liebsten laut gekichert hätte. Véronique dagegen war sichtlich nicht nach Lachen zumute. Sie war stinkwütend, durfte sich jedoch nichts anmerken lassen.

Letztendlich stieg Véronique einfach schon in den Wagen, während David die Einkaufsliste fertigstellte und Henri nach seinen Schuhen suchte.

Alexandra ärgerte sich zwar, dass diese Frau sich Antoines ausdrücklichem Wunsch widersetzte und damit durchkam, doch war es eine große Erleichterung, sie aus dem Haus zu haben.

»Jetzt kann ich es ja zugeben: Ich finde, Véronique ist eine richtige Spaßbremse«, sagte Alexandra und sammelte das Frühstücksgeschirr ein.

»Das stimmt«, erwiderte David und füllte eine Emailleschüssel mit heißem Wasser. »Aber wir werden nicht zulassen, dass sie uns das Weihnachtsfest vermiest. Es gibt immer einen schwierigen Gast, den man einladen muss. Das ist schon Tradition.«

Alexandra musste lachen. »Du sorgt jedes Mal dafür, dass ich mich besser fühle.«

»Das freut mich.« Er spülte schweigend das Geschirr ab, während Alexandra den Tisch abwischte und die Überreste des Frühstücks wegräumte. »Lexi?«, fragte er schließlich.

»Mhm?«

»Hattest du schon die Gelegenheit, dir das Wandgemälde anzusehen, das Félicité in Véroniques potenziellem Schlafzimmer malt?«

Ihr rutschte das Herz ein wenig in die Hose. »Nein. Warum?«

»Nun, ich bin nicht ins Zimmer hineingegangen«, antwortete er. »Aber die Tür stand offen, als ich vorbeigegangen bin, und ich habe unwillkürlich einen Blick hineingeworfen ...«

»Und?«

»Es ist ein kleines bisschen – wild.«

»Wenn ich hier fertig bin, sehen wir es uns an. Ich gebe Véronique mein Schlafzimmer nicht, ich will einfach nicht!«, sagte sie. »Oder ist das albern?«

»Schauen wir uns das Zimmer an, dann kannst du entscheiden.«

»Nun«, meinte Alexandra ein paar erhellende Minuten später, »die Farben sind in der Tat kräftig und leuchtend.«

»Das Farbspektrum, das wir eingekauft haben, war nicht besonders breit gefächert. Aber es gab jede Menge Grüntöne«, erklärte David.

»Dann ist ein Dschungel auf jeden Fall naheliegend. Und dieser Papagei ist genial!«

»Félicité hat ihn aus einem alten Buch abgemalt, das ich auf dem Flohmarkt gekauft habe. Schade, dass das Gemälde noch nicht ganz fertig ist.«

»Na ja, sie dachte ja auch, sie hätte noch zwei Tage länger Zeit!« Alexandra war plötzlich besorgt. »Wird Véronique es hier in Ordnung finden?«

»Ja, das wird sie«, erwiderte David fest. »Du musst in der Nähe der Kinder und der Tiere sein. Unser Bad ist größer und aufgeräumter. Hol die Bettwäsche für Véronique. Wir organisieren noch eine große Blumenvase und füllen sie mit duftenden Zweigen, dann ist alles prima.«

Alexandra drückte ihm dankbar den Arm. »Ich weiß nicht, was ich ohne dich machen würde.«

»Du kämst auch so gut zurecht«, antwortete er tröstend.

Alexandra und David verbrachten die folgende Stunde damit, Véroniques Zimmer so schön wie möglich zu gestalten. Alexandra fand ein paar Kissenbezüge mit Spitzenborte und ein Tuch (vermutlich ursprünglich für einen Altar gedacht, wie sie vermuteten) für die Kommode, die sie in einen Frisiertisch umwandelten. Es gab eine Porzellangarnitur dafür, bestehend aus einigen kleinen Schalen und einer Ablage für Haarnadeln. Außerdem stießen sie in einem Schrank auf Kerzenhalter, die sie reinigten und im Zimmer verteilten. Sie arbeiteten weiter, bis sie hungrig wurden.

»Zeit fürs Mittagessen«, verkündete Alexandra schließlich. Sie machten sich auf den Weg in den Haupttrakt des Hauses.

In der Eingangshalle trafen sie auf Jack. Er hielt einen Umschlag in der Hand. »Der Postbote war gerade da.« Er wirkte schockiert, obwohl er eine normal aussehende Weihnachtskarte in der Hand zu halten schien.

»Schlechte Neuigkeiten, altes Haus?«, wollte David wissen.

»Ich bin mir nicht ganz sicher«, antwortete Jack. »Auf jeden Fall sind es unerwartete Neuigkeiten, so viel steht fest.«

»Lasst uns zu Mittag essen, und dann erzählst du uns davon«, schlug Alexandra vor, die zwar nicht unsensibel sein wollte, aber auch keine Lust hatte, eine gefühlte Ewigkeit in der Halle herumzustehen. Antoine und die Kinder könnten jeden Moment zurückkehren, ganz zu schweigen von Véronique.

Sie ging an den Männern vorbei, hatte Brot und Käse auf den Tisch gestellt und wärmte bereits die Suppe auf, als die beiden zu ihr stießen. David kochte sehr gerne Suppe, weshalb fast immer welche da war.

»Also, was gibt's Neues?«, fragte Alexandra behutsam, nachdem sie ein paar Löffel Suppe gegessen und einen Schluck Wein getrunken hatten. »Es sei denn, du möchtest es nicht erzählen.«

»Nein, schon in Ordnung«, antwortete Jack. »Die Weihnachtskarte ist von meinem Bruder. Er will mit seiner Familie zusammen nach Australien auswandern. Sie finden, ich sollte mit ihnen gehen. Wir stehen uns sehr nahe – sie sind alles an Familie, was ich habe.«

Alexandra musste unwillkürlich an Penelope denken. Was würde sie davon halten, wenn Jack auswanderte? Sicherlich wäre sie am Boden zerstört.

»Wirst du mitgehen?«, erkundigte sie sich vorsichtig. »Aber wahrscheinlich brauchst du noch Bedenkzeit«, fügte sie hinzu.

»Ich weiß es nicht«, erwiderte er und holte tief Luft. »Ich glaube nicht, dass ich das kann. Ihr wisst beide, was ich für Penelope empfinde. Nachdem ich sie nach all den Jahren endlich wiedergefunden habe, will ich nicht riskieren, sie gleich wieder zu verlieren.«

Alexandra legte ihm die Hand auf den Arm. »Dann rede mit Penelope. Ich glaube, du solltest sie fragen ...« Sie hielt inne. »Es geht mich nichts an.«

»Was soll ich Penelope fragen?«, hakte Jack nach.

»Ob sie dich heiraten will!«, stieß Alexandra hervor.

Schockiertes Schweigen breitete sich aus. Eigentlich hatte sie etwas Vages wie »was sie davon hält« sagen wollen. Doch plötzlich hatte sie das Gefühl, Jack und Penelope sollten aufhören, um den heißen Brei herumzureden, und stattdessen Nägel mit Köpfen machen. »Natürlich nur, wenn du sie auch heiraten willst.«

Jack sah sie ernst an. »Das will ich! Aber was habe ich ihr schon zu bieten? Ich habe eine Wohnung in London, allerdings nicht gerade in der besten Wohngegend. Ich kann für unseren Lebensunterhalt sorgen, doch ...« Er machte eine heftige Armbewegung und stieß gegen eine Vase mit Grünzeug, die um ein Haar heruntergefallen wäre.

»Frag sie einfach!«, riet Alexandra ihm. Sie war sicher, dass Penelope über ausreichend finanzielle Mittel verfügte und Jack nicht zurückweisen würde, weil er nicht wohlhabend war. »Wenn sie dich liebt, wird sie Ja sagen.«

»Kannst du mir dein Auto leihen, David?«, erkundigte sich Jack.

»Willst du nicht erst mal deine Suppe aufessen, bevor du losfährst?«, schlug Alexandra vor, als David Jack den Autoschlüssel reichte.

Jack schüttelte den Kopf. »Ich habe schon genug Zeit meines Lebens ohne Penelope verschwendet, das reicht! Ich fahre zu ihr, um ihr einen Heiratsantrag zu machen!« Er war schon halb aus der Tür.

Nachdem er verschwunden war, widmeten Alexandra und David sich wieder ihrem Essen. Kopfschüttelnd sagte sie: »Ich habe eigentlich gemeint, er soll sie fragen, wenn der richtige Zeitpunkt gekommen ist – nicht sofort!«

David lachte. »Du hast ihm den Schubs gegeben, den er brauchte. Ich glaube, Penelope und er könnten hier ein gutes Leben führen. Es ist ein hübscher Ort, und es ist einiges los.«

Sie waren beim Käse angekommen, als Alexandra leise fragte: »Und du, David? Könntest du dir auch vorstellen, hier zu leben?«

Er nickte. »Ja, ich glaube schon. Ich könnte mir einen Lieferwagen zulegen, mich hier mit Waren versorgen und sie dann nach England transportieren, um sie mit gutem Gewinn zu verkaufen.«

»Ich weiß, dass du darüber nachdenkst«, meinte Alexandra, »du hast mir schon davon erzählt.« Sie zögerte. Eigentlich wollte sie etwas ganz anderes wissen. »Du hast gesagt ... ich mache mir Gedanken ...« Sie hielt inne. Sie hatte David nie Fragen zu seinem Liebesleben gestellt, und er hatte auch niemals etwas von sich aus erzählt. Zwischen ihnen herrschte eine unausgesprochene Abmachung, dass dieses Tabuthema nicht angesprochen wurde. Doch nun wollte sie es erfahren.

»Du hast dich gefragt, ob ich – wie Jack – die Liebe meines Lebens finden könnte?« Er nahm sich noch Stück Käse und aß es schweigend. »Ich glaube, das könnte ich. Genau genommen ...«

»Sag nichts, wenn du nicht möchtest!«, warf Alexandra rasch ein, weil sie das Gefühl hatte, eine Grenze überschritten zu haben.

»Du bist ungewöhnlich taktvoll, Lexi. Normalerweise sprichst du immer aus, was du denkst, und stellst Fragen, wenn du die Antwort wirklich hören willst.«

»Ich weiß, aber … das hier ist anders.« Es war in der Tat anders. Davids Liebesleben wäre in England illegal, und er würde nicht wollen, dass sie in etwas hineingezogen würde.

»Ich weiß deine Diskretion zu schätzen, Kleines. Es gibt tatsächlich jemanden, den ich … sehr mag. Reicht dir das für den Moment?«

Alexandra lächelte. »Das ist sehr viel. Vielen Dank, dass du es mir erzählt hast.«

»Wo wir gerade dabei sind – gibt es etwas, was du mir gerne anvertrauen möchtest? Das Haus ist immer voller Leute, vor allem im Augenblick, weil bald Weihnachten ist – es könnte unsere einzige Gelegenheit sein, in Ruhe zu reden.«

Alexandra seufzte. »Na ja, vermutlich ist es kein Geheimnis, zumindest für dich nicht, aber ich bin fürchterlich in Antoine verliebt. Ich weiß genau, wie blöd das ist und wie klischeehaft – ehrlich, es ist genau wie in *Jane Eyre* –, doch ich kann nichts dagegen tun. Wahrscheinlich geht meine Schwärmerei irgendwann vorbei, und ich heirate einen geeigneten Mann, jemanden, der nicht so viel älter ist als ich, der keine Kinder hat und kein runtergewirtschaftetes Château besitzt …«

David lachte. »Ich weiß nicht, wann du *Jane Eyre* zuletzt gelesen hast, aber ich glaube, mich zu erinnern, dass Mr. Rochester sich in die Gouvernante verliebt hat.«

Alexandra kicherte leise. »Antoine ist ganz und gar nicht wie Mr. Rochester!«

»Und du hast nichts mit *Jane Eyre* gemeinsam. Doch vielleicht sollten wir trotzdem auf dem Dachboden nachsehen, ob es dort nicht eine wahnsinnige Ehefrau gibt – nur für alle Fälle.«

Jetzt lachte Alexandra laut. »Ich denke nicht, dass das nötig ist; wir wissen, wo Antoines Ex-Frau ist. Und sie ist nicht auf dem Dachboden!«

»Wie sollen wir sicher sein, dass es nur eine gibt? Vielleicht ist hier irgendwo ein Raum voller Leichen.«

Sie hatten das Spiel noch eine Weile fortgesetzt, sich an Mutmaßungen übertroffen, gescherzt und gelacht, als plötzlich Véronique – dicht gefolgt von den Kindern – in der Küche auftauchte.

»Ihr scheint ja alleine eine Party zu feiern«, bemerkte sie. Offensichtlich wollte sie sich darüber beschweren, fand jedoch keinen Grund.

»Eigentlich nicht«, entgegnete Alexandra. »David hat nur einen Scherz gemacht, der mir sehr gefallen hat.«

»Vielleicht können wir ja daran teilhaben?«, schlug Véronique spitz vor.

»Oh nein«, erwiderte David mit Entschiedenheit. »Scherze verlieren immer, wenn man sie wiederholt. Habt ihr schon zu Mittag gegessen?«

»Wir waren essen«, antwortete Stéphie. »Maxime war auch da, wir sollen ganz herzlich grüßen.« Sie verdrehte die Augen. »Wo sind die Kätzchen? Ach, da seid ihr ja.«

Véronique lächelte sie an. »Sag mal, *chérie*, wie heißt das gestreifte Kätzchen? Ich weiß, dass das weiße Schneeball heißt.«

»Margaret«, antwortete die Kleine wie aus der Pistole geschossen, obwohl Alexandra diesen Namen bisher noch nie gehört hatte. Sie war sicher, dass es den anderen genauso ging. Stéphie mochte es nicht, wenn sie um eine Antwort verlegen war.

»Ganz reizend«, kommentierte Véronique.

»Kommt mit in mein Zimmer, Schneeball und Margaret«, forderte Stéphie die Katzen auf. Als sie aus der Küche lief, jagten die Tierchen tatsächlich hinter ihr her.

Antoine betrat den Raum. »Wir müssen das Geschlecht dieser kleinen Wesen herausfinden, damit wir demnächst nicht von Katzen überschwemmt werden.«

»Möchten Sie Ihr Zimmer sehen, Véronique?«, fragte Alexandra.

Antoines Kollegin zuckte leicht zusammen, als gefiele es ihr nicht, dass Alexandra sie mit ihrem Vornamen ansprach, obwohl sie das formelle Sie benutzt hatte.

»Ich bin wirklich sehr zufrieden ...«

Alexandra unterbrach sie. Sie wollte die häufig wiederholte Beteuerung, dass Véronique sich dort, wo sie war, wohlfühlte, kein weiteres Mal hören. »Wir haben Ihr Zimmer sehr gemütlich gestaltet. Félicité? Komm mit, wir zeigen Véronique ihr Schlafzimmer. Es ist dein Wandgemälde, was es so besonders macht.«

»Wirklich?« Offensichtlich zweifelte das Mädchen an dieser Behauptung.

»Ich finde schon«, antwortete Alexandra.

»Ich auch«, meinte David zustimmend. »Ganz ehrlich, Véronique, Ihnen wird sehr gefallen, was wir aus dem Zimmer gemacht haben.«

»Dann kommt mal mit!«, sagte Alexandra lebhaft und stand auf. Sie ging davon aus, dass die anderen ihr folgen würden. Womit sie nicht gerechnet hatte, war die Tatsache, dass auch Antoine sich ihnen anschließen würde. Und als die Gruppe Stéphies offene Zimmertür passierte, reihte auch die Kleine sich zusammen mit den Katzen in die Prozession ein.

»Nun gut!«, erklärte Véronique, nachdem Alexandra sie mit einer überschwänglichen Geste zum Eintreten aufgefordert hatte.

»Ist das nicht fantastisch?«, fragte David. »Antoine, wussten Sie, dass Ihre Tochter diese künstlerische Begabung hat?«

»Nein«, antwortete Antoine mit undurchdringlicher Miene. »Das wusste ich nicht.«

Das Dschungelgemälde mit seinen großen Bäumen in unterschiedlichen Grünschattierungen, Papageien in lebhaften

Farben und bunten tropischen Blumen war sehr gut ausgeführt, doch es dominierte den Raum – das ließ sich nicht leugnen. Ganz kurz fragte Alexandra sich, ob sie nachgeben und Véronique ihr Zimmer überlassen sollte, um jeglicher Diskussion aus dem Weg zu gehen. Doch das Zimmer war größer als ihres und hatte eine wunderbare Aussicht; außerdem befand sich das Bad direkt nebenan.

»Ich glaube nicht, dass ich hier schlafen kann.« Véronique seufzte. »Dieses Wandgemälde wird mir Albträume bescheren.«

»Ich würde davon keine Albträume bekommen!«, warf Stéphie ein. »Wie hübsch diese Frisierkommode ist!«

»Das Badezimmer liegt gleich nebenan«, fügte David hinzu. »Und Sie haben es für sich allein. Es gibt noch ein Bad am Ende des Flurs, das Jack und ich benutzen werden.« Er erwähnte nicht, dass dieses andere Badezimmer klein und zugig und ein ganzes Stück entfernt war. Offensichtlich war es ursprünglich nur für Bedienstete bestimmt gewesen.

Alexandra atmete tief durch, während sie sich fragte, warum David und sie sich ein Bein ausrissen, um es für Véronique angenehm zu gestalten, obwohl diese das überhaupt nicht zu schätzen wusste. Doch sie wollte es Antoine so leicht wie möglich machen.

»Ich glaube, du wirst dich hier sehr wohlfühlen, Véronique«, sagte er. »Und falls deine Mutter ihre Meinung ändert und mit uns zusammen Weihnachten feiern möchte, ist dieses Zimmer groß genug für zwei. Wir müssten nur noch ein weiteres Bett hineinstellen.«

Als Alexandra sein entschuldigendes Lächeln auffing, verzieh sie ihm sofort.

»In einem Château ist immer Platz für eine zusätzliche Person«, unterbrach David das Schweigen, das auf Antoines Worte gefolgt war.

Als sie in den Haupttrakt des Gebäudes zurückkehrten, wurde die Haustür geöffnet, und Jack trat fröhlich lachend mit Penelope im Schlepptau ein. Ihre kunstvolle Aufsteckfrisur wirkte etwas derangiert. Die beiden sahen jung, ausgelassen und sehr, sehr glücklich aus.

»Was ist los?«, wollte Antoine wissen. »Was habt ihr zwei denn angestellt?«

»Wir haben uns verlobt!«, antwortete Penelope strahlend.

»Sie hat Ja gesagt!«, verkündete Jack gleichzeitig.

In diesem Augenblick stellten sie fest, dass sie gerade unter einem Mistelzweig standen, und Jack gab Penelope einen herzhaften Kuss.

»*Grand-mère!*«, rief Stéphie erstaunt. »Ich wusste gar nicht, dass du küssen kannst!«

»Geht doch alle in den Salon! Ich hole Henri«, schlug Antoine energisch vor. »Die Situation schreit förmlich nach Champagner!«

25. Kapitel

Alexandra wollte das Glas Champagner, das Jack ihr anbot, eigentlich ablehnen, doch dann sah sie Véroniques missbilligenden Blick. Daher nahm sie das Glas aus Trotz an, obwohl sie wusste, dass der Champagner sie müde machen würde. Sie hatten sich im Salon versammelt, und Alexandra saß auf einem kleinen Sofa ein Stück von den anderen entfernt. Sie plante ihre Flucht.

»Die Sache ist die«, erklärte Jack, der vor dem Feuer auf und ab ging und immer noch vor Begeisterung sprühte. »Die Hochzeit muss ziemlich bald stattfinden, bevor mein Bruder auswandert, damit seine Familie und er noch mitfeiern können.«

»Wir wollen auch kommen!«, erklärte Stéphie. »Und die Kätzchen ebenfalls. Milou ist es egal. Er ist ein Junge und interessiert sich nicht so für Hochzeiten.«

»Félicité und du, ihr werdet meine Brautjungfern sein«, erklärte Penelope. »Ihr werdet sehr hübsche Kleider bekommen und Blumen im Haar tragen.«

»Ich dachte, späte Hochzeiten wären eher eine nüchterne Angelegenheit«, meinte Véronique, die offensichtlich fest entschlossen war, allen die Freude zu verderben.

»Nicht in diesem Fall«, erwiderte Penelope.

»Nein, in der Tat nicht«, fügte Jack hinzu. »Es wird ein rauschendes Fest geben!«

Stéphie hüpfte aufgeregt auf und ab. »Ich wusste nicht, dass auch alte Leute heiraten können. Es ist so aufregend!«

»Es ist sehr unhöflich, jemanden als ›alt‹ zu bezeichnen«, tadelte Véronique das Mädchen.

»Warum?«, wollte Stéphie wissen. »Ist es schlimm, alt zu sein?«

»Es ist besser als die Alternative«, erwiderte Jack.

Penelope reagierte mit einem Lachen, das beinahe zu einem Kichern wurde. Sie hatte sich in kurzer Zeit von der strengen Großmutter in eine milde, verliebte Frau verwandelt.

»Je früher diese Kinder eine Schule besuchen, desto besser«, murmelte Véronique ungehalten.

»Was meinen Sie?«, fragte Henri.

»Ich finde, dass ihr auf ein Internat gehen müsst, *chéri*«, antwortete Véronique. »Eure Mutter möchte, dass ihr im Januar dorthin wechselt – ich rede von Félicité und Henri.«

»Wir werden nicht auf diese Schule gehen«, erwiderte Félicité mit Nachdruck.

»Nein«, fügte Henri hinzu, »wir wollen die Schule besuchen, auf der auch unsere Freunde sind.«

»Kinder!«, sagte Antoine ruhig, aber entschlossen. »Das ist nicht der richtige Zeitpunkt, um über Schulen zu diskutieren. Wir reden gerade von Penelopes und Jacks Hochzeit.«

»Sie hat damit angefangen«, murrte Stéphie leise und sah Véronique anklagend an.

Ihr Vater warf ihr einen Blick zu, der Bände sprach.

»Vielleicht sollten Stéphie und ich …« Alexandra war schon aufgesprungen und überlegte fieberhaft, um welche dringende Angelegenheit Stéphie und sie sich auf der Stelle kümmern könnten.

»Geht noch nicht«, bat Jack. »Wir möchten uns mit euch über unsere Hochzeit unterhalten.«

»Ja«, meinte Penelope und schaute Antoine an. »Wir würden gerne in der alten Orangerie feiern.«

»Natürlich«, erwiderte er überrascht. »Aber sie ist nicht in einem geeigneten Zustand für eine Feier. Gibt es einen bestimmten Grund dafür?«

Penelope und Jack wechselten einen Blick, und Penelope wurde eindeutig rot.

»Ähm – na ja ...«, stammelte Jack. »Wir haben uns vor dem Krieg in Saint-Jean-du-Roc kennengelernt, wir haben beide hier Urlaub gemacht. Das Château stand zu der Zeit leer, und wir sind an einer kaputten Stelle über die Mauer geklettert und in den Garten gegangen.«

»Dann gab es einen Wolkenbruch«, fuhr Penelope fort. »Und wir haben beschlossen, in der Orangerie Schutz zu suchen.«

»Ich verstehe«, meinte Antoine. »Aber trotzdem ist sie nicht in einem geeigneten Zustand für eine Veranstaltung wie eine Hochzeit.«

»Ein nettes Mittagessen in der *auberge* im Ort wäre viel besser«, meinte Véronique.

»Die Orangerie wird absolut tauglich für eine Hochzeitsfeier sein, wenn Lexi und ich damit fertig sind.« David warf Véronique einen Blick zu, der sie in ihre Schranken gewiesen hätte, wenn sie ihn aufgefangen hätte. »Vielleicht fragen wir Félicité, ob sie ein Wandgemälde beisteuern möchte.«

Das Mädchen freute sich. Die unterschiedlichen Reaktionen auf ihr Gemälde in Véroniques Schlafzimmer hatten sie ein bisschen verunsichert.

»Diese Entscheidung liegt bei Antoine«, konterte Véronique eisig. »Anscheinend haben alle vergessen, dass das Château ihm gehört. Vielleicht will er ja gar nicht, dass die Hochzeit hier stattfindet.«

Jack wirkte verlegen. »Es tut mir so leid. Ich ...«

Antoine hob eine Hand. »Wie ich bereits gesagt habe, würden das Château und seine Bewohner sich sehr freuen, wenn Penelope und Jack ihre Hochzeit hier feiern möchten«, erklärte er, nachdem er Véronique auf eine Art und Weise angesehen hatte, die Alexandra nicht entschlüsseln konnte. »Nun, wir brauchen mehr Champagner. Lasst uns auf die Orangerie anstoßen, in der Hoffnung, dass sie rechtzeitig wieder schön sein wird! Und, Félicité, ich finde, ein Wandgemälde wäre ein guter Anfang!«

Wie ein Zauberkünstler präsentierte David eine weitere Flasche Champagner und füllte die Gläser auf.

»Auf die Orangerie!«, sagte Antoine und hob sein Glas, »und auf meine liebe Schwiegermutter und ihren glücklichen Verlobten Jack!«

Sobald es der Anstand zuließ, flüchtete Alexandra sich in ihr Schlafzimmer – vorgeblich, um Geschenke einzupacken, in Wahrheit jedoch, um sich aufs Bett zu legen und darüber nachzudenken, was sie tun sollte. Sie wusste, dass Véronique mit Antoine zusammen hier war; sie wusste auch, dass sie selbst gehen sollte. Sie überlegte gerade, wann und wie sie das anstellen sollte, als Stéphie in ihr Zimmer kam. Ein Kätzchen saß auf ihrer Schulter, das andere trug sie in den Armen.

»Oh, hier bist du! Ich war gerade unten vor Papas Arbeitszimmer.«

»Warum warst du da, Stéphie?«, fragte Alexandra, der kein vernünftiger Grund dafür einfiel.

»Ich habe Papa und Véronique reden hören.«

Ganz kurz kämpfte Alexandra mit sich. Eigentlich sollte sie Stéphie tadeln, weil sie eine Unterhaltung belauscht hatte, aber in dem Fall ... »Du weißt doch, dass du nicht an geschlossenen Türen lauschen sollst ...«

»Dann willst du also nicht wissen, was Véronique gesagt hat?«

Alexandra atmete tief durch. »In Ordnung, erzähl es mir. Ich sehe, dass du es unbedingt loswerden willst.«

»Sie will, dass Papa dich entlässt.«

Alexandra schnappte nach Luft. Sie hatte ja nichts getan, was einen Rauswurf rechtfertigen würde. »Hat sie erklärt, warum?«

»Weil du den ›Kindern‹ erlaubt hast, zu einer ziemlich unpassenden Party zu gehen – dabei durfte ich gar nicht mit.« Stéphie schien ihr das ein bisschen übel genommen zu haben. »Und du hast erlaubt, dass Félicité Wände bemalt.«

»Und was hat dein Papa geantwortet?« Das war der wichtige Teil. Alexandra wusste ganz genau, dass Véronique alles tun würde, um sie loszuwerden.

Stéphie klang enttäuscht. »Er hat gar nicht geantwortet. Ich habe durch das Schlüsselloch geschaut und konnte nur seinen Mund sehen. Er hat die Lippen zusammengepresst. Dann hat er den Mund aufgemacht, als wollte er etwas sagen, aber ich konnte nichts hören. Milou hat gebellt, weil ein Kätzchen ihn geärgert hat. Deshalb musste ich schnell raufkommen.«

Alexandra wusste nicht, wie sie reagieren sollte. Einerseits wollte sie Stéphie nicht für etwas ausschimpfen, was sie selbst bestimmt auch getan hätte, andererseits konnte sie es auch nicht einfach auf sich beruhen lassen.

Stéphie schien ihr Dilemma zu verstehen. »Lexi, ich weiß, du findest, ich hätte nicht lauschen sollen, aber du bist doch froh, dass du jetzt weißt, was Véronique gesagt hat, stimmt's? Und manchmal muss man an Türen lauschen, um wichtige Dinge zu erfahren, die einem sonst niemand erzählt, weil man nur ein Kind ist.«

»Das stimmt absolut«, antwortete Alexandra, die selbst in ihrer Kindheit auch öfter gelauscht hatte. »Doch wir sollten es nur tun, wenn es um etwas richtig Wichtiges geht. Komm, lass uns David helfen, das Abendessen vorzubereiten.«

Als sie Stéphie und den Katzen die Treppe hinunterfolgte, hatte sie das Gefühl, nicht gut mit der Situation umgegangen zu sein; sie hatte die Dinge einfach laufen lassen. Vielleicht hatte Véronique recht – sie war in der Tat ein schlechtes Kindermädchen.

26. Kapitel

Es war Heiligabend, und Alexandra hatte sich mit ihren drei Schützlingen auf die Rückbank des Autos gezwängt. Sie waren auf dem Weg zum Weihnachtsessen bei Penelope – *le réveillon de Noël*.

Alexandra hatte vorgeschlagen, zusammen mit den Kindern den anderen Wagen zu nehmen. Auch Véronique hatte dieser Vorschlag gefallen. Antoine hatte jedoch beschlossen, dass sie als Familie in einem Auto fahren sollten.

Jack war bereits bei Penelope, und David hatte eine andere Verabredung. Alexandra freute sich nicht besonders auf den Abend. Véronique war, was Antoine anging, schrecklich besitzergreifend, und Lucinda würde sich bestimmt ungewohnt mütterlich geben. Daran war grundsätzlich natürlich nichts auszusetzen, allerdings kam Alexandra diese Mutterliebe ziemlich aufgesetzt vor. Außerdem verbündeten Véronique und Lucinda sich gerne gegen sie und waren bestimmt fest entschlossen, sie spüren zu lassen, dass sie nur das Kindermädchen war. Zwar gab es nichts, wofür Alexandra sich schämen müsste, doch sie fand es anstrengend, sich gegen die geballte Missbilligung zu stemmen und ständig eine stolze Haltung zu präsentieren.

Aber bislang zeigten sich alle von ihrer besten Seite. Penelopes langjähriger Freund Gérard und zwei weitere ältere Herren waren anwesend; Alexandra vermutete, dass Penelope alle eingeladen hatte, die andernfalls alleine gewesen wären. Heiligabend war der wichtigere Feiertag in Frankreich. Deshalb konnten David und sie am 25. Dezember eine englische Weihnachtsfeier veranstalten.

Schließlich verabschiedeten sich Gérard und die älteren Gäste, und alle anderen wurden zum Festessen gebeten. Penelope erzählte Alexandra, dass die älteren Leute sich sehr freuten, auf einen Drink eingeladen zu werden, jedoch nicht an einer langen und schweren Mahlzeit interessiert waren, die sie vom Schlafen abhalten würde. »Traditionell sollte dieses Mahl erst nach der Mitternachtsmesse eingenommen werden, aber das hätte ich nicht mal als junger Mensch geschafft.«

»Ich auch nicht!«, erwiderte Alexandra. »Kann ich irgendwie helfen?«

Doch Penelope hatte ein paar junge Frauen aus Saint-Jean-du Roc als Kellnerinnen engagiert, sodass Alexandras Unterstützung nicht benötigt wurde.

Alles lief gut – es war sogar fast ein bisschen langweilig –, bis Stéphie plötzlich etwas einfiel. »Papa? Du hast mir gar nicht gesagt, was mit dem Trüffel passiert ist, den Milou im Wald gefunden hat!«

»Oh, *chérie*!«, antwortete Antoine. »Es tut mir sehr leid, dass ich ganz vergessen habe, dir davon zu erzählen. Seitdem ist so viel passiert. Ich habe den Trüffel meinem Freund verkauft – dem, der uns neulich so viel über die Trüffelsuche beigebracht hat. Ich habe ziemlich viel Geld dafür bekommen, und nächste Saison werden wir wieder auf die Suche gehen!«

Stéphie klatschte entzückt in die Hände. »Dann musst du nie wieder wegfahren, um zu arbeiten?«

»Stéphie«, mischte sich Véronique mit zuckersüßer Stimme ein, »dein Vater ist ein bedeutender Mann. Er kann nicht einfach zu Hause bleiben, um sich um euch zu kümmern.«

»Und obwohl ich eine ganze Menge Geld für den Trüffel bekommen habe, dank dir und Milou«, fügte Antoine hinzu, »war es doch nicht genug, um davon zu leben. Aber in den nächsten Jahren werden wir mehr Trüffel finden und mehr verdienen. Doch jetzt reicht es noch nicht.«

Stéphie seufzte und fühlte sich offensichtlich betrogen. »Tja, Papa, dann musst du Lexi heiraten. Dann bekommt sie ihr Vermögen und hat jede Menge Geld!«

Alexandra wäre am liebsten im Boden versunken. Es lag auf der Hand, dass auch sonst niemand am Tisch glücklich mit dieser Wendung des Gesprächs war. Mehrere Personen begannen, gleichzeitig zu sprechen, doch es war Véroniques Stimme, die alle anderen übertönte.

»Stéphanie! Hör auf, solche Lügen zu verbreiten! Alexandra ist keine Märchenprinzessin mit einem Vermögen, mit dem sich alle Probleme lösen lassen.«

»Ja«, stimmte Lucinda ein. »Es wird viel zu viel Wind um dieses Vermögen gemacht. Sicher ist gar nicht viel dahinter.«

»Sie bekommt es auf jeden Fall, wenn sie heiratet«, fuhr Stéphie laut und deutlich fort. »Ich habe gehört, wie sie am Telefon mit ihrer Freundin darüber gesprochen hat.«

Alexandra stand auf und verließ den Raum. Sie geriet nicht leicht in Verlegenheit, doch jetzt wäre sie am liebsten vor Scham gestorben. »Eine Magenverstimmung! Entschuldigt bitte«, sagte sie, als sie die Tür erreichte. Hoffentlich würden sich die Anwesenden mit dieser Erklärung zufriedengeben.

Fünf Minuten später fand Penelope sie im Bad, wo sie sich über das Waschbecken beugte und die Hände gegen die Schläfen presste, um die Schmerzen zu bekämpfen, die plötzlich wie Messerstiche in ihrem Kopf wüteten. Wären sie doch nur in zwei Autos hergekommen, wie sie es sich gewünscht hatte – dann könnte sie jetzt nach Hause fahren!

»Oh, Penelope!«, sagte sie auf Englisch. »Was soll ich nur tun? Es ist eine Katastrophe!«

»Pfff!«, machte die ältere Dame. »Warum eine Katastrophe? Ein kleines Mädchen hat etwas ausgesprochen, was ohnehin schon alle wussten, zumindest das meiste davon. Und dass sie vorschlagen hat, Antoine solle Sie heiraten, wird niemand ernst nehmen. Sie haben keinen Grund, sich Sorgen zu machen.«

Penelope zögerte kurz. »Wahrscheinlich war es klug, es Antoine zu überlassen, die Gemüter wieder zu beruhigen. Mein Kind, das ist nur ein Sturm im Wasserglas. Nehmen Sie sich eine kleine Auszeit, und dann kommen Sie wieder zurück. Niemand findet es überraschend, wenn Sie Magendrücken haben – *une petite crise de foie* –, das ist Tradition. Ich hole Ihnen eine Tablette, die nehmen Sie, und dann stoßen Sie in ein paar Minuten wieder zu uns, rechtzeitig zum Nachtisch.«

»Hoffentlich haben Sie recht«, murmelte Alexandra

»Mein liebes Mädchen, ich wäre enttäuscht, wenn Sie sich von so einer kleinen Krise aus der Bahn werfen lassen würden. Ich bin gleich zurück.«

Als Alexandra ins Esszimmer zurückkehrte, aßen alle und plauderten fröhlich. Stéphie sprang auf, kam zu ihr gelaufen und schlang ihr die Arme um die Taille. »Es tut mir so leid, Lexi! Ich wollte dich nicht in Verlegenheit bringen. Papa hat gesagt, das habe ich getan.«

Alexandra erwiderte die Umarmung. »Mach dir keine Gedanken, Liebes, ich habe bloß ein bisschen Zeit gebraucht, weil mein Magen wehgetan hat. Weißt du was?« Sie hockte sich hin, damit nur Stéphie hören konnte, was sie ihr sagen wollte. »*Grand-mère* hat mir eine Tablette gegeben, die habe ich geschluckt, und davon musste ich rülpsen!« Sie betonte das Wort derart, dass Stéphie kichern musste. »Und jetzt fühle ich mich viel besser!«, fügte sie hinzu. »Und, ist der Nachtisch lecker?«

Gemeinsam kehrten sie an den Tisch zurück. Alexandra nahm ein Macaron an, das Jack ihr mit einer kleinen Verbeugung und einem Augenzwinkern anbot. Auch ein weiteres Glas Champagner lehnte sie nicht ab.

Am Weihnachtsmorgen war Alexandra früh auf den Beinen. Sie hatte nicht gut geschlafen und sehnte sich nun nach einer wohltuenden Tasse heißer Schokolade. Einen großen Teil der Nacht hatte sie damit verbracht, darüber nachzugrübeln, wie bald sie das Château verlassen konnte. Stéphies Frage hatte dafür gesorgt, dass sie sich der Situation ausgeliefert fühlte. Und wenn sie sich nicht deswegen gesorgt hatte, hatte sie sich Gedanken gemacht, wie sie den Weihnachtstag für die Familie besonders gestalten konnte. Für diesen Tag gab es für die Familie keine Lieblingsroutinen wie für den Heiligabend. Es sollte ein richtiges englisches Weihnachtsfest werden.

Die Krippe war noch nicht fertig. Stéphie hatte am Vorabend bei ihrer Rückkehr schon geschlafen, und alle hätten es schade gefunden, das Jesuskind ohne Stéphanie in die Krippe zu legen.

Es gab Geschenke, die darauf warteten, ausgepackt zu werden. Penelope und Lucinda hatten ihre Präsente bereits am Vorabend überreicht, und sie hatten sie nach dem Essen geöffnet. Alexandra, Jack und David hatten jedoch darauf bestanden, ihre Päckchen zurückzuhalten, um den Weihnachtstag möglichst englisch zu gestalten. Antoine hatte seine Geschenke ebenfalls noch nicht übergeben, genauso wenig wie Véronique.

Alexandra rührte gerade die heiße Schokolade in einem kleinen Topf an, als David erschien. Er trug seinen eleganten Morgenmantel und wirkte noch etwas verschlafen.

»Frohe Weihnachten, Süße«, sagte er. »Wie war euer Heiligabend?«

Alexandra erzählte es ihm in allen Einzelheiten, ließ kein Erröten aus und übertrieb ihre Flucht aus dem Esszimmer ein wenig. Dabei stellte sie fest, dass ihr alles irgendwie weniger schrecklich vorkam, nachdem sie es David nun erzählt hatte.

»Mein armes kleines Küken!«, sagte er. »Was für eine peinliche Situation für dich! Aber Penelope hat dich gerettet? Sie wächst einem allmählich ans Herz, nicht wahr? Als ich sie kennengelernt habe, fand ich sie extrem steif und spröde. Doch seit Jack und sie sich wiedergefunden haben, ist sie viel sanfter und lockerer geworden.«

»Sie war sehr nett. Heute Nacht fand ich die ganze Situation so peinlich, dass ich am liebsten fortgehen wollte. Aber jetzt … na ja, vielleicht hat Penelope ja recht. Die kleine Stéphie hat nur etwas ausgesprochen, was sie nicht hätte sagen sollen.«

»Das ist mein Mädchen!«, erwiderte David.

»Und wie war dein Abend?«, wollte Alexandra wissen und trank einen Schluck von ihrem dampfenden Getränk.

»Sehr angenehm«, antwortete er in einem Ton, der nicht zu weiteren Nachfragen einlud, Alexandra jedoch beruhigte; wenigstens war das gut gelaufen!

»Nun, dann mal zu Weihnachten!«, sagte sie.

»Genau! Ich bin nicht zu dieser unchristlichen Uhrzeit aufgestanden, weil es so gesund ist. Ich muss einen richtigen Plan aufstellen.«

»David! Du planst doch schon seit Tagen!«

»Der Plan ist noch nicht endgültig, es gibt zu viele Unbekannte in der Gleichung. Wusstest du, dass man in der Provence an Weihnachten traditionell dreizehn Nachspeisen anbietet?«

»Ja, das hat man mir schon mehrmals erklärt, doch wir feiern ja ein englisches Weihnachtsfest, also spielt das für uns keine Rolle. Es wäre auch viel zu viel Arbeit. Also? Was wird es geben?«

»Ich habe ein entzückendes Rezept für eine Tarte mit Walnüssen und Karamell gefunden, und ich habe eine *bûche de Noël* gebacken, ein Schokoladenholzscheit, wie meine Oma es genannt hätte. Ich dachte, die Kinder könnten es dekorieren, falls sie sich langweilen.«

»An Weihnachten? Das wird bestimmt nicht passieren!«

»Du weißt genauso gut wie ich, wie sehr sich der Weihnachtstag in die Länge ziehen kann. Seit wir beide uns kennengelernt haben, haben wir an dem Tag immer Spaß gehabt, aber sonst? Wenn man bis zum späten Nachmittag warten muss, bis man die Geschenke auspacken darf? Die verrückten Onkel und Tanten, die eingeladen werden mussten, weil sie sonst nirgends hinkonnten? Die Weihnachtsansprache der Königin?«

»Na ja, ich habe tatsächlich solche Weihnachtstage erlebt, doch ich habe mich hauptsächlich in der Verrückte-Tanten-Kategorie bewegt. Ich war es, die an Weihnachten von anderen zu deren Festen eingeladen werden musste, weil ich sonst nirgendwo hinkonnte. Die Schweizer Cousinen haben das immer organisiert. Manchmal habe ich mich gut amüsiert, manchmal nicht.«

»Nun, dieses Weihnachtsfest wird lustig werden, auf jeden Fall für die Kinder!«, erwiderte David. »Also …« Er zog ein gebundenes Notizbuch hervor. »Ich habe einen vorläufigen Plan. Erst Frühstück. Dann ein Spaziergang, ein Muss am ersten Weihnachtsfeiertag. Ein leichtes Mittagessen, bevor unsere Gäste kommen. Sie sind für ungefähr drei Uhr einladen; das Abendessen soll es um sechs geben. Wann wollen wir die Geschenke auspacken?«

»Du meine Güte, ich habe keine Ahnung! Die Kinder haben ja schon einige Präsente ausgewickelt. Sie bekommen ihre Weihnachtsstrümpfe. Penelope hat sie mir mitgegeben, gefüllt und eingepackt. Antoine hat sie ihnen auf ihre Betten gelegt, nachdem sie eingeschlafen waren. Vielleicht warten wir, bis alle hier sind?«

David machte sich eine entsprechende Notiz. »Also, ein leichtes Mittagessen nach dem Spaziergang, dann Pantomime, danach treffen die anderen ein …«

»Pantomime?«

»Natürlich! Das ist Tradition! Richtige Pantomime, bei der man zunächst die erste Hälfte eines Begriffs durch Gesten und Mimik darstellt, dann die zweite Hälfte. Lexi, Liebes, du hast doch schon mal Pantomime gespielt!«

»Schon, doch ich glaube, mit zwei Sprachen könnte es ganz schön schwierig werden ...«

»Unsinn! Ach! Da ist Stéphie. Frohe Weihnachten, Kleines!«, rief er aus.

»Frohe Weihnachten!«, erwiderte Stéphie verschlafen. »Ich habe meinen Strumpf mitgebracht. Sind die anderen schon auf? Wir öffnen unsere Strümpfe immer gemeinsam.«

»Ich würde sagen, ich koche noch mehr heiße Schokolade, und dann wecken wir sie«, schlug Alexandra vor.

»Das ist nicht nötig. Wir sind schon auf«, warf Félicité ein. »Die Kätzchen sind in mein Zimmer gekommen und mir ins Gesicht gesprungen.« Sie hielt ihren Weihnachtsstrumpf in den Händen, ein wunderschön besticktes Exemplar aus Samt, das sie nun auf den Tisch legte. »Wo ist Henri?«

»Hier. Diese blöden Katzen!«, murmelte er. Auch er hatte seinen Weihnachtsstrumpf mitgebracht.

»Dann also heiße Schokolade für alle«, meinte David. »Hat der Bäcker an Weihnachten geöffnet, wisst ihr das?«

Henri nickte. »Für wenige Stunden.«

»Ich gehe!«, sagte Alexandra, die sich über einen Vorwand freute, ein bisschen an die frische Luft zu kommen. Es war überraschend kühl, doch sie wollte den leichten Wind im Gesicht spüren und einen klaren Kopf bekommen.

Als sie zurückkehrte, standen die anderen um die Krippe in der Eingangshalle herum und sangen. Die letzten Töne des Weihnachtsliedes *Away in a Manger* verklangen gerade – die Melodie war allerdings anders als die, die sie kannte.

»Das war wunderschön!«, sagte sie. Ob es sich wohl um eine Familientradition handelte? Sie fand es ganz reizend. »Macht ihr das jedes Jahr?«

»Wir mussten uns beschäftigen, während wir auf unsere Croissants gewartet haben«, antwortete Véronique mit einem Lächeln, von dem Alexandra sich nicht eine Sekunde lang täuschen ließ. »Nachdem unser Frühstück nun endlich da ist, sollten wir ins Esszimmer gehen. Es ist ein besonderer Tag, lasst uns feiern!«

»Frohe Weihnachten!«, sagte Antoine auf Englisch zu Alexandra und küsste sie auf die Wange.

»Frohe Weihnachten!«, erwiderte sie und wünschte, dass Véronique nicht neben ihm stünde.

Nachdem sie einen Brotkorb für die Croissants, die anderen Backwaren und das Brot gefunden hatte, ging Alexandra ins Esszimmer. Der Tisch war gedeckt, aber Stéphie hatte keine Gelegenheit gehabt, die kleinen Deko-Elemente zu verteilen, um das Ganze festlich zu gestalten. Anstatt ein gemütliches Frühstück in der Küche zu genießen, wo das Feuer im Herd knisterte, der Kaffee auf der Herdplatte blubberte und der Tisch mit Spielzeug aus den Weihnachtsstrümpfen übersät war, saßen sie steif um die Tafel im kühlen Esszimmer.

»Nun«, bemerkte David, nachdem er Kaffee und heiße Schokolade nachgeschenkt hatte. »Wie ihr alle wisst, haben Lexi und ich für heute ein englisches Weihnachtsfest geplant. Daher werden wir unserem Zeitplan folgen.«

Obwohl er normalerweise der entspannteste Mensch überhaupt war, erlaubte ihm seine Schauspielerausbildung, mit großer Autorität zu sprechen, wenn er es für nötig hielt. Das hatte zur Folge, dass sogar Véronique schwieg und alle anderen ihm aufmerksam zuhörten.

»Also, wir gehen gleich spazieren. Es muss nicht besonders weit sein, aber wir müssen an die frische Luft. Danach gibt es ein leichtes Mittagessen, vielleicht ein Glas Champagner, und anschließend spielen wir ein oder zwei Gesellschaftsspiele. Die eingeladenen Gäste werden um drei Uhr erwartet.«

Seine Begeisterung war einfach mitreißend. Alexandra schmunzelte.

»Es ist doch so kalt!«, beklagte sich Véronique. »Man hat mir gesagt, im Süden wäre das Klima besser.«

»Ziehen Sie sich einfach warm an«, entgegnete David munter. »Wenn Sie sich bewegen, werden Sie die Kälte nicht mehr spüren. Wir treffen uns in zwanzig Minuten an der Haustür!«

27. Kapitel

Es war ein wunderschöner Weihnachtsvormittag. Nebel hing über der Landschaft, und obwohl die Sonne bereits schien, war es bitterkalt. Alexandra ging zwischen David und Félicité, während Stéphie und Henri mit Milou und den kleinen Katzen (die keinesfalls die Absicht gehabt hatten, zu Hause zu bleiben) vorausliefen. Antoine und Véronique hatten sich ein wenig zurückfallen lassen und waren offenbar in ein ernstes Gespräch vertieft. Der Atem der Spaziergänger bildete weiße Wölkchen in der kalten Luft.

Schon bald vergaß Félicité ihre Erwachsenen-Würde, gesellte sich zu ihren jüngeren Geschwistern und tobte mit ihnen herum, um sich warm zu halten. Sie erreichten ihren Lieblingsbaum am Waldrand und kletterten hinauf. Die Kätzchen jagten ihnen hinterher, während Milou unten bleiben musste und verärgert und verächtlich zugleich zu ihnen aufblickte.

»Sieh mal, David. Er scheint zu sagen: ›Ich könnte ja auch klettern, wenn ich wollte‹.« Alexandra lachte.

»Ich könnte es auch!«, erwiderte David. »Ich würde es sogar tun, wenn ich nicht zurückmüsste, um den Truthahn in den Ofen zu schieben.«

»Ich dachte, man schiebt ihn traditionell schon im Morgengrauen in den Ofen«, meinte Alexandra.

»Es ist ebenfalls Tradition, den Truthahn zu lange zu garen und das Gemüse zu zerkochen. Das Schöne an diesem Weihnachtsfest ist, dass wir unsere eigenen Traditionen einführen, die viel leichter zu ertragen sind.«

»Dann komm, ich gehe schnell mit dir zurück!«

Als die Kinder sie beide im Laufschritt zum Château zurückkehren sahen, folgten sie ihnen kurz darauf. Als Antoine und Véronique schließlich eintrafen, waren die Weihnachtsgeschenke bereits im Salon arrangiert worden. Alexandra hatte sich umgezogen und trug ihre Chanel-Jacke und die großen Perlen, und alle hatten mindestens zwei Pralinen aus der Box genascht, die David in der Küche versteckt hielt. Alexandra und er hatten sich ein Glas Champagner gegönnt, und alle waren entspannt und ein bisschen albern.

Bei Antoine und Véronique hingegen herrschte düstere Stimmung. Véronique verschwand nach dem Mittagessen in ihrem Zimmer und tauchte eine ganze Weile nicht mehr auf. Schließlich erschien sie in einem eleganten Kleid und einer Pelzjacke im Salon (in dem es durch das Feuer im Kamin deutlich wärmer geworden war). Sie setzte sich auf eine Sofalehne und sah der Pantomime zu, die gerade aufgeführt wurde. Das Team wurde von Antoine angeführt und bestand aus seinen drei Kindern und Milou, der natürlich keine Ahnung hatte, was Schauspielerei war.

Nach einer Weile bemerkte Véronique: »Ich glaube, die Engländer sind verrückt.«

Alexandra und David wechselten einen Blick und standen gleichzeitig auf, um sich in die Küche zurückzuziehen. Sie schälten, schnitten und schnippelten, stellten Füllungen und Saucen her, tranken Rotwein und naschten hin und wieder etwas, während sie konzentriert arbeiteten.

Sie waren so vertieft in ihre Tätigkeit, dass sie überrascht waren, als es an der Tür klingelte und Milou bellte. Die Gäste waren eingetroffen, offensichtlich alle gleichzeitig.

Penelope und Jack traten als Erste ein. Sie strahlte, und er war sehr stolz auf die Frau an seiner Seite, deren Augen funkelten und deren Wangen leicht gerötet waren. Lucinda wirkte sehr elegant, aber kühl. Sie freute sich, ihre Kinder zu sehen, allerdings auf zurückhaltende Art und Weise. Maxime war in Höchstform und sah noch besser aus als sonst. Die Gäste wurden begrüßt und in den Salon gebeten, wo es inzwischen dank der dicken Holzscheite im Kamin angenehm warm war.

Der Plan sah vor, dass die Geschenke vor dem Festmahl geöffnet werden sollten. Ein Hintergedanke dabei war, dass David so ausreichend Zeit hatte, sich zu vergewissern, dass die Kartoffeln schön braun waren und dass es genug Sauce gab. Der Truthahn ruhte perfekt gegart unter einem Berg Küchenhandtücher und wartete darauf, ins Esszimmer getragen zu werden.

Alexandra, noch in ihrer Kochschürze, und David wurden aus der Küche gerufen. Die Aufforderung, die Geschenke auszupacken, war zu dringend, um sie zu ignorieren.

Antoine und Véronique hatten Präsente für die Kinder. Die Päckchen von Penelope und Lucinda waren ja bereits am Vortag überreicht worden. Alexandra, David und Jack hatten beschlossen, mit der Bescherung bis zum heutigen Tag zu warten, auch wenn das bei gewissen Personen für Augenverdrehen gesorgt hatte.

Alexandra hatte für Antoine eine Flasche Cognac und eine Schachtel Pralinen erstanden, und Véronique bekam ein Taschentuchetui, das Alexandra bei einer Frau auf dem Markt gekauft hatte. Es war mit handgefertigter Spitze verziert und sehr hübsch. Es fiel Alexandra ein bisschen schwer, sich von dem Etui zu trennen. Im Gegenzug übereichten Véronique und Antoine ihr ein ziemlich großes Badeset, bestehend aus Seife, Badesalzen und Talkumpuder.

Alexandras Schützlinge waren entzückt von ihren Geschenken. Félicité bekam einen sehr hübschen Malkasten mit Wasserfarben, Henri die Noten für einen aktuellen Popsong und eine

Harmonika und Stéphie einen antiken Spielzeugstall mit mehreren hübschen Pferden. Da Lucinda Stéphies Existenz wie immer ignorierte, fand Alexandra es wichtig, dass die Kleine etwas Besonderes geschenkt bekam.

Als die Bescherung schließlich vorüber war, schickte David alle ins Esszimmer. Jack und Maxime unterstützten ihn dabei, die Anwesenden anzuleiten, während Alexandra und Lucinda das Gemüse auftrugen. Der Truthahn – mit dicker Brust und golden gebraten, wie es sich gehörte – wurde von David und Antoine gemeinsam getragen und am Ende des Tisches platziert, wo Antoine ihn tranchieren konnte.

Das Festmahl war ein großer Erfolg. Sogar Véronique und Lucinda waren beeindruckt. Der Truthahn war zart, die Füllungen anders als das, was für gewöhnlich in Frankreich serviert wurde, und sogar die Brotsauce, die für viele unbekannt war, wurde zögernd als »köstlich« bezeichnet.

Die Nachspeisen waren eine Mischung aus traditionellen französischen und englischen Desserts. Es gab unter anderem eine ausgesprochenen reichhaltige *bûche de Noël*, so schokoladig, wie man sie sich nur wünschen konnte, und mit roten Beeren verziert, sowie einen Plumpudding mit Brandy-Butter.

Es war eine sehr fröhliche Veranstaltung, dennoch war Alexandra erleichtert, als sie vorbei war und die Gäste sich zum Aufbruch bereitmachten. Jack verschwand in seinem Zimmer, um zu packen. Er wollte nach England fahren, um seinen Bruder und dessen Familie zu sehen und ihnen von Penelope und seinen Hochzeitsplänen zu berichten. David reiste ebenfalls für eine gute Woche nach England, und Véronique würde am folgenden Morgen den Zug nach Paris nehmen. Alexandra vermutete, dass sie das ursprünglich nicht geplant hatte.

Während des Aufräumens nutzte David die Gelegenheit, Alexandras Gefühlslage zu ergründen. »Nun, du weißt, dass ich ungefähr zehn Tage weg sein werde, aber wenn es für dich zu schwierig wird, könnte ich früher zurückkommen.«

»Es wird nicht schwierig werden! Ich komme klar!« Sie sagte dies mit so viel Überzeugung, dass sie stolz auf sich war.

»Du wirst mit Antoine alleine sein, nur die Kinder werden als Aufpasser da sein.«

»Nun, erzähl es bitte nicht weiter, ja?«

»Hmm«, machte David.

»Es ist wirklich in Ordnung! Antoine hat mich gefragt, ob ich Urlaub haben möchte. Er wollte mich sogar dazu überreden, doch ich möchte nirgendwo hinfahren.« Sie schwieg kurz. »Allerdings muss ich gehen, sobald die Kinder eine Schule besuchen.«

»Ist schon eine Entscheidung gefallen, wann das sein wird?«

»Ich bin nicht sicher. Ich glaube, es geht auch um Geld. Lucinda ist bereit, den Besuch eines englischen Internats für die beiden älteren Kinder zu finanzieren, aber Antoine möchte, dass sie alle drei zusammen in Frankreich bleiben. Und in dem Fall müsste er die Kosten tragen.«

»Das Leben wäre wirklich einfacher, wenn Antoine und du heiraten würdet!« David wollte sie necken; deshalb nahm sie es ihm nicht übel.

»Stimmt! Aber Antoine würde mich niemals fragen, stimmt's?«

David nickte. »Eher nicht. Schade eigentlich. Du musst mir versprechen, dass du den Rest des Plumpuddings morgen in Butter anbrätst.«

»Mache ich.«

»Und wirst du die Mahlzeiten ohne mich zubereiten können?«

Alexandra lächelte. »Ich habe es auch geschafft, als ich gerade hier angekommen war; jetzt habe ich noch die ganzen Reste vom

Weihnachtsessen: Truthahn, Schinken, *pâté*, Käse, alle möglichen köstlichen Sachen. Wir werden nicht mal verhungern, wenn ich überhaupt nicht koche!«

»Ich ärgere mich immer noch, dass ich keinen Stilton auftreiben konnte. Die Franzosen sind sehr voreingenommen, wenn es um Käse geht.«

Alexandra kicherte. »Stimmt! Sie klammern sich an ihre eigenen Hunderte von Käsesorten und sind absolut nicht offen für etwas anderes.«

»Das Gleiche gilt für Brot«, fuhr David schmunzelnd fort. »Sie bestehen auf ihren langen spitz zulaufenden Broten oder den runden mit der Kruste, und sie ignorieren richtige viereckige weiße Scheiben!«

»Wie man sie sich für ein gutes Truthahnsandwich wünschen würde«, ergänzte Alexandra.

»Auf jeden Fall muss man keine Scheiben schneiden!« David hörte auf zu lachen, weil er sich offensichtlich immer noch Sorgen machte. »Bist du sicher, dass du das alles hinbekommst? Ich bin immer noch besorgt.«

In dem Moment betrat Antoine mit einem Tablett voller Gläser die Küche. »Worüber machen Sie sich Sorgen, David?«

»Er ist besorgt, weil ich mich wieder ums Kochen kümmern muss. Absolut unnötig. Ich koche sehr gut.«

»Ich werde kochen, solange Sie fort sind, David«, sagte Antoine, plötzlich ganz der Comte. »Alexandra kann den Urlaub nicht nehmen, der ihr zusteht, doch ich kann ihr zumindest einen Teil ihrer Aufgaben abnehmen.«

Alexandra betrachtete ihn mit offenem Mund. Antoine stellte sein Tablett ab und schloss ihn ihr, indem er mit dem Finger ihr Kinn anhob. »Sie müssen gar nicht so überrascht tun. Ich bin ein sehr guter Koch.«

»Bestimmt ...«, setzte Alexandra an.

»In Frankreich haben wir Zweifel daran, dass Engländer kochen können«, fuhr Antoine fort. »Und Sie bezweifeln anscheinend, dass Franzosen es können.«

Alexandra hatte nicht genug Zeit gehabt, um sich wieder zu fangen. »Ich habe nur bislang noch keinen Beweis dafür gesehen.«

Antoine kniff die Augen zusammen. »Sie verfügen über eine besondere Dreistigkeit, ohne unhöflich zu sein. Ist das eine englische Besonderheit? Oder gehört das zu Ihren persönlichen Eigenheiten und Fähigkeiten, Alexandra?«

»Oh, es ist eine Besonderheit von ihr, glauben Sie mir«, warf David ein.

Als Alexandra plötzlich bemerkte, wie aufmerksam Antoine sie betrachtete, nutzte sie die Gelegenheit, sich ein weiteres Tablett mit schmutzigem Geschirr zu schnappen und sich wieder in die Arbeit zu stürzen.

28. Kapitel

David verließ das Château am zweiten Weihnachtstag in aller Frühe. Alexandra war schon wach und stand auf, um sich von ihm zu verabschieden. Er nahm sie fest in den Arm und trug ihr auf, gut auf sich aufzupassen.

Überraschenderweise kamen ihr die Tränen, als sie seine Umarmung erwiderte. Sie hatten in einer glücklichen Blase gelebt, zusammen gekocht, sich um Félicité, Henri und Stéphie gekümmert und das Leben in Frankreich genossen. Er versprach, am Dreikönigstag zurück zu sein, doch sein Urlaub in England erinnerte Alexandra daran, dass ihre Zeit hier schon bald vorbei sein könnte. Wenn ihre Schützlinge im nächsten Jahr von zu Hause weggingen, um eine Schule zu besuchen, würde sie in der Schweiz leben müssen.

Als Véronique später herunterkam, war die Küche makellos sauber und aufgeräumt. Sie wollte nichts außer einer Tasse Kaffee haben, die sie im Stehen trank. Antoine war bereits in der Eingangshalle und wartete auf Véronique, um sie zum Bahnhof zu bringen. Alexandra verabschiedete sich in der Küche von ihr. Véronique und sie gingen sehr höflich und förmlich miteinander um.

Ungefähr eine Stunde später saßen Alexandra und die Kinder etwas antriebslos um den Küchentisch. Sogar die Kätzchen waren ruhig – sie hatten sich auf Milou niedergelassen, der sich vor dem Herd ausgestreckt hatte. Niemand hatte bisher großen Hunger verspürt. Alexandra überlegte gerade, wie es ihr gelingen könnte, ein bisschen Weihnachtsstimmung zurückzuholen, als

Antoine vom Bahnhof zurückkehrte und schwungvoll in die Küche trat.

»Heute Vormittag gehen wir in den Wald, um Zweige und Äste für die Öfen zu sammeln, und danach essen wir!« Er klatschte in die Hände. »Beeilt euch, Kinder!« Er sah Alexandra an, die er eindeutig in den Begriff »Kinder« mit einbezogen hatte.

Während alle die Treppe hinaufstürmten, um sich umzuziehen, erläuterte Henri: »Früher ist Papa oft mit uns in den Wald gegangen, als er noch nicht so oft wegen seiner Arbeit wegmusste.«

Sogar Félicité vergaß bei der Aussicht auf den Ausflug, dass sie eigentlich abgeklärt und erwachsen wirken wollte. Alexandra freute sich ebenfalls sehr, redete sich jedoch ein, es läge nur daran, dass sie frische Luft und Bewegung brauchte.

Sie zogen einen Handwagen mit großen Rädern hinter sich her, auf dem ein riesiger, leicht ramponierter Korb befestigt war. Als sie den Waldrand erreichten, teilten sie sich auf und wetteiferten darin, die größten Holzstücke zu finden. Schon bald war der Korb voll. Henri bot an, ihn zum Haus zu bringen und mit dem geleerten Korb zurückzukehren. Antoine hatte eine kleine Säge mitgenommen, und schon bald war der nächste Holzstapel vorbereitet und wartete auf den Abtransport.

Beim nächsten Mal zog Alexandra den Wagen zum Haus und entdeckte den unordentlichen Holzhaufen, den Henri hinterlassen hatte. Sie fügte ihre Holzladung hinzu. Als sie zu den anderen stieß, waren sie gerade dabei, Wildschweinspuren zu untersuchen.

»Seht ihr? Die Spuren sind im Matsch deutlich zu erkennen«, erklärte Antoine. »Es waren mehrere Tiere, und zwar ziemlich große.«

»Ich mag keine Wildschweine«, sagte Stéphie. »Können wir auf die andere Seite des Châteaus gehen? Weg von den Spuren?«

»Die meisten Leute erschießen Wildschweine«, meinte Henri. »Warum tun wir das nicht?«

»Ich lasse sie lieber leben, bis sie ernsten Schaden anrichten«, antwortete Antoine. »Außerdem hatte ich schon länger keine Zeit mehr, zum Vergnügen zu schießen. Beim nächsten Mal nehme ich dich mit, Henri, und zeige dir den sicheren Umgang mit einem Gewehr.«

»Können wir zum See gehen?«, fragte Félicité. »Es ist schon länger so kalt. Ob er wohl bereits zugefroren ist?«

Sie spazierten durch den Wald, der das Schloss umgab, und erreichten das Gewässer. Alexandra war überrascht. »Ich wusste gar nichts von dem See!«

»Sie haben im Haus einfach zu viel zu tun gehabt«, sagte Antoine. »Sie hatten keine Zeit, das Gelände richtig zu erkunden. Sind Sie gerne im Wald? Oder ziehen Sie Städte vor?«

»Ich mag beides«, antwortete Alexandra mit Nachdruck. »Ich habe den größten Teil meines bisherigen Lebens in London verbracht, aber ich war auch immer gerne auf dem Land, wenn es sich ergeben hat.« Momentan genoss sie es auf jeden Fall sehr, doch das lag wahrscheinlich nicht nur an der frischen Luft und dem schönen Wald.

Antoine wusste viel über die Natur und zeigte ihnen noch viel mehr als nur Wildschweinspuren. »Ich komme zurzeit einfach nicht genug an die frische Luft. Ich liebe den Wald und die Bäume, aber ich bekomme sie nur aus der Ferne zu sehen, wenn ich wegfahre.«

»Mach dir keine Sorgen, Papa.« Stéphie griff nach seiner Hand. »Du wirst nicht immer wegmüssen, um zu arbeiten. David hat gesagt, du könntest die Nebengebäude an Urlauber vermieten. Die Engländer werden jede Menge dafür zahlen, um in einem richtigen französischen Château zu wohnen.«

»Ist das wahr, Alexandra?«, wollte Henri wissen.

»Wenn die Gebäude so umgebaut würden, dass sie komfortabel sind, dann auf jeden Fall«, antwortete sie. »Ich bin sicher, dass die Leute bereit wären, einen Zuschlag für die adelige Umgebung zu zahlen.«

»Wollen wir uns die Nebengebäude ansehen?«, schlug Henri vor. »Das würde dir doch gefallen, nicht wahr, Stéphie?«

Da ihr Bruder es als besonderes Highlight präsentierte, stimmte das Mädchen sofort zu. Alexandra war ebenfalls angetan von dem Plan.

Sie betraten die ausgediente Remise, das Waschhaus und das Taubenhaus. Sie kämpften sich durch staubige Spinnweben, kletterten wackelige Holzleitern hinauf und schauten auf lange nicht mehr geöffnete Stalltüren.

»Seht euch nur die Aussicht an!«, rief Alexandra aus und spähte durch einen Riss im Mauerwerk.

»Sie blicken gegen eine Mauer, Alexandra. Sie können gar nichts sehen«, kommentierte Antoine trocken.

»Man könnte ein großes Fenster einbauen! Vielleicht sogar eines mit zwei Flügeln. Diese Gebäude könnten ganz entzückend werden«, entgegnete Alexandra, die nicht verstand, warum Antoine das Potenzial nicht erkannte. »Es ist noch nicht so lange her, seit sich Fahrzeuge, Tiere und Tauben in den Gebäuden befunden haben. Vielleicht können Sie sich deshalb nicht vorstellen, dass man sie anderweitig nutzen kann.«

Antoine zuckte mit den Schultern. »Die Tiere sind schon seit einigen Jahren drüben auf dem Hof; wahrscheinlich habe ich deshalb keinen Gedanken mehr an diese Gebäude verschwendet. Ich finde die Vorstellung, an einem Ort voller Taubendreck und Spinnweben Urlaub zu machen, nicht besonders reizvoll.« Trotz seiner hochnäsigen Worte lächelte er Stéphie zu, um zu zeigen, dass er nur scherzte.

»Nun, dann denk eben jetzt drüber nach«, antwortete die Kleine streng. »Dann kannst du öfter zu Hause bleiben.«

Antoine warf einen Blick auf seine Armbanduhr. »Es ist Zeit, ins Haus zu gehen und uns salonfähig zu machen. Ich lade euch zum Essen in ein Restaurant ein.«

»Ich dachte, Sie hätten gesagt, Sie könnten kochen! Haben Sie den Mund etwa zu voll genommen?«, erwiderte Alexandra, ohne nachzudenken. Als sie seinen Gesichtsausdruck sah, musste sie schlucken. Sie hatte seine Ehre infrage gestellt, und das nahm er gar nicht gut auf.

»Kommt, Kinder! Wir machen ein Wettrennen!«, rief sie und lief los, so schnell sie konnte. Sie fühlte sich, als hätte sie mit einem Kätzchen gespielt, das sich plötzlich in einen Tiger verwandelt hatte; jetzt musste sie rasch Land gewinnen.

In ihrem Zimmer steckte sie ihre Haare zu einem losen Knoten auf und legte die Kette mit den übergroßen Perlen an. Dabei rief sie sich ins Gedächtnis, dass sie das Kindermädchen war und ihren Chef nicht aufziehen sollte. Es war (wie Véronique sagen würde) »unangemessen«.

Das Restaurant war von außen nicht besonders ansprechend. Es lag hinter einer Metzgerei, die gerade geschlossen hatte. Doch rund um das Gebäude und entlang der Straße parkten zahlreiche Autos, was darauf hindeutete, dass das Restaurant durchaus beliebt war. Antoine zwängte den Wagen in eine Lücke zwischen zwei anderen Autos und führte die Gruppe um das Haus herum zum Eingang.

Das Restaurant schien voll zu sein, doch als Antoine die Tür öffnete, tauchte sofort ein Mann auf. Er kannte Antoine offensichtlich schon von früheren Besuchen, und die beiden tauschten ein paar Höflichkeiten aus, bevor die kleine Gruppe zu einem Tisch geführt wurde. Antoine nickte vielen der Familien und Paare im Lokal zu. Es war sehr viel los.

Sofort brachte man ihnen Speisekarten. »Für Madame«, sagte der Besitzer, als er Alexandra die Karte reichte.

Stéphie kicherte. »Das ist nicht Madame, das ist Lexi.«

»*Bien sûr*«, erwiderte der Mann.

Antoine fühlte sich genötigt, weitere Informationen zu liefern. »Alexandra ist die heldenhafte Frau, die sich um meine Kinder gekümmert hat, während ich unterwegs war.«

Alexandra streckte dem Mann die Hand hin und sah ihm fest in die Augen in der Hoffnung, dass sie damit seinen Gedanken Einhalt gebot, ihre Beziehung zu Antoine könnte irgendetwas anderes als eine berufliche sein. Er schüttelte ihr die Hand, verneigte sich und zog sich zurück.

»Er denkt, du wärst Papas Freundin«, kommentierte Félicité seufzend.

»Es spielt keine Rolle, was er denkt, oder?«, erwiderte Alexandra.

Félicité zuckte mit den Schultern. »Jeder hier kennt Papa. Bestimmt denken alle das Gleiche. Wir sind ziemlich oft in diesem Restaurant, aber Papa hat noch nie eine Frau mitgebracht.«

»Lasst uns einfach unser Mittagessen genießen«, meinte Antoine nach einem raschen Blick durch den Raum. »Es ist alles in Ordnung. Wir wollen Alexandra doch nicht in Verlegenheit bringen.«

Dafür war es nun zu spät. Alexandra war die Situation in der Tat peinlich. Als eine Flasche Champagner zum Tisch gebracht wurde, stellte Alexandra fest, dass die Frauen sie nachdenklich musterten. Sie konnte nur spekulieren, was sie dachten: Ist diese Frau die Richtige für Monsieur le Comte? Ist sie nicht viel zu jung? Hat er endlich einen Ersatz für die reizende Lucinda gefunden?

Sie wollte sich nicht vorstellen, was die Männer denken mochten, tröstete sich jedoch mit der Erkenntnis, dass wahrscheinlich nur wenige von ihnen Lucinda kennengelernt hatten.

Antoine hob sein Glas und prostete ihr zu. »Auf Sie, Alexandra! Trinken Sie! Nach einem Glas Champagner sieht die Welt immer ganz anders aus.«

Sie lachte und trank einen großen Schluck. Zu spät erkannte sie, dass zwar auf allen Tischen jede Menge Flaschen standen, ihr Tisch jedoch der einzige war, auf dem Champagner zu finden war. Er musste ihn eigens bestellt haben, und sicher war es allen aufgefallen.

Dann wurde das Essen serviert. Alexandra verstand sofort, warum dieses unauffällige Restaurant so beliebt war – das Essen war fantastisch.

Es gab hart gekochte Eier mit Tapenade, salzig und mit einzigartigem Olivengeschmack, eine Pilzsuppe mit gehobeltem Trüffel (sehr zu Stéphies Entzücken), grünen Salat und danach eine Hähnchenschmorpfanne. All das ließ das Festessen vom Vortag alltäglich und beinahe langweilig wirken.

»Ich liebe es, dass Sie gerne essen, Alexandra«, bemerkte Antoine. »So viele Frauen denken nur an ihre Figur.«

Alexandra half Stéphie gerade, einen Knochen aus ihrem Hähnchenstück zu entfernen. Sie drehte sich zu Antoine um. »Ich freue mich, dass es etwas an mir gibt, was Ihnen gefällt. Ich denke ziemlich oft, dass ich Sie bloß verärgere.«

»Sie tun viele Dinge, die mir gefallen«, erwiderte er und richtete seine Aufmerksamkeit auf seine älteren Kinder. »Noch ein bisschen Wein mit Wasser für euch beide? Stéphie, möchtest du noch Limonade?«

Alexandra nahm ihr Weinglas; sie war noch verlegener als zuvor und hatte Angst, rot zu werden. Seine Worte waren sehr schlicht gewesen, und sie wusste, dass sie nicht zu viel hineininterpretieren sollte. Doch sie bedeuteten ihr viel.

Nach dem Hähnchen, als Alexandra beim besten Willen nichts mehr essen konnte, nicht einmal, um Antoine einen

Gefallen zu tun, wurden in Rotwein getränkte Birnen mit Sahne aufgetragen. Danach gab es Macarons und Schokoladentrüffel.

»Ich will nur noch nach Hause und schlafen!«, sagte Stéphie. »Ist es in Ordnung, wenn ich in der Öffentlichkeit in den Zähnen stochere?« Sie hielt einen in Papier einpackten Zahnstocher in der Hand.

»Ich weiß nicht«, antwortete Alexandra. »Ich persönlich fände es besser, wenn du es ließest. Heb dir den Zahnstocher für später auf.«

Antoine lachte. »Dein englisches Kindermädchen ist sehr streng, *chérie*. Ich gehe mal bezahlen.«

Bevor er die Rechnung beglich, blieb er allerdings an jedem Tisch stehen, tauschte Neuigkeiten aus, machte Scherze und warf Alexandra häufig Blicke zu. Er erklärt, wer ich bin, dachte sie.

»Darf ich deinen zweiten Schokotrüffel essen?«, fragte Henri.

»Solange dir im Auto auf dem Heimweg nicht schlecht wird«, erwiderte Alexandra.

»Ihh!«, entfuhr es Stéphie. »Bitte nicht!«

»Nein, bestimmt nicht«, entgegnete Henri. »Oh, sieh mal, da ist Jules. Der Junge, den du auf der Party kennengelernt hast, Félicité.« Er deutete auf jemanden, der hinter Alexandra saß.

»O Gott!«, stieß seine Schwester hervor. »Er darf mich nicht so sehen! Wahrscheinlich bin ich knallrot, und außerdem bin ich nicht geschminkt.«

»Alles ist gut«, meinte Alexandra ruhig. »Sieh mich an. Jetzt lach über was Lustiges, was ich gesagt habe. Siehst du! Du siehst entzückend aus. Wenn du seinen Blick auffängst, wird er beeindruckt sein.«

»Du warst viel lustiger, als du dich noch nicht für Jungs interessiert hast«, murrte Stéphie.

»Sie ist immer noch lustig«, widersprach Alexandra. »Und du wirst dich auch bald für Jungs interessieren.«

»Interessierst du dich denn für sie, Lexi?«, wollte die Kleine wissen.

»Lexi interessiert sich nur für Papa«, warf Félicité ein. Alexandra wünschte, sie hätte sich nicht gerade für Félicité eingesetzt.

Sie seufzte und verdrehte die Augen. »Euer Papa ist mein Chef«, erwiderte sie ruhig. »Es wäre nicht angemessen, wenn ich so über ihn denken würde.«

»Jetzt hörst du dich an wie Véronique«, erwiderte Félicité. »Und selbst wenn du nicht an ihm interessiert bist, wie sonst jede Frau, die in seine Nähe kommt, vermuten alle hier, dass du mit ihm schläfst.«

»Bitte sprich nicht so vor deiner Schwester. Und warum kümmerst du dich nicht um dein eigenes Liebesleben, anstatt dich mit meinem zu befassen?«

Jules warf Félicité in der Tat hin und wieder einen verstohlenen Blick zu, wie Henri berichtete. Sie tat so, als wäre es ihr egal. Dann stand seine Familie auf, um zu gehen, und er blieb neben Félicité stehen, um Hallo und Auf Wiedersehen zu sagen.

Alexandra wich seinem Blick aus und hoffte, er würde sie nicht wiedererkennen. Sie wollte nicht, dass er die Party erwähnte. Obwohl sie immer noch fand, dass sie das Beste getan hatte, was möglich gewesen war, war sie nicht sicher, ob Antoine ihre Meinung teilte. Und sie amüsierte sich so gut, dass sie es nicht verderben wollte. Doch als Jules schließlich ging, wandte Félicité ihre Aufmerksamkeit wieder Alexandra zu.

»Ist es dir denn egal, was die Leute von dir denken?«, fragte sie.

Alexandra überlegte kurz. Sie wollte sichergehen, dass sie die Lektion richtig erteilte. »Nun, ich weiß, dass ich nichts falsch gemacht habe, was schon mal das Wichtigste ist. Allerdings würde es mir viel mehr ausmachen, wenn diese Leute aus meinem Heimatort oder meiner Gemeinde kämen. Aber wenn ihr Kinder demnächst die Schule besucht, reise ich in die Schweiz und sehe diese Menschen nie wieder.«

»Oh«, meinte Stéphie. »Das ist traurig.«

»Eigentlich nicht«, entgegnete Alexandra, die selbst nicht glaubte, was sie da sagte. »Ihr werdet mich nicht vermissen, wenn ihr auf der Schule seid und jede Menge Spaß habt. Und ich werde euch Ansichtskarten mit Bildern der verschneiten Alpen schicken.«

»Aber wirst du uns denn vermissen?«, wollte Henri wissen.

»Ja«, antwortete Alexandra. »Natürlich. Es hat mir sehr gefallen, mich um euch zu kümmern.«

»Dann solltest du bleiben!«, sagte Stéphie. »Du könntest dich um Papa kümmern.«

»Euer Papa braucht weder mich noch sonst jemanden, der sich um ihn kümmert«, erwiderte Alexandra. »Stimmt doch, oder, Antoine?«, fügte sie hinzu, als er wieder zu ihnen trat.

»Das ist ganz richtig«, antwortete er. »So, lasst uns nach Hause fahren.«

29. Kapitel

Am folgenden Morgen wurde Alexandra schon früh von Stéphie geweckt. Ihr folgte Antoine mit einem Tablett, auf dem sich Kaffee, Brötchen, Butter und Feigenmarmelade befanden.

»Frühstück im Bett«, verkündete er und stellte das Tablett auf ihren Knien ab. »Und dann müssen Sie aufstehen. Der See ist zugefroren, und wir gehen Schlittschuh laufen.«

»Ich habe keine Schlittschuhe …«

»Wir haben jede Menge Paare«, erwiderte er. »Es ist schon seit Jahren eine beliebte Freizeitbeschäftigung im Château.«

»Also iss nicht zu langsam«, sagte Stéphie für den Fall, dass die Botschaft nicht bei Alexandra angekommen war. »Ich bringe dir Schlittschuhlaufen bei, mach dir keine Gedanken.«

Alexandra trödelte nicht. Sie zog so viele Kleidungsstücke wie möglich übereinander an und krönte das Ganze mit einem ihrer Arbeitsoveralls. Dann ging sie nach unten.

Antoine musterte sie mit kritischem Blick und gab ihr noch eine abgewetzte Fliegerjacke aus Leder, einen Schal und ein zusätzliches Paar Handschuhe. »Ihnen wird bald warm werden, aber anfangs ist es kalt. Welche Schuhgröße haben Sie?«

Es entstand ein bisschen Verwirrung, weil sie ihre Schuhgröße nach europäischem Standard nicht kannte, doch schließlich fand sich ein Paar Schlittschuhe, das passte, wenn sie drei Paar Socken übereinander anzog.

»Abgesehen davon, dass ich wie ein Michelin-Männchen aussehe«, sagte Alexandra, »kann ich kaum gehen, weil ich so viele Schichten trage.«

»Du kannst was ausziehen, wenn dir warm geworden ist«, erklärte Stéphie. »Nein, ihr Kätzchen, ihr könnt nicht mitkommen. Es ist zu kalt für euch.«

Obwohl Stéphie über einen starken Mutterinstinkt verfügte, erkannten die kleinen Katzen ihre Autorität nicht an, sondern tanzten fröhlich hinter Milou aus der Tür.

»Sind Sie sicher, dass das Eis stark genug ist, um uns zu tragen? Wir werden auch sicher nicht einbrechen und ertrinken?«, fragte Alexandra Antoine.

»Wenn das Eis bricht, werden wir vielleicht nass, aber wir ertrinken nicht. Es handelt sich eher um einen Tümpel als um einen See. Kommen Sie, ich halte Sie fest.«

Die Kinder hatten ihre Schlittschuhe schon angezogen und glitten elegant und stilvoll über das Eis. Antoine legte Alexandra einen starken Arm um die Taille und schaffte es, sie auf die Eisfläche zu bugsieren.

»So, versuchen Sie es mal«, sagte er energisch.

Sie machte einen Schritt, rutschte weg und fiel hin. Er lachte.

»Entschuldigung«, bat er rasch. »Es tut mir leid, dass ich lachen muss, doch Sie sind sonst immer so selbstsicher und elegant.«

»In England gehört es nicht zum guten Ton, sich über andere lustig zu machen«, erwiderte Alexandra in so hochmütigem Ton, wie es ihr möglich war, während sie auf dem Eis saß.

Er half ihr auf die Beine. »Halten Sie sich an mir fest.« Er drückte sie an seine Seite. »Jetzt bewegen Sie sich mit mir zusammen vorwärts.«

Henri erkannte ihre Probleme, glitt an ihre andere Seite und nahm ihre Hand. »Komm! Papa und ich halten dich fest. Eins, zwei, eins, zwei.«

Plötzlich stellte Alexandra fest, dass sie sich über das Eis bewegte, zwar nicht besonders elegant, jedoch ohne zu stürzen. Als

Henri überzeugt war, dass sie den Dreh raushatte, ließ er sie los. Sie dachte, sie würde gleich wieder auf dem Hosenboden landen.

»Entspannen Sie sich, ich lasse Sie nicht los. Mit mir sind Sie sicher.«

Einen Moment lang stellte sie sich vor, dass Antoine diese Worte in einem anderen Zusammenhang benutzte. Doch es sollte nicht sein. Sie musste genießen, was sich ihr bot, und sich nicht nach etwas Unerreichbarem sehnen.

»Ich glaube, jetzt geht es«, meinte sie. »Lassen Sie mich los, aber fahren Sie nicht weg.«

»Sehr gut, bravo! Sie haben den Bogen raus!«

Alexandra hielt sich ein paar Minuten lang auf den Beinen, bis Stéphie auf sie zusauste und nicht mehr anhalten konnte. Alexandra fiel erneut hin.

Nachdem sie gemerkt hatte, wie viel Spaß Schlittschuhlaufen machte, entwickelte sie einen gewissen Ehrgeiz. Ganz gleich, wie oft sie auf dem Eis landete, sie stand immer wieder auf und lief weiter, nur um wieder hinzufallen.

Antoine half ihr erneut auf. »*Chérie*, Sie müssen das nicht tun. Wir können ins Haus gehen und heiße Schokolade trinken.«

»Nein, nein. Ich hasse es aufzugeben. Ich will zu diesem Baum da fahren«, sie deutete auf das andere Ufer des Sees, »und wieder zurück, und zwar ohne zu stürzen. Danach wäre eine heiße Schokolade ganz wunderbar.«

Sie brauchte drei weitere Versuche, bis sie es schließlich schaffte. Antoine half ihr jedes Mal wieder auf die Beine und beobachtete ihre vorsichtigen, unsicheren Schritte, bis sie endlich verstand, was sie tun musste. Sie lief Schlittschuh! Als sie den Baum erreichte, wendete sie und kehrte zu Antoine zurück.

»Kommen Sie, Lexi!«, rief er. Er breitete ermutigend die Arme aus und lächelte.

Nichts hätte sie aufhalten können. Sie flog förmlich über das Eis und landete in seinen Armen. Ein paar wunderbare Momente lang drückte er sie an sich. »Gut gemacht, *chérie*, sehr gut!« Er küsste sie aufs Haar und murmelte etwas. Ihr Herz wusste, dass es ein paar liebevolle Worte sein mussten, doch ihr Verstand sagte ihr, dass das unmöglich war.

Schließlich ließ er sie los. »So, sehen wir zu, dass wir ins Warme kommen. Ich werde mein Spezialgetränk zubereiten, das Sie alle Schmerzen und Wehwehchen vergessen lassen wird. Setzen Sie sich – ich helfe Ihnen, die Schlittschuhe auszuziehen.«

Alexandra hatte gar nicht bemerkt, dass ihr etwas wehtat, bis er es erwähnte. Sie ließ sich auf dem gefrorenen Boden nieder und überließ es Antoine, die Schnürsenkel zu lösen und ihr die Schlittschuhe auszuziehen. Dann hob er sie hoch und trug sie die ganze Strecke bis zum Haus. Schlittschuhe, Schuhe, Schal und Handschuhe ließ er einfach liegen.

»Die Sachen hole ich später«, meinte er.

Sie schloss die Augen, atmete seinen Duft ein und genoss seine Nähe. Doch die Zeit der Glückseligkeit währte für Alexandra viel zu kurz. Sobald sie das Château erreicht hatten, setzte er sie ab.

»Gehen Sie schon mal rein und machen Sie es sich gemütlich«, wies er sie an. »Ich bin gleich wieder da.«

Die Kinder sausten an ihr vorbei. Félicité verschwand im Arbeitszimmer, um mit Jules zu telefonieren (darauf würde Alexandra jede Wette eingehen), und Stéphie lief mit Milou und den Kätzchen in ihr Zimmer. Henri ließ es etwas ruhiger angehen und schlenderte ebenfalls die Treppe hinauf. Er murmelte etwas von »Musik hören«.

Alexandra ließ sich auf das am besten gefederte Sofa plumpsen, das nahe am Feuer stand. Sie kuschelte sich unter eine Wolldecke und zog die Füße an. Sie sollte eigentlich in ihr Zimmer gehen und ihre Hausschuhe holen, doch sie hatte keine Lust aufzustehen. Nur für ein paar Augenblicke wollte sie an Antoine denken und daran, wie wunderbar es gewesen war, von ihm getragen zu werden und ihm so nahe zu sein.

Er brachte ihr eine Tasse mit dampfender Schokolade. »Bitte schön! Das wird Sie wieder aufwärmen.«

Sie nippte an ihrem Getränk. »Oh! Da ist Alkohol drin!«

»Brandy. Trinken Sie und entspannen Sie sich. Ich kümmere mich um das Mittagessen.«

»Aber ich sollte ...«

»Nein, sollten Sie nicht«, fiel er ihr ins Wort. »Sie haben frei. Ich werde eines der Kinder fragen, wenn ich Unterstützung brauche.«

Kurz darauf wurde ihr bewusst, dass sie wohl eingeschlafen sein musste – eine Folge des frühen Aufstehens, der vielen frischen Luft in Kombination mit Bewegung und einer großzügigen Ration Brandy. Sie bemerkte, dass jemand ihr ein Kissen unter den Kopf geschoben und die Decke zurechtgezogen hatte. Sie hielt die Augen geschlossen und stellte sich vor, dass Antoine das getan hatte, weil er sie liebte, und nicht bloß, weil er ein fürsorglicher Mensch war, dem das Wohl seiner Angestellten am Herzen lag.

Die folgenden zwei Tage würde Alexandra immer als etwas Besonderes in Erinnerung behalten. Sie durfte weder kochen noch abwaschen (auch wenn sie an einem Morgen früh in die Küche schlich, um aufzuräumen). Die Schmutzwäsche stapelte sich vor der neuen Waschmaschine und wartete auf die junge Frau, die normalerweise täglich ins Haus kam, momentan jedoch im Urlaub war. Tagsüber liefen sie Schlittschuh, streiften durch die Wälder, lasen, malten oder musizierten. Abends brachte Antoine ihnen Kartenspiele bei; als Einsatz dienten ihnen Streichhölzer. Stéphie hätte nicht glücklicher sein können.

»Es ist, als wären Papa und du …« Stéphie zögerte, weil man ihr offensichtlich gesagt hatte, sie dürfe Alexandra nicht in Verlegenheit bringen. »Es ist, als hätte ich sehr nette Eltern.«

»Vielleicht«, erwiderte Alexandra. »Nun, wer soll dir jetzt eine Geschichte vorlesen? Dein Papa oder ich?«

»Du, Lexi. Du wirst nicht für immer hier sein.«

Als Alexandra dem kleinen Mädchen die Treppe hinauffolgte, hatte sie einen Kloß im Hals.

Am folgenden Tag wurde es wärmer, und das Eis auf dem See schmolz. Als Stéphie das traurig feststellte, trafen zum Glück gerade Penelope und Jack ein. Sie waren ein bisschen atemlos und aufgeregt, hielten Händchen und kicherten. Alexandra fand das ausgesprochen liebenswert. Penelope war normalerweise von Natur aus eher ein ernster Mensch.

»Wir möchten gerne über unsere Hochzeit sprechen«, verkündete Penelope.

»Mein Bruder hat mir gesagt, wann sie auswandern wollen – sie werden *Ten Pound Poms* sein!«, sagte Jack. »Das bedeutet, dass die australische Regierung sie für nur zehn britische Pfund Bearbeitungsgebühr immigrieren lässt, unter bestimmten Voraussetzungen. Immigrieren heißt, sein eigenes Land zu verlassen, um in ein anderes Land zu reisen und dort dauerhaft zu leben«, erklärte Jack an Stéphie gewandt, der die Frage sicher schon auf der Zunge gelegen hatte.

»Ist Lexi dann nach Frankreich immigriert?«, wollte die Kleine wissen.

»Nein, nicht richtig«, antwortete Alexandra rasch. »Ich lebe ja nur für eine Weile hier. Das ist nicht ganz das Gleiche.«

»Mein Bruder und seine Familie brechen schon ziemlich

bald nach Australien auf«, berichtete Jack. »Wir müssen bis spätestens zum ersten April geheiratet haben.«

»Und du hast freundlicherweise zugestimmt, dass wir die Feier hier im Château abhalten können.« Penelope lächelte Antoine zu, der etwas überrumpelt wirkte.

»Wir haben uns gefragt, ob es möglich wäre, dass ein paar Verwandte und Freunde in Ihren Nebengebäuden übernachten könnten«, fügte Jack hinzu.

»Tatsächlich?«, murmelte Antoine. »Mögen Sie Ihre englischen Gäste nicht? Haben Sie sich die Nebengebäude mal angesehen?«

»Die Sache ist die, Antoine«, erklärte Penelope, die nun wieder so forsch wirkte wie zu Beginn. »Wenn du dich ranhältst, könnten einige der Gebäude bis dahin fertig sein. Wir würden für die Unterbringung der Gäste bezahlen. Danach könntest du die Unterkünfte für den Rest des Jahres an *les Anglais* vermieten. Sie würden sicherlich gut dafür zahlen!«

»Das würde jede Menge Arbeit bedeuten«, erwiderte er nachdenklich.

»Natürlich interessiere ich mich am meisten für die Orangerie, in der der Empfang abgehalten werden soll«, erklärte Penelope.

»Liebste Schwiegermutter«, entgegnete Antoine. »Ich würde euch zu gerne helfen, und wenn wir mehr Zeit hätten, wäre ich hocherfreut – wie bereits gesagt ...« Er zögerte. »Aber wir haben bloß ein paar Monate ...«

»Drei Monate. Und Alexandra wird dich unterstützen«, warf Penelope ein. »Die Kinder werden nächstes Jahr eine Schule besuchen ...«

»Nun, die Schule ...«, wiederholte Antoine. »Die Schule – ich meine diese fortschrittliche, auf die auch Philippes Kinder gehen – kann die Kinder erst im nächsten Trimester aufnehmen.

Ich hatte noch keine Gelegenheit, mit Jack und David darüber zu sprechen, auch nicht mit Alexandra.«

»Oh«, murmelte Penelope.

»Ich habe es erst kurz vor Weihnachten erfahren und wollte während der Festtage nicht darüber reden.« Es war ihm offensichtlich peinlich, seine Familie nicht früher informiert zu haben. »Ich weiß, dass Henri und Félicité sich schon auf den Schulbesuch gefreut haben.«

»Schon okay, Papa«, erwiderte Félicité nach kurzem Schweigen. »Wir verstehen das.«

»Nun«, fuhr Penelope fort, »da Alexandra ja hier ist, sich aber nicht die ganze Zeit um die Kinder kümmern muss ...«

Alexandra öffnete den Mund, um zu sagen, dass sie gehen musste, wenn die Kinder sie nicht brauchten. Doch sie wollte nicht fort. Außerdem hatte Penelope anscheinend etwas dagegen, dass sie das Wort ergriff.

»Nein, Alexandra, warten Sie bitte. Wenn die Kinder erst nach der Hochzeit zur Schule gehen, werden sie weiterhin von David und Jack unterrichtet«, schlussfolgerte Penelope. »Also muss Alexandra auf jeden Fall bleiben, wenn Antoine arbeiten muss. Allerdings wird sie Zeit haben, über die sie frei verfügen kann.«

Alexandra hatte das Gefühl, sich dagegen wehren zu müssen, dass über ihren Kopf hinweg über sie verfügt wurde. Doch der Gedanke, die Baumaßnahmen zu beaufsichtigen, verzückte sie. Daher brummte sie nur zustimmend.

Antoine äußerte sich deutlicher. »Vielleicht hat Alexandra gar kein Interesse daran, die Renovierungsarbeiten an den alten Gebäuden zu überwachen oder die Orangerie auf Vordermann zu bringen. Wir dürfen sie nicht ausnutzen.«

Inzwischen hatte Alexandra ihre Stimme wiedergefunden. »Ich fände das Projekt wunderbar. Ich würde die Aufgabe liebend gerne übernehmen. Wenn Sie nichts dagegen haben?«, wandte sie sich an Antoine.

Er zuckte mit den Schultern und schmunzelte. »Wenn es Sie glücklich macht, bin ich auch glücklich.«

Obwohl seine Reaktion sie sehr freute, fühlte Alexandra sich verpflichtet, ein bisschen zu protestieren. »Es wird sehr teuer, die Nebengebäude zu renovieren.«

»Wir haben ja mein Trüffelgeld«, warf Stéphie ein.

»Und wir werden für alles im Voraus zahlen«, ergänzte Penelope entschlossen.

»Macht es euch etwas aus, wenn ich mit Alexandra unter vier Augen darüber spreche?«, fragte Antoine. Ohne eine Antwort abzuwarten, führte er sie aus dem Raum.

Als sie sein Arbeitszimmer erreichten, musste sie daran denken, dass er im Berufsleben ein Berater war, der anderen erklärte, wie sie ihre Firmen führen sollten. Er war nicht nur ein Vater, der es liebte, Zeit mit seinen Kindern zu verbringen.

»Bevor Sie sich dafür entscheiden, Alexandra«, sagte er nun ernst, »müssen Sie sich die Zeit nehmen, darüber nachzudenken, was diese Aufgabe mit sich bringt. Sie bekommen es mit französischen Bauarbeitern zu tun, müssen Leistungen abnehmen, zu Bestpreisen Material einkaufen – all diese Dinge werden neu für Sie sein. Vielleicht wollen Sie diese Verantwortung lieber doch nicht übernehmen.«

»Werden Sie denn nicht anwesend sein?«

»Nicht die ganze Zeit. Im Zusammenhang mit meinem letzten Projekt sind noch einige Dinge zu erledigen. Wenn wir den Plan umsetzen, werden Sie diejenige sein, die für die Durchführung verantwortlich ist. Obwohl ich natürlich hoffe, dass David sich auch einbringen wird. Und Maxime, was die rechtliche Seite angeht.«

»Ich habe so etwas noch nie gemacht.« Auf einmal wurde sie von Zweifeln erfasst.

»Wenn Sie es tun wollen, dann tun Sie es. Ich setze volles Vertrauen in Sie. Wir geben unser Bestes und sorgen uns nicht wegen des Rests.«

Plötzlich war die Begeisterung wieder da. Es war ein Riesenprojekt, aber ein sehr aufregendes. »Ich würde es sehr gerne machen. Und David und Jack helfen ganz bestimmt, wenn sie nicht gerade unterrichten.«

Als Antoine lächelte, fühlte Alexandra sich, als hätte die Sonne sie geküsst. »Danke, Alexandra.«

30. *Kapitel*

Am folgenden Tag besichtigten Antoine und Alexandra die Nebengebäude deutlich aufmerksamer als beim letzten Mal. Alexandra hatte Stift und Notizbuch mitgebracht, und Antoine zog ein Maßband aus der Tasche. Es fiel ihr leicht, sich vorzustellen, wie Räume wirken würden, wenn beispielsweise eine Wand eingerissen oder versetzt wurde.

Fachleute, die wussten, was sie taten, würden dies beaufsichtigen. Doch vielleicht würden sie auch in dem einen oder anderen Fall sagen: »Nein, das geht nicht.« Dann würde sie es akzeptieren müssen – zumindest, bis ein bisschen klarer war, was mit den Umbaumaßnahmen erreicht werden sollte.

»Es gibt ein Bauunternehmen, Vater und Sohn, die in der Region sehr aktiv sind«, erklärte Antoine. »Sie kennen sicher auch viele andere Handwerker. Wir werden sie bitten, sich mal alles anzusehen. Es wird ein umfangreicher Auftrag; vielleicht wollen sie ihn nicht übernehmen. Falls nicht, müssen wir jemand anders finden.« Antoine runzelte die Stirn. »Ich möchte, dass Sie wissen, worauf Sie sich einlassen, *chérie*.«

Er betrachtete sie so intensiv, dass sie den Blick abwenden musste.

»Sehen wir uns doch die Orangerie an«, schlug sie vor. »Da möchte Penelope schließlich feiern.«

Sie verließen die Nebengebäude und spazierten zur Orangerie, die sich auf der anderen Seite des Châteaus befand.

Als sie sich ihrem Ziel näherten, meinte Antoine: »Es kommt ziemlich ungelegen, dass Penelope sich so sehr darauf versteift hat, den Hochzeitsempfang in der Orangerie abzuhalten, doch der Grund dafür ist sehr romantisch. Ich als Franzose sollte den romantischen Gedanken wohl unterstützen.«

Alexandra wandte sich ab, damit er nicht sehen konnte, wie ihr das Blut ins Gesicht schoss.

»Nun«, sagte er, nachdem er den Schlüssel oben auf dem Türvorsprung gefunden hatte, »dann sehen wir mal, ob wir die Orangerie auf Vordermann bringen können.«

Wie Alexandra und Penelope schon zuvor festgestellt hatten, musste das kleine Gebäude hauptsächlich geputzt und frisch angestrichen werden.

»Das liegt daran, dass die Orangerie zum Schloss gehört; daher ist es noch nicht so lange her, seit sie zuletzt genutzt wurde«, erklärte Antoine und untersuchte einen feuchten Fleck in einer Ecke. »Die anderen Nebengebäude sind schon sehr lange vernachlässigt worden.«

»Félicités Wandgemälde wird die Orangerie verschönern, aber es muss ziemlich groß werden. Vielleicht kann Jules, der Junge, den sie mag, ihr dabei helfen.«

»Hmm«, meinte Antoine und zwinkerte ihr zu. »Besser nicht – angesichts der Geschichte dieses Gebäudes.«

Alexandra lachte. »Wir sorgen dafür, dass Stéphie mithilft. Und Henri. Sie können als Aufpasser fungieren.«

Doch als Antoine die Orangerie wieder abschloss, sorgten ihre Gefühle für ihren Chef dafür, dass Alexandra wehmütig wurde. Unerwiderte Liebe konnte ziemlich kräftezehrend sein.

Nachdem die Welt nach der Weihnachtspause wieder zur Normalität zurückgekehrt war, statteten Antoine und Alexandra den Bauunternehmern in der Stadt einen Besuch ab.

Es handelte sich um eine alteingesessene Firma, die seit drei Generationen von der Familie geführt wurde. Der Vater hatte keine großen Hoffnungen, dass sie den Auftrag übernehmen konnten. Er erklärte ihnen lang und breit die Gründe dafür, verzog den Mund und schüttelte den Kopf. Doch sobald sein Sohn das Büro betrat, einen Blick auf Alexandra warf und feststellte, dass sie die Umbaumaßnahmen betreuen würde, entwickelten sich die Dinge deutlich positiver.

»Tja«, meinte Antoine später, »Sie haben Luc ganz schön beeindruckt. Auf einmal waren sie in der Lage, den Auftrag sofort auszuführen. Offensichtlich hat er eine Schwäche für englische Rosen.«

Alexandra konnte nicht verhinderten, dass sie wieder rot wurde, dennoch wies sie das Kompliment zurück. »Wahrscheinlich glaubt er, er könne tun und lassen, was er will, und ich bemerke es nicht. Natürlich liegt er da vollkommen falsch.«

»Aber woher wollen Sie es wissen?«

»David wird mir helfen. Und ich habe ein Gespür dafür, wenn Menschen versuchen, mich hinters Licht zu führen. In der Welt des Antiquitätenhandels sind die meisten Leute die Freundlichkeit in Person, doch es gibt Haie unter ihnen – wie in jedem Geschäftsfeld. Ich habe gelernt, sie auf Anhieb zu erkennen. Und ich glaube nicht, dass Luc zu den Haien gehört.«

»Das denke ich auch nicht. Kommen Sie, wir überbringen den anderen die guten Neuigkeiten. Wir haben ein Bauunternehmen gefunden! *On y va!*«

Die Tage begannen früh. Jeden Morgen ging Antoine nach dem Frühstück, das aus einer Tasse Kaffee und einem Stück Baguette bestand, zum Hof. Alexandra machte sich auf den Weg zu den Nebengebäuden, wo die Bauarbeiten angefangen hatten. Sie schlang sich ein Tuch ums Haar, zog sich warm an und schlüpfte als Letztes in ihren Arbeitsoverall. Sie tauchte gerne kurz vor der Ankunft der Bauarbeiter auf und begrüßte sie lächelnd und hellwach.

Anfangs kämpfte sie mit der französischen Sprache, doch die Männer halfen dieser jungen Engländerin gerne, die so interessiert war, genau wusste, was sie wollte, und der es wichtig war, wie die Arbeiten ausgeführt wurden. Sie lobte gute Arbeit, und ein bloßer Blick genügte, wenn etwas schlampig erledigt worden war, und schon wurde nachgebessert. Sie bat Stéphie, regelmäßig am Nachmittag mit englischem Kuchen für die Handwerker vorbeizukommen.

Die Arbeiten schritten zügig voran. Aus dem alten Stall würde schon bald eine komfortable Unterkunft mit zwei Schlafzimmern, einer geräumigen Küche und einem Wohnzimmer werden, von wo aus man durch eine zweiflügelige Tür auf die Terrasse gelangen konnte.

»Also, ich würde hier gerne wohnen!«, sagte David, als er den Baufortschritt begutachtete. »Das wird großartig! Gute Idee, ein großes Fenster in diese Wand zu integrieren. Dadurch fällt viel Licht ins Innere und lässt es geräumiger wirken.«

»Sie mussten einen Fenstersturz einbauen, was ziemlich schwierig war«, erläuterte Alexandra. »Aber Luc ist sehr fleißig und hilfsbereit.«

»Warum das wohl so ist?«, kommentierte David trocken.

Alexandra widersprach nicht. Sogar sie musste zugeben, dass die Männer sehr gut für sie arbeiteten. Bisher hatte niemand auch nur versucht, sie übers Ohr zu hauen.

Da es sich herumgesprochen hatte, was hier vor sich ging, kamen immer wieder Leute vorbei, die die Baustelle besichtigen wollten. Die meisten waren sehr interessiert und bewunderten den Umbau. Doch eines Morgens, als Alexandra gerade besonders staubig und voller Spinnweben war, weil sie das obere Stockwerk einer Scheune inspiziert hatte, tauchte Lucinda auf.

Alexandra klopfte sich den Schmutz von der Kleidung und hoffte inständig, dass keine Spinnen auf ihrem Kopftuch saßen und ihr gleich übers Gesicht krabbeln würden. Sie wartete darauf, dass Lucinda etwas sagte. Als nichts kam, ergriff Alexandra selbst das Wort: »Kann ich Ihnen helfen?«

»Oh, ich bin nur gekommen, um mich umzusehen. Alle erzählen, wie *wunderbar* alles wird, deshalb möchte ich mir selbst ein Bild machen.« Sie musterte die Scheune, in der sie sich befanden. Hier war noch nichts passiert; Alexandra hatte gerade geprüft, ob das Gebäude eventuell Potenzial für spätere Maßnahmen besaß. »Bisher bin ich nicht sonderlich beeindruckt. Ich habe gehofft, dass Freunde von mir hier vielleicht übernachten könnten, aber das sieht nicht danach aus.«

»Diese Scheune werden wir erst nach der Hochzeit umbauen. Doch ich kann Ihnen die Räumlichkeiten zeigen, die bis dahin fertig sein werden, wenn Sie wollen.«

Das war eine ganze andere Sache. Momentan wurden zwei Gebäude umgewandelt. Eines davon war Teil der alten Ställe, das andere war ein *pigeonnier*, in dem einst Tauben gehalten worden waren, die im Château auf dem Speiseplan gestanden hatten.

»Hier geht es gut voran«, erklärte Alexandra und führte Lucinda in den alten Stall. »Hier ist das Wohnzimmer mit Zugang zur Terrasse, und hierhin kommt die Küche. Die Treppe ins Obergeschoss ist noch nicht fertig. Deshalb muss man eine Leiter hinaufklettern, um die Schlafzimmer zu sehen.«

Lucinda lachte geziert und deutete auf den engen Rock, den sie zu hohen Stiefeln unter ihrem Tweed-Mantel trug. »In diesem Outfit kann ich nicht klettern. Können wir das andere Gebäude besichtigen?«

»Das ist noch nicht so weit.«

»Ich möchte es trotzdem gerne sehen. Sie können mich ruhig neugierig nennen, wenn Sie möchten.«

Alexandra hatte sie insgeheim schon bei ihrem plötzlichen

Auftauchen neugierig genannt. »Sehr gerne, sofern es nicht zu lange dauert. Ich bin sehr beschäftigt.«

»Jeder weiß, wie beschäftigt Sie sind«, erwiderte Lucinda spitz, während die beiden Frauen zum nächsten Gebäude gingen. »Alle sind *erstaunt*, wie gute Arbeit Sie leisten!«

»Oh …«

»Aber niemand spricht darüber, wie viel all das kostet.«

Alexandra öffnete den Mund, um zu erklären, dass die Renovierungskosten durch die Mieteinnahmen wieder hereingeholt würden, doch sie hatte keine Ahnung, ob das auch stimmte. Daher beschloss sie, dass das Lucinda nichts anging. Sie zuckte mit den Schultern. »Dazu kann ich nichts sagen.«

»Offensichtlich nicht. Ich habe gehört, dass Antoine ein Stück Land verkauft hat, um die Arbeiten zu finanzieren, und dass er sich weigert, den Kindern den Internatsbesuch in England zu finanzieren.«

»Tut mir leid. Das geht mich nichts an.«

Lucinda wirkte erfreut, als sie das hörte. »Nun, vergessen Sie das nicht, bevor Sie sämtliche Nebengebäude in Ferienunterkünfte umwandeln wollen, die niemand mieten will. Es sei denn, Sie wollen das alles mit Ihrem eigenen Vermögen finanzieren.«

»Wie bitte?«

»Oh, ich vergaß. Sie müssen ja erst heiraten, bevor Sie Zugriff auf Ihr Erbe bekommen, nicht wahr? Und das würde sich ja nur lohnen, wenn Antoine und Sie sich liebten. Es ist höchst unwahrscheinlich, dass er Ihnen auch nur einen Blick gönnt, solange Sie aussehen wie eine Putzfrau, die einen schlechten Tag hat.«

Alexandra nahm die Schultern zurück und reckte das Kinn. »Wenn Sie alles gesehen haben, was Sie sehen wollten, würden Sie dann bitte gehen? Wie gesagt, ich habe jede Menge zu tun.«

Als Lucinda ein paar Minuten später das Gelände verließ, war Alexandra sich nicht ganz sicher, an wen diese Runde gegangen war. Doch alles in allem hatte sie ihre Würde bewahrt, was eindeutig einen Punktsieg für sie bedeutete.

Eines der vielen Dinge, um die Alexandra sich unterschwellig Sorgen gemacht hatte, war das Wandgemälde in der Orangerie. Félicité malte es, und manchmal half ihr Freund Jules ihr dabei. Alexandra hatte versprochen, es sich nicht allein anschauen zu gehen. Félicité tat sehr geheimnisvoll. Doch Alexandra wollte das Gemälde wirklich sehen, solange noch Zeit war, es zu übermalen und durch ein neues zu ersetzen. Sie wusste, dass auch Penelope die Absicht hatte, die Orangerie vorab zu inspizieren – daher wollte Alexandra verhindern, dass es dort unmöglich aussah.

Als sie ein paar Tage nach Lucindas Besuch in die Küche ging, um eine Kleinigkeit zu essen, bestrich Félicité gerade ein Stück Brot mit Butter. Alexandra beschloss, dass der richtige Zeitpunkt gekommen war.

»Félicité«, begann sie und setzte sich ihr gegenüber an den Tisch. »Wegen des Wandgemäldes: Ich möchte es sehen. Deine Großmutter will kommen und dem Partyservice die Orangerie zeigen. Ich muss es auf jeden Fall vor ihr in Augenschein nehmen.«

Félicité kaute quälend langsam. »Okay«, antwortete sie schließlich. »Es ist noch nicht fertig, aber fast.«

»Du lässt es mich besichtigen?« Alexandra war bis jetzt nicht bewusst gewesen, wie sehr sie sich gesorgt hatte. Im größeren Zusammenhang handelte es sich nur um einen kleinen Baustein, doch für Penelope war die Orangerie das Herzstück der Hochzeit – daher musste dort alles stimmen.

»Jep. Aber nicht allein. Ich komme mit, wenn ich fertig gefrühstückt habe.«

»Lass dir Zeit«, meinte Alexandra. »Ich will auch noch was essen. Ist Antoine noch auf dem Hof?«

»Ja. Doch er darf es erst sehen, wenn es fertig ist.«

»Gut.« Alexandra nahm das Stück Baguette, das Félicité übrig gelassen hatte, und bestrich es mit Butter. »Wenn du es fertiggestellt hast, sollten wir es feierlich enthüllen.«

»Können wir Jules' Eltern dazu einladen?«

Alexandra nickte. »Ich denke schon.« Sie machte eine kleine Pause und wartete darauf, dass Félicité erklärte, warum sie das wollte.

»Sie glauben nicht, dass er mir hilft. Sie denken, er hängt mit den anderen Jungen unten am Fluss rum, mit ihren Mofas, und handelt sich Ärger ein. Sie reden davon, dass er an den Wochenenden in der Schule bleiben soll.«

»Verstehe.«

Félicité kaute schweigend weiter. Dann meinte sie: »Wahrscheinlich sind sie einfach nur neugierig.«

»Meine Süße, alle Menschen sind manchmal neugierig, auch ich.«

Eine halbe Stunde später schloss Félicité die Tür der Orangerie auf, und Alexandra trat ein.

Plötzlich hatte sie vor lauter Rührung einen dicken Kloß im Hals. Ein Gemälde des Châteaus mit Wäldern und Hügeln im Hintergrund nahm eine ganze Wand ein.

An den Mauern rankten Kletterrosen, die es im echten Leben nicht gab, und vor dem Eingang stand die offene Kutsche, die sie in den alten Ställen gefunden hatten. Ein Apfelschimmel war zwischen den Deichseln eingespannt. Milou und die Kätzchen spielten neben der Kutsche. Im echten Leben waren sie inzwischen schon recht groß, doch auf dem Bild waren sie noch Babys. Eines von ihnen schaukelte an Milous Schwanz.

Neben den Tieren war Antoine mit seinen beiden älteren Kindern zu sehen. Davor stand Stéphie, die gerade im Begriff war, Alexandra einen Blumenstrauß zu überreichen. Alexandra war auf Anhieb an ihrem Arbeitsoverall und dem Tuch zu erkennen. Félicité hatte sogar die Halskette mit den großen unechten Perlen nicht vergessen.

»Oh, du hast mich auch gemalt!«, sagte Alexandra. »Das hättest du nicht tun sollen! Ich werde nicht mehr lange hier sein.«

»Aber jetzt bist du noch hier«, widersprach Félicité. »Außerdem kann ich dich jederzeit übermalen und durch eine andere Frau ersetzen, falls Papa noch mal heiraten sollte.«

Alexandra musste lachen. Sie mochte Félicité sehr, doch sie hatte bisweilen die scharfe Zunge ihrer Mutter. Da ihre Bemerkungen nicht nur bissig, sondern auch lustig waren, konnte Alexandra sie ihr nicht übel nehmen. Jetzt legte sie dem Mädchen den Arm um die Schultern. »Das ist wahr. Aber ich muss sagen, du hättest mich in etwas Netterem als meinen Arbeitsklamotten malen können.«

Félicité zuckte mit den Schultern. »Momentan trägst du nichts anderes.«

»Du klingst wie deine Mutter«, konterte Alexandra und biss sich sofort auf die Zunge. Normalerweise gab sie sich Mühe, Lucinda niemals vor ihren Kindern zu kritisieren. »Ich meine, sie hat etwas Ähnliches zu mir gesagt.«

»Na ja, sie hat recht.«

»Ich habe zu viel zu tun, um mir Gedanken um mein Aussehen zu machen. So, zurück zu dem Wandgemälde. Wie lange brauchst du noch?«

»Wie du siehst, ist ein großer Teil des Grünzeugs erst vorgezeichnet und muss noch ausgemalt werden. Und ich möchte eigentlich auch noch den See malen.« Félicité zögerte. »Ob Papa mich den See wohl auf eine andere Wand malen lässt? Dann könnte ich uns beim Schlittschuhlaufen festhalten.«

»Vielleicht nach der Hochzeit? Es wäre doch schade, es zu überstürzen. Ich liebe deinen Stil. Er ist sehr klar und ein bisschen naiv, wie der von Henri Rousseau – erinnerst du dich? Der Tiger im Wald?«

»David hat etwas Ähnliches zu mir gesagt, als er das Wandgemälde in Véroniques Zimmer gesehen hat. Da habe ich begriffen, dass es nicht unbedingt schlecht ist, wenn ein Gemälde ein bisschen kindlich ist.«

»Wenn es so gut gemalt ist, dann nicht. Glaubst du, an eurer Schule gibt es auch Kunstunterricht?«

»Das hängt davon ab, auf welche ich gehe. Bestimmt wird an der Schule, die meine Mutter bevorzugen würde, kein großer Wert auf so was gelegt. Oder sie mögen meine Art zu malen nicht.«

»Man kann nie wissen«, antwortete Alexandra, obwohl sie glaubte, eine gewisse Ahnung zu haben. Wahrscheinlich wäre man an Lucindas bevorzugter Schule eher daran interessiert, eine Lady aus Félicité zu machen, als ihre künstlerische Seite zu fördern. »Darf ich deiner Großmutter die Orangerie jetzt zeigen? Sie möchte sie unbedingt sehen, und bisher habe ich sie immer vertröstet.«

»Glaubst du wirklich, das Gemälde ist in Ordnung?« Plötzlich wirkte Félicité verunsichert.

»Ja, auf jeden Fall. Ich finde das Bild richtig, richtig gut. David wird der gleichen Meinung sein.«

Félicité seufzte glücklich.

Schlussendlich beschlossen Félicité und Alexandra, Jules' Eltern (und natürlich Jules) für denselben Tag einzuladen, an dem auch Penelope mit dem Partyservice zur Besichtigung der Orangerie verabredet war.

»Wir können ein Glas Champagner anbieten, und ich frage David, ob er ein paar Häppchen vorbereiten kann«, schlug Alexandra vor. »Jack und er könnten auch dazustoßen, dann wäre es wie eine kleine Party.«

»David hat das Gemälde schon oft gesehen«, meinte Félicité. »Aber ich frage Papa, ob er kommen will.« Sie zögerte. »Er hat es sich noch nicht angeschaut.«

Alexandra nickte. Sie spürte, wie nervös Félicité der Gedanke machte. Sie teilte die Nervosität des Mädchens. Die Art und Weise, wie die Menschen auf dem Gemälde arrangiert waren, ließ das Ganze ein bisschen nach Hochzeit aussehen. Aber wahrscheinlich interpretierte sie etwas in das Bild hinein, was überhaupt nicht beabsichtigt war.

Alexandra hatte vorgehabt, ein Kleid anzuziehen und dafür zu sorgen, dass sie weniger wie eine Arbeiterin, sondern eher wie eine Hochzeitsplanerin aussah, doch leider lief ihr die Zeit davon. Daher musste sie sich darauf beschränken, ihre Haare zu einem lockeren Knoten aufzustecken und das Tuch, das sie sich normalerweise um den Kopf band, um die Taille zu schlingen. Wegen des besonderen Anlasses – der Präsentation des Wandgemäldes – legte sie die Perlenkette an. Als Alexandra und Félicité eintrafen, war David schon da und zwinkerte ihr zu. Das hieß, er fand ihr Aussehen in Ordnung.

Penelope und die beiden Mitarbeiterinnen vom Partyservice waren die ersten Besucher, die die Orangerie betraten.

»Ach du meine Güte!«, rief Penelope aus. »Das hat Félicité gemalt? Es ist fantastisch! Aber wo bleiben bloß meine Manieren. Darf ich vorstellen: Diese Damen betreiben den besten Partyservice in der Region. Madame Pam Hopkins und ihre Kollegin Madame Elizabeth Pollard. Das ist Alexandra, sie arbeitet für meinen Schwiegersohn. Schwer zu sagen, wie man ihre Aufgaben momentan beschreiben soll, aber ursprünglich kam sie als Kindermädchen.«

Nach der Vorstellung erklärte Pam: »Freut mich sehr, Sie kennenzulernen. Ich habe schon so viel von Ihnen gehört!«

Elizabeth fügte hinzu: »Wahrscheinlich wundern Sie sich,

wie zwei Engländerinnen dazu kommen, in Frankreich einen Partyservice zu gründen; das geht allen so.«

»Wir sind uns auf dem Markt begegnet«, fuhr Pam fort. »Elizabeth war mit ihrem Mann da, und ich habe die beiden Englisch reden hören. Ich habe sie angesprochen, wir haben uns angefreundet und schon bald festgestellt, dass wir die Leidenschaft für gutes Essen und Lebensmittel teilen.«

»Und ich hätte gerne eine englische Komponente für das Essen bei unserer Hochzeitsfeier«, erklärte Penelope, »für Jack.«

»Wir werden zum Beispiel Speisen wie Russische Eier und Angels on Horseback servieren – das sind in Schinken gewickelte Austern auf Toast –, also Gerichte, die die Engländer lieben und die auch bei den Franzosen auf Zustimmung treffen werden. Das glaube ich jedenfalls«, erläuterte Pam. »Über den Hauptgang beraten wir noch. Natürlich muss er kalt sein. Also …« Pam sah Alexandra an. »Wo können wir servieren?«

Während Alexandra sich mit den Damen vom Partyservice unterhielt, sah sie, wie Antoine zusammen mit Jules und dessen Eltern eintraf. Sie gingen sofort zum Wandgemälde. Alexandra konnte sehen, wie beeindruckt sie waren.

»Ist das eine private Party? Oder darf jeder kommen?«, fragte Lucinda mit lauter Stimme. »Oh, Liebling!«, wandte sie sich an Félicité. »Hast du das gemalt? Das ist wirklich ziemlich gut!«

Alexandras Beschützerinstinkt war geweckt. Deshalb entschuldigte sie sich bei ihren Gesprächspartnerinnen und gesellte sich zu der Gruppe vor dem Wandgemälde.

»Es ist sogar *sehr* gut«, warf David ein. »Ihre Tochter hat eine große künstlerische Begabung.«

»Oh«, murmelte Lucinda. Offensichtlich war sie unsicher, ob sie erfreut oder verärgert sein sollte.

Antoine legte den Arm um seine Tochter und gab ihr einen

Kuss. »Ich bin so stolz auf dich.« Er lächelte Jules zu. »Und du hast ihr dabei geholfen, wie ich gehört habe.«

Der Junge nickte. »Ich habe nur den Hintergrund gemalt; Félicité hat mich nicht an die wichtigen Motive rangelassen. Oh! Da kommt Henri mit seiner kleinen Schwester.«

Lucinda öffnete den Mund und klappte ihn wieder zu. Alexandra vermutete, dass sie eigentlich darauf hatte hinweisen wollen, nicht Stéphies Mutter zu sein. Alexandra war froh, dass sie ihre Meinung geändert hatte.

Bald schlenderten alle umher, tranken *crémant* und aßen die Häppchen, die David vorbereitet hatte.

»Das ist ein ganz entzückender Ort für eine Feier, nicht wahr?«, meinte Penelope, als Jack zu ihnen trat.

»Das stimmt«, pflichtete Alexandra ihr bei. »Und ist das Wandgemälde nicht wunderschön?«

»Ganz bezaubernd!«, bestätigte Penelope. »Vielleicht hätten wir uns gewünscht, dass sie Sie nicht im Arbeitsoverall gemalt hätte, aber heutzutage sieht man Sie ja in nichts anderem mehr.«

»Das hat Félicité auch gesagt, als ich sie darauf angesprochen habe. Darf ich Ihnen noch etwas zu trinken bringen?«

»Ich glaube, ich hatte genug, vielen Dank. Kann ich mir mit Jack zusammen die umgebauten Unterkünfte ansehen?«

»Ich begleite Sie«, erwiderte Alexandra. Sie war froh über die Ausrede, die Zusammenkunft, die sich mehr und mehr zu einer Party entwickelte, verlassen zu können. Es war ihr peinlich, Teil des Wandgemäldes geworden zu sein; es wirkte, als gehörte sie zur Familie, was nun mal nicht der Fall war.

31. Kapitel

Auf einmal war es Mitte März, und bis zur Hochzeit blieben nur noch zwei Wochen. Die Zeit war verflogen, ohne dass jemand es wahrgenommen hatte. Und obwohl alle schwer arbeiteten, gab es immer noch einige Dinge zu erledigen, bevor die umgebauten landwirtschaftlichen Gebäude zu schönen, komfortablen Unterkünften wurden.

Alexandra hatte mehr zu tun als je zuvor. Sie kümmerte sich um alles, für das niemand zuständig zu sein schien – Fugen zuspachteln, Bodenleisten anstreichen, Kerzenleuchter bestücken und natürlich Küchenutensilien kaufen. Obwohl die Tage unbarmherzig verstrichen, liebte sie die Arbeit. Sie sorgte sich, dass vor der Ankunft der Gäste nicht alles fertig werden würde – ärgerlicherweise wollten sie bereits einige Tage vor der Hochzeit anreisen –, doch sie blieb zuversichtlich. David war ein großartiger Mitstreiter und sehr gut darin, große Spiegel aufzuhängen sowie Pflanzgefäße und in einem Fall eine Vogelbadewanne an strategisch wichtigen Stellen zu platzieren.

Einige Tage vor der Ankunft von Jacks Familie stand ein Besuch bei der Schneiderei in Antibes auf dem Programm, die Lucinda empfohlen hatte. Eine letzte Anprobe der Festkleidung war vereinbart. Danach würden sie die Nacht bei Freunden von Antoine verbringen, die ein Château in der Nähe von Nizza besaßen.

Trotz sorgfältiger Planung war niemand im Château startklar, als Jack, Penelope und Lucinda in ihrem Auto vorfuhren.

»Milou ist seit gestern Nacht verschwunden«, erklärte David

Jack durch das geöffnete Autofenster. »Stéphie will erst losfahren, wenn er wieder aufgetaucht ist.«

Lucinda seufzte tief, und Penelope verkündete, dass sie in dem Fall durchaus noch kurz das Bad benutzen konnte. Also stiegen alle aus, und Alexandra kochte Kaffee.

»Milou ist ein großer Hund«, sagte Antoine nicht zum ersten Mal geduldig zu Stéphie. »Er kommt wieder zurück. Du musst dir keine Sorgen machen, *petite*.«

»Wahrscheinlich ist er jagen gegangen«, meinte Jack.

»Das hat er noch nie gemacht!«, widersprach Stéphie.

»Nun ja, vor einigen Tagen ist er mal für ein paar Stunden verschwunden und von selbst zurückgekommen«, erinnerte David.

Doch kein Argument konnte Stéphie davon überzeugen, dass ihr geliebter Hund nicht für immer fort war.

Schließlich machte Alexandra, die ohnehin nur als Beraterin nach Antibes mitgefahren wäre, folgenden Vorschlag: »Stéphie, du fährst jetzt mit den anderen, hast ganz viel Spaß und sorgst dich nicht wegen Milou. Ich bleibe hier und warte auf ihn. Falls er bis sechs Uhr nicht zurück sein sollte, gehe ich ihn suchen. Aber dann ist er ganz bestimmt wieder da, denn er wird Hunger bekommen. Du weißt doch, wie sehr Milou sein Abendessen schätzt.«

»Du wirst ihn bestimmt vergessen!«, jammerte Stéphie.

»Wie könnte ich Milou vergessen?«, fragte Alexandra. »Er wird mir heute Abend Gesellschaft leisten, wenn David ausgeht. Und ihr lasst die letzten Änderungen an euren Kleidern vornehmen, und dann werdet ihr euch prächtig amüsieren!«

Nachdem dieser Plan in verschiedener Form viele Male präsentiert worden war und Stéphie schließlich überzeugt werden konnte, brachen die beiden Autos nach Antibes auf.

»Bist du sicher, dass du heute Abend alleine klarkommst?« David stand neben Alexandra auf der Treppe. »Ich besuche eine

Kunstausstellung, aber ich könnte das Abendessen danach ausfallen lassen und früher zurückkehren.«

Obwohl er ihr gegenüber kein Wort über sein aktuelles Liebesleben verloren hatte, ahnte sie, dass David in der Stadt mit seinem Freund verabredet war.

»Alles ist gut«, erwiderte sie fest. »Ich habe heute noch eine Menge zu tun, und insgeheim bin ich Milou dankbar, dass ich nicht an dem Ausflug zur Schneiderei teilnehmen muss. Jetzt kann ich noch die Fliesen im Badezimmer im Stall verfugen. Das ist meine neue Lieblingsbeschäftigung!«

»Also ehrlich, Lexi, manchmal mache ich mir Gedanken um deinen geistigen Gesundheitszustand ...«

»Und wenn ich fertig bin, esse ich die ungesündesten, köstlichsten Sachen, die ich finden kann, und versinke in der Badewanne. Dann wasche ich mir die Fugenmasse aus den Haaren und schlafe wahrscheinlich gleich danach ein.« In dem Moment fiel ihr der Hund ein. »Vorausgesetzt, Milou ist wieder zurück.«

In dem Moment liefen die beiden Kätzchen auf sie zu und rieben sich an ihren Beinen.

»Warum sucht ihr nicht euren großen Bruder oder Onkel oder was auch immer Milou für euch ist? Nur süß zu sein ist gerade nicht so hilfreich, wisst ihr?«

»Er kommt bestimmt bald zurück«, meinte David. »Er ist sicher auf der Jagd, oder vielleicht umgarnt er eine nette Hündin. Wahrscheinlich macht er sich gerade zum Narren, und irgendein Bauer scheucht ihn davon oder ruft bald an.«

»Bestimmt. Der Bauer wird genau dann anrufen, wenn ich gerade in die Badewanne sinke. Aber ich werde Milou abholen, falls das passiert. So, jetzt muss ich an die Arbeit! Du musst dich heute Abend nicht abhetzen. Ich werde richtig früh schlafen gehen.«

»Vergiss nicht, im Ofen tüchtig Holz nachzulegen, wenn du heißes Wasser willst. Der Durchlauferhitzer spielt gerade verrückt.«

Alexandra verzog das Gesicht. »Ich wusste doch, dass ich den Elektriker noch um etwas bitte wollte, als er gestern hier war. Na ja, macht nichts, morgen kommt er wieder. Hauptsache, alles ist fertig, bevor die Gäste eintreffen.«

Als David fort war, begann Alexandra mit der Arbeit. Der unerwartete zusätzliche Arbeitstag fühlte sich an wie ein Geschenk. Es gab immer noch sehr viel zu tun, bis alles fertig war.

Als Alexandra zur Mittagszeit ins Château zurückkehrte, rief sie ein paar Minuten lang nach Milou, doch nur die Katzen stürmten herbei. Sie ging in die Küche und aß ein paar übrig gebliebene Croissants, die sie im Ofen aufgebacken hatte. Dann legte sie Holz nach. Obwohl sie tatsächlich glaubte, dass Milou nach Hause kommen würde, wenn er Hunger hatte, vermisste sie den Hund. Sie ging hinaus in den Garten und rief erneut nach ihm, in der Hoffnung, dass das große schwarz-weiße Tier jeden Moment auf sie zuspringen würde.

Aber es ist noch nicht Zeit fürs Abendessen, sagte sie sich und verschwand wieder im alten Stall, um Fliesen zu verfugen.

Milou ging ihr den ganzen Nachmittag nicht aus dem Kopf. Als die Arbeiter nach Hause gegangen waren, eilte sie ins Château. Keine Spur von dem Hund, keine Reaktion auf ihre erneuten Rufe.

Sie lief wieder durch den ganzen Garten und rief nach ihm. Schließlich ging sie ins Haus. Allzu groß war ihre Besorgnis noch nicht; die Tage wurden länger, und es dauerte noch eine Weile, bevor die Dunkelheit hereinbrach.

Als sie gerade Eier für ein Omelett verquirlte, läutete das Telefon. Sie hoffte, dass es ein Bauer war, der wegen Milou anrief. Hoffentlich konnte sie sein Französisch verstehen!

Doch es war Stéphie. Sie hatten einen schönen Tag verbracht, die Kleider waren perfekt, und sie hatten kleine Handtaschen erstanden, um Taschentücher und Konfetti zu verstauen. Danach waren sie zu Antoines Freund gefahren, der ein sehr schönes Château besaß. Doch eigentlich wollte das Mädchen nur wissen, ob Milou wieder da war.

Ganz kurz zog Alexandra eine kleine Lüge in Erwägung, damit Stéphie den Abend genießen und später glücklich schlafen gehen konnte. Doch das war unmöglich. Kinder zu belügen war nie eine gute Entscheidung, und falls – Gott gebe, dass es nicht passieren würde – Milou am folgenden Tag immer noch nicht zu Hause sein sollte, würde Stéphie ihr nie wieder vertrauen.

»Nein, Liebes, er ist noch nicht da. Doch es ist ja auch noch nicht seine Zeit fürs Abendessen, nicht wahr?«

»Seine Essenszeit war vor einer halben Stunde.« Stéphies Stimme zitterte bedenklich.

»Aber manchmal frisst er auch später. Was gibt es denn bei euch zu essen?«

»Lexi, versuch nicht, mich abzulenken – ich kann nur an Milou denken!«

»In Ordnung. Ich esse rasch mein Omelett, dann mache ich mich auf die Suche. Und ich rufe dich an, wenn ich Milou gefunden habe.«

»Egal, wie spät es ist?«, wollte Stéphie wissen.

»Ja. Gib mir die Nummer und bitte deinen Papa, eure Gastgeber vorzuwarnen, dass ich mich unter Umständen noch spät melde. Wirst du das tun?«

»Ja.«

Damit beendeten sie das Telefonat. Alexandra aß ihr Omelett und versuchte, nicht an das Bad zu denken, das sie nun nicht nehmen konnte. Es ergab keinen Sinn, den Ofen zu anzuheizen.

Nachdem sie sich entschlossen hatte, Milou suchen zu gehen, bereitete sie sich entsprechend vor. Sie würde nicht ohne einen Plan bei einsetzender Dunkelheit in den Wald gehen.

Als Erstes machte sie sich auf die Suche nach einer starken Taschenlampe. Dann packte sie ein Seil ein, das sie als Leine benutzen konnte, wenn sie Milou fand. Sie brachte es nicht über sich, seine neue Leine mitzunehmen, die sie erst vor Kurzem gekauft hatten. Aus irgendeinem Grund kam es ihr vor, als forderte sie dadurch das Schicksal heraus. Als Proviant packte sie ein halbes Schinken-Baguette in ihren Rucksack. Trotz des Gewichts fügte sie eine Flasche Wasser hinzu. Streichhölzer, eine Kerze, eine Rolle Bindfaden. Einen zusätzlichen Schal, falls es noch kühler werden würde, und eine Blechtasse. Dann packte sie noch eine Packung Kekse und ein bisschen Käse ein.

Was sollte sie anziehen? Robuste Schuhe, dicke Socken und einen alten Anorak, der wahrscheinlich Antoine gehört hatte; sie konnte ihn über ihrem warmen Pulli tragen. Sie fühlte sich bereit, den Mount Everest zu besteigen – ganz zu schweigen von einem Ausflug durch sanfte, bewaldete Hügel, um einen Hund zu suchen.

Alexandra hinterließ eine ausführliche Notiz für David, falls ihr etwas zustoßen sollte. Ihr sollte niemand später vorwerfen können, sie habe sich dumm und verantwortungslos verhalten. Sie zeichnete sogar eine skizzenhafte Karte, um zu zeigen, wohin sie gehen wollte – nämlich den Pfad hinauf, wo sie den Trüffel gefunden hatten.

Als sie fertig war, setzte sie den Rucksack auf. Er war schwer, hauptsächlich wegen der Wasserflasche, auf die sie jedoch auf keinen Fall verzichten sollte. Sicher würde sie sich bald an das Gewicht gewöhnen.

Alexandra wollte gerade aufbrechen, als ihr einfiel, dass sie die Hühner noch nicht eingesperrt hatte. Also erledigte sie auch das noch. Dann marschierte sie los.

Obwohl sie nach ihrem langen Arbeitstag müde war, genoss sie zu Beginn die Bewegung. Als sie aufblickte, entdeckte sie über dem Wald, auf den sie zusteuerte, eine große dunkle Wolke. Ganz kurz überlegte sie, ob sie umkehren sollte, um eine weitere, wetterfeste Jacke zu holen, entschied sich jedoch dagegen. Schließlich ging sie in den Wald – die Bäume würden ihr Schutz bieten.

Sie lief den Hügel hinauf und rief alle paar Minuten nach Milou. Bei ihrem Aufbruch war es noch hell gewesen, doch unter den Bäumen wurde es allmählich schon dämmrig. Alexandra wollte die Taschenlampe noch nicht benutzen, weil sie nicht wusste, wie lange die Batterien halten würden. Sie sollte die Lampe für den Notfall aufsparen. Entschlossen verdrängte sie den Gedanken daran, wie so ein Notfall aussehen könnte.

Im Wald war es fast vollkommen still – abgesehen von ihren Rufen, einem gelegentlichen Knacken von Zweigen unter ihren Schuhen und hin und wieder einem Rascheln in der Ferne. Alexandra sagte sich, dass es bestimmt keine Wildschweine oder andere gefährliche Tiere waren, sondern sicher Vögel, große Vögel. Wildschweine waren nicht so dicht an Ortschaften zu finden. Doch sie konnte die Fährten dieser Waldbewohner nicht vergessen, die sie an dem Tag entdeckt hatten, als sie Schlittschuh gelaufen waren. Jene Spuren waren wesentlich dichter an der Zivilisation gewesen, als sie jetzt war – auch wenn sie sich auf der anderen Seite des Schlosses befunden hatten. Na ja, ihre Rufe nach dem Hund würden bestimmt alle anderen Tiere verscheuchen. Wildtiere hielten sich fast immer von Menschen fern.

Während sie sich mit derartigen Gedanken beruhigte, stellte sie fest, dass der Marsch und das Rufen sie durstig gemacht hatten. Sie beschloss, eine Pause einzulegen. Auf einem Felsen ließ sie sich nieder und nahm den Rucksack von den Schultern. Sie trank ein paar Schlücke und aß ein bisschen von ihrem Baguette.

Eine schwache Erinnerung an das Buch *Der Kampf um die Insel* brachte sie dazu, ein Zeichen zu hinterlassen. Mit ein paar Zweigen, die herumlagen, formte sie einen Pfeil. Wenn jemand nach ihr suchte – in dem Fall David –, wüsste er, dass sie hier entlanggekommen war.

Entschlossen ging sie weiter.

Später, nachdem sie das Wasser ausgetrunken und sich die Kehle wund geschrien hatte, stellte sie fest, dass sie viel höher geklettert war, als ihr klar gewesen war. Sie hatte sich darauf konzentriert, einen Fuß vor den anderen zu setzen, und gar nicht mitbekommen, wie die Dunkelheit hereingebrochen war. Plötzlich hörte sie ein Geräusch – Regen prasselte auf die Blätter. Das war gar nicht gut.

Alexandra ließ den Rucksack von den Schultern gleiten und nahm die Taschenlampe heraus. Sie hatte schon zuvor am Sinn ihres Unterfangens gezweifelt und tat es nun umso mehr. Wenn Milou hier irgendwo wäre, müsste er sie längst gehört haben und wäre zu ihr gekommen. Und es brachte sie nur in Gefahr, bei Dunkelheit und Regen in den Hügeln herumzulaufen. Es war ohnehin unklug gewesen, so weit zu laufen.

Sie würde die Taschenlampe einschalten und zum Château zurückkehren.

Doch der Abstieg gestaltete sich schwieriger als der Aufstieg. Sie rutschte auf Steinen und Ästen aus, und der Regen, der das Blätterdach inzwischen durchdrang, verwandelte den Untergrund bald in Matsch. Einige Male wäre sie fast gestrauchelt, bis sie schließlich tatsächlich stürzte. Die Taschenlampe glitt ihr aus der Hand.

Während Alexandra den Abhang hinunterfiel, prallte sie immer wieder gegen Felsen und Baumwurzeln. Irgendwann wurde ihr Fall durch einen großen Felsbrocken gebremst. Atemlos und verängstigt blieb sie liegen. Sie wagte es nicht, sich zu bewegen, weil sie befürchtete, sich etwas gebrochen zu haben.

Sie schien mitten in einem Bachlauf zu liegen; das Regenwasser lief die Hügel hinunter und bahnte sich seinen Weg durch den Wald. Doch die Nässe und die Kälte waren ihr geringstes Problem. Tat ihr etwas weh? Schließlich kam sie zu dem Schluss, dass es ihr im Großen und Ganzen gut ging – sie hatte Prellungen, war völlig durcheinander, mit Schlamm bedeckt und fühlte sich wie eine Närrin, aber sie war wohl nicht ernsthaft verletzt. Doch sie blieb noch eine Weile bewegungslos liegen und nahm sich Zeit, die Nachwirkungen des Schocks zu überwinden. Ohne die Taschenlampe würde der Heimweg noch schwieriger werden.

Plötzlich war sie den Tränen nahe, als sie daran dachte, dass sie den Rückweg in der Dunkelheit durch den Wald über den rutschigen Untergrund zurücklegen musste. Doch Weinen würde ihr nicht weiterhelfen. Sie musste weiter.

»So!«, sagte sie laut. »Dann mal los!« Doch ihre Stimme klang zwischen den tropfenden Bäumen so einsam und verletzlich, dass sie am liebsten sofort wieder geschluchzt hätte. Der Wald wirkte noch dunkler, und der Regen prasselte sogar heftiger als zuvor.

Mühsam kam sie auf die Beine, rutschte sogleich wieder aus und landete hart auf einem Stein. Ein paar Tränen rollten ihr übers Gesicht, doch sie war fest entschlossen, gegen das nutzlose Selbstmitleid anzukämpfen. Sie musste sich in Bewegung setzen – sie konnte nicht die ganze Nacht hier mitten im Wasser sitzen bleiben, wo sie zunehmend nasser werden und immer mehr frieren würde.

Sie hätte einen Wanderstock mitnehmen sollen. Es gab eine hübsche Auswahl davon in dem Schirmständer neben der

Haustür, doch sie war nicht auf die Idee gekommen, dass sie einen Stock brauchen könnte. Jetzt musste sie improvisieren.

In dem schwachen Licht sah sie rechts neben sich einen Ast liegen. Der Boden war so rutschig, dass sie sich auf allen vieren sicherer fühlte. Wenn sie den Ast erreichte, konnte sie vielleicht ein Stück abbrechen, das sich als Stock nutzen ließe.

Sie nahm den Rucksack ab, der sie nur behinderte, und begann, zu dem Ast zu kriechen. Es war furchtbar, in dem eiskalten Matsch herumzurutschen; sie schob sich ganz langsam auf den Ellbogen voran. Der Ast war weiter entfernt, als sie anfangs gedacht hatte.

Als sie gerade die Hand danach ausstrecken wollte, hörte sie etwas, was wie eine galoppierende Rinderherde klang. Instinktiv rollte sie sich zusammen und machte sich so klein wie möglich. Ein großes Tier donnerte wenige Zentimeter entfernt an ihr vorbei. Sie öffnete die Augen und erkannte, dass es sich um ein Wildschwein handelte, dicht gefolgt von Milou.

»Milou!«, rief Alexandra so laut, wie sie konnte, aber ihre Stimme klang dünn und heiser. »Milou! Stopp!«

Sie rappelte sich auf, um dem Hund zu folgend, doch nach wenigen Schritten stolperte sie über einen Baumstumpf und fiel hin. Diesmal rollte sie noch viel weiter und kullerte und rutschte den Hang hinab. Als sie schließlich liegen blieb, tat ihr alles weh, besonders der eine Fuß.

Alexandra schaffte es nicht mehr, sich mit positiven Gedanken zu motivieren. Sie befand sich in einem stockdunklen Wald, war vor Kälte wie erstarrt und außerdem nass bis auf die Haut. Der Regen schien von Minute zu Minute stärker zu werden, und ihr Fußgelenk schmerzte höllisch. Unter diesen Bedingungen konnte es sehr gefährlich sein, sich zu bewegen und weiterzugehen. Es erschien ihr unmöglich, den Heimweg anzutreten. Besser wäre es, einfach an Ort und Stelle zu bleiben und darauf zu hoffen, dass David sie am folgenden Morgen finden würde. Entweder das, oder auf allen vieren nach Hause zu kriechen.

Sie versuchte, den Kloß in ihrem Hals hinunterzuschlucken. Wenn sie nun weinte, würde sie sich noch schlechter fühlen. Alexandra zog die Beine an, schlang die Arme um die Knie, bettete ihr Kinn darauf und schloss die Augen.

Langsam verging die Zeit. Jede Minute kam ihr wie eine Stunde vor. Ihr Fußknöchel schmerzte nach wie vor mehr als der Rest ihres Körpers, obwohl sie von oben bis unten mit Prellungen übersät sein musste. Sämtliche Muskeln und Blutergüsse taten ihr weh. Dazu zitterte sie unkontrolliert.

Selbst wenn David sie suchen sollte, hatte er kaum eine Chance, sie in der Dunkelheit zu finden. Er würde auch ihren Hinweis aus Zweigen nicht entdecken und hatte keine Ahnung, wo er suchen sollte. Sie war mitten in einem Wald in Südfrankreich gestrandet, in dem es von Wildschweinen wimmelte. Als sie gegen ihren Willen aufschluchzte, klang das so schwach und kläglich, dass sie tatsächlich in Tränen ausbrach. Sie kauerte sich noch dichter auf den Boden.

Plötzlich hörte sie ein lautes Schnüffeln und Winseln, und jemand oder etwas leckte an ihrem Ohr. Es war Milou!

»Oh! Ich habe mir solche Sorgen gemacht!« Sie schlang die Arme um den Hund, hielt ihn fest und vergrub das Gesicht in seinem nassen Fell.

Milou schien sich auch sehr zu freuen, sie zu sehen. Er leckte ihr immer wieder das Ohr und winselte vor Freude. »Du musst bei mir bleiben, hörst du? Ich hatte eine Art Leine für dich, aber ich habe sie verloren. Du musst einfach hierbleiben und nicht wieder den Wildtieren hinterherjagen.«

Die Erinnerung an das vorbeistürmende Wildschwein versetzte sie erneut in Angst und Schrecken. Doch jetzt hatte sie

Milou. Er würde sie wärmen. Am folgenden Tag konnten sie zum Haus zurückkehren, und alle würden sich freuen, sie beide zu sehen. Nun, jedenfalls werden sie sich freuen, Milou wiederzusehen, dachte sie. Mit mir werden sie bestimmt schimpfen, weil ich mich unglaublich dumm verhalten habe.

Sie kuschelten sich mitten im Wald aneinander. Alexandra hielt die Augen fest geschlossen und klammerte sich an den Hund. Er war ihr Freund und eine kostbare Wärmequelle. Ihr Fußknöchel pochte, und sämtliche anderen Schmerzen und Wehwehchen hüllten sie ein wie eine Decke des Unbehagens. Doch sie hatte Milou.

Aber irgendwann sprang er auf! Er befreite sich aus ihren Armen und stürmte den Hügel hinauf. Bestimmt hatte er wieder ein Wildschwein gehört. Sein Verschwinden stürzte Alexandra in tiefe Verzweiflung. Das einzig Gute in ihrer hoffnungslosen Lage war Milou gewesen, und jetzt hatte er sie verlassen.

Sie schaute den Hügel hinauf, obwohl ihr klar war, dass es viel zu dunkel war, um etwas zu erkennen. Doch dann entdeckte sie Lichter, die wie Glühwürmchen herumtanzten. Und sie hörte Stimmen, Männer, die sich in der Finsternis etwas zuriefen. Da war jemand! Jemand, der ihr helfen konnte!

»Ich bin hier!«, rief sie kläglich mit heiserer Stimme. Und dann auf Französisch: *»Je suis ici! Aidez-moi!«*

Sie holte tief Luft, um erneut zu rufen, doch plötzlich war Milou wieder da und leckte ihr die Wange. Und unmittelbar hinter dem Hund tauchte Antoine auf.

Alexandra konnte nicht fassen, was ihre Augen sahen. Antoine sollte eigentlich kilometerweit entfernt in Nizza sein, doch aus irgendeinem Grund war er hier.

Anfangs sagte er kein Wort, sondern zog sie nur hoch, nahm sie in die Arme und hielt sie so fest, dass sie kaum atmen konnte.

»Oh, Gott sei Dank, Gott sei Dank, du bist in Sicherheit!«, flüsterte er und fügte zärtliche Worte auf Französisch hinzu. Schließlich gewann er die Fassung wieder. »Ich bin so erleichtert, dass wir dich gefunden haben. Als wir auf deinen Rucksack gestoßen sind, dachte ich, dir könnte alles Mögliche zugestoßen sein!«

»Aber warum bist du hier? Du warst doch in Nizza!«, wisperte Alexandra.

»Ich konnte nicht dableiben, als mir klar geworden ist, dass du diesen verflixten Hund allein suchen gehen willst. Doch Milou hat mich gefunden und zu dir geführt, wenigstens dafür sollten wir ihm dankbar sein.«

Alexandra begann wieder, unkontrolliert zu zittern. »Ich hatte solche Angst«, gestand sie. »Ich dachte, ich müsste die ganze Nacht hier verbringen.«

»Wir müssen dich nach Hause schaffen. Bist du verletzt?«

»Mein Fußgelenk …«

»Kannst du den Fuß belasten?«

Als sie es versuchte, zuckte sie vor Schmerz zusammen. »Ein bisschen. Zumindest ist er nicht gebrochen.«

»Vielleicht ist er verstaucht.«

»Wir könnten meinen Schal benutzen, um ihn zu fixieren.« Sie griff sich an den Kopf und stellte fest, dass sie den Schal irgendwann verloren haben musste. Und der andere befand sich im Rucksack, den Antoine nicht bei sich hatte. Bestimmt stand er noch weiter oben am Hang. Nun, da sie in Sicherheit war, wurde ihr die Gefahr, in der sie geschwebt hatte, umso deutlicher bewusst. Sie hatte das Bedürfnis, sich zu rechtfertigen. »Ich habe versucht, vernünftig zu handeln. Ich habe eine Nachricht geschrieben. Ich habe unterwegs Zeichen hinterlassen …«

»Und ich habe sie gefunden. Kannst du gehen?«

»Natürlich!«, antwortete Alexandra, deren Zuversicht allmählich zurückkehrte. Sie versuchte erneut, ihren Fuß zu belasten, und stöhnte leise auf. »Du musst mich wahrscheinlich stützen. Aber kannst *du* hier überhaupt gehen? Es ist so rutschig.«

»Ich habe einen Skistock mitgebracht. Ich passe auf, dass du nicht fällst. Kannst du mit der anderen Hand Milous Leine halten?«

Offensichtlich hatte Antoine nicht befürchtet, das Schicksal herauszufordern, indem er Milous Hundeleine mitbrachte. »Ich lege mir die Leine ums Handgelenk. Anscheinend will Milou ohnehin dicht bei uns bleiben. Aber falls er noch mal ein Wildschwein hört …«

»Da waren Wildschweine? Oh, Alexandra! Hast du dich gefürchtet?«

»Nein«, erwiderte sie, bevor sie hinzufügte: »Ich war außer mir vor Angst!«

32. Kapitel

Antoine hielt sie fest und stützte sie, während Alexandra Schritt für Schritt vorwärtshumpelte. Sie bemerkte, dass er beinahe ihr gesamtes Gewicht trug, doch das war nicht zu ändern. Seine Nähe sorgte dafür, dass sie nicht aufgab. Alexandra hatte beinahe das Gefühl, eins mit ihm zu sein.

Endlich erreichten sie den Waldrand, wo ein Mann mit einer verbeulten alten Ente mit eingeschalteten Scheinwerfern auf sie wartete.

Antoine und der Mann tauschten sich in einem ausgeprägten Dialekt aus, den Alexandra nicht verstand. Nur das Wort *sanglier* hatte sie erkannt; es bedeutete »Wildschwein«. Dann hob Antoine sie auf den Vordersitz und stieg zusammen mit Milou hinten ein. Ihr wurde bewusst, dass Antoine zwei Varianten der französischen Sprache beherrschte: eine salonfähige und eine für die Arbeiter auf dem Hof.

Als sie die Haustür des Châteaus erreichten, sprang Antoine aus dem Wagen, kam zu Alexandra und hob sie heraus. Dann trug er sie ins Haus und setzte sie in der Halle in den großen Sessel. Milou folgte ihnen. Die beiden kleinen Katzen stürmten herbei, um ihn zu begrüßen. Offensichtlich waren sie hocherfreut, ihren großen Beschützer wiederzuhaben.

Auch David war da. »Du meine Güte, Lexi! Was ist denn mit dir passiert? Du bist von oben bis unten voller Schlamm. Und da ist ja auch Milou! Du schrecklicher Hund! Du hast uns solche Sorgen bereitet.«

»Kümmern Sie sich um sie«, bat Antoine. »Ich muss noch

kurz mit Hervé sprechen und Bruno und den Männern danken, die mit mir zusammen nach Alexandra gesucht haben. Hervé hat auch ihren Rucksack mitgenommen. Und dann muss ich in Nizza anrufen, um Stéphie Bescheid zu geben, dass Milou in Sicherheit ist.« Er sah Alexandra an, die schon wieder zitterte. »Weiter müssen wir nichts erzählen.«

David zögerte nicht. »Komm, bringen wir dich ins Warme«, meinte er zu ihr. »Aber vielleicht willst du dich erst waschen. Kannst du laufen?«

»Reich mir deinen Arm und bring mich bis zur Badezimmertür. Dann komme ich alleine klar.«

Sie vermied es, in den Spiegel über dem Waschbecken zu blicken. Sicher sah sie fürchterlich aus, geschunden und schmutzig, wie sie war. Mit kaltem Wasser und einem Handtuch entfernte sie den schlimmsten Schmutz.

David wartete auf sie und half ihr in die Küche, wo das Feuer im Herd loderte.

»Ich habe so viel Holz wie möglich aufgelegt, um heißes Wasser zu produzieren«, erklärte er und rückte einen Stuhl nahe ans Feuer. »Ich glaube zwar nicht, dass das Wasser schon heiß ist, aber wenigstens kannst du dich aufwärmen.«

Vorsichtig nahm sie Platz. Inzwischen schmerzte ihr ganzer Körper. David zog ihr Schuhe und Strümpfe aus und hüllte ihre nackten Füße in ein Handtuch.

»Ich hole dir gleich deine Hausschuhe und schenke dir eine tüchtige Portion Brandy ein. Dann muss ich Milou füttern, er stirbt bestimmt fast vor Hunger.«

Alexandra trank den Brandy, den David ihr gebracht hatte, und genoss die Wärme, mit der der Alkohol sich seinen Weg in ihren Magen bahnte.

»Gut«, sagte David, »und jetzt brauchst du was Warmes zu trinken.« Er schenkte ihr Brandy nach. »Worauf hast du Lust?

Heiße Milch? Heiße Schokolade? Suppe würde länger dauern. Toast? Rührei?«

Sie unterbrach ihn. »David? Mir ist gerade was eingefallen. Wolltest du nicht eine Kunstausstellung besuchen?«

»Ich habe kurz hier vorbeigeschaut, um nachzusehen, ob du dich auf die Suche nach Milou gemacht hast. Dabei habe ich deine Nachricht gefunden.«

»Dann hast du also deine Verabredung sausen lassen?«

»Was ist eine Verabredung verglichen mit der Sorge um mein Ersatzkind?«

Plötzlich war Alexandra den Tränen nahe. Sie wusste, dass das zum Teil am Brandy lag. »Du kannst mich jetzt alleine lassen. Deinem Ersatzkind geht's gut. Mir wird schon wieder warm, und ich habe Alkohol. Und Antoine wird sich um mich kümmern.« Sie sah, dass David ihren Vorschlag verlockend fand. »Im Ernst. Ich habe heute Abend schon so viel Wirbel verursacht, Leute haben nach mir gesucht und all das. Bitte lass mich nicht auch noch ein schlechtes Gewissen deinetwegen haben.«

David rang lange mit sich. »Bist du sicher?«

»Absolut!« Obwohl sie es nicht zugegeben hätte, nicht einmal vor sich selbst, hatte sie ihre Gründe dafür, warum sie ihn aus dem Weg haben wollte.

Er zögerte. »Ich komme morgen zeitig zurück. Aber wenn es dir wirklich nichts ausmacht, dann fahre ich wieder.«

»Gut! Du hast mir schon so oft aus der Bredouille geholfen, David. Dein Privatleben soll nicht darunter leiden, dass ich so eine Idiotin bin.«

»Eine mutige Idiotin, die es gut gemeint hat …«

»Verschwinde schon!«

Er gab ihr einen Kuss auf die Wange und ließ sie allein.

Kurz darauf kam Antoine herein. »Also, ich habe mit Stéphie telefoniert, sie ist überglücklich. Und dir sehr, sehr dankbar.«

»Ich habe mich wie eine Närrin benommen. Ich hätte nicht bei Regen und hereinbrechender Dunkelheit in den Wald gehen sollen.«

Antoine schwieg, doch sicher war er der gleichen Meinung. »Du brauchst dringend ein heißes Bad«, sagte er jedoch nur.

Sie nickte. »Mir ist so kalt!«

»Und du bist so schmutzig!« Er lächelte trotz seiner Besorgnis. »Aber zuerst musst du was essen. Ich mache ein Omelett.« Er füllte ihr Glas auf.

Alexandra betrachtete den Brandy zweifelnd, weil sie schon recht viel davon getrunken hatte. Doch der Alkohol sorgte dafür, dass sie sich besser fühlte, also trank sie noch einen Schluck.

Antoine bereitete ein Omelett zu, das sie dankbar verzehrte, aber sie war zu müde, um das Brot aufzuessen, das dabeilag.

»Tut mir leid«, sagte sie, als sie Antoines missbilligenden Blick bemerkte. »Ich habe einfach nicht mehr genug Energie zum Kauen.«

»Ab in die Badewanne mit dir, und dann ins Bett.« Er wollte sie hochheben, doch sie sträubte sich.

»Ich kann gehen! Gib mir nur deinen Arm.« Sie wollte nicht auf romantische Art und Weise die Treppe hinaufgetragen werden, wenn sie sich so schrecklich fühlte und so fürchterlich aussah.

Alexandra hatte zu viel versprochen. Sie konnte froh sein, zumindest teilweise aus eigener Kraft den Weg ins Obergeschoss zu schaffen. Sie war zwar ziemlich wackelig auf den Beinen, aber Antoine war da, um sie zu stützen.

»Wie geht's deinem Knöchel?«, fragte er, als sie die Treppe bewältigt hatten.

»Ich glaube, ein bisschen besser«, antwortete sie und lächelte.

»Gut. Ich lasse dann mal das Badewasser einlaufen. Du musst regelmäßig prüfen, ob noch heißes Wasser aus der Leitung kommt. Wenn es kalt wird, musst du den Warmwasserhahn sofort zudrehen.«

Alexandra nickte.

»Ich koche noch einen Kessel Wasser, um heißes Wasser nachzugießen«, erklärte er. »Aber du darfst auf keinen Fall kaltes Wasser laufen lassen. Das Badewasser wird ohnehin nicht sehr warm.«

Sie schmunzelte ein bisschen. Irgendwie schien er sie gerade mit Stéphie zu verwechseln, aber er kümmerte sich so rührend um sie, dass sie nicht protestieren wollte.

Sobald das Wasser kalt wurde, drehte sie den Hahn zu, und kurz darauf erschien Antoine mit dem Wasserkessel.

»Bade nicht zu lange«, meinte er, »du gehörst ins Bett. Und ruf mich, falls du Hilfe brauchst.«

»Mach ich«, antwortete sie, obwohl sie wusste, dass das Badewasser zu Eis erstarren müsste, bevor sie ihn um Hilfe bitten würde.

Als Alexandra gebadet und mit frisch gewaschenem Haar im Morgenmantel das Bad verließ, erwartete Antoine sie im Flur. Er begleitete sie zu ihrem Zimmer und half ihr ins Bett.

Obwohl er eine Wärmflasche unter die Decke gelegt hatte, zitterte Alexandra immer noch vor Kälte.

»Das ist, weil deine Haare noch nass sind«, sagte er. »Ich hole dir ein Handtuch.«

Er rubbelte ihr die Haare trocken, die immer noch ein bisschen sandig waren. »Du brauchst noch was Heißes zu trinken. Ich bin gleich wieder da.«

Alexandra rollte sich unter der Decke zusammen. Sie hatte das Gefühl, nie wieder warm zu werden, aber wenigstens war sie in Sicherheit und lag nicht mehr in einem Bach, wo sie Gefahr lief, von Wildschweinen niedergetrampelt zu werden.

»Hier«, meinte Antoine, als er zurückkehrte. »Heiße Milch. Ich hoffe, sie schmeckt dir.«

Nachdem Alexandra die Milch getrunken hatte, fühlte sie sich besser, obwohl sie immer noch fror. »Ich kann nicht entscheiden, ob ich die Wärmflasche an den Füßen oder am Körper haben will«, murmelte sie mit klappernden Zähnen.

Er betrachtete sie kurz, dann zog er die Schuhe aus und schlüpfte zu ihr ins Bett. »Wir müssen dafür sorgen, dass dir wieder warm wird.«

Antoine schob ihr einen Arm unter den Kopf und zog sie an sich. Sie streckte die Hand nach ihm aus, legte die Stirn an seine Brust und schloss die Augen.

Der Brandy hatte wohl dafür gesorgt, dass sie für ein paar Sekunden eingeschlafen war, doch plötzlich wurde sie wieder wach und wusste, was sie zu tun hatte. Es würde schwierig werden, aber sie hätte eine Erinnerung, die sie für immer im Herzen bewahren konnte, zusammen mit jenem Augenblick im Wald, als sie gespürt hatte, dass Antoine sie liebte. Sie würde es sich nie verzeihen, wenn sie diese Gelegenheit verstreichen ließ. Meist bereute man die Dinge, die man *nicht* tat – nicht die, die man tat. Das hatte David ihr beigebracht.

»Antoine?« flüsterte sie.

»Ja?«

»Schläfst du mit mir?«

Sie spürte, wie sein Körper vor Schock erstarrte, und redete rasch weiter, bevor er sie aufhalten konnte. Die Tatsache, dass sie sein Gesicht nicht sehen konnte, machte es einfacher.

»Ich weiß, dass ich das Château bald verlassen und mein normales Leben wieder aufnehmen muss. Damit ist die Zeit hier, wo ich so glücklich war, bald vorbei. Eines Tages werde ich bestimmt einen passenden Mann kennenlernen, mit dem ich mich verlobe und mit dem ich schlafen werde.« Sie holte tief Luft. »Und das ist in Ordnung so. Ich werde niemanden heiraten, den ich nicht liebe, doch du sollst der Erste sein. Ich möchte, dass der erste Mann, in den ich mich verliebt habe, der erste Mann sein wird, mit dem ich …« Sie schluckte. Sie war nicht mutig genug, um ins Detail zu gehen. »Ich möchte einfach, dass du der Erste bist«, wiederholte sie.

Die wenigen Sekunden des Schweigens, bevor er antwortete, fühlten sich an wie Stunden.

»*Mignonne*«, erwiderte er schließlich, »ich weiß nicht, was ich sagen soll. Ich fühle mich so … geschmeichelt …«

»Du musst nichts sagen«, unterbrach sie ihn rasch, bevor er etwas noch Niederschmetternderes hinzufügen konnte. »Erfüll mir einfach die Bitte.«

Er stützte den Kopf auf einer Hand auf. »Ich liebe dich zu sehr, um das zu tun.«

»Wenn du mich liebst, warum willst du dann nicht mit mir schlafen?«

»Es gibt so viele Gründe …«

»Zum Beispiel?«

»Der naheliegendste ist der, dass du schwanger werden könntest. Ich weiß, manche behaupten, es könnte beim ersten Mal nicht passieren …«

»Kann es doch, ich weiß das«, entgegnete Alexandra. »Und die anderen Gründe?«

»Über die müssen wir gar nicht reden. Wenn du schwanger werden würdest, müssten wir heiraten – und ich kann dich nicht heiraten!«

»Warum nicht?«, fragte sie mit erstickter Stimme. »Was stimmt nicht mit mir?«

»Es gibt nichts an dir auszusetzen. Jedes Haar auf deinem Kopf, jede Zelle deines Körpers ist wunderschön. Du bist die wunderbarste Frau, die ich je kennengelernt habe. Du bist intelligent, mutig, warmherzig, lustig. Du scheinst meine Kinder so sehr zu lieben, wie ich selbst sie liebe, und du hast dein Leben für einen Hund riskiert! Oder vielleicht war es für Stéphie – egal. Du bist eine wahre Heldin.«

»Aber?«

»Ich bin zu alt für dich, und du erbst ein Vermögen. Was würden die Leute denken, wenn ich dich heirate? Und was würden sie sagen?«

»Kann es uns nicht gleichgültig sein, was andere denken und sagen?«

»Vielleicht schon, doch das ändert nichts an dem Altersunterschied oder an der Tatsache, dass du für mich arbeitest. Du bist in einer schwächeren Position, das darf ich nicht ausnutzen ... Dein Ruf ...«

»Ich dachte, Leute heiraten, um ihren Ruf zu retten?«

»Nicht in diesem Fall!«

Sie hielt sich an seinem Pullover fest. »Ich möchte eine wunderschöne Erinnerung ...«

»Du wirst ein ganzes Leben voller schöner Erinnerungen haben. Jetzt schlaf. Denk daran, wie glücklich Stéphie sein wird, wenn sie Milou sieht. Ruh dich aus. Du hast ein großes Abenteuer erlebt, du musst jetzt schlafen.«

Sie erwachte mit Kopfschmerzen. Zu viel Brandy, dachte sie. Und dann schwappte die Erinnerung an das, was mit Antoine passiert war, wie eine Flutwelle über sie hinweg. An ihrem Haaransatz bildeten sich Schweißperlen, und ihr war übel. Wie viel davon einem Kater zuzuschreiben war und wie viel ihrer unendlichen Scham, konnte sie nicht sagen. Sie wusste nur, dass sie am liebsten sterben würde – oder Hunderte Kilometer von Antoine entfernt wäre.

Langsam stand sie auf. Ihre Muskeln waren sehr steif, aber ihrem Fußgelenk schien es besser zu gehen. Sie konnte fast normal auftreten. Zwar humpelte sie noch leicht, als sie ins Bad ging, doch sie bewegte sich deutlich leichter als am Vorabend.

Ein rascher Blick in den Spiegel zeigte ihr, wie grauenhaft sie aussah: blass, dunkle Ringe unter den Augen, zu Berge stehende Haare.

Alexandra kehrte in ihr Zimmer zurück und zog sich an. Es dauerte ewig. Sie entschied sich für einen Rock, zu dem sie ihre Chanel-Jacke tragen konnte. Sie fand eine Strumpfhose und ihr einziges Paar Pumps. Sie würde gehen, auch wenn es ihr das Herz brach. Bei dem Gedanken an die Kinder stiegen ihr Tränen in die Augen. Sie hätte sie noch so gern gesehen, ihnen versichert, dass sie sich jederzeit bei ihr melden konnten. Doch sie musste fort ...

Oben auf der Treppe lauschte sie, ob sie Antoine hörte. Aus der Küche drangen Geräusche, dann sagte David etwas zu Milou. Das ließ sie hoffen, dass Antoine vielleicht nicht in der Nähe war. Sie schlich auf Zehenspitzen zu seiner Zimmertür und lauschte, um herauszufinden, ob er vielleicht noch schlief. Nichts. Die Tür war nur angelehnt. Deshalb schob sie sie vorsichtig einen Spalt breit auf und spähte ins Zimmer – er war nicht da.

Erleichterung und Enttäuschung kämpften kurz miteinander, bevor das erleichterte Gefühl die Oberhand gewann. Sie könnte es nicht ertragen, ihm je wieder in die Augen zu sehen. Alexandra stützte sich schwer auf das Geländer und stieg vorsichtig die Treppe hinunter.

»Lexi! Du hättest mich rufen sollen, ich hätte dir doch geholfen!«, rief David aus. Er musterte sie rasch von Kopf bis Fuß, registrierte ihre Kleidung und versuchte, ihre Gemütsverfassung zu ergründen. »Geht es dir gut?«

Sie nickte. »Ich muss weg. So bald wie möglich. Weißt du, wo Antoine ist?«

Jetzt nickte David. »Wir sind uns in der Einfahrt begegnet. Er ist nach Nizza gefahren, um seine Familie abzuholen.«

Alexandra ließ sich auf einen Stuhl sinken. »Offensichtlich kann er mir nicht gegenübertreten. Ich kann ihn verstehen – mir geht es genauso.«

»Okay, jetzt trinkst du erst mal eine schöne Tasse Tee, und dann erzählst du mir, was los ist. Wenn du möchtest.«

Alexandra empfand es als befreiend, David ihr Herz auszuschütten. Er gab keine Kommentare ab, schenkte nur Tee nach, stellte ihr etwas zu essen hin und hörte zu.

»Ich nehme an, es hat keinen Zweck zu versuchen, dich zum Bleiben zu bewegen, oder?«, sagte er schließlich.

»Nein. Ich bringe es nicht fertig, Antoine noch mal gegenüberzutreten. Ich muss gehen. Bitte erkläre Stéphie und den anderen, dass ich plötzlich weggerufen wurde. Es macht ihnen sicher nichts aus, sie haben ja Milou wieder.«

Sie stand auf. »Ich muss die Fahrplanauskunft anrufen, um mir eine Zugverbindung nach Paris durchgeben zu lassen, und außerdem will ich mit Donna telefonieren.« Sie überlegte kurz. »Und wenn ich nicht bei ihr übernachten kann, gehe ich wieder in die kleine Pension, in der ich letztes Mal war. Ich komme schon klar. Dann fahre ich so bald wie möglich in die Schweiz.«

»Wirklich?«, fragte David. »Warum machst du dir nicht noch ein paar schöne Tage in Paris? Das hattest du doch ursprünglich vor, weißt du noch?«

Sie nickte. »Na ja, wenn ich bei Donna wohnen kann, mache ich das vielleicht auch.«

»Ich kümmere mich um eine Zugverbindung, während du deinen Koffer packst«, erklärte David. »Du musst nicht alles mitnehmen, nur die Sachen, die du für Paris brauchst. Du wirst keine Verwendung für einen Arbeitsoverall haben, wenn du bei deinen Verwandten lebst.«

Auch wenn sie das Gefühl hatte, nie wieder lachen zu können, brachte diese Vorstellung sie zum Kichern. »Vor allem nicht den, der von oben bis unten mit Ziegelstaub bedeckt ist.«

»Lass einfach alles hier, was du nicht benötigst. Ich kümmere mich später darum. Such dein Zeug zusammen, und dann rufst du Donna an. Sie wird sich bestimmt riesig freuen, von dir zu hören.«

33. *Kapitel*

David hatte recht: Donna war begeistert und bestand darauf, dass Alexandra bei ihr übernachtete. Da David ihr eine stattliche Summe Bargeld im Austausch gegen einen Scheck gegeben hatte, rief Alexandra sich nach der Ankunft des Zuges in Paris ohne Zögern ein Taxi, um sich zu Donnas Wohnung fahren zu lassen. Ihrem Knöchel ging es zwar besser, aber den weiten Wegen zu Fuß, die eine Fahrt mit der Metro immer mit sich brachte, fühlte sie sich noch nicht gewachsen. Sie kämpfte mit den Treppen, doch sobald sie geklingelt hatte, riss Donna schwungvoll die Tür auf.

»Oh, meine Süße!«, rief sie aus. »Was ist passiert? Komm rein! Lass uns Champagner trinken!«

Alexandra schämte sich sehr, als sie ohne Vorwarnung in Tränen ausbrach.

»Was ist denn los? Komm, ich hole dir einen Brandy.«

»Ich trinke nie wieder Brandy«, sagte Alexandra schluchzend.

»Willst du darüber reden?«

Ja, das wollte sie. Sie hatte eine glückliche Zeit im Château verbracht und war enttäuscht, dass sie Jacks und Penelopes Hochzeit verpassen würde, aber sie hatte eine Freundin vermisst, der sie sich anvertrauen konnte.

Die beiden setzten sich an den kleinen Küchentisch und knabberten Kartoffelchips. Nach dem ersten Glas Champagner stieg Alexandra auf Perrier um; zu viel Alkohol brachte einen nur in ernsthafte Schwierigkeiten.

Als Alexandra zu dem Punkt gelangte, an dem sie Antoine gebeten hatte, mit ihr zu schlafen, schnappte Donna schockiert nach Luft. »Das war mutig«, kommentierte sie.

Als Alexandra die entsetzte Miene der Freundin sah, fühlte sie sich noch schlechter. »Es lag am Brandy. Ich muss mehr getrunken haben, als mir bewusst war.«

»Ich kann es dir nicht verdenken, dass du mit ihm schlafen wolltest«, sagte Donna. »Antoine sieht wirklich umwerfend aus. Aber ihn zu fragen! Wenn ich Sex mit Bob haben will, ziehe ich mich einfach auf eine Art und Weise aus, die ihn dazu bringt, dass er es auch will. Ich halte es nicht für falsch, dass Frauen den Mann darum bitten; ich würde es nur selbst nie tun.«

»Dann findest du es also nicht verrückt, dass ich weggelaufen bin?«

»Oh nein! Doch was hältst du davon, wenn du jetzt erst mal ein heißes Bad nimmst, und dann machst du dich chic, und wir gehen essen? Es gibt ein entzückendes kleines *bistrot* gleich um die Ecke; die Kellner sind freundlich, und wir können zum Trost *steak frites* essen. Ich hoffe, du bleibst ein paar Tage. Ich möchte so gerne mit einer Freundin bummeln gehen!«

»Wenn es ständigen Nachschub an heißem Wasser gibt, könnte ich mir vorstellen zu bleiben! Oh, Donna, darf ich dich um einen ganz großen Gefallen bitten? Könntest du meinen Freund David im Château anrufen und ihm mitteilen, dass ich gut bei dir angekommen bin? Das hätte ich eigentlich schon früher tun sollen.«

Es ist gut, mal wieder auszugehen, sagte Alexandra sich entschlossen, als sie sich in Schale geworfen und geschminkt hatte. Sie hatte in letzter Zeit ständig einen Arbeitsoverall getragen und körperliche Arbeit verrichtet. Jetzt durfte sie mal wieder ein junges Mädchen sein.

Donna musterte sie anerkennend. »Du siehst toll aus!«, bemerkte sie. »Offensichtlich hast du beschlossen, wieder nach vorne zu blicken.«

Alexandra lächelte. Zwar glaubte sie, dass sie für immer untröstlich sein würde, doch das wollte sie sich nicht anmerken lassen. Donna freute sich so sehr, dass sie da war. »Na ja, vielleicht bin ich noch nicht bereit, mich gleich wieder in den Sattel zu schwingen, aber immerhin habe ich den Fuß wieder im Steigbügel.«

Donna hatte in den Vereinigten Staaten auf dem Land gelebt und wusste diese Metapher zu schätzen.

Nachdem sie am folgenden Morgen gemeinsam mit Bob, der ausgesprochen freundlich und herzlich war, gefrühstückt hatten, bestand Donna darauf, dass Alexandra einkaufen gehen musste. »›Es gibt nichts, was ein Mädchen erfolgreicher aufheitert als ein neuer Hut‹ – das hat meine Mutter immer gesagt. Ich für meinen Teil würde ein neues Kleid vorziehen.« Sie fegte ein paar Brotkrümel in ihre Serviette.

»Ich könnte auf jeden Fall einige neue Klamotten gebrauchen. Ich habe in meiner Zeit in Frankreich eigentlich nur an einem Marktstand oder in einem Secondhandladen eingekauft. Vielleicht ist es an der Zeit, es mal in den schicken Pariser Boutiquen zu probieren!«

Alexandra hatte ein bisschen Geld gespart, da sie in letzter Zeit kaum etwas ausgegeben hatte. Und etwas Hübsches zum Anziehen würde sie bestimmt aufmuntern. Außerdem konnte sie ihre Gefühle gut dahinter verstecken. Niemand würde glauben, dass ein Mädchen in einem neuen Kleid todunglücklich sein konnte. Um ein Zeichen zu setzen, steckte sie sich die Haare auf.

Trotz Donnas hilfreicher Vorschläge fiel es Alexandra schwer, etwas zu finden, was ihr wirklich gefiel. Es gab so entzückende Geschäfte in Paris, auch wenn viele nicht zu ihrem Budget passten. Doch ihr Fußgelenk schmerzte, und sie war generell nicht in der richtigen Verfassung.

Als sie gerade beschlossen hatten, die Suche aufzugeben und stattdessen etwas essen zu gehen, verschwand Donna plötzlich in einem winzigen Laden, der Alexandra gar nicht aufgefallen war. Fast sofort schoss sie wieder heraus.

»Komm rein! Sie haben wunderschöne Sachen. Und absolut erschwinglich!«

Alexandra wusste sehr wohl, dass Donnas Vorstellung von »erschwinglich« deutlich von ihrer eigenen abwich. Dennoch folgte sie ihr in die Boutique. Vielleicht gab es dort einen Stuhl, auf dem sie sich ausruhen konnte.

Die Verkäuferin kam auf sie zu und sprach sie auf Englisch an. »Kann ich Ihnen helfen, Mesdames?«

»Meine Freundin braucht etwas Schönes, was nicht zu teuer ist«, erklärte Donna. »Sie muss darin umwerfend aussehen.«

Die junge Frau nickte und sprach Alexandra direkt an. »Sie haben eine sehr elegante Ausstrahlung, wunderschönes Haar – ein Friseurbesuch könnte nicht schaden, wenn ich mir die Bemerkung erlauben darf – und perfekte Haut. Ihnen würde einfach alles stehen. Ich glaube, ich würde etwas ganz Schlichtes auswählen.« Sie schob die Hand in einen Kleiderständer, ohne richtig hinzusehen, und zog ein ärmelloses Kleid in einem himmlischen Farbton heraus.

»Ich liebe die Farbe!«, rief Alexandra aus.

»Ich würde sie als ›Schiaparelli-Pink‹ bezeichnen«, erwiderte die Verkäuferin. »Es ist eine starke Farbe, nicht geeignet für ein kleines Mädchen, sondern für eine Frau. Wahrscheinlich wären sich die Leute nicht einig, wie man die Farbe nennen soll. Dazu gibt es einen passenden Blazer.«

Bevor sie wusste, wie ihr geschah, fand Alexandra sich in der Umkleide wieder.

»Bitte legen Sie sich das Tuch über den Kopf«, wies die Verkäuferin sie an, »damit kein Lippenstift an das Kleid kommt.«

Ehe sie überhaupt versuchen konnte, den Reißverschluss zu schließen, war die Verkäuferin schon bei ihr und erledigte das für sie. »Kommen Sie heraus und zeigen Sie sich Ihrer Freundin.«

»Sie brauchen Schuhe mit Absatz!«, war das Nächste, was die Verkäuferin sagte. Und schon hatte sie ein passendes Paar gebracht. »Und hier ist der Blazer.«

Es war ein schlichtes, ärmelloses Kleid, das knapp oberhalb ihrer Knie endete. Der Blazer war wenige Zentimeter länger und besaß einen Stehkragen und große, mit Gold verbrämte Knöpfe.

»Und hier ist ein Hut.« Die Verkäuferin setzte ihr einen Strohhut mit einer nach unten gebogenen Krempe auf.

Donna schnappte nach Luft. »Du siehst wundervoll aus!«, stieß sie hervor.

Die Verkäuferin richtete den Kragen des Blazers und korrigierte den Winkel des Hutes. »Voilà! Man könnte meinen, Sie wären ein Fotomodell.«

»Kauf es!«, drängte Donna.

Alexandra lachte. Es tat ihr gut, sich so glamourös und elegant zu sehen. Es erinnerte sie daran, wer sie gewesen war, bevor sie in die Provence gezogen war. Sie liebte den Hut.

Die Verkäuferin nannte einen Betrag, der doppelt so hoch war wie der, den Alexandra seit ihrem letzten Aufenthalt für Kleidung insgesamt ausgegeben hatte.

Sie zuckte mit den Schultern. »Warum nicht? Aber den Hut nehme ich nicht. Er würde nie im Leben heil in der Schweiz ankommen.«

Donna machte eine wegwerfende Geste. »Oh, das bekommst du schon irgendwie hin. Der Hut unterstreicht das Gesamtbild. So, du solltest jetzt zahlen, und dann gehen wir essen. Ich sterbe vor Hunger!«

Am folgenden Morgen saß Alexandra im Salon, wo Donna sie hingeschickt hatte, und schrieb Ansichtskarten. Donna, Alexandra und Bob hatten einen ausgesprochen angenehmen Abend miteinander verbracht, doch so konnte es nicht ewig weitergehen. Alexandra hatte das Gefühl, es wäre an der Zeit, ihre Verwandten in der Schweiz über ihre baldige Ankunft zu informieren. Dazu hatte sie eine Ansichtskarte gewählt, um nicht zu sehr ins Detail gehen zu müssen.

Sie trug ihr neues Kleid, weil Donna einen weiteren Einkaufsbummel plante, und danach wollte die Freundin mit ihr in ein neues Restaurant gehen, das zum Lieblingsrestaurant von in Paris lebenden Amerikanern geworden war.

Alexandra hörte, wie die Wohnungstür geöffnet wurde, doch sie schrieb weiter. Sie versuchte gerade, die Adresse ihrer Cousine in das zu kleine Adressfeld zu zwängen. Als sie aufblickte, stand Antoine vor ihr. Er wirkte ungewohnt schüchtern, als wäre er sich nicht sicher, wie er aufgenommen werden würde. Einen endlosen Moment lang schwieg er.

Dann breitete er die Arme aus. »Mein Liebling, die Familie hat mich aus dem Haus geworfen und lässt mich nur zurückkehren, wenn ich dich mitbringe. Ich bin gekommen, um dich nach Hause zu holen.«

34. Kapitel

Alexandra wusste nicht, ob sie lachen oder weinen sollte. Sie war schockiert, entzückt, entsetzt und verwirrt – alles gleichzeitig.

»Kannst du mir meine Dummheit verzeihen?«, fuhr Antoine fort. »Ich dachte, ich tue das Richtige für dich, indem ich dich gehen lasse, aber jetzt weiß ich, wie falsch ich gelegen habe.« Er kam quer durch den Raum auf sie zu. »Du bist mein Augenstern, meine Welt, meine Liebe.« Er zog sie auf die Füße, und plötzlich lag sie in seinen Armen, und sein Mund suchte den ihren. Die Macht seiner und ihrer eigenen Leidenschaft raubte ihr fast das Bewusstsein.

Völlig außer Atem fragte sie schließlich: »Bin ich nicht mehr zu jung für dich?«

»Du bist perfekt für mich. Und ich werde den Rest meines Lebens damit verbringen, dafür zu sorgen, dass ich der perfekte Mann für dich werde.«

»Das bist du schon«, murmelte sie, griff nach seinem Jackenaufschlag und zog Antoine zu sich herunter, um ihn erneut zu küssen.

Als Donna kurz darauf anklopfte und in den Raum trat, fand sie die beiden auf dem Sofa vor. Alexandras Haare waren nicht mehr zu einem eleganten Knoten aufgesteckt, sondern hingen ihr lose über die Schultern.

»Antoine? Entschuldigen Sie«, begann Donna ruhig. »Ihr Fahrer wartet unten. Was soll ich ihm sagen?«

»Dein Fahrer?«, wiederholte Alexandra. »Als ich dich zuletzt gesehen habe, bist du in einer Ente quer über die Felder geholpert!«

»Aber ich hatte einen Fahrer!«, erwiderte er entrüstet.

Alexandra lachte und dachte an den Bauern, der so nett gewesen war und von dessen Dialekt sie kaum ein Wort verstanden hatte.

»Das Büro hat diesen Fahrer geschickt. Ich musste ein paar Papiere unterschreiben, deshalb wurde ich heute Morgen da abgeholt, wo ich übernachtet habe.«

»Du warst gestern Abend in Paris?« Sie dachte an den schönen Abend mit Donna und Bob, der für sie dennoch traurig gewesen war. Dabei hatten die beiden sich solche Mühe gegeben, sie aufzuheitern. Antoine, der ihre Gedanken vollkommen ausgefüllt hatte, war in derselben Stadt gewesen, und sie hatte es nicht gewusst!

»Ich konnte gestern Abend nicht zu dir kommen, so sehr ich es auch gewollt habe«, erklärte Antoine. »Ich konnte nicht sofort wieder davonstürzen, nachdem ich gerade bei meiner Patentante angekommen war – es war auch schon spät am Abend. Sie wäre zutiefst beleidigt und angesichts eines solchen Benehmens auch schockiert gewesen. Und alle – die ganze Familie – haben gesagt, ich müsste dir einen richtigen Antrag machen.«

»Oh!«, machte Donna begeistert und warf Alexandra einen Blick zu. »Und, hat er?«

Alexandra überlegte. »Nein, ich glaube nicht.«

Sofort fiel Antoine vor ihr auf die Knie. »Liebste Alexandra, willst du mir die Ehre erweisen, meine Frau zu werden?«

Sie lachte und ergriff seine Hände. »Hm, lass mich überlegen.« Sie tat so, als müsste sie darüber nachdenken. »Vielleicht möchte ich eine Gräfin werden.«

Antoine erhob sich und schloss Alexandra in die Arme, und danach umarmte Donna sie beide. »Also, Zeit für Champagner?«, fragte sie.

Bob, der noch nicht ins Büro aufgebrochen war, kam herein. »Meine Frau ist süchtig nach Champagner, seit wir in Paris leben, doch ich kann mir auch keinen besseren Grund vorstellen.«

»Müssen Sie sie sofort wieder aufs Land entführen?«, wollte Donna wehmütig von Antoine wissen. »Können wir sie nicht noch eine Weile in Paris behalten?«

»Wahrscheinlich sollten wir bald zurückkehren«, erwiderte Alexandra. »Ich war schließlich dabei, eine Hochzeit zu organisieren.« Ganz plötzlich hatte sie Sehnsucht nach dem Château und allen, die dort lebten; es war ihr Zuhause, und die Menschen dort waren ihre Familie.

»Ich glaube, die Hochzeit wird auch ohne uns gut über die Bühne gehen«, meinte Antoine. »Ich möchte dir gerne Paris zeigen. Wir müssen einen Verlobungsring kaufen, und es gibt eine ältere Dame, der ich dich vorstellen muss. Ich fürchte, ohne ihre Zustimmung ist keine Eheschließung rechtens. Wir fahren nach Hause, wenn wir all diese Dinge erledigt haben und die Hochzeit vorüber ist.«

»Aber Stéphie ...«, protestierte Alexandra.

»Stéphie hat vollstes Verständnis. Sie war diejenige, die mir die strikte Anweisung erteilt hat, auf keinen Fall ohne dich nach Hause zurückzukommen.«

»Heiratest du mich nur, um es deiner Tochter recht zu machen?«

»*Pas du tout*. Aber wenn ich dich nicht heirate, wird Stéphie – eigentlich alle meiner Kinder – mir das nie verzeihen.«

Donna seufzte. »Ich freue mich unglaublich für euch.« Sie zögerte kurz. »Bob, gehst du mit mir in das Restaurant, von dem alle unsere amerikanischen Freunde so schwärmen? Ich wollte eigentlich mit Alexandra hin, aber jetzt will sie bestimmt nicht mehr.«

»Wir können doch mitkommen!«, entgegnete Alexandra. »Es klingt wunderbar.« Trotz allem und obwohl ihre und Antoines Gefühle nun öffentlich gemacht worden waren, scheute sie sich auf einmal davor, mit ihm alleine zu sein.

»Wir können zusammen in dem Restaurant feiern«, schlug Antoine vor, »und den Champagner vielleicht verschieben.«

»Oh!«, rief Donna aus und klatschte in die Hände. »Stellt euch mal vor, wie toll das wird, wenn wir mit einem richtigen französischen *comte* und seiner Verlobten dort reinschneien! Hoffentlich sind alle meine amerikanischen Freunde da!«

»Wir würden sehr gerne mitkommen«, antwortete Antoine. »Aber vorher muss ich noch ein paar Dinge erledigen.«

»Ich auch!«, sagte Alexandra. »Ich muss meinen Verwandten mitteilen, dass ich heiraten werde!« Plötzlich war sie unfassbar glücklich; der Mann, in den sie sich auf den ersten Blick verliebt hatte, erwiderte ihre Gefühle. »Muss ich eine neue Postkarte schreiben, was meint ihr? Oder reicht es, wenn ich einfach darunter schreibe: *Vergesst alles, ich heirate?*«

Donna schnalzte missbilligend mit der Zunge und schüttelte den Kopf, als missfiele ihr Alexandras flapsige Art. »Ich finde, du solltest noch mal erwähnen, dass er ein *comte* ist. Das sollten sie wissen.«

Alexandra fiel ihr entzückt um den Hals.

Als sie schließlich alleine waren, fragte Antoine: »Wie lange brauchst du, um deine Postkarte zu schreiben? Ich möchte gerne mit dir zusammen einen Verlobungsring für dich kaufen. Wenn ich das nicht tue, wird meine Patentante, die sehr Respekt einflößend ist, dir mit Sicherheit ein sehr altmodisches Familienerbstück aufdrängen.«

»Ich mag alte Dinge. Deshalb habe ich mich wahrscheinlich in dich verliebt …« Sie biss sich auf die Unterlippe, weil sie nicht sicher war, ob er das lustig fand.

Er zog eine Augenbraue hoch, doch seine Mundwinkel zuckten amüsiert. »Ich muss mich wohl an die Tatsache gewöhnen, dass ich keine Frau heirate, die ihren Ehemann verehrt.«

»Ich verehre dich«, antwortete sie, »doch ich glaube, ich sollte es dir nicht zu oft sagen, damit du nicht zu dominant und herrisch wirst.«

Er lachte. »Du bist diejenige, die dominant und herrisch ist, denke ich. Zum Glück gefällt mir das. Nun, wegen des Verlobungsrings …«

»Ich hätte gerne einen antiken Ring. Ich finde es besonders romantisch, wenn Schmuck eine eigene Geschichte hat, eine, die wir nie erfahren werden. Das macht für mich zum Teil den Reiz von Antiquitätenmärkten aus.«

»Dann besuchen wir einen Antiquitätenmarkt und finden den Ring deiner Träume.«

»Ich habe den Mann meiner Träume gefunden; ich brauche nicht auch noch einen Traumring. Ich meine, er muss nicht teuer sein.«

Er küsste sie sehr lange und ausgiebig. »Stéphie würde nie wieder mit mir sprechen, wenn du bei unserer Heimkehr nicht einen sehr großen Diamanten am Finger hättest. So, nachdem das nun geklärt ist: Wenn du einen Ring von einem Markt haben möchtest, müssen wir bis morgen warten. Was wollen wir heute Vormittag unternehmen?«

»Wann sollen wir deine Patentante besuchen?«

»Wir müssen uns vorher ankündigen.« Er holte tief Luft. »Wegen der Art und Weise, wie wir uns kennengelernt haben, hatte ich keine Gelegenheit, dir richtig den Hof zu machen. Ich habe dich nicht mal zum Dinner ausgeführt. Jetzt ist die Gelegenheit, das alles nachzuholen. Und heute Vormittag können wir Urlauber sein. Möchtest du auf den Eiffelturm?«

Sie schüttelte den Kopf. »Ich möchte das tun, was ich geplant hatte, bevor ich Donna getroffen habe und mein Leben sich geändert hat.«

»Und was war das?«

»Ich wollte die Stufen von Montmartre hinaufsteigen und Sacré-Cœur besichtigen.«

»Aber Liebes, dein Sprunggelenk!«

»Das hatte ich ganz vergessen.« Alexandra überlegte. »Nun, es war am Fuße der Treppe, wo sich mein Leben geändert hat. Da bin ich Donna begegnet, mit ihrer kaputten Einkaufstasche, umgeben von Zwiebeln, Kartoffeln und Knoblauch.«

Er zog sie an sich. »Dein gutes Herz hat dich dazu gebracht, ihr zu helfen. Und dadurch haben wir uns kennengelernt.«

Alexandra seufzte glücklich. »Aber eigentlich möchte ich wirklich die Aussicht von dort oben sehen. Hast du Lust, mir die Treppe hinaufzuhelfen?«

»Als Beweis meiner Liebe werde ich dich hinauftragen!«

Alexandra kicherte. »Reich mir einfach deinen Arm; du kannst mir deine Liebe auf andere Weise beweisen.«

Als sie oben angekommen waren und sich kurz Zeit genommen hatten, um wieder zu Atem zu kommen, drehten sie sich um und schauten auf die Stadt Paris, die ihnen zu Füßen lag.

»Von diesem Ausblick träume ich schon seit einer Ewigkeit. Ich habe nicht gewusst, dass man von hier aus den Eiffelturm sehen kann.« Was Alexandra nicht aussprach, war, dass es immer ihr Traum gewesen war, Paris mit einem Mann zu erleben, den sie liebte. Die Kehle wurde ihr eng: All ihre Träume waren wahr geworden.

»Liebes, ich sage es nur ungern, doch ich glaube, wir haben keine Zeit, die Basilika heute zu besichtigen, wenn wir uns mit Donna und Bob zum Mittagessen treffen.«

»Ist es in Ordnung für dich, mit ihnen essen zu gehen?«, wollte Alexandra wissen. »Sie waren so nett ...«

»Ich habe das Gefühl, ihnen mein Glück zu verdanken«, entgegnete Antoine schlicht. »Ich würde alles für sie tun.«

Alexandra fragte sich, ob es eine Grenze dafür gab, wie sehr man jemanden lieben konnte. Nein, dachte sie dann. Sie liebte Antoine jede Sekunde mehr.

Nach einem sehr lustigen und champagnerlastigen Mittagessen hatte Antoine Alexandra ein paar Augenblicke für sich. »Es gibt nichts, was ich lieber täte, als mit dir in ein entzückendes Hotel zu gehen und dich zu lieben. Doch ich bin sehr altmodisch und traditionsbewusst und finde, wir sollten warten, bis wir verheiratet sind.«

Er machte eine Pause, damit sie das verarbeiten konnte. »Wichtiger noch, ich übernachte, wie gesagt, bei meiner Patentante, die ganz genau registrieren wird, wie lange ich mit dir zusammen außer Haus bin. Wenn sie auch nur den geringsten Verdacht hegt, dass wir mehr getan haben könnten, als uns zu küssen, wäre unser Leben nicht mehr lebenswert.«

Alexandra lachte.

»Ich hoffe allerdings, dass du nicht auf einer langen Verlobungszeit bestehen wirst«, fügte er hinzu.

»Auf gar keinen Fall!«

»Ich bin erleichtert. Jetzt lasse ich dich mit Donna und Bob nach Hause fahren. Leider können wir uns nicht zum Abendessen sehen, doch ich könnte dich morgen früh abholen, um einen Verlobungsring auszusuchen. Wie wäre das?«

»Was bedeutet ›früh‹?«

»Sieben Uhr?«

»Sieben Uhr! Nach Davids Maßstäben ist das ›spät‹.«

Paris im frühmorgendlichen Nebel, der einen wunderschönen Tag versprach, hätte nicht zauberhafter sein können. An diesem Tag gab es keinen Wagen mit Fahrer; sie gingen zu Fuß zur nächsten Metro-Station und fuhren mit der Metro zum Flohmarkt.

»Was macht dein Knöchel?«, wollte Antoine wissen und nahm ihren Arm.

»Geht schon. Das hier ist so ein Spaß! Und Paris ist um diese Uhrzeit ganz wunderbar.«

Er küsste sie auf die Wange, und es ging los.

Obwohl es mehrere Stände gab, die Schmuck verkauften, dauerte es eine Weile, bis Alexandras Aufmerksamkeit von einem Ring erregt wurde, der anders war als die anderen. Es war ein einzelner Diamant, ziemlich groß, gefasst in Gold und dunkelblauer Emaille. Sie streckte die Hand danach aus, entdeckte den Preis und wandte sich einem in Silber gefassten, rauchblauen Topas zu. »Wie findest du den?«

»Probier ihn an. Gefällt er dir?«, fragte Antoine.

»Ja!« Der Ring gefiel ihr tatsächlich. Der Stein war ziemlich groß und sah an ihrer Hand hübsch aus. »Und er passt.«

»Dann nehmen wir ihn!«, sagte Antoine. »Liebes? Siehst du den Crêpe-Stand da drüben? Ich habe Hunger. Könntest du mir einen Crêpe mit Käse kaufen – als Frühstück? Ich hatte nämlich keins.«

»Ich auch nicht«, erwiderte Alexandra. »Du vergisst nicht zu feilschen, nicht wahr?«, sagte sie leise. »Man sollte niemals den ursprünglichen Preis zahlen.« Als sie ihn allein ließ, hatte sie ein schlechtes Gewissen. Der Kauf von Antiquitäten an einem Marktstand war nichts für Anfänger.

Antoine nahm seine Aufgabe, ausgiebig um Alexandra zu werben, sehr ernst. Er ging mit ihr überallhin: zu den Touristenattraktionen, zu den Plätzen, die nur die Pariser kannten, und zu allen anderen Orten, die ihnen in den Sinn kamen. Sie fuhren in einem *bâteau-mouche* auf der Seine, standen auf Brücken, tranken Kaffee in kleinen Cafés und aßen *baguettes jambon-beurre* auf der Straße.

Am folgenden Abend gingen sie mit Bob und Donna essen, doch Antoine hatte Alexandra den Verlobungsring immer noch nicht gegeben. Er sagte, er müsse noch gereinigt werden und sei noch nicht fertig.

Alexandra genoss das Leben sehr. Doch es machte ihr zu schaffen, dass die von ihr organisierte Hochzeit ohne sie weit entfernt in der Provence stattfand. Sie war nicht dabei, um sicherzustellen, dass jede Einzelheit perfekt funktionierte.

Das hatte sie auch David gegenüber am Telefon erwähnt, nachdem sie ihm ihre wunderbare Neuigkeit mitgeteilt hatte.

Davids Ratschlag war klar und eindeutig. »Penelope und Jack können auch ohne dich heiraten. Du hast alles vorbereitet und organisiert. Es gibt jede Menge Leute vor Ort, die helfen können, falls es nötig sein sollte. Und ich bin ja auch da. Amüsier du dich in Paris!«

Schließlich schaffte David es, sie bis zu einem gewissen Grad zu überzeugen. Dann ertappte sie sich dabei, wie sie Donna erzählte, wie sehr das schlechte Gewissen sie plagte.

Die Freundin teilte Davids Meinung. »Süße! Überlass es einfach ihnen. Sie kommen zurecht. Du wirst nie wieder eine Zeit wie diese gerade erleben. Du wirst heiraten, Kinder bekommen und schwer arbeiten! Das hier ist wie Flitterwochen ohne Sex.«

Alexandra musste lachen, zweifelte allerdings immer noch. »Dieser Teil bereitet mir gerade ein bisschen Sorgen.«

»Nicht nötig«, erwiderte Donna. »Vertrau mir, alles wird gut. Antoine wird immer dafür sorgen, dass es dir gut geht.«

»Ich glaube dir. Ich weiß, dass ich von außen sehr lebenserfahren wirke – so, als wüsste ich genau, was ich tue, aber manchmal fühle ich mich einfach nur wie das Mädchen, das nie eine Mutter hatte.«

Donna tätschelte ihr den Arm. »Du bist großartig. Mutig, gutherzig, lustig und bildhübsch. Und Antoine ist ein guter Mann. Ich habe Bob gebeten, sich ein bisschen über ihn zu informieren; er ist durch und durch ehrenhaft.«

»Das weiß ich. Es ist wundervoll, dass er die Tochter eines Freundes adoptiert hat und sie wie sein eigenes Kind großzieht. Aber Stéphie macht es einem auch leicht.« Sie zögerte. »Und was ist mit euch? Ist die Frage zu indiskret? Denkt ihr auch über eine Familie nach?«

»Auf jeden Fall«, antwortete Donna und sah plötzlich ganz geheimnisvoll aus. »Um ehrlich zu sein ... es ist noch ein bisschen zu früh, doch ...«

»Oh, Donna! Das ist wundervoll! Und so aufregend!«

»Wir freuen uns wahnsinnig, sind aber noch ein bisschen vorsichtig.«

Als Alexandra sie in den Arm nahm, stiegen ihr überraschend Tränen in die Augen.

»Warum bist du so nervös wegen dieses Essens?«, erkundigte sich Donna. Sie steckte Alexandras Haare zu dem ordentlichsten Chignon auf, den sie je getragen hatte.

»Es ist wegen der Tischsitten! In England legen wir unsere Hände immer in den Schoß, wenn wir Messer und Gabel abgelegt haben – also dann, wenn wir kauen. Ich weiß, dass es in Frankreich genau umgekehrt ist, und die Hände müssen die ganze Zeit sichtbar bleiben. Ich bin sicher, dass ich es vor lauter

Nervosität vergessen werde. Antoines Patentante wird Antoine bestimmt ausreden, mich zu heiraten, und ich muss doch in der Schweiz leben.«

Donna lachte. »Dazu wird es nicht kommen! Und falls doch, falls die Patentante Antoine die Hochzeit verbieten will, wird er ihre Entscheidung nicht akzeptieren. Er liebt dich! Er möchte dich um jeden Preis heiraten!« Sie begutachtete ihr Werk. »Und du bist die eleganteste junge Frau in ganz Paris!« Sie sprühte Alexandras Frisur so gründlich mit Haarspray ein, dass sich kein Haar mehr bewegen konnte.

Alexandra war im Salon und blickte aus dem bodentiefen Fenster auf Paris und den Eiffelturm, als sie ein Geräusch hörte.

Es war Antoine.

»Oh, du hast mich erschreckt! Stehst du schon lange da?«

»Nein. Ich versuche gerade zu entscheiden, ob du hübscher bist, wenn du wie jetzt wie eine Frau auf dem Cover der *Vogue* aussiehst oder wenn deine Haare ein wenig zerzaust sind und du von Kopf bis Fuß mit Schlamm überzogen bist.«

»Und zu welchem Schluss bist du gekommen?«, fragte Alexandra und ging auf ihn zu.

Antoine zuckte mit den Schultern. »Ich denke einfach, dass ich dich jedes Mal, wenn ich dich ansehe, noch mehr liebe. Bist du bereit, dich der Feuerprobe durch eine ältere Französin zu unterziehen? Dein Aussehen ist *le dernier cri du chic*.«

Sie trug ihr neues Kleid und den dazu passenden Blazer, außerdem neue Lacklederpumps mit Pfennigabsätzen und einer dezenten Schleife. Donna hatte nicht nur dafür gesorgt, dass ihre Frisur perfekt saß, sondern ihr auch eine Maniküre zuteilwerden lassen und ihr die Fingernägel lackiert.

»*Merci du compliment, Monsieur le Comte.*« Sie wünschte, sie könnte ihren Verlobungsring erwähnen, doch sie brachte es nicht über sich. Sie wollte nicht riskieren, den außergewöhnlichen Moment zu verderben.

»Wollen wir los?«, sagte er. »Das Dienstfahrzeug wartet unten.«

Alexandra gewann den Eindruck, dass Antoine ebenfalls ein wenig nervös war.

35. Kapitel

Abgesehen vom Fehlen des Verlobungsrings gab es noch eine weitere Sache, die Alexandra Kopfschmerzen bereitete, und das war ihr Erbe.

»Wirst du deine Arbeit je aufgeben können, um dich um den Hof und das Château zu kümmern?«, fragte sie, als sie auf der Rückbank Platz nahm und die Beine elegant in den Wagen schwang.

»Ich habe Véronique die Verantwortung übertragen und ihr gesagt, sie kann mich so oft wie nötig um Rat fragen; sie weiß auch, dass ich nur einmal im Jahr von zu Hause wegfahren werde, und nie länger als für einen Monat.«

»Und ist sie glücklich damit?«

Er zuckte mit den Schultern. »Sie muss es sein – es gefällt ihr auf jeden Fall, dass sie jetzt das Sagen hat. Ich hoffe nur, Stéphanie wird auch glücklich sein!«

»Es tut mir so leid, dass ich Jacks und Penelopes Hochzeit verpasst und die Mädchen nicht in ihren Brautjungfernkleidern gesehen habe.«

»Es wird Fotografien geben«, erwiderte Antoine ein bisschen zerstreut.

Alexandra fragte sich, ob er sich sorgte, ob er wohl genug Geld für die Familie und den Erhalt des Châteaus verdienen konnte. Sie dachte an ihr Vermögen, zu dem er ebenfalls Zugang haben würde, sobald sie verheiratet waren. Würde sie es je schaffen, das Erbe noch einmal anzusprechen? Er war stolz; er wollte seine Frau und seine Familie aus eigener Kraft ernähren. Ihr war klar geworden, dass sie ihr Geld nur heimlich einfließen lassen konnte. Aber damit kam sie klar. Sie sah aus dem Fenster und versuchte, die Fahrt zu genießen.

»Du musst dir keine Gedanken machen«, flüsterte er, als sie vor der Tür seiner Patentante standen und warteten, dass ihnen geöffnet wurde. »Ich habe ihr alles von dir erzählt.«

»Das macht es auch nicht besser!« Es war ihr sehr wichtig, dass sie als Antoines zukünftige Frau, gegen die so vieles sprach (Engländerin, zu jung, Kindermädchen seiner Kinder), nicht auch noch etwas Falsches sagte oder tat. »Das macht es sogar noch schlimmer!«

Ein Diener öffnete die Tür. Die Wohnung glich der von Donna und Bob, nur dass es hier jede Menge Antiquitäten gab. Für Alexandra wirkte es so, als hätte ein Museum in kleinere Räumlichkeiten umziehen müssen, ohne etwas auszusortieren.

Obwohl Antoine derzeit in dieser Wohnung übernachtete, wurden sie mit angemessenem Zeremoniell in den Salon geführt, wo seine Patentante sie erwartete.

La Comtesse de Saint-Hubert war winzig. Sie trug einen Rock und eine Jacke, die sie wahrscheinlich schon vor dem Krieg besessen hatte und die definitiv aus einem der führenden Pariser Modehäuser stammten. Ihr Haar war perfekt frisiert, und ihre Diamanten waren riesig.

Alexandra umfasste Antoines Arm ein bisschen fester. Sie hatte sich noch nie besonders von gesellschaftlichem Stand oder Reichtum beeindrucken lassen und sich in herrschaftlichen Anwesen immer entspannt bewegt. Doch dieses Mal war es ihr sehr wichtig, Billigung zu finden.

La Comtesse de Sainte-Hubert bestand darauf, Englisch zu sprechen. Sie hatte einen ausgeprägten Akzent und erinnerte Alexandra irgendwie an Madame Wilson, ihre Lehrerin in der Kochschule.

Nachdem Antoine sie einander vorgestellt hatte, wurde Champagner gereicht, und alle nahmen Platz.

»Nun, meine liebe Alexandra – ich darf Sie doch so nennen? –, ich war so frei, Nachforschungen über Ihre Familie anzustellen. Sie werden schließlich meinen Patensohn heiraten, der mir sehr am Herzen liegt. Dabei habe ich erfreut festgestellt, dass mir Ihre Familie bekannt ist.« Graziös neigte die Gräfin den Kopf.

Hätte Alexandra gestanden, sie hätte sicher einen Knicks gemacht.

»Gott sei Dank!«, sagte Antoine. »Ich hätte niemals jemanden heiraten dürfen, der nicht von erlesener Abstammung ist.«

»Du machst dich lustig, Antoine, aber diese Angelegenheiten sind sehr ernst.«

»Ich bitte um Verzeihung, liebe Patentante.«

»Es tut mir so leid wegen Ihrer Eltern«, fuhr die Gräfin fort und blickte Alexandra an. »Eine Tragödie.«

»Ich erinnere mich nicht an sie ...«

»So etwas passiert. Man denke nur an die Eltern der kleinen Stéphanie.«

Alexandra nickte. Man erwartete nicht von ihr, dass sie angesichts ihres Unglücks die Hände rang. Haltung zu bewahren war nicht nur eine typisch englische Verhaltensregel, wie sie nun feststellte.

»Und nachdem ich Sie jetzt persönlich kennengelernt habe, verstehe ich, dass es nicht nur Ihr Vermögen ist, von dem Antoine sich angezogen fühlt.«

»Tante, bitte!«

»Er wusste nichts von meinem Vermögen, als wir uns kennengelernt haben«, betonte Alexandra.

Eine perfekt nachgezeichnete Augenbraue wurde ein wenig hochgezogen. »Das behauptet er vielleicht, aber er hätte es leicht herausfinden könnte, wenn er nachgeforscht hätte.«

Antoine schämte sich offensichtlich zusehends für seine betagte Verwandte. »Patentante! Du weißt ganz genau, dass ich keine Nachforschungen angestellt habe.«

Mit einem erneuten Hochziehen der Augenbraue wandte sich die Gräfin an Alexandra. »Können Sie mir sagen, warum Sie keinen Verlobungsring tragen? Ich besitze mehrere Erbstücke, die geeignet wären …«

»Ich habe Alexandras Ring hier«, warf Antoine ein und klopfte sich auf die Brusttasche. »Er wurde gereinigt und angepasst.«

Aber er hat doch perfekt gepasst, als er ihn gekauft hat, dachte Alexandra.

»Ich hoffe, er ist angemessen«, bemerkte die Gräfin.

Alexandra konnte nur hoffen, dass die Sehkraft der älteren Dame bereits nachließ und sie nicht sofort erkannte, dass es sich um einen günstigen, wenn auch sehr hübschen Ring handelte.

Antoine nahm eine Schmuckschachtel aus der Tasche und ergriff Alexandras Hand. Geschickt öffnete er das Kästchen. Darin befand sich nicht der Ring, den Alexandra ausgewählt hatte, sondern der erste, den sie gleich wieder zurückgelegt hatte.

Er nahm ihn aus der Schachtel und schob ihn ihr auf den Finger. »Hier«, sagte er. »Passt perfekt.«

Alexandra verschlug es den Atem. An ihrem Ringfinger funkelte der große Diamant mit Kissenschliff, eingebettet in Gold mit blauer Emaille. Er war wunderschön.

»Zeigen Sie mal, bitte.«

Alexandra durchquerte den Raum, damit der Verlobungsring inspiziert werden konnte.

»Nicht schlecht. Nicht ganz das, was eine künftige Gräfin am Finger tragen sollte, aber dennoch nicht übel.«

Alexandra zog die Hand zurück und setzte sich wieder auf

ihren Platz. Sie gab Antoine einen Kuss auf die Wange. »Er ist wunderschön. Vielen, vielen Dank! Woher wusstest du …«

»Dass das der Ring ist, den du wirklich wolltest? Ich habe gemerkt, wie du ihn betrachtet und nach dem Preis gesucht hast. Dann hast du ihn wieder zurückgelegt und dich für einen günstigeren Ring entschieden. Ich habe beide gekauft, um die passende Größe für den eigentlichen Verlobungsring zu haben.«

»Ich verstehe nicht«, mischte sich die Gräfin ein, »warum musstest du zwei Ringe kaufen? Der Juwelier hat doch sicherlich Maß genommen.«

Alexandra warf Antoine einen Blick zu, damit er die Frage beantwortete.

»Wir haben den Ring an einem Stand auf dem Antiquitätenmarkt gekauft, Tante.«

»Das war immer schon ein romantischer Traum von mir«, erklärte Alexandra, um Antoine zu unterstützen. »Meinen Verlobungsring auf einem Antiquitätenmarkt zu finden.«

Die Gräfin hielt sie ganz offensichtlich für verrückt. »Engländerinnen! Sie sind einfach anders.« Ein anderer Gedanke schoss ihr offenbar durch den Kopf, denn sie wechselte das Thema. »Antoine, ich verstehe, dass deine Verlobte anders ist – ungewöhnlich in vielerlei Hinsicht –, aber ihr werdet doch sicher nicht gleich unter einem Dach wohnen, wenn ihr in die Provence zurückkehrt, nicht wahr? Das wäre sehr unschicklich.«

Alexandra holte tief Luft. Es war schließlich auch in Ordnung gewesen, als sie nur das Kindermädchen gewesen war … Doch eine Sekunde später begriff sie, dass es tatsächlich vollkommen anders war.

»Wir planen keine lange Verlobungszeit«, entgegnete Antoine.

»Und ich habe eine ältere englische Freundin, die in der Stadt lebt. Ich kann bestimmt bis zur Hochzeit bei ihr wohnen«, fügte Alexandra hinzu. Sie konnte sich nicht erinnern, ob Jack und Penelope Flitterwochen planten oder nicht, doch es ließ sich sicherlich etwas arrangieren.

»Gut! Dann bin ich beruhigt«, erwiderte die Gräfin. »Wollen wir uns ins Esszimmer begeben?«

36. *Kapitel*

Einige Tage später machten Alexandra und Antoine sich auf den Rückweg in den Süden Frankreichs. Sie fuhren mit einem Zug, der anders war als alle Züge, in denen Alexandra bisher gereist war.

»Donnerwetter!«, sagte sie auf Englisch zu Antoine. »Ich bin ab und zu Erster Klasse gefahren, aber ich habe noch nie einen Zug gesehen, der komplett aus Abteilen der Ersten Klasse besteht. Und blassrosa Teppiche und Polster! So *de luxe*!«

Antoine schmunzelte. »Der Zug fährt nicht nach Saint-Jean-du-Roc, doch Maxime holt uns ab, damit wir nicht umsteigen müssen. Er stimmt mir zu, dass jeder es verdient, hin und wieder so zu reisen.«

»Es ist ganz wunderbar. Danke!«

Als sie es sich auf dem rosa Polster bequem machte, die Füße auf dem gleichfarbigen Teppich, dachte sie darüber nach, wie anders ihre Reise im letzten Herbst sich gestaltet hatte, als sie zum ersten Mal zum Château gefahren war. Sie war an einen fremden Ort gereist, um eine Stelle anzutreten, für die sie keine Qualifikationen vorweisen konnte – alles für einen Mann, den sie nur kurz gesehen hatte. Jetzt fuhr sie in einem Luxuszug quer durch Frankreich, an ihrer Seite der Mann ihrer Träume, der zufällig genau derjenige war, dem sie vor so vielen Monaten zum ersten Mal begegnet war.

Obwohl es noch gar nicht so lange her war, seit sie aus der Provence nach Paris geflohen war, fühlte es sich an wie eine Ewigkeit. Alexandra freute sich, als sie schließlich Maxime neben einem sehr schicken Auto warten sah.

»Maxime!«, rief sie und umarmte ihn. Es fühlte sich an, als wäre er ein lange verschollener Bruder.

»Alexandra! Antoine! Wie habt ihr es geschafft, euch von Paris loszureißen?«

»Ich?«, erwiderte Antoine. »Ich hätte noch länger bleiben können, aber dieses Mädchen wollte unbedingt zurück.«

»Ich wollte nach Hause«, sagte sie schlicht.

Maxime nickte.

Alexandra wurde immer aufgeregter, je mehr sie sich dem Château näherten, doch als sie eintrafen, legte sie den Finger auf die Lippen. »Ich möchte sie überraschen«, flüsterte sie.

Auf Zehenspitzen betraten sie die Halle. Alexandra erkannte, dass die Küchentür geschlossen sein musste – ansonsten wäre Milou ihnen bestimmt entgegengelaufen. Antoine öffnete die Tür so leise, dass niemand es hörte. Plötzlich sah Stéphie auf, der Hund bellte, und eines der Kätzchen kletterte an Alexandras Jacke hinauf bis zu ihrer Schulter.

»Da seid ihr ja!«, rief Stéphie, sprang auf und eilte ihnen entgegen.

»Lexi!«, sagte David, der näher war, und zog sie in eine ausgiebige Umarmung.

»Papa!« Félicité fiel ihm in die Arme.

Henri kam näher und umarmte Alexandra ein bisschen ungeschickt, was sie sehr rührte.

Dann war Félicité an der Reihe. »Seid ihr verlobt?«, wollte sie wissen. »Kann ich deinen Ring sehen?«

Alle betrachteten und bewunderten den Verlobungsring, während David versuchte, sie alle dazu zu bringen, sich hinzusetzen.

»Wann habt ihr zuletzt was gegessen? Habt ihr Hunger? Es

gibt Suppe oder Brot mit Käse. Wir haben auch jede Menge Eier, falls ihr ein Omelett wollt?«

»Sollen wir eine Flasche Champagner öffnen, Antoine?«, schlug Maxime vor.

»Ich möchte lieber ein Glas Rosé aus der großen Korbflasche«, meinte Alexandra. »Dann weiß ich, dass ich zu Hause bin.«

»Und«, fragte Stéphie, als alle sich gesetzt hatten und aßen und tranken. »Wann werdet ihr heiraten?«

»Darüber haben wir noch nicht gesprochen«, antwortete Alexandra. »Ziemlich bald, hoffe ich.«

»Darf ich Brautjungfer sein?«, wollte Stéphie wissen.

»Natürlich, aber ich glaube nicht, dass es eine große Hochzeit wird«, wandte Alexandra zurückhaltend ein. »Wir feiern nur im engen Familienkreis.«

»Warum?«, wollte Antoine wissen. »Ich finde, wir sollten alle einladen, die wir kennen und mögen. Ich möchte, dass die Welt sieht, wie stolz ich auf meine hübsche Braut bin und wie sehr ich sie liebe!«

»Ihr werdet Alexandras Cousinen und den Cousin aus der Schweiz einladen müssen«, meinte Maxime. »Wir könnten Huberts schönen Wagen als Hochzeitsauto nutzen.«

»Und du kannst nicht ohne Lizzie und Meg aus England heiraten, Alexandra. Das ginge einfach nicht«, warf David ein. »Vielleicht könnten sie schon früher kommen und dir bei den Vorbereitungen helfen?«

Alexandra lachte. »Ich habe Lizzie bereits von Donna aus angerufen, nachdem Antoine und ich uns verlobt hatten. Sie hat zwar nichts gesagt, aber ich weiß, dass sie enttäuscht wäre, wenn sie nicht früher kommen und ein bisschen bleiben könnte. Ich habe sie gebeten, auch Meg Bescheid zu geben. Ist das in Ordnung, Antoine?«

»Natürlich. Solange du meine steifen Verwandten erdulden kannst, darfst du so viele Freunde einladen, wie du möchtest. Das ist sogar eine gute Idee, denn dadurch wird die Förmlichkeit meiner Familie etwas aufgelockert. Wir brauchen auch eine Unterbringungsmöglichkeit für deine Verwandtschaft, *chérie*.«

»Wahrscheinlich schon«, erwiderte Alexandra zögernd. »Aber vielleicht möchten sie lieber im Hotel in der Stadt übernachten. Ich werde ihnen einfach erklären, dass im Château kein Platz mehr ist und es im Stall sehr rustikal zugeht. Allein das Wort ›Stall‹ reicht vielleicht schon aus, um sie abzuschrecken.«

»Wird die Hochzeit hier stattfinden, wie die von *Grand-mère* und Jack?«, wollte Stéphie wissen.

»Natürlich«, entgegnete Antoine. »Wo könnte es schöner sein? Es sei denn, Alexandra möchte woanders feiern.«

»Oh nein!«, erwiderte sie. »Die Hochzeit muss hier stattfinden.« Vor lauter Emotionen wurde ihr die Kehle eng. »Wie war denn die Hochzeitsfeier von *Grand-mère* und Jack, war es schön?«

»Ein bisschen«, antwortete Stéphie. »Aber mit dir wäre es noch schöner gewesen.«

»Meine Mutter hat die Regie übernommen«, erklärte Félicité. »Sie hat nicht erlaubt, dass ich Jules einlade.«

»Milou durfte auch nicht dabei sein«, beklagte Stéphie sich. »Er und die Kätzchen waren den ganzen Tag in einem Stallgebäude eingeschlossen!«

Antoine warf Alexandra einen Blick zu. »Hiermit lade ich Milou und die Kätzchen offiziell zu unserer Hochzeit ein. Sie sind ein sehr wichtiger Teil unseres Lebens.«

»Penelope und Jack haben aber sehr glücklich gewirkt«, erklärte David. »Und sie waren so begeistert, dass sie in der Orangerie feiern konnten. Jacks Verwandte waren sehr beeindruckt.«

Später, als Maxime sich verabschiedete, nahm Antoine Alexandra zur Seite. »Ich werde bei Maxime übernachten«, sagte er. »Der Form halber.«

Alexandra seufzte ein bisschen verärgert, doch sie wusste, dass er das Richtige tat. »Ich finde heraus, wie bald meine Freundinnen aus England kommen können. Dann können sie als Anstandsdamen fungieren. Lizzie möchte mein Kleid nähen, und Meg will sich bestimmt um die Hochzeitstorte kümmern, auch wenn sie nicht für die gesamte Bewirtung zuständig sein wird.«

Antoine küsste sie auf die Wange. »Sie kann sehr gerne die Torte kreieren, aber sie muss nicht kochen. Sie wird schließlich eine der Brautjungfern sein, *non?* Sie muss sich also um dich kümmern.«

Alexandra lachte. »Vermutlich.«

Am folgenden Tag wurde Alexandra sehr früh von Stéphie geweckt, die in ihr Bett kroch, jedoch nicht zur Ruhe kommen konnte. Nachdem Alexandra einmal wach war, stellte sie fest, dass es ihr genauso ging.

»Lass uns aufstehen, um einen Kuchen für deinen Papa zu backen«, flüsterte sie Stéphie zu, obwohl niemand in Hörweite war. »Er kommt früh, weil er Brot und Croissants mitbringen will, doch wäre es nicht toll, wenn ein Kuchen auf ihn warten würde?«

Stéphie stand sofort auf und hüpfte auf und ab. »Wir haben schon seit einer Ewigkeit nicht mehr zusammen gebacken! Komm!«

»Was für ein Kuchen soll es denn sein?«, fragte Alexandra, als Stéphie und sie nach dem Einsammeln der Eier den Hof überquerten.

»Er isst am liebsten Zitronenkuchen«, antwortete Stéphie, »aber ich mag lieber Schokolade.«

»Er isst bestimmt auch gerne Schokoladenkuchen«, erwiderte Alexandra. Bei dem Kuchenprojekt ging es um Stéphie; ihr Papa wäre vor allem entzückt zu sehen, was seine jüngste Tochter auf die Beine stellte.

Es war erst halb neun, als draußen ein Wagen vorfuhr. Aufgeregt wechselten sie einen Blick.

»Der Kuchen ist noch nicht fertig!«, sagte Stéphie.

»Aber fast«, meinte Alexandra. »Wenn er abgekühlt ist, können wir ihn noch mit einer Glasur überziehen. Wenn wir es zu früh machen, hält sie nicht.«

Sie hörten, wie die Haustür geöffnet wurde und Schritte die Halle durchquerten. Die Küchentür ging auf. Doch statt Antoine stand Lucinda vor ihnen.

Alexandras strahlendes Lächeln gefror, und Stéphie murmelte sichtlich enttäuscht: »Oh!«

»Guten Morgen, Lucinda«, sagte Alexandra. »Wir haben mit Antoine gerechnet, der Brot und Croissants mitbringen wollte.«

»Tut mir leid, dass ich euch enttäuscht habe. Ich komme so früh, weil ich einen Wagen bestellt habe, der mich zum Flughafen bringt. Ich muss sehr bald aufbrechen. Ich möchte mich von meinen Kindern verabschieden!« Mit einer dramatischen Geste warf sie den Kopf zurück.

»Oh«, meinte Alexandra. »Ich glaube nicht, dass sie schon aufgestanden sind …«

»Ich gehe sie wecken«, warf Stéphie ein, die verstand, dass das gewünscht war.

Als sie allein waren, erklärte Lucinda: »Jetzt haben Sie ja bekommen, was Sie wollten: einen Ring am Finger, einen Grafen und ein Château. Nicht übel für ein Kindermädchen.«

Alexandra hörte den bitteren Unterton und beschloss, die spitze Bemerkung zu ignorieren. Sie war die Gewinnerin; sie konnte also großmütig sein. »In der Tat. Wohin wollen Sie denn fliegen?«

»Ich kehre zu meinem Mann nach Argentinien zurück. Ich habe ihn eigentlich nur verlassen, um ihm eine Lektion zu erteilen.«

»Und um Ihre Kinder zu sehen?«, legte Alexandra ihr nahe.

»Oh ja, natürlich auch deshalb. Ich wollte sichergehen, dass sie die richtige Bildung erhalten.« Sie legte eine Pause ein und warf Alexandra einen Blick zu, der eine weniger selbstbewusste Frau in Stein verwandelt hätte. »Was leider nicht der Fall ist!«

»Ich bin sicher, dass Antoine sie auf die Schule schicken wird, die am besten für sie ist.«

»Er könnte sie auf ein anständiges Internat schicken, nachdem er reich heiratet!«

Alexandra wünschte, Félicité und Henri würden sich beeilen. Ihre Mutter war an diesem Morgen besonders giftig. »Setzen Sie sich doch. Ich koche Ihnen einen Kaffee.«

»Vermutlich wollen Sie mir auch wieder Kuchen anbieten. Sie sollten inzwischen wissen, dass ich Ihre Besessenheit für Backwaren nicht teile.« Dennoch zog Lucinda sich einen Stuhl unter dem Tisch hervor und nahm Platz. »Sie wissen, dass er Sie wegen Ihres Geldes heiratet? Abgesehen davon haben Sie ihm ja kaum etwas zu bieten.«

Alexandra beschloss, diese Beleidigung nicht zu schlucken. »Ich finde, dass er durchaus profitiert. Er bekommt eine Mutter für seine Kinder, und zwar für die bereits vorhandenen und die künftigen. Er bekommt eine Schlossherrin für sein Zuhause. Auch ohne mein Vermögen wäre es ein gutes Geschäft.«

»So ist es!« Antoine hatte die Küche durch die Hintertür betreten. Sie hatten ihn nicht gehört. Er hatte die Arme voller Baguettes und Papiertüten, in denen sich vermutlich Croissants und anderes Gebäck befanden. »Und Alexandras Vermögen ist genau das, nämlich *ihr* Vermögen.« Er legte die Tüten ab. »Bleibst du zum Frühstück, Lucinda?«

»Nein«, antwortete sie. Ihre Verbitterung ließ nach. »Ich bin gekommen, um mich von den Kindern zu verabschieden. Ich kehre nach Argentinien zurück. Mein Mann will mich unbedingt zurückhaben, und hier habe ich kein Leben.«

»Setz dich, Antoine«, bat Alexandra. »Vielen Dank, dass du beim Bäcker warst. Der Kaffee ist bald fertig.«

Zu ihrer großen Erleichterung erschienen nun Félicité und Henri mit Stéphie im Schlepptau. Sie waren angezogen, sahen aber aus, als wären sie gerade erst aufgestanden.

»Vielleicht möchten Sie ein bisschen Zeit mit Félicité und Henri alleine verbringen?«, schlug Alexandra vor, die darauf brannte, dieser schmerzlichen Szene zu entkommen. »Stéphie, komm, wir sehen mal nach, was dein Papa uns mitgebracht hat, und dann essen wir auf der Terrasse. Es ist ein wunderschöner Morgen.«

Sie schnappte sich zwei der Tüten und hoffte Stéphie zuliebe, dass sich in einer von ihnen ein *pain au chocolat* befand. Dann verließ sie die Küche durch die Hintertür und vertraute darauf, dass Stéphie ihr folgen würde. Milou und die Katzen hielten es offensichtlich auch für eine gute Idee.

Sie standen auf der Terrasse und blickten über die Parklandschaft in Richtung Wald. Es versprach ein schöner Tag zu werden.

»Ich bin froh, dass sie geht«, flüsterte Stéphie und pustete Krümel von ihrer Hand. »Ist das böse von mir?«

»Nein. Es ist deine Meinung, und Lucinda ist ja auch nie besonders nett zu dir gewesen.«

»Es ist mir egal, dass sie nicht nett zu mir war und mir auch nie Geschenke gekauft hat. Ich mag es nicht, dass sie mich für süß hält.«

»Ach, Stéphie!«, erwiderte Alexandra lachend. »Ich kann dich vollkommen verstehen. Es ist wirklich doof, wenn jemand einen süß findet, den man so gar nicht leiden kann!«

Kurz darauf stand Antoines Familie zusammen mit Alexandra auf den Stufen des Châteaus und winkte zum Abschied, als Lucindas Auto die Einfahrt hinunterfuhr. Schließlich war der Wagen nicht mehr zu sehen. Stéphie lief davon, und alle anderen gingen ins Haus. Alexandra fand sich neben Félicité wieder.

»Es tut mir leid. Ich hoffe, ihr findet es nicht zu schlimm, dass eure Mutter wieder abreist. Ihr habt gerade erst angefangen, sie kennenzulernen.«

Félicité zuckte mit den Schultern. »Schon gut. Sie ist eigentlich keine Mutter für mich, sondern nur eine Erwachsene, die glaubt, sie hätte das Recht, mir vorzuschreiben, was ich tun soll.«

»Wir besuchen sie mal in Argentinien, wenn wir älter sind«, meinte Henri ohne große Begeisterung. »Das könnte Spaß machen.«

»Das wäre wunderbar!«, rief Alexandra. »Ihr könnt auf wunderschönen Pferden über die Prärie galoppieren und euch prächtig amüsieren!«

Die Geschwister sahen sie erstaunt an.

»Kannst du dir vorstellen, dass unsere Mutter so was tut?«, fragte Henri.

Alexandra schmunzelte. »Vielleicht nicht jetzt, aber Menschen ändern sich ...«

»Wenn du nichts dagegen hast«, sagte Henri, »dann sehe ich mal nach, ob noch ein paar *pains au chocolat* übrig sind.«

Seine Schwester folgte ihm. Alexandra wurde klar, dass Lucindas Abreise die beiden nicht besonders aus der Fassung gebracht hatte.

37. *Kapitel*

Alexandra hatte geglaubt, sie hätte viel zu tun, als sie die Vorbereitungen für Penelopes und Jacks Hochzeit koordiniert hatte. Ihre eigene Hochzeit beschäftigte sie allerdings sogar noch mehr. Doch eines der ersten Dinge, die sie erledigte, war es, ihre Freundin Lizzie und ihre Familie einzuladen, die aus ihrem Mann Hugo und dem Baby Letty bestand. Der Plan war, dass Hugo seine Frau und sein Kind bringen sollte, selbst für ein paar Tage blieb, wieder nach England zurückkehrte und dann zur Hochzeit wiederkam. Lizzie würde Alexandras Hochzeitskleid schneidern.

Meg, eine weitere Freundin, wollte kommen, sobald sie sich von ihrem Job als Caterer für Geschäftsessen loseisen konnte. Sie war fest eingeplant, um die Hochzeitstorte zu kreieren. Eine dritte Freundin, Vanessa, würde mit Meg zusammen anreisen. Vanessa würde alles tun, was gerade anfiel, doch sie gestand Alexandra am Telefon, dass sie auch nichts dagegen hätte, einfach nur Spaß zu haben.

Die Ankunft von Lizzie, Hugo und ihrem Baby löste eine Menge Trubel und Begeisterung aus. Stéphie wollte sofort die kleine Letty halten und stellte sich so geschickt an, dass die Eltern ihr Töchterchen in sicheren Händen wussten.

»Das war Antoines Zimmer«, erklärte Alexandra, als das Begrüßungsessen vorüber war. »Er zieht bis nach der Hochzeit in die Scheune, doch ich dachte, es wäre nett, euch ganz in der Nähe zu haben.«

»Sehr praktisch für die Anproben des Kleides«, kommentierte Lizzie und sah sich entzückt um.

»Ich dachte mir, dass Letty dieses kleine Zimmer haben könnte, falls du für sie ein eigenes Zimmer möchtest. Es liegt direkt daneben.« Alexandra erinnerte sich, wie entsetzt Véronique reagiert hatte, als sie in diesem Raum hatte übernachten sollen. Doch Lizzie war begeistert.

David freute sich sehr, mit den »Mädchen« wiedervereint zu sein. Am ersten Abend blieben sie lange auf, schwelgten in Erinnerungen und unterhielten Antoine mit Geschichten aus ihrer gemeinsamen Zeit in London. Letty schlief in einer Wiege hinter dem Sofa. Erst als sie aufwachte, weil sie Hunger hatte, stellten sie fest, wie spät es geworden war, und gingen zu Bett.

Stéphie war in ihrem Element, weil sie sich um das Baby kümmern durfte, und sogar Félicité blühte in Anwesenheit der jungen Frauen auf, die nicht viel älter waren als sie selbst und ihr auf Augenhöhe begegneten. Ihre Gemälde wurden gebührend und aufrichtig bewundert.

Vanessa, die mit Meg eingetroffen war, geriet in einen Organisationsmodus und erstellte jede Menge Aufgabenlisten.

Eine der ersten zu erledigenden Aufgaben für Alexandra und Antoine bestand darin, die *mairie* aufzusuchen, um die rechtliche Seite der geplanten Zeremonie zu klären. Da Alexandra ihre Geburtsurkunde dabeihatte, war die Sache ziemlich unkompliziert. Die Tatsache, dass Antoine ein alter Freund des Bürgermeisters war, schadete auch nicht.

Sie vereinbarten einen Termin für die standesamtliche Trauung; der Segen in der Kirche war für den Tag danach geplant. Eine kirchliche Hochzeit war ja leider nicht möglich, da Antoine geschieden war, doch der örtliche Pfarrer hatte angeboten, die Brautleute und ihre Familien und Freunde zu segnen.

»Ich weiß, dass deine Freunde eine tolle Hochzeit für uns planen werden«, sagte Antoine auf dem Heimweg. »Aber was möchtest du danach machen? Wollen wir auf Hochzeitsreise gehen? Wir könnten nach London reisen oder in die Schweiz – wohin auch immer du möchtest.«

»Kannst du mal kurz anhalten, damit wir uns richtig unterhalten können? Im Château ist so viel Trubel, dass wir kaum Zeit füreinander haben.«

Antoine stoppte den Wagen in einer Hofzufahrt. »Ich weiß. Meine Patentante hätte es auch nicht besser arrangieren können.«

»Es ist ein bisschen frustrierend, nicht wahr?«, meinte Alexandra.

»Zum Glück müssen wir nicht mehr lange warten, bis wir verheiratet sind und richtig zusammenleben können.«

»Was uns auf das Thema ›Hochzeitsreise‹ bringt. Fändest du es sehr seltsam, wenn ich nicht sofort verreisen möchte? Die Kinder werden bald auf ihre neue Schule gehen. Ich möchte wirklich sicher sein, dass sie gut dort angekommen sind, bevor wir uns aus dem Staub machen.«

»Manchmal denke ich, dass du meine Kinder mehr liebst als mich!«, sagte er entrüstet.

»Ach, Antoine! Ich bin sicher, dass ich dich irgendwann genauso sehr lieben werde …« Sie kicherte haltlos, als er sie kitzelte, und unweigerlich endete das Ganze in einem langen und sehr intensiven Kuss.

Das Mittagessen nahmen sie an diesem Tag im Garten ein. Der Frühlingssonnenschein sorgte für ausreichend Wärme und festliche Stimmung. Doch die Mahlzeit entwickelte sich, wie sich herausstellte, zu einem Arbeitsessen.

»Wir müssen noch ein paar Sachen mit euch besprechen«, sagte Vanessa, die ihr ständig präsentes Klemmbrett neben sich auf den Tisch gelegt hatte.

»Zum Beispiel, was für eine Torte ihr haben möchtet«, warf Meg ein. »Um ehrlich zu sein, es ist ein bisschen spät für eine traditionelle, reichhaltige Früchtetorte, aber wenn euer Herz daran hängt, bekomme ich es hin.«

»Ich musste mir noch nie Gedanken um eine Hochzeitstorte machen«, sagte Alexandra.

Antoine zuckte mit den Schultern. »Eine traditionelle französische Torte wäre ein *croquembouche*, aber ich weiß, dass er schwierig zu backen ist.«

Alexandra sah, dass die Augen ihrer Freundin vor Begeisterung funkelten, als sie David einen Blick zuwarf; er war in London immer ihr Komplize in der Küche gewesen.

»David?«, fragte Meg nun. »Bekommen wir das hin, was meinst du? Oder sollen wir die Torte in einer *pâtisserie* im Ort fertigen lassen?«

Alexandra wusste, dass Meg die Herausforderung nur zu gerne annehmen würde. »Ich fände es toll, wenn du die Torte beisteuern würdest, Meggie. Es wäre mir lieber, eine von David und dir hergestellte Torte zu haben – selbst, wenn sie ein bisschen schief wäre – als eine perfekte aus einem Laden.« Sie warf Antoine einen kurzen Blick zu und hoffte auf sein Verständnis.

»Wir würden uns geehrt fühlen, wenn ihr unsere Hochzeitstorte backen könntet«, erwiderte Antoine, der offensichtlich großes Verständnis hatte.

»Gut, dann ist das beschlossene Sache.« Vanessa machte sich eine Notiz auf ihrem Klemmbrett. »Kann mir bitte jemand die Quiche reichen? Ich habe plötzlich großen Hunger.«

»Wollt ihr einen Stehempfang mit Häppchen, oder sollen die Gäste am Tisch sitzen?«, wollte Meg wissen, die ihre eigene Liste hatte.

»Viele Gäste haben eine weite Anreise, und viele übernachten auch; ich finde, sie sollten eine richtige Mahlzeit bekommen«, erklärte David, dem nichts mehr Freude bereitete, als Leute zu verköstigen.

»Das finde ich auch«, sagte Antoine. »Wir werden ja schließlich in der *orangerie* feiern.«

»Ich male ein neues Wandgemälde ... oder wenigstens ein neues Stück«, erklärte Félicité. »Für Papa und dich.«

»Bitte nichts zu Ausgefallenes, *chérie*«, entgegnete Antoine.

»Ach, ich weiß nicht«, meinte Alexandra. »Ich finde, du solltest absolut freie Hand haben.«

Nachdem Antoine, David und Henri sich verabschiedet hatten, um andere Dinge zu erledigen, saßen die Frauen noch zusammen und teilten sich eine weitere Karaffe Rosé und einen Teller Macarons – Megs erster Versuch. Es galt noch wichtige Dinge zu planen.

»Ich habe ein paar Skizzen für das Kleid angefertigt«, sagte Lizzie. »Wir können natürlich erst Stoff besorgen, wenn Alexandra vollkommen glücklich mit dem Design ist.«

»Ich möchte etwas ganz Schlichtes«, setzte Alexandra an.

»Und Schickes«, ergänzte Lizzie.

»Lang oder kurz?«, fragte Vanessa. »Beides würde dir hervorragend stehen.«

»Ich finde, du solltest ein langes Kleid tragen«, warf Stéphie ein, »und ein Diadem.«

»Das finde ich auch!« Alexandra freute sich, dass sich Stéphies Vorstellungen mit ihren eigenen deckten.

»Und ich auch«, stimmte Lizzie zu. »Ich nähe ein Muster. Ich habe genug Zeit.«

»Was für ein Muster?«, erkundigte sich Stéphie.

Nachdem sie ihr erklärt hatten, dass es sich um eine Version des Kleides aus einem günstigeren Stoff handelte, damit das eigentliche Brautkleid perfekt angepasst werden konnte, fragte Stéphie: »Kann ich das danach haben?«

»Natürlich«, antwortete Alexandra. »Wir können es dann ein bisschen kürzen.«

»Wie sieht es mit Kleidern für die Brautjungfern aus?«, fragte Félicité.

Alexandra hörte, wie Lizzie leise stöhnte. Ihr wurde klar, dass es aufgrund der doch relativ knappen Zeit zu viel Arbeit für sie wäre, auch noch die Kleider für die Brautjungfern zu nähen.

»Kann ich nicht das Kleid tragen, das ich bei *Grand-mères* Hochzeit anhatte?«, schlug Stéphie vor. »Ich liebe es! Muss ich unbedingt ein anderes haben?«

»Möchtest du dein Kleid auch noch einmal anziehen, Félicité?«, fragte Lizzie großmütig und hoffte wahrscheinlich auf eine positive Antwort.

»Es war in Ordnung«, sagte Félicité. »Ich habe nichts dagegen, es noch mal zu tragen.«

»Ich habe es sehr bedauert, dass ich euch nicht in den Kleidern gesehen habe, die ihr bei Penelopes und Jacks Hochzeit getragen habt«, sagte Alexandra. »Aber wenn ihr sicher seid ...«

Félicité nickte. »Ich bin mir sicher.«

»Dann haben Stéphie und Félicité also Kleider«, fasste Alexandra zusammen. »Was ist mit meinen englischen Brautjungfern?«

»Wir können sicher etwas Geeignetes kaufen«, erwiderte Meg. »Wie nennen sie das hier? *Prêt-à-porter?*«

»Von der Stange?«, hakte Lizzie nach. »Wären die Kleider denn hübsch genug?«

»Der Laden in Nizza, in dem wir unsere Brautjungfernkleider haben nähen lassen, hatte ein paar hübsche Sachen«, erklärte Félicité. »Meine Mutter hat das Geschäft empfohlen. Deshalb ist es da natürlich schrecklich teuer.«

»Kein Grund, sich darüber Sorgen zu machen, ich habe doch bald Zugriff auf ein Vermögen!« Alexandra musste lachen. Alles war so verrückt. »Wir können hingehen und uns die Kleider ansehen, und wenn sie uns nicht gefallen, suchen wir einen anderen Laden. Nun, könnt ihr die Macarons mal rumreichen? Sie sind unglaublich gut, Meggie.«

»Es war ein bisschen schwierig, sie von dem Papier zu lösen, aber ich bin auch ziemlich zufrieden«, erwiderte die Freundin und betrachtete das blassgrüne, runde Gebäck, das sie in der Hand hielt.

Später, als Lizzie und Alexandra alleine in dem Zimmer waren, das Jacks Schlafzimmer gewesen war und nun als Schneiderei diente, seufzte Alexandra.

»Ich weiß noch, wie deine Mutter und ihre detaillierten Pläne für deine Hochzeit dich frustriert haben«, sagte sie zu Lizzie, während ihre Freundin den Abstand zwischen ihrer Achselhöhle und dem Boden maß. »Aber ein paar Pläne sind doch ganz hilfreich. Es gibt so viel zu tun, so viele Entscheidungen sind zu treffen.«

Lizzie notierte sich das Maß und umarmte ihre Freundin. »Es tut mir leid. Zu einer Zeit wie dieser muss es besonders hart für dich sein, keine Mutter zu haben.«

Alexandra räusperte sich. »Ich denke immer, dass ich sehr gut ohne Eltern zurechtkomme, aber bestimmt ist es wundervoll, sie zu haben! Andererseits gibt es eine Menge Menschen, die mich lieben und sich um mich kümmern.«

»David betet dich an. Er kommt einem Vater ziemlich nahe, würde ich sagen«, meinte Lizzie. »Er kommandiert dich nicht rum, sondern hilft dir immer aus der Patsche. Und er wird nie laut.«

»Ich weiß nicht, was ohne David aus mir geworden wäre«, erwiderte Alexandra. »Er hat zugestimmt, mich zum Altar zu führen.«

»Und ich glaube, Stéphie wird einmal ein wunderbarer Ersatz für eine Mutter sein«, fügte Lizzie hinzu und lächelte liebevoll. »Sie ist dominant, sie weiß, was für dich am besten ist, und sie liebt dich sehr.«

»Und Penelope und Jack! Wegen unserer Hochzeit hatten sie nur sehr kurze Flitterwochen.«

»Sie flößt mir ein bisschen Angst ein, diese Penelope, aber sie möchte unbedingt, dass alles perfekt wird. Sie muss noch davon überzeugt werden, dass Megs Essen gut genug sein wird, und dabei geht es nur um das Abendessen am Vortag der Hochzeit!«

Alexandra schmunzelte. »Ich weiß! Das liegt zum Teil daran, dass die Leute vom Partyservice Freunde von ihr sind. Doch ich weiß nicht, was Penelope sagen wird, wenn sie herausfindet, dass Meggie und David einen *croquembouche* herstellen werden!«

»Obwohl ich sicher bin, dass Meg und David das Hochzeitsessen wunderbar hinbekommen hätten, bin ich sehr froh, dass du einen Partyservice beauftragt hast. So können David und Meg richtig mitfeiern.«

»Das war genau mein Gedanke«, entgegnete Alexandra. »Und falls der *croquembouche* in sich zusammenfällt, dann ist es eben so!«

Lizzie lachte. »Kann ich jetzt deine Schultern messen? Du darfst zwar entspannt sein, was deinen *croquembouche* angeht, aber wir wollen doch, dass dein Kleid so perfekt ist, als wäre es von Givenchy gefertigt worden.«

»Und dass ich aussehe wie Audrey Hepburn!«

Einige Tage später waren sich alle einig, dass Lizzie, wie David es ausdrückte, »eine Bombenleistung« abgeliefert hatte. Alexandra sah in ihrem schlichten, schmal geschnittenen Hochzeitskleid – ärmellos und mit Stehkragen – noch hübscher aus als Audrey

Hepburn. Ihr Haar war zu einem perfekten Chignon aufgesteckt (von Donna, die mit Bob aus Paris angereist war). Ein langer Schleier, der von einem Diadem (einer Leihgabe von Antoines Patentante) gehalten wurde, floss Alexandras Rücken hinunter.

Doch die Spange von ihrem Schuh war abgefallen. Lizzie war damit beschäftigt, sie rasch wieder festzunähen. Aus der Kirche war schon Pachelbels *Kanon in D-Dur* zu hören (Henri und ein Freund hatten pausenlos geübt und beherrschten ihn jetzt wunderbar).

David lief unruhig auf und ab. Er war genauso nervös wie ein Vater, der seine Tochter gleich zum Altar führen sollte. Maxime war ebenfalls anwesend. In seinem festlichen Anzug sah er unfassbar attraktiv aus.

»Es ist noch gar nicht lange her, dass wir deine Hochzeit organisiert haben«, sagte Meg zu Lizzie. Sie plauderte, um Alexandra abzulenken, die allmählich nervös wurde. »Und jetzt feiern wir eine Hochzeit in der Provence.«

»Du bist als Nächstes dran, Meggie«, meinte Vanessa.

»Ich habe nicht vor zu heiraten«, erwiderte Meg. »Jedenfalls nicht in den nächsten Jahren. Ich werde mich um meine berufliche Karriere kümmern.«

»Schön für dich, Meggie«, entgegnete David. »Ich stehe gerade kurz vor einer Panikattacke.«

»*Courage, mon brave!*« Maxime klopfte ihm auf die Schulter. Zufällig fing Alexandra den Blick auf, den die zwei Männer wechselten. Ach!, dachte sie. Natürlich! Maxime war Davids besonderer Freund. Wie wunderbar! Sie lächelte die beiden strahlend an. David schnitt eine Grimasse und konnte sein Glück nicht verbergen.

»So, fertig«, sagte Lizzie, der das Ganze entgangen war.

»Gott sei Dank«, meinte David. »Jetzt zieh deinen Schuh an, Aschenputtel, dann bringe ich dich zu deinem Traumprinzen.«

»Aber Papa ist doch nur ein *comte*, kein Prinz«, wandte Stéphie ein.

»Ich weiß, Liebes.« Alexandra küsste das Mädchen auf die Wange. »Manchmal muss man eben Abstriche machen. Und ich liebe ihn trotzdem!«

Epilog

Antoine und Alexandra standen auf den Stufen des Châteaus und hielten sich an den Händen. Sie blickten zur Orangerie, wo die Party immer noch in vollem Gange war; ein Teil der Gäste feierte draußen auf dem Rasen. Das Brautpaar hatte die Gesellschaft unter viel Jubel verlassen, nachdem Alexandra den Brautstrauß geworfen hatte (Meg hatte ihn gefangen und ihn rasch zurückgeworfen).

»Es war eine wunderschöne Hochzeitsfeier«, sagte Alexandra. »Alle Menschen, die ich liebe, waren dabei. Und ein paar, von denen ich gar nicht wusste, dass ich sie mag. Zum Beispiel meine Verwandten aus der Schweiz.«

»Ja! Sie sind wirklich aus sich herausgegangen.«

»Stimmt, sie haben sich prächtig amüsiert.«

Antoine schmunzelte. »Sie sind jetzt eng mit meiner Patentante befreundet; sie plant sogar einen Besuch in der Schweiz.«

»Und David ...«

»Oh ja. David und Maxime. Mir ist es erst jetzt klar geworden, aber es ist perfekt. Ich glaube, David wird sehr gute Geschäfte machen, indem er einen kleinen Antiquitätenhandel zwischen den beiden Ländern aufbaut.«

»Auch meine Kinder genießen den Tag in vollen Zügen.«

»Sie haben sich so gut benommen, nicht wahr? Ich denke nicht, dass Lizzie Letty nur einmal halten musste, weil Stéphie sie so gerne herumträgt. Und die beiden Älteren haben dir alle Ehre gemacht.«

»Ich glaube, sie wollten vor allem ihrem englischen Kindermädchen alle Ehre machen«, erwiderte er zärtlich und gab ihr noch einen Kuss.

»Es ist nicht die Familie, mit der man startet, die wichtig ist«, sagte Alexandra, die in philosophischer Stimmung war. »Es ist die Familie, die man sich erschafft.«

»Ganz richtig. Was mich an etwas erinnert – in *diesem* Zusammenhang gibt es noch eine kleine Sache, um die wir uns unbedingt kümmern müssen ...«

Dank

Häufig tauchen immer dieselben Namen in meinen Danksagungen auf, was darauf hinweist, wie unglaublich loyal und lieb diese Menschen sind. Das ist meine Gelegenheit, ihnen zu danken.

Wie immer geht mein Dank an Bill Hamilton und alle Mitarbeiter von A. M. Heath.

An Richenda Todd, die mich Jahr für Jahr davor bewahrt, vor aller Welt schreckliche Fehler zu begehen.

An meine Schwägerin, Susan Makin, die mich mit Informationen über das ländliche Frankreich der 1960er-Jahre versorgt hat.

An Selina Walker, beste Lektorin und liebe Freundin. An ihre Assistentin Sophie Whitehead. An das Team hinter mir, das so wichtig für die gesamten Abläufe ist. Dazu gehören Sarah Harwood, Charlotte Bush, Evie Kettlewell, Mat Watterson, Claire Simmonds, Sarah Ridley, Ceara Elliot, Jacqueline Bissett, Linda Hodgson, Helen Wynn-Smith, Laurie Ip Fung Chun, Hope Butler – um nur einige zu nennen. Ihr als mein Team seid lebenswichtig für mich. Ich bin euch so dankbar!

Mein Dank gilt ebenfalls bis dato noch nicht erwähnten Freundinnen und Schriftstellerkolleginnen: Jo Thomas, A. J. Pearce, Jill Mansell, Milly Johnson, Janie Millman, Judy Astley, Catherine Jones, Bernadine Kennedy und der gesamten Gemeinschaft der Schriftstellerinnen und Schriftsteller. In schwierigen Zeiten bauen wir uns gegenseitig auf und lassen uns nicht unterkriegen. Ich bin mir nicht sicher, wo ich ohne euch alle stehen würde, doch ich weiß, dass es nicht viel Spaß machen würde!

In dieser Liste fehlt unsere liebe Jane Wenham-Jones, die wir schmerzlich vermissen. Auch wenn sie nicht mehr unter uns weilt, werden wir sie niemals vergessen.